Zwischen Skylla und Charybdis

REICH
Marseille
ITALIEN
Isola
del Giglio
GRIECHENLAND
Stromboli
Ionisches Meer
Sizilien
Catania
Straße von Messina
Heraklion
Kreta
Mittelmeer
Giza
ÄGYPTEN

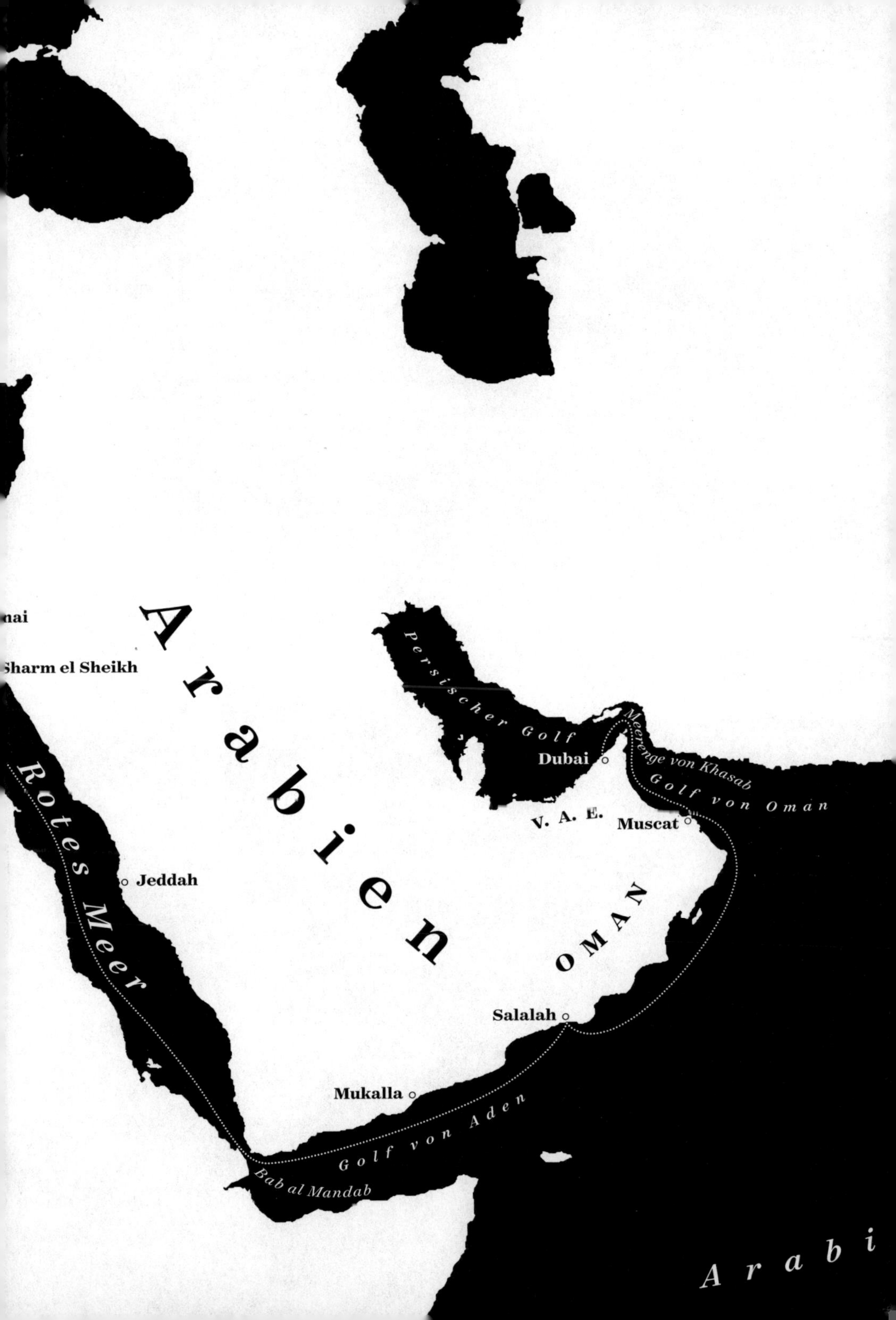
nai
Sharm el Sheikh
Arabien
Persischer Golf
Meerenge von Khasab
Golf von Oman
Dubai
V. A. E.
Muscat
Rotes Meer
Jeddah
OMAN
Salalah
Mukalla
Golf von Aden
Bab al Mandab
Arabi

ZWISCHEN

SKYLLA

UND

CHARYBDIS

Die Kreuzfahrt der
»Odysseus II«

Satyrosophischer Tatsachenbericht von
Christian Hörburger

WINDSOR VERLAG

Weit draußen im Meere ist das Wasser so blau wie die Blütenblätter der schönsten Kornblume, und so klar wie das reinste Glas. Aber es ist dort sehr tief, tiefer als irgendein Ankertau reicht. Viele Kirchtürme müssten aufeinander gestellt werden, um vom Grunde bis über das Wasser zu reichen. Dort unten wohnt das Meervolk.

Hans Christian Andersen, *Die kleine Meerjungfrau*

I
Pöcking
47° 96′ N, 11° 30′ E

Rebecca ist fahrig und Kofferpacken liegt ihr nicht. Das war nie ihr Ding. Zwei Gepäckstücke (ohne Handgepäck) sind erlaubt. 23 Kilo, und das zweimal. Sie hat den Koffer zur Probe wiegen lassen, die eigene Tchibo-Waage hat den Geist aufgegeben. Gestern. *Apotheke am Markt,* Hauptstraße 22, Pöcking, Bayern. Aus Höflichkeit hat sie ein Aspirin gekauft und Calcium-Brausetabletten. Das ist nie verkehrt. Der Koffer ist aquamarinblau, multiwheel von Rimowa Salsa Air, ein Schmuckstück. Apotheker Binder lobt Farbe und Design, *zum Verlieben,* sagt er. Rebecca lächelt. Beim Rausgehen empfiehlt der sympathische Pharmakologe der Kundin die *Apotheken Umschau,* kostenlos, *lesen, was gesund macht!* Sie dankt. Ideal für die Reise. Blutdruck und Diabetes sind die Themen. Der Koffer wiegt 18 Kilo, noch hat es Platz. Zurückgerollt zum Auto, leichtgängig durch Hightech-Kugellager und nicht so schwer wie befürchtet.

Bademantel wird gestellt. Aber Badeschuhe, Espadrilles und Hausschuhe, Regenjacke (Wolfskin), Sonnenbrille phototrop, Short Pyjama, Seidenblusen rot und schwarz, Tunika, Sandaletten (Keil), Slim-Slip (4), Seersucker-Jacke, Basic-Shirt (3), Seidenjersey-Top, Bikini (3) und ein Tankini, Seidentop Gérard Darel, Shape-Rock und -Shirt, Spitzenbody, Jogginghose blau, das kleine Grüne, Pailletten-Blouson, silber, Unterwäsche, BHs, High Heels, ein Paar, mehr geht nicht.

Die unspektakuläre Zweizimmerwohnung, Beletage, sommers verschattet durch den Kastanienbaum im Ascheringer Weg, misst 52 m². Einbauküche, Schlafen und Schaukelstuhl im Wohnzimmer. Den Fernseher hat Rebecca erst vor drei Monaten an Frau Förster, Witwe im Mietshaus gegenüber, verschenkt. Rebecca ist fernsehen leid, außerdem ist sie selten zu Hause und zieht demnächst um. Nicht einmal die Tagesschau oder das Wetter lohnen.

Höchstens *Traumschiff* im Winter, vor Weihnachten, mit Schiffsarzt Nick Wilder. Und das ist lange her. Verschenkt ist verschenkt. Abmelden braucht sie den Fernseher nicht mehr. Das war früher. Die kassieren so oder so, auch bei Blinden und Tauben, wenn es sein muss. Das stand in der Zeitung.

Sehr geehrte Damen und Herren,
ich habe einen Anruf erhalten, in dem man mir mitteilt, ich hätte ein Guthaben bei ARD, ZDF und Deutschlandradio Beitragsservice. Dabei wurde nach meiner Bankverbindung gefragt. Fragen Sie meine Bankverbindung ab, ist das korrekt? Stammt der Anruf von ARD, ZDF und Deutschlandradio Beitragsservice? Ich bitte umgehend um Auskunft.
MFG Schindler

Sehr geehrte Frau Schindler,
wir nehmen Bezug, nein, diese Anrufe kommen nicht von dem ARD, ZDF und Deutschlandradio Beitragsservice, vormals GEZ. Der ARD, ZDF und Deutschlandradio Beitragsservice steht in keinerlei Zusammenhang mit dem Versuch, in offensichtlich betrügerischer Absicht an die Bankverbindung der Angerufenen zu gelangen. Seit einigen Tagen häufen sich Anrufe von angeblichen ARD-, ZDF- und Deutschlandradio-Beitragsservice-Mitarbeitern, die den angerufenen Personen mitteilen, dass ein Guthaben bestehe. Die Angerufenen werden um ihre Bankverbindung gebeten, damit das Guthaben überwiesen werden könne. Es handelt sich dabei um ein betrügerisches Vorgehen. Der Name des ARD, ZDF, Deutschlandradio Beitragsservice wird hier missbräuchlich verwendet. Wir bitten um Beachtung.
MFG i. A.

Auf dem Bett (1,40 × 2,00) im Schlafzimmer lassen sich nur umständlich und bei voller Konzentration zwei Koffer gleichzeitig packen. Der Wiegeausflug in die Apotheke am Markt mit dem Koffer war eine gezielte Flucht vor halb geöffneten Schränken und Schubladen, die prekäre Möglichkeit, auf Bett und Rautentagesdecke (maisgelb und schwarz) für eine halbe Stunde Teilordnung zu schaffen.

Aber jetzt ist er wieder da, der neue Koffer, und blockiert den Rundgang ums Bett. Dann liegt auf dem Lager ein zweiter Koffer. Kein Schmuckstück. Das durch viele Reisen geschundene Utensil und bescheidene Erbstück von Charlotte, der Ur-Oma, verkratzt und gebeutelt durch viele Reisen im Auftrag der Firma Starmix, Reichenbach/Fils. Flüchtlingsware, wie geschaffen für Borcherts *Draußen vor der Tür,* Hans Quest mit Koffer und Gasmaske. Charlotte reiste als sogenannte Propagandistin durch die demolierten Trümmerstädte der Westzone und demonstrierte hungernden und staunenden Hausfrauen in Stuttgart, Saarbrücken oder Oberhausen, wie man Spinat oder Karotten auf Stufe drei im Glaszylinder geräuschvoll zertrümmert. Ganz einfach. Sie ließ den schweren Koffer damals am liebsten in der Pension stehen und verschonte fremde Augen vor dem privaten Anblick auf den stabilen und sandgepunkteten Koffer, der die Festung Breslau durchgemacht hatte. Breslau, Kolberg, Erbstück! Das Monstrum, ganz ohne Räder, Reißverschluss und Teleskopgestänge, alles andere als komfortabel. Doch Rebecca wird es für die Reise durchgehen lassen. Ja, sie würde den Koffer unterwegs, auf Nachfrage, als Retro-Objekt lakonisch anpreisen, ohne mit Mitleid oder Widerspruch rechnen zu müssen. Ganz im Gegenteil, stille Bewunderung und vielleicht beiläufiger Hinweis auf den Fundus im Cuvilliés-Theater. Gelegentlicher Kontakt zu Maske und Kostüm. Reiner Zufall. Das müsste gehen. Außerdem hat die stabile Außenhaut einen Glanzanstrich mit farbloser Schuhcreme erhalten. Verwittertes Rind oder Schwein könnte es sein. Fast bescheiden, zugleich unübersehbar. Ein neuer Trolley ist nicht drin. Noch nicht.

Rebecca sortiert für das Beauty-Case: Waterproof Cream Eyeshadow, Multipurpose Powder, Eylid Primer, Körper-Duft-Spray

Luminaris, Florame Eau de Toilette, Wattestäbchen, Rouge Artist Intense, Caudaile-Gel Douche Meriot, Duschgel Fleur de Vigne, Face Oil Demaquillage, 100 Watte-Pads, Tampons Duchesse, Badeschwamm, Speick-Seife, Deo Roll-on, Reisenecessaire, Kosmetikrasierer, 10er-Set Präservative.

Der kompakte Schönheitscontainer ist zu ausladend für Charlottes Koffer. Rebecca legt das türkise Köfferchen seitlich, in die linke Ecke. Mit etwas Druck passt es. Drei Bücher sollen mit. Zu viele: Arno Geiger *Alles über Sally,* in Roches *Feuchtgebiete* ist Rebecca vor Monaten stecken geblieben. Vielleicht jetzt. Kollegin Ann-Sophy hat ihr vorgestern am Telefon ein Buch von Catherine Millet empfohlen: *Das sexuelle Leben der Catherine M.* Starker Tobak, so wie Rebecca Ann-Sophy kennt. Amazon hat das Buch für morgen versprochen. Die sind zuverlässig. Aber nichts fürs Flugzeug. Auf keinen Fall. Nebensitzer. Rebecca knüllt, nur zur Probe, den Übergangsmantel, drei Pullover und eine weitere Windjacke in die freien Nischen von Charlottes Koffer. Ordnung kommt morgen oder später. Alles hat seine Zeit.

Packen nervt. Er könnte wenigstens anrufen, aus Höflichkeit. Sein Handy scheintot oder ausgeschaltet. *Ich hätte mich nicht darauf einlassen sollen.* Boarding Time 14:10, Gate C17, Frankfurt. Dann doch eine SMS: *bringe die tickets mit. freue mich auf den ausflug mit dir. ich lese geo oder die zeit. du erkennst mich sofort. lg bernd.* Ende der SMS-Durchsage. Reply: *bringe? bring? was soll das? du hast nerven. dein abschlag eingetroffen. danke. rebecca lg.* Frau Förster hat gewarnt. Man liest so viel.

II
Göttingen, Wiesenstraße
51° 52′ N, 9° 92′ E

Die letzte Patientin im Wartezimmer, 19 Uhr. Die Mutter hat sie geschickt. Die Ärztin soll die 15-jährige Irma Levkov gründlich aufklären und ihr die Pille verschreiben. Frau Dr. med. gyn. Sellbruch, Gynäkologin im Ärztezentrum, verschluckt ihren Frust. Mütter! Töchter! Die Levkov – langjährige Patientin, drei Kinder mit Frau Doktor zur Welt gebracht – ließ sich am Telefon nicht abwimmeln und erzwang ein *umfassendes Aufklärungsgespräch* für die Tochter mit Rezept. *Sie können das viel besser!* Irma erzählt von Ahmet, ihrem türkischen Freund. Der arbeitet im zweiten Lehrjahr in der VW-Werkstatt. Bis jetzt (drei Mal) ist alles gut gegangen. Aber wer weiß. Und die Schule, und die Zukunft. Irma will später etwas mit Mode machen oder fotografieren, Atelier, vielleicht Abi.

Frau Doktor, flott frisiert mit feinem Teint und dezenter Sandelholz-Aura, hasst solche Konsultationen mit Kids. Sellbruch verzichtet in diesem Fall auf den gynäkologischen Stuhl und die kalten Instrumente, es ist 19 Uhr durch. Sie stellt sich hinter Irma, rollt ihr das T-Shirt über die Schulterblätter zum Kinn. Sie palpiert professionell die kleine Brust und die oberen Lymphknoten. Keine Auffälligkeiten. Alles normal, auch der Angstschweiß der Patientin. Dann ausführliche Besprechung der Temperatur-Methode (Irma rümpft die Nase), Knaus-Ogino (*so kompliziert?*), Kupferspirale (*muss das sein?*), Coitus interruptus (*klingt komisch*), Temperaturmethode (*Fiebermessen mag ich nicht*), Kondome (*kenn ich, immer glitschig*). Sellbruch bleibt ruhig. Um 20 Uhr ist sie telefonisch mit der Reederei verabredet, Briefing mit Frau Dr. Lüders vom *Passengers' Entertainment.* Also doch die Pille: die Pille davor, Pille danach, Mikro-Pille, alle Pillen pillen. Rezept. Händedruck. Ein Gummibärchen für die Patientin aus dem Glaskolben am Tresen. Anruf bei Irmas Mutter:

Wir haben alles im Griff. Viel Glück für Irma und Ahmet. Nein, keine Besonderheiten. Schauen Sie doch etwas auf die regelmäßige Einnahme der Pille. Bitte, bitte! Keine Ursache. Ebenfalls, schönen Abend!

Stella, die Arzthelferin, darf gehen. Bald gehen. Gleich kommt Ludmilla für zwei Stunden zum Reinemachen, Abreiben und Nachfetten der schalldichten Ledertür, dann Sagrotanwirbel mit anschließender Melissenbestäubung in Vorraum, Wartezimmer und Arztsuite. Dann Verschluss des Giftschranks (Codein, Methylphenidat, Epibatidin, usw.), ein letzter hastiger Routineblick in die Globuli-Rollschublade (Sanguinaria D1, Pulsatilla D6, Pyrogenium D12, Ambra, Thuja-Lachesis usw.), Patientenakten in den Rollcontainer einsortieren, PC runterfahren, Licht im Behandlungszimmer aus, Musik im Bose-Wave-Center off. Hari Deuter-CD im Diskcenter einordnen. Morgen früh Start mit Mozart Klarinettenkonzert A-Dur oder Register-Arie. Seit 14 Tagen in der Warteschleife. Stella programmiert neu. Ansonsten alles nach Monatsplan und gynäkologischem Sound-Design. Das kommt bei den Patientinnen an. Frau Doktor verlässt die Praxis in der Wiesenstraße und holt den Wagen aus der Tiefgarage und braust los. 850 Meter bis nach Hause. Feierabend, *Göttingen, mein Göttingen!* Verliebt in die ehrwürdige deutsche Stadt hat Barbara, die Pariserin, dieses Chanson im Jungen Theater als Botschaft des Friedens gesungen. Das war 1964, Frankreich trauert mit Deutschland im Schatten der Ruinen. Das Publikum liegt sich nach der Premiere in der Geismarlandstraße angerührt mit glasigen Augen in den Armen. Barbara, *Göttingen, Göttingen!*

Frau Dr. Lüders von der Reederei *Adventure & Culture,* Kiel, hat sich auf dem AB mit ihrer knötrigen Stimme eingenistet und bittet um dringenden Rückruf. Dr. Sellbruch ist nach der Arbeit nicht in Stimmung für Abstimmung, sie fürchtet höfliches Gezänk mit den Kielern. Das Chaos in der Wohnung und Küche wirkt anästhetisch und lähmt die Willenskraft für das Ferngespräch mit der Reederei. In der Mikrowelle warten zwei aufgewärmte Stück Apfelstrudel vom Vortag, Sahne: gerade noch möglich, Espresso fertig, nicht berauschend. Es fehlt Zucker. Piet kommt frühestens um 23 Uhr von der Gewerkschaft. Die Metaller müssen Kante zeigen, 6,2 Prozent und Übernahme der Lehrlinge nach der Ausbildung. Die SPD hat endlich ihr Thema für die Wahl und sie schreiten auf den Versammlungen *Seit an Seit*. Die Linke verteilt rote Äpfel und macht nach Jahrzehnten wieder Straßentheater mit Gewinnspielen. Wolfsburg ist nicht Rüsselsheim, und das kann dauern, wenn die mal in Fahrt sind, Piet und seine Genossen.

Nach der Tagesschau bequemt sich Roswitha Sellbruch nun doch, freilich in der stillen Hoffnung, in Kiel nehme um diese Zeit niemand mehr ab, und drückt die Rückruftaste für die Reederei. Weit gefehlt, die Lüders geht ran.

Schön, dass Sie zurückrufen. In drei Tagen geht es los. Wir haben der Odysseus II in Mumbai auf die Schnelle einen schönen Außenanstrich verpasst. Sie werden staunen, aber das musste sein.

Die Gynäkologin will etwas einwenden oder widersprechen, aber Kiel weiß Rat.

Nein, das gilt weiterhin nicht für Sie. Sie fliegen, wie vereinbart, erst vier Tage später, am 24. Mit Oman Air über Bahrain nach Muscat. Sieben Stunden, das lässt sich machen, oder? Am Flughafen nehmen Sie ein Taxi und fahren dann ins Zentrum zur Harat A'shmal Street, unweit der Al Khor-Moschee, dann sind Sie fast am Pier und dort liegt die Odysseus, das sind rund 45 Kilometer. Nehmen Sie US-Dollar mit. Wir rechnen das dann an Bord ab, ja? Wir geben Ihnen das alles schriftlich mit Anfahrt usw. via Mail.

Alles roger. Kein Problem.

Es bleibt natürlich dabei, wie vereinbart. Namens der Reederei A&C soll ich Ihnen ausdrücklich für Ihre Bereitschaft danken, dass wir Sie als Lektorin für die Abschnitte Sinai und Sizilien wieder einsetzen können. Wir sind Ihnen sehr verbunden, dass Sie mitmachen.

Sellbruch fühlt sich geschmeichelt, es sei doch nun einmal ihr Hobby, Sinai und das Mittelmeer zu betreuen, respektive die Passagiere, als wissenschaftliche Beraterin, und das für wenige Tage auf der *Odysseus II.* Sie mache das gerne.

Roswitha Sellbruch verdankt den Auftrag als Lektorin genau genommen ihrem abgebrochenen Erststudium, Judaistik und Klassische Archäologie in Bonn, das war vor 15 Jahren. Dann hat sie alles hingeschmissen, Hals über Kopf, kurz nach der Zwischenprüfung, Piet kreuzt auf und verdreht ihr den Kopf, schwärmt von der internationalen Solidarität und der Arbeiterklasse. Ausflug zu Fidel Castro. Schwanger. Abtreibung, aus politischer Überzeugung, der Hunger in der Dritten Welt, Depression, Piet ganz cool und bald Gewerkschaftssekretär, dann wieder Studium. Medizin durchgezogen und Fachärztin. Umzug wegen Piet nach Göttingen. Zu dem Neben- und Ferienjob als Lektorin für *A&C* kommt Roswitha durch Zufall und Internet. Die suchten für die Kreuzfahrten um die Arabische Halbinsel Lektoren für Kulturelles: Heiliges Land, Libanon und/oder Sizilien. Das Vorstellungsgespräch in Kiel war dann informell und locker. Roswitha hat Charme, versteht zu überzeugenund strahlt Flair aus. Die Bezahlung ist eher mager: 1.400 Euro pauschal bei freiem Essen und Innenkabine. Verpflichtend sind zwei gebeamte Vorträge vor dem Landgang und Begleitung der Passagiere auf den entsprechenden Exkursionen. Also kein Job für Karrieristen, sondern eher für leidenschaftliche Sonderlinge mit Fernweh und gesichertem Einkommen in der Heimat.

Frau Dr. Lüders will am Telefon unbedingt etwas loswerden und setzt mit ihrer angestrengten Stimme nach:

Frau Dr. Sellbruch, da ist etwas, was ich Ihnen unbedingt sagen muss. An Bord in Muscat müssen wir uns für einen längeren Gedankenaustausch Zeit nehmen.

Die Kunstexpertin und Gynäkologin schluckt überrascht. *Wie bitte? Was heißt das? Können Sie etwas deutlicher werden, Frau Dr. Lüders?*

Von einigen Passagieren haben wir im schriftlichen Feedback Berichte erhalten, die uns nachdenklich stimmen.

Roswitha: *Und das sagen Sie mir jetzt?!*

Kein Grund zur Panik! Wir schätzen Ihre Arbeit an Bord, ehrlich, den persönlichen Umgang mit den Passagieren, Ihre kosmopolitische Konversation mit den Kunden bei den Veranstaltungen auf der Odysseus, bei den Soireen, im Casino, beim Dinner usw. Da gibt es keinen Einwand, keinen Dissens mit der Reederei.

Roswitha: *Aber?*

Verstehen Sie es bitte nicht falsch, uns ist zu Ohren gekommen, dass Ihre Vorträge an Bord gelegentlich zu wissenschaftlich formuliert sind. Darüber müssen wir nach Ihrer Ankunft in Muscat ausführlich sprechen.

Roswitha: *Hätten Sie mir das nicht früher sagen können?*

Aber darum geht es doch jetzt gar nicht. Sehen Sie, Ihre Beamershow wurde beim Feedback kritisiert. Zahlreiche Aufnahmen, die Sie über die Sinai-Halbinsel gezeigt haben, sind aus dem Internet genommen. Copy and paste, geguttenbergt. Lassen Sie mich den kleinen Scherz in diesem Zusammen-

hang machen. Unser Publikum merkt so etwas, da müssen wir künftig professioneller und kritischer sein. Das verstehen Sie doch sicher?

Roswitha: *Da bin ich nun doch platt. Das ist über ein Jahr her ...*

Deshalb unterhalten wir uns an Bord dann ausführlicher. Ich gehe davon aus, das ist ganz in Ihrem Sinne. Bei einem Gläschen Grauburgunder oder einem kräftigen Frappato Sicilia Rosso, da plaudert es sich dann ganz anders. Was meinen Sie?

Roswitha: *Wie Sie meinen.*

Also bis ganz bald in Muscat, Frau Doktor.

Roswitha: *Bis die Tage.*

Entnervt steuert Roswitha zur Ladestation für das Telefon und trifft mit zwei Anläufen in die Halterung. Das Gespräch mit dieser Supervisorin in Sachen Kultur hat ihr gerade noch gefehlt. *Das ist mein letztes Lektorat an Bord,* schwört sich die gedemütigte Ärztin und Spezialistin für den Nahen Osten. Innenkabine mit Piet, die miese Bezahlung und dann so eine Ansprache aus Kiel nach über einem Jahr! Die von *A&C* haben es gerade nötig! Das Flug-Ticketfür zwei Personen nach Muscat, beschwert mit einer Flasche Grafenquelle, liegt auf dem Schreibtisch. Storno peinlich, sozusagen unmöglich.

III
Salzburg, Mascagnigasse
47° 79′ N, 13° 06′ E

Vor zehn Jahren organisierte er im Zentrum für Mittelalterstudien die interdisziplinäre Tagung *Imaginative Theatralität bei Hartmann von Aue. Szenische Verfahren und kulturelle Axiomatik in der mittelalterlichen Dichtung am Oberen Neckar*. Es kamen rund 160 Teilnehmer aus dem In- und Ausland zu dem viertägigen Symposion nach Salzburg. Alles auf dem Campus. Er, der Emeritus, Professor Dietmar Schlink, hatte damals die Federführung bei der austrischen Sommerakademie. Im Eröffnungsreferat schreckte er die Crème der angereisten Mediävistik gewaltig auf, indem er das Wirken, Schreiben und Trachten des Dichterfürsten um 1200 kühn und keck in Obernau am Neckar verortete, jener 500-Seelen-Gemeinde, die nur wenige Kilometer südlich des heutigen Rottenburg am Neckar aufzufinden ist, eine ehemalige Römer-Capitale, die, Ironie der Zeitgeschichte, einmal viel später zum Herrschaftsgebiet der Maria Theresia gehören sollte. Es ist eine geografische Enklave, die gehässige Zungen als die klitzekleine Schwanzfeder des habsburgischen Kaiseradlers stets zu diffamieren und diminuieren suchten. Aber solche Petitessen und Nebenkriegsschauplätze, sie interessierten den Salzburger Mediävisten nicht. Er konnte und wollte in seinem Referat endlich damit aufräumen, dass der Dichter des *Gregorius* oder des *Armen Heinrich* womöglich mit dem Freiburger Schlossberg, dem Sitz der mächtigen Herzöge von Zähringen, in Verbindung zu bringen sei. Es gab einflussreiche mediävistische Kreise, die solches nicht ausschließen wollten. Auch Peter Wapnewski in Berlin mochte das zu Lebzeiten nicht ganz exkludieren und der jüngst verstorbene Kurt Herbert Halbach aus Tübingen, Koryphäe in Sachen *Helmbrecht* (um 1280) von Wernher dem Gartenære, liebäugelte mit einer Abstammung Hartmanns aus Owen unter der Teck, heute nahe der Autobahnachse A8 Stuttgart – München.

Mit solchen waghalsigen Mutmaßungen über Hartmanns Wirkungsstätte räumt Professor Dietmar Schlink seit vielen Semestern auf, und es ist ihm sogar gelungen, dass die handfesten Indizien für Hartmanns Heimat und Ursprünge in Obernau am Neckar sich ohne Mühen bis in Wikipedia einnisten konnten, Wikipedia, die wohl signifikanteste Geburtsurkunde bei Verlust von Originaldokumenten. Das war und ist die wissenschaftliche Medaille derer sich Schlink bei aller Bescheidenheit nun rühmen kann. Und man zollt ihm von Berlin über Harvard, Bologna und Paris, wenn nicht Anerkennung, so doch geräuschlosen Respekt für die akribischen Recherchen und Tüfteleien in Sachen Hartmann. Am Salzburger Forschungsstand und der in der Neckarau eingerammten Messlatte kommt nun niemand mehr vorbei und das ist gut so.

Und ein weiteres Faktum ist zu erwähnen. Durch geschickte Verhandlungen mit der Teilgemeinde in Obernau am Neckar, in Sonderheit mit dem dortigen Ortschaftsrat, gelingt es Schlink, die örtlichen Deputierten für die Errichtung eines Hartmann-von-Aue-Denkmals zu begeistern. Das war nicht immer leicht, zumal der Mediävist aus Salzburg mit Briefen, Anfragen und Telefonaten solches aus der Raumschaft Salzach aus der Ferne und damit grenzüberschreitend mit anzuregen und zu befördern hatte. Immerhin interessierten sich die Kreissparkasse und die ansässige Volksbank für das künstlerische Projekt und trugen mit ihren Sponsorengeldern in Höhe von je 1.000 Euro zum Erstellen des Denkmals bei. Seit fünf Jahren kündet nun ein Basalt-Findling von der Dichterkraft Hartmanns. Schlink sei Dank, und Hartmann grüßt nun in erhabenen schwarz glänzenden Schriftzügen mit seinem Prolog aus dem *Armen Heinrich:*

Ein ritter sô gelêret was,
daz er an den buochen las,
swaz er dar an geschriben vant;
der was Hartman genant.
dienstman was er ze Ouwe.

Schlink weiß nur zu gut, dass petrifizierte Anschaulichkeit seine Forschungsergebnisse gewissermaßen mit leichter Hand und auf Dauer untermauern, zumal in Schwaben oder dem versunkenen Vorderösterreich.

Der Professor wohnt seit 35 Jahren in der Mascagnigasse, Salzburg. Eher bescheiden lebt es sich dort in der renovierungsbedürftigen Doppelhaushälfte mit Blick auf die laute und geschäftige Hellbrunnerstraße. Doch jenseits dieser pulsierenden Straße wird der forschende Blick mit dem Panorama auf den Campus entschädigt, und dahinter öffnet sich das trutzige und zugleich verspielte Nonntal. Dies ist hinreichender Ausgleich für die akustischen Zumutungen der lautstarken Hellbrunnerstraße, die das ohnehin schwächer werdende Gehör jedoch leichter nimmt. Gezählt hat er die vielen Fach- und Sachbücher in seiner zum Teil doppelreihig angeordneten Bibliothek mit ausladendem Schreibtisch nicht. Nur einmal, anlässlich der Emeritierung, beim Fackelzug mit anschließendem Umtrunk mit Mittelbau und Studenten, da addierte eine junge mediävistische Hoffnung Schlinks Bücher überschlägig und kam auf rund 22.500 Exemplare bei einem angenommenen durchschnittlichen Buchrückendurchmesser von 3,5 cm.

Seit acht Jahren ist der Forscher verwitwet. Frau Dr. Hildegund Schlink, geborene Seiffert aus Bamberg, ihres Zeichens Romanistin und Ethnologin, ging nach langer Krankheit als Erste über die schmerzliche Schwelle, nicht ohne Dietmar zuvor liebevoll und dringend anzuraten, die emsige Perle und Zugehfrau Lisette Zwanziger nach dem Hinscheiden in die Doppelhaushälfte vor dem Campus aufzunehmen. So geschah es dann, und Lisette, die gute Seele, kümmert sich seitdem um den betagten Professor mit Liebe und Gleichmut.

Gleichmut ist im täglichen Umgang mit dem Emeritus von großer Dringlichkeit, denn die Anzeichen für eine allgemeine Demenz mit zusätzlichen spezifischen Charakteristika, die eine manifeste Alzheimer Krankheit nahe legen, sind nicht mehr ganz von der Hand zu weisen. In diesem Zusammenhang ist freilich zu erwähnen, dass die progredierende Verschattung des Gedächtnisses erst in dem Augenblick signifikant in Erscheinung trat, als eine eher zufällige Recherche eines deutschen Kollegens aus Marburg bei der Zentralen Stelle der Landesjustizverwaltungen zur Aufklärung nationalsozialistischer Verbrechen in Ludwigsburg (Baden-Württemberg) zweifelsfrei ergab, dass Dietmar Schlink 1938 nicht nur flugs der NSDAP beigetreten war, um den Anschluss rechtzeitig zu würdigen. Die Ludwigsburger Akten konnten einschlägig die völkisch-nationale Gesinnung des jungen österreichischen Mediävisten in Fachzeitschriften wie *Germanisch-Romanische Monatsschrift (GRM), Beiträge zur Geschichte der deutschen Sprache und Literatur (PBB),* oder *Zeitschrift für deutsches Altertum (ZfdA)* nachweisen. Auf heftige Vorhaltungen der Tochter Sigurd wegen der bräunlichen Vergangenheit des Vaters verstummte dieser nahezu abrupt und halsstarrig und mochte sich an nichts mehr erinnern, nicht einmal an den stürmisch gefeierten Anschluss Österreichs. Sigurd schrieb in ihrem Leidensdruck ein bitterböses Pamphlet über die Jugendsünde des Vaters und bezichtigte ihn unter dem Titel *Das brennende Schweigen meines Vaters* (Verlag Wiener Kollektiv) des schändlichen Opportunismus' und der *Unfähigkeit zu trauern.* Damit bezog sie sich freilich etwas zu plump auf die Mitscherlichs. Seit diesem Eklat zwischen Vater und Tochter, der im *Standard* und in der *taz* genüsslich referiert wurde, hat die freie Schriftstellerin und Hörfunkredakteurin beim ORF sich ein absolutes Hausverbot für die väterliche Wohnung in Salzburg eingehandelt.

Von dieser Kränkung durch das eigene Fleisch und Blut hat sich der Emeritus nie mehr ganz erholt. Nur zu Lisette ist das Vertrauen ungebrochen. Ihr liest der Gelehrte täglich, wenn auch unter Mühen, einige Schlagzeilen aus der Zeitung vor, deren Sinnzusammenhang ihm nach wenigen Minuten wieder entfällt oder entfallen kann. Doch Lisette überspielt das kleine Defizit mit großem Einfühlungsvermögen und lässt den Mediävisten nicht spüren, dass die Synapsen und Neuronen ihr eigenes Spielchen zu spielen beginnen. Lisette kümmert sich um Dietmar rund um die Uhr. Sie macht das wie eine versierte Polin oder Ungarin, und Dietmar weiß die landsmannschaftliche Verbundenheit zu ihr sehr zu schätzen. Hin und wieder übergibt er Lisette einen zusätzlichen Obolus oder steckt ihr eine Orange in die Schürze. Dann gibt sie Dietmar leichthin dankend zwei Küsschen dafür. Vor vier Monaten haben Lisette und Dietmar die kleine Weltreise ausgeheckt. Eher zufällig, auf alle Fälle nicht geordert, flatterte im August des vergangenen Jahres eine aufwändige Animationsbroschüre in die Mascagnigasse. Die Reederei *Adventure & Culture* pries darin zahlreichen Weltreisen und Spezialangebote für die Frühjahrs- und Sommersaison an.

Solche langen und großen Reisen haben sich Dietmar und Hildegund früher nie erlaubt. Außerdem gab es immer etwas zu schreiben, vorzubereiten oder einen letzten Blick auf die Druckfahnen zu werfen. So war das früher. Neuseeland, Birma oder die Karibik kamen nie in Betracht. Einfach undenkbar wegen der Verpflichtungen in Forschung und Lehre. Doch diesmal ist es anders. In dem Hochglanzprospekt entdeckt Professor Dietmar Schlink, und er ist dabei ganz hell und wach, dass das Kreuzfahrtschiff *Odysseus II* bei seiner Umfahrung der Arabischen Halbinsel in Salalah einen Zwischenstopp einlegen wird, verbunden mit der Möglichkeit, das Grab des Propheten Hiob zu besuchen. 30 Kilometer nördlich der Hafenstadt liegt im Jabal al-Qara-Gebirge die Grab- und Gedenkstätte für den Dulder, unschwer mit Bus oder Droschke zu erreichen. Diesen Ort des Verfolgten will Schlink unbedingt aufsuchen. Zur Sicherheit, und da ist der Gelehrte inzwischen gar nicht mehr genant, soll sich Lisette um die nützliche Annehmlichkeit eines Rollstuhls kümmern. Hatte nicht Hartmann seinen *Armen Heinrich* mit dieser alttestamentarischen Leidensfigur aufs Engste verwoben und verknüpft? Trug nicht der nach und nach matter werdende Professor schicksalshafte Affinitäten zu Hiob, arabisch Nabi Ayoub, in seiner Biografie, Schlink, der Verfolgte der eigenen Tochter, geschmäht von missgünstigen Mediävisten, die krähengleich seine wissenschaftliche Hinterlassenschaft zerhackten und besudelten?

Dieser Fund im Hochglanz-Prospekt macht den Forscher umgehend zuversichtlich und glücklich. Und in dieser euphorischen Stimmung beauftragt er Lisette, die übrigens nie zur See gefahren ist, mit der Ticket-Reservierung für zwei Kabinen bei *Adventure & Culture*. Aus Sparsamkeit und aus Gründen der Schicklichkeit für Lisette innen, während Schlink sich doch eine Außenkabine auf dem Vierten Deck erlauben darf. Lisette ist ihm deshalb aber keineswegs böse und feiert die Großzügigkeit ihres Arbeitgebers am nächsten Tag mit einer schmackhaften Überraschung. Sie bäckt einen leckeren *Panettone,* arrondiert mit Orangeat und Zitronat sowie einem Schuss Stroh-Rum 60%, das ergibt eine feine Kuchenvariation, die der Professor so gerne mag.

Reisefieber hält Einzug in die Mascagnigasse. Die finale Buchung der Seereise, das hat sich Schlink kategorisch ausbedungen, wird über das TUI Reise-Center in der Dreifaltigkeitsgasse abgewickelt. Schlink lässt sich den Kuchen schmecken und gibt seinen *Iwein*-Spruch zum Besten: *Solange ein Mensch nicht zum Tode bestimmt ist, kann ihn ein kleiner Kunstgriff retten.* Beide lachen, Lisette zurückhaltend und beiläufig. Das Bonmot hat Patina angesetzt. Zu oft hat die Bienenfleißige es aus dem Mund des Akademikers gehört.

IV
Mumbai, Hafen
18° 93′ N, 72° 76′ E

Um 8 Uhr morgens hat die *Odysseus II* in der bizarren Bucht von Mumbai und seinem Hafen festgemacht. Postkoloniale Zuckerbäckerei schiebt sich in Sichtweite des Schiffs, schwimmende Verwesung aus Fäkalien, dümpelndem Plastik und undefinierbarem Müll achtern. Öliges Brackwasser gurgelt liquide Regieanweisungen zu *Slumdog Millionaire.* Die ICE-Stadtbesichtigung mit einer Flotte von neun Reisebussen ist engmaschig und logistisch perfekt vorbereitet, Knabbereien und Trinkwasser werden bei der klimatisierten Mercedes-Rundfahrt verteilt: Gateway of India, Gandhi Museum, Movenpick-Stopp um 13 Uhr, Mumba Devi Temple, Elephanta Höhlen mit gesonderter Exkursion auf Wunsch. Kein Blick in die Slums. Auslaufen 20 Uhr, hektisch wie immer. Teure Liegezeiten diktieren das Tempo beim Sightseeing an Land. Ansonsten alles klar auf der Andrea Doria. Bald ist *Entspannung auf See* angesagt, außerhalb der Brennweite der Metropole.

Die *Odysseus II* kann sich sehen lassen: Baujahr 2007, BRZ 43.490, Tragfähigkeit 45215 t, Passagiere 945, Besatzung 210, Länge 194 m, Breite 27 m, Tiefgang 6.40 m, 8 Decks, Leistung 27.450 kW, Geschwindigkeit 21,0 kn, Flagge: Tonga. Das Schiff führt Innen- und Außenkabinen, Meerblick-Kabinen, Balkon-Kabinen und sechs barrierefreie Kabinen. Es stehen vier innenarchitektonisch unterschiedlich figurierte Restaurants zur Verfügung, das *Provence, Bocuse, Rustica* und *Elysée.* Zwei Bars (*Nocturne* und *Moulin Bleu*), eine Theater- und Musical-Hall, der Konferenzraum, das Casino, ein Multimedia-Center, drei Sonnendecks, der Jogging Parcours, ein Fitness-Room, die Body-Soul- und Sauna-Landschaft, der kleine, aber beliebte FKK-District kommen hinzu. Eine Boutique für gehobene Ansprüche und das Hair-Studio runden das Geschäfts- und Freizeitangebot ab.

Unten auf Deck Zwei ist das Hospital, geheimnisvoll beargwöhnt und zugleich heimlich bewundert von den Passagieren. Die ärztliche Leitung hat Dr. Hannes Schirkow. Von Haus aus ist er Anästhesist, ihm wird von der anstelligen und einfühlsamen Krankenschwester Claire Berger assistiert. Zwei der vier Patientenbetten sind Schwingbetten, die bei höherem Wellengang das Rollen und Stampfen des Schiffes abmildern. Dr. Schirkow, sympathisch, aber kein Abziehbild aus dem *Traumschiff,* ist verlässlicher Rettungsanker bei allen Kreislaufkapriolen, asthmatischen Irritationen, Diabetes-Problemen und anderen medizinischen Auffälligkeiten im Kreuzfahrtalltag. Stärkende Infusionen mit Calcium-Beigaben, Folsäure-Komplexen und Vitalstoff-Derivaten gehören zu seinem Standardangebot, das er dringend, dabei nicht aufdringlich, empfiehlt und nach Lage der Dinge und Malaisen zum Einsatz bringt. Bei Obstipationen, oft verursacht durch unkontrollierte Essenszufuhr und ballastarme Speisen aus der Bordkonditorei, setzt der Arzt nach beharrlicher Rücksprache gern den hilfreichen Einlauf mit Glaubersalzzusatz ein. Das saniert den Darmtrakt und dankende Blicke der Patientinnen sind der Beleg für die Richtigkeit der gewählten Therapie an Bord. Das Ganze dauert keine zwanzig Minuten, und Hospital-Schwester Claire tupft diskret kleine Verunreinigungen auf Liege und Laken mit Watte und Tampon weg. Die Liquidation für ärztliches Tun flattert übrigens immer erst zwei oder drei Tage nach der Behandlung in die Kabine, wobei stets die *Apotheken Umschau,* einmal gefaltet, zur Lektüre beigefügt ist. Der Doktor weiß, was sich gehört. Er hat Stil. Dr. Schirkow musste vor Jahren, zwei Stunden vor dem Anlaufen der Falklandinseln, sogar die Extraktion eines vereiterten Zahnes bei einer Schweizer Pianistin vornehmen. Im Hair-Studio wird davon gerne en détail berichtet.

Die Patienten, aber das versteht sich fast von selbst, *Voranmeldung erbeten,* können nur als Privatpatienten behandelt werden, so dass sich für die erfahrenen Kreuzfahrer immer die private Krankenversicherung empfiehlt, die zum Antritt der Reise über jede Bank oder Sparkasse abgeschlossen werden kann. Abgerechnet wird an Bord nach der GOÄ, der Gebührenordnung für Ärzte. Der ärztliche Dienst hat tagsüber regen Zulauf, man schätzt die Erfahrung und das Können. Nur wenige an Bord wissen, dass Dr. Schirkow übrigens sieben Jahre als Amtsarzt bei der Bundesanstalt für Arbeit in Saarbrücken tätig war (Vergütungsgruppe A15). Er überprüfte damals die Arbeitsfähigkeit vermeintlich kranker Arbeitsloser, leitete Umschulungen ein, wo Staub- oder Mehlallergien das Aus in Grube oder Backstube bedeuteten. Gutachten, Anträge, Aktenberge, Widersprüche und medizinischer Rat – das war lange seine Welt. Aber jetzt auf See, ohne den Schreibkram und eine überbordende Bürokratie, da geht es ihm viel besser, sehr viel besser. Der goldene Äskulapstab, gestickt, auf dem Ärmel der Uniform, das tut gut, und jeder kennt das unaufdringliche Zeichen des griechischen Gottes der Heilkunst.

Die Kabinen und Suiten haben selbstverständlich SAT-Empfang und auf Knopfdruck erscheinen auf dem ersten Kanal die Bug-Webcam mit ihrer dokumentarischen Abbildung der Vorausfahrt oder die Ablege- und Anlegemanöver im Hafen durch die Bordbesatzung (Philippinos oder Malaien). Der zweite Kanal ist für die geografische Animation reserviert. Sie zeigt den exakten geografischen Standort der *Odysseus II* mit Längen- und Breitengrad, oder die nautische Winkeleinheit der Fahrtrichtung, sofern das Schiff abgelegt hat. Die Windstärke (bezogen auf die Beaufortskala) und die Windgeschwindigkeit sowie die Fahrtgeschwindigkeit des Schiffes werden auf dem Bildschirm (jeweils in Knoten) angegeben. Die Kanäle 3 bis 5 sind für deutschsprachige Fernsehprogramme reserviert, 6 bis 10 geben amerikanische, englische und örtliche Fernsehsender der Region wieder. Die Kanäle 11 bis 15 sind für populäre Spielfilme reserviert, 16 bis 19 verfügen über Einspielungen von Pay-TV, darunter zwei Erotikprogramme mit Abrechnung über das persönliche Bordkonto.

Alle Kabinen haben Internet- und Telefonanschluss. *Sie können von Ihrer Suite oder Kabine im Selbstwählverkehr telefonieren. Bitte beachten Sie hierzu die folgenden Informationen. Die Kosten von 4,50 € pro angebrochener Minute werden Ihrem internen Kabinenkonto belastet. Um eine Verbindung zu bekommen, wählen Sie bitte folgendermaßen:*

1. Satellitenanwahl:
Bitte wählen Sie 044 und warten auf das Freizeichen.

2. Landesvorwahl:
0049 für die Bundesrepublik Deutschland
0043 für Österreich
0041 für die Schweiz

Weitere Landesvorwahlen erfahren Sie an der Rezeption.

Wichtige Telefonnummern intern:

Notfall:	*9999*
Rezeption:	*6161*
Hospital:	*7171*
Service:	*2525*
Haar-Studio:	*4444*
Boutique:	*8181*
Fotostudio:	*5555*
Casino:	*3333*

Ferngespräche:
Die Telefonanlage beginnt nach 20 Sekunden zu zählen und die Gebühren werden digital Ihrem Bordkonto belastet. Erhalten Sie nach Anwahl des Satelliten kein Freizeichen, dann legen Sie bitte auf. Die »Odysseus II« hat in diesem Fall keine Verbindung zu dem Satelliten und es ist nicht möglich, zu telefonieren. Bitte haben Sie hierfür Verständnis. Stellen Sie bitte nach Gesprächsende sicher, dass Sie den Hörer aufgelegt haben. Widrigenfalls werden weitere Gebühren berechnet. Ihre Kabinennummer ist identisch mit Ihrer Bord-Telefonnummer. Sie können also problemlos von Kabine zu Kabine telefonieren. Hierfür werden pauschal und unabhängig von der Gesprächsdauer 0,50 € berechnet. Falls Sie geweckt werden wollen, drücken Sie bitte die Taste 5 und geben dann die gewünschte Uhrzeit, Stunde, Minute hh mm (z.B. 0620) ein. Die Reederei »Adventure & Culture« wünscht gute und erfreuliche Telefonate an Bord!

In den Kühlschächten der *Odysseus II* lagern gigantische Fisch- und Fleischvorräte. Jede Woche werden davon 2.000 Kilo verzehrt, 700 Liter haltbare Milch kommen in diesem Turnus zum Einsatz, Zentner an Salaten und Frischgemüse, Kartoffeln und Fritten, Reis nur in Maßen, 1.500 Eier werden für Omelettes, *omelettes garnies et fourrées, omelette au lard, omelette lyonnaise, œufs pochés Henri IV, œufs mollets soubise, œufs frits à l'américaine, œufs poêlés* zertrümmert oder behutsam mit einem Warmhaltemützchen versehen. Der Bäcker formt und knetet täglich frische Brötchen, Croissants, Brot und Laugenbrezeln, der Pâtissier und seine siebenköpfige Truppe zaubern für die hungrigen Mäuler am Nachmittag *éclairs au café, croques en bouche, plumcakes, biscuits à la cuillère, gâteaux sablés fins* oder den beliebten *gâteau du président* nach Maurice Bernachon, eine Création, die aus ökotrophologischer Sicht nur in bescheidenen Mengen verzehrt werden sollte. Confiseur, Glacier, Légumier, Potager, Friturier, Rôtisseur, Poissonnier, Boucher und Fournier sind in den Restaurants für die Gäste nur selten zu sehen. Die Küchenkünstler arbeiten zum Teil in einer kleinen Glas-Show-Küche auf Augenhöhe mit den Passagieren, mehrheitlich aber ein Deck tiefer, verbunden mit geräumigen Speiseaufzügen und Rolltreppen für das flinke Service-Personal. Der Kapitän, und das ist ihm vornehme Pflicht, stellt sein Küchen- und Kellerpersonal beim Käptn's Dinner den Gästen gesondert vor.

Apropos Kellerpersonal. Herr Schütz ist seit acht Monaten Sommelier an Bord der *Odysseus II.* Zuvor war er bei der renommierten und ältesten Sektkellerei in Deutschland, bei Kessler Sekt in Esslingen a. N. tätig. Mehr zufällig hörte er von der Stellenanzeige bei *Adventure & Culture.* Beim Bewerbungsgespräch in Kiel wurde er unter anderem nach der Handhabung von Weinstein befragt. Aber das war kein Stolperstein: Die Ausfällung von Weinstein lässt sich beherrschen und tritt vor allem bei stark säurehaltigen Weinen auf. Schütz sprach eloquent über Weinstein bei fallender Temperatur im Stahltank auf 0 °C, erwähnte den

Hefetrub unter Einbeziehung eines fachlichen Schlenkers zum süddeutschen Weißbier. Das gefiel der Kommission. Abschließend wurde Schütz nach Schwefelböckser und den Problemen des Hydrogensulfits bei zu warmer Gärung befragt. Aber er ließ sich nicht ins Bockshorn jagen und bekam die Zusage als Kellermeister auf der *Odysseus II.* Jetzt verwaltet Schütz auf dem Schiff seinen *Château Lafite Rothschild,* den *Krug Grande Cuvée,* den *Grange* aus Australien oder bescheidener *Villa Antinori Rosso di Toscana* und *Koonunga Hill Chardonnay.* Mit dem Einkauf von deutschen und tschechischen Bieren sowie ausgewählten Wässern muss sich der Sommelier beschäftigen. Den Kampf um kochsalzarmes Mineralwasser hat er beinahe aufgegeben, denn entgegen den Expertisen von Warentest gibt es weiterhin Passagiere, die ihren *Grünen Veltliner* mit Wasser der Hirschquelle aus Bad Teinach im Schwarzwald oder Wasser aus Selters spritzen und damit ohne Not, ja, versalzen. Geschmacklich ein kapitaler Fehler, wie Schütz meint. Er empfiehlt ein Wasser aus Bad Imnau oder Bad Niedernau, das an Bord in kleinen Mengen ebenfalls vorrätig ist. Aber da lassen sich die Gäste nicht so einfach überzeugen. Die Werbung macht's, nicht die Zunge.

Es gibt Ärger. Manchmal. Die Minibar in der Kabine wird gelegentlich mit Probefläschchen der verschiedenen Weingüter bestückt. Herr Flechsig beschwert sich beim Hotelmanager in diesem Zusammenhang über eine badische Weißweinprobe (0,25), die vor mehr als 9 Jahren abgefüllt wurde und sich höchstens für die Zubereitung von Saucen in der Küche geeignet hätte. Die Reklamation führt zu erheblichen Irritationen im Management, der Fall wird aber im Sinne des Passagiers, er zählt zu den Repeatern auf dem Schiff, kulant gelöst.

Sehr geehrter Herr Flechsig,
anbei eine gute Flasche Grauburgunder Pinot Grigio aus der Region Venezien, als Alternative zu der beklagten Bouteille. Den Silvaner haben wir nach Verkostung aus Ihrer Minibar

ebenfalls und ohne Berechnung ausgetauscht. Die von Ihnen kritisierte Berechnung von Espresso-Getränken trotz Ihrer Gesamtpaket-Buchung für die »Odysseus II« lasse ich gerade bei A&C in Kiel überprüfen. Ich bitte um Ihr Verständnis und Ihre Geduld.

Mit freundlichen Grüßen
Stefan Silber, Hotelmanager »Odysseus II«

Um 20 Uhr, ganz nach Fahrplan, legt die *Odysseus II* ab und nimmt Kurs auf Dubai. Wie immer erklingt bei der Ausfahrt aus den Bord-Lautsprechern der Soundtrack *1492 – Conquest of Paradise.* Das schafft Fernweh und Heimweh in einem, ein bizarres emotionales Gemisch, dem sich kaum jemand entziehen kann. Die Reling ist voll besetzt, die Passagiere winken den Gästen auf dem Nachbarschiff, der *Princess of Delhi,* zu. Das Loslassen des Festlands ist willkommen, die Melodie des griechischen Komponisten Vangelis dabei süßes Gift und Narkotikum, dem sich auch die Besatzung gerne hingibt. Die Klänge aus vollen Boxen lassen Schwermut und die Segel auf imaginären Fregatten anschwellen. Der Boxer Henry Maske wählte das musikalische Breitbandgemälde bei seinen Fights zum Einmarsch. Nur unwissende Newcomer müssen fragen, von wem, welche Musik, welcher Film, *Conquest of Paradise.* Bald werden sie es wissen und sich die CD in der *Odysseus*-Boutique als Souvenir für 18 Euro kaufen. Passt in jeden Koffer. Der Hafenschlepper *Michelle IV* dreht bei und verlässt die *Odysseus II* nach dem zwanzigminütigen Auslauf-Manöver. Verabschiedung mit Schiffshorn. Im Auge minimieren sich Hafen und Mumbai. Bei leichter Brise widmen sich Frau Feldmaier und ihr Mann dem Tageskreuzworträtsel: *Französiche Auto-Rennstadt, waagrecht, sechs Buchstaben, Koranabschnitt, senkrecht, vier Buchstaben, britischer Geiger † (Yehudi), senkrecht, sieben Buchstaben.* Das lässt sich machen. Beginn der Soiree um 21 Uhr 30, ein Strauß bunter Operetten-Melodien ist versprochen. Die Außentemperatur liegt bei 27 Grad. Die Schiffsmotoren werden außerhalb des Hafens von Mumbai, nach Verlassen des Schwefelemissions-Schutzgebietes, wieder mit Schwerem Dieselöl gefahren. Das ist kostengünstiger, und der schwarze Rauch schlägt erst weit hinter dem Heck mit seinen Schwaden auf die Wasseroberfläche. *Conquest of Paradise.*

V
Dornach, Rütliweg
47° 48′ N, 7° 61′ E

Anastasia Schirmer öffnet ihr Wohnzimmerfenster, das nach Osten ausgerichtet ist, und lässt die frühen Morgenstrahlen in ihr kleines Mansardenzimmer leuchten. Der Malven-Tee dampft und schimmert rötlich in der Keramik-Schale. Anastasia gönnt sich einen kleinen Kandis-Kristall, den sie, mit einem silbernen Teelöffel in der schmalen linken Hand, vorsichtig einrührt. Sie bestreicht dünn ihr zweites Knäckebrot mit Basler Demeterbutter und verteilt behutsam mit dem Spender etwas Kastanienhonig auf die Aufstrichfläche. Auf dem Tisch, der für alle Verköstigungen des Tages bereit steht und mit einem liebevoll gesäumten Leinengewebe (türkis und blau) artig bedeckt ist, steht ein kleiner Strauß mit Fresien, ein Schwertliliengewächs, das der Baumeister des *Goetheanums* so innig geliebt hat.

Über der Kochnische mit zwei Elektroplatten hängen drei Schwarz-Weiß-Fotos in einer ordentlich vermessenen Waagrechten. Links grüßt das ernste Gesicht von Christian Morgenstern galgenliedrig, zentral ist das Abbild Rudolf Steiners, braun patiniert und mit inszeniert abgestützter Kopfhaltung zu sehen. Im gleichen Abstand ist auf der Rechten das leptosome Gesicht des Dichters Albert Steffen positioniert, dem Thronfolger Steiners in der Anthroposophischen Gesellschaft. Gegenüber der bescheidenen Küchenzeile und den drei Fotografien hängt ein großformatiges Bild der Sixtinischen Madonna. Dieses Gemälde Raffaels, so wird der Doktor gerne zitiert, sei besonders für schwangere Frauen wohltuend. Und Anastasia erstand das Gemälde vor Jahren, als sie allzu früh glaubte, gesegnet zu sein. Aber es kam anders und sie konnte ihre Ausbildung als Eurythmistin in Dornach abschließen. Vom Rütliweg 12 hat sie es nicht weit bis zum *Goetheanum* und seinen pädagogisch-künstlerischen Räumlichkeiten auf dem Hügel.

Der berufliche Weg zur Eurythmistin auf der Bühne bleibt Anastasia verwehrt. Dazu fehlen ihr angeblich, so ihre Lehrer, Musikalität, Geschmeidigkeit und körperliche Inspiration. Ja, im schweizerischen Dornach trippeln und tippeln jede Menge ausgebildete Künstlerinnen, meist hager von Gestalt, doch zugleich von sympathischer und hellenistischer Ausstrahlung, oft kunstvoll unterstützt durch eine disziplinierte Haargestaltung. Sie sehnen sich oft vergeblich nach einträglicher Arbeit im Umfeld des schönen Baus, und die Hilfsjobs beim Empfang und in den Gärten sind spärlich gesät und nur zu oft vergeben.

Ja, die Schulen in Basel, Bern, Montreux, Lausanne und Biel, die suchen immer wieder belastungsfähige Lehrerinnen in Sachen Eurythmie. Doch Anastasias Bewerbungen, auch die für Waldorfschulen in Stuttgart und Pforzheim, kamen immer zurück mit dem Ausdruck tiefer Verbundenheit mit ihrem Schicksal und guten Wünschen für eine anderweitige, gedeihliche Zukunft im Sinne der schulischen Bewegung. Aber solche kleineren oder größeren Niederlagen können Anastasia letztlich nur wenig anhaben, denn sie kennt die Worte: *Eurythmie ist ein Sprechen des ganzen Menschen, so dass zu Hilfe genommen wird nicht nur die sich bewegende Luft, sondern die menschlichen Organe.*

Nach dem bescheidenen Frühstück, ergänzt um ein Früchtejoghurt mit Schlehen, fühlt sie sich erfrischt und munter. Sie liest mit Hingabe den *Wochenspruch* aus dem *Seelenkalender,* räumt Stuhl und Tisch mit flinker Hand beiseite, wählt sich anschließend einen der fünf kupfernen Eurythmiestäbe, die in einem

Röhrenständer aus geflochtenem Peddigrohr stehen, startet den kleinen CD-Player mit Schuberts Forellenquintett op. 114, D 667, das sie am Abend bereits aus ihrer musikalischen Sammlung von 15 CDs bereitgelegt hat. Artig, unbeobachtet, leicht und beschwingt bewegt sich Anastasia durch den viel zu kleinen Raum unter feiner Hebung, Senkung und Drehung des Kupferstabes. Ein schmaler hellgrüner, nuancenreich gebatikter Seidenschal aus Richtung des schlanken Halses scheint ihr nachzuschweben. Beim Schlussakkord lässt Anastasia – oft und oft geübt – den Stab über Haupt und Rücken in die rücklings gewendeten und fangbereiten Hände fallen. Wie gewohnt glückt es ihr tadelsfrei, kein plumpsender Stab, kein metallischer Aufschlag des Kupfers am Boden. Ihre Augen strahlen und sie bringt den Stab zu den anderen vier Gesellen in das Behältnis zurück.

Jetzt ist es Zeit, die eigene Ichkraft sprachgestalterisch zu stärken. Anastasia weiß um die formgebende Kraft der Konsonanten, die begrenzen und im Sprech- und Sprachkosmos apollinisch strukturieren und gewollt beengen oder doch Konturen schenken. Anastasia kennt den Wärmestrom, den die vokalische Welt gleichsam grenzenüberschreitend im Atemprozess verströmen lässt. Konsonantisches scheint ihr notwendig, aber nicht Spiegel ihrer eigenen Befindlichkeit, Vokalisches lässt ihre Stimme vibrieren, und sie beginnt mit tiefem Ausdruck:

Weiche wehendem Wind auf Wiesenwegen

Dies spricht sie mit sich steigernder Intensität fünfmal und erfreut sich zugleich an der stabreimenden Repetition im Übungssatz. Den Raum nutzt Anastasia als ihre persönliche Agora, auf der sie schreiten, sprechen und sich begrenzt bewegen kann:

Erfüllung geht
Durch Hoffnung
Geht durch Sehnen

Durch Wollen –
Wollen weht
Im Webenden
Weht im Bebenden

Anastasia möchte das vokalreiche Mantra mehrfach und ganz als Suchende im Wort sprechen. Doch ein Glöckchen schlägt drei Mal an, vereinbartes Zeichen, wenn Werner vorbeischaut. In der Frühe kommt er nur ausnahmsweise. Er wohnt in der Herzentalstrasse, ganz in der Nähe vom Spital. Der Sprachgestalter am *Goetheanum* hat es beruflich besser getroffen als Anastasia. Er ist als Korrepetitor für das Bühnenensemble eingesetzt. Letztes Jahr war er bei den Faust-Inszenierungen (Teil I und II) gefragter Sprachgestalter, heuer werden wieder Steiners *Mysteriendramen* gegeben. Das sind harte Nüsse für die Schauspieler und erfordern erfahrene sprecherische Begleitung.

Feurigen Schrittes, mit wallendem Haar und aufgetürmten Waigelbrauen stürmt er auf Anastasia zu, dann, in innehaltender Retardierung, küsst er sie mit anmutiger Gebärde auf die Stirne, die lockenumspielt die sorgfältige Pflege mit Wildrosen-Gesichtscreme, zart duftend, von *Weleda* verrät. Werner hat seiner Freundin etwas mitgebracht, eine Überraschung, eine wirklich große Überraschung. Der wohlhabende Vater, wohnhaft in Heidenheim a. d. Brenz, hat es möglich gemacht. Zur angedachten Verlobung des Paares im Herbst hat Werners Vater, Peter Sladek, leitender Ingenieur in der Fertigung für Turbinen und Generatoren bei der Firma Voith, die Zusage für die dreiwöchige Kreuzfahrt auf der *Odysseus II* in einem handschriftlichen Brief bestätigt. Er werde die Buchung für das junge Paar bei *Adventure & Culture* in diesen Tagen vornehmen. Außenkabine, wenn möglich. Und damit ginge ein Traum für Anastasia und Werner in Erfüllung, und das vor Rundung des zweiten Mondknotens: Arabien, Sinai und die Pyramidenkultur Ägyptens – welch ein Geschenk! Vorwegnahme der Morgengabe!

Nach dieser schönen Nachricht greift Anastasia in die kleine aus hellem Birkenholz gefertigte Kinderleier, sie liegt griffbereit unter dem Bild der Sixtinischen auf einer geschnitzten Ruhevorrichtung für den Klangkörper, und summt in pentatonischer Kontemplation *schwinge, schwänge, schwinge,* ein Liedchen, in das Werner unter Mühen summend einstimmt. Dann zieht er aus der Brusttasche eine handschriftliche Abschrift aus dem Zyklus *Der Orient im Lichte des Okzident.* Er war drüben in der Bibliothek und hat notiert: *Und wenn Sie sich erinnern, dass die nördliche Strömung vorzugsweise den Blick nach außen entwickelte, das Suchen nach jenen Wesenheiten, die hinter dem Teppich der Sinnenwelt standen, und dass das ägyptische Volk diejenigen Geister suchte, die man auf dem Weg nach innen findet, so werden Sie begreifen, wie hier zwei Strömungen zusammenwirkten. Also da stoßen der Weg nach außen bei den Chaldäern und der Weg nach innen bei den Ägyptern zusammen.*

Nach der kleinen Vorlesung legt Anastasia ihre Hand auf die von Werner und fragt vorsichtig: *München 1912? Aber, aber!,* korrigiert Werner: *Gesamtausgabe Band 113, München 1909.* Dann liegen sich beide glücklich in den Armen und träumen von einem Schiff, das sie über den chaldäisch-persischen Golf ins Rote Meer und dann nach Giza tragen wird. Doch Geduld ist gefragt und noch sind sie einander nicht versprochen.

VI
Tokio
35° 68′ N, 139° 42′ E

Mehr als zwei Jahre nach dem verheerenden Tsunami wird ein japanischer Jugendlicher seinen verlorenen Fußball zurück erhalten. Ein aufmerksamer Sammler von Strandgut entdeckte den Ball mehrere tausend Kilometer entfernt auf einer kleinen Insel im Golf von Alaska. Auch bei einem von dem Mann gefunde-

nen Volleyball konnte die Besitzerin ermittelt werden. Laut der US-Behörde für Wetter- und Meeresforschung entdeckte David Baxter auf dem Ball eine Botschaft mit dem Namen der Schule. Seine japanische Frau habe die Nachricht übersetzt und den Ort der Schule recherchiert.

VII
Berlin
52° 51′ N, 13° 40′ E

Die Sängerin Nicole singt auch 30 Jahre nach ihrem Grand-Prix-Sieg gerne ihren Hit »Ein bisschen Frieden«. Dieses Lied ist ein Jahrhundertlied. »Ich werde nicht müde, es zu singen. Es verliert seine Aktualität und seine Magie niemals«, sagte die 47-Jährige in einem Interview mit der »Welt am Sonntag«. Damals wie heute sei sie ein Mensch, der die Welt retten wolle vor Ungerechtigkeit, Kindermissbrauch und Drogen.

VIII
Manama
26° 21′ N, 50° 58′ E

Vor dem umstrittenen Formel-I-Rennen in Bahrain hat es in der Nacht zum Samstag gewaltsame Zusammenstöße zwischen regierungskritischen Demonstranten und der Polizei gegeben. Regierungsgegner berichteten, an einem der Orte der nächtlichen Proteste sei die Leiche eines Mannes gefunden worden. In der Nähe der Rennstrecke riefen Demonstranten Parolen gegen das sunnitische Königshaus aus und forderten die Freilassung von Oppositionellen aus der Haft.

IX
Kiel
54° 19′ N, 10° 08′ E

Sehr geehrte Frau Schindler,

bald geht es los und Sie stechen in See! Freuen Sie sich also auf faszinierende Länder, Landschaften und Menschen, die wir gemeinsam mit Ihnen auf unserer Fahrt rund um die märchenhafte Arabische Halbinsel in wenigen Tagen ansteuern werden. Von Kiel aus haben wir alles für Sie vorbereitet, so dass Sie unvergessliche Wochen auf der »Odysseus II« in unbeschwerter Atmosphäre genießen können. Erlauben Sie uns aber vorab einige Hinweise, die den reibungslosen Verlauf der Reise sichern sollen:

1. *Es bestehen keine Beschränkungen hinsichtlich Ihres Gepäcks, das Sie an Bord der »Odysseus II« mitbringen können. Die einschlägigen Gepäckbestimmungen auf den Kreuzfahrten von A&C entnehmen Sie bitte Ihren weiteren Reiseinformationen.*

2. *Mit Ihren abschließenden Reisedokumenten, die Ihnen in wenigen Tagen zugeschickt werden, erhalten Sie drei verschiedenfarbige Kofferanhänger (rot, weiß und blau) von der Reederei. Bitte befestigen Sie die Anhänger blau und weiß an Ihrem jeweiligen Koffer. Vergessen Sie bitte nicht, Ihre Kabinennummer einzutragen, dies erleichtert der Crew die Zuordnung der Gepäckstücke. Der rote Anhänger ist für Ihre persönlichen Unterlagen als Beweissicherung gedacht, falls einmal etwas verloren gehen sollte.*

3. *Die Kleidung an Bord der »Odysseus II« ist in aller Regel leger und sportlich. Lediglich anlässlich der Soiree mit dem Kapitän und weiterer Festlichkeiten bitten wir um gediegene Abendkleidung. Die Damen sind willkommen in Kostüm, Abendkleid oder Hosenanzug, den Herren empfehlen wir Anzug und Krawatte. Zu*

den Mahlzeiten bitten wir in den Restaurants und Lounges, auf Jogging-Kleidung, kurze Hosen und Badekleidung zu verzichten.

4. *Zu Beginn Ihres Aufenthalts an Bord der »Odysseus II« erhalten Sie einen elektronisch auslesbaren Bordausweis, der zugleich als Kabinenschlüssel dient. Mit dem Bordausweis können Sie die Kleinigkeiten in Bar, Boutique oder die Auslagen bei Massage und beim Frisör begleichen.*

5. *Bei Einschiffung liegt für jeden Gast ein Bademantel in der Kabine zur persönlichen Nutzung bereit.*

6. *An Bord stehen zahlreiche Deckstühle, Badetücher und Sonnenliegen bereit. Wir bitten Sie herzlich, im Interesse der Allgemeinheit auf Reservierung zu verzichten.*

7. *Die neuesten Nachrichten aus aller Welt erhalten Sie täglich über eine ausführlich gestaltete Bordzeitung, die in Ihrem Brieffach liegt.*

8. *Das Rauchen in öffentlichen Räumen wie Restaurants, Weinstuben, Lounges etc. ist nicht gestattet. Raucherzonen sind gesondert ausgewiesen. Rauchen Sie unter keinen Umständen im Bett. Die Rauchmelder und die Feuerlöschanlagen werden ansonsten aktiv. Wir bitten Sie höflich um Beachtung.*

9. *Die Mahlzeiten in den Nichtraucherrestaurants werden in einer Sitzung eingenommen. Ihre persönlichen Tischplatzreservierungen nehmen wir gerne entgegen und prüfen die Umsetzung derselben. Frühstück und Mittagessen werden auf der »Odysseus II« in offener Sitzung eingenommen, d. h. Reservierungen sind im Allgemeinen nicht vorgesehen. Zum Dinner und Abendessen steht Ihnen Ihre persönliche Reservierung zur Verfügung. Bei weiteren Wünschen und Anregungen, die den Restaurantbetrieb betreffen,*

steht Ihnen an Bord gerne unser Maître d'Hôtel, Herr Silber, mit Rat und Tat zur Seite.

10. *Wir empfehlen Ihnen dringend, eine Reiseversicherung über Ihr Reisebüro oder eine anderweitige Agentur abzuschließen. Gegebenenfalls können Sie eine solche Versicherung bei Antritt der Reise an Bord abschließen. Fragen Sie bitte an der Rezeption. In den nächsten Tagen erhalten Sie weitere Informationen zu Ihrer Kreuzfahrt. Einstweilen wünschen wir Ihnen ganz viel Vorfreude auf Ihre Seereise mit der »Odysseus II«. Wenn Sie Fragen haben, so bitten wir um einen Rückruf unter der Telefonnummer 0431-929-345-26 oder -27.*

Mit freundlichen und herzlichen Grüßen
Constanze Vierling
Repräsentantin, Head Quarter
Adventure & Culture

X
Schotten
50° 30′ N, 09° 07 E

Den Kurort, in dem sie aufgewachsen ist, den hasst sie. Jedenfalls erzählt sie jedem ungefragt, wie langweilig und öd dieses verschlafene hessische Städtchen westlich des Vogelsbergs mit seinem Hoherodskopf sei. Kein einziges Kino, und Diskotheken? Wenn überhaupt, probieren die's für vier Monate, dann machen die wieder dicht mit angemeldeter Privatinsolvenz. So ist das hier am Fuße des erloschenen Vulkans. Im Niddastausee hat sie schwimmen und surfen gelernt. Aber das ist eine Ewigkeit her. Einmal im Jahr ist Motorradrennen am Schottenring mit historischen und glänzend aufgemotzten Rennmaschinen. Wenn das Wetter mitmacht, hat das was. Doch im Juni regnet es garantiert oder es gibt Nebelschwaden mit Land unter wie bei den richtigen Schotten. Vor drei Jahren war das, da hat sie in der Pizzeria den Rennfahrer kennengelernt. Ohne Nachnamen. Snuffi ließ er sich von Semira rufen. Vielleicht war das nur ein Gag, Tarnung. Keine Schönheit, mit Ostseeeinschlag und rotgelbem Igelschnitt natur. Rechts ein Ohrring mit kleinem Totenkopf aus Elfenbein oder Plastik. Semira hat nicht nachgefragt. Er kam ohne einen größeren Verein oder Club nach Schotten, wo sich an 350 Tagen im Jahr Hase und Igel gute Nacht sagen.

Der Holsteiner fuhr eine alte Moto Guzzi V8, kam aus Glücksburg, langes Juli-Wochenende. Am Samstag, nach dem Rennen, keine vorzeigbare Platzierung für den Ostseeanrainer. Sie sind die zwölf Kilometer rauf zum Moor und zu den Fischteichen bei der Jugendherberge gebrettert. Zwischen blauen Lupinen und auf weichem Bergmoos hat sie dann mit ihm leidenschaftlich gevögelt, mit Snuffi, dem Rennfahrer, 500 ccm. Quietschende Ledermontur beim Ausziehen, haste Töne! Semira fiepsig und glücklich. Einfach so. T-Shirt und Brax demoliert, verklebt, waschmaschinenreif. Das war alles. Daran erinnert sie sich gerne und ohne Reue. Dann schnell zu den Bikern beim Fernmeldeturm, Pfadis mit GPS, Baumkronenpfad und Kletterwald. Die Rodelbahn hatte früh geschlossen. Zweimal gespritzten Äppelwoi. Das kannte er nicht. Ein *Lauterbacher* 0,3 hinterher. Sie gab ihm dann die Adresse mit: Semira Schneider, Lindenweg 25, 63679 Schotten, Telefon. Ein Kuss, alles flüchtig. Es kam nichts mehr nach dem Bohei am Schottenring, dem wilden Tanz auf dem Vulkan, kein Anruf, einfach nichts. Im nächsten Jahr war er bestimmt wieder beim Rennen, aber da wollte Semira nicht mehr, schon gar nicht ihm nachlaufen.

Die Eltern – der Vater arbeitet im Bereich Entwicklung im Sektor Quarz bei Heraeus in Hanau, die Mutter ist freiberuflich von Zeit zu Zeit für den Hessischen Rundfunk in der Jugendredaktion tätig. Sie haben Semira in die Gesamtschule geschickt, mit Latein *quidquid id est, timeo Danaos et dona ferentes* und

Französisch *il pleure dans mon coeur comme il pleut sur la ville.* Semira quält sich zum Abitur. Dann Ausbildung zur Apothekenhelferin in Grebenhain mit Fachschule, kein Abschluss, Abbruch nach einem halben Jahr. Die Eltern schicken die Tochter dank guter geschäftlicher Beziehungen entnervt für ein Jahr nach London, au pair. Nur mäßige Begeisterung. Aber immerhin. Dann nach Rückkehr und Begrüßung durch die Mutter am Bussteig in Schotten: *Leerjoor saai koaa Härrnjoor.* Beide lachen kurz. Im Hotelrestaurant *Zum Taufstein,* unterhalb vom Hoherodskopf, bekannt für seine exquisiten Regenbogenforellen und die rustikale Kartoffelbratwurst mit Sauerkraut, gibt es zwei Ausbildungsstellen zur Hotelfachfrau. *Nun reiß dich zusammen und mach was draus! Uns sind die gebratenen Tauben auch nicht in den Mund geflogen. Probier's wenigstens! De Abbedidd kemmd baaim Äesse,* sagt Vater.

Semira könnte kotzen und träumt von der U-Bahn in London und den schwül eingedampften Bahnsteigen. Sie stellt sich beim Chef vor, oben im *Taufstein,* und bekommt prompt den Ausbildungsplatz. Die Eltern haben hier oft und oft gegessen, der 70. von Tante Hilde aus Busenborn wurde oben gefeiert. Man kennt sich. *Mach mir keine Schande, Semira!*

Sie kapituliert und beginnt die Ausbildung. Im Frühjahr und Sommer kommen viele Biker in den Biergarten. Semira schaut sie sich über die Schulter an und testet, ob es jemanden gibt, der an Snuffi aus Glücksburg erinnert. Fehlanzeige, Fata Morgana, Blödsinn. Sie kennt inzwischen hinter dem Hotel viele Wege und Bäche, die Bonifatiusquelle, den Niedermooser-See, die Niddaquelle. Aus falscher Gutmütigkeit hat sie das Gelände einem Gast einmal näher gezeigt. Da war sie in der Probezeit. Ein ehemaliger Mitarbeiter der NUKEM, der inzwischen in Neckarwestheim in der Forschung malocht, drängte sie auf der Bank – Fernsicht Taunus –, seinen lauwarmen Brennstab zu erkunden. Das ekelte sie und sie ließ ihn cool stehen, ganz in der Nähe vom Segelfluggelände, bei der Kuppe.

Bei der Prüfung zum Hotelfach galt es eine Zucht-Dorade zu filetieren, gemein, die hat besonders viele Gräten. Die Kommission von der Heidelberger Hotelfachschule war angetan, auch beim Tranchieren von *Châteaubriand pour quatre personnes.* Für Oktober, Beginn also in drei Monaten, hat Semira eine Zusage für das renommierte Drei-Sterne-Hotel *Traube* bei Traumkoch Harald Wohlfahrt in Baiersbronn. Das kann sie normalerweise nicht ausschlagen, und dann kam die Internetanzeige von *Adventure & Culture* für die *Odysseus II.* Das Kreuzfahrtschiff sucht jede Menge Personal für den Service-Bereich. Das kitzelt Semira mächtig und wäre was ganz anderes als Schwarzwald pur in Baiersbronn. Deshalb hat die Hotelfachfrau die 80 Stunden Sicherheitstraining für Sommeliers, Kellner, Küchenchefs und was weiß ich in Rostock gebucht. Alles in geheimer Mission wegen der Eltern. Seediensttauglichkeit, so heißt das Zauberwort. Es geht um den Basic Safety-Kurs für Landratten, die auf den Kreuzfahrtschiffen arbeiten wollen. Erste Hilfe, Feuer an Bord, Wasserung einer Rettungsinsel, Bedienung der Rettungsboote, der Einfluss von Drogen und Alkohol an Bord.

Der athletische Ausbilder in Rostock, *ich heiße Thomas,* baggert die Frauen beim Training an und mag vor allem Vertrauensübungen. Dabei fällt der Vordermann mit panischen Urlauten rück- und blindlings in die Arme des Retters, tremoliert und jubelt über die glückliche Landung im gespannt vibrierenden Bett maskuliner Muskeln. Der Ausbilder liebt diese Übung über alles, auch die zweistündige Einheit *Rettungsschwimmen im Hallenbad.* Da wird er richtig taktil und zeigt am Beckenrand, was eine gekonnte Mund-zu-Mund-Beatmung ist, Defibrillator gegen Herzflimmern zum Tagesausklang. Am Abend after Safety-Relaxen im *Pleitegeier* oder in der *Funze.*

Der Kurs beschert Semira das wichtige Dokument für die Zulassung auf der *Odysseus II.* Sie soll sich in einer Woche in Honkong einschiffen. Vertrag, das Ticket und die üblichen Instruktionen werden zugeschickt. Probezeit bis Marseille, da wird das Schiff zwar an einen neuen Reeder übergeben, aber Frau Schneider kann bei Eignung gegebenenfalls auf die *Maria Theresia* im Rahmen einer Norwegen-Exkursion übernommen werden. Basislohn 2.200 Euro im Monat, zusätzliche Zuschläge durch Trinkgeld, Siebentagewoche. Sie packt im Lindenweg zwei kleine Koffer. Herr und Frau Schneider wollen die Tochter in Baiersbronn bald besuchen und in der *Traube* auch essen. *Semi, reservierst Du uns einen Tisch für einen Freitag? Wir übernachten dann auch.* Semira hat ihnen die neue Variante nicht gesteckt und will sich erst vom Schiff melden. Im Lindenweg röhrt eine Honda Crosstourer. Keine Guzzi.

XI
Dubai Creek, Park-Hyatt
25° 14′ N, 55° 17′ E

Willkommen im »Park Hyatt Dubai«. Wir hoffen, Sie haben einen angenehmen Aufenthalt bei uns. Wir moechten Sie gern ueber Folgendes informieren: Fruehstueck wird ab 6 Uhr im »Café Arabesque« neben dem 1. Block serviert.

Ihr Transfer faehrt um 10:30 Uhr von der Hotellobby ab. Wenn Sie Hilfe bei Ihrem Gepaeck benoetigen, rufen Sie bitte die »3« von Ihrem Zimmertelefon an. Ihre Reisepaesse werden gescannt und koennen umgehend wieder an der Rezeption abgeholt werden. Wir wuenschen Ihnen einen angenehmen Aufenthalt.

deine liebe hat sich mit meinem leib verbunden
wie honig mit öl
wie der balsam für die glieder der hohen herren
wie der stoff auf den statuen der götter
wie weihrauch in der nase
wenn er durch den tempel zieht
wie der siegelring mit einem finger

wie der busen des granatapfels
in der hand eines mannes
wie der dattelsaft den man zu bier braut
wie sesamkörner auf einem fladenbrot

Aus Speyer bloggt Daniel: *Da ich mich dazu entschlossen hatte, einen Zwischenstopp in Dubai zu machen, schaute ich mich nach einem Hotel in Flughafennähe um. Daraufhin fand ich das Park Hyatt und war von den Bildern bereits begeistert. Also gesagt und getan, das Hotel gebucht und ab nach Dubai. Da ich einen Nachtflug hatte, kam ich sehr früh morgens an. Ich wurde sehr freundlich begrüßt. Das Zimmer, das ich daraufhin beziehen durfte, hatte einen tollen Blick auf den Creek und die Stadt.*

ich möchte so gern
vor deinen augen baden
um dir meine schönheit zu zeigen
in einer tunika
aus königlich feinstem leinen
das nach kampfer duftet
die locken zu strähnen geflochten
wie schilf

Das Park Hyatt Dubai verwöhnt Sie mit einem 25-Meter-Pool unter Palmen und einem Spa mit Aromatherapie-Anwendungen. Das Hotel liegt 2 km vom internationalen Flughafen Dubai entfernt. Die Zimmer im Dubai Park Hyatt erwarten Sie mit luxuriösen Betten und deckenhohen Fenstern, die sich zu einem möblierten Balkon hin öffnen.

der palast meiner schwester:
der einlass zu ihr
der findet sich im schoß ihres Hofes
wo die schmalen türflügel sich spreizen

das tor sperrangelweit offen
der riegel nach oben geschoben
und sie selbst darüber
vollkommen außer sich
wär ich doch der türsteher dort

Aus Flensburg bloggt Viktoria: *Sehr freundlicher und hilfsbereiter Service. Traumhafte, sehr gepflegte Gartenanlage mit mehreren Pools für Erwachsene und Kinder. Sauberer Strand.*

ins bett werd ich mich legen zu hause
und einfach so tun als wär ich krank

Dear In-House Guest,

The Park Hyatt Dubai's Amara Spa is delighted to offer special rates from Sunday through Thursday, between 9:00 am until 12:00 pm as well as from 7:00 pm until 10:00 pm. Guests are welcome to enjoy a 30 % discount on a wide variety of award-winning treatments. The Amara journey begins with a refreshing rain shower in the private garden of the spacious spa suite. Couples' suites are also available for a shared spa experience. This will prepare guests for a rose petal hand and foot ritual prior to their full treatment. Guests are invited to drift away with the surrounding euphoric aromas of the Orient having chosen their own music from the music menu.

Robyn Fletcher
Spa Manager

mein lotos meine liebe
mein gott des lichts
mein nordwind
dann gehe ich am liebsten hinunter zum fluss
die brise
in blüte

ich möchte mich so gern
vor deinen augen baden

XII
Creglingen, Herrgottskirche
49° 45′ N, 10° 03′ E

Vor fünf Jahren gab es den letzten gemeinsamen Betriebsausflug des Kultusministeriums, Referat Medien, mit dem Landesmedienzentrum Baden-Württemberg, kurz LMZ. Die intensiven Vorbereitungen für ein neues betriebliches Stelldichein laufen bereits über vier Monate. Der Hauptpersonalrat beim Ministerium für Wissenschaft, Forschung und Kunst wird in die Planung ebenso einbezogen wie der viel kleinere und unbedeutende Personalrat des Landesmedienzentrums in Stuttgart. Die Personalratsstrategen haben in einer internen Umfrage unter den Mitarbeitern abgefragt, ob der geplante Ausflug an den Bodensee, nach Schwetzingen, Heidelberg oder Tauberbischofsheim gehen soll. Eine qualifizierte Mehrheit entscheidet sich für Tauberbischofsheim, Autokennzeichen TBB. Die netten Medienkollegen vom Kreismedienzentrum (KMZ) in TBB, Flurstraße 2, haben einen gehörigen Brunch für die Gäste vom Ministerium und die Kollegen aus der Fläche der Kreismedienzentren vorbereitet. Ja, der ländliche Raum im lieblichen Taubertal will sich nicht lumpen lassen und den Angereisten aus der Landeshauptstadt, aber auch den Kollegen aus der Fläche, zeigen, dass Netzplantechnik, Logistik und Gemeinschaftssinn auch an der Tauber überzeugend gepflegt werden.

Acht Charter-Busse schlängeln sich, sternförmig aus Baden und Württemberg kommend, durchs Hohenlohische, dem ehemaligen Armenhaus des Landes, das inzwischen durch die A 81 weitgehend erschlossen ist, und steuern auf das einladende KMZ zu. Die stellvertretende Abteilungsleiterin Medien im Kultus-

ministerium, Frau Dr. Thekla Köster, lässt es sich nicht nehmen, anlässlich der üppigen Bewirtung auch ein Grußwort der Kultusministerin aus Stuttgart zu überbringen. Die Ministerin selbst muss sich freilich wegen einer dringenden Dienstreise nach Straßburg entschuldigen lassen und Frau Dr. Köster bittet um Verständnis, denn sicher wäre die Ministerin nur zu gerne auch an die Tauber gekommen. Freundlicher Applaus.
Der Leiter des KMZ Tauberbischofsheim, Guntram Veltig, ergreift, wie es sich gehört, anschließend das Wort, heißt seinerseits alle Gäste herzlich willkommen, flicht einige grundsätzliche Bemerkungen zur Medienerziehung und Medienpädagogik in strukturschwachen Gebietskörperschaften ein und vergisst nicht, den ausdrücklichen Dank auch an die abwesende Ministerin zu formulieren. Gerade seit der vergangenen Landtagswahl sei die verstärkte Fokussierung der ruralen Bedürfnisse durch die Medienpolitik des Landes wohltuend registriert und hier vor Ort auch anerkannt worden. Auch er wünscht wie die Vorrednerin guten Appetit und einen angenehmen Verlauf des Tages unter der Schirmherrschaft des KMZ Tauberbischofsheim.

Gegen 12 Uhr 30 macht sich der Bus-Konvoi mit den munteren Ausflüglern planmäßig auf die Fahrt nach Creglingen, passiert den Kurort Bad Mergentheim, zur Rechten vorbei an dem Studienzentrum Weikersheim, situiert auf dem trutzigen Schloss, einer immer emsig agierenden politischen Bildungsstätte konservativen Geistes, für die sich besonders der ehemalige Ministerpräsident Prof. Dr. Dr. h.c. Hans Filbinger so leidenschaftlich eingesetzt hatte. Da wird in den Mercedes-Bussen bei der Vorbeifahrt auch getuschelt oder ganz unvaterländisch gezischelt und Häme über den unglückseligen Marinerichter und Landesvater selig verbreitet. Nach 40 Minuten halten die motorisierten Zubringer endlich vor der Herrgottskirche in Creglingen. Der Tross der Medienpädagogen und -politiker wird ordentlich aufgeteilt und mehreren Riemenschneider-Führern zugeordnet, die sich alle Mühe geben, das fein geschnitzte Retable des Meisters facettenreich zu erläutern und in den Kontext der abendländischen Kunst- und Kirchengeschichte einzubetten.

Hier, in einer sich eher zufällig ergebenden Blickachse zwischen Vorderansicht mit Mariä Himmelfahrt und dem optischen Abtasten der Heiligen Lucia, der Schutzheiligen der Blinden, treffen sich wie von ungefähr für die Dauer eines Wimpernschlags die Augen von Frau Dr. Thekla Köster mit dem sensiblen und kunstverständigen Gesichtsausdruck von Guntram Veltig, dem gebildeten Medienpädagogen, der dieses schmucke Kirchlein kraft des Wohnsitzes und Amtes am KMZ in Tauberbischofsheim bestens kennt und nuancenreich erklären kann und das Gotteshaus bei allen möglichen Pflichtexkursionen in ein Sightseeing-Programm stets einzubauen weiß. Immerhin wahren die beiden ungleichen Kollegen bei dieser fast unvermeidlichen Kollision der Blicke gebührenden Abstand von wenigstens 15 Metern, so dass sich keinerlei Vermutungen oder Spekulationen im weiteren Umfeld der Kollegenschar ergeben können.

Wie auf betrieblichen Ausflügen zum Leidwesen fast aller Beteiligten üblich, gibt es kaum freie Zeit und Raum zum Innehalten. Die Kolonne der Busse erobert sich im Eiltempo den Kurort Bad Mergentheim, Stippvisite im Park, pflichtbewusste Hinweise auf den ehemaligen Dienstsitz des Hochmeisters des Deutschen Ordens. Schließlich besucht der medienpraktische und medienpädagogische Tross von LMZ und Kultusministerium zum Ausklang, bereits deutlich erschöpft, Cleversulzbach, südlich von Bad Mergentheim, jene pastorale Wirkungsstätte von Eduard Mörike, die den Poeten zunächst nicht sehr glücklich werden ließ. Immerhin feierte das Dichtergenie auch die Wetterfahne auf dem Kirchturm. Guntram Veltig rezitiert, aus verständlicher Unsicherheit ablesend, von einem DIN A5-Blatt, abwechselnd mit Blick auf das Gotteshaus, das Publikum und Frau Dr. Köster, die Zeilen des Predigers und Dichters:

Zu Cleversulzbach im Unterland
Hundertunddreizehn Jahr ich stand,
Auf dem Kirchenturm ein guter Hahn,
Als ein Zierrat und Wetterfahn.
In Sturm und Wind und Regennacht
hab ich allzeit das Dorf bewacht.
Manch falber Blitz hat mich gestreift,
der Frost mein' roten Kamm bereift,
auch manchen lieben Sommertag,
da man gern Schatten haben mag,
hat mir die Sonne unverwandt
auf meinen goldigen Leib gebrannt.

Auch hier gibt es dankbaren Applaus und nach dem Pflichtbesuch des Mörike-Museums im Alten Schulhaus verabschieden sich die Kollegen artig, gelegentlich intensiv umarmend. Man besteigt die ausgewählten Busse, die in Richtung Konstanz, Karlsruhe, Stuttgart oder Heidelberg, das heißt in Richtung lokaler Bestimmung, heimwärts fahren. Auf Frau Dr. Köster wartet am kleinen Rathaus bereits der Dienstwagen aus Stuttgart, ein ökologisch vertretbarer 6-Zylinder, Skoda Greenline mit gedrosselten 190 PS, den die Medienpolitikerin nach Formulierung freundlicher Dankesworte gegenüber dem Kreismedienzentrumsleiter Veltig mit dem Ausdruck des Bedauerns über den Aufbruch rasch besteigt. Eine Fraktionssitzung der Grünen sei für 19 Uhr in Stuttgart angesetzt, unaufschiebbar, ihr Kommen dringend erforderlich. Veltig zeigt Verständnis, *ja die Politik, die Medien,* wer kennt das nicht, er erlaube sich, die Referentin in den nächsten Tagen im KM anzurufen. Selbstverständlich, sie freue sich darauf. *Also bis demnächst!* Es sei ein ganz hervorragender, beispielgebender Betriebsausflug gewesen, bestens organisiert, mit geglückten und ansprechenden kulturellen Gravitationen, *Gratulation, Herr Veltig!*

Bereits am Dienstag lässt sich Frau Dr. Köster ein telefonisches Gespräch mit dem Kreismedienleiter Veltig vermitteln. Ja, sie wolle mit ihm so bald als möglich eingehender über den so erfolgreichen *Online-Atlas Medienpädagogik* sprechen, auch über die Bündelung der interaktiven Medienarbeit ganz allgemein und über ihr persönliches Steckenpferd *Medien – aber sicher*, ein Medienangebot für Eltern und Schüler, das präventiv gegen pornografische Nischen im Netz gerichtet ist und vor allem der Netz-Spielsucht einen Riegel vorschieben soll. Bei diesen Themenkomplexen sehe die Referentin gerade Tauberbischofsheim in einer entscheidenden Vorreiterrolle, die sie, Köster, für Baden-Württemberg strategisch nutzen wolle. Sie bitte daher Herrn Veltig zu einem Arbeitsessen in die Landeshauptstadt. Sie lasse ein kleines Nebenzimmer in der *Alten Kanzlei* beim Schlossplatz reservieren. Frau Stützig von der Abteilung *Strategie, Medien und Information* werde sie auch hinzubitten. *Können Sie ein solches Treffen für kommenden Freitag um 11 Uhr 30 einrichten?* Veltig sagt umgehend und gerne zu und denkt an das Marien-Retable, die Menschen, die Blicke, den Blick.

In der *Alten Kanzlei* sitzen die beiden Medien-Experten zum vereinbarten Termin allein. Frau Stützig ist aufgrund einer unvorhersehbaren Unpässlichkeit leider verhindert, lässt sich entschuldigen, und so findet das Arbeitsessen unter vier Augen statt. Beide reden intensiv über den Ist-Zustand der Medienkompetenz und Medienbildung im Südwesten, erörtern, was zu planen und zu tun sei, um die Orientierung im Medienalltag innerschulisch, familiär, mittelfristig und nachhaltig zu verdichten und synergetisch zu flankieren. Da gibt ein kluges Wort das andere, und Veltig wird nicht müde, aus seinem Schatzkästlein einer 20-jährigen Berufserfahrung, kreative und problemorientierte Vorschläge zu machen, wie das Medienwissen vor allem im ländlichen Raum durch Projekte und spezifische Veranstaltungen zu bündeln sei. Einvernehmen besteht über die Bildung einer notwendigen Abwehrfront gegenüber den medienkritischen Ansätzen von Professor Manfred Spitzer, dem Neurowissenschaftler aus Ulm, und den Klageliedern von Christian Pfeiffer aus Hannover. Beide machen die Medien dafür verantwortlich, dass in Familie und Klassenzimmern Gewalt an der Tagesordnung sei. Hier gelte es, betont die Referentin aus dem Kultusministerium, den Kultur- und Medienskeptizismus in seine Schranken zu verweisen. Spitzers These über die Medien – die er kess und nahezu unbelegt landauf, landab verkündet –, Kinder mit hohem Medienkonsum seien statistisch gesehen *dick, dumm und doof,* das sei eine ungehörige Volte, eine Provokation, die es im Medienland Baden-Württemberg zu bekämpfe gelte. Veltig: *Man darf das Kind nicht mit dem Bad ausschütten!* Köster: *Spitzer ist eine ernste Gefahr für die integrative Medienpädagogik. Wir müssen wachsam bleiben, Herr Veltig!*

Nach dem Essen, sie verzehrte geschmelzte Maultaschen mit Kartoffelsalat nach Art des Hauses, er ließ sich einen preiswerten Gaisburger Marsch schmecken, bestellen beide Espresso. Es wird etwas privater, und Dr. Thekla Köster weiß natürlich seit langem, dass Guntram Veltig in Tauberbischofsheim nicht mehr mit seiner Frau und den beiden Kindern zusammen lebt. Es gibt begründete Vermutungen unter den Medienpädagogen an der Tauber, dass eine Scheidung unmittelbar bevorsteht. Davon hat die taffe Medienexpertin, heute mit einem leichten Hosenanzug ausstaffiert, längst Wind bekommen.

Beide sprechen in verbindlichen Lobesworten wiederholt von dem Betriebsausflug, und Veltig ist dann wie vom Blitz getroffen, als ihm seine Vorgesetzte zum Abschluss des Arbeitsessens à deux personnes einen kleinen Spaziergang durch den Schlosspark vorschlägt. Ja, da wird jetzt der neue Bahnhof gebaut, *Kahlschlag hier, Kahlschlag dort, aber es gibt genügend erfreuliche Nischen, auch der Juchtenkäfer lebt weiter in den saftigen urbanen Wiesen,* die das unterirdische europäische Jahrhundertwerk fast vergessen lassen. Man zahlt getrennt comme il faut.

Sie schlendern durch die Parklandschaft, und Thekla bietet Guntram auf dem Scheitelpunkt der leicht schwingenden Krupp-

Hängebrücke über die Schillerstraße das Du an. Das sitzt, und Guntram Veltig verschlägt es, verständlich, die Sprache. Doch Thekla Köster bleibt ganz locker: Man kenne sich doch über viele Jahre, fast eine Ewigkeit, sie lacht herzlich und professionell, und es sei wohl ihr Part als Frau, dies anzubieten. Guntram zwiespältig verdattert, dabei aber geschmeichelt, dankt für diese freundschaftliche Geste stumm und nickend, schnürt sich gegen den aufkommenden Wind den Trenchcoat mit dem lockeren Gürtel etwas fester, fasst Thekla fast überfallartig mit beiden Händen an den schmalen Schultern und blickt dabei in ihre spitzbübisch flackernden grauen Augen. Diese Frau hat was, und sie gefällt ihm. Dass Thekla am Killesberg in der Weißenhof-Siedlung wohnt, seit zwei Jahren wieder Single ist, das ist auch in Tauberbischofsheim im Gespräch. Sie hat ihren Studiendirektor vor einem Jahr in die Wüste geschickt, die Tochter studiert BWL in Reutlingen und ist versorgt. Aber das ist ein Ondit im Land und damit definitiv nicht belastbar.

Beide erinnern sich vergnüglich, ja lustvoll an das Rencontre der Augen in Creglingen und die aufzoomenden Blicke vor dem holzgeschnitzten Wunderwerk. Dort hat es gefunkt, und jetzt wird ihm alles klar, das mit dem Arbeitsessen. Dann wird Guntram, beide sind auf der anderen Seite des Schlossparks angelangt, seinerseits kühn und kess, indem er die lakonische Frage stellt, ob sie gewusst habe, dass Tilmann Riemenschneider um 1520 zum vierten Mal geheiratet habe. *Nein? Die letzte Frau von Tilmann hieß Margarete.* Da lachen die Medienpädagogen, dergestalt, als wollten sie aus ihren intimen Gedanken keine Mördergrube machen und sie liegen sich unversehens eng, fast innig, in den Armen. Dann bleiben sie stehen, schauen sich zum ersten Mal tief und mit großer Ruhe in die Augen. Vier, fünf Sekunden. Es knistert, Theklas Rechnung geht auf. Es ist alles ganz einfach und unkompliziert. Guntram, der einen ganzen Kopf größer ist als Thekla, küsst die Gönnerin und neue Freundin aus der Landeshauptstadt zunächst auf die Stirn, kurz vor dem kastanienbraunen

Haaransatz, und vergisst für einen Augenblick alle Schicklichkeit und senkt seine Lippen blitzartig auf die ihrigen – und ist dort willkommen. Dann, wie zur Entschuldigung oder einem Wegwischen der Zärtlichkeit, kramt Thekla schnell in der Handtasche nach ihrem Labello und übermalt farblos, rasch und gekonnt, den Brennpunkt ihrer ersten zarten Berührung.

Gegen 16 Uhr landen die beiden im Gartenrestaurant des *Schlossgarten Hotels.* Sie bestellt Birne Helene, er lässt sich Halbgefrorenes, eine Fürst-Pückler-Schnitte, kommen. *Ganz vorzüglich!* Thekla lässt es sich diesmal nicht nehmen und bezahlt die Naschereien für beide. *Nein, Widerspruch zwecklos, ich habe dich zum Essen gebeten und du hast vorhin artig bezahlt. Deine Vorgesetzte ist dran.* Beide lachen. In vierzehn Tagen wollen sie sich wieder treffen. Erst im Höhenfreibad Killesberg, anschließend Pasta mit Rotwein bei Thekla im Weißenhof, Nähe Kunstakademie. *Nichts Besonderes,* sagt sie. *Ich mache was Schnelles.* Sie schlendern zur Tiefgarage beim *Schlossgarten Hotel.* Er inszeniert eine Notlüge und tut so, als habe er das Parkdeck vergessen, wo der Wagen steht. Das schenkt Zeit. Nicht fordernd, nicht aufdringlich küsst er an der Autotür die medienpädagogische Eroberung zum Finale, seinen neuen Stern in der Schillermetropole. Ihr Parfum, ein Zauber, der ihre Aura weiträumig absteckt. Bei Gelegenheit wird er es herausbekommen, den Markennamen ihres olfaktorischen Ambientes. Demnächst kann er es in Erfahrung bringen, nichts überstürzen, demnächst am Weißenhof, über den Weinbergen, mit Fernsicht auf die Gleise und den maroden Kopfbahnhof, bei Pasta und Wein.

XIII
Dubai, Hafen
25° 16′ N, 55° 17′ E

Gästeliste
Im Verlauf Ihrer Reise mit der Odysseus II erhalten alle Gäste eine Liste mit den Namen aller an Bord befindlichen Passagiere. Dies erleichtert den Kontakt und die Übersicht. Sollten Sie Einwendungen gegen die Veröffentlichung Ihres Namens haben, so melden Sie dies bitte bis 19 Uhr an der Rezeption.

Die Boutique-Directrice empfiehlt
Haben Sie rauhe und rissige Hände, haben Ihre Nägel den Glanz verloren? Mit unseren Jolifin-Produkten und Diamant-Staub-Geräten zaubern wir Ihnen Dream-Nails der persönlichen Art. Ihre Hände pflegen wir ganz nach Wunsch auch mit Jojobaöl und Kakteendestillaten. Lassen Sie sich von Verena und Joi verwöhnen. Telefonische Anmeldung erwünscht unter 8181.

Der Kapitän informiert
Bitte beachten Sie, dass wir aufgrund der Fürsorge für unsere Passagiere im Arabischen Golf und auf unserer Fahrt durch die Arabische See täglich ab 19 Uhr die Jalousien und Bullaugen (Portholes) in Ihren Kabinen schließen und sichern müssen. Wir bitten um Ihr Verständnis.

Der Schiffsarzt informiert
Dr. Hannes Schirkow bittet Passagiere, die Insulinspritzen verwenden, bei der Entsorgung ausschließlich die entsprechenden Entsorgungs-Packs zu verwenden. Sie erhalten diese auf Deck Zwei bei der Ambulanz. Bei entsprechenden Fragen erhalten Sie Auskunft unter Tel. 7171 (Hospital).

Diät

Wenn Sie sich vegetarisch ernähren wollen oder auf bestimmte Nahrungsmittel allergisch reagieren, berücksichtigen wir das gerne bei Ihren Mahlzeiten. Bitte informieren Sie in diesem Fall das Service-Personal oder sprechen Sie mit dem Maître d'Hôtel, Stefan Silber.

Eine Bitte

Um Infektionskrankheiten an Bord der Odysseus II zu vermeiden, bitten wir Sie, nach jedem Landgang die Hände gründlich zu waschen und den in den Gangways bereitgestellten Sagrotan-Hygiene-Spender zu verwenden. Vor den jeweiligen Restaurants, Bars und Cafés stehen ebenfalls entsprechende Zerstäuber bereit.

Der Leitende Offizier informiert

Die Toilettenspülungen funktionieren alle nach dem Unterdruckprinzip. Bitte verwenden Sie nur das zur Verfügung stehende Toilettenpapier. Hygieneartikel, Feuchttücher, Wattepads und sonstige Utensilien dürfen nicht in die Toilette geworfen werden, da es sonst zu erheblichen technischen Störungen kommen kann.

Astrid informiert

Heute bietet Ihnen unsere Ergo- und Physiotherapeutin Astrid auf Deck 6 achtern unter freiem Himmel eine sensitive Massage an. Für 30,00 € schenken Sie Ihrem Körper für 20 Minuten absolute Wohlfühligkeit und Entspannung.

Badetücher

Wir bitten Sie höflich, Deckchairs und Sonnenliegen nicht zu reservieren. Badetücher auf unbelegten Liegen werden in regelmäßigen Abständen von unseren Deckstewards eingesammelt. Verlorengegangene Artikel wie Brillen, Schuhe, Bücher und andere Fundsachen werden zur Rezeption gebracht und können dort abgeholt werden.

XIV
Hoyerswerda, Elsterbogen
51° 44′ N, 14° 24′ E

Damals, Sommer 2009, da hat er unerschütterlich an den demokratischen Auftrag für den Wiederaufbau Afghanistans geglaubt. Kampf gegen Taliban, Kampf gegen Terroristen und Opiumbauern. Jedenfalls hat man ihm dies bei der Bundeswehr immer wieder eingetrichtert. Der Satz des Verteidigungsministers *die Sicherheit Deutschlands wird auch am Hindukusch verteidigt,* klang überzeugend, und die Freiwilligen waren stolz auf ihren Job. Peter Soltau ist Hauptfeldwebel und diente bei Masar-i-Scharif im ISAF-Kontingent. Die Geschichte mit dem Tanklaster und den vielen Toten, der Wirbel in Berlin, das hat ihm zugesetzt. Aber es kommt viel schlimmer. Zwei seiner Kameraden verlieren durch einen Selbstmordattentäter in einem am Straßenrand parkenden Toyota Corolla Arme und Beine und müssen schwer verwundet ausgeflogen werden. Soltau steht in der Gefahrenzone, schießt wild um sich, auf einen fliehenden Schatten. Weitere Detonationen. Der Freiwillige wird von den Kameraden wegen Schock-Symptomen erstbehandelt und abtransportiert. Versorgung im Medical Center, wahrscheinlich Gehörsturz, es werden Tranquilizer injiziert. Soltau kann sich freuen, er wird ohnehin nach acht Jahren Bundeswehr und Friedensdienst in Afghanistan in zehn Tagen heimgeschickt, mit weiterem Check im Bundeswehrkrankenhaus in Koblenz, dann planmäßige Entlassung ins Zivilleben. Hoyerswerda. Glückwunsch.

Zwei Wochen muss er in Koblenz bleiben, psychosomatische Betreuung, jede Menge Einzel- und Gruppengespräche mit Psychologen und Therapeuten. Er ist nicht der Einzige, kein Sonderfall. Man kennt das. Dann gibt es ein Übergangsgeld nach dem Soldatenversorgungsgesetz (SVG). Die posttraumatische Belastungsstörung (PTBS), so die Bundeswehrärzte in Koblenz, hat ihn vorläufig ruiniert. Er wohnt bei der Mutter, Witwe, am Elsterbogen in einer Zweizimmer-Wohnung, Plattenbau. Er ist gelernter Schlosser, aber niemand braucht Peter Soltau, zumal in Hoyerswerda mit einer Arbeitslosenquote von knapp unter 30 Prozent. Vorläufig kann er von dem Übergangsgeld leben. Vielleicht kommt eine Beschädigtenversorgung in Betracht. Dem Afghanistansoldaten außer Diensten hat man nur eine Erwerbsminderung von 30 vom Hundert zugestanden. Immer wieder studiert er das SVG. Es wird eng und die Mutter macht ihm Vorwürfe, auch wegen der Trinkerei. Der Feldwebel a. D. wendet sich an den Bund deutscher Veteranen (BdV) in Berlin. Da kommt lange nichts, keine Mail, kein Anruf. Dann gibt es doch Nachricht, vom Verband der Kreuzfahrt-Reedereien (VKR). Der Bund deutscher Veteranen habe nach Arbeitsmöglichkeiten für Bundeswehrsoldaten im zivilen Bereich angefragt und die Adresse von Soltau mitgeteilt. Aktuell lägen nach dem Kenntnisstand des VKR keine Verwendungsmöglichkeiten vor. Es sei aber durchaus sinnvoll, sich an die entsprechenden Reedereien für Kreuzfahrtschiffe zu wenden, da diese auf ihren Routen um Malaysia, im Arabischen Golf und in der Region um Djibouti/Golf von Aden verstärkt um die Sicherheit der Passagiere bemüht seien. Hier gäbe es vielleicht Spielraum für Bewerbungen, schließt der VKR freundlich grüßend und legt eine Adressenliste mit den deutschen Reedern für Kreuzfahrten bei.

Peter Soltau, nach der Entlassung seit vier Monaten arbeitslos, hat keinen Bock Bewerbungen zu schreiben. Das ist ihm zu umständlich und er tut sich schwer mit schriftlichem Kram. Aber da der VKR die Daten des Arbeitsuchenden offensichtlich mehrfach weitergereicht hat, bekommt der Soldat a. D. nun doch binnen vier Wochen drei Anfragen von Reedereien, die ihre Schiffe unter anderem um die Arabische Halbinsel fahren lassen oder die Küste Somalias im gebührenden Abstand von 200 Seemeilen passieren. In Hamburg interessiert sich die Reederei *Pathfinder* für ihn, er möge Kontakt aufnehmen, man suche belastbares Security-Personal, gute Englischkenntnisse werden verlangt. Die hat er allerdings nicht, da er in der Albert-Schweitzer-Schule keinen qualifizierten Abschluss gemacht hat. Sorbisch könnte er bieten, das wurde in der Schule und auf der Straße gesprochen. Das Motto der Ganztagsschule hat er im Kopf: *Nur wer Ehrfurcht vor dem geistigen Wesen anderer hat, kann anderen wirklich etwas sein.* In Masar-i-Scharif hat er den Sinnspruch nach zwei Flaschen Bier einmal laut zitiert. Da hat man ihn ausgelacht, es war ihm peinlich. Die Bewerbung lässt er sausen, er antwortet nicht.

Aber dann – zwei Tage später – kommt die Anfrage von *Adventure & Culture,* Kiel, das lässt sich machen, Fahrtkosten werden übernommen. Das Vorstellungsgespräch findet an einem Freitag statt, 15 Uhr. Für jede Begleitung in der akuten Gefahrenzone, so wird ihm mitgeteilt, kann er 2.000 Euro auf Honorarbasis abrechnen, bei akuter Gefahrenabwehr mit Piratenkontakt werden weitere 1.000 Euro zugesichert. Ob er schießen kann, zielsicher ist und seetauglich. Soltau kann alles bejahen, *Afghanistan, Sie verstehen?* Sie verstehen. Er würde, bei positiver Entscheidung, mit mindestens weiteren vier Security-Männern an Bord der *Odysseus II* gehen. Start der Aktion in Muscat, Oman, Ausschiffung nach Durchquerung des Golfs von Aden etwa 150 Seemeilen nördlich von Bab al-Mandab. Das Sicherheitspersonal werde von einem saudischen Schnellboot übernommen und über Jeddah, aber das sei nicht sicher, wieder ausgeflogen. Möglicherweise stehe dann unmittelbar ein neuer Einsatz an. Man werde das Sicherheitspersonal einerseits mit Pistolen HK P30 von Heckler & Koch, aber auch zusätzlich mit dem entsprechenden Sturmgewehr G 36 für kritischere Situationen ausrüsten. Das Gewehr bestehe aus glasfaserverstärktem Kunststoff und sei geeignet für durchschlagendes Einzelfeuer, im Fall der Fälle, was aber nicht zu hoffen sei. Nebelgranaten und weitere abschreckende Kampfmittel stünden zur Verfügung, selbstverständlich auch moderne Schutzwesten. Eine eintägige Schulung des Sicherheitspersonals übernehme Heckler & Koch in Oberndorf am Neckar auf einem internen

Übungsgelände. Die Brisanz der Aufgabe wird an den glimpflich verlaufenen Überfällen auf das Kreuzfahrtschiff *Astor* und die Evakuierung von 240 Passagieren der *MS Columbus* erläutert. Die *Mission Atalanta* im Rahmen der Bundeswehr habe zwar Verbesserungen bei der Sicherheit gebracht, könne aber nicht alle Eventualitäten der zivilen Schifffahrt berücksichtigen. *Das ist Ihnen sicher klar!* Man werde eine schlagkräftige Crew von fünf bis sieben Personen zusammenstellen. Diskretion und völlige Unauffälligkeit an Bord sei geboten, es gelte den Passagieren das Gefühl der Sicherheit zu vermitteln. Den Weisungen des Kapitäns sei bedingungslos zu folgen, es gibt Schichtdienst.

Die Reederei hat sich innerhalb einer Woche entschieden. Peter Soltau bekommt den Vertrag für die Einsätze auf der *Odysseus II.* Ein Crash-Kurs bei *A&C* in Kiel ist zu absolvieren, Seerecht, Schulung für Extremsituationen, Panik usw. Aufklärung über Sinn und Zweck des *International Ship and Port Facility Security Code* (ISPS-Code). Dann wird der Aspirant im schwäbischen Oberndorf von der Firma eingehend geschult. Technisch fit war er sowieso. Nach Afghanistan ist das ein Klacks. Aber richtig Spaß macht ihm die Vorstellung auch nicht, Piraten zu jagen, im Golf von Aden. Er nimmt weiter Medikamente, und die Mutter hat ihm in der Apotheke ein Fläschchen mit Johanniskraut besorgt. Hypericum perforatum soll aufhellen, wenn Peter wieder depressiv wird oder der ekelige Pfeifton ihn überfällt. Er fliegt in einer Woche mit Lufthansa nach Muscat. Die Kollegen sind seit Dubai an Bord der *Odysseus II.* Die beiden Mannschaftskabinen steuerbord mit freier Sicht befinden sich mittschiffs auf Deck Vier. Gepäckbeschränkung gibt es nicht. Die Reederei empfiehlt, sich auf 25 Kilo Gesamtgepäck einzurichten. Die Einweisung in die Waffen ist an Bord durch den Ersten Offizier angesetzt. Aufgeregt ist Peter Soltau nicht. Das hat man ihm viel früher ausgetrieben. Dafür gleichgültig und müde.

XV
Frankfurt, Airport
50° 03′ N, 08° 56′ E

Die Lufthansa-Maschine hat die Startposition erreicht und es kommen die üblichen Hinweise zum Take-off für die Passagiere: Handy, Gurte, Tische, elektronische Geräte, neckisch und komisch aufgezählt wie immer. Rebecca hat im Jumbo einen Fensterplatz, als Oft-Flieger kann er darauf verzichten. Ganz locker. Bernd hat eine lange Woche mit *Electronics & Future,* Braunschweig, ohne Abschluss verhandelt. Er sitzt auf Tuchfühlung neben Rebecca, spielt etwas zu betont den Gönner in VIP-Pose. Der Duft des Parfums ist ihm vertraut. Er muss erst einmal loslassen. Aber das geht nicht auf Knopfdruck. Er kennt Rebecca und hat sie während der Fachmesse auf den Fildern bei Stuttgart, das war vor drei Monaten, mehr zufällig als bewusst am Tresen im *Hotel SI* sich empfehlen lassen. Das passierte aus einer Laune heraus, ganz unkompliziert. In der 12. Etage, mit Blick auf Möhringen und den klotzigen *Hannibal* im Osten, da hat er Rebecca etwas kennen gelernt. Ihre Unaufdringlichkeit und die Stille ihrer Bewegungen und Handlungen, das hat ihm gefallen. Duschen, Massagen und das Verwöhnen dank vorgewärmter Mäntel und Tücher, das tat ihm gut. Er hat nur wenig gesprochen. Zwei Campari Soda haben sie sich über den Hausservice kommen lassen. Mehr nicht. Rebeccas Set-Karte ist allgemein gehalten: *Erleben Sie einen wundervollen weiblichen Körper. Lassen Sie sich von zärtlichen, erfahrenen Händen, sinnlichen Lippen und verführerischen Küssen gepaart mit feurigem Temperament verwöhnen und erleben Sie intensive Lust mit unendlicher Hingabe. Genießen Sie besondere Stunden und Augenblicke. Lassen Sie sich verführen, mal sanft, mal zart, mal fordernd. Verweilen Sie in einem Meer der Erregung und erfahren Sie süße Lust. Als stilvolle Dame mit ausgeprägtem Einfühlungsvermögen und der Fähigkeit zum kurzweiligen Smalltalk begleitet Rebecca Sie zu den unterschiedlichsten Anlässen.*

Es wurden zwei Stunden, ganz nach Vereinbarung, im Appartement der Hotel-Suite.

Ja, Bernd mochte diese schön gewachsene Frau mit ihren verführerischen Brüsten, den vollen Lippen und schlanken Beinen. Das alles, das Käufliche, den Tausch ihres Körpers gegen Geld, das konnte er ohne Hinterfragen bekommen. Körper und lässige Verfügung über sinnliches Spiel, und alles ohne strafende Abrechnung. Einfach so. Kuvert gegen Körper, gespielte Liebe auf Zeit, käuflich und für Stunden. Er wusste auch, dass Zuneigung und Leidenschaft hier oben nie in etwas Dauerhaftes oder gar in einen unschuldigen Liebestraum von Bestand münden durfte. Das war ihm klar. Hier oben gab es Glamour, Schein und gepflegte Körperlichkeit in merkantiler Verbindlichkeit. Das schien wenig. Aber immerhin. Und er wusste, worauf er sich einließ.

Wochen später verhandelt Bernd mit der Chefin der Agentur, Linda Valmes, über den Wunsch, Rebecca für die Dauer von drei Wochen auf eine Kreuzfahrt zu entführen. Ein pikantes Langzeitanliegen und nicht billig für den Freier. Aber Bernd drückt den Tagessatz drastisch herunter auf ein passables und finanzierbares Vergnügen der besonderen Klasse. Als Pauschale sollen 14.000 Euro fließen, Tickets, Kost und Passage zusätzlich auf Rechnung des Freiers. Rebecca hat zunächst Befürchtungen, Bernd könne sie in die Enge treiben. Aber diese Furcht ist unbegründet, und die Pauschale für Rebecca, abzüglich der 30 Prozent für die Agentur, die kann sich sehen lassen. Überdies wird vereinbart, dass Rebecca jeden zweiten Tag in Stuttgart bei Linda anrufen soll, um der Directrice über die Befindlichkeit an Bord zu berichten. Ja, die Chefin behält ihre Schäfchen im Blick.

Jetzt sitzen beide im Flugzeug nach Dubai, in der Planung ein kleines Vorprogramm in der Wüstenmetropole. Und seltsam, diesmal, Gurt neben Gurt, fühlt sich im Flieger das kesse Arrangement von Liebhaber und Gespielin wie eine lästige, quälende Dienstreise an. Die Liebestouristen sind verspannt und rühren im Brei abgestandener Gefühle. Bernd mit Zweitagebart, Rebecca aufgeplustert wie ein langbeininger Flamingo, der im Zoo um anerkennende Blicke von den glotzenden Zuschauern bettelt. Irgendetwas ist verkorkst, wenngleich alles geklappt hat, das mit der *GEO* zum Beispiel, obwohl völlig überflüssig, schließlich kennen sich die Amourösen auf Zeit aus dem 12. Stock im *SI.*

Das Gespräch zwischen Rebecca und Bernd stockt. Ja, *das Inntal und München, dort vorne die Alpen,* demnächst Kosovo und Griechenland, die könnten vom Cockpit auch mal etwas ansagen. *Früher wurden die Passagiere in dieser Hinsicht viel besser bedient,* erläutert Bernd. Rebecca schlürft ihren zweiten Tomatensaft mit Eiswürfel. Im Restaurant würde sie das nie trinken. Aber hier im Flugzeug, da ist das ein Standardgetränk, gewissermaßen vegetarisch und nicht verräterisch. In keiner Weise. Er verbohrt sich in die *ZEIT,* hält dabei wie somnambul ihre linke Hand, dreifach beringt mit Talmi und einer gefassten Mini-Zuchtperle am Mittelfinger. Sie lässt ihn gewähren, unwillig. Aus dem *ZEITmagazin,* liest er aus Suchanzeigen für Bekanntschaft und Heirat vor:

> *gemeinsame projekte am küchentisch erspinnen, es versuchen, reisen, lachen, mit den kindern ans meer fahren, beim glas wein über salatdressing und kunst philosophieren, lieben, sich fallen lassen, familienalltag erleben, mit freunden zum konzert. wenn du die liste ergänzen willst, meld dich bei mir: 39/170, w, schlank, braune haare, braune augen, sommersprossen, berufstätig. AZ 4527891*

Aber das scheint Rebecca nicht zu interessieren. Sie winkt ab. Sie ist im Flieger noch nicht angekommen. Der leicht bayerisch tingierte Akzent von Rebecca war für Bernd einmal Anlass zu einer Frage. Aber da reagiert sie immer allergisch: keine Telefonnummern, keine Fragen nach dem Privatleben. Das ist tabu. Nur der Name stimmt, Rebecca steht tatsächlich im Pass, Rebecca Schindler. Rebecca will Rebecca bleiben, auch bei der Arbeit.

Zum Ordern der Tickets musste Bernd schließlich auch den richtigen Namen angeben, mit Fakes läuft da nichts, keine Cindy, keine Irma, keine Lili. Das hat auch geklappt. Das hindert Bernd aber nicht, aus seinem Leben zu erzählen, später irgendwann, das hat er geplant, um sie aus der Reserve zu locken, vielleicht in Dubai. Aus dem Leben eines Maklers in der Kölner Bucht. Rebecca wird staunen. *Und dann quetsche ich sie aus: Schreibt man bayrisch ohne e oder mit e?* Vor Wochen in Stuttgart, das ging alles viel zu schnell. Jetzt haben Bernd und Rebecca Zeit. Viel Zeit. Sie müssen sprechen. Auf Biegen und Brechen. Spätestens nach der Landung in sechs Stunden, um Mitternacht.

Das Bord-Display zeigt die Flugroute, Mittelmeer, Geschwindigkeit und Außentemperatur, zurückgelegte Kilometer oder Meilen seit Frankfurt, Ankunftszeit in Dubai. Das Bord-Kino präsentiert *Bis zum Horizont, dann links!, Ziemlich beste Freunde, Holidays by the Sea, Ice Age 4 – voll verschoben* und *Kochen ist Chefsache.* Bernd zappt hin und her und lacht Rebecca, ein bisschen, gespielt verliebt von der Seite an. Sie schminkt sich zum dritten Mal in den letzten drei Stunden und will dösen oder lesen. Also lesen: Im Handgepäck sind die Bekenntnisse der Catherine M. griffbereit. Das könnte sie weiter lesen. Doch Rebecca traut sich nicht wegen Bernd. Der zieht womöglich falsche Schlüsse. Also dösen.

Gegen 23 Uhr 30 schwebt der Flieger nach 6 Stunden und 30 Minuten Flugzeit in der Wüstenmetropole ein. Unangenehme Schwüle empfängt die Passagiere. Endloses Warten, endlose Schlangen an der Passkontrolle. Es wird zur weiteren Identitätssicherung der Passagiere ein zusätzliches Foto geschossen und abgeglichen. Die übermüdeten Passagiere sind gereizt. Die stoisch agierenden Kontrolleure tragen das lange schneeweiße, hemdärmelige Gewand, Dishdasha, auf dem Kopf die Gutra als Bedeckung. Rebecca und Bernd werden bestimmt und freundlich kontrolliert und durchgewunken. Rebecca entdeckt auf dem Laufband unschwer den alten aufpolierten Starmix-Koffer. Er hat doch Vorteile. Den modischen Rimowa Salsa gibt es auf dem Förderband allein vier Mal in derselben Farbe. Da hilft nur die Etikettenprüfung mit Name und Adresse. Und das dauert 20 Minuten, zum Mäuse melken. Bernd hat nur einen schwarzen Schmalspur-Trolley. Rebecca musste in Frankfurt grinsen, wie wenig er mit sich führt. Männer.

Am Exit werden die Gäste aus Deutschland mit drei weiteren Paaren von einem Hotelbediensteten des *Park Hyatt Dubai* erwartet. Er hält sein *A&C*-Schildchen eifrig in die Höhe und begrüßt die Übermüdeten mit einem freundlichen *Welcome to Dubai, Welcome to the United Arab Emirates.* Matter Applaus der kleinen Schar gibt dem Abgesandten des Hotels am Dubai Creek Golf und Yacht Club freundlich Antwort. In einem schwarzen Großraumvan (Chrysler) nehmen die Gäste Platz, die Koffer und ein Ehepaar aus Düsseldorf werden aus Gründen der Bequemlichkeit in einem zusätzlich bereit stehenden Van (Mercedes Vito) transportiert. Die 30-minütige Fahrt durch das nächtliche Dubai beginnt. Der AC im Auto zeigt innen 18°C, draußen 26 °C. Auf Rebeccas Gesicht flackern hektisch pulsierende Licht- und Schattenspiele, Scheinwerfereinfall der Stadtautobahn, die in ihrer ganzen Länge taghell beleuchtet ist. Luxus pur. Sie schauen sich ins Gesicht, die scharfen und schnellen Schnitte von Hell und Dunkel erinnern an alte Schwarz-Weiß-Filme: *Lohn der Angst,* Peter van Eyck transportiert das Nitroglyzerin holpernd und stolpernd durch den Urwald in die Nacht.

Rebecca verliert auf der turbulenten Einfallstraße in die Metropole die Flug-Spannung und lehnt Kopf und Nacken an ihren angemieteten Beschützer. Der Chrysler fährt nach Plan. Leise arabische Unterhaltungsmusik spielt im Bordradio. Bernd ist froh, Rebecca neben sich zu wissen und streichelt ihr die Hand. Er will sie auf der Reise verwöhnen, alles für sie tun. Eine Gutmachung ganz ohne Wiedergutmachung, oder doch der Versuch. Der Van fährt in die kiesbelegte Einfahrt, gesäumt von zahllosen Palmen und Fontänen, die auch zu dieser späten Stunde das Plätschern nicht einstellen. Ankunft. Angekommen in Dubai, *Park Hyatt Dubai.* Beim Empfang in der Lobby werden den späten Gästen

Säfte gereicht: Mango, Orange, Banane, Lychee, Ananas, Kiwi und Zitrone. Alles nach Wunsch. Warme Erfrischungstücher aus silbernen Schalen verflüchtigen den Schweiß an Händen und im Gesicht. *Park Hyatt,* Endstation für zwei Tage und zwei Nächte vor der Einschiffung.

XVI
Göttingen, Nikolaistraße
51° 52′ N, 9° 93′ E

Piet ist mit Roswitha im neuen Parteihaus der SPD in der Nikolaistraße 30 in Göttingen verabredet. Er geht dort als Gewerkschaftssekretär ein und aus. Man kennt sich von Sitzungen und Tagungen und so ist es für ihn ein Leichtes, den kleinen Seminarraum *Fritz Erler* im zweiten Stock für zwei Stunden reservieren zu lassen. Das Schulungszentrum steht den beiden, eine Hand wäscht die andere, mit Internetanschluss, Beamer und Laptop kostenlos zur Verfügung. Übermorgen ist Abflug nach Muscat. Es wird also höchste Zeit. Roswitha schließt ihre Praxis für drei Wochen und lässt sich durch die Kollegin aus der Kurze-Geismar-Straße vertreten.

Piet hat die Geräte auf ihre Funktionsfähigkeit überprüft, verdunkelt den Raum mit den elektrischen Rollos. Am Pult steht Roswitha. Piet ermuntert seine Frau, zügig mit dem Probevortrag über Sizilien zu beginnen. Dabei ermahnt er sie freundlich, das fiktive und später reale Publikum nicht mit Fachwissen zu überhäufen. Er gibt wieder seine Spruchweisheit in Frageform zum Besten: *Willst du eine Powerpoint-Präsentation machen oder hältst du einen Vortrag?* Folgsam wie ein artiges Kind antwortet Frau Doktor ganz nach Wunsch: *Vortrag mit wenigen Bildern und Zahlen!* Es kann losgehen.

Zur Einstimmung wirft Roswitha mit einem Mausklick den schneebedeckten Ätna auf die großformatige Leinwand – sie wird auf dem Schiff deutlich kleiner sein –, im Vordergrund ist Taormina zu sehen und der im 19. Jahrhundert restaurierte Palast der Badia Vecchia. Piet hat zu Hause diesen imposanten optischen Einstieg empfohlen und tatsächlich besticht das Bild durch die majestätische Ikonographie, gekrönt durch die stillen Rauchwolken des Vulkans, die wie so oft und nicht ungewöhnlich nach Osten driften. Im westlichen Teil des Bildes sind Zitronen- und Orangenhaine zu vermuten, für das forschende Auge aber nicht sichtbar. Piet gefällt die Ruhe und Gelassenheit, mit der Roswitha in das Geheimnis dieser Insel einführt, und ergänzt: *Bitte deutlich und artikuliert sprechen. Lass dir Zeit. Nimm deine Passagiere, die dann in der Lounge auf Deck Vier sitzen werden, fest ins Auge. Lass den Blick von Gast zu Gast wandern, strahle mediterrane Kontemplation aus, so wie im Bild. Wenn du magst, können wir auch sizilianische Mandolinen und Hirtenflöten aus dem Off kommen lassen.* Doch Roswitha winkt, geblendet von einem penetranten Deckenscheinwerfer, entschieden ab. Nein, das mag sie nicht, es wirke überzogen und kitschig. Piet entgegnet nichts und lässt sie mit ihrem Purismus gewähren.

Wirtschaftliche Daten und Zusammenhänge will Roswitha in ihrem Vortrag auf der *Odysseus II,* vor dem Landgang in Catania, nur beiläufig erwähnen. Allerdings einen kleinen Hinweis auf die Mafia und die Festnahme von Tommaso Buscetta, das will sie unbedingt beibehalten und erzählen, auch den Kampf von Giovanni Falcone bis zu seiner Ermordung wenigstens streifen. Vor solchen komplexen Ausflügen in die Innenpolitik der Sizilianer warnt Piet allerdings mit Nachdruck. Das Schaubild mit der Animation und der Brücke über die Straße von Messina, das könne man zeigen, empfiehlt der Berater im Göttinger Hauptquartier der SPD. Da ergäbe sich hinreichender Stoff, das Thema Cosa Nostra beiläufig einzuflechten.

Roswitha, die nach den ersten fünf Minuten des Probelaufs sich richtig heiß geredet hat und das Land der blühenden Zitronen mit warmen und leidenschaftlichen Worten zu schildern weiß, sie kommt ganz unversehens dann wieder auf Goethe und seinen Abstecher ins Mysterium der griechisch-stauferisch-osmanischen Verschwisterungen zu sprechen. Goethe habe gesagt und geschrieben, zitiert sie beim Anklicken des Südkraters Silvestre auf seiner Höhe von 2000 Metern: *Dass ich Sizilien gesehen habe, ist mir ein unzerstörlicher Schatz auf mein ganzes Leben.* Dieser literarisch-kulturelle Paukenschlag des Frankfurters gefällt auch Piet und er applaudiert spontan und aufmunternd. Ja, das sitzt, hat Esprit und wird die Passagiere vor ihrem Landgang in Catania interessieren. *Weiter, Roswitha!*

Und da das Schiff nun einmal den Namen *Odysseus* trägt, hat sich Roswitha ganz eingehend und selbstverständlich mit diesem Mythos der sizilianischen Insel vertraut gemacht. Sie wirft ein neues Panorama-Bild auf die Leinwand: Die Zyklopeninseln, Isole dei Ciclopi, im Gegenlicht der Abendsonne, nahe Aci Trezza, Ionisches Meer. Hier sei der müde Held, aus Troja heimwärts ziehend, als Spielball der Naturgewalten gelandet. Homer habe darüber geschrieben, und Roswitha zieht das kleine blaue DIN A5-Kärtchen und liest aus dem neunten Gesang der Odyssee:

Weiter fuhren wir betrübten
Herzens und kamen
zum Land der Cyclopen,
die halt- und gesetzlos lebten.
Keiner rührte eine Hand zum
Pflanzen und Pflügen.
Sie stellten alles anheim den
unsterblichen Göttern.
Sie haben weder ratspflegende
Versammlungen noch Gesetze
und bewohnen die Berge in Höhlen.
Jeder setzt seine Satzungen
fest für seine Kinder und die Weiber,
und sie kümmern sich nicht umeinander.

Der Gremienprofi Piet hatte seiner Frau ursprünglich vorgeschlagen, die Homer-Zeilen frei zu sprechen. Da weigerte sich Roswitha. Denn nichts fürchtet sie mehr als systematisches Auswendiglernen. Und es flutscht auch so, ganz lebendig und eben rhetorisch überzeugend. Piet macht wieder ein Zeichen der Zustimmung durch aufmunterndes Heben des Daumens, *ja, so kann's laufen*. Sie erzählt, unter Einblendung weiterer Bilder vom Archipel, von dem schrecklichen einäugigen Riesen Polyphem, den Odysseus mit viel Wein und Klugheit geblendet hat. Die künftige Lektorin auf der *Odysseus II* kommt richtig ins fundierte Schwärmen und wünscht sich dabei, auch die beckmesserische Frau Dr. Lüders vom *Passengers' Entertainment* könnte ihr jetzt bei dieser medialen Probe für ein paar Minuten zuhören und zuschauen. *Ja, so kann es laufen!*

Roswitha verweilt bei ihrem Vortrag in der antiken Weltstadt Syrakus, interpretiert ausgiebig beim fantastisch erhaltenen Concordia-Tempel zu Agrigento, die konisch geformten Säulenallee, streift kurz im Bild den Herakles-Tempel, und doch muss sich die Gynäkologin und Kunstkennerin so vieles versagen, weil ihr ein strenges Zeitlimit von 45 Minuten gesetzt ist. Also nur am Rande das brodelnde Palermo und ein Schreckensbild aus der Kapuzinergruft mit seinen Mumien. Sie weiß, hier ist mit kleinen Schreien des Entsetzens unter den Passagieren zu rechnen. Das bleibt im kollektiven Gedächtnis haften, hoffentlich auch bei Frau Dr. Pia-Sofia Lüders, die fürs Pikante bekannt ist.

Da die *Odysseus II* nach einem Zweitagestopp um 22 Uhr wieder von Catania in Richtung Osten ablegen wird, ist es günstig, über das durch ein schweres Erdbeben gebeutelte Messina zu sprechen. Das war 1908. Fast die gesamte Stadt wurde durch die gewaltigen Erdstöße in Trümmer gelegt. Fotos belegen heute eine eher bescheidene Urbanität mit wenigen bemerkenswerten Zeugnissen. In der Nacht wird das Schiff dann auch die Straße von Messina passieren, jene Meerenge, die dem Mythos nach von den Naturgewalten und Gottheiten Skylla und Charybdis bewacht wird und manchem antiken Seefahrer zum tödlichen Verhängnis wurde. Die schamlose Skylla verschlang sechs der tapfersten Gefährten von Odysseus. Natürlich weiß Roswitha, dass hier bei ihrem Vortrag über die strafenden und richtenden Gottheiten Feingefühl und hohe Sensibilität angebracht sind, denn die Passagiere, vor allem betagte, könnten emotional betroffen reagieren und um die Sicherheit der *Odysseus II* bangen. Solches gilt es natürlich zu vermeiden.

Mit dem Hinweis auf die geplante Vorbeifahrt am Stromboli, der optisch sichtbar vom Schmied der Unterwelt, Hephaistos, bewacht wird und seine glühenden Funken auch nachts sprühen und glühen lässt, beendet Roswitha ihr bündiges Referat über Sizilien, seine Mythen, seine Menschen, seine Kultur. Das Schiff, gehe alles nach Plan, werde gegen Mitternacht die Vulkan-Insel im äolischen Meer passieren. Im Vorgriff auf die Passagiere in der Lounge der *Odysseus II* klatscht Piet brav Beifall. Er macht ihr allerdings stichelnde Vorhaltungen hinsichtlich des Redetempos, sie möge etwas Tempo herausnehmen und beim Sprechen sich am besten einen fixen Platz aussuchen, nicht hin- und herlaufen. Beim Ausflug in die Wirtschaft Siziliens habe sie von einer wünschenswerten *Steuerharmonisierung zwischen Italien Nord und Italien Süd* gesprochen, auch die *saisonbereinigte Arbeitslosenquote* der Insel kam über ihre Lippen. Der schmückenden Fremdwörter, meint Piet, hätte sich die Linke unter Habermas und Adorno in den Siebzigern gerne bedient. Das sei nun aber vorbei und sie solle an das Publikum denken, dessen Niveau und mentale Verfasstheit. Da muss er aber nun selber lachen, da er sich höchstpersönlich im Fremdwortkorso verirrt hat.

Roswitha zieht ihren USB-Stick aus dem Laptop, Piet lässt die Rollos surrend hoch und Tageslicht flutet in den *Fritz Erler-Saal*. Ja, es sind dann doch 50 Minuten Sizilien-Vortrag geworden. Roswitha will den Odysseus-Aspekt etwas kürzen, Piet spricht respektlos von *Eindampfen,* das dringend notwendig sei. *Ganz Gewerkschaft, ganz SPD, ohne Sinn für den Mythos!,* entgegnet die Referentin verletzt. Piet wird beim Rausgehen ganz allgemein: *Vermeide Schriftdeutsch, bleibe locker. Du musst die Zunge weit vorn bewegen und den Unterkiefer stärker als im privaten Bereich senken und heben. Konsonantisches Sprechen ist immer angesagt und nuschle nicht! Du hast mich zu wenig in den Blick genommen.* Sie solle im Übrigen den Vortrag gerade am Schluss nicht weiter und weiter in die Länge ziehen. *Ich komme jetzt zum Schluss, lassen Sie mich abschließend bemerken, zusammenfassend möchte ich sagen,* das sei unprofessionell und habe Tucholsky in einer Glosse als ein Grundübel schlechter Redner kritisiert.

Piet hat natürlich gut reden, denn das alles hat er erst jüngst auf der zweitägigen Gewerkschaftsschulung *Sprich, damit ich Dich sehe* in Bad Kissingen eingetrichtert bekommen. Seitdem belehrt er Roswitha bei Frühstück und Abendbrot, falls sie dies zusammen einnehmen, mit maskuliner Penetranz, was aus seiner Sicht, aus der Sicht des anwendenden Rhetorikers, kultiviertes Sprechen sei. *So einen rhetorischen Unsinn,* meint die Gynäkologin, hätten ihr die Patientinnen in der Praxis nie erzählt. Dort versteht man sie immer auf Anhieb. Sie ist gespielt patzig zu ihrem Supervisor und streckt ihm im Treppenhaus einfach mal die Zunge schnippisch raus, während ihre halbhohen blauen Plateausandaletten rhythmisch und schnell die Granitstufen runterklappern. Er mag dieses Geräusch, das ihn – völlig verrückt – an einen Urlaub in Bilbao mit ihr erinnert, Kastagnetten in einer Pinte.

Roswitha und Piet erreichen die Pforte, verabschieden sich freundlich grüßend von der Aufsicht und fahren nach Hause. Dort muss gepackt werden. Morgen geht es ab nach Muscat, Richtung Einschiffung, eine Kreuzfahrt mit zwei Vorträgen für Rebecca. Piet ist zahlende Begleitperson mit günstig ausgehandelten Konditionen bei *A&C*. Essen und Getränke frei, auch für Piet. Der Rest nach Bordtarif.

XVII
Dubai, Port Rashid
25° 27′ N, 55° 29′ E

Da stehen sie 80 Meter vor der *Odysseus II* und es geht nicht vor und nicht zurück. Professor Schlink ist es gar nicht recht, dass eine aufmerksame Uniformierte des Schiffs ihn dringlich bittet, den bereitgestellten und schiffseigenen Rollstuhl im Angesicht von 28 °C und eines Luftdrucks von 1010 Hektopascal für die Wartezeit vor dem Fallreep und für seine Bequemlichkeit zu nutzen. Genau solchen peinlichen Situationen wollte er aus dem Weg gehen. Doch auch Lisette Zwanziger bittet den Professor inständig, das freundliche Angebot nicht auszuschlagen, das lästige Schlange stehen draußen am Kai könne, wie man sehe und zu befürchten ist, unbestimmte Zeit andauern. Also gut, der Gehunsichere nimmt das Angebot zähneknirschend an. Besser als einen achträdrigen, wackeligen Rollator zwischen den Händen zu wissen, und tatsächlich, sitzend geht es ihm gleich besser. Zu erkennen gibt er dies freilich nicht. Lisette ist mit geschickter Zuwendung um Aufhellung der Situation bemüht, das alles sei ganz normal und dieses kleine Hilfsmittel habe gerade auf so einem großen Schiff seine Berechtigung und sei von großem Nutzen. Vor Antritt der Reise habe sie, Lisette, sich über diese Möglichkeit eingehend informiert. Schlink ist über diese nicht abgesprochene Eigenmächtigkeit und Fürsorglichkeit seiner ansonsten geschätzten Hilfe und Zugehfrau nicht begeistert und will etwas energisch entgegnen, doch die Hitze erstickt das Kontra im Keim und er winkt resigniert ab. Sein Gesicht zeigt nicht nur befremdliche Altersflecken, sondern auch auffällige Rötungen und am Hals sieht man die subkutan sich überdeutlich abzeichnende Halsschlagader. Für Lisette nichts Besorgniserregendes.

Die Schlange der geduldig vorwärts trippelnden Passagiere wandert allmählich in Sichtweite des Fallreeps. Dort steht mit einer pompösen und digital gesteuerten Spiegelreflex-Kamera der Bordfotograf. Er fotografiert aufs Geratewohl die vom Flug und der anstrengenden Nacht im Zwei-Sterne-Hotel gestressten Ankömmlinge mit professioneller Aufdringlichkeit. Acht- bis zehnfaches Klicken des Bildauslösers pro Sekunde macht deutlich, dass Tante Hildes Low-Tech-Kamera, die Würfel-Box aus den Fünfzigern, im Wettlauf mit der lauten Canon-Kanone ausgedient hat. Für das Shooting will sich der Professor unbedingt aus dem Rollstuhl quälen und rückt die Krawatte zurecht, doch da hat der Fotograf längst zugeschlagen und Lisette drückt den Mediävisten sanft, aber sicher zurück in das Gefährt. In zwei Stunden sind die Bilder dann, so wird rasch eingeworfen, in einem Schaukasten an der Boutique auf Deck Vier zu besichtigen und zur Bestellung für jeweils 8 Euro pro Postkarte freigegeben. Ein weiterer Kameramann für die bewegten Bilder auf DVD und VHS, Herr Fred Simon aus Freiburg, zoomt mit leichter Hand den Tross der Erschöpften. Der bekannte Cineast und Kulturschaffende für das Kommunale Kino an der Dreisam ist seit drei Jahren für Kreuzfahrtfilme engagiert, Filme, die am Ende des Reiseabschnitts zwischen Dubai und Marseille für 135 Euro an Bord zu kaufen sind oder gegen geringes Aufgeld selbstverständlich auch zugeschickt werden.

Am Fallreep werden die neuen Passagiere vom Hotelmanager, Herrn Stefan Silber, mit Handschlag und guten Wünschen für den Aufenthalt auf dem Schiff begrüßt und der zusammengeklappte Rollstuhl entgegengenommen. Professor Schlink lässt Lisette Zwanziger – sie trägt heute ihr fesches Almsach-Dirndl mit tiefem Ausschnitt und klassischen Froschgoscherln, das Mieder aus Biedermeier-Seidenjacquard in Schwarz, die Schürze geschmackvoll dunkelviolett, gerafft mit Farnstickerei – vorausgehen. Die Treppe schwankt leicht, und Schlink empfindet diese unumgängliche Instabilität als unangenehm. Angekommen auf Deck Drei machen zwei Männer der Crew jeweils ein digitales Passfoto von den neuen Gästen. Auf dem Bordausweis, der sowohl als persönlicher Kabinenschlüssel wie als unbares Zahlungsmittel an Bord dient, wird das Foto binnen Sekunden eingepflegt und den Kreuzfahrern ausgehändigt.

Frau Zwanziger und Professor Schlink werden von einer adretten Philippinin zum Aufzug geleitet. Zu dritt fahren sie aufs Vierte Deck und werden zu den Kabinen 412 und 448 geleitet, die jeweiligen Koffer stehen bereits vor der Tür. Während Schlink, begleitet von Lisette Zwanziger, sich in seiner Außenkabine umsieht, ist für sie die fensterlose Innenkabine vis-à-vis vorgesehen. Für die freundliche Begleitung erhält die Philippinin vom Mediävisten 5 Euro und diese empfiehlt sich in den Flur. Lisette bleibt einen weiteren Augenblick in der Kabine ihres Arbeitgebers und hilft, die Anzüge, Wäsche und übrigen Utensilien ordentlich in den Doppelschrank und eine kleine Kommode übersichtlich einzuordnen. Das macht sie gerne und mit geschickter Hand. Schlink hat auch etliche Bücher mitgenommen. Unter anderem eine Anthologie zum mittelhochdeutschen Minnesang, eine Untersuchung mit dem Titel *Studien zur Sündenmetaphorik in Hartmanns Gregorius* von Marina Mylnikow und eine *Lemmatisierte Konkordanz zum Gesamtwerk Hartmanns* von einem gewissen Herrn Boggs. Das *Alte* und *Neue Testament* mit *Apokryphen* ist ebenfalls unter der kleinen Bücherauswahl, will sich der Emeritus doch auch mit dem *Buch Hiob* vor dem entsprechenden Landgang näher beschäftigen. Eher zufällig als absichtsvoll sind unter der Auswahl auch zwei Kriminalromane zu finden. Der eine hat den Titel *Grafeneck* von Rainer Gross, der andere heißt *Eisblume.* Vor zwei Jahren, bei einem Besuch des Hartmann-Territoriums in Obernau am Neckar, hat Schlink die Bücher bei *Osiander* am Marktplatz in Rottenburg erstanden. Jetzt, auf dem Schiff, könnte die Lektüre endlich gelingen.

Nachdem die Kabine von emsiger Hand bestückt und eingerichtet ist, auch die Bade- und Waschutensilien in der Dusche verstaut sind, bezieht Lisette ihre Innenkabine. Das Kunstlicht wirkt zunächst irritierend und befremdlich, zumal draußen die helle Sonne vom arabischen Himmel brennt. Aus der bereitgestellten Flasche mit Mineralwasser gestattet sich Lisette eine Erfrischung, ordnet ihre Kleider im Schrank und prüft am Waschbecken, ob auch heißes Wasser zur Verfügung steht. Alles in Ordnung, kein Grund zur Klage. Bis zum Sektempfang um 17 Uhr ist Zeit, und Lisette gönnt sich bei diesen Temperaturen ausgiebiges Duschen, danach trocknet sie sich mit den zu harten und wenig komoden Handtüchern und dem bordeigenen Bademantel ab, genießt ein kräftig aromatisiertes Limetten-Deo, das auf der Ablage im Bad steht und stellt mit flinken Fingern auf dem Medien-Pult einen ihr unbekannten Sender der Emirate ein, der fremde orientalische Klänge ausstrahlt. Ja, das spricht sie an und gefällt ihr auf Anhieb. Aus der zu einem Viertel aufgeschlagenen Bettdecke blinzelt ein schokoladener Willkommensgruß der Firma Lindt und die Faksimile-Nachricht des Kapitäns auf Bütten: *Wir wünschen Ihnen einen angenehmen Aufenthalt an Bord. Wenn Sie Hilfe benötigen oder Sonstiges wünschen, so lassen Sie es das Kabinen-Personal wissen. Herzlich willkommen – Kapitän Lionel Vanderstraaten mit Mannschaft.*

Übermütig wirft sie sich auf das Doppelbett, das nur hälftig genutzt werden wird und genießt die Freiheit in ihrer Kunstlicht-Kabine. Für den Sektempfang zieht sie sich eigens um und wählt ein schlichtes Kostüm. Dann, es ist 10 Minuten vor 17 Uhr, verlässt sie die Kabine und klopft an der Kabinentür 412, um Professor Schlink für den kleinen Stehempfang abzuholen. Auch er hat sich neu ausstaffiert und trägt seinen anthrazitfarbenen Blazer. Zum Aufbruch in die Lounge wäre alles bereit, wenn der Professor in der Eile nicht vergessen hätte, eine Krawatte anzulegen. Bei der Auswahl aus einem Fundus von sieben Krawatten ist ihm Lisette behilflich. Sie empfiehlt die dunkelrote Seidenkrawatte, und da die Zeit fortgeschritten ist, ist sie beim Anlegen des Binders gerne behilflich. Beide prüfen im großen Spiegel, eingelassen in der rechten Hälfte der Schranktür, den korrekten Sitz des maskulinen Attributs, während sie von hinten ihren Kopf in gesittetem Abstand zur Wange des Professors führt:

Ja, so stimmt es, fabelhaft schauen Sie aus, wir können gehen!

In der Lounge ist es eng und stickig. Manche Dame, eher aus Unwissenheit denn aus modischem Feingefühl, hat die feinste Robe angelegt, was dem Tête-à-Tête mit dem Kapitän freilich eine noble Note verleiht. Lionel Vanderstraaten, ganz maritimer Weltmann in Uniform, gibt einen Toast auf die neuen Gäste aus, heißt sie am angedachten Scheitelpunkt zwischen Okzident und Orient an Bord ganz herzlich willkommen, gibt zu verstehen, dass die gesamte Mannschaft von den Offizieren bis zum Personal in Bar, Restaurant oder auf den Zimmern stets für die Annehmlichkeit der Gäste sorgen werde. Wenn es einmal klemmen sollte, werde rasch und unbürokratisch für Abhilfe gesorgt. Das sei hoch und heilig im Namen des Schiffes und der Reederei im fernen Kiel versprochen. Die Gäste mögen sich mit den Räumlichkeiten vertraut machen. Er müsse freilich darauf hinweisen, dass nach Auslaufen der *Odysseus II* um 22 Uhr eine international vorgeschriebene Notfallübung angesetzt sei, der sich leider keiner der Gäste entziehen könne. Es gehe darum, die Fluchtwege kennenzulernen, die Handhabung der Rettungswesten unter fachmännischer Anleitung zu üben und den Zugang zu den Rettungsbooten deck- und kabinenspezifisch zu erkunden. Er bitte für diese notwendige Maßnahme um das ausdrückliche Verständnis der Passagiere. Wie viele hier an Bord wissen, sei dies eine besondere Schiffsreise von Dubai über Bab al-Mandab, nach Marseille, da die *Odysseus II,* wie der Presse zu entnehmen war, einen neuen Eigentümer gefunden hat, der das Schiff nach kurzer Renovierung dann in Marseille mit neuen Namen zu neuen Zielen führen wird. Ihm, dem Kapitän, falle dies alles, wie man unschwer verstehen werde, nicht leicht.

Dann erhebt Kapitän Vanderstraaten das Glas und prostet ernst und unter Beifall der Gäste in die Runde. Ein sympathischer Käpten, männlich, muskulös, adrett und mit eben jenem zupackenden Zug, den man von einer Führungsfigur seines Kalibers erwarten darf. Man sehe sich dann gegen 20 Uhr beim Dinner.

Freundlicher Applaus der Gäste, auch jener, die dieses Exerzitium bereits oft und oft miterlebt haben, da sie als Weltreisende seit Rio und damit seit nahezu sechs Monaten solche Zwischenauftakte für zugestiegene Newcomers kennen. Ja, den ernsten Hintergrund haben sie an Bord alle verstanden, und es ist in diesem Augenblick kein Grund zum Jubel, sondern die Stunde des Respekts und der Anteilnahme an dem Schicksal eines Schiffs, das sehr bald unter fremder Flagge und im Auftrag einer fremden Reederei fahren muss.

Lisette und Dietmar, mit dem angekündigten Aus für die *Odysseus II* zunächst wenig vertraut, toasten sich final verbindlich und herzlich zu, um dann gemeinsam den Bereich der Rezeption mit seinen behaglichen Nischen zu erkunden. An der Kabine 412 im kleinen Postfach steckt eine sorgfältig zusammengefaltete Mail. Lisette entdeckt und öffnet sie mit einverständlichem Kopfnicken von Schlink. Sigurd hat einen kurzen Gruß geschrieben und wünscht dem Vater und seiner Begleiterin eine schöne Kreuzfahrt. Schlink ist ein wenig angefasst und unterdrückt seinen Kummer, den er mit der Tochter hat. Ja, er wird ihr, vielleicht, verzeihen, bald, wenn er zurückkommt. Es ist halb acht, im Gang trennen sich die Wege der Salzburger und beide machen sich auf der Kabine frisch, um anschließend im Restaurant die reservierten Sitz- und Speiseplätze einzunehmen.

Lisette hat nur ganz wenig Schmuck auf die Reise mitgenommen. Da ist einmal die kleine Perlenkette, die sie bei festlichen Anlässen gerne trägt, und weiter ein Paar Ohrringe, die sie sich heute zum Dinner anstecken will. Die Perlenkette soll aber im Zimmersafe zusammen mit der Barschaft von 100 Euro und den übrigen 50 US-Dollar eingeschlossen werden. Das ist aber gar nicht so einfach und sie ruft in der Rezeption an, die tatkräftige Hilfe schickt.

XVIII
Der Safe
25° 27′ N, 55° 29′ E

Erläuterung für Ihren ABC-Safe

1. *Codieren des Safes:*
   - *Drücken Sie bei geöffneter Tür auf A*
   - *Geben Sie 6 Ziffern ein*
   - *Beenden Sie die Programmierung mit C*
   - *Schließen Sie den Safe*

2. *Öffnen des Safes:*
   - *Drücken Sie bei verriegelter Tür auf A*
   - *Geben Sie Ihre 6 Ziffern ein*
   - *Und öffnen Sie den Safe*

- *Beim erneuten Schließen innerhalb von 5 Minuten muss der Code nicht wiederholt eingegeben werden.*

- *Sollten Sie einen Fehler bei der Eingabe machen, geben Sie die Nummer nach 5 Sekunden erneut ein.*

- *Nachdem die Nummer 3 mal falsch eingegeben wurde, wird der Safe für 10 Minuten verriegelt und kann erst dann wieder durch die Eingabe der richtigen Nummer geöffnet werden.*

- *Die Codierung Ihres Safes wird automatisch gelöscht, sobald der Safe im geöffneten Zustand für 3 Minuten nicht genutzt wurde. Dann ist es erforderlich, den Safe erneut zu programmieren, um ihn zu schließen (siehe Schritt 1). Außerdem muss der Riegel bis zum Anschlag zugedreht werden.*

XIX
Hyatt Park Dubai
25° 27′ N, 55° 30′ E

Rebecca und Bernd genießen den zweiten Tag in Dubai, der *Übermorgenstadt,* wie der *Spiegel* die Wüstenmetropole genannt hat. Das Frühstück, es ist 9 Uhr 30 Ortszeit, verlangt Konzentration. Die Fülle der Angebote und Verführungen ist überwältigend. Kein gewöhnliches kontinentales Breakfast wird kredenzt, sondern ein globales Symposion ausgebereitet, das keine Wünsche offen lässt. Im Frühstücksraum mit einer Achse von 120 Metern, aufgefächert in drei in die Vertikale sich schraubende Veranda- und Maisonettenebenen, herrscht Hochbetrieb. Der große Stab der *Hyatt*-Bediensteten bewältigt diese tägliche Herausforderung ohne Aufgeregtheit und mit stillem Eifer. Marmor, indischer Granit, Teakholz und luftige Bambus-Konstruktionen geben dem Frühstücksereignis eine wohltuende orientalische Heimeligkeit, unterlegt mit einem sanften akustischen Design, dessen Schallquellen und technische Verortung beim besten Willen nicht auszumachen sind. Schwere handgeknüpfte Teppiche, iranischer Provenienz, mit großflächigen floralen und figuralen Animationen, verspielten Arabesken und lustvoll arrangierten Akanthusrosetten dämpfen die Schritte der Gäste.

Fünf Frühstücksköche brutzeln, schwitzen, dämpfen und braten auf einer silbrig glänzenden Barbecue-, Grill-, Crêpe- und Pfannenstraße die bald banalen, bald erlesenen Frühstückswünsche der Gäste. Die schlichte Order von Spiegelei oder Ham and Eggs ist freilich die Ausnahme. Die möglichen Arrangements im Verbund mit Zwiebeln, Filetstreifen, Ragout fin, Schinken, Würstchen, Importpilzen, Mais, Paprika, Tomaten, Pepperoni, Gurken, Auberginen, Bananen, Ananas, Ziegen- und Schafskäse, Fladenbrot, scharfen und milden Saucen des Orients – das alles will von den Frühstücksgästen bewältigt sein. Die große Theke mit Säften, Mineralwässern und Vitaminspritzen fordert ebenfalls Entscheidungsbereitschaft. Hängende Obstterrassen mit kunstvoll in der Küche ziselierten Ornamenten in Mango, Orangen, Kiwis, und Melonen laden zur paradiesischen Verköstigung. Brote, Brötchen, Croissants, Süßes und Gesundheitsnischen mit Joghurt-Kreationen, Sesamschnitten, Vollkornbackwaren sind zu begutachten, auszuwählen oder aus angezeigten diätetischen Gründen zu vernachlässigen. (Ökotrophologische Beratung kann auch über das Haustelefon 2435 angefordert werden.)

Die Fülle ist überwältigend, und so bemühen sich Rebecca und Bernd zunächst um den klassischen Orangensaft, dann um grünen Tee für Rebecca und Kaffee für ihn. Erst nach dieser kleinen Ouvertüre, die vor allem der leiblichen Sammlung und Orientierung dient, werden die beiden sich näher mit den Möglichkeiten der aufgetischten Gaben vertraut machen.

Das opulente Frühstück nimmt für die künftigen Kreuzfahrer fast eine volle Stunde in Anspruch. Danach machen sie sich auf dem feudalen Zimmer frisch. Der Weg führt über den feuchtwarmen Palmengarten mit unvergleichlicher Aussicht über den Creek und seine Jachten. Nein, die Boutique lassen sie links liegen und würdigen diese keines Blicks. Rebecca putzt sich die Zähne, zwei Tupfer Armani links und rechts hinter das Ohr, und dann zieht sie das luftige Rohseiden-Shirt in blauweiß über. Es wird siedend heiß in Dubais Straßen, das ist bekannt. Die Benetton-Bedeckung macht sich gut, Bernd lobt mit dem ehrlichen Ausruf der Begeisterung: *geil!* Er rasiert sich auf die Schnelle, nass, und tröpfelt sich Speick-Rasierwasser in die linke Handfläche. Sie mag es, das hat sie ihm im *SI* einmal gesagt. Vielleicht war das ehrlich und nicht geflunkert. Rebecca schließt den Kleiderschrank, prüft ihr Outfit im körpergroßen Spiegel und ist zufrieden. *Ja, das passt.* Und sie umarmt Bernd intensiv, vielleicht etwas zu lasziv für diese Stunde. Immerhin, die erste Nacht, hier im *Hyatt Park*, das war für Rebecca nicht nur beruflich angenehm. Bernd gefällt ihr, als spendabler Freier, als Reisebegleiter. Das lässt sich gut an und die Befürchtungen, die die Berufskolleginnen warnend geäußert haben, die sind wie abgeschüttelt. Sie kann mit ihm, und er respektiert sie. Das ist es, was ihr gefällt. Die Berührungsängste, beim Flug latent vorhanden, sind weggeblasen. Auch Bernd scheint fürs Erste zufrieden, küsst Rebecca lange auf die filmig-ölige Stirn, schließt liebevoll ihre Augen mit den Fingerspitzen und holt sich den tiefen Zungenkuss, diesmal einfordernd und besitzergreifend, als stehe ihm das durch seinen Kontrakt mit Stuttgart zu. Dann rasches Öffnen und Schließen der Tür zum Appartement, Aufzug, Taxi in die Innenstadt.

ach wär ich doch bloß der wäscher
der ihr die leinenen kleider bleicht –
und wenn's nur ein monat lang wär!
so hielt ich sie in händen, all die gewänder
die sie schmeichelnd umschmiegen

Rund einen Kilometer vor dem *Burj al Arab,* dem Sieben-Sterne-Hotel auf einer künstlichen Insel, lässt Bernd das Taxi halten. Rebecca steigt aus dem klimatisierten Van und rennt unter fröhlichem Lachen und Juchzen die Strandpromenade mit angrenzendem Sand, feinkörnig, ab. In Sichtweite, doch durch flirrenden Dunst für das Auge etwas entrückt, steht das höchste Hotel der Welt als Segelsilhouette, über 320 Meter hoch. Dort tummeln sich die Reichen der Welt, und der Taxi-Fahrer in seiner blütenweißen Dishdasha zeigt mit der Hand auf das Gebäude und murmelt in unverständlichem English etwas von VIPs und *very important.* Die drei lachen und Bernd zückt die kleine Digitale und macht fünf Fotos. Dann weiter zum höchsten Haus der Welt, dem *Burj Khalifia* mit seiner schwindelnden Aufbäumung von über 800 Metern, eine architektonische Provokation der besonderen Art. Hier wird der Taxifahrer mit zwei Dollarnoten Trinkgeld entlassen und das Paar stellt sich in eine lange Schlange von geduldigen und belastungsfähigen Besuchern, die unbedingt die Aussichtsplattform in Höhe von 452 Metern erreichen wollen.

Sicherheitspersonal an allen Ecken und Enden und in den Aufzügen macht klar, dass das babylonische Kunstwerk auch gefährdet sein könnte, zum Beispiel durch Terroristen und allerlei andere fundamentalistische Trittbrettfahrer. Die Zeit des Verweilens ist hier oben aus genannten Gründen auf 20 Minuten limitiert, aber Rebecca und Bernd fühlen sich ohnehin im Fokus der sicherheitspolizeilichen Abschirmung nicht wohl. Die Tickets hatte Bernd im Internet gebucht. *So ein Event lässt man nicht verfallen, nicht in Dubai.* 163 Etagen, 900 Wohnungen, davon 800 nicht belegt, das sagte bereits der Taxifahrer beim Aussteigen. Kosten-Nutzen, es ist etwas aus den Fugen. Ganz oben die Antenne. Wer weiß, ob sie sendet oder empfängt. Abwärts mit dem Aufzug und Stärkung in einer der vielen Bars mit Sandwich und Cola.

Wieder in ein Taxi mit Bestimmung Gold-Souk. Hier bieten Hunderte von Geschäften goldene Verführungen feil. Rebecca ist völlig geplättet über die Schmuckstücke, die Barren und goldenen Gefäße, die kein Ende nehmen, sich türmen in Vitrinen und hinter Glas oder ganz frei schwebend das Auge verzücken und bestechen. Weihrauchduft in vielen Variationen trüben dabei die Sinne, narkotisierende Schwaden, die nicht nur die Kirche seit alters her für ihre transzendentalen Zwecke nutzt. Bernd wird hier nichts kaufen, keine Kette, keine Uhr, keine Ohrringe, und Rebecca rechnet auch nicht damit. Dafür ist Bernd zu kontrolliert und diszipliniert. *Reich wird man nur von dem Geld, das nicht ausgegeben wird.* Diese banale Klugheit hat er nachts im Anflug aufs glitzrige Dubai von sich gegeben, und da lachte sie nicht einmal. Aufregend ist es allemal, dieses Schlendern zwischen Gold und verkaufenden Schönheiten, die auf wunderbaren Teppichen zu den Kunden und Touristen lautlos huschen und zwischen den Schätzen hin- und herschweben. Ein Australier, den sie belauschen, macht etwas ganz Banales. Er kauft einen 24-karätigen Goldbarren, 250 Gramm, der diskret in eine Schutzfolie eingepackt wird. Sinn macht der Kauf wahrscheinlich nicht. Aber zuhause in Sidney kann der Australier von der einmaligen Gelegenheit und dem Goldfieber in Dubai berichten, dem genialen Peak an einem Samstag, den er nutzte.

Bis zum Spice Souk, dem Gewürztempel in Dubai, ist es nur ein Katzensprung. Rebecca und Bernd verlassen nach zwei anstrengenden Stunden im Goldfieber den verführerischen Ort der Anfechtung – unweit der großen Moschee. Dort ersetzt die MasterCard mit Unterschrift den Pass. Hier bei gefüllten Säcken von Zimt, Nelken, Curry, Safran, Pfeffer, Kardamon, Vanilleschoten und Ingwer wird Bodenhaftung wieder spürbar. Doch standen die feinen Kostbarkeiten aus dem Mittleren und Fernen Osten in grauer Vorzeit dem Wert des Goldes in keiner Weise nach. Die Händler trinken mit den Kunden und Neugierigen einfach ein bisschen Tee, meist sehr süß. Pistazien, Mandeln, Nüsse, Kaffeebohnen warten in Jute-Säckchen auf Kundschaft. Auch hier wird wie drüben im Goldmarkt freundlich und bestimmt gehandelt und gefeilscht. Wer der rhetorischen Feinarbeit nicht gewachsen ist, lässt den mitgebrachten Guide verhandeln, das kann auch der Taxifahrer sein, der den Teehändler gut kennt und zugleich ein sicheres Gefühl bei den einkaufenden Fahrgästen aus Europa hinterlässt. Anders als im Gold Souk möchte Rebecca nun doch eine Kleinigkeit kaufen. Zielsicher wählt sie sich ein Säckchen mit einem Bündel von Vanilleschoten, ein Beutel mit der schwarzen pulverisierten Köstlichkeit kommt hinzu. Für Bernd ist das alles kein Thema und er handelt die schmackhafte und wohlriechende Kleinigkeit mit Erfolg von acht auf fünf amerikanische Dollar herunter. Ganz Geschäftsmann. Ihm kann man nichts vormachen, auch nicht in Dubai. Trotzdem lästert er über Rebeccas Kaufrausch. Er kann es nicht lassen.

Dann der Abstecher zum Dubai Creek mit seinen traditionellen Dhauen in Blickachse bis zum Wolkenkratzer-Horizont. Alles etwas unwirklich, bizarr und 3D auf Großbildschirm. Abenddunst fällt über die Metropole, das geht ganz schnell. Ein Wassertaxi fährt die beiden für eine Stunde in die Dämmerung, weitere acht Touristen aus England, den USA und der Schweiz sind mit an Bord. Die Kulisse der Metropole versöhnt die Fahrgäste mit der nur schleppend fallenden Temperatur. Immerhin Fahrtwind. Gekühltes Wasser in Plastikflaschen wird gereicht, zusätzlich eine Schale mit Obst zur Auswahl. Der Amerikaner will rauchen und wird von einer Schweizerin mit bösen Blicken abgestraft. Sie duldet es nicht, auch nicht auf dem offenen Wassertaxi. Das flackernde Sturmfeuerzeug wird wieder zugeklappt, langsam. Sieg nach Punkten für die Nichtraucherin, für die Helvetierin.

Retour zum *Park Hyatt.* Es ist 20 Uhr, zwei Stunden nach Sonnenuntergang. In der Grill-Location versorgt sich Bernd mit einem argentinischen Medaillon auf Ananas, Rebecca nimmt Vorlieb mit einem griechischen Salatteller. Ja, der Tag war vergnüglich und beide sind auf ihre Kosten gekommen. Rebecca trinkt ein Achtel Elsässer Muskateller, Bernd bleibt bei zwei Beck's vom Fass. In der Rauchernische erlaubt sich Rebecca eine Zigarette, Camel ohne. Bernd zieht einmal genüsslich daran. *So sind sie, die heimlichen Nichtraucher,* haucht Rebecca ihm ins Ohr. Bernd kann ihr nicht widersprechen. Mit Zuruf der Zimmernummer am Tresen lässt er anschreiben, umfasst Rebecca locker und zärtlich in Hüfthöhe auf dem Weg zum Aufzug. Der ist frei. Ihr Ohr, Bernd bemerkt es untrüglich, riecht verschwenderisch und geheimnisvoll nach Muskat, das Pulver, das sie sich drüben im Markt in einer merkwürdig übersteigerten Anwandlung ins Ohrläppchen gerieben hat. Bernd fand es albern und komisch.

Auf dem Zimmer angekommen, entkleidet sich Rebecca zügig und zieht sich den hoteleigenen Bademantel über. Sie will im marmorgefliesten Bad duschen, während Bernd den Samowar für die Teezubereitung durch Knopfdruck in Gang setzt. *Assam oder Grün?,* ruft er in das Dusch- und Badezentrum, das durch eine deckenhohe 8-Millimeter-Glaswand vom Schlafbereich abgeteilt ist. Sie setzt wieder auf Grünen Tee, das hätte er sich denken können. Er inspiziert die Minibar und entdeckt dort für sich einen gut gekühlten Prosecco aus Venetien. Zwischen Tür und Angel öffnet er ihn rasch und prostet lässig in den nebeligen

Duschbereich rüber. *Der Fernseher hat mindestens 135 Zentimeter, diagonal!* Das scheint aber nicht zu beeindrucken. Mehr als ein *und weiter?* dringt nicht aus der dampfenden, kombinierten Marmor-Mahagoni-Landschaft.

Bernd serviert linkisch in einer dünnwandigen Schale den Tee ins Bad und stellt das Gefäß auf den breiten Rand der grau-blau marmorierten Badewanne, die im Deckenlicht eines sanft rotierenden Halogenscheinwerfers wunderlich funkelt und glitzert. Rebecca lässt ihrerseits Badewasser in die Wanne sprudeln, trocknet sich mit dem flauschigen Hotelhandtuch ab und massiert ihren Körper in slow motion mit einer angenehm duftenden Lotion. Bernd versteht nicht gleich – das Wasser in der Wanne. Von hinten massiert er den schönen Hals, sie lässt ihn gewähren. Ihre Brüste lässt sie ihn nicht fassen und schiebt ihn bestimmt, aber nicht böse zur Seite. *Du solltest erst ein Bad nehmen, ich habe etwas Lavendel dazu gegeben.* Bernd möchte entgegnen. *Keine Widerrede, Herr Stenzel!* Den Nachnamen sagt sie nur, wenn sie ihn auf die Palme bringen will. Auf der Visitenkarte hat sie seinen nichtssagenden Namen zum ersten Mal gelesen, in Stuttgart, im *SI: Bernd Stenzel, Makler, Vorstand im Ring Deutscher Makler.* Bernd ist gelassen und nimmt das Angebot zu Wohlfühligkeit und Baden im Luxus-Ambiente als deutliches Versprechen für Weiteres an.

Der Abwurf der leichten, aber verschwitzten Sommerkleidung geht schnell. Rebecca bittet um ordentliches Verstauen der Textilien im Schrank, *linke Schublade, wenn's beliebt,* dort sind auch ihre Sachen, die gebrauchten, achtlos getürmt. Dann steigt Bernd Stenzel in die Badewanne, nur wenig gestützt von ihrer Hand. Den sommersprossigen Rücken des Endfünfzigers massiert sie mit einem Naturschwamm, und entdeckt drei kleinere Warzen zwischen den Schulterblättern. Sie wird über diese Entdeckung mit ihm nicht sprechen. Die stattliche Bauchfalte, die kennt sie. Sie kann es sich nicht verkneifen und fabuliert mit deutlich gespieltem Mitleid vom Verlust des Brettbauchs, er müsse diese

Region zukünftig genau beobachten. Aufgrund der kleinen Attacke spritzt er ihr etwas Badewasser auf den weit geöffneten Bademantel und trällert Willy Schneiders *Liebling, auch wir werden älter*. Sie glucksen, lachen und schäkern.

Beim Ausstieg aus dem Marmorbecken entdeckt Bernd an sich jenen körperlichen Automatismus der Erregung, den er Rebecca zumindest optisch zunächst vorenthalten wollte. Sie hat es aber längst bemerkt und spielt mit lustvoller Keckheit mit seinem Glied. Tarnung mit dem Bademantel entfällt. Beide fallen auf das raumgreifende Bett, und Rebecca bittet den Liebhaber, für einen Moment die Augen zu schließen. Sie hantiert mit einer Phiole, die am Fenster steht, gibt ein weitgehend neutrales Hautöl aus einem Probefläschchen der Firma *Carli* aus Imperia in die Bodenfläche, mischt das Liquide nun mit zwei Fingerspitzen Vanillepulver aus dem Tütchen. Das wohlriechende Schwarzpulver hat sie vor Badebeginn griffbereit positioniert. Sorgsam wird gerührt und der verführerische Duft gekostet. Bernd wird ungeduldig und wirft sich zweimal kindisch hin und her. Dann nähert sich Rebecca, ganz entkleidet, mit der Phiole und summt ein helles *Ommm*. Sie heißt Bernd, die Augen geschlossen zu halten, wärmt einige Öltropfen sorgsam in ihren Händen und streicht ihm liebevoll über Stirn, Nacken und Bauch. Alles in Ruhe, alles in Stille. Leise murmelnde Zufriedenheit besagt, dass sie alles perfekt und richtig macht. Die feine Vanille verströmt ihre ätherische Note und Rebeccas Hände wandern tiefer und sicher ins erogene Zentrum, das sich weiter aufbäumt. Rasch und sicher greift Rebecca in die kleine Kommode am Bett. Dort hat sie neben anderen Utensilien auch Kondome gelagert. Eines packt sie aus und streift es ihm achtsam und gefühlvoll über. Sein Traum von ganz ohne ist damit im Keim erstickt. Sie ist Profi und keine Hasardeurin. Aber das sollte er wissen.

Das Spiel, das sie jetzt zur vorgerückten Stunde im *Park Hyatt* spielen, ist wild, zärtlich und verwegen. Bernds Repertoire an Möglichkeiten und Stellungen ist allerdings begrenzt. Rebecca geht es aber nicht um Raffinesse, sie will ihn verwöhnen und mit ihren vielen fantasievollen und frivolen Möglichkeiten umspielen. Nur als Versuchsballon gibt sie ihm vorsichtig Anleitung zur 69-Position. Er verkrampft sich, und Rebecca lässt ihn seine mangelnde Routine nicht spüren. Dann knuspert Rebeca ihm eine gehörige Fellatio, er wird ganz wild und fuchtelt wie von Sinnen. Sie verlangt dringlich und rasch nach Klassik, Mönchsstellung. Das geht immer, fast immer. Sie kommt, er kommt. Ausatmen, letzte Vibrationen der Körper. Rebecca geht eine Camel rauchen, draußen auf dem Balkon mit Blick auf den nächtlichen Creek. Bernd huscht ihr heimlich nach, hält ihre beiden Augen von hinten zärtlich bedeckt und lässt sie raten: *Was soll das Pfand in meiner Hand, was soll dasselbe tun?* Drei Pistazien drückt er mit seinen Lippen in ihren Mund, iranische Steinfrucht gegen Impotenz, auch vorbeugend. Sie schiebt ihm die Pistazien kunstvoll und langsam, ganz langsam, mit der Zunge zurück. Sie mag ihren Makler, den Makler aus der Kölner Bucht.

komm her, du, und tu genau was ich dir auftrag:
kleid meine geliebte in feinstes leinen
und überzieh das lager mit königlichen laken –
nur der weißeste stoff darf es sein
und bring ihr den schönsten schmuck den ich hab:
ihre arme und beine sollen glänzen
wie an einer statue, die mit kampfer gesalbt ward.

XX
Khasab
26° 33′ N, 56° 39′ E

Semira Schneider ist seit Honkong an Bord der *Odysseus II.* Der Start war nicht einfach und in der Probezeit steht sie unter verschärfter Beobachtung der Kreuzfahrtdirektorin und des

Personalchefs ganz allgemein. Semira arbeitet, wie geplant, im Servicebereich und das so ziemlich rund um die Uhr. An die Sieben-Tage-Woche muss sie sich erst gewöhnen und an Entspannung gibt es nicht viel, wenngleich die Direktion dafür sorgt, dass das Personal in bescheidenem Umfang auch an den Landausflügen teilnehmen kann, in von den Passagieren getrennten Bussen allerdings. Der Kontakt zu den Passagieren darf herzlich, soll aber nicht eng sein. Das ist ein altbewährtes Kreuzfahrtgesetz, das vor unliebsamen Überraschungen und Liaisons schützt.

Beim Dinner hat Semira vier große Tische mit jeweils acht Personen zu bedienen. Dazu gehört die Beratung bei Auswahl der Speisen, Beantwortung von diätetischen Fragen, vor allem auch eine streng bemessene Zeittaktung für den Small Talk, der der Wohlfühligkeit der Gäste dient. Das darf nicht ausufern, doch der rasche Gedankenaustausch über Seegang, Wetter und die kleinen Souvenireinkäufe an Land, das kann im Gespräch zwischen Gast und Personal angerissen werden. Die planvoll dosierte Unterhaltung zwischen Gast und Schiffspersonal dient der wohltemperierten psychischen Kreuzfahrthygiene. *Die Kreuzfahrtdirektorin bittet um Beachtung.*

Für die Getränke steht ein besonderer Servicedienst zur Verfügung, der mit Wasser, Säften, Bier und Wein von Tisch zu Tisch huscht und freundlich einschenkt – ein junger Mundschenk von vielleicht 22 Jahren ist damit betraut. Semira war zunächst enttäuscht über das durchschnittliche Alter ihrer Gäste im Restaurant. Die Vierzigjährigen gehören zu den Youngstern, während die auf den Kopf gestellte Pyramide zwischen 65 und 80 plus eher den Altersdurchschnitt der Gäste andeutet. Die mangelnde jugendliche Frische (statistisch gesehen) hat sie zwischen Hongkong und Sri Lanka anfänglich fast auf die Palme gebracht. Aber dann konnte sie sich doch an den nicht zu leugnenden Esprit und die Freundlichkeit der älteren Menschen gewöhnen. Ein scharfzüngiger Kabarettist aus Berlin, daran erinnert sich Semira, hat von den Kreuzfahrtschiffen einmal als den *preisgünstigen Altersheimen* gesprochen. Diesen ZDF-Keulenschlag in *Neues aus der Anstalt* hat die Hotelfachfrau vor ihrem geistigen Fernsehauge und sie pflichtet der Sendung, je länger, je mehr sie auf See ist, bei. Dabei hat es dieser TV-Spaßvogel, Arnulf Rating, nicht einmal böse gemeint.

Eins hat die Hoteldirektorin den neuen Servicekräften auf dem Schiff gleich eingeschärft: *Merken Sie sich unbedingt die Namen und Titel Ihrer Gäste am Tisch. Und das bitte ganz schnell, vom ersten Tag der Einschiffung an! Sie erhalten dazu auch eine Liste mit den Sitzplätzen und den Namen von uns, damit da nichts schief geht. Das macht sich auch für Sie beim Trinkgeld bezahlt, glauben Sie es mir. Außerdem ist es ein Gebot der Höflichkeit.*

Bei den Eltern in Schotten hat sich Semira übrigens nicht gemeldet. Sie dürfte für diese als vermisst oder als verschollen gelten. Und da Semira von Kindesbeinen immer ein Reißaus gewesen ist, wird das Familie Schneider nicht einmal sonderlich bekümmern. Den Vater interessieren ohnehin mehr die Aktien-Indizes der Hanauer Holding als der Verbleib der Tochter. Semira will in der Mittagspause im Mail-Center eine Nachricht absetzen. Die *Odysseus II* hat in Khasab (Oman) festgemacht, aber die Eltern wissen nicht genau, wo das liegt. Semira will keine geografischen Hinweise geben. *Sollen die doch suchen, bis sie schwarz werden!* Aus dem Mail-Center schreibt Semira dann nur einen Kurzzeiler nach Schotten: *Ihr Lieben im Vogelsberg, wollt ihr eure Tochter retten, schickt ihr Geld und Zigaretten. Habe auf der Odysseus angeheuert und fahre gerade in Richtung Bab al-Mandab. Das ist beim Jemen. Wetter wie am Mittelmeer, nur wärmer. Melde mich dann aus Marseille wieder. Das Schiff ist ok. Gruß Semira.*

Semira teilt sich eine Viererkabine, unten kurz über der Wasserlinie, mit vier weiteren Kolleginnen aus Deutschland, Indien und den Philippinen. Semira hat sich das Bett unten erkämpft und Kamanda, über ihr, muss zusehen, wie sie oben mit der dünneren und schwefeligen Luft klar kommt. Es ist sehr eng und das

Anstehen an der Nasszelle, da ist auch das Vakuum-Klo eingebaut, geht den Frauen ziemlich auf den Senkel. Kommt hinzu, dass fehlendes Tageslicht unvermeidlich ein gewisses Reizklima schafft. Der Platz für die persönlichen Utensilien ist sehr beschränkt, und die Frauen können von Glück sagen, dass ihre Wäsche jeweils am Dienstag und Freitag unentgeltlich in der Bordwäscherei gewaschen wird. Oberhalb der Wasserlinie müssen sie alle strahlen und wie aus dem Ei gepellt ihren Dienst verrichten. Der Job ist kein Zuckerschlecken und zwischen den Schichten ist wenig Zeit zum Dösen auf dem Bett oder für ein Nickerchen. Gestört wirst Du immer, entweder von Kamanda (Sonnendeck und Bar), die sich über zu wenig Trinkgeld beklagt oder von der schwatzsüchtigen Herlinde aus Berlin (Küche und Frühstück), die faselt wieder von Heribert, der einen eisernen Schwanz haben soll. Jede dritte Nacht beim Einschlafen um drei oder halb vier geht das los und sie beteuert schlaftrunken: *Ich schwör's euch, wie Siegfried oder Hagen von Tronje! Aber ihr braucht's ja nicht glauben, ihr Odysseus-Ziegen!* Semira hätte große Lust mit Snuffi zu kontern. Aber das ist ihr dann zu blöd, sich mit dieser Schnepfe zu kabbeln, nicht um diese Uhrzeit.

Etwa 200 Passagiere haben die *Odysseus II* im Hafen von Khasab verlassen und erkunden mit Bussen und bereitgestellten Dhauen für wenige Stunden die Halbinsel Musandam oder die vorgelagerte Fjord- und Insellandschaft. Es ist eine omanische Enklave an der Straße von Hormuz, freundlich eingekesselt von den Vereinigten Arabischen Emiraten. In Höhenlage der Bucht erhebt sich weithin sichtbar die Festung Qalat al Khasab, die seit dem 15. Jahrhundert (mit wechselndem Erfolg) die Feinde abwehrte.

Rund die Hälfte der Passagiere hat sich für eine romantische Bootsfahrt in den wartenden Dhauen entschieden. Die kleinen motorisierten Schiffe liegen am nahen Fjord Khor Sham und sind mit schmucken Teppichen und Kissen für die Gäste ausgelegt und können gut und gerne etwa 40 Passagiere aufnehmen.

Über schwankende Bretter und Stege sind die arabischen Boote hüpfend und springend zu erreichen. In grauer Vorzeit, damals mit Segeln, fuhren diese seetüchtigen kleinen Boote bis ins ferne China oder Indien und betrieben den Warenaustausch von Weihrauch gegen Seide oder Gold gegen Safran, wie berichtet wird. Da tuckern sie los, umschwärmt von Delphinen und kleinen bunten Fischen, die sich gesellig bei einem kleinen Stopp an der alten Telegraphen-Insel zu erkennen geben. Hier morsten die Engländer seit 1864 ihre kolonialen Nachrichten zwischen Indien und der Nasenspitze von Hormuz hin und her, und es war sicher nicht nur romantisch, was da zwischen den Kolonialherren ausgetauscht wurde. Zerfallene Gemäuer, mehr nicht, sind geblieben.

Ein paar mutige Touristen, mit Badehose oder modischem Tankini ausgerüstet, stürzen sich vom Rand einer Dhau in das glasklare Wasser. Die Schiffer reichen den Touristen kaltes Wasser und etwas Obst. Schiffsarzt Dr. Schirkow hat sich diesmal den kleinen Ausflug auch nicht nehmen lassen und unterhält mit klugen und ausgelassenen Kommentaren über die medizinische Versorgung der Omaner die Gäste. Ja, Schirkow ist immer eine Bereicherung und gebildet, *dabei von feiner Wesensart,* kommentiert Frau Schlender aus Gütersloh, 75, den unspektakulären Auftritt des Äskulapjüngers gegenüber ihrem Mann. Sie muss ihn wegen seiner leidigen Schwerhörigkeit etwas lauter als schicklich ansprechen. Schirkow ergänzt sein lokales Wissen um einen Kurzvortrag über das Engagement der Weltgesundheitsbehörde in Sachen Pocken- und Aidsprophylaxe hier im arabischen Raum. Das UNHCR tue viel, könne aber selbstverständlich nicht alles in den Griff bekommen.

Anastasia Schirmer und ihr nahezu Verlobter Werner Sladek stehen ebenfalls im Bann der ärztlichen Ausführungen. Sie lächeln sich huschend an. Sie wollen auf See, hier in der kleinen omanischen Bucht, sich nicht zu vorschnellen Empfehlungen hinreißen lassen. Sie haben auch Vorstellungen von einer heilenden und fürsorglichen Medizin, zumal einer anthroposophisch erweiterten, aber auf der Dhau ist sicher nicht der rechte Ort, vorschnelle Urteile auszusprechen und etwa in einen kritischen Disput über Impfen und Fragen der Homöopathie zu fallen. Der feine Seidenschleier flattert munter um das Gesicht der Eurythmistin, und Werner wird von einer Mitreisenden gefragt, ob die dicke Baskenmütze, die er mit Stolz und Beharrlichkeit trägt, für diese Breitengrade nicht doch zu warm sei. *Nein, nein das hat seine Richtigkeit und gewährt in vielfacher Hinsicht einen umfassenden Schutz vor der Sonne und ihrem Widerschein im Wässrigen.* Nicht alle verstehen auf Anhieb. Die kritische Schweizerin, Frau Kützli aus Luzern, schüttelt indigniert den Kopf, will aber weiter nichts einwenden, auch nichts Konstruktives, obwohl es ihr auf der Zunge kitzelt, außerdem macht ihr der Sonnenbrand in ihrem Nacken inzwischen zu schaffen.

Die Dhau wendet und fährt wieder in Richtung der Anlegestelle nach Khasab. Die heutige Ausflugshostess, Frau Valtin, erzählt von den vielen kleinen Schmuggler-Booten, die tagtäglich die kurze Distanz von zirka 50 Seemeilen nach Iran nutzen, um vor allem elektronische Geräte wie Kühlschränke, Fernsehgeräte, Laptops und Drucker nach drüben zu schmuggeln. Alkohol, Drogen, kleinere Einheiten von Waffen und kleinere PKWs gehören auch zu den Ladungen, je nach Anfrage der Mullahs. Waffen aus Oberndorf am Neckar, die kleinen handlichen, sind der Renner und lassen sich drüben bestens anbieten und verkaufen. Leises Feixen auf der Dhau, die von einem Delphinenpaar aus der offenen Bucht verabschiedet wird. Ein Physik-Lehrer aus Rheinfelden, er ist seit Christchurch (Neuseeland) an Bord, bringt mit einer lakonischen Bemerkung auch die unterirdischen Atomanlagen im Iran ins Spiel. Ob da nicht auch Zentrifugen zur Urananreicherung ihren Weg über die Straße von Hormuz gefunden hätten. Frau Valtin kennt diese Fragen, kann aber auch diesmal nicht definitiv antworten. Ja, es sei möglich, vielleicht sogar wahrscheinlich. Man wisse aber nichts Genaueres. Auf alle Fälle werden die Schmuggel-Touren von den omanischen Behörden und von den Zollbooten der VAE mehr oder weniger sehenden Auges geduldet. Iran schicke im Gegenzug vor allem Ziegen, Schafe und Rinder über die Wasserstraße. Trotzdem geschehe dies vor allem nachts und mit Wissen der amerikanischen Flotte, die hier in der Meerenge Präsenz zeige. Anastasia und Werner halten sich an der Hand, während die Dhau schaukelnd gleitet. *Was für eine Welt, was für Menschen,* flüstert Anastasia, während er ihre Hand neuerlich liebevoll anrührt, dann zärtlich streichelt.

Eine Viertelstunde bevor die Dhau im Hafen wieder festmacht, bieten zwei der drei Bootsjungen Handarbeiten und Souvenirs an: kleine geschnitzte Delphine und Haifische aus angeschwemmtem Holz, Mondsteine und jede Menge Schals. Nur bei einer Passagierin kommt es zu einem Verkaufsgespräch. Sie hat sich in einen silbern anmutenden Krummdolch verliebt, den sie von 40 auf 12 US-Dollar herunterhandeln kann. Sie strahlt über ihren Erfolg, die erfahrene Frau Valtin schaltet sich als geschickt gestikulierende Verhandlungsführerin ein. Die Händler wissen um ihren Einfluss bei Schiff und Reederei und stecken daher gerne auch einmal zurück. Die Verhandlungen von *A&C* über einen weiteren Landgang der Passagiere der *Helena* laufen. In sechs Wochen soll das Flaggschiff mit 2.300 Passagieren in Khasab anlegen. Man verhandelt über ein weiteres Kontingent von Dhau-Ausflügen, einer Geländewagen-Tour zum Jebel Harim, der auf über 2000 Metern Höhe liegt. Auch ein Arrangement nach Bukha und zum Fort Khasab ist im Gespräch. Daher ist das Marktklima auf der Dhau gerade heute günstig und kommt der kauflustigen Passagierin zugute.

Ab 12 Uhr 30 checken sich die Ausflügler auf der *Odysseus II* wieder ein. Semira rotiert seit einer Stunde wieder um die Tische, hat mit den Kolleginnen und Kollegen hübsch eingedeckt. Hier im Restaurant mag der Gast seine Auswahl treffen: Als Vorspeise kann zwischen einer Holunder-Kaltschale mit Sahnehäubchen, einer doppelten Kraftbrühe vom Mastochsen oder einem Cocktail vom Apfel, arrondiert mit Calvados, gewählt werden. Ein üppiges Salatbuffet steht zur Selbstbedienung zur Verfügung.

Auch das Hauptgericht kann sich sehen und schmecken lassen. Geboten wird gebratenes oder pochiertes Filet vom Petersfisch in Riesling-Sahne-Sauce mit Kerbelreis oder sautierten Butterkartoffeln. Für Vegetarier wird eine Sojasprossen-Pfanne mit Grünkern-Bratlingen empfohlen. Das Dessert firmiert unter Granatsplitter, Arabische Früchte der Saison und Crêpe Suzette. Unten in der Küche gibt es freilich etwas Unruhe: Die Wasserzufuhr für die fünf vollautomatischen Geschirrspülautomaten mit einem Fassungsvermögen von insgesamt 400 Geschirr- und Besteckeinheiten macht Probleme. Der Wasserdruck ist erheblich abgefallen und das Personal ist gehalten, gespülte Gläser, Besteck und Geschirr sorgfältig zu kontrollieren und gegebenenfalls nachzubessern. Die technische Panne habe man im Auge und es werde an ihrer Beseitigung gearbeitet. Die peinliche Nachricht sorgt für gereizte Stimmung beim Personal. Sprachregelung vom Küchenchef: Vor den Gästen soll darüber nicht gesprochen und sollen keine Erklärungen abgegeben werden, *schriftliche Anweisung von Vanderstraaten.*

Wem das *Restaurant Bocuse* oder *Elysée* an diesem heißen Mittag doch zu eng und stickig ist, der verzieht sich auf das Sonnendeck. Hier wird im Schutz schattenspendender Überdachungen und Schirme ohne Reservierung und persönlicher Zuteilung ein ansehnliches Barbecue geboten. Am Tresen bedienen vier philippinische Köche von dem stillen und wohlriechenden Korpus zweier riesiger gegrillter Schwertfische, die jeweils drei Zitronen zwischen ihren Beißern klammern. Filet Stroganow oder ein rustikales Tellergericht auf Basis diverser Pasten stehen zur Disposition der Gäste, Salatbuffet in paradiesischer Fülle und Auswahl. Die gewünschten Getränke werden rasch und unkompliziert am Platz serviert. Anastasia und Werner verzichten auf das Mittagessen und wollen ausspannen und ruhen.

XXI
Vor dem Auslaufen
26° 33′ N, 56° 39′ E

Anastasia und Werner sind froh, sich nicht in das mittägliche Getümmel, oben auf dem Sonnendeck oder im Restaurant, gemischt zu haben. Auf der Kabine kann sie niemand stören und sie sind ganz unter sich, wenngleich auf engem Raum. Auf der Fahrt mit der Dhau hat sich Anastasia wohlweislich eine Banane reserviert, Werner zwei Kiwi-Früchte, von denen er jetzt eine mit seinem Taschenmesser halbiert und mit einem kleinen Löffel Anastasia davon hälftig zu kosten gibt. Die Belüftung des Raumes, durch ein AC-Gerät an der Decke in Gang gehalten, entfacht ein aufdringliches Summen und Surren, das besonders Anastasia stört. Den Schalter für das Gerät haben die beiden längst entdeckt, nur ist die Apparatur so eingerichtet, dass sie sich nie ganz abstellen lässt. Die leichten Kopfschmerzen, die Anastasia zu beklagen hat, könnten hiervon rühren. Der Blick aus dem Bordfenster, das hier kein Bullauge ist, sondern ein rechteckiges Fenster in der Abmessung von 1 Meter 20 mal 80, gibt auf der Steuerbordseite den Blick frei auf die Hafenanlage, die das auslaufende Schiff gerade passiert.

Die Klänge von *Conquest of Paradise,* die auf jede Kabine übertragen werden, sind den beiden befremdlich. Werner spricht abfällig von einem *Schlager,* der beim Ausfahren gespielt wird, sie findet das Ganze *musikalisch erdrückend,* wie sie sagt und *wenig hilfreich für die Mittagszeit.* Da die Klimaanlage einen unangenehmen und schneidenden Luftzug verursacht, verhängt Anastasia sehr geschickt die Öffnung der Belüftung mit einer kleinen Stoffserviette. Werner umfasst die Eurythmistin mit kunstvoller Verschlingung, als figura serpentinata sichernd, an ihren zarten Fesseln, damit sie bei dieser abenteuerlichen Aktion nicht vom Schreibtischstuhl falle. Der geglückte Deckeneinsatz dämpft die kühle Zirkulation erheblich ab. Nach dem physischen Kraftakt will die Künstlerin sich duschen. Doch die glänzende Armatur mit ihren Drehknöpfen lässt nur blubberndes Nass tröpfeln. *Da stimmt etwas nicht,* und Werner gibt zu bedenken, dass es Mittagszeit sei, vielleicht auch hier auf dem Schiff Anlass für ein kleines Sparprogramm. *Anastasia, erinnere dich an Korfu vor zwei Jahren!* Richtig, das hat sie beinah vergessen.

Anastasia erinnert den Freund daran, dass sie spätestens aus Muscat dem *Stifter* ihrer Verlobungsreise – sie betont das Wort richtig liebevoll –, Peter Sladek, einen Dank in Form einer Karte oder eines Briefes nach Heidenheim schicken sollten. Ja, das wollen sie machen und ist so verabredet. Die Abmessungen des Bettes in der Außenkabine sind üppig im Vergleich zu dem Dornacher Feldbett im Rütliweg. Sie schlägt die geschmacklose Tagesdecke vorsichtig zurück, entledigt sich der luftigen äußeren Stofflichkeit und legt sich behutsam auf die Lagerstatt. Das unvermeidbare Nebeneinander der Körper ist ihr heute Mittag befremdlich, zumal ihre Beziehung über viele Jahre zunächst einer platonischen und eben nichtphysischen Zuneigung verpflichtet war. Das angenehme Timbre seiner Stimme schlug bislang gewissermaßen eine Obertonsaite in ihr an, entfachte äolsharfengleich einen feinen Akkord, wenn er beispielsweise *die Sonne tönt nach alter Weise in Brudersphären Wettgesang* rezitierte und ihr dabei tief in die Augen sah, dergestalt, als wolle er das angesprochene Sonnenlicht als ätherisches Ereignis in ihrer Physis und ihrem Sein ein weiteres Mal entflammen.

Jetzt, zur Zeit des Sonnenhöchststandes, liegen sie auf dem leicht tänzelnden Passagierschiff Körper an Körper, und die Freundin erhebt sich vom Bett, sucht im Schrank nach dem großen Dornacher Seidentuch, mit dem sie zunächst seine männliche Blöße und anschließend, wieder liegend, sich selbst bedeckt. Sinnend träumen sie im Wiegetakt der *Odysseus II.* Dann, nach Augenblicken der Ruhe und meditativen Stille, greift Werner mit sicherer Hand nach dem grünen Wala-Fläschchen, das zu seiner Rechten auf dem eleganten Schränkchen neben dem Bett steht.

Moor-Lavendel-Öl in milchig-weißer Einfärbung birgt das Gefäß. Anastasia weiß zu genau, was jetzt sein kleines Ritual sein wird: Während sie die Augen geschlossen hält, wärmt er drei großzügig bemessene Tropfen des Balsams in seinen Händen, damit die Haut der Freundin sich nicht heillos erschrecke. Und so geschieht es. Erst temperieren die Hände den Balsam in einer üppig bemessenen Zeitspanne, dann betastet und massiert er liebevoll ihren rechten Arm in seiner gesamten Länge bis zur Schulter, er macht dies intensiv, nachdrücklich und einfühlsam. Es folgt die linke obere Extremität, und während Werner mit leichter Hand einreibt und massiert, kommen Laute des Wohlbefindens über ihre Lippen. Ja, so hat er oft und oft im Rütliweg oder in der Herzentalstrasse seine warmen Hände über ihren Körper wandern lassen.

In der Glut des Mittags bittet Werner seine Quasiverlobte und Freundin, sich auf den Rücken zu drehen, damit Anastasia auch dort den Wärmestrom in sich aufnehme. Mit einem kurzen geheimnisvollen und dankenden Aufschlag der Augen wendet sich der schlanke Eurythmisten-Körper wie erbeten. Ihr Gesicht ist seewärts gewandt, die Arme fast ergeben geschlossen zum Rund über dem Haupt. Werner streift, was er bisher nur zweimal getan hat, das seidene Unterkleid von Hess Natur über den Kopf der Geliebten, öffnet zudem die textile Beengung der Brüste, zögernd, um seine Hände im freien Spiel die beiden Engelsflügel und die feinen Wirbel von oben nach unten zu ertasten und zu massieren. Die Verwöhnung des Körpers tut Anastasia gut und ein weiteres Mal stößt sie feine Laute der physischen Zufriedenheit aus. *Leg dich für einen Augenblick ganz ruhig neben mich und atme mit mir ein* (Pause) *und* (Pause) *atme aus,* bittet Anastasia, *ganz gleichmäßig in unserem gemeinsamen Rhythmus.* So geschieht es auch nach Augenblicken der Angleichung. Ein Gemeinsames stellt sich nach wenigen Anpassungen beider Liegenden ein, ein Ein und Aus, ein Flügelschlag des nahezu synchronen Atmens, wobei Anastasia ihren Atem nach vier Zyklen behutsam retardieren muss, um Werner nicht einzuholen. Werner ist beim

Auftreten auch einer kleinen Arrhythmik stets über Gebühr besorgt, das weiß sie. Und da Parallelen, wie er sagt, *sich im Unendlichen berühren, schneiden und treffen,* so ist ihm der physische Gleichklang des Atmens immer auch eine wichtige Übung, die er besonders gerne vor dem gemeinsamen Hinüberschlafen erprobt. Und wenn der Atemfluss beider ruhig und pendelartig in beiden Körpern schwingt, der sanfte Rhythmus das Paar fast in den Schlaf entführt, dann erhebt Werner gerne die gedämpfte Stimme, leise, ganz leise und wie von fern, hauchend und mit sparsamer Dynamik, nur von der Geliebten zu hören, spricht er par cœur:

Im Atemholen sind zweierlei Gnaden,
die Luft einholen, sich ihrer entladen.
Jenes bedrängt, dieses erfrischt -
so wunderbar ist das Leben gemischt.
Drum danke Gott, wenn er dich presst,
und dank ihm, wenn er Dich wieder entlässt.

Und so vollzieht sich ein nahezu stilles Ritual des Schenkens und Beschenktwerdens, während die anderen Kreuzfahrer oben ungleich geschwätziger speisen, trinken und essen. Werner und Anastasia entbehren aber nichts. Höchstens Werner, der sich den Gedanken an einen Verzicht aber nicht gestattet, weiß er doch um die besondere körperliche Verfasstheit Anastasias, die jetzt vor allem der Ruhe und Entspannung bedarf. Nach einem Augenblick der Stille wagt Werner doch die Frage: *Was machen deine Kopfschmerzen, Anna, Liebes?* Verflogen seien sie nach der fürsorglichen Pflege, *dank deiner Hände, Werner!*

Da kuschelt sich Werner doch ganz sacht an ihren Körper heran, ganz vorsichtig, um den flaumigen Vogel mit seinem Lavendel-Duft nicht zu vertreiben. Einen ganz sanften Zeitlupen-Kuss mit tiefer Gravur der Zunge auf der Haut setzt er auf ihren Hals, eine Benetzung, die sie wohlig und lange zittern lässt. Dann fragt

Werner, ob sie wisse, wohin das Schiff jetzt fahre und sich bewege. *Ist das so wichtig, Liebling?* Doch, das meine er schon! Denn, wenn man es genau nehme, geisteswissenschaftlich genau nehme, dann bewege sich ihr Schiff, die *Odysseus,* bereits viele Seemeilen, gerade jetzt, auf einer geographischen Senkrechten zwischen dem chaldäischen und ägyptischen Kulturkreis. Dessen müssten sie sich beide erst einmal innewerden, das Besondere dieser Signatur erspüren, auch hier in der Begrenztheit einer Kabine auf dem Kreuzfahrtschiff. Ja, da liegen sie sich dann staunend in den Armen, und Werner ergänzt sitzend, *backbord, also links und in östlicher Richtung, dort wo kein Fenster ist, nur der dem Taglicht entfremdete Gang,* dort, jenseits müsse man sich das chaldäische Reich, das geistige Imperium von Ahura Mazdao, dem Licht und Feuerbringer, dem Kultivator des irdischen Tuns imaginieren. Und da die *Odysseus* aus sehr äußerlichen und eben auch tagespolitischen Hintergründen in Persien nicht festmachen werde und diesen alten Kulturkreis sträflich im Dunkeln liegen lasse, sei es hilfreich, sich neuerlich der Ausführungen Steiners in seinem Vortrag vom August 1909 in München zu erinnern, eines Zyklus', den Werner mit auf die Reise genommen hat. Und dort im fünften Vortrag, wobei er zur bereitliegenden Gesamtausgabe mit sicherer Hand greift, führt der Bräutigam geheimnisvoll zitierend ein: *Aus dieser Eigentümlichkeit des persischen Volkscharakters werden Sie es begreifen, dass der Zarathustra, der Führer dieser urpersischen Kultur, zunächst weniger Wert legte auf die innere mystische Versenkung, dass er sogar in einem gewissen Gegensatze stand zu dieser; dass er aber mehr den Blick lenkte auf die äußere Sinneswelt.*

Aus guten Gründen liest Werner diesen Gedanken des Lehrers mehrmals vor. Das Paar wendet den möglichen Sinn und Hinter-Sinn immer wieder hin und her, um in das Geheimnis dieser Erkenntnis zu leuchten. Die unausweichliche Vorbeifahrt ihres Schiffes an dem versunkenen Kulturkreis des Zarathustra und seiner Licht- und Feuermysterien stimmt die beiden melancholisch-nachdenklich, da sich zwischen die räumliche Nähe zum Gestern und den versunkenen Menschheitsepochen ein trennender Vorhang zu schieben scheint, der sich nur für einen kosmischen Wimpernschlag ahnend lüften lässt, um alsbald sich wieder fester zu schließen. Solche Augenblicke der begrenzten Wahrnehmung und Erkenntnis sind ihnen indessen keineswegs fremd oder neu. Sie kennen solche momentanen Blicke hinter verschleierte Bilder zu Sais aus der Zweigarbeit in Dornach. Das Gefühl, immer wieder, dabei nahezu vergeblich, nach aufglühenden Sternschnuppen zu haschen, das ist ihnen schmerzlich, doch unausweichlich, vertraut. Und so tröstet die beiden die Gewissheit, dass im ägyptischen Kulturkreis, den sie in etwa zehn Tagen betreten werden, ihnen die sinnliche Wahrnehmung von Tempeln, Gräbern und Pyramiden und deren Transformation ins schauende Erleben gewiss leichter fallen wird.

Mit diesem heilenden Tagtraum vom fernen Ägypten, einem Kulturraum, dem sie mit der *Odysseus II* unaufhaltsam Meile um Meile zustreben, versinken Werner und Anastasia im Persischen Golf dann in einen langen und erholsamen Mittagsschlaf, der sich sicher weit über zwei Stunden hinziehen würde, hätte Anastasia zu gegebener Zeit nicht leise, ganz leise, die Choroi-Flöte beherzt ergriffen und pastorale pentatonische Töne zum langsamen Erwachen des Geliebten erklingen lassen.

XXII
Washington
38° 89′ N, 77° 03′ E

US-Folklegende Bob Dylan ist einer von mehreren Prominenten, die mit der höchsten zivilen Ehrung der Vereinigten Staaten ausgezeichnet werden. Insgesamt 13 Preisträger der Freiheitsmedaille verkündete das Weiße Haus in Washington. Neben Dylan sind dies unter anderem die Literaturnobelpreisträgerin

Toni Morrison, Ex-Außenministerin Madeleine Albright und der israelische Präsident und Friedensnobelpreisträger Schimon Peres. »Sie haben uns alle herausgefordert, sie haben uns inspiriert, und sie haben die Welt besser gemacht«, erklärte US-Präsident Barack Obama.

XXIII
Frankfurt a. M.
50° 11′ N, 8° 68′ E

Auf der Suche nach Einsparmöglichkeiten prüft die Lufthansa die Einführung einer neuen Billig-Airline. In einer Projektstudie mit dem Namen »Direct4You« untersuche die Fluggesellschaft derzeit die Zusammenlegung ihrer Töchter Germanwings und Eurowings, sagte ein Unternehmenssprecher am Donnerstag in Frankfurt am Main. Die Zusammenlegung verlaufe im Zuge einer ganzen Reihe von Umbauvorhaben. Ziel des Projekts sei es, im Wettbewerb mit Billigfliegern Marktanteile im Direktverkehr in Europa zu sichern, sagte der Sprecher weiter. Die neue Airline könnte zu diesem Zweck vor allem Flüge außerhalb der großen Drehkreuze Frankfurt und München anbieten. In diesem Bereich sei der Konkurrenzkampf mit den Billig-Airlines sehr hoch.

XXIV
Düsseldorf
51° 22′ N, 6° 77′ E

Mit einem Verbot des Motorradclubs »Bandidos Aachen« und einer Großrazzia haben die Behörden in Nordrhein-Westfalen einen entscheidenden Schlag gegen kriminelle Rockerbanden geführt. Durchsucht wurden mehr als 30 Wohn- und Geschäftsräume in Nordrhein-Westfalen und Rheinland Pfalz, wie das

NRW-Innenministerium mitteilte. Dabei wurden unter anderem mehrere Schusswaffen und große Mengen Datenträger beschlagnahmt. Nordrhein-Westfalens Innenminister Ralf Jäger (SPD) begründete das Verbot des Aachener Rockerclubs mit Erkenntnissen, wonach die »Bandidos« im Aachener Raum ihre kriminelle Vormachtstellung ausweiten wollten.

XXV
Golf von Oman
26° 36′ N, 56° 52′ E

Nach langem Zögern und auf Drängen seiner Frau wählt Herr Weinzierl von Kabine 355 um 18 Uhr 30 nun doch die telefonische Durchwahl für das Hospital, 7171, und erkundet, ob Schiffsarzt Dr. Schirkow zu sprechen sei. Worum es denn gehe, wird von Krankenschwester Claire gefragt, man kennt sich von einer anderen überstandenen Unpässlichkeit. Nein, diesmal sei es sehr dringend, höllisch schmerzend und er könne überhaupt nicht mehr laufen. Ob Schirkow nach Feierabend zu konsultieren sei. Ja, natürlich, selbstverständlich. *Ich schicke Ihnen einen Rollstuhl, damit Sie ganz unbeschwert ins Hospital auf Deck Zwei rollen können. Einverstanden?* Selbstredend. Nach wenigen Minuten ist das Gefährt an der Kabinentür, seine Frau Regina setzt den lädierten Mann vorsichtig in das fahrbare Hilfsmittel, durchmisst mit ihm den langen Gang bis zum Aufzug. Dort lässt man dem Patienten gerne den Vortritt, scheint es sich doch um einen ernsteren Vorfall zu handeln. Das Gesicht von Weinzierl ist durch die akuten Schmerzen im linken Fuß verspannt.

Dr. Schirkow empfängt das Ehepaar im Behandlungszimmer mit freundlicher Zuwendung. Wo denn der Schuh drücke? *Genau darum geht es.* Er, Weinzierl, könne mit dem linken Fuß nicht mehr auftreten, auch passe der Fuß nicht mehr in irgendeinen Schuh, außer eben in diese lockeren Birkenstock-Sandalen, die er mit Mühen habe anziehen können. Auf Anweisung des Arztes streift Claire, sie trägt blütenweiße Dienstkleidung, die Socken des Patienten ab, so dass der Mediziner das Malheur unverfälscht in Augenschein nehmen kann. Ja, die Großzehe ist erheblich gerötet und angeschwollen. Ein vorsichtiges Abtasten der inkriminierten Körperstelle verschafft dem Patienten höllische Schmerzen. Die neuerliche und aktualisierte Anamnese ergibt, dass Herr Weinzierl weiterhin gegen ein Übergewicht von 105 Kilo ankämpft und das bei einer Körpergröße von nur 170 Zentimetern. Man kommt derweil auch auf die Essgewohnheiten des Patienten zu sprechen und in einem eifrigen Wettlauf nuancenreicher Schilderungen über Verzehr- und Trinkgewohnheiten kommt nun doch peu à peu so manches Detail über Vorlieben und Leidenschaften auf den Tisch. Ja, Weinzierl isst gern viel und eiweißreich, wovor ihn die gute Ehefrau aus guten Gründen stets gewarnt habe, wie sie nachdrücklich beteuert. Gestern habe er um 22 Uhr in der *Bayrischen Stube* auf Deck Vier eine Kalbshaxe, allerdings nur mit einer Scheibe Holzofenbrot, verspeist, ergänzt Regina protokollarisch und etwas spitz. Von den drei Paulaner, die er sich zusätzlich mit jeweils einem gekühlten Malteser genehmigt habe, wolle sie hier gar nicht sprechen. Das sei seine Sache, aber erwähnen müsse sie es trotzdem.

Nach längerem Hin und Her zwischen anklagender Gattin und vedrucksten Verteidigungsstrategien des Gescholtenen schaltet sich Dr. Schirkow ein. Er könne ohne eine spezielle Blutuntersuchung, die hier auf dem Schiff nicht möglich sei, keine genaue Diagnostik wagen. Freilich scheine ihm der erste Befund auf einen akuten Gichtanfall hinzudeuten, den man sehr ernst nehmen solle. Es gehe darum, bei allen Mahlzeiten die Purine und ihre Ablagerungen in den Gelenken zu meiden. Die unaufgelösten Harnsäurekristalle seien in erster Linie Schuld an den höllischen Schmerzen, die Herr Weinzierl als warnendes Signal des Körpers unbedingt zur Kenntnis nehmen solle. Die teuflischen Purine seien besonders in Hülsenfrüchten (also zum Beispiel Linsen), tierischen Innereien (Leber, Nieren und so weiter) und in dem von ihm so bevorzugten Gerstensaft zu beklagen. Ein Gläschen Rotwein, wenn überhaupt, sei eher zu entschuldigen als der Genuss von Weißwein, freilich gebe es hier im Kreis der Ökotrophologen und der Diätetik unterschiedliche Auffassungen. Wichtig sei freilich unbedingt der Verzicht auf Bier und Alkohol. Auch von Süßigkeiten müsse er unbedingt abraten, um den Heilungsprozess nicht zu gefährden. Das gelte übrigens auch für die kleinen Haribo-Bärchen, die an der Rezeption zum Naschen bereitstünden. Da fühlt sich Weinzierl wie von ungefähr überführt. Er nickt kleinmütig und schuldbewusst. Regina kichert höhnisch in sich hinein, als hätte sie's schon immer gesagt.

Geduld und eiserne Selbstdisziplin seien jetzt gefragt, innere Festigkeit also, die auf einer Kreuzfahrt nicht selbstverständlich sei. Als Arzt mit langjähriger Berufserfahrung müsse er zu den Einschränkungen bei den Mahlzeiten jedoch dringend raten und die Gattin werde hier ihrem Mann sicher hilfreich zur Seite stehen, davon gehe er aus. Wenn er zusammenfassen dürfe, so gehe es jetzt ganz allgemein um eine sukzessive Entsäuerung des Körpers, was man durch eine basische Ernährung durchaus unterstützen könne. Er denke dabei an Essensbeilagen wie Reis oder Kartoffeln, Chips und Pommes seien ohnehin strikt zu meiden. Es gelte, den Harnsäurespiegel von nun an drastisch zu senken. An den morgigen Landausflug in Muscat oder zwei Tage später in Salalah sei unter diesen gesundheitlichen Einschränkungen freilich nicht zu denken. Ruhe und Erholung seien unter diesen schmerzlichen Rahmenbedingungen die besten Voraussetzungen für eine baldige Genesung. Dr. Schirkow hat freilich auch Tröstendes auf Lager, denn selbst der große Dichter Goethe, Päpste und Könige litten immer wieder unter dieser Krankheit. *Sie sind also in guter Gesellschaft, wenn ich mir diesen kleinen Scherz mit Ihnen erlauben darf.*

Regina findet den Seitenhieb völlig unpassend und insistiert auf einem Medikament, einem Mittel, das sie ihrem Mann zur

Genesung verabreichen könne. Ja, da gebe es tatsächlich etwas sehr Gutes und Hilfreiches, ein Medikament, das sogar die weise Medizinerin Hildegard von Bingen empfohlen habe. Übrigens sei die kluge Frau erst neulich, *870 Jahre nach ihrem Tod,* heilig gesprochen worden. Sie war zu aufmüpfig und unangepasst, eine Emanzipierte eben, die es der Amtskirche nicht leicht gemacht hat. *Kennen Sie den fantastischen Film mit der Barbara Sukowa? Ein Muss!* Um auf das Medikament für den Gatten zurückzukommen, es gebe ein Mittel allererster Wahl und dies sei Colchicum mit dem Samenextrakt der Herbstzeitlosen.

Claire, die gute Seele vom Schiffshospital, die sich wegen einer anderen Angelegenheit auch im Untersuchungszimmer zu schaffen macht, eilt beim Zauberwort Colchicum zur Glasvitrine und entnimmt dieser ungefragt das entsprechende Präparat, reicht es dem Arzt und verlässt den Untersuchungsraum wieder. Dr. Schirkow gibt zu bedenken, dass er das Mittel nicht verabreichen könne, falls bei Herrn Weinzierl eine eingeschränkte Nierenfunktion oder eine ihm bekannte Anämie vorliege. Nein, derlei ist nicht bekannt und der Arzt fügt scherzend hinzu, von einer Schwangerschaft oder Stillzeit sei beim Gemahl sicherlich auch nicht auszugehen. Neuerliches Lachen. *Kurz und gut, bei Ihrem akuten Gichtanfall nehmen Sie bitte zwei der rot überzogenen Tabletten mit sehr viel Wasser oder Selters ein. Sie sollten dies dann alle zwei Stunden bis zum Abklingen der Gicht-Attacke wiederholen. Die Tagesdosis von 16 Tabletten dürfen Sie nicht überschreiten, das sind keine Hustenbonbons, Herr Weinzierl, auch wenn sie organischen Ursprungs sind!* Sollte sich nach zwei oder drei Tagen Durchfall einstellen, müsse Colchicum sofort abgesetzt werden, ergänzt Dr. Schirkow ernsten Gesichts, man könne dann Alternativen ins Auge fassen. Ein weiterer Besuch bei ihm in der Bordpraxis empfehle sich ohnehin.

Frau Weinzierl könne aber zusätzlich mit einem Quarkwickel den Heilungsprozess günstig beeinflussen. Über die Bordküche werde er eine entsprechende Portion dem Ehepaar kostenneutral zukommen lassen. Den Fuß solle man mit der Masse tüchtig umhüllen, darüber eine Plastiktüte geben und dann *ab ins Bett und Ruhe, Ruhe, Ruhe!* Er empfehle einen weiteren Besprechungstermin morgen früh gegen zehn. Bis dahin wünsche er gute Besserung und eine leidliche Nacht, die bei ruhiger See sicher gewährleistet sei. Dann überreicht er Frau Weinzierl zu treuen Händen aus dem Hochschrank ein Paar Krücken aus Edelstahl, an deren Außenseiten in kalligraphisch großzügiger Anordnung die Eigentümerin, *Odysseus II,* eingraviert ist. Die Liquidation erfolge über das Bordkonto, und da der Kranke sicher eine Reisekrankenversicherung getätigt habe, gebe es auch in dieser Hinsicht keinen Anlass zur Sorge. Der humpelnde Weinzierl bestätigt und lässt sich in den Rollstuhl fallen. Die Krücken müssen wegen der begrenzten Breite der Gänge an der Lehne des Rollstuhls vertikal gesichert werden. *Guten Abend, Herr Doktor! Sie haben uns sehr geholfen. Bis morgen früh!* Schwester Claire öffnet die Tür zum Gang und wünscht ihrerseits dem Patienten von Kabine 355 gute Besserung.

XXVI
Jazirat Musandam
26° 26′ N, 56° 52′ E

Kapitän und Offiziere haben die Sicherheits- und Notfallübung für die Passagiere der *Odysseus II* später angesetzt, sie sogar im Hafen von Dubai vor 22 Uhr plötzlich ausgesetzt, ein bedenkliches Versäumnis, das besonders seit dem schmählichen Untergang der *Costa Concordia* vor der Isola del Giglio keine lässliche Sünde mehr ist. Aber es gibt einen durchaus einsehbaren Grund für die Verschiebung: Die zweistufige Wasseraufbereitungsanlage, die mit einer komplexen Membran-Destillation und einem umkehrosmotischen Verfahren unmittelbar gekoppelt ist und ganz unverzichtbar störungsfrei arbeiten muss, zeigt seit der Ausfahrt aus dem Hafen von Dubai bedenkliche Unregelmäßigkeiten, die zwar die Versorgung des Schiffes nicht unmittelbar betreffen oder gefährden, aber doch bis zum Einfliegen dreier Ingenieure aus Deutschland – das wird dann in Muscat sein – im Auge behalten werden muss. Der technische Defekt hat viele Dienstbesprechungen an Bord und Verhandlungen mit Kiel ausgelöst. Die Reederei steht Kopf und macht Druck. Dass es mit der Wasserversorgung immer wieder klemmt, das hat sich herumgesprochen und der Kapitän hat aus diesem Grund eine kleine schriftliche Erklärung und Entschuldigung auf alle Kabinen bringen lassen: Die zeitweilige Einschränkung des Süßwasserdurchflusses in den Nasszellen bittet Kapitän Vanderstraaten *nachdrücklich zu entschuldigen.* An der Behebung dieses Defekts werde *zielstrebig gearbeitet.* Spätestens in Muscat sei der Fehler *im Griff und behoben.* Aus diesem Grund werde der Swimming-Pool auf dem Sonnendeck zurzeit mit frischem Meerwasser beschickt. Alle Gäste an Bord werden heute Abend aufgrund der kleinen Unannehmlichkeit mit einem freien Getränk ihrer Wahl bedacht. Die angesetzte Sicherheitsübung für die Passagiere finde aber unaufschiebbar heute um 16 Uhr Ortszeit statt. Alle Passagiere *müssen* daran teilnehmen, *widrigenfalls* ist mit einer Nachholung der Übung für die betreffenden Personen zu rechnen. Die Übung erfolgt nach den *Richtlinien der international gültigen Seegesetze.* Alle Passagiere sind ausnahmslos verpflichtet, daran teilzunehmen. *Bitte warten Sie in Ihrer Kabine, bis der Alarmton (sieben kurze Signale und ein langer Hupton) ertönt. Ziehen Sie unmittelbar danach Ihre Rettungsweste an und folgen Sie den ausgeschilderten Fluchtwegen zu dem Ihnen zugeordneten Sammelpunkt. Wir bitten um strikte Einhaltung und Ihr Verständnis.*

Und in der Tat schieben sich die Passagiere nach dem Übungs-Notsignal, ausgerüstet mit der orangefarbenen Schwimmweste, zu den jeweiligen Treffpunkten, die für eine eventuelle Evakuierung vorgesehen sind. Dort werden die Gäste über geplante

Notfallmaßnahmen instruiert. Ein Offizier erläutert mit witzig-ulkigen Kalauern, wie die Rettungsinseln und Rettungsboote im Ernstfall bestückt werden müssen. Zusätzlich wird zum wiederholten Mal darauf verwiesen, dass auf allen Kabinen das Rauchen strengstens verboten sei. Die Wahrscheinlichkeit eines intern verursachten Feuerausbruchs auf dem Schiff sei statistisch gesehen viel wahrscheinlicher, gefährlicher und dramatischer einzuschätzen als Gefahren, die etwa von außen kommen. Offenes Feuer und Rauchen in den Kabinen sei daher ein absolutes *No Go* und habe erhebliche Konsequenzen. Für Raucher stünden zum Beispiel das Sonnendeck und die abgeteilten Segmente in der Weinstube, die beiden Bars und der Biergarten auf Deck Vier zur Verfügung. Es könne auch einmal vorkommen, dass bei extensivem Duschen die Rauchmelder durch die Dampf- und Hitzeentwicklung anspringen und auf der Brücke Meldung machen. Hier gelte es ebenfalls Ruhe zu bewahren, der Schaden werde dann umgehend durch das Personal behoben. Ein vorwitziger Passagier aus Lausanne, Kabine 214, merkt an, dass die Dampf- und Rauchmelder in den Nasszellen kaum Meldung machen würden, da zur Zeit vor allem die Warmwasserversorgung auf Eis liege. Das sarkastische Gelächter der Umstehenden bringt den bemühten Offizier in Verlegenheit. Ja, man arbeite daran, ab Muscat werde alles besser, versprochen!

Die Sicherheitsübung ist immer ein gefundenes Fressen für großmäulige Touristen, die die Notwendigkeit der Übung mit lächerlichen Schmähungen und albernen Witzen zu diskreditieren suchen. Man sei doch nicht auf der *Titanic* oder der *Andrea Doria,* flachst ein vollschlanker Bajuware, Innenkabine 302, dessen Rettungsweste über Po und Bauch sich grotesk abspreizt. Vor allem zwei Rollstuhlfahrer und eine bekrückte Pensionärin aus der kommunalen Verwaltung in Essen, die übrigens seit Dubai über ihren latenten Bandscheibenvorfall klagt und im Hospital in ambulanter Behandlung ist, finden die Entgleisungen des Bayern völlig unpassend. Sie mokieren sich mit dem Hinweis, der Mann verkenne den Ernst der Lage und überhaupt: *Sie haben es gerade nötig!*

Im Rahmen der Sicherheitsübung macht auf dem Dritten Deck der Erste Offizier, Herr Wiedmann, darauf aufmerksam, dass ab Salalah vier Sicherheitsspezialisten in zivil mit an Bord sein werden. Diese sollen vor allem im Golf von Oman, aber auch auf der Höhe von Aden im Falle von feindlichen Berührungen mit Piraten zum Einsatz kommen. Da die Männer mit scharfen Waffen ausgestattet seien, hätten die Passagiere ihren Anweisungen unbedingt Folge zu leisten. Intensive Kontakte zum Auswärtigen Amt in Berlin und zum BND über Funk hätten jedoch ergeben, dass derzeit auf der eingeschlagenen Route mit keinerlei Attacken zu rechnen sei. Die Männer, so ergänzt der Offizier weiter, unterlägen selbstverständlich der Befehlsgewalt des Kapitäns und dürften nicht eigenmächtig eingreifen. *Gibt es hierzu Fragen?*

Ein Passagier erkundigt sich nach der *George Washington,* dem amerikanischen Flugzeugträger, der augenblicklich, nach Meldungen von *bild.de,* auch im Persischen Golf kreuzt. Nein, hierüber sei nichts bekannt, außerdem schütze das Kriegsschiff in erster Linie die großen Tanker, die durch die Straße von Hormuz das Öl transportieren. *Wir müssen uns nach Kräften selber schützen,* betont Wiedmann und ergänzt leutselig: *Verbunden sind die Schwachen mächtig, doch der Starke ist am mächtigsten allein. Schiller, und wo der recht hat, hat er recht.* Viele lachen, einige sind entsetzt über den kämpferischen Sinnspruch. Ein weiterer Repeater, Herr Schwanitz, erkundigt sich, ob die Piraten auch an Land verfolgt werden können. Nein, Bundestag und Bundesrat hätten bislang kein grünes Licht gegeben, außerdem benötige die *Odysseus II* hierzu schlagkräftige Kampfhubschrauber, die von der NATO oder anderen befreundeten Nationen bereitgestellt werden müssten. *Das ist im Augenblick nicht gegeben und wir wollen den Teufel nicht an die Wand malen, meine Damen und Herren!*

Abschließend bittet Herr Wiedmann darum, vor allem in den Außenkabinen bei Sonnenuntergang die Jalousien und Vorhänge geschlossen zu halten. Er wolle diese Security-Maßnahme nicht überbewerten, doch sei das ein kleiner Beitrag zur allgemeinen Pazifizierung an Bord, der ohne große persönliche Einschränkung befolgt werden könne. Mit Sonnenaufgang greife diese Bestimmung dann nicht mehr und die Vorsichtsmaßnahmen können tagsüber selbstredend aufgehoben werden. Auf eine entsprechende Rückfrage, wie es mit der nächtlichen Abdunkelung in der Lounge, den Bars und Restaurants gehalten werde, kann der Offizier beruhigen, denn auch dort kommen vergleichbare Bestimmungen und Anordnungen des Kapitäns zum Tragen. Bei den musikalischen Darbietungen und Performances werde es aus akustischer Sicht, und da könne er beruhigen, zunächst keine abdämpfenden Maßnahmen geben. Man habe ohnehin keine Heavy Metal-Rocker für das Unterhaltungsprogramm eingeladen, das sei nicht der Stil auf der *Odysseus II* und decke sich auch nicht mit den kulturellen Rahmenleitlinien von *Adventure & Culture.*

Herr Flechsig, an Bord bekannt für spitze Nörgeleien gegenüber der Crew und den Offizieren, weiß nicht so richtig, wie er Wiedmanns Ausführungen verstehen soll: Ist die *Odysseus II* nun augenblicklich in einer kritischen Lage, gefährdet durch Piraten, Lösegelderpresser oder mohammedanische Fundamentalisten *oder ist alles halb so schlimm, was stimmt denn nun?* Wiedmann weiß, dass Flechsig ein gefährlicher Stimmungsmacher an Bord ist und die Passagiere besonders nach landeskundlichen Vorträgen oder den beliebten Tai Chi-Einheiten gegen die Dozenten aufmischt. Der angesprochene Wiedmann nimmt Tempo aus der Stimme, fasst sich, gibt den Hinweis, dass die eigentliche Notfallübung jetzt beendet sei und die Schutz- und Rettungsbekleidung abgelegt werden könne. Quietschend geschieht die Befreiung der Passagiere aus ihrer Schutzkleidung, und Wiedmann hebt in coram publico an: *Herr Flechsig, der Kapitän, die ganze Mannschaft und ich nehmen alle Bedenken und Sorgen der Passagiere ernst, sehr ernst. Es wird nichts unterlassen, was der Sicherheit des Schiffes nottut. Unsere Maßnahmen sind allein prophylakti-*

scher Natur, wenn Sie wissen, was ich damit meine. Ich wiederhole: Wir haben keine konkreten Hinweise auf Anschläge oder Überfälle. Kommunizieren Sie dies bitte auch beim Essen den Gästen, die Sie treffen. Wir sind nicht in Sorge, wir treffen nur Vorsorge. Das ist eigentlich alles. Weitere Fragen? Ich danke für Ihre Aufmerksamkeit. Ich muss auf die Brücke. Vielleicht sehen wir uns heute Abend beim schwäbischen Mundart-Abend mit Peter Weigand. Seien Sie ohne Sorge, ich verstehe wahrscheinlich auch nichts. Bis später also. Befreiender Applaus für den Offizier. In einer halben Stunde ist Tea-Time mit Hohner-Unterhaltung am Schifferklavier. Chantal singt und musiziert achtern. Als Teegebäck werden Sacherschnitte, Windbeutel, Schlesischer Mohnstriezel, Muffins und Sahne-Baiser Viennoise angeboten.

XXVII
Westlich von Sohar
24° 36′ N, 56° 78′ E

Das private Zusammenspiel zwischen der Medienreferentin im Kultusministerium in Stuttgart, Frau Dr. Thekla Köster und Guntram Veltig, dem agilen Chef des Kreismedienzentrums in Tauberbischofsheim, hat sich schneller und intensiver entwickelt als es vor einem Jahr, nach dem denkwürdigen Betriebsausflug ins liebliche Taubertal und dem erstaunlich offenen Nachtreffen in der Landeshauptstadt, nahe den Ausschachtungen für den künftigen unterirdischen Durchgangsbahnhof, zu erwarten war. Die dienstlichen Besprechungen unter vier Augen, sei es im geräumigen Dienstzimmer der Referentin, sei es am Außenposten in Tauberbischofsheim oder eben im ganz privaten Ambiente haben zugenommen und bleiben im Kollegenkreis keineswegs unbemerkt. Auch manche nationale oder auch supranationale Medientagung mit unabhängigen NGOs wird aufgrund ihrer Wichtigkeit alsbald gemeinsam vorbereitet und besucht.

Im Mittelpunkt der Achse Tauberbischofsheim-Stuttgart steht dienstlich seit Monaten weiterhin das Bemühen um eine zielorientierte Medienpädagogik, die den Jugendmedienschutz ebenso auf das Banner geschrieben hat wie die Errichtung eines schlagkräftigen Bollwerks gegen die Verherrlichung jedweder Gewalt in schulischen Medien. In Kenntnis dieser höchst aktuellen Brennpunkte gelingt es Frau Köster, dank ihres engmaschigen Netzwerks, auch so wichtige Institutionen wie die Landesstiftung Baden-Württemberg, die Aktion Jugendschutz (AJS), Mediaculture-online (mco), den Innenausschuss des Landtags, die Landeszentrale für politische Bildung (LpB), die Medien- und Filmgesellschaft Baden-Württemberg (MFG) oder die Landesanstalt für Kommunikation (LfK) für eine integrative Kampagne zum Medienschutz an den Schulen zu mobilisieren. Mit Teilprojekten und finanzieller Unterstützung des Landes werden diese Träger zu modularen Projektsegmenten animiert, die Baden-Württemberg im Ländervergleich zur Speerspitze der Medienprävention ausbauen sollen. Nach einem 18-monatigen Vorlauf ist eine kritische Bestandsaufnahme und Evaluation durch das Unternehmen Media Research & Education (mre) in Halle geplant. Immer wieder betont Dr. Köster auf den zentralen Dienstbesprechungen der Schulbehörden, dass das Kultusministerium diesmal nicht auf ein neues Winnenden und damit ein unumkehrbares Blutbad warten werde. Man wolle den linkslastigen Tübinger Friedenspädagogen und ihrem Institut nicht erneut in die Hände spielen und Eilaufträge zuschanzen müssen. Soweit dürfe es diesmal nicht wieder kommen. Die Exekutive und die Landespolitik müssen deshalb die Initiative ergreifen und selbst die pädagogische Avantgarde bilden.

In dieser Medienschlacht für eine wirklich gute Sache hat Thekla Köster ihren Vertrauten und Freund Guntram Veltig als Pressesprecher für die landesweite Kampagne ernannt und abgestellt. Für die Dauer des Unternehmens wird Veltig zusätzlich mit lukrativen Honorar- und Werkverträgen für seine medialen Leistungen entschädigt.

Nachdem die medienpädagogische Initiative des Landes endlich zündet, neben *ZEIT* und der *Süddeutschen* auch der *Südkurier* und sogar der *Hanauer Anzeiger* in Hessen über die erstaunlichen Bemühungen in Baden-Württemberg berichten, überdies die Schlagkraft des Medienbüros Köster auch in der Kantine des Landtags und in landespolitischen Kommentaren des SWR diskutiert wird, fühlt sich das Mediengespann Köster-Veltig in privater Hinsicht wieder einigermaßen stabil und gesichert. In einem fast blauäugigen Übermut haben die turtelnden Medienpädagogen ihre Jungfernfahrt in Sachen Urlaub bei *A&C* vor fünf Monaten in einem Stuttgarter Reisebüro (Name dem Autor bekannt) gebucht. Zu diesem Zeitpunkt war der geplante medienpolitische Coup des Ministeriums, die engmaschige Vorwärtsstrategie im Schulterschluss mit Schulen, Kindergärten und Eltern alles andere als niet- und nagelfest. Das ist jetzt anders, nachdem vor wenigen Wochen der Landeselternbeirat und vor allem die GEW auf den fahrenden Zug aufgesprungen sind. Jetzt kann auch die Kultusministerin der Referentin Dr. Thekla Köster den längst angemeldeten Urlaub auf See unmöglich abschlagen und bis zur nächsten *didacta* im politisch unbeständigen Nordrhein-Westfalen sind es nach Kösters Urlaub dann immer noch zwölf Wochen. *Das Beste ist der Feind des Guten,* predigt Dr. Köster den Mitarbeitern seit Jahren.

Gebucht haben die beiden für die *Odysseus II* die Zweibett-Außenkabine mit 17 Quadratmetern Wohnbereich und einem privaten Balkon, der weitere 5 Quadratmeter misst. Hier kann das Paar auf Wunsch den Rund-um-die-Uhr-Kabinenservice in Anspruch nehmen, doch hiervon machen Thekla und Guntram keinen Gebrauch. Sie lieben die amouröse Stille, das vorsichtige Abtasten der Wünsche des Partners in ungewohnter Umgebung, und der Medienpädagoge von der Tauber hat bereits zweimal seine Schuhe zum Putzen vor die Kabinentür gestellt und ist über das Ergebnis sehr zufrieden. In Dubai gab es, das ist Tage her, zur Begrüßung eine Flasche Kessler Sekt, demnach von der ältesten Sektkellerei Deutschlands, mit abperlenden Kondenswassertropfen auf der Bouteille. Den Willkommenstrunk ließen sich beide zunächst hälftig schmecken, der Rest ergab den Schlummerpunsch zu vorgerückter Stunde nach dem Auslaufen. Und seltsam genug, die Möglichkeit zur medialen Unterhaltung über den Flachbildschirm zum Beispiel oder die rein akustischen Angebote über Radio und Internet haben die beiden Gäste bislang nicht in Anspruch genommen. Sie sind sich selbst genug und bedürfen keiner medialen Diversifikation, jedenfalls nicht im Augenblick.

Thekla und Guntram gehen in die Sauna. Die ohnehin kleine Fitnesseinrichtung wird in diesen Breiten nur von einigen Außenseitern oder Sportbesessenen genutzt. Rein rechnerisch hätten in der Biosauna (60° C) und in der Finnlandsauna (95° C) jeweils 15 Passagiere Platz. Doch heute Abend gesellt sich nur Hotelier Trogler aus dem Tannheimer Tal zu den beiden. Man kennt sich vom Essen, und die Tische 21 und 18 liegen im *Bocuse* in unmittelbarer Nähe. Trogler trinkt bei Tisch übrigens nur Teinacher Mineralwasser, gelegentlich auch einen gespritzten Apfelsaft, er zieht die Biosauna vor. Thekla und Guntram haben sich in der Finnlandsauna auf zwei großen weißen Frotté-Handtüchern mittig auf die Bänke positioniert und sich die kleinen Kopfstützen, sie an der linken Holzwand, er an der rechten, untergeschoben. Mit den Zehenspitzen können sich Guntram und Thekla eben berühren und spielend necken. Thekla beschwört und warnt Guntram, der die Sanduhr in Bewegung setzt, sie werde sich höchstens acht Minuten der aufgeheizten Luft aussetzen. *Nun, warte erst einmal ab, mein lieber Medienschatz!,* provoziert er seine schlank und wohl proportionierte Partnerin, die ihre Arme mit einem aufgerauten Waschlappen massiert und damit die Haut gesundheitsdienlich durchblutet.

Nach fünf Minuten drängen die ersten Schweißtropfen aus den Poren des Mannes. Mit den Händen streift er Schweißtropfenbahnen auf das Handtuch und die Holzverstrebungen am Boden.

Den fälligen Aufguss kann sich Guntram aus beschrifteten Holzkübeln wählen. Melisse, Citrus, Lavendel und Jasmin stehen bereit. Thekla bittet um die Jasmin-Beigabe und stößt, nachdem die zischenden Dämpfe aufsteigen einen leisen Schrei beglückter und hitzewallender Zufriedenheit aus. Guntram kennt dieses erregende Kurzhörspiel ihrer Stimme aus anderen intensiven Begegnungen mit ihr. Er mag dieses Aufjuchzen und das plötzliche akustische Absterben des Glücks in einem kurzen Decrescendo, das ihn stets animiert, ganz nah bei ihr zu sein. Ja, seine Thekla, ihre Scharfzüngigkeit und der rhetorische Biss haben es ihm ebenso angetan wie ihre feminine Ausstrahlung, die sichere Hand bei der Kollektion ihrer modischen Kleidung, das verführerische Parfum – ihre Marke Dolce & Gabbana hat er vor einem Jahr beim Stöbern im Bad erkundet – und die kleine Ehrennadel des Landes Baden-Württemberg, die er ihr ein um das andere Mal – *zum Possen,* wie er schwäbelnd sagt – versteckt, das alles ist ihm lieb und kostbar an ihr.

Die zunächst streng wirkende Frisur mit griechisch-römischem Einschlag (zeitaufwändig des Morgens onduliert, wie er aus Erfahrung weiß) ist nur hier in der Sauna aufgelöst in Strähnen, die er der Mittvierzigerin von Zeit zu Zeit aus der nassen Stirne streicht. Nach dem Föhnen wird ihr Haar aus der nassen Mattigkeit wieder in ein feines Kastanienbraun mit Grauschattierung changieren und ihn beglücken. Ja, Thekla hat etwas Aristokratisches, das ihm gefällt, zumal in der Sauna.

An Guntram mag Thekla vor allem seine maskuline Vitalität, die er im Alltag durch Joggen und Schwimmen unter Spannung hält. Seine verständliche Erregung hier in der Sauna hat er mit klugen Handtuchgriffen gezügelt, eine Dämpfung, die Thekla mit wissendem Schmunzeln quittiert. Ja, sie mögen sich, sie lieben sich heftig auf diesem Schiff. Mag sein, dass Guntram sein Medienwissen vielleicht zu oft und zu nachdrücklich ins Spiel bringt. Er will ihr nicht nachstehen und so erzählt er am kleinen Tauchbecken dann von der neuen Studie der Caroline Fitzpatrick aus

Montreal. Fitzpatrick und ihre Kollegin Linda Pagani, berichtet Guntram dampfend, hätten 1.300 Kinder im Alter von 2,5 Jahren nach deren Fernsehgewohnheiten befragt. *Kennst du die Studie?*, fragt er ins Becken abtauchend, während Thekla zurückgibt: *Das ist mir heute so wurscht wie wenn ein Fahrrad in Peking, du weißt schon.* Doch Guntram setzt nach: *Die Muskelkraft der Kinder mit langem Fernsehkonsum war den Ergebnissen zufolge später signifikant geringer. Hörst du? Und der Hüftumfang nahm nach diesen Untersuchungen zu.* Guntram weiter: *Nein, mal ganz im Ernst, ein Kind, das mit 4,5 Jahren 18 Stunden in der Woche vor dem Fernseher sitzt, hat demnach mit zehn Jahren im Durchschnitt sage und schreibe 7,6 Millimeter mehr Hüftumfang als ein Kind, das keinen Fernsehkonsum hatte.* Abgeschreckt steigt Guntram aus dem Abkühlbecken und schüttelt sich das Wasser vom Körper. *Ein wunderbares wissenschaftliches Ergebnis,* haucht Thekla ihm ins Ohr und gibt ihm einen wässrigen, satten, schmatzenden Kuss. *Du solltest die Untersuchung unbedingt mit diesem Spitzer besprechen. Kein anderes Ergebnis hat der Ulmer erwartet, oder?* Betram ist gekränkt und schluckt die Stichelei runter, sagt dann aber einlenkend: *Thekla, ich habe verstanden. Wir machen Urlaub. Auf der Odysseus. Wir sind in der Sauna und lassen Arbeit, Arbeit sein. Noch ein Gang?* Noch ein Gang, und Trögler bestellt einen Gespritzten ans Becken, während die Medienpädagogen mit jeweils einem Campari Soda nachziehen und sich die Bademäntel etwas enger gegen den Fahrtwind schürzen, der jetzt stärker in die sichtgeschützte FKK-Abteilung der *Odysseus II* hereinweht.

Natürlich wissen beide, dass es spleenig ist, im Golf von Oman der Hitze mit Hitze zu begegnen. Aber dieses Besondere, das Außergewöhnliche der Situation – zwei schwitzende und nackte Medienspezialisten des öffentlichen Dienstes – am Tresen bei Campari, nur beiläufig beäugt von Trögler, das hat etwas. Von Zeit zu Zeit greift Thekla oder Guntram in den großen bereitstehenden Zuber mit vielen hundert Eiswürfeln. Sie füllen die

Hände mit den glitschigen Eistrümmern und kühlen sich tropfend und triefend gegenseitig die Oberkörper. Guntram betastet und massiert dabei etwas zu behände und leidenschaftlich den sanft sich wölbenden Busen der Freundin. Neckisch lässt sie sich erschrecken und jagen, sie liebt dieses Katz-und-Maus-Spiel unter arabischer Sonne und beißt ihm zur Strafe unversehens richtig fest in die Schulter. *Wowwww!* Die Signatur ihrer Zähne in der Haut des Medienpädagogen wird für Tage zu sehen sein. Ja, die beiden genießen ihre kleine Saunalandschaft, zwei junge Schiffshostessen umschwirren die drei Gäste und sorgen für liquide Annehmlichkeiten. Das ist Luxus pur, den Guntram und Thekla in vollen Zügen genießen.

Heute Abend ist ein Operetten-Abend angesagt. Nichts Besonderes, doch beide wollen sich den kleinen Spaß an Bord gönnen. Werner Frizzig (Dresden) wird mit Susanne Alt (München) in Duetten um die Wette singen. Im Tagesprogramm sind unter anderem Nummern von Karl Zeller, Mozart und Gershwin angekündigt, *Schenkt man sich Rosen in Tirol, weißt du, was das bedeuten soll?*, wird singend gefragt werden, Don Giovanni will Zerlina verführen und *Summertime* darf in diesen Breiten nicht fehlen. Für eine gute Sicht lohnt es sich, Platz und Tisch bis 21 Uhr einzunehmen. Beginn der kleinen Soiree um 21 Uhr 30. Zunächst aber Dinner, Sprung in die Kabine, dann Kultur und Promenade in die Sternennacht an der Reling. *Verliebte braucht man gar nicht erst in Stimmung bringen,* trällert Guntram am blubbernden Whirlpool bemüht, aber lustvoll im Vorgriff auf den Abend. Dann schlendern beide Arm in Arm glucksend an Trögler vorbei zur Umkleide. Guntram sucht Kamm und Key-Card, Thekla ist amüsiert und lacht. *Haben sich versteckt, die Schelme!* – in ihrer Badetasche. Und auf der *Odysseus II* ist der Tag noch lange nicht vorbei.

XXVIII
Muscat, Stadtrundfahrt
23° 37 N, 58° 34′ E

In Port Qaboos, dem Hafen von Muscat, wird die *Odysseus II* mindestens zwei Tage liegen. Hoffentlich bleibt es dabei, denn seit dem Anlegen im Morgengrauen und der Freigabe des Schiffs durch die Zollbehörden sind die drei angekündigten Ingenieure aus Deutschland eingeflogen, die den Schaden an der Wasserentsalzungsanlage beheben sollen. Ein weiterer Techniker, der mit dem Flugzeug aus Tel Aviv erwartet wird, soll gegen Mittag auf dem Schiff eintreffen. Der Israeli, Dr. Aram Rosenberg, wird von der Reederei *Adventure & Culture* zusätzlich zum Einsatzort gebeten. Er betreut als Entwicklungs- und Verfahrensingenieur fünf der 30 Entsalzungsanlagen in der Region von Eilat. Dort entsalzt man täglich rund 27.000 Kubikmeter Brackwasser und macht es für Mensch und Tier genießbar. Seine Vorschläge für eine rasche und effektive Reparatur auf der *Odysseus II* dürften willkommen sein. Rosenberg, übrigens medienscheu und introvertiert, ist ein Crack auf seinem Fachgebiet, das Pendant zum amerikanischen Löschgenie Paul Neal Adair, der seinerzeit brennende Infernos in Kuwait, Aberdeen oder der Sahara mit Klugheit, effektivem Fluggerät und Umsicht eindämmte. Von der emsigen Geschäftigkeit der Ingenieure an Bord dürfen die Passagiere so wenig wie möglich erfahren. Still und normal, so die Order des Kapitäns Vanderstraaten, soll die Reparatur ablaufen.

Beim Frühstücksbuffet gibt es eine Stimme, Tisch 4, die den Namen *Muscat* oder *Muskat* mit dem früheren orientalischen Muskat-Handel in Verbindung bringt. Das habe man gehört und sei ja auch *naheliegend.* Doch da gibt es heftigen Widerspruch von einem Kreuzfahrt-Repeater, Herrn Tiede aus Dresden. Er behauptet, diese Ableitung sei eine *Vulgäretymologie,* die völlig unhaltbar sei und nichts, *aber auch gar nichts* mit den geografischen oder historischen Tatsachen zu tun habe. Hätte der Muscat-

Deuter vor zwei Tagen den Vortrag von Frau Lüders gehört – *Oman: Schmelztiegel der Rassen, Gewürze und Kulturen* –, dann wäre es zu einer solchen Fehlinterpretation, ja Falschmeldung hier am Frühstückstisch gewiss nicht gekommen. Der Name habe einen ganz anderen Ursprung, belehrt Tiede. *Mascat* oder *Muscat* bedeute vielmehr aus dem Arabischen abgeleitet Ort des Fallens, dort, wo günstig und sicher geankert werden könne, andererseits sei es ein Hinweis auf die steilen Berge, die Muscat umgeben. So verhalte es sich! *Muskat ist Muskat, und Muscat ist Muscat, Sie verstehen?,* fragt Tiede pädagogisch eifernd. Auch andere Frühstücksgäste erinnern sich und bestätigen jetzt die Erklärung. Frau Lüders, das ist sicher, hat so etwas in dieser Richtung gesagt, aber es sei ja nun alles geklärt. Ein kluger Frühstückskopf, pensionierter Weingärtner vom Kaiserstuhl, ergänzt weiter, dass ihm aus seiner Ausbildung bekannt sei, dass der *Muskatnussbaum* auf den indonesischen Molukken (dort sei er freilich nie hingefahren) und überhaupt weiter östlich in Asien wachse. Ungeachtet ihres Disputs hier am Tisch rasple seine Frau in Wyhl (wegen eines Bandscheibenvorfalls musste sie die Reise leider stornieren) die Gewürz-Nuss gerne in den Rotkohl und verwende die ätherischen Öle und Harze des Muskats auch für die Weihnachtsbäckerei. Aber bei Letzterem kenne er sich nicht sonderlich aus.

Nach dem Frühstück beginnt um 10 Uhr am Pier die Stadtrundfahrt mit zehn bestens klimatisierten Mercedes-Reisebussen. Es wird gekühltes Wasser zur Begrüßung verteilt. Der Reiseführer Nasir ad-Din in Bus Nummer 3 erzählt in entschuldbarem Deutsch den Gästen von dem Putsch des Sohnes gegen den konservativen Vater. Das war 1970, als Sultan Said ibn Taimur von seinem eigenen Fleisch und Blut in die Schranken verwiesen und ins Londoner Exil verfrachtet wurde. Seitdem regiert der fortschrittliche und liberale Sohn Sultan Qabus, der durch die großen Ölreserven des Landes Oman und seine knapp 3 Millionen Einwohner zu erstaunlichem Wohlstand geführt hat. Die Einwohner sind von

Steuern weitgehend befreit und auch das Gesundheitswesen ist kostenlos, erläutert der Reiseleiter den allmählich schwitzenden, aber staunenden Gästen. Ein Liter Benzin kostet umgerechnet keine 30 Cent.

Bus 5 besucht die Große Sultan-Qabus-Moschee, die rund 6.500 Gläubigen auf einmal Platz und Raum bieten kann. Umgerechnet 60 Millionen Euro soll das gigantische Bauwerk gekostet haben, in dem 300.000 Tonnen indischen Sandsteins verbaut wurden und von fünf Minaretten geschmückt wird. Die Touristen dürfen heute am Freitag die Moschee nicht betreten, sind aber auch so von den Ausmaßen und prunkvollen Ausschmückungen überwältigt. Ein österreichischer Kreuzfahrer murmelt beim einstündigen Rundgang etwas von *viel schöner als Rom und der Vatikan.* Doch so eine Emphase kann nicht unwidersprochen bleiben, und eine Frau mit Berner Akzent, den Strandschlappen und den für diesen Ort unschicklichen Shorts, kontert heftig zurück: *Das können Sie doch nicht vergleichen – Rom und das hier!* Ende des kunsthistorischen und interkonfessionellen Disputs.

Bus Nummer 10 nimmt sich zunächst die Besichtigung des Royal Opera House Muscat vor, das der Sultan im September 2011 mit Verdis *Rigoletto* eröffnete. Plácido Domingo dirigierte hier *Turandot, Aida* und *Madame Butterfly* steht aktuell auf dem Programm. Auf die Frage, in welcher Sprache hier gesungen wird, sagt die örtliche Reisebegleiterin, die dunkelhäutige Amal Adawiyah, dass dies alles kein Problem sei, da fast alle Sitze auf der Rückseite einen Monitor eingebaut hätten, da werden Text oder Partitur je nach Wunsch und Notwendigkeit in Englisch oder Arabisch eingespielt, so dass dem Bühnengeschehen mühelos gefolgt werden könne. Auf Rückfrage erklärt Adawiyah, dass sie in Marburg Geografie studiert habe. Ja, das sei eine Ausnahme, wenn omanische Frauen im Ausland studieren. Ihr Vater, Bergbauingenieur für eine britische Ölgesellschaft, habe es ihr aber ermöglicht. *Wir sind sehr modern hier,* sagt sie mit Stolz.

Das gigantische Foyer ist mit Marmorböden und stilvollen Intarsien ausgelegt. Aus einem Probenraum sind Koloraturen zu hören und Professor Schlink, heute ganz ohne Gehhilfe, mutmaßt, es müsse sich um Mozart oder Weber handeln. Aber festlegen wolle er sich nicht. Das Große Salzburger Festspielhaus in der Mascagnigasse – Lisette korrigiert leichthin: *Hofstallgasse* – also *Hofstallgasse,* sie möge es ihm nicht übel nehmen, gefalle ihm mit Verlaub wesentlich besser als der *orientalische Zauber hier*. Vielleicht hat er recht, und da will sie heute nicht widersprechen, obwohl das Funkeln, Glänzen und Glimmern und die großen Teppichlandschaften auf Böden und Wänden sie mächtig beeindrucken. Deswegen sagt sie nur, *Professor Schlink, wir sind im Orient! – Ganz richtig, Lisette, in der Mascagnigasse.*

Die anderen Buseinheiten sind nach Alt-Muscat gefahren. Dort besichtigen die Kreuzfahrer zunächst den Al-Alam-Palast von Sultan Qabus ibn Said, doch hinein in den Sperrbezirk darf niemand. Da helfen nur gute Kameras. Bordfotograf Simon hat allerdings drei verschiedene Objektive mitgebracht. Ihn interessiert heute besonders die Weitwinkel-Variante. Mit ihr lassen sich berauschende Anhäufungen von Gebäuden, Menschen und Tieren machen, Zusammenballungen, die dem Auge etwas vorgaukeln, was es in dieser Bild-Kompression gar nicht gibt. Für seine Kunden, die Kreuzfahrer, ist gerade ein solcher vexierender Bildausschnitt immer wieder Kaufanreiz. Der Mehr-Schein ist verführerisch. Daher zeigen seine Bilder so gerne weitwinklig Eingefangenes. Auch hier am Palast verschränkt er die Peripherie der Blickachsen mit Mittigem, um die orientalische Zauberwelt zu verdichten und gleichzeitig magisch zu vergrößern.

Die übrigen Busse fahren zum zunächst zum Bait Zubair Museum mit seinen schönen Besonderheiten aus omanischer Kunst, zum Hafen in Matarah oder in die Vorstadt Rumi. Alle treffen sich nach und nach wieder im Mutrah Souk. Dort gibt es Gewürze aus arabischen Ländern und aller Welt zu kaufen, und immer wieder Stoffe, Tücher, Stickereien aus Indien, China und

Saudi-Arabien. Um 15 Uhr ist im *Hotel Marina,* an der Mutrah Corniche und ganz in der Nähe des Hafens, ein imposanter Imbiss für die Gäste der *Odysseus II* vorbereitet. Zur freien Auswahl gibt es zum Beispiel Pita-Brot mit Kichererbsen-Dip, frittierte Bohnenbällchen, kalte gefüllte Tomaten mit fein passierten Sardellen, Oliven, Kapern, Majoran und Petersilie, Huhn Za'tar mit Fadennudeln, Joghurt und Berberitzen, Orangen-Zwiebel-Salat, in Rosenblättern gedünstete Feigen, Fatayer-Brotfladen, Hirsebällchen nach Art des Hauses, Salate, Gemüse, fein assortiertes Hühnerfleisch, unüberschaubare Köstlichkeiten zum Dessert, ein Märchen aus Tausendundeiner Nacht, eine Augenweide mit erlesener und stets bemühter Bedienung, und das zu dieser Tageszeit. Natürlich sind in diesem fremden und verlockenden Zusammenhang die zehn Reisebegleiter immer wieder gefragt, denn es gilt zu erklären, zu beruhigen, auch zu ermutigen, Unbekanntes dem Gaumen zuzuführen.

In einer Nische der großen Räumlichkeiten glimmt ein Weihrauchofen. Sein zarter Duft vertreibt böse Geister und ist allenthalben wirkungsvoll bei der Desinfektion. Im Sektor Huhn-Rindfleisch-Fisch steht auch die Reiseführerin von Bus 6. Sie tippt die Vorderfrau in der Schlange vorsichtig auf die Schulter und kontaktiert sie. Übrigens, *ist es Ihnen aufgefallen?,* fragt die Reiseführerin mit Blick auf das archaische Desinfektionsgerät in der Ecke, *direkt an der Hafeneinfahrt steht auf einem Felsen ein riesengroßer Weihrauchofen in Weiß. Es ist ein wichtiges Symbol für Oman, der Weihrauch und der Reichtum, der einmal damit verbunden war.* Artig bedankt sich die Touristin für den Hinweis, ja sie hat das gesehen, konnte sich aber das runde Gebäude nicht erklären. *Vielen Dank, für den Hinweis,* dann ist sie an der Reihe und lässt sich zwei Hähnchenschlegel *(da weiß man, was man hat)* auf den großen Teller legen, dann weiter zum Gemüseparadies.

Nach einer guten Stunde spricht es sich wie ein Lauffeuer herum, die Techniker aus Deutschland und Israel haben den Defekt bei der Wasseraufbereitung auf der *Odysseus II* gefunden. Es daure jetzt etwa drei Stunden, bis zwei größere Rückschlagventile ausgetauscht seien. Der eingeflogene Israeli habe den Fehler sehr rasch entdeckt und die deutschen Kollegen hätten das fragliche Ersatzteil auch aus Deutschland vorsorglich mitgenommen. Von Bord der *Odysseus II* kommt nach zwanzig Minuten der Erste Offizier, Herr Wiedmann, in Dienstuniform, lässt sich von der Direktion des Hotels ein japanisches Funkmikrofon geben und erläutert die gute Nachricht. Die Reparatur mit der Wasseraufbereitung sei zur vollsten Zufriedenheit des Kapitäns Vanderstraaten gelungen und fast abgeschlossen, nur wenige Dinge müssten zur Sicherheit nochmals geprüft werden. Im Namen der Reederei *Adventure & Culture,* aber auch namens der ganzen Crew, bittet Wiedmann um Entschuldigung für die kleineren und größeren Unannehmlichkeiten im Hinblick auf Wasserdruck und Wasserversorgung. Das sei jetzt behoben, so dass das Schiff voraussichtlich heute Nacht gegen 22 Uhr auslaufen könne mit Kurs auf Salalah. Die gesättigten Touristen danken dem Offizier für die Überbringung der guten Nachricht.

Mit einem Nachtbummel in Muscat wird es dann freilich nichts. Einschiffung bis 20 Uhr, und die Reederei in Kiel freut sich auch über die begrenzte Liegezeit. Liegezeiten im Hafen sind weltweit teuer und da lockt man die Passagiere traditionell viel lieber zu den sogenannten Tagen der Entspannung auf See. Zeit ist Geld. So ist das nun einmal. Auch im Golf von Oman mit seinen freundlichen und hilfsbereiten Menschen. Beim Kaffee verrät ein Muscat-Kenner (dritte Orientreise mit *A&C*), hier auf dem Markt oder im Souk könne man einen Koffer oder Rucksack unbesehen stehen lassen. Man bekomme alle seine Sachen wieder. *Stimmt das?* Widerspruch macht sich breit. Nein, nein, das ist wirklich so. *Wegen des Islams und der Sharia klappt das ganz fabelhaft.* Die Reiseführerin Adawiyah, ihre kobaltblaue Jilbab sorgte im Opernpalast für Gesprächsstoff und Bewunderung, hat es auch mitgekriegt. Ja, es sei so, wie der Gast es sagt, und sie ergänzt:

Jedenfalls stimmt es fast, im Großen und Ganzen, und die Gesetze sind streng.

Frau Dr. Sellbruch und ihr Mann sind, wie geplant, vor zwei Tagen in Muscat angekommen. Gebucht haben die beiden für die noble Hoteladresse *The Chedi,* einer Topanlage mit 400 Metern Privatstrand im Villenviertel Al Ghubbra. *A&C* übernimmt nur eine Nacht die Auslagen, das hat man der Lektorin vorher mitgeteilt. Trotzdem, der Ausflug in diese arabische Luxus-Landschaft wenige Minuten vom Hafen hat sich gelohnt. Piet, dem solches Flair als altem Gewerkschafter nicht ganz fremd ist, ist voll des Lobes und gratuliert seiner Frau zu dieser feinen Buchung. Die Zimmer sollen nach Grundsätzen des Feng-Shui verortet sein, aber da sind sich die beiden nicht ganz sicher, ob das wirklich stimmt. Auf alle Fälle war das Hotelzimmer luftdurchflutet, geräumig und mit speziellen Bonsai-Arrangements bestückt, in den Diagonalen der Suite gab es jeweils fünfschalige Türmchen mit still abperlendem Wasser. Um 15 Uhr 30 wird das Ehepaar auf der *Odysseus II* willkommen geheißen, der Check-in klappt reibungslos. Wegen der guten Auslastung des Schiffs wird es nur eine Innenkabine auf Deck Vier geben. Murren gilt hier nicht. Dafür sind für die beiden Essen und andere Annehmlichkeiten, wie Sauna und sportliche Aktivitäten kostenlos. Frau Dr. Lüders vom *Passengers' Entertainment* lässt sich zunächst entschuldigen. Sie will die beiden Gäste etwas später, zu gegebener Zeit, auch persönlich begrüßen. Im Augenblick führt sie ein unaufschiebbares Dienstgespräch mit Frau Thalheimer, künstlerische Betreuung. Es gibt ein technisches und personelles Problem mit dem Abendprogramm, Dr. Lüders bittet um Verständnis. Den Sellbruchs kommt das sehr gelegen, denn Roswitha kann in diesem Augenblick auf weitere Querschläge der vorgesetzten Dame gerne verzichten und dankt höflich für die gute Nachricht. 266 ist reserviert. Licht gibt es hier in der fensterlosen Kabine in Hülle und Fülle, wenn auch nur elektrisches. Die Gynäkologin und der Gewerkschafter werden sich daran gewöhnen müssen.

XXIX
Käptn's Dinner
23° 37 N, 58° 34′ E

Das um Tage verspätet arrangierte Willkommens-Dinner im Beisein von Kapitän Vanderstraaten kann sich sehen und schmecken lassen (endlich). Reederei, Besatzung und Küche lassen sich nicht lumpen. Hier die erlesene Speisekarte mit ihren kulinarischen Verheißungen, die bereits seit 16 Uhr zur Einsichtnahme ausliegt:

ALS VORSPEISEN BIETEN SICH AN:

Geräucherte Entenbrust mit Sauce Cumberland
Waldorfsalat und süßes Brot

*

Räucherfisch Salpikon mit Austernbrot
Dillsauerrahm und Frisee

*

Honigmelonen-Cocktail mit Midori oder geeistem Sirup

SUPPEN

Klare Ochsenschwanzsuppe mit Fleischklößchen
und altem Sherry

*

Fruchtige Tomatensuppe mit Pecorino-Kräuter-Baguette

*

Kalte erfrischende Joghurt-Kräutersuppe
mit russischen Sonnenblumenkernen

SALATE

Gemischte Blattsalate mit bunten Melonenperlen
und Coppa di Parma an rotem Paprika-Dressing

*

Rohkostsalat mit Quarkdressing Henri IV
und geröstetem Sesam

ZWISCHENGERICHT

Hummerragout mit Champignons, frischen Kräutern
und Sauce Hollandaise

SORBET

Princesse de Clève
Chocolat-Chili

HAUPTGERICHTE

Frischer Fisch aus dem Golf von Oman
Gebratenes oder pochiertes Filet vom Seebarsch
mit Zitronenbuttersauce auf gegrillten Zucchini
und Kichererbsenmousse

*

Gebratenes Kalbsrückensteak Sultan Qaboos
mit Barolo Sauce, glasierten Schalotten,
Bohnen im Tomatenrock und Bechamelkartoffeln

*

Toskanisches Osso Buco
Pikant geschmorte Scheiben von der Kalbshaxe
in Granatapfel-Jus Gemüseragout Garibaldi,
weiße Bohnen, dazu Knoblauch-Toast

*

Vegetarisches Allerlei St. Helena
Frittierte Auberginen in Mandelmus, Bananen-Curryreis
mit Zucchini, Sojasprossen Mumbai
und Roquefort-Croquetten

AUS DER KALTEN KÜCHE

Ludwig II. Beef Tatar
mit Sardellen, Kapern, Eigelb, Senf, Schalotten, Knoblauch, Petersilie, serviert auf Gmelin-Brot und Baguette Parisienne

DESSERTS

Geschichtete Vanillemousse auf Orangen-Mandelblättern mit Granatapfel

*

Karamellisierter Apfel Wilhelm Tell
mit hausgemachter Zimteiscreme

*

Arabischer Früchteteller mit Zimtvignetten

*

Austrischer Käseteller Tirol mit Stamperl Innsbruck

AUS DEM WEINKELLER

APÉRITIF
Sandenman Ruby Porto

WEISSWEIN

DEUTSCHLAND
2012 Blanc de Noir
Weißburgunder weißgekeltert
Bürgermeister W. Schweinhardt

*

2013 Riesling Korell
Weingut Korell Johanneshof
Nahe

*

ÖSTERREICH

2012 Luftikus

Sauvignon Blanc

Weingut Toni Hartl

ROTWEIN

FRANKREICH

2010 Château Mont-Saint-Pey

Cabernet Sauvignon

Vignobles Jobert, Bordeaux

*

ITALIEN

2009 Chianti Colli Senesi

Sangiovese

Torre alle Tolfe, Toskana

*

SPANIEN

2011 Borsao Tinto

Agricola de Borja

Rioja

Nachdem die Plätze im *Restaurant Bocuse* eingenommen sind, Bordfotograf Simon den jeweiligen Handschlag der Gäste mit dem Kapitän Vanderstraaten digital eingefangen hat, ergreift der Kommandant des Schiffs über Mikrofon – auch auf das luftige Sonnendeck muss aufgrund der Räumlichkeiten übertragen werden – das Wort. Erneut entschuldigt sich der Kapitän für die kleinen Zwischenfälle an Bord (Stichwort Wasseraufbereitung), dankt für das entgegengebrachte Vertrauen aller Passagiere und betont beinahe euphorisch, dass nach Überwindung dieser kleinen Hindernisse die Kreuzfahrt erst jetzt so richtig beginne. Er wünscht allen guten Appetit beim Dinner, später ab 22 Uhr könne man sich in der Lounge oder in der Bar treffen. An die Techniker aus Israel und Deutschland müsse er an dieser Stelle seinen besonderen Dank richten. Mit Disziplin und Fachkenntnis hätten diese die *Odysseus II* wieder sicher und flott gemacht. Da kommt auf dem Sonnendeck und im *Bocuse* Applaus auf, und Lionel Vanderstraaten erinnert abschließend an einen Gedanken, der ihm aus der Zeit seiner Ausbildung in Erinnerung geblieben ist. Er lautet: *Wenn Du ein Schiff bauen willst, so trommele nicht Männer zusammen, um Holz zu beschaffen, Aufgaben zu vergeben und die Arbeit einzuteilen, sondern lehre den Männern die Sehnsucht nach dem weiten, endlosen Meer.* Diese kluge Sentenz sei aus der Feder des Sahara-Fliegers und Dichters des *Kleinen Prinzen,* Antoine de Saint-Exupéry, der 1944 von Bastia auf Korsika zu seinem letzten Flug starten sollte. Viele der Passagiere wüssten ja, dass diese Fahrt der *Odysseus II* auch ihre letzte sein wird, denn nach Ankunft in Marseille werde das Schiff bekanntlich dem neuen Eigentümer aus Griechenland übergeben. Über seine Gefühle wolle er, Vanderstraaten, an dieser Stelle nicht reden, denn noch etliche tausend Seemeilen werde er zusammen mit den Passagieren, wie er hoffe, vergnüglich bewältigen, vieles Märchenhafte aus Arabien und dem Land der Pharaonen stehe auf dem Programm. Deshalb wolle er heute, kurz vor der Ausfahrt aus dem freundlichen Hafen von Muscat, ganz gelassen und heiter in die Zukunft schauen. *Ihnen allen: Guten Appetit, und lassen Sie es sich schmecken!* Klatschen. Dann klingen die Sektkelche, gefüllt mit trockenem Kessler-Sekt, die Gäste sind über die erlesenen Worte ihres braun gebrannten Vormanns touchiert und schreiten zum Essen.

XXX
Obernau am Neckar
48° 45′ N, 8° 86′ E

Der geneigte Leser verzeihe an dieser Stelle den intermittierenden Einschub des Autors, dem diese Notwendigkeit keineswegs gelegen kommt. Bislang hat er sich ohne Mühen zurückhalten können, nahm doch alles seinen, wie er meint, sympathischen Gang, wenn man die Angelegenheit mit der Reparatur in Muscat einmal beiseite lässt. Nein, es geht ihm, so teilt er mit, um etwas anderes. Er sitze, wie den geografischen Längen- und Breitengraden, weiter oben notiert und unschwer zu entnehmen, in seiner Wohnung am Oberen Neckar und habe ein richtiges Problem. Hier, bei Gelegenheit des Käptn's Dinner, wolle er die Protagonisten und Gäste für ein gemeinsames Tischgespräch untereinander animieren. Bei allein rund 145 Tischen und Dinner-Kojen in den Restaurants *Bocuse, Elysée, Provence, Rustica* etc. nehme dem Autor auf Anhieb selbstverständlich niemand ab, dass sich die Protagonisten wie von ungefähr an einen Tisch setzten. Dieser Argwohn, teilt er mit, sei völlig berechtigt und könne so ohne Weiteres nicht entkräftet werden. Was also sei zu tun? Die Gäste und Paare, wie zum Beispiel die Medienkenner Köster und Veltig aus Schwaben, die Dornacher Sucher der chaldäischen Kultur, Anastasia Schirmer und Werner Sladek oder gar die Liebenden Rebecca und Bernd jetzt einfach, was der Wahrheit entsprochen hätte, an die Tische 38, 10 A, 124 und 3 zu verfrachten, das mache insofern wenig Sinn, weil die gewünschte und notwendige Kommunikation untereinander nur durch ein in diesem Rahmen als unschicklich zu betrachtendes Zurufen einigermaßen gewährleistet wäre. Eingedenk dieser peinigenden Situation, *Ihr Einverständnis, geneigter Leser, erhoffend und voraussetzend,* erlaube er sich als Autor, einen Tisch auf der *Odysseus II* zu fingieren, den es dort, *seien Sie versichert,* nicht gebe und nie gegeben hat. Es sei der Tisch mit der Nummer 18, an dem es aber unter dieser kühnen Prämisse gestattet sei, zwölf Gäste, Gäste, die die Leser bereits aus sehr privaten Zusammenhängen haben kennenlernen können, großzügig und eben nicht zu eng zu platzieren. Zur genaueren Verortung des Tischs sei hinzugefügt, so der Autor weiter, dass der stets aufmerksam mit Blumen dekorierte Tisch steuerbords eine große Fensterfront, je nach Lage mit Blick aufs Wasser oder den Hafen, biete. Diesen Tisch mit der Nummer 18, durchaus zentral liegend und eingegrenzt durch nachbarschaftliche Tische in rund oder oval, möchte er nun mit unseren Freunden und Gästen bestücken, wenn Sie, die teilnehmenden Leser, nichts dagegen einwenden wollten. Es sei nämlich so, der Wunschplatzierung der Gäste wird von der Kreuzfahrtdirektion zwar nach Kräften und auch gerne gefolgt, nur sei andererseits einschränkend zu berücksichtigen, dass nicht alle Desiderate erfüllt werden könnten.

Das Schiff sei ein sozialer Organismus und da lassen sich individuelle Belegungen, Wünsche und Hoffnungen letztlich nur im Ausnahmefall realisieren. Natürlich werde im Einzelfall auch eine landsmannschaftliche Komponente berücksichtigt, und so gibt es bei der jetzigen Kreuzfahrt allein drei Tische mit Schweizern und zwei Tische mit Freunden aus Österreich. Was kaum geht und zu großen Disputen und langwierigen Gesprächen mit der Hoteldirektion führen könne, sei der Wunsch einer Umsetzung während der laufenden Kreuzfahrt. Hier werden für die Beteiligten schiffseits stets zwei kurze Mediationsgespräche angeboten, um den Konflikt vor einer angedachten Rochade im Vorfeld zu entschärfen. Das Ergebnis solcher Verhandlungen sei stets offen, schlimmstenfalls einigen sich genervte und auseinander gelebte

Tischnachbarn auf getrennte Speiseaufnahme – oben auf dem Sonnendeck und im *Elysée* zum Beispiel. Wie gesagt, das sei alles nicht einfach. Aber in unserem Fall habe er, der Autor, darum gebeten, unsere Freunde, zumal aus akustischen Gründen, an einen Tisch setzen zu dürfen. Er fragt also bei Ihnen an, ob es Einsprüche gibt. Er warte gerne etwas, z. B. auf ein Handzeichen von Ihnen.

Fehlanzeige, bravo! Da dem nicht so ist, sieht er seinen Vorschlag dankend als angenommen. Und da Sie seiner kleinen Bitte, wie er hört und sieht, freundlich zugestimmt haben, dürfe er Ihnen auch mit einem Dankeschön antworten: Am Tisch mit der Nummer 18 werde die flinke, allzeit freundliche Bedienung Semira Schneider arbeiten, jener kleine Reißaus, der die Eltern im fernen Schotten erst sehr spät über das Anheuern auf der *Odysseus II* informiert hat. Er glaube, mit Semira habe der Tisch 18 mit seinen Gäste einen wirklich guten Fang gemacht, denn da gäbe es, er spreche aus Erfahrung, auch ganz anderes Personal. Aber das stehe hier nicht zur Diskussion.

Man kennt sich seit Dubai. Semira, seinerzeit mit einem kleinen Handzettel bewaffnet, stellte die Gäste bereits vor Tagen gegenseitig vor – mit Titel, Namen und Herkunft. Anastasia Schirmer und ihr künftiger Verlobter sitzen mit Steuerbord-Blick auf das Meer. Zu deren Linken, um 90 Grad gewinkelt, sind die Göttinger Gynäkologin Frau Dr. Sellbruch und ihr Mann Piet platziert, die etwas mehr Raum zum Essen haben, ihnen gegenüber sitzen der Salzburger Mediävist, Prof. Dietmar Schlink mit seiner Begleiterin Lisette Zwanziger. Auf Seiten des Fensters, hier gibt es eine geräumige gepolsterte Bank, finden wir die Medienpädagogen Dr. Köster und Herrn Veltig und weiter in Richtung Heck blickend, haben das Escort-Model Rebecca Schindler und Bernd Stenzel sich arrangiert.

Auch an diesem Tisch ist aus Anlass des Dinners eine gewisse Festlichkeit in der Kleidung auszumachen. Anastasia hat eine große Bernsteinkette um den Hals gelegt und trägt eine schlichte, langärmelige weiße Seidenbluse, die hochgeschlossen ist. Ein bodenlanger Rock aus feinem Satin macht deutlich, dass sie den Anlass und die Begegnung mit dem Kapitän, auch wenn diese nur flüchtig sein kann, durchaus zu würdigen weiß. Ein feiner Rosenölduft, der Connaisseur kann die Herkunft der ätherischen Aura untrüglich als Produkt der Wala-Manufaktur in Eckwälden, am Rande der Schwäbischen Alb, erschließen, umgibt die Eurythmistin. Werner Sladek ist dagegen eher zurückhaltend gekleidet. Er hat sich für eine Schnürsenkel-Krawatte entschieden, die zwar inzwischen völlig aus der Mode gekommen ist und nur in einschlägigen Modefachbüchern erwähnt wird, nichtsdestotrotz, einem Ondit zufolge, auch von Dr. Rudolf Steiner, auf alle Fälle aber von dem Begründer der Waldorfkindergärten, Dr. Helmut von Kügelgen, getragen worden sein soll. Die wollenen Senkel, an den Enden mit zwei kleinen Holzperlen gefasst, sind dunkelblau und wahrscheinlich handgedreht – man müsste diskret anfragen.

Professor Schlink aus Innsbruck ist unauffällig und ganz tadelsfrei gekleidet und hat für den Abend den noblen und immer perfekt sitzenden Anzug gewählt. Am linken Revers seines Sakkoaufschlags funkelt neben der Rehrose eine kleine goldene Nadel, die freilich wegen der bescheidenen Ausmaße von den Tischnachbarn nicht näher eingeordnet werden kann. Die Krawatte ist uni-moos und hebt sich geschmackvoll von dem weißen Hemd und der anthrazitfarbenen Strenge des Jacketts aus feinem Tiroler Walkloden ab. Lisette, wir scheuen uns nicht die Wahrheit zu sagen, sie ist 42 Jahre jünger als der Professor, ist ganz heiter gestimmt und trägt wieder das, was ihr so vorzüglich steht, das nur eben von der Wäscherei an Bord kurz aufgefrischte Almsach-Dirndl mit tiefem Ausschnitt und klassischen Froschgoscherln, heute Abend ergänzt um ein zauberhaft schwarz-rot marmoriertes, elastisches Kropfband mit Alpbachtaler Stickerei. Ja, das passt und sitzt und es ist eine Freude, sie hier am Tisch in Begleitung des Mediävisten zu wissen, den sie umsorgt, aber nicht bemuttert, dienlich umhegt und doch nicht durch falsche

Gesten bevormundet. Der Ehrlichkeit halber sei erwähnt, dass Lisette ihre bemerkenswerte Ausstattung zu ihrem 15-jährigen Dienst-jubiläum im Haushalt des Professors sich zusammenstellen durfte.

Frau Dr. Köster vom Kultusministerium in Baden-Württemberg, längst hat der Tisch von ihrer wichtigen beruflichen Funktion Kenntnis, hat sich für den Abend den grau-silbrigen Chiffon-Hosenanzug ausgesucht. Eine gute Wahl, denn die kleine dunkelrote Stoffapplikation in der unbestimmten Form einer Koralle auf der halbgeöffneten linken Jackenhälfte ist ein Eyecatcher, auch für die Damen am Tisch. Das adrette, leicht maskulin wirkende Arrangement korrespondiert übrigens ganz vorzüglich mit ihrem (heute) mahagonifarbenen Haar, das sich nur wenig tiefer in zwei oszillierenden Perlen-Ohrclips widerspiegelt. Guntram Veltig wirkt an ihrer Seite eher bieder, wenngleich sein Outfit mit dunkelblauem Blazer, roter Krawatte und grauer Leinenhose keine weiteren Wünsche offen lässt. Das ist und sitzt bei ihm alles comme il faut, makellos.

Bernd Stenzel, er sitzt neben Frau Dr. Köster auf der Bank, trägt ein leichtes sandfarbenes Leinenjackett mit flotten und großen Schottenkaros in rot und grün. Was sich zunächst als kühn oder doch gewagt ausnimmt, ist bei näherem Hinsehen eher als eine konservative Melange von Retro mit modisch gesetzter Provokation zu verstehen. Dieser Anzug des Maklers aus der Kölner Bucht steht unabweisbar gleichzeitig in der Gefahr, als clowneske Stilunsicherheit missverstanden zu werden; die grün-schwarze Fliege erweist sich als weitere ikonografische Besonderheit. Just darum, um das Besondere in der Kleidung, geht es ihm aber nicht. Stenzel möchte an diesem Tisch nur ein bisschen gefallen, ohne aufzufallen. Ein Spagat, der ihm leider missglückt.

Rebecca Schindler, seine Geliebte auf Zeit, will ihre Gravitation zu modischer Extravaganz mit keinem Stoffmuster verleugnen. Zunächst trägt sie mittelhohe High Heels, schwarz, die sandalettenartigdurchbrochen und mit wenigen stellaren

Glitzerapplikationen bestückt sind. *High Heels,* sagte Rebecca zuvor in der Kabine, *erzeugen High Feelings.* Den Satz will sich Stenzel unbedingt merken und grübelt über dessen Belastbarkeit. Die für Männeraugen sehenswerten Beine hat Rebecca in eine weiße, seidig glänzende Feinstrumpfhose korsettiert. Geschürzt ist sie denkbar knapp in einen samtigen schwarzen Minirock, den Anastasia auch lautlos als unschicklich empfindet. Eine tief ausgeschnittene Taft-Bluse – grenzwertig gewiss, aber nicht ordinär – lässt für geübte Augen trägerlosen Hintergrund erkennen, dabei gibt der dunkelrote Bolero, den Rebecca über ihre Schulter geworfen hat, nicht alle Geheimnisse frei.

Das Parfum, das sie gewählt hat, könnte für Irritationen sorgen: Das ätherische Gewölk, das die kühn Herausgeputzte ungefragt versendet, ist mit seinem Gemisch aus Zitrus-Weihrauch und Lavendel eine Herausforderung für die Gäste. Anastasias zarte Rosenöl-Komposition, gewiss, sie sitzt in der Diagonalen und damit weit entfernt, wird damit fast rücksichtslos überdeckt oder eben nahezu (bildlich gesprochen) eingestäubt. In Konkurrenz stehen die Maquillages der Damen Thekla Köster und Rebecca Schindler. Bei diesem Wettbewerb sind Wangen, Lippen, Lidschatten und Halspartie bei Rebecca von großer Dominanz und Ausdrucksstärke, so dass das klug gewählte Arrangement bei Theklas Lidschatten (dunkelgrün, eingebettet in ein magisches Schwarz), fast verlieren könnte, wären bei der Medienpädagogin nicht ihre Selbstdisziplin und Strenge, ihr rechtes Maß bei der äußerlichen Selbstdarstellung als beispielgebend zu loben.

Ja, das Dinner mit einem Kapitän ist nicht nur auf der *Odysseus II* eine veritable Herausforderung für die Gäste. Gleichgültig, ob vor Grönland, in der Magellanstraße oder hier im Kielwasser der arabischen Märchenwelt, die Einladung des Kapitäns zu einer gemeinsamen festlichen Mahlzeit nach Sonnenuntergang ist für Küche, Personal und die geschmückten Gäste immer eine besondere Sternstunde, die von vielen hundert Augenpaaren kritisch verfolgt wird. Auch Semira hat sich mit ihrer dezenten

Serviceuniform sehr ansprechend gekleidet. Auch sie beherrscht die Kunst klug gesetzter Lidschatten. Sehr flott, doch ohne zu drängeln, nimmt sie die Menüfolge der Gäste auf, berät hier und dort, gibt Hinweise auf die Besonderheiten der Speisen, notiert sorgfältig intendierte Garstufen wie *cru, bleu, saignant, à point, demi-anglais* oder *bien cuit,* wohl wissend, dass nicht alle Zwischen- und Feinabstimmungen von der Küche ohne Weiteres eingehalten werden können, schließlich gilt es an solch einem Abend hunderte von Gourmets mit ihren Wünschen zu versorgen.

Zufall ist es nicht, wenn Anastasia Schirmer und Werner Sladek sich eingangs des Festessens für *Waldorfsalat mit süßem Brot* entscheiden. Bei dieser Wahl der Vorspeise fühlen sie sicheren Grund, nichts Befremdliches ist zu fürchten, kein Nachfragen bei Semira ist nötig. Auch am Hügel in Dornach ist diese Beilage oder Vorspeise vertraut, obwohl das bunte Arrangement so gut wie nichts mit der Pädagogik gleichen Namens zu tun hat, sondern ein kulinarischer Re-Import aus dem berühmten amerikanischen Hotel an der Park Avenue in New York darstellt. Nachdem Professor Schlink gemeinsam mit Lisette sich für die Räucherfisch-Vorspeise entscheidet, Rebecca Schindler und Piet Sellbruch mit dem Honigmelonen-Cocktail liebäugeln, das Medienduo aus Baden-Württemberg, einen Gang überspringend, sich gleich die klare Ochsenschwanzsuppe bzw. die fruchtige Tomatensuppe servieren lassen, ist unbedingt nachzutragen, dass unser geschätzter Gewerkschaftssekretär aus Göttingen aus der allgemeinen Kleiderordnung an Bord leider herausfällt. Nicht nur, dass er sich für ein kurzärmeliges, kariertes Hemd ohne Krawatte oder vergleichbares Attribut entschieden hat, auch die kurzen weißen Shorts entsprechen leider nicht der allgemeinen Etikette für abendliche und festliche Kleidung anlässlich des Käptn's Dinner. Die schlappenden Leinenschuhe irritieren zusätzlich und sorgen für einen unschicklich zu nennenden Aufzug. Frau Dr. Sellbruch ist in diesem familiären Zusammenhang insofern fein raus, als sie sich für ein langes, plissiertes Chiffon-Kleid in Weiß, gerafft durch eine attisch wirkende Kordel in Gold, entschieden hat. Das Kleid ist in Wurf und Schnitt zwar nicht unbedingt elegant zu nennen, doch wird sich die gerne geifernde Frau Dr. Lüders vom *Passengers' Entertainment* schwer tun, eine weitere Rüge gegenüber unserer Lektorin für Sinai und Sizilien zu formulieren. Solches ginge nun doch ins allzu Private und wäre von Dr. Sellbruch nicht mehr hinzunehmen.

Und es kommt, wie es kommen muss, Pia-Sofia Lüders schlendert wie von ungefähr durch das *Restaurant Bocuse,* hier und dort grüßend, auch den Kapitän an seinem langen Tisch mit Gästen, um schließlich auch den Tisch 18 zu umrunden, verbunden mit der gefälligen Frage, ob alles zur Zufriedenheit gestaltet sei. *Ach, ja, schön, dass ich Sie hier treffe, Frau Dr. Sellbruch, aber bleiben Sie doch sitzen!* Doch da steht die Angesprochene bereits in voller Größe vor der Kulturmanagerin. Kein Blick des Tadels oder Kritik ist auszumachen. *Aber setzen Sie sich doch! Wie gesagt, wir sprechen uns in den nächsten Tagen in meinem Büro. Ich wünsche allseits einen schönen Abend!* Und mit diesem kleinen dienstlichen Hinweis braust sie zum nächsten Tisch und entdeckt dort die Repeaterin aus Meran, Frau Söller, es ist ihre dritte Weltreise binnen fünf Jahren mit diesem Schiff.

Nach dem kleinen Intermezzo kommt das Tischgespräch nur schwer in Gang. Ja, die Lüders sei etwas steif, habe aber einen guten hanseatischen Kern. Wer mit ihr einmal nachts Karten in der Bar gespielt habe, sagt Stenzel, der weiß, dass sie auch ganz anders kann, *ehrlich.* Da hakt Thekla Köster ein, *ganz wie in meiner Dienststelle im Ministerium. Es gibt sotte und sotte,* deklamiert sie eine alte Lebenserfahrung in einem befremdlichen Schwäbisch, das aber hier an Bord im Schmelztiegel der Sprachen und Dialekte nicht weiter ins Gewicht fällt. Sie müsse in diesem Zusammenhang eine *story* von ihrem Pförtner im Schloss, ihrer Dienststelle in der Landeshauptstadt, erzählen. Ein gewisser Herr Brodbeck, einarmiger Pförtner, habe dort auch während einer Studentendemonstration Aufsicht gehabt und die Aufrührer durch ein Geibel- oder Schiller-Zitat vom Eingang vertrieben. Der Sinnspruch gehe so: *Wer seinen Kindern gibt das Brot und leidet nachmals selber Not, den soll man schlagen mit der Keule tot.* Doch am Dinner-Tisch zündet der Gedanke nicht richtig. Auch Veltigs freundlich gemeinte Assistenz mit *bemerkenswert,* will bei der Gesellschaft nicht für Heiterkeit und Auflösung einer verspannten Gesprächssituation führen. Außerdem bemäkelt Professor Schlink die ungewisse Autorenschaft des Sinnspruchs. Seines Wissens komme der Gedanke aus der Stadt Jüterbog und sei dort am Dammtor in Stein gemeißelt. Festlegen wolle er sich da aber auf keinen Fall.

Werner Sladek, auch als Sprachgestalter eher schüchtern als draufgängerisch, ergreift in der schwierigen Situation beherzt das Wort und lobt in einer kühnen Volte die klugen Worte Vanderstraatens, die dieser in seinem Toast gewählt hat. Und im Übrigen, Saint-Exupéry gerate sehr zu Unrecht immer mehr in Vergessenheit, abgesehen vom *Kleinen Prinzen.* Fast kundiges und beifälliges Nicken der Speisenden, ja, und dann dieser Satz: *Wenn Du ein Schiff bauen willst, so trommele nicht Männer zusammen, um Holz zu beschaffen,* das sei doch wunderbar, eben ganz Saint-Exupéry, und Anastasia, fast verhalten leise, ergänzt getragen im tempo adagio den abschließenden Gedanken: *Lehre den Männern die Sehnsucht nach dem weiten, endlosen Meer!* Ja, solche Gedanken *haben nur Große,* ergänzt der Mediävist aus Salzburg, wie zum Beispiel Wolfram von Eschenbach oder Hartmann von Aue. Im *Iwein* laute es – *oder war es doch im Gregorius? Egal!* – Sinngemäß heiße es jedenfalls: *Wenn die Katze viel frisst, so wird sie übermütig.* Kurzes Auflachen am Tisch, leises Traktieren der Teller mit Messer und Gabel, köstlich das Hummerragout, vom Feinsten das Seebarsch-Filet mit Zitronenbuttersauce, ein Gedicht das Kalbsrückensteak Sultan Qaboos, erlesen die Weine, untadelig die Tafelwässer.

Als nichts mehr gesagt wird, Worte und Wörter verstummt sind, die Feinberobten sich allmählich immer unwohler anschweigen, die Stille außerhalb der Geräuschkulissen von Porzellan und WMF-Besteck sich dehnt und dehnt, kein Smalltalk sich aufbauen will, die Unfähigkeit zu sprechen zum quälenden Brandmal von vielen Sekunden wird, da fasst sich Piet Sellbruch ganz ungefragt plötzlich ein Herz und versucht Anastasia Schirmer zu seiner Rechten anzusprechen: *Die Sache mit Grass und Israel, haben Sie das in Dornach noch verfolgen können?* Die Angesprochene fühlt sich bei dieser Frage verunsichert und blickt hilfesuchend nach Werner, der nicht ungeschickt repliziert, dass sie beide, eben Anastasia und er, seit dem Schwellenübertritt von Joseph Beuys, *war das nicht 1985 oder 1986?,* sich immer weniger mit den Politikern und ihren Fragen beschäftigen. Beuys und die *soziale Plastik als Gesamtkunstwerk,* das waren luzide Augenblicke und Einleuchtungen, aber jetzt? Doch Piet, das Kalbsrückensteak Sultan Qaboos in artigen Häppchen genüsslich kauend, lässt nicht locker. Ja doch, Beuys in Kassel auf der Documenta, Roswitha und er sind alle fünf Jahre rüber geradelt nach Kassel, beteuert Piet, Honigpumpe, die 7.000 Eichen, die *Dürer-Hasen – erste Sahne,* meint Piet. Aber ihm gehe es hier in den arabischen Gewässern um den Nobelpreisträger Günter Grass, den deutschen Dichter, das ehemalige NSDAP-Mitglied, den Blechtrommler. Da wird es Professor Schlink, trotz mäßigendem und beruhigendem Handgriff durch Lisette dann doch zu viel, und gereizt salzburgert er den Namen Walter Jens in die Runde. Den könne man auch gleich dazu packen, *wenn's ums Denunzieren hier auf dem Schiff geht!* Der sei ja auch das, was man heute als Nazi beschimpft, aber seit der Verleumdung vor wenigen Jahren dement an den Rollstuhl in Tübingen gefesselt. Aber darum gehe es ihm, Piet, überhaupt nicht, er habe ja nur in die Runde fragen wollen, ob denn Grass wirklich so Unrecht habe mit seinem Hinweis auf die heimliche Atommacht Israel, die den Weltfrieden gefährde. *Man darf es ja hoffentlich fragen oder? Gealtert und mit letzter Tinte?*

Dr. Thekla Köster, sie lässt sich das *Sorbet Princesse de Clève* munden, hat in diesem Zusammenhang auch ihre persönliche

Meinung und gibt deutlich zu verstehen, dass man den Text von Grass zunächst sehr genau studieren müsse, bevor der Stab über den Literaten gebrochen werde. Da kann auch Rebecca aus vollem Herzen zustimmen und sie signalisiert ein kurzes dem *will ich mich voll anschließen,* indem sie selbstbewusst den Borsao Tinto zum Mund führt und kenntnisreich zwei kleine Proben goutiert. Die Gynäkologin, mit kurzem Blick auf Piet, will es sich allerdings nicht verkneifen und schimpft auf die deutsche Radio- und Fernsehlandschaft, die Günter Grass einhellig verrissen habe, *aus Furcht vor Repressalien in den Redaktionen,* fügt sie spitz hinzu. Während Anastasia und Werner eher unbestimmte Zustimmung signalisieren, sie bewegen sich immerhin auf unsicherem Terrain, scheint Schlink sich zu beruhigen. Er trommelt mit dem rechten Zeigefinger auf das Damasttischtuch und bemüht Goethe: *Im Deutschen lügt man, wenn man höflich ist, wenn ich mir diese Bemerkung als Österreicher erlauben darf.* Das sitzt und gefällt der Runde, auch der Medienreferentin aus Stuttgart. Der Makler Bernd Stenzel offenbart allerdings eine vermeidbare Blöße und fragt blauäugig, wie das Goethewort gemeint sein könnte. *Da gibt's nichts zu deuteln,* gibt Schlink neuerlich erregt zurück, *das spricht für sich, wenn Sie wissen, was ich meine!* Lisette startet mit einer taktilen Aktion ihres Fußes in Richtung Professor, um die Aufwallung des Gelehrten einzudämmen, ablenkend bittet sie zugleich Semira ganz rasch um ein weiteres Stilles Wasser für ihre Begleitung.

Und als wäre es nicht genug der politischen Rede bei Tisch, setzt der Makler aus der Kölner Bucht noch eins drauf und kritisiert den schnöden Abgang eines Regierungschefs aus dem Süden der Republik. *Das Grass-Gedicht, mal ehrlich, das ist doch eine richtige Lappalie verglichen mit dem Stefan Mappus und seinem ausgebeinten Laptop. Im Verband Deutscher Makler wäre so etwas gänzlich ausgeschlossen, glauben Sie mir!* Rebecca findet den Einwurf nicht besonders hilfreich, da sie in Pöcking nur den Lesezirkel abonniert hat und über das fragliche Gerät des Politikers bislang nichts drin stand, aber im Radio gab's mal was, kann sein. Deshalb schweigt Rebecca, nickt aber beifällig dem Freund auf Zeit zu, ja klug ist er, ihr Bernd, auch wenn er wenig sagt. Veltig ist nun am Zug und beginnt eine Verteidigungsschlacht für Mappus, aber auch für seine Thekla, die er als Medienpolitikerin fälschlich in Gefahr wähnt. Beim Ministerpräsidenten a.D. müsse man nun auch einmal die Kirche im Dorf lassen. Es sei doch ganz normal, dass man den privaten Laptop – da wirft Professor Schlink schnippisch den Begriff *Klapprechner* ein: *Sie meinen Klapprechner, Herr Veltig!* –, also wie auch immer, das sei der private Laptop von Mappus gewesen und mit dem könne der Politiker nach Dienstschluss machen, was er wolle. Punktum. So werde ein Schuh draus. Trotz mancher Widersprüche, so Veltig, habe sich Mappus um Baden und Württemberg verdient gemacht. Das müsse man über alle Parteigrenzen hinweg hier in internationalen Gewässern auch einmal sagen und anerkennen dürfen. Da bittet Roswitha Sellbruch laut und vernehmlich ihren Mann, jetzt wenigstens nicht zusätzlich die Skandale Christian Wulff oder Anette Schavan aufzugreifen, das seien Themen für die Bar, aber bitte nicht jetzt beim Hauptgang. Zustimmung allerseits, und die Dornacher sind heilfroh, keinen weiteren Kelch in Sachen Tagespolitik gereicht zu bekommen.

Der Salzburger Mediävist lässt es sich zum Abschluss der politischen Auseinandersetzung am Tisch nicht nehmen, steht pathetisch und etwas ungeschickt auf, hebt sein Glas mit *Sauvignon Blanc* und bittet um einen Moment der Aufmerksamkeit. Da er nun einmal mit Abstand der Älteste hier am Tisch sei und er an dem trinational besetzten Tisch gerne zur grenzüberschreitenden Versöhnung ansetze wolle, könne er nicht umhin, auch jenen Kräften auf See zu danken, die außerhalb der *Odysseus II* zu nachtschlafender Zeit für die Sicherheit der Passagiere sorgten. Er denke da zunächst an den amerikanischen Flugzeugträger *USS Abraham Lincoln,* der in der Straße von Hormuz für internationale Sicherheit gesorgt habe und iranische Hasardeure erfolgreich in die Schranken verweise. Auch die *George Washington* werde in wenigen Tagen im Seegebiet erwartet. Als Österreicher danke er aber weiter auch gerne der Bundesmarine der Bundesrepublik Deutschland, die mit ihrer *Marine-Mission Atalanta* mit 1.400 Mann für Ruhe und Ordnung im Golf von Aden sorge. Das verdiene über alle Grenzen hinweg höchsten Respekt. Dafür zolle er den Beschützern Respekt, und er bitte die Gäste am Tisch, ebenfalls das Glas zu erheben. Und so geschieht es, ganz ohne Murren und in einer gewissen feierlichen Stimmung. Lisette aber, in voller Rührung, gibt ihrem Professor, nachdem er sich wieder platziert hat, einen eleganten und liebevollen Luftkuss mit ihrer rechten Hand. Das darf sie. Und das gefällt ihm – und das gefällt den Gästen.

XXXI
Arabisches Meer
17° 19′ N, 56° 84′ E

Die Lufttemperatur wird mit 27 °C ermittelt, das Seewasser hat 28 Grad, der Luftdruck beträgt 1015 Hektopascal, der Sonnenaufgang fand vor vier Stunden um 5 Uhr 39 statt. Um 10 Uhr ist nach dem Frühstück im sonnengeschützten *Albert-Schweitzer-Club* die einstündige musiktherapeutische Matinee mit Claudia Vintropp angesetzt. Erfahrungsgemäß kommen 25 bis 30 Gäste. Empfohlen wird zum Mitmachen weiche Trainingskleidung. Das ist alles ganz locker und zwanglos angelegt, außerdem versteht es Claudia prächtig, mit den älteren Passagieren umzugehen. Für heute haben sich zusätzlich drei Rollstuhlfahrer angemeldet, Frau Stiller und Herr Vandis von Deck Fünf und Herr Kühnle, Innenkabine, Deck Zwei. Man kennt sich, man ist ein kleiner feiner Club, der sich zum Altwerden lustvoll bekennt. Zum Entrée hat die erfahrene Musiktherapeutin und Geragogin das Lied *O mein Papa* aufgelegt. Die eine oder der andere Kursteilnehmerin sucht sich noch das

Plätzchen. Claudia lässt die Melodie aus dem Lautsprecher mitsummen. Die Stimme von Caterina Valente wird erst später zu hören sein, denn Claudia hat sich für ihre Übung eine sogenannte Backing Track-Aufzeichnung besorgt. Die bekannte Solistin aus den Zeiten des Wirtschaftswunders ist auf dieser music-minus-one-Einspielung also zunächst nicht zu hören. Claudia fragt, nachdem es sich die Gäste auf den Matten bequem gemacht haben und ein passabler Kreis gestaltet ist, wer sich an den Text des Schlagers erinnern kann. Da geht es beim Raten kunterbunt durcheinander, aber drei erinnern sich tatsächlich: *Mein Papa, o mein Papa!* und summen inbrünstig und ein bisschen schräg mit. Während die Melodie gespielt wird, fragt Claudia, ob sich jemand in der Gruppe an weitere Textstellen oder ein Motiv erinnert. Da kommt lange nichts. Aber Frau Schneider (Osnabrück) meint, es gäbe da was mit *Ball oder Bälle.* Das bestätigt Claudia hochzufrieden, und Herrn Walter aus Lübeck kommt in diesem Zusammenhang wie von ungefähr der *Zirkusclown* in den Sinn. *Richtig, super!,* gibt Claudia überglücklich und bestätigend zurück. Sehr zum stillen Missvergnügen der Gruppe stellt Claudia die Musikeinspielung erst einmal ab und verteilt kleine blaue Bälle in die Runde. Jetzt sollen alle versuchen, sich an die Melodie zu erinnern, und wer einen Melodiefetzen im Kopf parat hat, darf den Ball zu seinem Gegenüber rollen. Und tatsächlich geht es jetzt im *Albert-Schweitzer-Club* munter hin und her, bald richtig intoniert, bald ziemlich richtig angestimmt, in schräger, launiger und munterer Tonfolge, oft weitab vom Original. Es macht allen mächtig Spaß, sich in das Lied und die Erinnerung an die fünfziger Jahre einzufügen. Den Einwurf von Herrn Vandis aus seinem Rollstuhl *ich kann überhaupt nicht singen!* lässt Claudia nicht gelten: *Alle Menschen können singen, alle, auf geht's, Herr Vandis!* Nach dem Geben und Nehmen mit dem Ball, dem laienhaften Nachsingen der alten Schlagermelodie zeigt Claudia eine kleine Unterbrechung an. Sie verteilt den Text des Schlagers auf Handzetteln, die Kursteilnehmer sind begeistert:

Er ritt auf die Seil
Ganz hoch in die Luft.
Eh la hopp, eh la hopp, eh la hopp!
Das konnte er machen
Zwölf mal ohne Mieh!
Er lachte dazu
Und firchte sich nie!
Eh la hopp, eh la hopp, eh la hopp!
O mein Papa
War eine wunderbare Clown.
O mein Papa
War eine große Kinstler.
Hoch auf die Seil,
Wie war er herrlich anzuschaun!
O mein Papa,
War eine schöne Mann!

Claudia liest den Text zweimal laut vor, dann legt sie die Schlagerfassung mit Caterina Valente auf und alle, die möchten, sollen mitsingen. Die Stimmung ist richtig gut und fröhlich. Dann wird zu dem Schlager rhythmisch geklatscht. Aber Frau Wörner, ganz plötzlich, will nicht mehr mitmachen, sie ist ganz traurig geworden. Die Kursleiterin muss sich persönlich um sie kümmern. *Was ist denn, was gibt es denn?* Ja, das Lied mochte ihr Mann so sehr, er war Beleuchter im Stadttheater Konstanz. Dann ein Unfall im Dienst, 22 Uhr 30, vor vierzig Jahren, sie möchte darüber nicht sprechen. Aber traurig sei sie eben, immer wieder, wenn sie das Lied höre. *Trotzdem, ein sehr schönes Lied.*

Claudia hat jetzt einen pädagogisch wertvollen Einfall: Ob der Kurs ihr, ihr der Ilse Wörner, das Lied für sie allein vorsingen darf? Ilse überlegt. Ja, das dürfen sie, alle sollen es singen, für sie und ihren Mann. Claudia legt die Valente wieder auf, regelt den Ton etwas leiser, und alle singen mit Text in der Hand, gewiss inniger als zuvor, *O mein Papa,* für Ilse und ihren Mann. Ilse dankt allen mit Kopfnicken und wischt sich verschämt Tränen aus den Augen.

Zur selben Zeit gibt Lydia im Fitnessraum Einweisung an den Geräten, Dieter spielt mit Gästen am Pooldeck Darts, die Sauna ist heute Morgen für eine Handvoll Damen reserviert, Schiffsarzt Dr. Schirkow lädt um 11 Uhr seine medizinischen Kolleginnen und Kollegen an Bord zu einem gemütlichen Frühschoppen in die Bar. Es soll einen Gedankenaustausch zum Thema *Grippale Schutzimpfung – pro und contra* geben, Sylvia Tacas empfiehlt in der *Spielgrotte,* Deck Fünf, *Tipps und Tricks beim Räuberschach,* Chantal bietet *Gedächtnisjogging für Jung und Alt* in der Bibliothek, Anmeldung erwünscht.

Zur selben Zeit bittet Professor Schlink auf Kabine 412 Lisette von der benachbarten Kabine 448 über das Haustelefon, zu ihm herüber zu kommen. Das geht jetzt seit drei Tagen so. Schlink will sich vor der Landung in Salalah repetierend mit dem Propheten Hiob beschäftigen und lässt sich von Lisette aus den Büchern des Leidenden, Frommen und Weisen vorlesen. Das geht nicht immer glatt und fehlerlos, da Lisette auch mal stecken bleibt und sich verhaspelt. Aber dem Professor ist es lieber, wenn Lisette vorträgt. Außerdem kann er dann mit ihr über das Gelesene etwas sprechen und ihr erklären. Ja, dieser Hiob, Grenzgänger zwischen Koran und Altem Testament, das ist eine Figur so recht nach der Imagination des Mediävisten. Hartmann von Aue, der Dichter aus dem schwäbischen Obernau, hat diese Leidensfigur zum Vorbild für seinen *Armen Heinrich* erwählt, und Schlink kennt seinen Hartmann und den beschriebenen Dornen-Weg: *per aspera ad astra.* Hiob ist ihm Gleichnis und der Ariadnefaden durch den eigenen Lebensweg voller Schmähungen und Missverständnisse, und dann die Tochter Sigurd, die den Vater und Mediävisten nie verstanden hat. Das schmerzt und tut weh, auch hier auf dem Schiff, heute bei leicht rollender See. Der Blick in die Bücher Hiobs schafft da Genugtuung und Zuversicht, wenngleich der Vortrag Lisettes durchaus seine Mängel hat. Die Salzburger

Einfärbung der Stimme mag hübsch sein, auch ihre relative Jugendlichkeit, aber es passt nicht ganz für die Ohren Schlinks, der sich eine dunklere, gesetztere, vielleicht auch männliche Stimme für diesen Vortrag wünschte.

Die beiden sind beim Lesen und beiläufigen Interpretieren – Schlink ist da seiner Lisette gegenüber eher zurückhaltend – ziemlich weit gediehen. Hiob wird geprüft, er klagt bitterlich und Lisette schloss gestern das Vorlesen mit dem Finale im 8. Buch. Dort heißt es tröstend:

> *Siehe, Gott verwirft die Frommen nicht und hält die Hand der Boshaften nicht fest, bis er deinen Mund voll Lachens mache und deine Lippen voll Jauchzens. Die dich aber hassen, müssen sich in Schmach kleiden, und die Hütte der Gottlosen wird nicht bestehen.*

Es gibt viel zu lesen, zu lesen und zu besprechen, bis Hiobs gesegnetes Ende sich erfüllt. Nach der privaten Bibelstunde, nach dem Gespräch darüber, liegen sich die beiden immer für Sekunden wie Bruder und Schwester in den Armen. Sie umarmt dann in aller Regel ihren Dietmar für Sekunden und er beendet diese freundliche Nähe gerne mit dem Hinweis: *Lass gut sein, Lisette!*

Auf dem Sonnendeck liegen Rebecca Schindler und Bernd Stenzel. Sie reden nicht viel. Die Nacht war für beide kurz. Der Makler blättert im *Handelsblatt,* und er überfliegt die rückläufigen Kurse der Münchener Rückversicherung. Rebecca nimmt inzwischen keine Rücksicht mehr. Wir sind nicht mehr im Flugzeug, und durch die großen schwarzen Sonnenbrillengläser liest sie *Das sexuelle Leben der Catherine M.* Nein, Bernd darf darin nicht lesen. Erst nach der Reise will sie ihm das Buch als Dauerleihgabe, wie sie sagt, geben. Geduld, mein Freund, Geduld! Rebecca ist auf Seite 203:

Ich mag die Atmosphäre in verlassenen Büros, dort herrscht eine Ruhe, die nicht vom Ende einer Tätigkeit herrührt, sondern von ihrer Aussetzung.

In der Innenkabine memoriert Roswitha neuerlich ihren Sinai-Vortrag und den Sizilien-Part. Sie macht auf cool, ist es aber nicht. Piet hat es da einfacher. Er scrollt im Medien-Center *spiegel online* rauf und runter. Eurokrise, Merkel bleibt hart, *Leistung muss sich wieder lohnen,* sagt Rösler und Gauck bittet in Rom um europäische Geschlossenheit.

Bei Thekla und Guntram gibt es heute dicke Luft. Als Thekla gestern Abend um 22 Uhr schlafen geht, hat sich Guntram fortgeschlichen. *Ich muss Luft tanken,* sagte er überzeugend. Doch nach dem Rundgang über Deck Vier und Fünf, ausgiebigen Blicken aufs Meer und die Milchstraße, trieb es Guntram dann ins Casino. Binnen zweier Stunden hat der Glücksritter dann am Roulette 650 Euro verspielt. Unglücklicherweise bezahlte Guntram seine Jetons mit der Bordkarte von Thekla. Es musste also früher oder später herauskommen. Und so gesteht Guntram sein peinliches Missgeschick gleich nach dem Frühstück. Da explodiert Thekla, so hätten sie beide nicht gewettet. Das sei eine unglaubliche Sauerei, die er sich da mit ihrer Kreditkarte erlaubt habe. Unter dieser Bedingung könne sie sich eine gemeinsame Zukunft, gar eine eheähnliche Zukunft, nicht vorstellen. Der klägliche Hinweis von Guntram, er habe leichtsinnigerweise ständig auf *Rouge* und *Impair* gesetzt, entschärft die Situation in keiner Weise. Thekla fühlt sich hintergangen, und Guntram verspricht sofortigen Ausgleich über eine Umbuchung an der Rezeption. Doch genau das interessiert die Medienreferentin überhaupt nicht. Thekla fühlt sich menschlich hintergangen. Während sie schlafen geht, besucht er die Spielhölle an Bord und verspielt fremden Besitz! *Das ist ungeheuerlich,* brüllt sie, *das hätte ich von dir niemals gedacht. Ich erwarte von dir eine Entschuldigung, von mir aus auch schriftlich. Leg es auf den Schreibtisch. Spitzer nennt so was digitale Demenz, das ist nicht zum Aushalten. Ich gehe jetzt in die Sauna, komme bitte nicht nach! Für heute reicht es mir.*

11 Uhr 30. Anastasia schlendert ganz allein eine Runde über Deck und macht eine bedrohliche Entdeckung. Auf dem für die Passagiere unzugänglichen Vorschiff sieht sie drei Männer dicht beieinander stehen. Sie sind in zivil. Mit dem Fernglas wird der Horizont abgesucht. Nichts Ungewöhnliches wahrscheinlich. Bedenklicher ist freilich, dass alle drei Männer Waffen tragen, Pistolen und Gewehre. Anastasia ist verunsichert und sucht Werner, der sich in die Bibliothek zurückgezogen hat und dort in seinem abgegriffenen Exemplar der *Philosophie der Freiheit* liest. Nein, erklären kann er sich das auch nicht. *Wir fragen einfach an der Rezeption,* verspricht der Sprachgestalter.

Herr Flechsig verfasst nach Mumbai seinen dritten Beschwerdebrief an Herrn Schütz, den Sommelier. Der Grauburgunder, der gestern serviert worden sei, habe eine Temperatur von höchstens 2 bis 4 °C gehabt, dies hätten persönliche Messungen seinerseits ergeben. Das sei entschieden zu kalt und lasse sich mit den gastronomischen Ansprüchen der *Odysseus II* in keiner Weise in Deckung bringen. Im Wiederholungsfall werde er, Flechsig, sich unmittelbar mit der Reederei *Adventure & Culture* in Kiel in Verbindung setzen und dort um Abhilfe nachsuchen. Er bitte nachdrücklich um zeitnahe Regulierung der Beschwerde.

XXXII
München
48° 13′ N, 11° 57′ E

Der ADAC in München testete Kreuzfahrtschiffe mit guten Noten, aber auch erheblichen Mängeln. Unübersichtliche Orientierungspläne, blockierte Fluchtwege und offene Schotten sind wesentliche Kritikpunkte. Beim ADAC-Test zeigten sich etliche Sicherheitsmängel bei Kreuzfahrtschiffen. Ein halbes Jahr nach der

Havarie der *Costa Concordia* nimmt der ADAC zum ersten Mal zehn Ozeanriesen unter die Lupe. Dabei handelt es sich um Schiffe der größten Branchenvertreter, die mehr als 2.000 Passagiere an Bord haben können: die *MSC Orchestra, Fantasia* und *Splendida* der Reederei *MSC Crociere,* die *Adventure* und *Navigator of the Seas* der *Royal Carribbean International,* die *Aida Bella* und *Diva* von *Aida Cruises,* die *Costa Fascinosa* und *Serena* der Reederei *Costa Crociere* und die *Norwegian Epic* von *Norwegian Cruise Line.* Die *Odysseus II* von *A&C* wurde in der Testreihe nicht berücksichtigt.

Die Tester des ADAC waren zwischen dem 6. und 30. Mai auf jeweils einer Teilstrecke an Bord der Schiffe. Die Experten gaben sich zunächst als Touristen aus, nahmen an der obligatorischen Seenotrettungsübung teil und prüften anhand einer Checkliste den Zustand des Schiffes sowie alle für Passagiere zugänglichen Sicherheitseinrichtungen. Nach diesem ersten Inkognito-Test gaben sie sich beim Kapitän des Schiffs zu erkennen.
Die ADAC-Prüfer entdeckten teilweise gravierende Sicherheitsmängel wie offene Schotten bei der Hälfte der Schiffe. *Offene Schotten können schwerwiegende Folgen haben, wenn etwa ein Schiff leckschlägt, Wasser eintritt und sich schnell und unkontrolliert im Rumpf ausbreite,* kritisierten die ADAC Tester. Offene Schotten seien zwar praktisch, aber *brandgefährlich.* Allerdings besitzen die kritisierten Schiffe Ausnahmegenehmigungen, die wasserdichten Türen unterhalb der Wasserlinie auf See offen lassen zu dürfen. Denn sie fahren zum Beispiel unter der Flagge der Staaten Panama oder Bahamas, wo Behörden solche Ausnahmegenehmigungen erteilen können. *Das ist eine Riesenschweinerei und völlig legal,* sagte der Experte für Schiffssicherheit, Professor Stefan Krüger von der TU Hamburg-Harburg dem Automobilclub. Bei vier Schiffen beanstandeten die Tester die Rettungsübungen: Diese seien zu oberflächlich gewesen oder es seien nicht alle Passagiere zusammengerufen worden. Zudem seien Rettungswesten oder -inseln teils verschlossen oder festgebunden gewesen.

ADAC Infogramm

Stichprobe: Sicherheit auf Kreuzfahrtschiffen
Zehn Ozeanriesen auf dem Prüfstand

Schiff	Reederei	Flagge	Baujahr
AIDAbella	AIDA Cruises	Italien	2008
AIDAdiva	AIDA Cruises	Italien	2007
Costa Fascinosa	Costa Crociere	Italien	2012
Adventure of the Seas	Royal Caribbean Int.	Bahamas	2001
Norwegian Epic	Norwegian Cruise Line	Bahamas	2010
MSC Fantasia	MSC Crociere	Panama	2008
Navigator of the Seas	Royal Caribbean Int.	Bahamas	2002
MSC Orchestra	MSC Crociere	Panama	2007
MSC Splendia	MSC Crociere	Panama	2009
Costa Serena	Costa Crociere	Italien	2007

Noten:

++	sehr gut
+	gut
O	ausreichend
–	mangelhaft
– –	sehr mangelhaft

Max. Personenzahl	Sicherheitsinformationen	Konstruktion und Stabilität	Brandschutz	Rettungsmittel	Sicherheitsmanagement	**ADAC Urteil**
	30*	**10***	**20***	**20***	**10***	
3200	++	++	++	++	++	++
3200	++	++	++	++	O	++
4910	+	++	++	+	|	+
5020	++	O°	++	++	+	+
6942	+	O°	++	++	–	+
5733	++	O°	++	++	–	+
5020	+	| |	++	++	–	+
4250	++	O°	++	++	O	+
5055	+	O°	++	++	–	+
4880	+	k.W.	k.W.	++	k.W.	k.W.

* Gewichtung in Prozent

° Laut Schiffsleitung Ausnahmegenehmigung, dass bestimmte Schotten auf See offen sein dürfen.

k.W. keine Wertung möglich, da keine Kooperation mit der Schiffsleitung.

Es gab aber auch positive Beispiele wie auf der *Costa Fascinosa* und der *Costa Serena*. Hier erhielt jeder Passagier seine *emergency drill card,* die an der Sammelstation abgegeben werden musste. Fehlende Gäste bekamen eine schriftliche Einladung zur Nachschulung.

Zu den nicht tolerierbaren Nachlässigkeiten zählen die Tester auch unübersichtliche und schwer zu lesende Orientierungspläne sowie fehlende Hinweise auf die Rettungseinrichtungen. Bei den Schiffen *Navigator of the Seas* und *Costa Fascinosa* waren die Fluchtwege mit Stühlen und Liegen blockiert. Ein schlimmes Beispiel fanden die ADAC-Experten auch auf der *MSC Splendida,* wo der Notausgang des Kinderspielzimmers zugestellt war. Auf demselben Schiff gelang es Crew-Mitgliedern bei einer Übung erst nach vielen Versuchen, den Haken eines zu Wasser gelassenen Rettungsboots auszuklinken. Das schwere Teil schlitterte anschließend mehrmals unkontrolliert über das Deck und gefährdete die Köpfe mehrerer Crew-Mitglieder.

Als absolutes Negativbeispiel ragte jedoch der mit 4.800 Personen voll besetzte Luxusliner *Costa Serena* heraus, ein Schiff der Reederei *Costa Crociere,* zu der auch das Unglücksschiff *Costa Concordia* gehört. Denn der Kapitän der *Costa Serena* verweigerte die Zusammenarbeit mit den ADAC-Testern. Laut Reederei sei dies aber ein Missverständnis gewesen.

Als Testsieger dürfen sich nur die *AIDAbella* und *AIDAdiva* mit der Bestnote *sehr gut* bezeichnen. Die anderen acht Schiffe erhielten die Endnote *gut,* jedoch mit Nachbesserungspotential. *Bei all der modernen Technik muss Sicherheit auch gelebt werden,* heißt es in dem Resümee des ADAC.

Obwohl die *Odysseus II* vom ADAC wegen ihrer nur mittleren Größe (ca. 900 Passagiere) nicht in die Testreihe aufgenommen wurde, lässt Kapitän Lionel Vanderstraaten die Untersuchung unter den Passagieren bereits in Dubai schriftlich verteilen und fügt weitere Tipps und Verhaltensregeln hinzu:

- *Machen Sie sich mit den Plänen der Decks bereits vorab im Katalog oder Internet vertraut.*

- *Lesen Sie die Sicherheitsinfos für Passagiere beim Check-in und schauen Sie sich das Video in der Kabine an.*

- *Nehmen Sie unbedingt an der für alle Passagiere verpflichtenden Seenotrettungsübung teil und machen Sie engagiert mit, denn nur so wissen Sie, was Sie im Notfall tun müssen. Üben Sie das Anlegen der Rettungsweste und fragen Sie bei Unklarheiten nach.*

- *Stellen Sie fest, wo Ihre Sammelstation ist. Gehen Sie den Fluchtweg von Ihrer Kabine bis zur Sammelstation ab wie auf dem Fluchtplan angegeben. Informieren Sie sich, wo Rettungsboote, Rettungsinseln und Evakuierungsrutschen zu finden sind.*

- *Rauchen Sie nur in ausgewiesenen Zonen und achten Sie auf die Glut Ihrer Zigarette.*

- *Stellen Sie keine Gegenstände wie Rollstühle, Rollatoren oder Kinderwagen im Kabinengang ab, damit die Fluchtwege frei bleiben. Sprechen Sie die Crew an, wenn Sie Fragen haben. Verzichten Sie unbedingt auf die Mitnahme von Rettungsringen als Souvenirs, Rettungswesten, Nachtlichtern oder Pfeifen – sie retten im Notfall Leben.*

XXXIII
Vor der Küste von Salalah
16° 88′ N, 54° 16′ E

Guntram ist durch den abrupten Aufbruch Theklas in die Sauna geschockt. Ja, so kann sie sein: direkt, unbarmherzig und unversöhnlich. Die Freundin jetzt in der Sauna zu wissen, am hellen Sonnenmorgen, das tut ihm weh. Die anderen Saunagäste werden fragen, wo er, Guntram, bleibt. Was wird Thekla antworten? Wird sie ihre Verstimmung, ihren Missmut preisgeben, eine spitze Bemerkung über ihn oder die Männer ganz allgemein platzieren? Dieser weiße Fleck im Teppich der Möglichkeiten quält Guntram und er würde am liebsten Thekla mit dem *Odysseus*-Bademantel nacheilen, mit ihr schwitzen, als sei nichts gewesen, sie abrubbeln wie immer. Aber das geht alles nicht und würde das Dilemma nur vergrößern. So geht Guntram zur Minibar und holt sich eine Orangina, setzt sich an den Schreibtisch, ordnet die Schreibunterlage und beginnt mit feinem Strich zu schreiben:

Meine geliebte Thekla, du mein Sternchen, mein Goldfasan!

Du hast mir vorhin geraten zu schreiben. Und das will ich jetzt auch machen, mein Herz. Ja, es war ganz dumm von mir, mit deiner Chipkarte ins Casino zu gehen und dort zu spielen, während du, mein Sternchen, geschlafen hast. Sei ganz ehrlich versichert, dass das zunächst gar nicht meine Absicht war. Erst als ich die Jetons bezahlen musste, merkte ich, dass ich deine Plastik-Karte im Jackett hatte. Es tut mir unendlich leid, dich verletzt zu wissen. Das war alles kolossal dumm von mir und ich könnte mich wegen dieser Peinlichkeit wirklich ohrfeigen. Es kommt hinzu, dass du jetzt auch denken wirst, ich sei eine Spielernatur, die leichtfertig im Casino das Geld verschleudert, zumal fremdes, deines. Glaub mir, es kam einfach über mich, als ich da am Spieltisch mit zittrigen Händen meine Jetons setzte, die mir so viel Unglück brachten. Wie kann ich das alles wieder gut machen, zumal es wirklich dumm war, nur auf rouge und impair zu setzen? Ich habe vorhin selbstverständlich den Fehlbetrag auf deinem Bordkonto wieder ausgeglichen, so dass wenigstens der materielle Schaden vollständig behoben ist (ich habe sogar 50 Euro mehr überwiesen, nur ein kleines Trostpflaster, ich weiß).

Meine geliebte Thekla, viel mehr plagt mich jetzt die Frage, wie ich dein Vertrauen nach diesem peinlichen Missgeschick wieder zurückgewinnen kann. Ich habe dich gekränkt und verletzt und bitte dich nun mit allen Worten, die mir zur Verfügung stehen, um Entschuldigung. Du bist mein Ein und Alles, meine Zukunft und meine Gegenwart. Ich will dich nicht verlieren und werde alles tun, damit du mir wieder ganz vertrauen kannst. Wir haben uns in Stuttgart (und doch wohl auch in Tauberbischofsheim) eine so wunderbare Zeit des Zusammenseins aufgebaut, die ich nicht missen möchte. Und wenn es einmal schwierig wird oder ich eben auch Unsinn gemacht habe, wie heute Nacht, da denke ich dann immer wieder gerne und mit Hoffnung an unseren ersten Augen-Blick am Hochaltar zu Creglingen. Es gibt keine Zufälle, und das war kein Zufall, dass sich gerade dort unsere Blicke zum ersten Mal so richtig intensiv kreuzten! Das alles darf und soll nicht umsonst gewesen sein, ich bitte dich ganz herzlich darum. Riemenschneider soll mein Zeuge sein, dass ich es ernst mit dir, dass ich es ernst mit uns meine. Vielleicht findet du den Hinweis auf den großen Schnitzer und Künstler fehl am Platz oder sogar kitschig. Das Bild soll dir aber auf alle Fälle sagen, dass ich dich ganz arg, ja ganz schrecklich liebe und ich (ja doch!) ohne dich nicht leben kann.

Neben deinem Äußeren, das ich so an dir liebe, spricht mich vor allem aber auch dein Seelengerüst (kann man das so sagen?) an, dein Weitblick in zwischenmenschlichen aber auch beruflichen Dingen. Ich kenne keine Medienpädagogin, die einen so analytischen Blick in Verbindung mit empathischer Zuwendung auf die Mitmenschen hat wie du. Das alles will und kann ich nicht verlieren, meine wunderbare Thekla, mein geliebter Komet!

Schenke mir also, du mein Morgen- und Abendstern, die Chance, alles wieder gut zu machen. Dein flammender Zorn war berechtigt, aber gib mir bitte die Möglichkeit, dir zu zeigen, dass ich Fehler ausgleichen kann.

Dich in der Sauna wissend, umfasse ich jetzt in Gedanken ganz sacht – und doch mit liebender Entschiedenheit – deinen Kopf und küsse dich ganz zart und vorsichtig (so wie du es magst) auf deine heiße Stirne und küsse dann deinen lieben Mund, der jetzt nicht nur himbeerfarben gerötet ist, sondern zugleich von wunderbarer Wärme durchflutet. Thekla, ich liebe dich, Thekla vergib mir, das soll nie mehr vorkommen! Wenn du mich lässt, wird meine schützende Hand immer über dir, mein Engel, sein.

Mit heißen Küssen dein kleiner Bengel
Gunny

Diese Epistel der Treue und Reue verschließt Guntram sorgfältig und legt sie gut sichtbar auf den Schreibtisch. Nach dem schriftlichen Liebesbekenntnis zu Thekla fühlt er sich jetzt wesentlich besser und hofft, dass ihm die Sterne günstig stehen mögen. Dann, in einem kleinen Anfall der Buße und Wiedergutmachung, nimmt er sich die Kabine (durch zwei Filipinas leidlich aufgeräumt) erneut vor und arrangiert jedes Utensil und Detail gründlich und akkurat. Theklas Schuhe zum Beispiel und die seinigen werden fein säuberlich zum Spalier geordnet, zwei T-Shirts von Thekla finden den Weg in Schub und Schrank und auch die nützlichen Kleiderbügel verraten mit ihren weiblichen und männlichen Sektoren jetzt eine hohe Systematik, die sich Guntram zugute halten kann. Auch im Bad, das gewöhnlich nur oberflächlich arrangiert ist, hat Guntram alles getan, um Thekla sein anstelliges Tun zu zeigen. Das ursprüngliche Chaos von Seifen, Flacons, Tinkturen, Pre- und Aftershaves hat sich in ein auffällig gegendertes System von Fläschen, Döschen und Schatullen gewandelt. Guntram hat dabei in die ursprüngliche Aleatorik der kosmetischen Standorte beherzt eingegriffen und eine Systematisierung geschaffen, von der er hofft, dass sie auch Theklas Zustimmung findet. Eine gute halbe Stunde hat dieser durchaus riskante Versuch einer neuen Kabinen-Ordnung in Anspruch genommen. Und dann stürzt, früher als erwartet, Thekla, geschürzt in dem weißen *Odysseus*-Bademantel, in die Kabine, sieht sich überrascht in der neuen Aufgeräumtheit um und zieht sich Guntram an ihre Lippen. *Dummerchen,* sagt sie mitleidig, *du kannst ja, wenn du willst!,* und küsst kurz und beherzt die Tauberbischofsheimer Eroberung. Da sieht Guntram seine Stunde gekommen und bekennt, dass er ihr, wie gewünscht einen Brief geschrieben hat. *Soll ich das jetzt lesen, oder lieber nach dem Lunch? Was ist dir lieber? Und wo ist meine Haarbürste übrigens?* Da fasst Guntram ihr ganz sanft ins Haar *lieber jetzt, jetzt sofort, es ist mir wichtig.* Und Thekla, weiterhin ohne Bürste, liest und liest und wenn nichts täuscht, mit zunehmenden Vergnügen, Glucksen und Lachen. *Guntram, mein hohenlohischer Bär, mein Casino- und Glücksritter!* Da wird es dann nichts mit dem Lunch auf dem Oberdeck, und die schön geordnete Tagesdecke, die Guntram – ordentlich wie Großmutter – aufgeschlagen hat, ist dann bald zerknüllt, und zerklüftet, Canyon an Canyon, ganz ohne System. High Noon auf *Odysseus II.*

XXXIV
Port Salalah
17° 03′ N, 54° 09′ E

Salalahs Silhouette verschwindet im aufgewirbelten Sand der Bus-Kolonne, rechts und links säumen etliche Kilometer lang groß gewachsene Palmen die Straße. Die Ausflugsbusse passieren nach einer halben Stunde mehrere militärische Checkpoints bei der Wüstenfahrt nach Westen. Das alles ist zwar befremdlich, aber den Deutschen nicht fremd, die ihren Berliner *Check-*

point Charlie in Erinnerung haben, Zeiten, als der Unterbau der Autos an der Grenze mit großen Spiegeln nach Republikflüchtlingen abgesucht wurde. Das ist hier nicht unähnlich. Fotografieren verboten, aber es geht hier eher um Schmuggler, so wird berichtet, auch um das Abfangen von fundamentalistischen Störenfrieden aus dem Jemen. Genaues ist nicht bekannt, und auch der örtliche Reiseführer hält sich bei Rückfragen lieber bedeckt. Dann nach 40 oder 50 Kilometern Aussteigen am Strand von Mughsayl. Die Grenze zum geheimnisvollen Jemen ist zum Greifen nah und den Touristen verschlossen. Unweit ist ein kleines Fischerdorf, das vom Fang der Sardinen lebt. Heute am Sonntag ist die Lagune Khor Mughsayl so gut wie ausgestorben, abgesehen von der Invasion der *Odysseus*-Busse. Das türkisfarbene Wasser triumphiert über eine Handvoll Flamingos, die hackend am Strand Probebohrungen mit den Schnäbeln vornehmen. Landeinwärts türmt sich das mächtige Plateau des Jebel al Qamar. Hier an der Küste aber faszinieren die rhythmisch emporschießenden Wasserfontänen, die Blowholes, die aus einem submarinen Labyrinth von jahrtausendenalten Höhlen, Kanälen, Schluchten und Katarakten ihre kühlende Ladung auf den Kalkstein schleudern.

Anastasia wagt sich in die unmittelbare Nähe eines brodelnden Wasserschlunds, der seine liquide Eruption zuvor mit einem röhrenden luftigen Getöse angekündigt hat. Anastasia, von Werner und Dr. Köster eindringlich gewarnt, bleibt standhaft und der leichte Sommerrock wird zunächst durch die Naturgewalt in kessem Spiel in die Vertikale geschleudert, bevor sich die weiß-salzige und schäumende Ladung der Fontäne über die nach Hilfe kreischende Eurythmistin mit Wucht ergießt. Werner ist besorgt, entsetzt, aber auch zugleich entzückt – und zieht die Bald-Verlobte aus dem schäumenden Umkreis des Wassers. Handtücher oder wenigstens Servietten gibt es nur im Bus. Umstehende können sich ein Lachen nicht verkneifen, auch der omanische Führer nicht, der ohnehin zuvor gewarnt hat *it's dangerous!* Den sarkastischen Hinweis Werners *gefährlich ist's den Leu zu wecken, verderblich ist des Tigers Zahn,* findet Anastasia in diesem Augenblick überhaupt nicht passend, eher ärgerlich. *Du und deine blöde »Glocke«, Herr Sprachgestalter!* Am Strand gibt es keine Dusche und so muss die Gepökelte ihren Wagemut mit dem kaum unterdrückten Spott und der Häme der touristischen Expedition bezahlen. Werner hat wenigstens ein Fläschchen Aconit-Öl dabei. Damit entsalzt er das Gesicht der Gepeinigten und tröstet sie, während neben dem Sitz am Mittelgang des Busses ein Rinnsal langsam den Gesetzen der Gravitation folgt.

Professor Schlink hat mit Lisette auf die Fahrt zum Meer gerne verzichtet, um endlich die Grabstätte des Propheten Hiob, erklärtes Ziel der Reise, zu besuchen. Das Grab liegt unweit von Salalah auf einer bergigen Anhöhe, umsäumt von anmutig blühenden Bougainvillea-Büschen und einer kleinen Moschee, die Zeugnis von dem heiligen Ort ablegt. Vor dem Eingang sind vier Dromedare festgebunden, die sich gerne und in aller Ruhe von den Touristen fotografieren lassen. Die Luft hier oben ist trocken und der Professor wird vom Tross der Touristen auf dem Weg zum Grab des Propheten überholt. Lisette gibt ihm mit der Hand Sicherheit und Halt. In zwei Bäumen etwas abseits des Fußwegs haben dutzende von Webervögeln ihre kunstvoll wippenden Hängenester gebaut und fliegen kopfüber-kopfunter in die Eingangsröhre zu ihrer Brut. Schlink übersieht in der Mittagsglut dieses Schauspiel und ist froh um jeden Schritt, der ihn näher zum Grab des Propheten bringt.

Der heilige Raum, von einem Wärter verbissen bewacht, ist von erstaunlicher Schlichtheit, ein grün-weiß gesticktes Tuch bedeckt die Grabstätte in der Tiefe. Eifrige Vermesser wollen festgestellt haben, dass der Körper des Propheten, genau genommen, vier Meter lang gewesen sein muss. Der Professor setzt sich auf einen Stuhl mit Blick auf die Grabstätte. Als unruhiger Wandervorhang ziehen die Schatten der Touristen um das Grab, verweilen hier und da für Augenblicke, werfen eine Dollarnote in einen Korb und verlassen wieder die letzte Ruhestatt. Lisette aber schlägt, wie mit Dietmar verabredet, das Buch der Bücher auf, Hiob 29, und liest leise sprechend: *O dass ich wäre wie in den früheren Monden, in den Tagen, da Gott mich behütete, da seine Leuchte über meinem Haupt schien und ich bei seinem Licht durch die Finsternis ging. Wie war ich in der Blüte meines Lebens als Gottes Freundschaft über meiner Hütte war, als der Allmächtige noch mit mir war und meine Kinder um mich her, als ich meine Tritte wusch in Milch und die Felsen Ölbäche ergossen.* Doch die Lesung an heiliger Stätte wird jäh durch den Wärter unterbrochen, der aus Unkenntnis einen ungebührlichen Vortrag fürchtet und das Verlassen der Stätte mit zudringlichen Handzeichen einfordert.

Vertrieben, sogar von Hiobs Grab! Im Freien suchen Lisette und Dietmar die abgelegten Schuhe unter den vielen und werden erst nach Minuten fündig. Dann ein Blick in einen tiefen Schacht. Ayoub, der Prophet, hat hier seine Fußspur hinterlassen, untrüglich und mythisch-groß. Dietmar will und kann jetzt nicht reden. Ungeachtet aller Umstände, auch der widrigen, hat er sein Ziel erreicht, das Grab des geprüften Propheten, des Verfolgten und Geschmähten. Doch was ihn hier, ihn, Professor Dietmar Schlink, bewegt, das kann er nicht in Worte fassen, auch nicht Lisette gegenüber, die das kleine Hiob-Zitat diesmal fast untadelig und fein gelesen hat. Lisette kann es nicht entgehen, dass sich die Augen des Emeritus benetzen und mit vorsichtiger und geübter Hand führt sie ein Erfrischungstuch über Stirn und Augen des Professors. Ja, sie kennt ihn, sie versteht ihn und weiß, was ihm nottut. Als Letzte tippeln die beiden über den staubigen Sandweg zum Bus. Die aufwühlende AC-Kühlung reizt Schlink zum Husten. Lisette bittet um Abstufung der Kühlung, und so geschieht es. Während die Hiob-Touristen munter über das Gesehene diskutieren, darüber rechten, ob hier Geschichte oder Fiktives sich an der Weihestatt eingenistet habe, schweigen Lisette und Dietmar. Sie wissen, was sie wissen und brauchen keine Rechtfertigung. Professor Schlink macht nach dem Serpentinen-Abstieg des Mercedes nur eine Bemerkung: *Es ist wie mit Hartmann in Obernau, entweder du spürst die Aura oder alles ist vergebens.* Lisette nickt zustimmend, obwohl sie im Oberen Neckartal, an der Porta Suebica, noch nicht war, *ja, da mögen Sie recht haben, Herr Professor!*

Die dritte Reisegruppe macht sich nach Verlassen der *Odysseus II* auf den Weg in einen nahe gelegenen Wüstenabschnitt in der Provinz Dhofar und inspiziert Weihrauchbäume. Rebecca Schindler und Bernd Stenzel sind dabei, aber auch der Schiffsarzt Dr. Schirkow lässt sich die Inspektion der seltsamen biologischen Wucherung nicht entgehen. Mit dem knorrigen Weihrauchbaum und seinem edlen Harz beglückte die Königin von Saba im 10. Jahrhundert vor unserer Zeitrechnung den weisen und gütigen König Salomon in Jerusalem und beschenkte ihn königlich mit den Reichtümern der südlichen Halbinsel. Im Buch der Könige heißt es: *Und sie schenkte dem König hundertzwanzig Talente Gold und eine überaus große Menge Spezereien und Edelsteine. Es kam niemals mehr so viel Spezerei ins Land wie die Königin von Saba dem König Salomo gab.*

Gold, Weihrauch und Myrrhe, die kostbaren Schätze, die viel später auch die Heiligen Drei Könige in den Stall nach Betlehem bringen werden, sind jene Produkte, die auf der Weihrauchstraße des südlichen Oman über die Wüstenenklaven Schabwa, Maryab, Najrān, Tabāla, Petra nach Rom, Athen oder östlich nach Babylon in langen Märschen auf Kamelen transportiert wurden. Ganze zweieinhalb Monate dauerte der beschwerliche Warentransport von Schabwa nach Gaza. Dabei gab es Zollstationen, die ihren Tribut forderten, weitere Schutzgebühren und Bestechungsgelder, die auf der langen Reise von Süd nach Nord zu begleichen waren. In Rom, um das Jahr 75 nach Christus, hat ein Kilogramm Weihrauch 12 Denare gekostet, was dem vollen Monatslohn eines Arbeiters entsprach. Die heilende Myrrhe war freilich kostbarer und auch wertvoller eingeschätzt. Kundige behandelten mit ihr offene Wunden und Entzündungen aller Art im Mund.

Ein Weihrauchbaum (Boswellia sacra) spendet Jahr für Jahr zwischen 5 und 10 Kilo Harz. Allerdings spricht der örtliche Führer aus Salalah in den Dünen und im Überschwang seiner Begeisterung von 90 Kilo jährlich. Einer näheren Überprüfung dürfte das nicht standhalten. Ja, vieles ist märchenhaft im Regierungsbezirk des erloschenen Königreichs der Königin von Saba. Der örtliche Weihrauchfachmann, Alawi Abdullah, drei Jahre besuchte er das Goethe-Institut in Khartum, hat zum Erstaunen der Gäste auch einen scharfen Krummdolch mitgebracht, den er in den Stamm des gelobten Baums mit geübtem Kunstgriff einrammt, dabei die Rinde bewusst verletzend. Minuten später beginnt eine weißlich-klebrige Milch zu tröpfeln. Jeder darf eine Probe aus dem Ausfluss der stigmatisierten Rinde nehmen und den köstlichen Geruch einatmen. Das ist etwas ganz Sonderbares, etwas Geheimnisvolles. Kein Wunder, wenn Tempelanlagen im alten Ägypten und die abendländischen Gotteshäuser sich diesem Duft und seiner damit verbundenen Reinigungskultur verschrieben hatten. Das Anbaugebiet des Weihrauchbaumes, so berichtet Guide Alawi ausführlich, liegt in den Regionen Mahra, Dhofar und Hadramaut. Geerntet wird vor dem Monsunregen in den Monaten März und April. Anschließend wird das Harz viele Wochen getrocknet und nach qualitativen Gesichtspunkten sortiert. Je heller das Harz schimmert, umso besser seien Geruch, Wirkung und Heilkraft der ätherischen Substanz. In der Provinz Dhofar, so der Fremdenführer, werden im Jahr bis zu 7.000 Tonnen Weihrauch produziert. Rebecca, wieder mit viel zu hohen Absätzen in Sand und Savanne staksend, fragt, wie es um die Fälschung des Rohmaterials Weihrauch bestellt sei, sie habe von solchen Machenschaften in Deutschland gehört, von betrügerischen Beduinen, die als Fälscher und Weihrauchpanscher tätig seien. Da lacht der dunkle Omaner im weißen Thawb. Nein, eine Weihrauch-Mafia, die gibt es nicht. Das würde sich nicht lohnen und keinen Sinn machen, außerdem erlaubt das natürlich die Sharia nicht und Allah ist ebenfalls strikt dagegen.

Und dann erzählt Alawi Abdullah von dem legendären Parfum *Amouage,* das 1988 von dem Star-Parfumeur Guy Robert im Auftrag des omanischen Königshauses kreiert wurde, genauer: Zunächst nahm dies Hohheit Sayyid Hamad bin Hamoud al bu Said in die Hand. Es galt der alten orientalischen Parfumkultur eine Renaissance zu verschaffen. Die Komposition verschwisterte Labdanum (Zistrose), Maiglöckchen und Silberweihrauch, die sich im floralen Herzen mit Myrrhe, Iris und Jasmin vermischen. Ambra, Zibet, Moschus, Sandelholz, Zedernholz, Patchouli sowie Eichenmoos bilden die warme, verführerische Basis dieser ätherischen Verlockung. Der Name *Amouage* wurde, so beschwört Alawi seine Zuhörer, nach sorgfältiger Prüfung gewählt. Obwohl französisch anmutend, handelt es sich um einen handwerklich gegründeten Namen, einen Neologismus also, ergänzt der in Khartum auch linguistisch Geschulte, der sich zum einen aus dem arabischen Ausdruck *amwaj,* was soviel wie Welle bedeutet, und zum anderen aus dem französischen Wort für Liebe, *amour,* zusammenfügt. Der Name Amouage erzählt also, nehmt alles im allem, von Wellen der Liebe, Liebeswogen. Der einzigartige Name spiegelt den Geist der Düfte wider, seine Anmut, seinen Glanz und sein Gefühl – ein ganz besonderes Geschenk für all diejenigen, die man liebt! Und als sei dies nicht genug der Hinweise auf die Verführung des betörenden Parfums, zückt Alawi zu guter Letzt ein kleines Flacon mit eben jener Verheißung Amouage. Kurz vor Buseinstieg, auf der Treppe tänzelnd, fast ungezügelt, erbittet sich Rebecca eine kleine Probe für ihr Ohrläppchen. Im Bus bekommt sie, was sie sich wünscht, ganz selbstlos, mit genetzter Fingerkuppe. Von der labilen und zugleich flüchtigen Aura, die jetzt verfließt, sich verschwendet und wie ein zarter Aufguss in der Sauna die Sinne der Umstehenden umschmeichelt und umströmt, sind Rebecca und Bernd entzückt. Ja, dieser Duft ist märchenhaft, ist unbeschreiblich eine arabische Promesse, die stille Verheißung für den Zugang zum Serail und seine geheimen Gemächer. Doch Alawi kann es nicht lassen und beteuert, dass für sein Flacon, in dieser fürstlichen Abmischung, auch unter Freunden, locker 400 US-Dollar zu berappen wären. Aber nein, *alles geschenkt,* die Probe, für Rebecca! Hinten im Bus, vorletzte Reihe, faselt Deutschlehrer Kienzle aus Lörrach etwas von Patrick Süskind und seinem Roman *Das Parfum.* Deutschlehrer müssen immer das letzte Wort haben! – *Das Parfum,* das passt einfach nicht nach Oman, auch wenn es vor Jahren Sternchenthema im Abitur am Oberrhein war.

XXXV
München
48° 13′ N, 11° 57′ E

Der Zentralrat der Juden in Deutschland hat die vom Freistaat Bayern geplante kommentierte Fassung von Adolf Hitlers Hetzschrift »Mein Kampf« begrüßt. Weil die Veröffentlichung ab dem Jahr 2015 sowieso frei ist, sei ihm eine solche Version lieber, als wenn Geschäftemacher mit »Mein Kampf« Geld machen wollen, sagte der Vorsitzende des Zentralrats der Juden, Dieter Graumann. »Ich glaube, das ist ein guter Beitrag, um Verantwortung zu zeigen und ich glaube, der Freistaat Bayern verdient hier unsere Unterstützung«, betonte der Vorsitzende.

XXXVI
Sakhir
26° 06′ N, 50° 52′ E

Sebastian Vettel hat sich im Titelrennen eindrucksvoll zurückgemeldet. Der Red-Bull-Pilot feierte beim Großen Preis von Bahrain dank einer weltmeisterlichen Leistung seinen ersten Saisonsieg. Den zweiten Platz bei diesem heftig umstrittenen, politisch äußerst fragwürdigen Formel-1-Rennen in der Steinwüste von

Sakhir belegte Kimi Räikkönen. Dessen Teamkollege Romain Grosjean kam auf Rang drei, womit Lotus zu den großen Überraschungen am Sonntag gehörte. Unmittelbar vor dem Rennen hatte König Hamad bin Issa al-Chalifa Reformen und Gespräche mit der Opposition in Aussicht gestellt. »Ich möchte mich persönlich klar zu Reformen und Aussöhnung in unserem großartigen Land bekennen«, hieß es in einer Verlautbarung des Monarchen. Die Tür für einen ernsthaften Dialog mit dem gesamten Volk stehe immer offen.

XXXVII
Sydney
33° 87' S, 151° 20′ E

Hundert Jahre nach dem Untergang der »Titanic« will ein australischer Milliardär das legendäre Schiff originalgetreu nachbauen lassen. Bereits im Jahr 2016 soll die »Titanic II« ihre Jungfernfahrt von Großbritannien nach New York absolvieren, teilte Clive Palmer mit. »Es wird in jedem Detail so luxuriös wie die Original-Titanic, aber es wird natürlich die neusten Technik-, Navigations- und Sicherheitssysteme haben.«

XXXVIII
Port Salalah
17° 03′ N, 54° 09′ E

Bei Sonnenuntergang trudeln die Ausflugsbusse im Hafengelände von Port Salalah ein. Abgekämpft, gereizt, auf alle Fälle rücksichtslos transpirierend, bemühen sich die Kreuzfahrer, möglichst rasch das Fallreep zu erklimmen, dann freundliche Kontrolle der Passagiere, Daten- und elektronischer Lichtbildcheck durch drei Stewards. Zur Begrüßung gibt es an der Rezeption kleine Erfrischungsdrinks, die den Wüstenstaub, Tränen im Schatten Hiobs und die klebrigen Weihrauch-Hände fürs Erste wieder vergessen lassen. *Uff,* endlich wieder an Bord und es kann wieder nach Herzenslust geduscht werden! Um 19 Uhr ist im *Restaurant Bocuse* und oben auf den Sonnendecks die *Indische Soiree* angesetzt. Semira und ihre Kolleginnen und Kollegen werden sich dafür mit Mitteln der Bord-Kostümkammer indisch ausstaffieren und vor allem Saris in blauer und türkiser Tönung tragen. Selbstverständlich wird auch eine Gold- oder Silberborte nicht fehlen, und das männliche Bedienungspersonal hat heute Abend weißes Jackett zu tragen. Die Köpfe schmücken die Herren jeweils mit einem imposanten roten oder grünen Turban. Es wird turbulent werden, wie bei einem gepflegten Kostümball.

Seit vielen Stunden, genauer seit etwa 15 Uhr, geht es in der Bordküche drunter und drüber, denn der Erste Offizier, Herr Wiedmann, feiert heute bei Ausfahrt der *Odysseus II* aus Salalah seinen 50. Geburtstag. Da will Kapitän Vanderstraaten sich nicht lumpen lassen und er ordert in der Küche eine, wie er sagt, *Batterie von Eisbomben* aus Anlass des maritimen Geburtstags. Eine Panne dürfe es nicht geben, sagt der Käpten, es gehe schließlich auch um die Passagiere, die von dem Geburtstag auch etwas haben sollen. Die Reederei im fernen Kiel lässt indirekt auch was springen.

Eher Routine ist das Arrangement der großen Käsetheke, die in der Kombüse choreografiert wird. Julia und Timm, sie stehen im zweiten Jahr in der Ausbildung zur Köchin und zum Koch, müssen sich um die Ausgestaltung der großen, etwa 3 Meter langen Theke, kümmern, die Kühlaggregate sind auf Touren. Da gibt es zum Beispiel reichlich Chabichou du Poitou, einen feinen Ziegenkäse aus Westfrankreich, der nur aus Ziegenmilch hergestellt wird und eine charakteristische konische Form hat. Aus der Champagne wurde via Muscat reichlich Chaource eingeflogen. Die Rinde ist mit einem leichten Schimmelrasen bedeckt, doch der Kern bröckelt gerne. Auf der *Odysseus II* reicht man diesen Käse in den klassischen Abmessungen von rund 12 Zentimetern

Durchmesser und einer lichten Höhen von 7 Zentimetern. Drei dieser wunderbaren Weichkäse mit Schimmel sind auf der Käsetheke arrangiert, und Julia platziert mit geschickten Händen auch rote und weiße Traubendolden, Granatäpfel, Feigen und Kiwis. Neben einem halbfesten Chevrotin aus Savoyen mit seiner charakteristischen braun-rötlichen Rinde darf auch ein aromatischer Comté mit fruchtigen Geschmackseinschlag nicht fehlen. Ein ordentlicher Anschnitt von vielleicht 15 Kilo macht sich auf der Theke breit. Auffällig ist auch der Fourme d'Ambert, der zum Beispiel an der Loire und im Département Puy-de-Dôme beheimatet ist. Es ist ein zylindrisch modellierter Käse, der durch seinen Innenschimmel bestimmt ist. Beim Reifungsprozess werden in den Laib kleine Luftkanäle gestochen, die dann den implementierten Edelpilz wachsen lassen. In unmittelbare Nähe haben die Azubis den blauschimmligen Gorgonzola aus der Lombardei gelegt und vis-à-vis bittet ein ansehnliches Stück Roquefort, gereift in den Höhlen der Midi-Pyrénées, um Aufmerksamkeit.

Auf der Hotelfachschule in Heidelberg haben Julia und Timm vor einem halben Jahr erfahren, dass Karl IV. im April 1411 den Einwohnern von Roquefort den besonderen gesetzlichen Schutz dieser Käseherstellung zusicherte und der Karolinger Charlemagne den Roquefort zu seinem Lieblingskäse deklarierte. Weiter muss Platz gefunden werden für die Verheißung eines Pont-l'Evêque und den pyramidenförmigen Pouligny Saint Pierre. Der eher bescheiden wirkende Edamer sitzt neben einem respektablen Gruyère-Anschnitt und einem Bleu d'Auvergne sowie drei großen Segmenten Camemberts de Normandie. Nur der Vollständigkeit halber sei erwähnt, dass die Gäste sich zu gegebener Zeit aus einem weiteren Angebot von Epoisses de Bourgogne, Gouda, Cœur de Selles, Coulommiers, Passendale oder einem Montasio bedienen können. Rocamadour, Tilsiter, Limburger, Backsteinkäse, Emmentaler, Tiroler Graukäse, Appenzeller, Allgäuer Bergkäse aus dem Bodenseegebiet, das nur am Rande, sind nach genauerer Inspektion der Theke nicht zu übersehen.

Die Käsetheke bedarf zwar der gewissenhaften Pflege und eines sorgsamen und erfahrenen Blicks beim Einkauf, keine Frage. Am heutigen Abend steht aber ein ganz anderes fachliches Problem im Fokus von Küche und Konditorei. Auch die für den heutigen Abend angesetzten indischen Köstlichkeiten wie die Teigtaschen Samosa, das vegetarische Gericht Alu Ghobi, das marinierte Joghurt-Hühnchen Tandoori, das Reisgericht Biryani und auch die köstlichen Fleischbällchen Shahi Alu Kofta oder die Karahi-Pfanne – das alles macht der Küchenchefin keinerlei Sorgen, außerdem stehen, wenn es mit der Zubereitung je kritisch werden sollte, die indischen Küchenhilfen Jaya und Darga (beide haben in Mumbai angeheuert) und der einhändige Abhinava aus Sri Lanka mit Rat und Tat zur Verfügung. Besonders beim mutigen Abschmecken der Marinaden und Saucen sind sie ein unschätzbarer Gewinn in der Küche.

Nein, wo extremes Können und Geschicklichkeit gefragt sind, das ist immer wieder bei der Herstellung einer Eisbombe, die heute nach dem Willen das Käptens in einem *eiskalten Höhepunkt* kulminieren soll. Auf dem Schiff gibt es 19 großkalibrige Eisbombenformen, das sind runde kuppelförmige Edelstahlgehäuse, in die sich in aller Regel die Eisbombenmasse von sieben bis acht Litern einfüllen lässt. In einem ersten Schritt werden die Formen zunächst auf minus 15 °C vorgekühlt und dann mit einer zwei bis drei Zentimeter dicken Speiseeisschicht ausgekleidet und neuerlich tiefgekühlt. Zur gleichen Zeit, während die Formen sich anschicken, ihre Fracht drastisch abzukühlen, geht es in der Küche hoch her: Für die Herstellung einer Karamelleisverschwisterung mit Krokant und Calvados wird in einer trockenen Pfanne brauner Zucker mit etwas Butter erhitzt und karamellisiert und es werden fein gehackte Mandelsplitter, Haselnusssplitter oder auch feine Walnusssplitter hinzugegeben. Die verführerisch glitzernde Masse wird anschließend wieder abgekühlt, in einem Mörser zerstoßen und später einem Eis auf Grundlage von Vanillegeschmack oder Sahne hinzugefügt. Grundsätzlich basiert das Eis auf der

Odysseus II zunächst auf einer Mischung von Vollmilch (*ja keine H-Milch zum Einsatz bringen!,* diktiert Veronique), Sahne, Zucker und Eigelb in nicht zu sparsamer Menge. Bei einem Eisvolumen für 20 Personen empfiehlt die Chefin rund 2 Liter Milch, einen halben Liter Sahne, zwei gemahlene Vanilleschoten und je 250 Gramm weißen und braunen Zucker. Die Milch wird zunächst kurz aufgekocht, die Vanille hinzugefügt, später auch hälftig der Zucker. Das Eigelb von 15 Eiern rühren Veronique und ihre Helfer zu einer dicken Masse, die andere Hälfte des Zuckers kommt hinzu. Auf sehr kleiner Flamme wird die Masse wenige Augenblicke erhitzt, dann wieder vom Herd genommen und vollkommen abgekühlt, um dann sehr viel später unter sorgfältigen Schichtungsprinzipien in die Eisbombenform gefüllt zu werden, die dann ein weiteres Mal tiefgekühlt werden muss.

Die oben beschriebene Eismasse, und so macht es auch Veronique auf der *Odysseus II,* dient in vielerlei Hinsicht als Basiscreme für ganz verschiedene Eis-Kreationen, der Vorgang für das Karamell-Eis ist im Wesentlichen geschildert. Doch die Basismasse kann zum Beispiel auch zur Herstellung eines Mokka-Eises *(glace au café)* oder auch für ein feines Orangen-Mandarinen-Eis *(glace à l'orange)* dienen. Im einen Fall geben wir an Stelle der Vanilleschote fein gemahlenen naturmilden Arabica-Kaffee aus dem mexikanischen oder peruanischen Hochland hinzu, hergestellt in einem traditionellen Langzeit-Röstverfahren. Beim andern Entstehungsprozess, dem Zitruseis, vergewissert sich Veronique über die einwandfreie Herkunft der Früchte aus ökologischem Anbau und gibt, nach Geschmack und Neigung, den Saft von 10-12 Orangen in die Eismasse, idealerweise ergänzt um wenige Mandarinen. Ein absolutes Muss ist freilich die Zugabe von Zitronensaft aus ungewachsten Exemplaren. Auch hier ist es günstig, nicht aber zwingend notwendig, den Saft beider Früchte kurz aufzukochen und etwas Abrieb von den naturbelassenen Schalen zuzusetzen, brauner Zucker neuerlich nach Gefühl und Wellenschlag. Mit diesem Wissen und Können lässt sich jetzt auch unschwer ein feines Johannisbeereis *(glace à la groseille),* Zitronen-Eis *(glace aux citrons)* oder eben auch der Klassiker Erdbeer-Eis *(glace aux fraises)* zaubern. Für eher abwegige Kreationen wie Knoblauch-Eis, Chili-Eis und Petersilie-Eis ist Veronique nicht zu haben. *Nur über meine Leiche!,* trompetet sie da auf Anfrage in der Kombüse. Vom Geburtstagskind Jörg Wiedmann ist ohnehin bekannt, dass er sich am liebsten auf Krokanteis mit einem Schuss Chartreuse stürzt, und so ist da keinerlei Gefahr im Verzug.

Was allerdings erhebliches Geschick bei der maritimen Patisserie abverlangt, ist die Ausgestaltung der zentralen Geburtstags-Eisbombe, die übrigens aus guten Gründen fast doppelt so groß ausgefallen ist wie die 19 übrigen Eisbomben. Der Durchmesser der Wiedmann-Bombe misst 70 Zentimeter und ist an der Basis mit einer sich üppig schlängelnden Marzipan-Mauer geschmückt, auf der in kunstvoller Graffiti-Schönschrift zu lesen ist: *Carlos Wiedmann – alles Gute zum 50.!*

Zur Präsentation der Eisbomben-Batterie wird das Deckenlicht im *Restaurant Bocuse* feierlich und langsam abgedunkelt. Jeweils zu dritt wird eine Eisbombe herein getragen, die größte für Jörg Wiedmann. Dabei erklingt unter dem Beifall aller Gäste der Triumphmarsch aus Verdis Aida, die Stimmung ist fröhlich und gelöst. Auf allen Eisbomben sind Wunderkerzen, Eisfontänen und Zaubersterne entflammt. Semira, die auserwählt Schöne in ihrer indischen Staffage, darf mittig den Eis-Zauber für den Ersten Offizier feierlich und sänftengleich mittragen. Ihre dunklen Augen reflektieren das bizarre Meer aufglühender Sterne und verlöschender Sternschnuppen. Als endlich die größte und raumgreifende Leckerei ihren Platz im Zentrum der kalten Versuchungen gefunden hat, nimmt der Kapitän das Mikrofon und legt los:

Mein lieber Carlos Wiedmann! Im Namen der gesamten Besatzung – und ich darf wohl mit Fug und Recht hinzufügen – auch im Namen aller Passagiere an Bord der »Odysseus II« möchte ich dir zu deinem 50. Wiegenfest hier an Bord gratulieren und dir vor allem Gesundheit, Glück und Gottes Segen wünschen. Vor drei Jahren hast du auf der »Odysseus« angeheuert, das war damals in Christchurch, alter Junge, und wir haben manches Schöne, manches Brenzlige – Stichwort: der Enterversuch in Malaysia – mit Anstand und Würde überstanden. Seefahrt, das bedeutet Glück, Sachverstand und Abenteuer. Du hast dich aus guten Gründen auf deine Erfahrung und deinen Verstand verlassen. Du warst mir und allen Passagieren immer Kamerad und Freund und hast persönliche Interessen immer hintenan gestellt. Wir können stolz auf dich sein, mein alter Jung, stolz auf deine Gradlinigkeit und deine Fürsorglichkeit. »Adventure & Culture« hat mir gerade vor einer halben Stunde gekabelt, dass wir nicht nur die Eisbomben zu deinen Ehren jetzt verzehren dürfen, anschließend gibt es ein Glas superben Champagner aus Frankreich, den uns die Reederei zu deinem Geburtstag spendiert. Es ist eine Veuve Clicquot, La Grande Dame, Flaschengärung selbstredend. So, jetzt ist aber Schluss, sonst schmilzt uns das Eis sehenden und tränenden Auges weg, und das kann und darf nicht sein.

Wie bestellt, dabei nicht unerwartet, stimmen zwei Gäste a cappella das obligate *Happy Birthday to You, Happy Birthday to You, Happy Birthday, Dear Carlos, Happy Birthday to You* an. Und tatsächlich, es klappt ziemlich ansehnlich oder doch den Umständen entsprechend. Anschließend bewaffnen sich die Passagiere mit mittelgroßen Desserttellern und lassen sich von der gut gelaunten Küchen-Crew bedienen. Anastasia, überwältigt vom Glanz der Präsentation, erbittet sich nur einen kleinen Auszug aus dem glacierten Arrangement, vor allem dürfe und wolle sie nur Eis zu sich nehmen, das gänzlich alkoholfrei sei. Aber da gibt es keine Probleme. Auf dem Eisbombenplatz vier gibt es Arrangements aus Bananensplit, Schoko-Trüffel, Aprikose und Stracciatella, die ohne Alkohol konzipiert sind. Und auch Werner bevorzugt hier eine Auswahl aus Schoko und Banane. Rebecca hingegen lässt sich auf ihr Orangeneis heimlich einen Schuss Kirschwasser träufeln, was diskret an einem kleinen Beistelltisch von Gérard gemacht wird. Thekla erlaubt Guntram nicht ohne Widerspruch, eine halbgefrorene Himbeere von ihrem Tellerchen zu naschen, sie aber knabbert, rächend, genussvoll an den karamellisierten Nüsschen des Freundes. Merkwürdig, Liebende treffen für das Arrangement auf ihren Eis-Tellern sehr oft falsche oder doch revisionsbedürftige Entscheidungen, die sich nur im Gefecht der amourösen Eislöffel untereinander schlichten lassen.

Semira teilt indessen Tranche um Tranche von der Eisbombe aus und sieht strahlende Passagiere, die geduldig bei ihr in der Schlange stehen. Neben der üppig dekorierten Sahne sind vor allem Erdbeer, Stracciatella und Krokant die Schwerpunkte ihrer Bombe. Für eine Nanosekunde stellt sie sich vor, Snuffi beträte mit Helm und Lederkluft den Speisesaal und bäte um einen kräftigen Eisbomben-Nachschlag. *Das ist alles ganz unkompliziert,* geht es in ihrem Kopf weiter. Sie nähme den Scorpion-EXO-Helm und füllte diesen bis zum Rand mit Krokanteis und begösse alles mit feinem Maraschino. Snuffi löffelte das Eis sehr gekonnt mit einer silbrigen Suppenkelle und gäbe Semira auch zu kosten. Aber Snuffi hätte es eilig, *der Tender kann nicht warten. Wir treffen uns dann nach Dienstschluss auf der Taufsteinhütte, wie immer, ja?* Semira ist über den Vorschlag nicht überrascht, *ja, wie immer!* Dann reißt der Film mit Snuffi, dem Eis und dem Taufstein.

Semira bedient weiter in ihrem Sari, nein, sie hat nicht geträumt. Das hat alles seine Richtigkeit. Herr Flechsig will nur Zitroneneis. Da muss ihn Semira zwei Bomben weiter schicken, zu Nadja, die hat Eisreserven en masse, und dort kann er sich sein Eis auch mit Liquore di Limoni (senza coloranti né conservanti) beträufeln, Beschwerden werden allerdings erst morgen früh ab 7 Uhr entgegengenommen. Herr Weinzierl – gibt es Zufälle? – begegnet beim Nachfassen ausgerechnet dem Schiffsarzt Dr. Schirkow, der ihm aber aus der Distanz von wenigen Metern keine näheren Vorhaltungen macht. Das lässig hingeworfene *Lassen-Sie-es-sich-schmecken-Herr-Weinzierl* klingt in den Ohren des Rekonvaleszenten hinreichend ambivalent, und so grüßt der

Gichtgeprüfte nur knapp und mit verspanntem Gesicht zurück. Die ärztliche Aufdeckung seiner Labilität macht ihm sichtlich zu schaffen, aber Weinzierl, in Treue fest, bleibt in der Reihe der *Gourmands* und *Gourmets.*

Thekla verzichtet bewusst auf den zweiten Eis-Gang (es gibt bei ihr ein Problem mit zwei Zahnhälsen, über das sie nicht gerne spricht) und bedient sich lieber an der Käsetheke. Schweren Herzens geht Guntram mit, ohne Eis nachzufassen, *jetzt bitte keinen neuerlichen Disput,* und zupft sich zunächst einige Muskat-Trauben, um dann doch beherzt den Roquefort zu testen. Und schon sind auch die Sekt-Gläser mit Veuve Clicquot gefüllt und auf silbernen Tabletts arrangiert. Die indisch Kostümierten reichen die Gläser und die Gäste defilieren an Wiedmann mit Grüßen und guten Wünschen vorbei. Lisette macht vor dem Ersten sogar einen kleinen austrischen Knicks, so wie sie es einmal im ersten Sissi-Film gesehen hat, stößt dann mit dem Offizier an und wünscht alles Gute zum Wiegenfest. Professor Schlink muss sich zunächst gegen den Verdacht verteidigen, Lisette sei seine Tochter, *nein, Begleitung, kostbare und unverzichtbare Begleitung!* Ihm, dem Offizier, widme er freilich Schillers Toast. Er laute: *Trink ihn aus, den Trank der Labe, und vergiss den großen Schmerz! Wundervoll ist Bacchus' Gabe, Balsam fürs zerrissene Herz.* Da gibt es Applaus von den näher Umstehenden, der Offizier aber dankt mit artiger Verbeugung. Dann kommt der Augenblick für die *Odysseus*-Combo. Sie spielt modern arrangierte Seemannslieder, Evergreens und Irisches. Lisette und der Professor verabschieden sich indessen am Tisch von den übrigen Gästen und gehen auf ihre Kabinen. In Schlinks Kopf geht es durcheinander: *Oder ist der Trinkspruch von Nestroy? Egal. Er ist gut!*

Rebecca hat Bernd auf eine Zigarettenlänge auf das Außendeck entführt. Er soll ihr endlich von seinem Beruf als Immobilienmakler in der Kölner Bucht mehr erzählen. Er findet das aber sehr, sehr langweilig. *Jetzt nicht, vielleicht morgen. Da erzähl ich dir dann was über Hypotheken, Vorschusszinsen und Annui-*

täten-Darlehen. Heute Abend, mein Vorschlag, sollten wir uns über dich unterhalten, dein schönes Gesicht und das Weihrauchflair, das du verschwenderisch verströmst. Dann streicht er ihr liebevoll über das vom Fahrtwind zerzauste Haar und küsst das Weihrauch-Ohrläppchen. Das kribbelt ordentlich, sie mehr, ihn weniger. *Du bist ganz schön schlimm,* haucht Rebecca. Und als hätten sie nichts Besseres zu tun, keine besseren Einfälle, schlendern die beiden zum Aufzug, der zum Gang ihrer Kabine fährt. Ein verwehter Combo-Fetzen mit *La Paloma* ist zu hören. Dann plickt die Chip-Karte in Griffhöhe an der Tür. Sie öffnet sich lautlos. Und wegen der Piraten, sicher ist sicher, hat Steve von der Crew die vier Bullaugen gegen einen möglichen Feind abgedunkelt. Das trifft sich gut. Rebecca und Bernd spielen in dieser Situation liebend gerne *Blinde Kuh* und suchen gar nicht nach dem Lichtschalter.

XXXIX
Höhe Mukalla
14° 01′ N, 50° 18′ E

Die Gäste haben rund fünf Seetage vor sich, denn dem von *Adventure & Culture* als gefährlich eingestuften Jemen ist kein Landgang gewidmet. Damit bleibt das weitere Weihrauchland im äußersten Südwesten der Arabischen Halbinsel von den Touristen der *Odysseus II* gänzlich unberührt. Sie werden nicht die landschaftlichen Reize des jemenitischen Hochgebirges erkunden, ihnen entgeht wegen der politischen Verhältnisse ein Besuch in der Hauptstadt Sana'a, das prähistorische Bewässerungssystem mit dem Damm von Marib muss ihnen verschlossen bleiben, auch Shibam im Wadi Hadramaut, das mittelalterliche Manhattan aus Lehm, werden die neugierigen abendländischen Augen nicht sehen. Die Sicherheit der Touristen kann nicht gewährleistet werden, Entführungen sind nicht ausgeschlossen und die Befreiung aus der Geiselhaft der al-Qaida durch amerikanische Drohnen ist nicht nach jedermanns Geschmack. Die *Odysseus II* fährt in einem Abstand von etwa 90 Seemeilen von der Küste entfernt.

Ein entspannender Seetag ist angesagt mit Relaxen, Body Shaping, Tai Chi, Sauna, Kniffel, Relinggymnastik und Rückenschulung (Yoga muss wegen Indisponiertheit der Dozentin ausfallen). Für Kulturanregung sorgt ab 11 Uhr in der Lounge eine landeskundliche Vortragstunde mit Privatdozentin a.D. Wiltrud Schürer (ehemals Universität Bern). Sie will anhand der Biografie der Prinzessin Salme von Oman, verheiratete Emily Ruete, geboren 1844 auf Sansibar – im Jahr 1924 in Jena verschieden, beerdigt zu Hamburg – das Schicksal der arabischen Frau im Fokus von Islam und Christentum nachzeichnen und erläutern. Es wird vor allem eine spannungsreiche Lesestunde, in der sie aus den Memoiren der Prinzessin, die mit einem fleißigen hanseatischen Kaufmann verheiratet war, vorlesen will. Vorlesen, Hörspiele und Hörbücher sind in, auch auf der *Odysseus II*. Es kommen immerhin 80 Zuhörer zu der kleinen Matinee unter dem Titel *Die Frau im Orient – Der Orient in der Frau – Beobachtungen einer omanischen Prinzessin im 19. Jahrhundert.*

Aus dem Hintergrund ist bereits vor Beginn der Matinee stimmungsreiche afro-arabische Musik zu hören, wer mag, darf sich in ein traditionelles Schalengefäß Tee einschenken lassen. Frau Schürer erzählt von der kleinen Prinzessin Salme, die eine Tochter des Sultans Sayyid Said von Oman und Sansibar war, und die Mutter der Prinzessin, man stelle sich vor, war eine richtige Sklavin, eine verschleppte tscherkessische Nebenfrau des Sultans. Der Sultan nahm sich da einfach mal eine Sklavin, dann ab ins Himmelbett, so war das damals, jedenfalls so ähnlich, berichtet die Privatdozentin etwas süffisant. Und weiter: Die Prinzessin wuchs in Sansibar-Stadt auf und bekam dort alle Annehmlichkeiten geboten, ja, wir würden heute sagen, die Prinzessin lebte in Saus und Braus, verwöhnt mit Gold, Geld,

Weihrauch und allem Luxus, den man sich denken kann. Man schickte die Prinzessin nicht zur Schule, das war nicht üblich, schon gar nicht für Mädchen. Aber unsere kleine Prinzessin war eben neugierig auf das Leben, und so kam es, dass sich die junge Salme Lesen und Schreiben nach und nach selber beibrachte. Diana oder Farah Diba, die persische Exkaiserin auf dem Pfauenthron, haben es da sicher einfacher gehabt, erläutert die Lektorin. Aber dann gab es den Halbbruder, einen gewissen Majid, den Salme besonders liebte, brachte er doch dem jungen Mädchen das Reiten und auch Schießen bei. Majid wird dann 1856 Sultan von Sansibar, als der Vater starb. Und da erklärte der Hofstaat Salme für volljährig. Als junge Erbin erhielt sie 5.429 englische Pfund im Jahr, hinzu kamen Plantagen und stattliche Wohnhäuser. Salme, wenn man so will, erläutert Wiltrud Schürer, war eine gute Partie. Dann gab es im Palast des Sultans jede Menge Putschversuche, *aber davon will ich Ihnen zunächst nichts erzählen, und das ist auch nicht unser Thema heute. Sie können mich später nach dem Vortrag danach ausfragen.*

Jedenfalls, *und jetzt wird's spannend,* habe Prinzessin Salme dann im Jahr 1866 den Hamburger Kaufmann Heinrich Ruete näher kennengelernt. Ruete, *und da war zunächst gar nichts,* wohnte in einem unweit vom Sultanspalast gelegenen Gebäude. Man grüßte sich, man begegnete sich und es wurde mehr und mehr, sehr viel mehr. *Näheres ist aber im Detail nicht überliefert, nein wirklich nicht.* Frau Schneider aus Paderborn gluckst bei diesem Hinweis und schlürft den Tee, Peter, ihr um zwanzig Jahre jüngerer Begleiter, glupscht seine Internetentdeckung – *Parship.de* sei Dank – vielsagend an. *Wie auch immer,* so Schürer weiter, *starb dann auch die Mutter sehr bald und zwar um das Jahr 1859.* Die beiden, der Kaufmann und die Prinzessin, liebten sich, aber Heiraten, das kam natürlich damals am Sultanspalast nicht in Frage – er Christ, sie Muslimin. Dann wurde die Prinzessin schwanger und die werdende Mutter floh mit ihrem Bräutigam, es war August 1866, auf dem britischen Kriegsschiff *HMS Highflyer* nach Europa. Die Prinzessin, so erzählt die Lektorin weiter, lässt sich christlich taufen und *schenkt ihrem Heinrich Ruete drei Kinder*. Aber dann kommt's dicke: Durch einen schweren Schicksalsschlag verliert die Prinzessin alsbald bei einem Unfall ihren Gatten. Heinrich kommt unter Räder und Hufe einer sogenannten Pferdebahn, und so schlägt sich Emily ab dem Jahr 1870 nahezu mittellos als Witwe mit den Halbwaisen durch. Traurige Zeiten, traurige Jahre begannen für die Konvertierte.

Und da die Stimmung anlässlich dieses dunklen Tatsachenberichts beim Publikum ganz nachdrücklich zu sinken beginnt, wirft Schürer mit dem Bord-Beamer etliche überlieferte Familienfotos der Prinzessin und ihres Ehemanns auf die Leinwand: Wir sehen den hanseatischen Kaufmann Ruete mit Gehrock und Zylinder, wie er sich auf einem klassizistischen Gemäuer abstützt, dann die Mutter, Ehefrau und Prinzessin, auf dem Foto dem äußeren Anschein nach schon ganz wilhelminisch eingedeutscht mit züchtigem hoch geschlossenem Kleid, Ohrringen und einer Armbanduhr, die als Zeichen gehobener Noblesse sich dem Betrachter aufdrängt. Ein weiteres Foto zeigt Emily oder Salme in traditioneller Kleidung als Prinzessin, nachdenklich den Kopf abgestützt, kettenbehangen, Armreife, barfüßig die Beine lässig übergeschlagen, Sinnbild und Ikonographie zerbrechlichen Reichtums und Schönheit. Es folgen zwei weitere Bilder, die Emily mit züchtig gekämmtem Haupthaar, feminines Spiegelbild der Bismarck-Ära, zeigen. Ja, es ist schon so, wie die Lektorin etwas despektierlich lyrisch einwirft:

Schau, dort spaziert Herr Biedermeier
und seine Frau, den Sohn am Arm;
sein Tritt ist sachte wie auf Eier,
sein Wahlspruch: Weder kalt noch warm.

Vom wem der Vierzeiler sei, fragt intermittierend, von ganz hinten, eine Schweizerin aus ihrem Clubsessel. *Das tut jetzt nichts zur Sache,* kommt es zurück. Aber wenn die Dame es unbedingt wissen wolle, *Pfau, Ludwig Pfau, genügt das?* Es genügt. Abschließend gibt es ein artiges Familienfoto, die Mutter zur Linken, mittig zwei herausgeputzte Kinder, zur Rechten der Vater und Kaufmann mit vertrackt verschränkten Beinen und Falten werfender Hose, eine deutsche Idylle mit letzten Spuren einer omanisch-arabischen Markierung.

Dann beginnt Wiltrud Schürer mit einem eindrücklichen Zitat der Prinzessin, die 1886 schrieb: *Ich verließ meine Heimat als vollkommene Araberin und als gute Mohammedanerin, und was bin ich heute? Eine schlechte Christin und etwas mehr als eine halbe Deutsche.* Herr Wörder, Kabine 267, er hört nicht gut, bittet um Wiederholung des Zitats, und es wird ihm gewährt. Frau Schürer bittet wegen der fortgeschrittenen Zeit, jetzt längere Abschnitte ohne Unterbrechung vortragen und vorlesen zu dürfen. Zustimmung, die Vorleserin beginnt, technisch unterstützt durch eine gute Anlage mit Verstärker. Emily oder Salme notiert vor nahezu 130 Jahren:

> *Ich schreite zur wichtigsten aller Fragen, zur Darstellung der Stellung der Frau im Orient. Es fällt mir ziemlich schwer, dieses Thema zu besprechen und ich bin überzeugt, man wird mich als geborene Orientalin für parteiisch halten und es wird mir doch nicht gelingen, die schiefen und falschen Ansichten, welche in Europa und besonders in Deutschland über die Stellung einer arabischen Frau gegenüber ihrem Mann im Schwange sind, gründlich auszurotten. Der Orient ist eben trotz der erleichterten Verbindungen noch viel zu sehr das alte Fabelland, und über ihn darf man ungestraft erzählen, was man will. Da geht ein Tourist auf einige Wochen nach Konstantinopel, nach Syrien, Ägypten, Tunis oder Marokko und schreibt dann ein dickleibiges Buch über Leben, Sitten und Gebräuche im Orient. Er selbst kann nur wenig Äußerliches sehen und niemals in das wirkliche Familienleben einen*

tieferen Blick tun. So begnügt er sich, von Mund zu Mund gehende und daher immer mehr entstellte Geschichten, wie er sie von einem französischen oder deutschen Kellner seines Hotels, von Matrosen oder Eseltreibern erzählen hört, niederzuschreiben und sich danach ein Urteil zu bilden!

Da stupft der erfahrene KMZ-Leiter, Guntram Veltig, seine Thekla am entblößten Oberarm und flüstert *genau, genau so wie in »Bild«.* Aber Thekla findet diese Unterbrechung überhaupt nicht schicklich *Guntram, bitte, kannst du einmal die Klappe halten? Diese Emily hat's doch voll drauf. Merkst Du denn das nicht, du hohenlohischer Chauvi?* Das sitzt und weiter geht's im Text.

Ich habe so manche Verhältnisse beobachtet, welche man Ehen nannte, die aber in Wirklichkeit nur den Zweck zu haben schienen, den beiden aneinander Gefesselten bereits in dieser Welt höllische Qualen zu bereiten. Ich habe zu viele unglückliche Ehen gesehen, um glauben zu können, dass die christliche Ehe wirklich sehr viel höher stehe, die Menschen viel mehr beglücke, als die muhammedanische. Nicht die Religion, nicht die geltenden Sitten und Anschauungen gestalten nach meiner Überzeugung die Ehen von vornherein glücklicher oder unglücklicher: Es kommt überall auf das wahre Verständnis beider Eheleute füreinander an.

Zunächst ist es entschieden falsch, wenn man meint, die Frau sei im Orient gesellschaftlich weniger geachtet, als der Mann. Die ebenbürtige Frau steht dem Manne in jeder Hinsicht gleich, sie behält ihren Rang und die aus demselben herfließenden Ansprüche und Rechte in vollem Umfang. Was die arabische Frau hilfloser und gewissermaßen als von geringerem Rechte erscheinen lässt, ist lediglich der Umstand, dass sie zurückgezogen lebt. Diese Sitte besteht bei vielen muhammedanischen (und auch bei vielen nichtmuhammedanischen) Völkern des

Orients, und einer je höheren Rangklasse eine Frau angehört, umso strenger hat sie sich derselben zu unterwerfen. Auch die vornehme Frau darf bei Tage ausgehen. Wenn einer ihrer Lieben plötzlich erkrankt oder stirbt, so kann sie ihn in ihrer Verhüllung besuchen. Sie kann ebenso vor dem Richter erscheinen, um ihre Angelegenheit persönlich zu vertreten, da man Advokaten nicht kennt. Aber die Sitte schreibt vor, nur in dringenden Fällen von diesem Recht Gebrauch zu machen, und die liebe Eitelkeit wirkt in derselben Richtung, denn die gebotene Verhüllung verunstaltet die Frauen außerordentlich und lässt sie gleichsam als wandelnde Mumien erscheinen. Heute gebe ich recht gern zu, dass man im Orient in dieser Hinsicht übertreibt, doch möchte ich deshalb nicht gerade die europäischen Sitten besser finden. Wenn man eine vornehme Dame hier im Ballkostüm sieht, so dürfte man ihren Mangel an Kleidung wohl nicht mit Unrecht für eine noch schlimmere Übertreibung erachten.

Hier fühlt sich Rebecca Schindler in ihrer knappen Textilausstattung, gewiss überwiegend dem arabischen Klima geschuldet, ebenfalls angesprochen, denn sie fasst wie von ungefähr, doch entschieden, Bernds tastende Hand und führt diese im Halbschatten des Vortrags weg von ihren femininen Verschwendungen. Ja, dies ist ein Referat, gehalten von Privatdozentin Wiltrud Schürer aus Bern und *wir kuscheln jetzt nicht und sind nicht in der Kabine, Bernd!* Der Getadelte gibt verstohlen auf, und die Lektorin referiert weiter.

Noch mehr wird die orientalische Frau bedauert wegen der Polygamie, dass sie die Liebe ihres Gatten mit einer oder vielen anderen teilen muss. Das Gesetz erlaubt dem Muslim, vier rechtmäßige Frauen zu gleicher Zeit zu besitzen, und wenn eine von ihnen stirbt oder sich vom ihm scheidet, eine fünfte heimzuführen. Sarari oder Nebenfrauen darf er kaufen, so viele er Lust und Geld hat. Ich habe aber niemals jemanden gesehen, der wirklich vier Frauen nebeneinander hatte. Ein Armer kann selbstverständlich nur eine nehmen. Der Reiche beschränkt sich ebenso, höchstens besitzt er zwei, die dann getrennt wohnen und deren jede einen besonderen Haushalt führt. Es versteht sich von selbst, dass es auch im Orient Frauen gibt, die ihre Selbstständigkeit zu wahren wissen. Dieselben sehen dann bei einem Bewerber darauf, ob er bereits eine Frau hat und lassen sich im Heiratskontrakt das formelle Versprechen ausstellen, dass er keine weitere Gattin heimführen, noch sich eine Surie kaufen wolle. In der Praxis herrscht also meistens Monogamie.

Diese Entmystifikation der orientalischen Vielweiberei durch die Prinzessin kommt einigen Passagieren nicht ganz gelegen. Herr Tiede schüttelt seit geraumer Zeit immer wieder den Kopf, als wolle er seine Skepsis deutlich machen. Auch Frau Dr. Sellbruch hat so ihre Zweifel, aber als kollegiale Lektorin zeigt sie sich unbeteiligt und verschlossen. Am Gesichtsausdruck von Lisette Zwanziger – sie ist ohne den Professor zum Vortrag gekommen – kann gleichfalls nichts abgelesen werden. Vieles bleibt ihr märchenhaft, aber dieses hingebeamte Gesicht der Emily Ruete, das fasziniert die Stütze des Mediävisten. Sie taucht in das schwarz-weiße Gesicht der Wanderin zwischen den Welten immer wieder ein. Sollte die Prinzessin nicht doch eine scharfe Beobachterin sein, eine kluge Zeitzeugin und unbestechliche Moralistin? Der merkwürdige Kopfschmuck, die Fußkettchen, die Nachdenklichkeit in ihren Augen, der drapierte Adel auf einem wilhelminischen Sessel. Auch in Salzburg bei den Schlinks gibt es zwei gepolsterte Ungetüme, Staffagen, die der Professor von Zeit zu Zeit als Katheder für Hartmann-Rezitationen nutzt. Dann liest Frau Schürer weiter und in dem Bericht der Witwe Emily Ruete wird eine interessante Frage aufgeworfen:

Aber nun eine Gegenfrage. Wie steht es bei den Christen, bei dem zivilisierten Europäer mit der Ehe? Ich will ganz davon schweigen, dass in einem christlichen Staate die sich als christlich bezeichnende Sekte der Mormonen offen der Vielweiberei anhängt. Aber in der gesitteten Gesellschaft Europas, wird denn da die Ehe durchweg so heilig gehalten? Ist es nicht oft die reine Illusion, von »einer« Frau zu sprechen? Freilich darf der Christ nur eine Frau heiraten und das ist ein großer Vorzug des Christentums. Das christliche Gesetz will das Gute und Richtige, das muhammedanische gestattet das Üble. Aber der bestehende Brauch und die praktischen Verhältnisse mildern im Orient die bösen Folgen des Gesetzes in bedeutendem Maße – hier hat trotz des Gesetzes gerade die Sünde recht häufig die Oberhand. Mir möchte fast als der einzige Unterschied in der Lage einer orientalischen und einer europäischen Frau erscheinen, dass die erstere die Zahl und wohl auch das Wesen und den Charakter ihrer Nebenbuhlerinnen kennt, während die letztere hierüber in liebevoller Unkenntnis gehalten wird.

Über einen solchen Relativismus der Ehe, hier und dort, doch sehr verunsichert, verlassen Anastasia Schirmer und Werner Sladek den Vortragsraum vorzeitig. Nein, hier fehlt den Versprochenen die heilsame Zusammenschau der Kulturkreise. Ist nicht die arabische Polygamie als post-atlantisches Phänomen der Noch-Nicht-Erdung oder einer noch-nicht-seienden Inkarnation auf chaldäisch-ägyptischer Basis zu deuten – einerseits? Ist nicht die christliche Ein-Ehe zwischen Mann und Frau zunächst als der Durchfluss des Golgatha-Mysteriums zu lesen, notwendige Kulmination einer singulären Eucharistie-Feier beider Geschlechter – andererseits? Solches wägend, sind die Dornacher verunsichert, dabei suchend, was zukunftsweisende Kulturbetrachtung im Zeitenlauf sein könnte. Die sinnentrunkene Rebecca, allzu leicht Epikuräerin mit nymphomanischer Ausschweifung, macht es sich dagegen einfach und frotzelt: *Bernd, wie sieht das deine Frau in der Kölner Bucht, ich meine, die Sache mit der Mono- oder Polygamie?* Bernd ist verstimmt: *Bei Maklern, mein Täubchen, spielt man nur Monopoly, du verstehst?* Wiltrud Schürer bedankt sich unter Applaus für die Aufmerksamkeit der Gäste und wünscht guten Appetit beim Lunch.

XL
Bab al-Mandab
12° 37′ N, 43° 21′ E

Es ist Abend und die *Odysseus II* passiert mit 14 Knoten die Insel Jazirat Miyun. Die Insel liegt direkt am Bab al-Mandab, der schmalen Meerenge von wenigen Seemeilen, die das Rote Meer im Norden mit dem Golf von Aden und dem Indischen Ozean verbindet. Übersetzt heißt Bab al-Mandab so viel wie *Tor der Tränen* oder auch *Tor des Todes.* Diese düstere Namensgebung am Schnittpunkt von Afrika und Arabischer Halbinsel verdankt die Meerenge dem Sklavenhandel vergangener Epochen. Hier wurden die ostafrikanischen Sklaven vom Horn von Afrika seit Jahrhunderten durchgeschleust und zu den wohlhabenden und reichen Kulturnationen der Römer, Griechen oder Ägypter verfrachtet. Am Bab al-Mandab nahmen die Entrechteten im wahrsten Sinne des Wortes tränenreichen Abschied von ihrer Heimat, die sie nun nicht mehr sehen sollten. Tor der Tränen, eine Namensgebung, die auch die Passagiere fesselt. Ein kluger Kopf hat einmal errechnet, dass die Strecke von hier am Flaschenhals im Roten Meer bis zur Beringstraße im Fernen Osten und seinem Kap Deschnjow 10.858 Kilometer ausmacht, mithin ist dies die größte Entfernung innerhalb des asiatischen Festlands. Auch das lässt staunen.

Bernd Stenzel und Piet Sellbruch haben sich in der Bordbar *Atlantis* seit Sonnenuntergang zu einem kleinen Pre-Drink vor dem Dinner getroffen. Sellbruch schlürft einen Campari-Soda und Stenzel nimmt Tonic Water. Mit Blick auf zwei Öltanker, die in gebührendem Abstand vorbeiziehen, kommen die beiden auf die hochfrequentierte Wasserstraße zu sprechen. Stenzel hat von gigantischen Bauplänen gehört. Tarek bin Laden, der leibhaftige Bruder des durch die Amerikaner erschossenen und eingeäscherten Top-Terroristen, hat große Pläne. An der fraglichen Meerenge will er für rund 200 Milliarden US-Dollar eine 18 Kilometer lange Brücke zwischen Dschibuti und dem Jemen bauen. *Mit ein bisschen Fantasie unterqueren wir also jetzt gewissermaßen dieses künftige Bauwerk,* sagt lachend der Makler aus der Kölner Bucht. Sellbruch hat von solchen Plänen bislang nichts gehört. Immerhin erinnert es den Gewerkschafter an die Brückenpläne im Bereich der Straße von Messina und dem Festland, die jetzt nach dem Einknicken der Mafia konkreter werden. Seit der Eurokrise ist es allerdings wieder stiller geworden um diesen alten sizilianischen Brückentraum, der ganz ohne Pfeiler, wegen der regelmäßigen Erdbeben in der Region, auskommen soll. Stenzel weiß aber mehr über die Pläne der Bin-Laden-Brücke, im *Spiegel* stand etwas. Tarek bin Laden verglich jüngst seine ehrgeizigen Baupläne mit den Pyramiden von Giza und dem großen Mauerbau im alten China. Hinter dem großen Projekt des spendablen Bruders stehen aber, so Stenzel weiter, nicht nur wirtschaftliche Motive. Auch für die Mekka-Pilger aus Ost-Afrika gäbe es erhebliche Erleichterungen bei den Wallfahrten. *Wissen Sie, Herr Stenzel, dieses Argument finde ich fast so platt wie das vom Neubau des Stuttgarter Hauptbahnhofs. Da haben die Politiker in rosigen Farben von der »Magistrale Paris-Bratislava« geschwärmt, Mütter würden künftig Gummibärchen kauend mit den Kindern lustige Fernreisen machen, weil's Zugfahren so viel Spaß macht.*

Da lachen die beiden Herren und nippen an ihren Gläsern. An der Reling, und das können die beiden Bargäste ganz deutlich durch das Fenster sehen, herrscht lautloses, aber geschäftiges Treiben: Matrosen in Schutzkleidung und Handschuhen entrollen in großer Eile NATO-Draht, der offensichtlich mit rasiermesserscharfen Widerhaken bestückt ist. Das kann nichts Gutes heißen, und die beiden Herren rufen dem Barkeeper ganz schnell die Kabinennummer für die Abrechnung zu und eilen ins Freie. Doch dort werden sie vom Steward abgefangen und gebeten, auf die Kabine zu gehen. Es stimmt etwas nicht. Durch die Lautsprecheranlage wird zu allem Übel bekannt gemacht, dass das Dinner ausnahmsweise erst um 20 Uhr 30 beginnt: *Wir bitten um Ihr Verständnis und ersuchen Sie, die Plätze in den Restaurants und Speisesälen erst nach neuerlicher Aufforderung einzunehmen. Bitte suchen Sie Ihre Kabinen unverzüglich auf und verdunkeln Sie die Kabine, wie auf der Notfallübung besprochen. Wir bitten um Ihr Verständnis.*

Auf der Brücke ist seit 30 Minuten die Hölle los. Über Funk sind mehrere Meldungen eingelaufen, dass die Piraten hoch aktiv sind und versucht haben, sich einem Tanker, der *Princess of Manchester,* in gefährlicher Absicht zu nähern. In der Tat, auch die *Odysseus II* ist gefährdet und Kapitän Lionel Vanderstraaten lässt in Anbetracht der High Risk Zone die Offiziere und auch die fünf Security-Männer auf die Brücke kommen. Bereits um 15:20 UTC gab es eine erste Meldung, dass sechs Skiffs sich dem Tanker genähert haben. Die Piraten hätten Enterleitern und Schusswaffen dabei. Von einer Kaperung haben die Männer unbekannter Herkunft aber Abstand genommen, nachdem eine französische Fregatte eines der Boote versenkt hat. Aufgrund dieser akuten Gefahrenlage hat Vanderstraaten die Reling schon vor Stunden mit Draht sichern lassen. Das ist schon aus ästhetischen Gründen für das Ambiente eines friedlichen Kreuzfahrtschiffs alles andere als schön. Der Kapitän sieht sich aber nach Rücksprache mit *Adventure & Culture* zu dieser Maßnahme gezwungen. Es ist Gefahr im Verzug, und so ermahnt der Kapitän seine Offiziere und die Männer von der Security alles zu tun, um einen Überfall dieser oder weiterer Piraten abzuwehren.

Aus dem bislang verschlossenen Magazin teilt der Kapitän die Sturmgewehre G 36 von Heckler & Koch und Pistolen des Modells

HK P 30 den Männern persönlich zu. Ein großes Kontingent mit Nebelkerzen steht ebenfalls zur Verfügung. Vanderstraaten wendet sich an die Männer: *Hiermit erteile ich Ihnen ausdrücklich den Befehl, die Odysseus II und ihre Passagiere vor den Gefahren eines Überfalls mit allen Mitteln zu schützen. Im Fall der Fälle erwarte ich von Ihnen, dass Sie zum Schutz der uns anvertrauten Passagiere auch von der Schusswaffe Gebrauch machen. Die Passagiere sind angewiesen, auf ihren Kabinen zu bleiben. Verlassen Sie sich aber hierauf nicht. Sie haben auch Weisungsbefugnis gegenüber den Passagieren. Das automatische Identifizierungssystem ist ausgeschaltet, das Licht an Bord auf Notbeleuchtung gedimmt, die Luken mit schweren Bolzen gesichert. Die Feuerlöschschläuche habe ich an der Reling mit Löschrichtung Bordwände justieren lassen, damit wir den Jungs einen nass-fröhlichen Empfang geben können. Mit Suchscheinwerfern versuchen wir die Piraten weiter zu stören, die Dämmerung macht die Sache freilich nicht leichter. Ich zähle voll und ganz auf Sie, meine Herren. Den Angriff, wenn er denn kommen sollte, erwarten wir steuerbords, an die Arbeit! Und noch etwas, falls es gebraucht wird, Dr. Schirkow kann Morphium verabreichen.*

Für Peter Soltau, den traumatisierten Afghanistankämpfer, ist der erste Einsatz an Bord so etwas wie eine heimliche Sternstunde. Nicht, dass er auf einen Überfall explizit gewartet hätte, aber das Gefühl, gebraucht zu werden, in einer brenzligen Situation, den Passagieren helfen zu können, das ist ihm eine große Genugtuung. Vielleicht war er nur deshalb am Hindukusch. Hier an Bord geht es zwar nicht um Demokratie und westliche Vorstellungen, aber sein Einsatz ist so ehrenwert und notwendig wie die Hilfestellung eines Maltesers oder Rotkreuzlers bei einem Verkehrsunfall. Der Kapitän braucht ihn, das Schiff braucht ihn und die Passagiere brauchen ihn. Soltau, der einen Einsatz mit seinen Security-Kameraden seit Muscat mehrfach nachts geübt und durchgespielt hat, sichert jetzt mit seinem Sturmgewehr Deck Drei. Die *Odysseus II* fährt ohne Licht durch den Bab al-Mandab, und tatsächlich attackieren zwei Skiffs das Kreuzfahrtschiff, obwohl die Piraten-Schiffe im vollen Scheinwerferlicht der Suchscheinwerfer liegen. Die Security schießt fünf Nebelkerzen in den Abendhimmel, und Soltau platziert mit seinem Kollegen Sawitzky aus Frankfurt Oder mehrere gezielte Salven aus dem G 36. Das muss gesessen haben, denn aus dem Nebel dringt ein fürchterliches Geschrei zur *Odysseus II* herauf. Auch die Piraten setzen zwei oder drei Schüsse, die aber keinen größeren Schaden anrichten. Wasser marsch!, ruft es von der Brücke, und Wasser schießt feindwärts in dicken, druckvollen Strömen aus Wasserkanonen und Schläuchen.

Aber dann ereignet sich etwas ganz anderes, was die Verteidigungsaktion der Offiziere, Mannschaften und Security-Männer hochgradig gefährdet. Wie von geheimnisvoller Hand gesteuert, öffnen sich viele Türen, die von den Innenräumen des Schiffs nach außen führen. Bestückt mit Digitalkameras, Blitzlichtgeräten, Camcordern, professionellen und semi-professionellen Filmgeräten stürzen wenigstens 35 bis 40 Passagiere an Deck, um das gefährliche Spektakel für die Lieben zuhause einzufangen, wenngleich aus vermeintlich sicherer Distanz. Und in der Tat gibt es vielversprechende Motive für lichtempfindliche Kameras: Die bizarren Verteidigungsattacken mit gegen den Feind gerichteten Wasserschläuchen sind da zu nennen, reichlich Leuchtspurmunition am nächtlichen Himmel, die aufblitzenden Salven aus dem G 36, die furchtlosen und mutigen Männer an der Reling mit ihrer überzeugenden Verteidigungsstrategie. Einer von der Security ballert ins dunkle der Nacht und macht sich und den Kameraden Mut: *Was uns nicht umwirft, macht uns stärker!* Lohnende Motive so weit das Auge im Halbdunkeln reicht. Abenteuer pur wie im Dschungelcamp, achtern schreit jemand im Wasser und verstummt. Nichts für schwache Nerven. Deshalb haben sich auch nur Männer mit ihren Kameras aufs Deck gewagt. Das ist nichts für Frauen. Es ergeben sich wie von selbst spannende Bildkompositionen, Heckler & Koch im robusten Einsatz im Namen der Passagiere und einer deutschen Reederei. *Klick, klick, zoom, zoom, klack, klack, klack* und Blitzlichtgewitter. Dokumentarisches Bild- und Tonmaterial wird von belastbaren Passagieren eingefangen, Tatsachenmaterial aus dem Bab al-Mandab, das unter Umständen auch gegen Geld und gute Worte an eine heimische Illustrierte verkauft werden könnte. Achtern dümpeln im Suchscheinwerferlicht zusätzlich zwei demolierte Dhauen. Allem Anschein nach ist für heute Abend an eine Festsetzung von Piraten nicht gedacht. *Zu kompliziert,* hat schon vor Tagen der Erste bei einem Gläschen Portwein zu Protokoll gegeben, *und ein Hilfsbegehren im Sinne eines unabweisbaren Notfalls liegt meistens auch nicht vor. Asylanträge können wir hier auf dem Schiff nicht bearbeiten und Schengen ist nicht überall, wenn Sie verstehen, was ich meine.* Verständnisvolles Nicken des Angesprochenen.

Der Spuk und der Gefechtslärm sind nach 20 Minuten verstummt. Die Piraten sind, wahrscheinlich unter Verlusten, wieder abgedreht, ein Skiff ohne Besatzung treibt in Sichtweite. Zwei von der *Odysseus*-Mannschaft haben sich beim Hantieren am NATO-Draht Oberarm und Hände erheblich aufgerissen, Fleischwunden, aber unbedenklich. Dr. Schirkow ist mit einem Notkoffer auf Deck Drei und versorgt die Verletzten. Schlimmer hat es den Kollegen Sawitzky erwischt. Im Nachsetzen gegen zwei Piraten, die versucht haben, eine Enterleiter zu platzieren, kommt es zu einem schmerzlichen Bänderriss im Sprunggelenk. Die Leiter, Glück im Unglück, torkelt bei Windstärke 4 platschend auf See zurück und wird sich gleich ganz verabschieden. Dr. Schirkow entscheidet sich für die konservative Behandlung und kühlt zunächst mit Eisbeuteln, um die Schwellung in den Griff zu bekommen, freilich mit den entsprechenden notwendigen Pausen, um eine reflektorische Weitung der Gefäße zu vermeiden. Ein Druckverband wird angelegt, Schonung dringend empfohlen und die hilfreichen *Odysseus*-Krücken dem Patienten ausgehändigt. Mit guten Wünschen zur Genesung wird Sawitzky aus der Bord-Klinik verabschiedet, doch Dr. Schirkow schickt einen besonderen Gruß nach:

Wir sind stolz auf Sie, Sawitzky, Sie und ihre Männer von der Security. Was Sie hier gegen die Piraten Vorbildliches geleistet haben, verdient höchste Anerkennung und Respekt. Die Schrammen und Blessuren werden vergehen. Die Passagiere aber und die Mannschaft werden sich an Ihren tollen Einsatz mit Dankbarkeit und Genugtuung erinnern. Früher durfte man es ja sagen, heute nicht mehr: »Deutsch sein, heißt eine Sache um ihrer selbst willen tun«. Ich sage es trotzdem und meine es auch so, Sawitzky. Ich hoffe, Sie nachher auch beim Dinner zu sehen, wenn es Ihre Schmerzen zulassen. Hier ein Röhrchen mit Ibuprofen 800 fürs Erste, das Zeug wirkt Wunder, glauben Sie mir! Ich würde mich freuen, Sie heute an meinem Tisch zu sehen. Bis später!

Kapitän Vanderstraaten hat nach der Abwehr der feindlichen Attacke weiterhin jede Menge zu tun. In einem Funkrundspruch werden um 20 Uhr 20 alle Schiffe, die namens der *Mission Atalanta* im Seegebiet operieren, über den Ausgang der Attacke informiert. Im multinationalen Verbund sind dies die Korvette *Infanta Christina,*

> *all stations. all stations. all stations. to whom it may concern: 19.52 UTC, 12° 44′ N, 047°, 54′ E. Odysseus II successfully repelled hostile pirate attack. Seven vessels sighted. Three slightly injured passengers. No further assistance required. Proceeding as planned, headed for Sharm el Sheikh. Over.*

der Seefernaufklärer *CN-235,* die deutsche Fregatte *Bayern,* die in diesem Augenblick als *Force Headquarters* fungiert, die Fregatten *Köln* und *Hamburg,* der Seefernaufklärer *P3C Orion,* die französischen Fregatten *De Grasse, Floréal, Commandant Bouan* und die *Somme.* Hinzu kommen weitere befreundete Kriegsschiffe aus den Niederlanden, Italien und Luxemburg, Schweden, Griechenland und Belgien, an die entsprechende Nachrichten abgesetzt werden. Pflichtgemäß erhalten auch das Operation Headquarters in Northwood (UK) und das Krisenreaktionszentrum im Auswärtigen Amt Nachricht. Um der *Odysseus II* demnächst wieder ein ziviles Aussehen zu verschaffen, ordnet der Kapitän die Räumung des NATO-Drahts nach Mitternacht an.

Die Küche ist mit der Verschiebung des Dinners alles andere als glücklich. Erst nach 21 Uhr kann aufgetischt werden: Putenroulade an Tabouleh oder Bulgursalat mit Oliven, Gurke und Minze, oder Trilogie von Falafel, Auberginenpüree und Humus an Harissasauce oder Cocktail vom Granatapfel mit geeistem grünen Tee; als Suppen werden vorgeschlagen: Ägyptische Gewürzessenz mit Rollgerste und Koriander oder Hackfleischsuppe mit Split-Erbsen oder kalte erfrischende Joghurt-Suppe mit Kräutern; als Salat bietet sich an: Tomatensalat mit Tahina, Petersilie und Sesamsamen, im Zwischengericht werden arabische Rindfleischbällchen mit Fladenbrot angeboten; als Hauptgericht gibt es einen Grillspieß von Garnelen und Edelfischen mit roten Zwiebeln und Paprika auf Curry-Couscous mit Cashewkernen oder ein orientalisches Zitronen-Knoblauch-Huhn mit Kartoffeln und Zwiebeln oder marokkanisches Lammragout Tfaia mit Safran, Kreuzkümmel und Mandeln auf Garam Masala-Linsen mit Spinat und Tomaten oder Auberginenpfanne Maghmour mit Kichererbsen, Tomaten und Papadum; aus der Kalten Küche wird an diesem denkwürdigen Abend Kaisersülze mit Remouladensauce und saurem Gemüse, Tomaten, Zwiebeln und Bratkartoffeln angeboten.

An den Tischen im *Restaurant Bocuse* ist es heute deutlich lauter als sonst. Kein Wunder nach dem glücklich zurückgeschlagenen Überfall. Einige Passagiere, Männer natürlich, wollen bei den Piraten Kalaschnikows entdeckt oder diese doch an ihrem dumpfen Feuerstoß erkannt haben. Aber da lässt sich trefflich streiten. Emeritus Professor Dietmar Schlink hält sich bei der Fachsimpelei bedeckt. Aber es rutscht ihm dann doch heraus, dass es mit dem Oberen Neckartal im Schwäbischen etwas Besonderes auf sich haben müsse. Thekla Köster, obwohl Schwäbin, versteht Schlinks Hinweis nicht, *wie meinen Sie das?* Der Emeritus beginnt zu dozieren. *Nun, nicht nur die Hohenberger, die von Ow,*

Maria Theresia und nicht nur ein Hartmann von Aue haben dort gewirkt, weiter oben am Neckarlauf hat sich seit dem Beginn des 19. Jahrhunderts eine Königlich Württembergische Gewehrfabrik niedergelassen, die heute unter Heckler & Koch firmiert. Diesen suebischen Ingenieuren und Tüftlern haben wir – soweit ich es bisher sehen kann – die Rettung aus Piratenhand zu verdanken. Denn die Security-Männer sind mit Feuerwaffen dieses Unternehmens ausgestattet. Meine Damen und Herren, ich erlaube mir, hierauf mein Glas zu erheben und möchte Sie bitten, sich mir anzuschließen. Er dankt den Männern an Deck, der Security, der Mannschaft insgesamt. Am Tisch 18 machen alle in würdiger Haltung mit, nur Anastasia Schirmer und Werner Sladek sind etwas verunsichert. *Heckler?* Nein, am Hügel hat man darüber nie etwas gehört und außerdem spricht vieles für arhimanische Zusammenhänge, was den schrecklichen Überfall anbelangt. Aber die beiden erheben auch ihre Gläschen angefüllt mit rotem Johannisbeersaft und sind heilfroh, dass alles vorbei ist. Rebecca, ungebrochen nervös und fahrig, ist beim zweiten Prosecco, und das kann man ja verstehen, sie, gewissermaßen eingelocht in der Kabine, verbarrikadierte Bullaugen, nur Notlicht, von draußen Schüsse und Sirenen, Bernd Stenzel, ganz Jäger mit maskulinem Instinkt, heftet sich beim Überfall an die Fersen des Bordfotografens, der muss ja wissen, wo man gute Bilder macht, Rebecca in Angst und Schrecken. Das war vor nicht einmal 30 Minuten, eine halbe Ewigkeit.

Gegen Ende des Dinners bittet der Erste Offizier, Herr Wiedmann, die Gäste in die Lounge. Vor dem *Bayrisch-Böhmischen* Abend möchte er eine Erklärung im Namen des Kapitäns abgeben. Vanderstraaten sei leider nicht abkömmlich, da zahlreiche Rückfragen aus dem Headquarter der *Mission Atalanta,* aber auch vom Auswärtigen Amt in Berlin zu beantworten sind. Der Kapitän lässt sich entschuldigen.

Zwanzig Minuten später ist die Lounge mit zahlreichen Passagieren besetzt, nur wenige verzichten auf diesen Termin.

Wiedmann, nicht ganz so redegewandt wie der Kapitän, entschuldigt sich namens der Rederei *Adventure & Culture,* aber auch im Namen von Kapitän Vanderstraaten, für den gefährlichen Zwischenfall mit den Piraten, der nur durch die Umsicht und Besonnenheit der Security-Crew so glimpflich zu meistern war. *Wir können stolz auf diese Männer sein. Begrüßen Sie stellvertretend für seine übrigen Kollegen, die weiterhin Wache schieben, Herrn Peter Soltau, ehemaliger Afghanistan-Soldat, ihm und seinen Männern hat die Odysseus II sehr viel zu verdanken. Es gilt einen Leichtverletzten zu beklagen, Herrn Sawitzky, aber das bekommt unser Hannes, unser Dr. Schirkow, sicher wieder hin.* Da brandet lebhafter Applaus auf, minutenlang, die Begeisterung und Dankbarkeit will kein Ende nehmen. Und weil die Passagiere so viel haben durchmachen müssen, sind alle Getränke bis Mitternacht frei, die Nachricht wird gefeiert. Dann bittet der Erste um das Wort. *Lassen Sie mich in dieser glücklichen Stunde aber zugleich auf einen Vorgang eingehen, der den Kapitän und seine Offiziere bestürzt hat. Jene Passagiere, die entgegen der Anweisung des Kapitäns beim Überfall der Piraten mit Kameras bewaffnet die Decks erstürmten, um Fotos zu schießen und Filme zu drehen, erhalten hiermit eine ausdrückliche Rüge durch den Kapitän. Es geht nicht an, dass in einer Notsituation Dutzende von internen Paparazzi den Befehl des Kapitäns ignorieren und rücksichtslos Fotos schießen. Kapitän Vanderstraaten lässt ausdrücklich darauf hinweisen, dass Veröffentlichungen der Bilder in Zeitschriften, Zeitungen oder gar im Fernsehen auf Grundlage des nationalen und internationalen Urheberrechts und des Persönlichkeitsschutzes von der Rederei ohne Ansehen der Person verfolgt werden müssten. Sie können diese Fotos Ihren Kindern und Enkeln zu Hause gerne zeigen, aber das sollte es dann auch gewesen sein. Ich danke Ihnen für Ihre Aufmerksamkeit, und nun bestellen Sie bitte nach Herzenslust.*

Da stehen sie nun zusammen, die Kreuzfahrtgäste und die Paparazzi. Man diskutiert ausgiebig, was der Erste berichtet hat.

Die meisten haben Verständnis für den Rüffel, ein Schiff mit Hunderten von Passagieren braucht Spielregeln, bestätigen sich Herr Tiede und Herr Flechsig. Bordfotograf Simon, heute ein gefragter Gesprächspartner, sieht die Angelegenheit geschäftlich. *Da könnte ich meinen Job ja gleich an den Nagel hängen, wenn bei einem Überfall jeder Passagier wild drauflosknipst. Ich habe einen Exklusiv-Vertrag mit der Reederei, die mir sämtliche dokumentarischen Aufnahmen einräumt, verstehen Sie? Und das ist auch gut so.* Bernd Stenzel, jetzt stehend wie die meisten Diskutanten, sieht seine geheime Mission als privat agierender Paparazzo natürlich anders. Er habe diese Reise für sich und Rebecca nun einmal bezahlt, da könne niemand, weder Kapitän noch *Adventure & Culture,* hergehen und seine persönliche Freiheit einschränken. *Punktum!* Rebecca bittet beim zweiten Glas Schampus den Freund auf Zeit um Mäßigung, denn schließlich habe alles *wenigstens zwei Seiten.* Zu diesem Allgemeinplatz, begründet wie auch immer, fällt dem Makler nichts mehr ein und er gibt Rebecca zu verstehen, dass er draußen nur ein paar Fotos mit dem Motiv *Odysseus II* und NATO-Draht machen will, denn bis morgen haben die Matrosen das bestimmt wieder weggeräumt, *wir sind ja ein ziviles Schiff.*

Und richtig, ganz nah am Eingang hat sich der verletzte Sawitzky mit seinen Krücken platziert. Es dauert nicht lange und Schiffsarzt Dr. Schirkow hat den Kämpfer und Helden mit sicherem Gespür ausgemacht. *Schön, dass Sie doch gekommen sind, trotz Ihrer Malaise, trotz Schmerzen, die Sie sicher haben.* Doch Sawitzky verweist auf das hilfreiche *Ibuprofen,* das ihn daran erinnert, dass die Mutter, vor 15 oder 20 Jahren, bei Kopfschmerzen immer Togal genommen hat. *Das haben Sie sicher auch in Ihrer Apotheke, Herr Doktor? – Nein, es hat sich ausgetogalt, gibt es nicht mehr. – Aber kennen Sie die alte Werbung, Herr Doktor, »Rasch verklingend wie ein Ton schwindet Schmerz durch Melabon«?* Da lachen Arzt und Patient kräftig und stoßen an, Dr. Schirkow mit einem Fürstenberg, Sawitzky belässt es bei einem Löwensprudel, kochsalzarm.

Dann, völlig überraschend, lässt sich Dr. Schirkow von Stefan Silber, dem Hotelmanager, das Funkmikrofon reichen. Der Arzt bittet um einen Augenblick Aufmerksamkeit. *Liebe Passagiere, wir sind alle mit dem Schrecken noch einmal davon gekommen. Aber da gibt es Männer hier an Bord, die wirklich alles gegeben haben. So einer sitzt jetzt neben mir mit seinen Krücken, Bänderriss. Es ist Herr Sawitzky, Frankfurt/Oder, der bei der Abwehr einer feindlichen Enterleiter leider verletzt wurde. Wir haben ihm viel zu verdanken, vielleicht unser Leben, auf alle Fälle unsere Freiheit, die er mit heldenhaftem Einsatz verteidigt hat. Auf ihn wollen wir trinken und ihn gebührend feiern.* Sawitzky ist gerührt und dankt dem Arzt im Sitzen. Er sei nur einer von vielen gewesen, beteuert der Gefeierte bescheiden. *Sawitzky, schon gut. Aber stellen Sie bitte Ihr Licht nicht unter den Scheffel, das haben Sie gar nicht nötig!* Augenblicke später *tocktockt* der Patient mit seinen Krücken Richtung Koje. Das Ganze tut doch verdammt weh, trotz Ibuprofen.

XLI
Semira träumt
14° 09′ N, 52° 00′ E

ich fahre den nil abwärts zum fluss des herrschers
– er soll leben, stark bleiben und gesund –
und biege in diesem moment in den strom re's
jetzt da die schwemme bald einsetzt
bereite ich die pavillons vor für das fest
das man feiert beim anstich des kanals
der die wasser hin zur sonnenstadt leitet
ich eile dorthin so schnell es nur geht
und mein herz ist gott re ganz geweiht –
wenn ich meinen liebsten dann endlich

eintreten seh in den garten des tempels
werd ich mit ihm zur mündung spazieren
denn er holt mein herz in die sonnenstadt
wir ziehn uns zurück unter die bäume
die die wege beschatten im park
ich zupf von den persea ein paar blätter
und fächle mir damit kühlung zu –
und dann schau ich was du anstellst mit mir
die augen gerichtet auf den garten der liebe
die arme voll mit den früchten der persea
ihre sternäpfel an meinen busen gehäuft
und mein haar satt glänzend von balsam
so werde ich zur frau dessen erhoben
der herr ist über ober- und unterägypten

XLII
Snuffi träumt
54° 83′ N, 9° 55′ E

ich fahre gerade auf der barke nilabwärts
ein rudermann unter seinem kapitän
meine schlafmatte eingerollt über die schulter
um in das heilige memphis zu gehen
und ptah zu bitten, den herrn der gerechtigkeit
gib mir die schwester heute nacht –
und der fluss, er wird zu wein
ptah zum schilf am ufer
sachmet das lotosblatt
jadet des lotos knospe
und nefertem die blüte
durch ihre schönheit wurde die erde zu licht
und memphis eine schale alraunen
ptahs berückendem antlitz zu füßen gestellt

XLIII
Zwischen Asien und Afrika
16° 07′ N, 41° 14′ E

Normalität hat sich auf der *Odysseus II* auch zwei Tage nach dem Überfall noch nicht eingestellt. Die Lektoren sind in einem kurzen Briefing beim Kapitän auf die psychologischen Schwierigkeiten hingewiesen worden. In der Freizeit, beim Smalltalk in der Bar oder bei sportlichen Aktivitäten der Passagiere soll das Animationspersonal die Gäste weiter beruhigen und pazifizieren. Nichts spreche dafür, dass sich ein solcher Vorgang bis zur finalen Landung in Marseille wiederhole. Das alles sei ein bedauerlicher Zufall, ein unvorhersehbares lokales Ereignis gewesen, wie es im Extremfall auch einmal bei einer Autofahrt passiere: Alles sei bestens geplant und ausgeführt und doch könne es zu einem Crash kommen. Die Lektoren, Trainer und Sportlehrer seien an Bord gerade jetzt, in diesen schwierigen Tagen, gefragt. Er, Vanderstraaten, bitte in diesem Zusammenhang das Team um vollen Einsatz und er verlasse sich dabei auch auf die Lebenserfahrung der Mitarbeiter. Sagt es und geht dann wieder seinen Kapitänspflichten auf der Brücke nach.

Bernd hat sich nach einer anstrengenden Nacht auf das Sonnendeck verzogen und er weiß, dass Rebecca auch gerne einmal allein ist und mit zu Hause telefoniert. Heute ist, so hat Rebecca schon beim Frühstück angedeutet, Stuttgart mit Linda wieder einmal dran. Rebecca hat sich dort erst drei Mal gemeldet, und jetzt nach dem Überfall wird es höchste Zeit für ein Lebenszeichen. Es reicht, wenn die Schöne aus Pöcking erst gegen 12 Uhr mittags (Ortszeit auf dem Schiff) in Stuttgart anruft, denn die Zeitverschiebung nach UTC beträgt gegenüber der Schwabenmetropole immer zwei Stunden plus. Eine Minute mit dem Satellitentelefon, das tut auch Rebecca weh, kosten 4,50 Euro und das ist kein Pappenstiel. Aber Linda, die gute Seele der Escort-Girls, ist auch gleich am Apparat, und freut sich, von Rebecca zu hören, fantastische Tonqualität, wie von Tür zu Tür. Rebecca platzt gleich mit der Piratennachricht los und evoziert teilnahmsvolle Nachfragen: *Bist du verletzt? Nein, in der Zeitung steht hier nichts, noch nicht. Auch auf SWR3 kam nichts. Sollen wir dich ausfliegen lassen? Das können wir, wir haben dich doch versichert, Rebecca, mein Schätzchen, klar doch! Erst in Sharm el Sheikh macht ihr wieder fest? Wenn du willst, holen wir dich da raus, du musst es nur sagen, das machen wir, mein Herz, ja? Es darf dir nichts geschehen, du bist doch mein bestes Pferd im Stall. Darf ich das sagen?*

Klar darf Linda, nur so eine Rettungsaktion will Rebecca nicht, es ist doch alles gut gegangen. *Und mein Makler ist Gentleman, Linda, er ist super anständig, tagsüber, nachts und überhaupt. Er verlangt auch keine Sachen, die ich nicht mag. Dildos, höchstens, jeden dritten Tag eine kleine Modenschau mit Dessous. Der ist wirklich nicht schlimm. Da gibt es ganz andere Männer in seinem Alter. Bernd ist nie aufdringlich. Ich habe mich fast in ihn verliebt. Aber das will ich wirklich nicht. Also, Linda, alles im grünen Bereich, und er mag mich wirklich, ganz Kavalier. Nur von seinem Beruf in der Kölner Bucht, da will er nicht richtig erzählen. Aber ich komm bald dahinter. Natürlich ist es auf dem Schiff nicht ganz so vornehm und schick wie in dem tollen Hotel in Dubai. Aber das macht nichts. Alle Tage ist kein Sonntag. Das Essen hier an Bord ist wirklich vom Feinsten und erlesen. In der Sauna habe ich mich auf die Waage gestellt: Da kommen jetzt doch schon etwa 400 Gramm dazu, Linda, und das bei meinem Beruf! Bernd hat aber dafür überhaupt keinen Blick, zum Glück. Ganz Mann, ganz verliebt. Kurz und gut, Linda, du brauchst dir keine Sorgen zu machen.*

Dann erzählt die Escort-Chefin ein bisschen von Stuttgart. Ja, hier regnet es seit fünf Tagen ununterbrochen, am Hauptbahnhof fallen die Züge aus, weil die Züge permanent entgleisen, und dann gibt es einen OB-Wahlkampf Thurner gegen Kuhn, *wir können alles außer Schwäbisch,* fehlender Brandschutz im Untergrundbahnhof. *Ich kann dir sagen, hier ist was los! Aber auf deiner Odysseus braucht dich das nicht zu interessieren. Also, Rebecca, mein kleines Täubchen, wir sind hier im Team von Lindas-Liebes-Laube LLL mächtig stolz auf dich. Wie cool du alles angegangen bist, wie professionell! Hut ab! Und weil das so ist, Rebecca, haben wir hier beschlossen, dass wir auf deinen Einsatz im Roten Meer ausnahmsweise 1.000 Euro draufsatteln, und auch das Telefon übernehmen wir, ist doch klar. Wie gesagt: ausnahmsweise. Aber das muss ja auch belohnt werden, Rebecca, deine Standhaftigkeit, dass du die Nerven behalten hast und wie du den Stenzel an kurzer Leine führst, Respekt!*

Dann tauschen die Frauen ganz liebe Grüße und weitere Komplimente aus. Rebecca legt beglückt und ein bisschen stolz den Hörer auf und vermutet ganz richtig, dass die Verbindung nach Stuttgart-Möhringen locker über 100 Euro liegen wird. So viel Nettes hat sie aus dem *SI* schon lange nicht mehr gehört. Das tut gut und stärkt das Selbstbewusstsein. Im Überschwang der guten Laune gönnt sich Rebecca kurz vor der Lunch Time eine ausgiebige Dusche, verfeinert mit betörenden Essenzen und Lotionen. Sie will Bernd, wenn er sie gleich abholt, mit verfüherischen Düften überraschen, so wie jüngst im *Park Hyatt Dubai* zwischen Marmor, Linnen und edlen Hölzern. Für die Toilette lässt sich Rebecca viel Zeit und sie massiert sich gute Stimmung und Laune gefühlvoll in ihren Körper. Jetzt könnte Bernd kommen, jetzt, und nicht viel später.

Aber Bernd kommt nicht und so entspannt sich Rebecca auf dem Kabinenbett, stellt im iPhone ihren Lieblings-Relaxer ein, *Biscaya* mit James Last, und träumt minutenlang vor sich hin, und die *Odysseus II* wiegt sie in den sanften Tagtraum. Memphis, Babylon, Euphrat und Tigris, Pyramiden, die Königin von Saba, Schlösser und Hängende Gärten, eingebettet in Oasen mitten in der Wüste. Die Namen gehen ihr durch den Kopf, die Lektoren und Landeskundler haben diese geheimnisvollen Städte und Metropolen in ihren Vorträgen immer wieder erwähnt. Wunderbare

Bilder ziehen an ihr vorüber. Dann macht Rebecca doch eine leichte Drehung zum Sideboard neben dem Bett. Dort liegt – weiterhin nur sporadisch gelesen – das Buch von Catherine Millet. Das könnte jetzt passen, vielleicht. Doch Rebecca greift etwas weiter zu der Tarot-Schachtel, mit blauem Samt überzogen. Im langsamen Rhythmus der beruhigenden und entspannenden Musik mischt Rebecca mit Ruhe und bedacht die Karten. Sie will keine *Tageskarte,* keine *Monatskarte* oder sonst etwas Festgelegtes ziehen. Rebecca sucht heute ihre *Kreuzfahrt-Karte,* und sie hat dabei ein gutes Händchen oder anders gesagt: Sonnige Kräfte sagen ihr für heute und das Reiseunternehmen Gutes voraus. Sie zieht die *Hohepriesterin,* die ihr Gelassenheit verspricht, heute ist ein lichtvoller Tag und es steht wenig zu befürchten. *Und da gab es das Telefongespräch mit Linda, die guten Nachrichten, das passt zusammen.* Die Tarot-Deuter im Beiheft sagen ihr schwarz auf weiß, dass sie, Rebecca, den negativen Einflüssen im Alltag mit großem Geschick aus dem Weg geht. In ihrer Nähe fühlen sich die Menschen wohl, und die Hohepriesterin verkörpert das Intuitive und Weibliche. Schließlich sagt ihr die Karte: *Sie haben heute eine sehr gute Möglichkeit, sich von Ihrer weiblichen Inspiration leiten zu lassen, auch wenn Sie ein Mann sind.* Ja, das gefällt Rebecca und spricht sie ganz persönlich an. *Wenn Sie eine Frau sind, werden Sie an diesem Tag eine sehr starke weibliche Ausstrahlung besitzen und viele Männer durch ihr Selbstbewusstsein beeindrucken. Ängste und Unsicherheit werden Sie heute nicht haben.* Und weil die Karten es mit Rebecca so gut meinen, zieht sie ein weiteres Kärtchen. Es sind die *Sieben Münzen,* die sich mit ihr in Verbindung setzen. Sie kennt die Karte und ihr ambivalentes Fatum. Das ist nichts für die Mittagszeit. Jetzt nicht. Lieber weiter träumen, etwas dösen und auf Bernd warten, der längst vom Sonnenbad zurück sein müsste.

Leise kommt Bernd in die Kabine geschlichen. Er sieht Rebecca ganz entspannt liegen, den i-Phone-Stöpsel im Ohr. Sie bleibt bewegungslos liegen, wippt zwei-, dreimal mit ihren langen

Kunstwimpern, schickt ihm in die Tür einen liebevollen Luftkuss mit der linken Hand. Bernd setzt sich vorsichtig auf die Bettkante, befreit Rebeccas Ohr von der elektronischen Zuleitung und streichelt ihr Haar. Dann sieht er die Tarot-Karten, die ihm eher befremdlich sind, und entdeckt Catherine Millets Bekenntnisse. Wie beim Bibel-Stechen seiner Mutter im Sauerland schneidet er mit dem Apfelmesser ins Buch und trifft auf Seite 251. *Darf ich vorlesen, Schatz?* Er darf, *aber bitte nicht zu lang, außerdem gibt's Lunch, oder hast du einen anderen Vorschlag?*

Bernd liest sich murmelnd schon mal warm und wird dann lauter: *Wenn man einige Male mit einem Mann geschlafen hat, weiß man recht gut, wann er »kommt«, auch wenn er nicht zu denen gehört, die es laut ankündigen. Vielleicht weiß ich es sogar schon vor ihm selbst, erkenne es an kleinsten Anzeichen, vielleicht weil er mich in eine Stellung bringt, von der ich weiß, dass sie auf ihn wie ein Auslöser wirkt, vielleicht weil er schweigt, weil sein Atem schwer wird.* Bernd berührt das Gelesene nicht und kommentiert es mit einem hingeworfenen *sensationell, einfach sensationell!* Rebecca wundert das nicht, er sei eben Makler und nicht sensibel genug für weibliche Feinfühligkeit, für deren Antennen. Bernd will jetzt in der Mittagsglut aber nicht weiter diskutieren, auch nicht unter den Bedingungen des AC. Er gibt sehr schnell klein bei und hat jetzt anderes vor: *Willst du mir aus dem Buch vorlesen, ein Kapitelchen, Rebecca, magst du?* – Nein, nicht jetzt, da hat sie einen Plan, der auch ihm gelegen kommt, und zupft ihm den weißen Bademantel von den Schultern. Das Ganze steigert sich zu einer wilden Mittagsorgie, zügellos, nach Rebeccas Rezeptur und Vorstellungen, ganz ohne Lunch. Und als dann Bernd nach dem Rausch Rebeccas Füsse, Beine und Schenkel liebevoll massiert, da fragt Bernd seine Geliebte auf Zeit, ob sie von Casanova oder Don Giovanni schon gehört habe. Natürlich, hat sie. *Und was sagt Casanova weiter? – Also gut, der hat irgendwann gesagt, auch die schönste Frau ist an den Füßen zu Ende!*

Ein schlecht gespielter Aufschrei mit Wutausbruch kommt aus Rebeccas Hals und sie stürzt sich mit ihrer ästhetischen Nacktheit auf den Makler und zwingt ihn amazonengleich in die Kissen, versetzt ihm zwei saftige Ohrfeigen und beißt sich dann in seiner Wade fest, richtig fest. Geifernd, wollüstig und schadenfroh: *Das ganze Schiff soll morgen deine blauen Flecken sehen! Oder du trägst lang.* Nach Beleidigung und Tätlichkeit geht es in Kabine 365 wieder richtig los.

XLIV
Höhe Jeddah
21° 20′ N, 38° 20′ E

Das kleine Kärtchen von Dr. Pia-Sofia Lüders, dem Headquarter für alle kulturellen Abläufe auf dem Schiff, steckt im Postfach der Kabine von Frau Dr. Sellbruch. Das konnte nichts Gutes heißen. Frau Dr. Roswitha Sellbruch möge sich morgen ab 11 im Büro von *Passengers' Entertainment für ein kleines Gespräch unter vier Augen* einfinden. Es ist reiner Zufall, dass die Gynäkologin und Lektorin sich für heute in der *Odysseus HairCut Suite* einen Termin hat reservieren lassen. Das passt wie die Faust aufs Auge vor dem Dienstgespräch.

Jessy Fütterer führt das kleine, aber feine Haarstudio, das nur nach Voranmeldung aufgesucht werden kann. Den Kundinnen und Kunden werden auf Wunsch Kaffee, Tee oder kalte Getränke gereicht. Roswitha besucht zum ersten Mal den Salon. Hier spricht sie mit der Friseurin ganz offen über ihre zu trockene Kopfhaut. Da ist vor der Haarwäsche ein schonendes Elixier auf Birkenbasis empfehlenswert. Die kundige Jessy massiert mit geschmeidigen Händen die Flüssigkeit in die Kopfhaut der Kundin und lässt sie einwirken. *Das tut gut!* Mit dieser angenehmen Ouvertüre lässt sich der Basen- und Säurehaushalt auf der Kopfhaut günstig beeinflussen. Rebecca Schindler, eine auffällige, aber ganz liebreizende Kundin, habe sich gerade gestern ebenfalls ihre Haare etwas auffrischen lassen. Nein, dass die Schindler und Frau Dr. Sellbruch am selben Tisch, Tisch Nummer 18, sitzen, nein, das wusste sie nicht. Aber die Welt auf der *Odysseus* ist viel kleiner als draußen, im Alltag in München oder Berlin. Auch eine gewisse Anastasia Schirmer ist bei Jessy kurz aufgekreuzt. Sie suchte nach der *Coldcream* aus dem Hause *Weleda, aber alles haben wir natürlich auch nicht an Bord* und Ersatz mochte sie nicht. Jede Handbewegung Jessys wird von Roswitha Sellbruch aufmerksam verfolgt. Bitte *keine Experimente* mit der Frisur, es soll und muss wieder eine ansehnliche *Bob-Frisur,* halblang, herauskommen und nur zwei silbrige Strähnen will Sellbruch diesmal zulassen, lässig, aber nicht extravagant, luftig, aber nicht augenverhängend. Schließlich wird Roswitha demnächst, vor der Landung auf der Sinai-Halbinsel, in die kulturellen Glanzpunkte des dortigen Kulturschaffens einführen. Ja, Jessy hat davon gehört. Leider könne sie da nicht mit an Land gehen, weil es an Bord in ihrem Salon noch allerhand Anmeldungen gibt. Da kommen gerne die älteren Herrschaften, für die man sich dann, wenn sie an Bord bleiben, mehr Zeit nehmen kann als im hektischen Normalbetrieb, *Sie verstehen, Frau Dr. Sellbruch?* Sie versteht.

Nach dem Antrocknen der Haare, werden diese vorsichtig nach unten gekämmt, und mit einem Locken-Fönstab kreiert Jessy eine elegante Außenwelle für ein etwas größeres Volumen am Hinterkopf. Frau Doktor wird im Finale etwas antoupiert und mit einem Haarspray, den Jessy sich aus Muscat hat besorgen lassen, erfährt die Apsis die gewünschte luftig-duftige Tektonik. Sellbruch erwähnt die kleine Vorbesprechung, die sie gleich mit der Lüders haben wird. Da wünscht Jessy vorab gute Nerven und ergänzt, *ich muss Ihnen ganz ehrlich sagen, wenn die hier im Salon aufkreuzt, dann schrillen immer meine Alarmglocken. Mal ist ihr die Spülung zu kalt, mal zu heiß, mal passt ihr hier was nicht, mal da. Ich schlage jedes Mal das Kreuz, wenn ich die wieder los bin. Und Trinkgeld gibt es sowieso nicht. Aber das bleibt unter uns, Frau Dr. Sellbruch! Und verstehen Sie es bitte nicht falsch, ja?* Selbstredend. Da der Zeitplan etwas eng geworden ist, lässt Sellbruch Jessy bei der Lüders kurz anrufen, Frau Doktor werde sich um zehn Minuten verspäten und bitte um Verständnis, es liege an einem technischen Ablauf im Salon. *Aber das schaukeln wir schon, Frau Dr. Lüders! Ich beeile mich und sie kommt gleich. Reißen Sie ihr bitte nicht die Haare aus, die sind jetzt viel zu schön arrangiert, ja?*

Wenig später verlässt Dr. Roswitha Sellbruch Jessys Salon, nicht ohne zuvor 5 Euro in das hungrige Maul des Sparschweins am Tresen gestopft zu haben. Mit der Mega *Bob-Frisur,* klug gestylt und doch sachlich dezent, wird die Lektorin vor der Abteilungsleiterin in Sachen Kunst und Exkursionen bestehen können. Das steht zu hoffen. Was Roswitha an diesem Morgen allerdings richtig stört, ist ein irritierender Wellengang, der sich auf die Körperhaltung der Lektorin in den Schiffsgängen deutlich auswirkt. Geschicktes Tasten und Nachfassen an den Geländern sind angesagt, federnde Ausgleichsbewegungen der Extremitäten dienlich, um sich eines elastischen Widerstands gegen die maritime Herausforderung zu vergewissern.

Die Begrüßung in dem kleinen Büro von Frau Dr. Lüders auf dem Dritten Deck wirkt angespannt, zumal die Kulturmanagerin etwas spitz gleich eingangs auf das begrenzte Zeitfenster, das ihr leider nur zur Verfügung stehe, verweist. Sellbruch bedauert ihrerseits artig die unvermeidliche Verspätung, die aber unter dem akademischen Viertel liege und erwähnt im gleichen Atemzug, wie schön es doch sei, dass nun doch, wenngleich später als beiderseits geplant, ein Gedankenaustausch stattfinden könne. Beide setzen sich. Pia-Sofia Lüders erinnert an das Telefonat vor vielen Wochen. Sie wolle es ihr ohne Groll und Argwohn mitteilen: *Adventure & Culture* erhoffe sich von ihren Lektorinnen und Lektoren Vorträge, die nicht in erster Linie wissenschaftlich ausgerichtet seien, sondern in denen der aufgeschlossene Mensch und Mitmensch sich empathisch angesprochen fühlt. *Kurzum, liebe Frau Sellbruch, Sie müssen und sollen keine landeskundliche Doktorarbeit vermitteln, sondern einen spannenden Dialog über Land und Leute anbieten.*

Nichts anderes habe sie als Frau, Ärztin und Kunsthistorikerin bei den vergangenen Fahrten mit der *Odysseus II* versucht und es sei ihr schon ein Rätsel, wie es zu solchen Missverständnissen gekommen sein konnte. *Es sind die schriftlichen Feedbacks, liebe Kollegin Sellbruch, die uns mehrfach Sorge bereitet haben. Ihre gut gemeinten, auch gelegentlich witzigen Vorträge, so wird uns berichtet, seien oft zu anspruchsvoll, detailversessen und eben wissenschaftlich. Bevor Sie antworten: Genau da liegt der Hase im Pfeffer. Auf der »Odysseus« sind Sie eben nicht auf einem Abenteuerspielplatz, im Vorzimmer des Kultusministeriums, auf einer Vortragsinsel des Goethe-Instituts in Dubai oder auf einem Fortbildungsseminar des Instituts für Auslandsbeziehungen in Stuttgart. Unsere Klientel ist wach, aber nicht wissenschaftlich, helle, aber nicht wikipediagefüttert, wissenshungrig, aber nicht in der Endausscheidung für »Wer wird Millionär?«, Sie verstehen?*

Die Gynäkologin und Kulturexpertin des vorderasiatischen Raums kann die sehr deutliche Kritik an ihren Vorträgen so nicht im Raum stehen lassen und erwähnt mit entschiedenen Worten die Zufriedenheit der Kreuzfahrer bei ihren verschiedenen Einsätzen in der Vergangenheit. Dass ihre Vorträge zu *wissenschaftlich* seien, solches halte sie nun für eine unfreundliche Unterstellung, deren Quelle sie gerne in Erfahrung gebracht hätte. Lüders stützt sich auf die Anonymität des Feedbacks und da eine erhebliche Anzahl der Lecture-Teilnehmer den Tatbestand kritisiert und angekreuzt hätte, dass die Lektorin, Frau Dr. Sellbruch, wiederholt über die Köpfe der Passagiere hinweg doziere, da dem unabweisbar so sei, könne man solche Feedbacks als *belastbar* bezeichnen, so sehr es *A&C* gerne auch anders hätte. Von Seiten der *Odysseus II* wolle sie nun gewiss aus einer Mücke keinen Elefanten machen. Aber sie müsse als Verantwortliche für den Bereich *Passengers' Entertainment* ohne Wenn und Aber einen rhetorischen Vortragsstil einfordern, der nicht der *drögen Wissenschaftlichkeit* verpflichtet ist, sondern auf die Befindlichkeit der Passagiere größere Rücksicht nimmt. In der Antike, so Lüders weit ausholend, habe man von *delectare*, dem *Geneigtmachen* des Zuhörers gesprochen. Solche Zielrichtung, die unsere Gäste *im Blick behält,* gelte es umzusetzen, gleichgültig, worüber gesprochen wird. Jetzt, anlässlich der Einführung in die Historie des Katharinen-Klosters auf Sinai, möge Frau Sellbruch die Richtlinien und das Gespräch ganz ohne Groll berücksichtigen. Es könne nicht darum gehen, das Wissenspotenzial der Lektorin auszubreiten, sondern es gehe *um die Darstellung eines einzigartigen Klosters im Schnittpunkt christlicher, jüdischer und islamischer Kulturgeschichte. Beschränken Sie sich in Ihrer Vortragsstunde bitte, bitte nur auf Wesentliches!* Sie müsse nicht unbedingt die Hintergründe und Umstände des Schutzbriefes aus den Händen Napoleon Bonapartes erwähnen, sie brauche im Grunde nicht auf die 6.000 Handschriften aus griechischer, syrischer, äthiopischer und kirchenslavischer Zeit eingehen, *nein, das brauchen Sie wirklich nicht und das schmälert Ihre kostbare Vortragszeit!*

Der Gemaßregelten platzt der Kragen und sie fragt schnippisch, worüber sie überhaupt sprechen dürfe, wenn alles nebensächlich oder redundant sei. *Ist das wirklich so schwer, Frau Sellbruch? Beschränken Sie sich, das wäre mein Rat, auf die Herausarbeitung zentraler Aspekte des UNESCO-Weltkulturerbes, auf den Mosesberg, den Brennenden Dornbusch, die Zehn Gebote, das interessiert die Reisenden und Weltenbummler, vor allem die, die aus der Kirche gerade ausgetreten sind. Sie wissen schon, »Weltkulturerbe«, so ein Begriff bleibt in den Köpfen hängen und soll es auch. Wenn Sie dann in der Lounge 15 bis 20 Bilder beamen, müsste das vollkommen reichen. Ersparen Sie sich Hinweise auf den Einsiedler Johannes Klimakos, auch für ein Referat über die Kaiser Justinian oder Konstantin, so leid es mir tut, reicht die Zeit einfach nicht. Das müssen wir den Unis überlassen oder den Experten an unseren guten alten Volkshochschulen.*

Roswitha Sellbruch ist geplättet und erinnert sich im Stillen an Jessy aus dem Salon. Sie hatte recht, diese Pia-Sofia Lüders ist ein kulturfressender Drache, dem man sämtliche Säulen des Concordia-Tempels auf Sizilien in die Fresse hauen sollte, eine Kultur-Vandalin ohne den geringsten bildungskulturellen Hintergrund, eine geifernde Hydra, die brennendes und schwarz rauchendes Schweröl aus ihren Mäulern spuckt. Roswitha schwört sich bei ihrem Abgang aus dem Büro, nie mehr auf der *Odysseus II* als Vermittlerin von Kultur anzuheuern. Lüders, die solche und ähnliche Gespräche oft und oft geführt hat, schlägt dann, Roswitha zwischen Tür und Angel, einen verbindlicheren Ton an: *Das müssen Sie sich nicht alles so zu Herzen nehmen. Wir haben eben unsere Richtlinien und ich will doch nur, dass Sie auch persönlich Erfolg haben. Also bis übermorgen in der Lounge, 10 Uhr: »Das Katharinen-Kloster – Oase der Christenheit«. Der Titel stammt von mir und ist schon ausgedruckt.*

Roswitha knallt die Bürotür laut und unfreundlich zu und eilt heulend Richtung Bar. Dort bestellt sie sich am Tresen, kaum des Sprechens fähig, einen Campari on the rocks mit Zitrone, Tempos fliegen genässt und klebrig in den Aschenbecher. Wenn sie könnte, wie sie wollte! Sie würde sofort heimfliegen und das Schiff verlassen. Aber sie ist Gefangene des Vorhabens und muss durch. Noch einen Campari und Salzgebäck. Dann sucht sie Piet, der sich ins E-Mail-Center verdrückt hat. Genosse Walter, ebenfalls Gewerkschaftssekretär, wird mit einer belanglosen Nachricht über Kulinarisches an Bord, das Wetter und den Freizeitwert bedacht: *LG Piet.* Roswitha entdeckt ihren Mann schließlich und reißt ihn vom PC. *Piet, das sind solche Schweine, vor allem die Lüders, das sind Schweine ohne Ende! Ich mach so was nie wieder! Da fahre ich lieber in den Schwarzwald. Aber solche Unverschämtheiten brauche ich mir nicht bieten zu lassen. Dann fliegen wir eben ab*

Kairo heim und den Ätna lass ich mit Vortrag sausen. Vertrag hin oder her!

Seine *Roswi*, das merkt Piet auf Anhieb, ist jetzt ganz sicher für Stunden nicht mehr ansprechbar. Die Lüders hat sie auseinandergenommen und er kann dann sehen, wie er seine Kulturschaffende und Gynäkologin wieder hinkriegt. *Und Träne folgt der Träne,* auch so ein Gedicht. Piet schlägt vor, dass sich beide am Pool erst einmal abreagieren, vielleicht zusätzlich mit einem Eiskaffee oder einer Meringe. Mittagessen kann flachfallen. *Adventure & Culture* ist nicht der Nabel der Welt. *Für die paar Kröten so ein Bohei, übrigens, die Lüders hat nur in Wien studiert,* tröstet Piet, *also Freibrief-Examen auf Schavan-Niveau, wenn man's genau nimmt.*

Woher weißt du das?
Der Prof am Tisch hat es mir gesagt, also aus gewöhnlich gut unterrichteter Quelle.
Alle übergeschnappt.
Gibst du mir eine Zigarette? – Danke.
Total verrückt, ehrlich.
Total.
Und jetzt Pause, okay?
Okay.

XLV
Cineasten
24° 53′ N, 36° 13′ E

Am Abend ist in der Lounge ein großer Filmabend angesetzt, ehrlicher wäre es, von einer *Filmnacht* zu sprechen, denn das Unterhaltungsmanagement unter Federführung von Frau Dr. Pia-Sofia Lüders hat *Lawrence von Arabien* ab 22 Uhr angesetzt, und da dem Film eine Gesamtspielzeit von 220 Minuten nachgesagt wird, dürfte es für die Cineasten eine lange Nacht werden. Eine Einführung zu dem Film, was durchaus angebracht wäre, wird es nicht geben. Grundkenntnisse über Peter O'Toole, Anthony Quinn, Alec Guinness und Omar Sharif werden beim geneigten Publikum vorausgesetzt. Im Wüstenepos aus dem Filmjahr 1962 wird gedurstet, geritten, geschossen, aber nicht geliebt. Erster Weltkrieg, tolle Männer, Beduinen, Mörder, Helden, frauenlos, sieben Oscars, das bringt's und passt messerscharf ins Unterhaltungskonzept der *Odysseus II.* Zwar ist das Kreuzfahrtschiff ein paar hundert Seemeilen von den ehemaligen Schlachtfeldern entfernt, doch der Kundige fühlt, spürt und imaginiert den geografischen und historischen Pulsschlag des Films.

Rebecca hat angekündigt, dass sie höchstens bis um Mitternacht den frauenlosen Film sich antun wird. Ja, sie hat den Monumentalstreifen schon einmal vor vielen Jahren gesehen. An den Inhalt kann sie sich nicht mehr erinnern, aber die Musik – *Bernd, die Musik in diesem Film, einfach einmalig!* Bernd kennt das Opus nicht, aber Rebecca will er schon aus Höflichkeit nicht alleine lassen. Ja, der Kompromiss mit Mitternacht, das findet er gut. Thekla Köster ist mit Lisette Zwanziger zur Vorführung gekommen, die Begleiter lassen sich zwar nicht entschuldigen, haben aber allem Anschein nach Besseres vor. Übrigens sind Dr. Schirkow und der Hotelmanager Stefan Silber unter den Zuschauern zu entdecken, Herr Tiede und die Sellbruchs sind auch gekommen, die flinke Semira bedient die Gäste eilfertig und mit gewohntem Charme. Als angenehm wird von den Zuschauern vermerkt, dass über Kopfhörer der Film auch in englischer oder französischer Sprache verfolgt werden kann, der Service im Roten Meer lässt sich kaum überbieten. Das Licht wird gedimmt. Es kann losgehen.

He was the most extraordinary man I ever knew.
Did you know him well?
I knew him.

Well, nil nisi bonum. But did he really deserve a place in here?

Lord Allenby, could you give a few words about Lawrence?

What, more words? The revolt in the desert. Played a decisive part in the Middle Eastern campaign.

Yes, Sir, but about Colonel Lawrence himself.

No, no. I didn't know him well, you know.

Mr. Bentley, you know as much about Lawrence as anybody.

Yes, it was my privilege to know him. And to make him known to the world. He was a poet, a scholar and a mighty warrior.

Thank you.

He was also the most shameless exhibitionist since Barnum and Bailey.

You, Sir. Who are you?

My name is Jackson Bentley.

Der Vorspann, die Exposition, interessieren Rebecca nicht. Das ist wieder *langweilig und öde,* wie sie halblaut zu Bernd flüstert. Aber dann dieser maskuline britische Blondschopf, dieser El'awrence in der Wüste, der nach einem Tropfen Wasser sucht und alles auf eine Karte setzt, der Sherif Ali begegnet und ihn in seine Schranken verweist, der Todesmarsch durch die Wüste Nefud, die Hinrichtung eines Diebes, der König der Wüste El'awrence, das begeistert Rebecca. Ja, mit ihm, dem Helden der Wüste, könnte sie sich ein Leben irgendwo in Kairo oder London vorstellen. Sie müsste dann nicht mit Stuttgart telefonieren, sie könnte dann darauf ganz verzichten, Bernd bei guter Laune zu halten. O'Toole in Pöcking, eine seltsame Vision, aber wunderbar. Vielleicht auch Omar Sharif. Aber der schon weniger.

Bernd knabbert Salzmandeln und genießt. Er genießt das lange Schweigen und die Pausen zwischen den Mini-Dialogen, die nicht mehr sind als kurze Verständigungslinien und ohne ein Zuviel auskommen. Prägnant und präzise wie die Bibel. Ein unziemlicher

Vergleich. Der Makler aus der Kölner Bucht hat im Netz über den Film recherchiert und sich einige Stimmen ausgedruckt:

Man spürt den Willen jedes Beteiligten (Regie, Kamera, Szenenbild, Kostüm, Musik, Schauspieler) ein Werk zu erschaffen, das genauso lang überdauern soll, wie die Wüste selbst. Hier trifft Epos auf Abenteuer, Drama auf Charakter-Studie, um dann perfekt miteinander zu verschmelzen. In keiner Sekunde ist dieser Film vorhersehbar. Wer denkt, hier eine schwarz-weiße Heldengeschichte präsentiert zu bekommen, irrt sich gewaltig. Der Film beginnt mit dem Mythos Lawrence und endet mit einer rätselhaften Leere, die wieder der allmächtigen Wüste gleichkommt. Und es gibt noch viele andere Geheimnisse, die dieser Film nicht ohne Weiteres preisgibt, was ihn wirklich zu einem Meisterwerk macht.

Semira fliegt im Halbdunkeln wie eine Fledermaus von Tisch zu Tisch und bringt Getränk um Getränk, Labsal, das im unerhörten Widerspruch zu den Durstenden auf der Leinwand steht. Hier Coke, Bier, Wein, stille und kohlensäurehaltige Wässer – dort schmerzverzerrte und staubige Gesichter aus kolonialer Zeit mit einem widersprüchlichen Helden in der ewig weißen Tunika. Semira war noch nie in der Wüste, obwohl die *Odysseus II* seit vielen Tagen in sicherer Entfernung an Sand- und Steinwüsten vorbeizieht. Professor Schlink erzählte bei Tisch etwas von der großen Wüste Rub al Khali. Als junger Mann habe er sie einmal in kleinen Abschnitten bereist, superb, wie er sagt. Semira sieht immer nur Bruchstücke von dem Wüstendrama. Wer hier Prinz Faisal ist, T. E. Lawrence oder Auda abu Tayi, das ist unter den Arbeitsbedingungen einer Bedienung nicht auszumachen. Aber die Wüste, die Kamele, die brennenden Züge, Durst, die Wüste, der Sand, das kommt auch beim Servieren rüber. Außerdem wird nach Mitternacht nicht mehr bedient, jedenfalls nicht hier im Filmsaal. Manchmal vergleicht Semira die Felsbrocken in der

Wüste mit den Findlingen am Vogelsberg. Auch Wüste, auch Steine, die Niddaquelle, Oase in gemäßigter Zone. *Unsinn, zwei Jack Daniels mit Eis für Tisch 34!* Heute spürt sie ihre Beine wieder, Krampfadern in fünf Jahren, aber dem Mann in Weiß geht es augenblicklich auch nicht gut, dafür hat er viel mehr Platz – und schon wieder Durst, wir könnten ihm helfen, wenigstens mit einem *Selters* für ihn und den schwarzen Mann auf dem Pferd. Ziemlich unsympathisch. *Zitronenshake für 28.*

Rasten wir hier?
Wir können nicht rasten, Lawrence, das Wasser ist knapp. Erst, wenn wir das hinter uns haben.
Und wie weit erstreckt sich das?
Ich weiß es nicht genau. Wie weit es auch sein mag. Bevor die Sonne aufgeht, müssen wir es hinter uns haben. Dies ist der Glutofen der Sonne.
Haben wir es geschafft?
Nein, aber wir sind dem Glutofen entronnen.
Schon dafür sei Gott gedankt.
Ja, dank ihm dafür Lawrence. Du weißt wohl nicht, wie sehr Du ihn herausgefordert hast.
Ich weiß es.
Wir haben es hinter uns.
So Gott will.

Herr Tiede kann sich für den Film nicht begeistern. Die Verherrlichung des englischen Militärwesens geht ihm absolut gegen den Strich. Dann doch lieber *So weit die Füße tragen* oder *Hunde, wollt ihr ewig leben?* Außerdem ist ihm als Kenner der Kriegsmaterie aufgefallen, dass Regisseur David Lean völlig falsche Flugzeuge hat fliegen lassen. In der Szene mit dem mörderischen Luftangriff auf das arabische Lager, da fliegen die Doppeldecker vom Typ *Tiger Moth* über die Feinde und verteilen tödliche Salven, das Blut spritzt im Sand, die Pferde wiehern. Das geht natürlich so nicht, weil doch *Tiger Moth* erst Jahrzehnte später zum Einsatz kam, das war 1931. Damit darf David Lean ihm, dem Herrn Tiede, nicht kommen. Tiede kennt sich aus in der Luftfahrt und hat zum Beispiel alle Bücher und Heldenberichte über den Roten Baron, Manfred von Richthofen, gesammelt. Was da 1918 am Himmel flog, das kennt Tiede wie seine Westentasche. Auf diesen Schreck mit der Flugzeug-Fälschung bestellt er ein weiteres Fürstenberg. *Unglaublich, was die sich erlaubt haben, englischer Film, kein Wunder, Klitterung, sonst nichts!* Aber das gemeine Filmpublikum hat es in den Sechzigern nicht gemerkt, und merkt es auch heute nicht, so das persönliche Resümee des Spezialisten. Auch die Geschichte mit Erwin Rommel, den jüngst ein Film zum Widerstandskämpfer hat mutieren lassen, das ist Tiede höchst suspekt. Rommel, so Tiede, kannte keinen Wankelmut und wäre eigentlich auch nach Palästina einmarschiert, wenn man ihn gelassen hätte. Überhaupt Lawrence oder Rommel. Dann doch lieber Rommel, dessen Schwester auf der Waldorfschule in Stuttgart Handarbeit in der Unterstufe unterrichtete und mit Stolz 1955 von der Einweihung des Kriegerdenkmals in Tobruk erzählte, sie war dabei, das *Fräulein Helen Rommel.* Kurz und gut, Tiede hält überhaupt nichts von diesem englischen Propagandafilm und beschließt um 23 Uhr 30, den Filmsaal zu verlassen.

Auf dem Schiff sollte man aber nicht zu laut gegen den Film opponieren. Es scheint eine heilige Verschwörung für diesen Film zu geben. Was dem Wagnerfreund sein *Parsifal* an Ostern ist, ist dem Pauschalisten im Roten Meer sein *Lawrence von Arabien.* Letzteres ein unentschuldbares Machwerk, das Tiede, angesprochen, auf keinem Barhocker durchgehen lässt. Und er hat, im Großen und Ganzen, schlagende Argumente. Wütend macht ihn das Heldenlied schon zum zweiten Mal. *Man sollte den Film auf sich wirken lassen. Einfach so. Bild um Bild, Einstellung um Einstellung und nicht dauernd Fragen stellen,* meint der Autor aus Obernau. Saint-Exupéry, den hatten wir schon, sagt in unserem Zusammenhang: *Das Wesentliche der Karawane entdeckst du, wenn sie sich abnutzt. Vergiss den eitlen Lärm der Worte und schau: Wenn der Abgrund ihrem Weg widersteht, umgeht sie den Abgrund; wenn der Fels sich erhebt, weicht sie ihm aus; wenn der Sand zu fein ist, sucht sie anderswo festen Sand, doch stets schlägt sie wieder die gleiche Richtung ein.* Aber diese Weisheit vermittelt David Lean seinen Zuschauern nur am Rande oder gar nicht.

Natürlich kennt auch Bordfotograf Simon eine Anekdote, die er unbedingt loswerden muss und an seinem Tisch mit zwei weiteren Gin-Partnern zum Besten gibt. *Es war nämlich so,* behauptet Simon, *also in der Szene mit dem Sturm auf Aqaba, da mussten Massenszenen gefilmt werden. Jede Menge. Immer wieder. O'Toole auf dem Pferd und Omar Sharif auch. Die beiden Stars hatten aber mächtig Angst vor diesen Teufelsritten, alles bei laufender Kamera. So machten sie, was sie besser konnten als reiten: Die Schauspieler betranken sich, um das Muffensausen runter zu spülen. Omar schnürte sich, sicher ist sicher, an seinem Pferd fest.*

– Herr Simon, müssen Sie unbedingt während der Vorführung quatschen? Dann gehen Sie doch raus! Wir wollen das jedenfalls sehen.

Simon wird etwas leiser. Omar, in der Stadt mit seinem Gaul angekommen, musste von der Requisite abgeschnitten werden. *Er baumelte wie eine Leiche kopfüber vom Pferd,* sagt Simon. Der völlig betrunkene Weltstar streifte mit seinem Kopf mehr oder weniger den Sand, und O'Toole hatte einen glasigen Heldenblick bekommen. Die Zeitungen rühmten später die Heldenposen der Stars. *Doch die waren nur blau, sternhagelblau,* behauptet Simon. 80 Minuten bis zum Finale mit einem gebrochenen Helden auf dem Weg nach Großbritannien

Where can I find Major Lawrence?
Is that what you have come for?
Not altogether, Sir, no.

Well, Mr. Bentley, you will find Major Lawrence with my army.

That's what I meant, Sir. Where can I find your army?

I don't know. Last week they were near El Ghira.

Ghira?

Yes, I fear you have a long journey. Can you ride a camel?

I've never tried.

Take a mule. Avoid Mellaha, the Turks are there.

In Mellaha now? They move fast.

They do. But not so fast as we do, you will find. Myself I am going to Cairo, as you know.

Yes.

There's work for me there of a different kind.

Yes. I know you've been given no artillery.

That is so.

You're handicapped?

It restricts us to small things.

It's intended to.

Do you know General Allenby?

Watch out for Allenby. He's a slim customer.

Excuse me?

A clever man.

Slim customer. It's very good.

I'll certainly watch out for him.

You're being very sympathetic.

Your Highness, we Americans were once a colonial people. We naturally feel sympathetic to any people who struggle for their freedom.

Very gratifying.

Semira weist zehn Minuten nach Mitternacht taktvoll darauf hin, man könne jetzt letztmalig bei ihr bestellen. Dann ist Feierabend für heute. Etliche Gäste haben bereits die Kabinen aufgesucht oder genießen für einige Minuten den klaren Sternenhimmel. Dr. Schirkow fühlt sich beobachtet und versteckt sein Gähnen mit einer massierenden Handbewegung um Mund und Nase. Da er den Film bislang nicht gesehen hat, ist ihm die heutige Filmnacht so etwas wie eine Pflichtveranstaltung, denn die Patienten werden ihn sicher bei Gelegenheit auf den Film und seine medizinischen Implikationen ansprechen – Thema Dehydrierung im Alter oder Probleme beim Bereisen der südliche Hemisphäre.

Simon versucht hingegen, wenn er sich nicht gerade als wissender Cineast aufspielt, auf die Kameraarbeit von Freddie Young zu achten. In der Tat, dieser Künstler hat es voll drauf und besonders seine Totalen sind geniale Kunstwerke. Wie Young das Wechselspiel von rechts und links, von Ferne und Nähe als Bildkomposition zu nutzen weiß, das ist einmalig. Simon möchte solche Techniken künftig auch vermehrt für seine filmischen Bordproduktionen nutzen. Wenn Simon genügend Geld hat, will er ohnehin künftig mit zwei Kameras arbeiten, aber da braucht's eben einen Assistenten. Wer soll den bezahlen? Simons Reisefilme kosten jetzt schon 145 Euro das Stück, da ist dann auch beim kreuzfahrenden Geldadel bald das Ende der Fahnenstange erreicht. *Da ist kaum was rauszukitzeln,* resümiert Simon nüchtern. Aber super Totalen ergeben sich unter anderem, wenn die Passagiere nach den Landausflügen sich wieder dem Fallreep nähern und selbstverständlich in der Wüste. Beim Ausflug auf Sinai in drei Tagen wird er die Passagiere mal ganz soft aus der Entfernung ins Bild reinlaufen lassen. Kein Zoom, kein Tricksen, das kommt dann sicher ganz anders. Das ist natürlich aufwändig, aber Simon will das ausprobieren. Freddie Young, ein toller Kameramann, konzediert Simon. Freddie hat auch bei *Doktor Schiwago, Luther* oder *Luftschlacht um England* ganze Arbeit geleistet. Ein Crack auf seinem Gebiet. Den *Lawrence*-Film selber *kannst du vergessen, abschreiben,* murmelt der Bordfotograf, *aber diese Einstellungen, die Kamera, geil!* Ein Blogger, ein ganz schlauer, mit extravaganten Fremdwörtern, gibt auch seinen Senf dazu und lässt sich nicht einlullen. Nicht mit ihm! – und bitte *kein Mainstream, ja?*

Ich kann bei diesem von allen Seiten hochgelobten Klassiker auch beim besten Willen kaum etwas ausmachen, was mich mehr als peripher interessieren oder bewegen würde. Zuerst einmal sehe ich absolut keinen Grund für die aberwitzige Laufzeit von über 200 Minuten, da der Großteil der Szenen überhaupt keinen besonderen Sinn in Bezug auf den Fortgang der Geschichte oder die Intentionen der Charaktere zu haben scheint. Wir sehen Sandstürme, im Treibsand verschwindende Weggefährten, Wüstenschlachten und Eisenbahnüberfälle. So beeindruckend diese Szenen auch eingefangen sein mögen, sie geben dem Film doch leider nichts weiter als eine interessante Optik, denn sie haben keinerlei externalen Zweck. Normalerweise kann man solcherlei Szenen sehr gut dazu benutzen, dem Zuschauer gewisse Eigenschaften der Charaktere zu verdeutlichen oder zentralen Dialogen ein interessantes Setting zu geben. Aber obwohl es in »Lawrence von Arabien« doch in erster Linie um politische, gesellschaftliche und menschliche Themen gehen soll, wird seine inhaltliche Essenz immer wieder ins Unermessliche gestreckt und dabei verwässert. Ein typisches Hollywood-Phänomen, auch schon damals.

Auf Kabine 315 ist es um die späte Stunde ruhig, konzentriert und still. Anastasia hat ein Duftlämpchen, das Schälchen angefüllt mit einer feinen Lavendel-Essenz, entzündet, wissend, dass dies gegen die strengen Gebote auf dem Schiff ist. Der feine ätherische Geruch ist ihr und Werner wichtig, und die Sprenkleranlage wird es nicht gleich merken, nur ein Teelicht! Die Tagebucheintragung hat der Sprachgestalter abgeschlossen und beide liegen in friedlicher Symmetrie Schulter an Schulter. Es ist die Zeit der Nebenübungen und Hauptübungen, und Werner hält zunächst seine Tagesrückschau, beginnend mit dem Abend, fortschreitend bis zum Morgen. Diese Konzentrationsübung gelingt ihm immer besser, ja fast vollkommen. Anastasia, ganz entspannt, widmet sich den Nebenübungen: Gedankenkontrolle, Initiative des Handelns, Gleichmut des Gefühls, Positivität, Unvoreingenommenheit und inneres Gleichgewicht. Werner schreitet geistig weiter, langsam, langsam, ohne Hast, berührt und imaginiert Anastasias leicht geöffnete Hand gleichsam als eine hingehauchte, inkarnierte Mondsichel und meditiert: *Strahlender als die Sonne, reiner als der Schnee, feiner als der Äther, ist das Selbst, der Geist in meinem Herzen, dies Selbst bin ich.* Draußen im Gang wird es laut. Drei oder vier *Lawrence*-Cineasten kehren in ihre Kabinen zurück, nicht angetrunken, durch alkoholischen Genuss, aber etwas entrückt. Türen schlagen, ein seltener Fall von Ruhestörung auf der *Odysseus II.*

Auf der Brücke wird Feuer oder Rauchentwicklung in Kabine 218 gemeldet. Man kennt das. Wahrscheinlich unbedeutend, nicht weiter gefährlich, natürlich die Raucher. Bevor die Sprenkler sich automatisch anwerfen, schickt der Diensthabende Sally auf Erkundung mit der Bitte um gehörige Zurechtweisung der Leichtfertigen. Im Filmsaal tummelt sich O'Toole unermüdlich im Sand und kämpft gegen das Böse und damit auch gegen die Türken. Wieder hat er verdammten Durst, und das könnte diesmal schiefgehen.

Was tust du da, was soll das, Engländer?

Du hast es ja gesehen.

Bist du allein?

Ja, fast.

Gehörst du zu der Bande von Schurken, die aus meinem Brunnen trinken?

Deinem?

Ich bin Auda Abu Tayi.

Ich habe von einem anderen Mann gehört, der diesen Namen trägt.

Von einem andern, wer ist das?

Dieser andere Auda würde keine Hilfe rufen, um seinen Brunnen zu bewachen.

Er muss wohl ein großer Held sein.

Er ist es. Er würde keinem, der aus der Wüste Nefud kommt, das Wasser verweigern.
Das würde er nicht tun?
Nein, das muss ein anderer Mann sein.

XLVI
Kurs Sinai
25° 91′ N, 34° 32′ E

Vollkommen regungslos sitzt er und blickt achtern in die sich kräuselnden Schaumkronen, die die beiden Turbinen mit 27.000 kW auslösen. Das rhythmische Wechselspiel des Wellengangs mit seltsam gischtfreien Zonen, dabei das Schiff fliehenden Segmenten, die sich durch ausgeklügelte Interferenzen der weggeschobenen Wassermassen ergeben, wirken beruhigend auf das Auge. Bewegung des Kielwassers, eine Choreografie, die sich irgendeiner Pause oder raschen Veränderung verweigert. Ein Perpetuum mobile. Gelegentlich kommen Passagiere hinzu und verfolgen kleine Schwärme von Delphinen, die im Abstand von wenigen hundert Metern die *Odysseus II* umspielen. Fotoapparate werden gezückt.

Es ist Hauptfeldwebel a.D. Peter Soltau, der sich seit dem glimpflichen Ausgang mit den Piraten tagsüber hierher zurückgezogen hat. Sawitzky krückt sich über die Decks, aber sein Einsatz wurde von der Crew und den Passagieren gewürdigt, ja gefeiert. Niemand hat irgendein persönliches Dankeswort an Peter Soltau gerichtet, zu schnell hat er sich nach der Attacke wieder verdrückt und an der Bar zwei Gins geben lassen. Vielleicht ist alles Zufall, ohne Uniform wird man auch mit dem G36 leicht übersehen. Auch er hat alles gegeben, alles, ehrlich, und wahrscheinlich zwei oder drei Piraten angeschossen, verletzt oder auch getötet. Damit ist Soltau jetzt wieder allein, ganz allein, bis Sharm el Sheikh, dann Heimflug.

Soltau tagträumt vor sich hin. Er ist ausgebrannt und leer, ausgelöscht wie bei dem Einsatz bei Masar-i-Sharif. Niemand macht ihm Vorwürfe, alles lief bestens im Namen der Sicherheit und der großen Sache. Hier auf der *Odysseus II* ist alles klarer. 700 Passagiere, die vor wild gewordenen Piraten geschützt werden. Ein definitiver Auftrag ohne Wenn und Aber. Soltau muss keine Mohnbauern vor übergeschnappten Talibans schützen. Sicherheit der internationalen Schifffahrt, darum geht es. Demnächst wird es einfacher, wenn die Schutztruppen die Piraten bis ins Landesinnere mit Helikoptern und schweren Waffen verfolgen können. Aber das kann dauern. In Hamburg oder Rostock geht's dann vor den Kadi und die Piraten werden hinter Schloss und Riegel gebracht, für Monate oder Jahre. Wenn er es sich genau überlegt, hat er, Peter Soltau, mit seinem Sturmgewehr mindestens zwei Piraten voll erwischt. Da gab es den Schrei. Das Licht des Suchscheinwerfers in einem fremden Gesicht, bärtig, unkenntlich.

Auf dem Schiff kommt das alles wieder. Winter in Afghanistan, weiß wie der Schaum achtern, die Wellen hinter den Turbinen. Inspektion von zwei LKWs bei -15 Grad. *Wir bauen Schneemänner und machen eine Schneeballschlacht, die Satellitenschüssel ist eingeschneit und muss unbedingt frei gemacht werden, sonst gibt es keine Deutsche Welle und auch keine BBC, aus der Traum. Um 6 Uhr gibt es wieder eine Ehrenwache am Ausgang für Fiz und Georg, die in der Nacht beim Patrouillengang von Heckenschützen erwischt worden sind. Die großen Fotos für die Kameraden fehlen, dafür singen wir dann a cappella unser Lied, ohne Tränen geht das nicht. Halbmast. Wenigstens ist kein Fernsehen dabei. Der Verteidigungsminister, angekündigt für morgen oder übermorgen, nimmt die beiden Särge mit nach Deutschland. Das funktioniert tadellos. Bei Anne Will haben sie über den Auslandseinsatz diskutiert, Hindukusch, Menschenrechte, Korruption, Mohnanbau, Demokratie. Mit kleinen Aussetzern im Bild wird das von den Soldaten gesehen. De Maizière findet, dass wir Deutschen mit dem Militär viel geleistet haben, Jürgen Todenhöfer ist ein-*

fach gegen Krieg, das ist alles. Soltau fängt mit dem Fernsehkram nichts an. Im Feldlager ist er bei solchen Fernseheinlagen lieber rausgegangen und hat eine geraucht.

In Koblenz haben die Psychologen Soltau gesagt, er leide unter einer Depression, posttraumatisch. Er müsse seinen Gefühlshaushalt wieder in Ordnung bringen, sagt man ihm, er müsse *sich wieder spüren* und Gefühle – positive oder negative – *zulassen.* Er müsse sich selbst annehmen, Selbstachtung, Selbstausdruck – das soll er üben, damit die Leere und die Depression sich *verflüchtigten,* sagt der Psychologe. Auch Sport, Schwimmen und Wandern sind hilfreich. Aber hierzu hat Soltau sich bislang nicht durchringen können, schon gar nicht auf dem Schiff. Afghanistan und dann die Piraten, Fischer oder Glücksritter. Wieder Schüsse aus den Schnellfeuerwaffen. Verteidigung von Menschenleben durch mutmaßliches Auslöschen von Leben. Er weiß, niemand wird ihn zur Rechenschaft ziehen. Weder Den Haag noch sonst wer. Alles hat seine Ordnung, die Einsätze dort, das Scharmützel hier. Aber die Schatten bleiben, die Träume, die Angst.

Soltau erinnert sich an eine Patrouillenfahrt mit dem *Fuchs,* Schneeverwehungen. Sie sind zu dritt und sehen im Scheinwerferlicht am Dorfende eine Kreatur, eine Frau liegen. Die schreit und wimmert. Der Schnee ist rot gefärbt. Soltau sichert die Kameraden, die sich vorsichtig der verletzten Frau nähern. Dann fliegt eine Handgranate in Richtung *Fuchs.* Vielleicht hat sie die Frau mit letzter Kraft geworfen, vielleicht kam sie aus einem Hinterhalt angeflogen. Die Kameraden packen die Frau unter den Armen und schleppen sie Richtung Fahrzeug. Soltau gibt zur Abschreckung eine Salve mit dem G 36 in die Dunkelheit. Vielleicht hat er getroffen. Der Radpanzer fährt zurück zum Stützpunkt. Die Sanis, über Funk informiert, stellen beim Ausladen den Tod der Afghanin fest. Verblutet, im Übrigen ist auch das Knie zertrümmert.

Hier am Heck spülen sich diese Bilder wieder in seinen Kopf. Dann die Piraten, die in der Nacht unkenntlich blieben. Die

Fischer werden es morgen oder übermorgen wieder probieren, die Küsten werden notfalls bis in eine Tiefe von zwei Kilometern von den Piraten gesäubert. Das ist Gesetz, europäisches Gesetz, deutsches Gesetz. Eine saubere Sache. Soltau bleibt apathisch. Bis Sharm el Sheikh hat der Soldat, der ehemalige, frei. Die Depression hat ihn fest im Griff.

Seit zwei Stunden kaut Soltau einen Kaugummi, schiebt ihn wie somnambul von der einen Kiefernhälfte zur anderen, das geht ganz langsam von rechts nach links und umgekehrt von links nach rechts. Das Hungergefühl steigt. Dabei wäre gegen Hunger auf dem Schiff alles Mögliche aufzutreiben, Gebäck vom zweiten Frühstück, Schokolade, ein Eis oder sonst etwas. Soltau kaut und lässt kauen. Es ist keine willentliche Anstrengung, die Kaumuskeln machen alles ganz freiwillig, automatisch, freiwillig wie das unaufhörliche Wellenspiel am Heck. Dieses Malmen und Kauen hat er sich in Afghanistan angewöhnt. Ein Stabsarzt hat ihn freundlich auf sein Kauen als blöde Angewohnheit hingewiesen. Soltau kaute am Hindukusch die Fingernägel bis zum Anschlag ab, Onychophagie lautete die Diagnose des Arztes, der dem Soldaten nur Gutes wollte, denn die Kameraden hänselten Peter wegen der verstümmelten Nägel. Ob ihm eine Frau fehlte oder einfach einmal Sex mit Abgang? Da gäbe es doch auch im Lager beschränkte Möglichkeiten, wurde ihm eingetrichtert. Der Mediziner tröstete den Soldaten, mit angestautem Sexualtrieb habe das nichts oder kaum etwas zu tun. Man forsche weiter in dieser Richtung. Trotzdem müsse der Hauptfeldwebel versuchen, dieses Nägelkauen zu beenden. Bei Bewerbungsgesprächen schauen die Personalchefs immer auf Hände und Finger, und das kann dann, *glauben Sie mir,* das Aus für alles Weitere bedeuten, *aus, finito, verstehen Sie?* Die kleine Autoaggression sei zwar nichts im Vergleich mit den Dingen, die man hier täglich auf der Straße sehe. Trotzdem wolle er es gesagt haben. Der in Afghanistan anfallende Stress entschuldige zwar vieles, aber es gehe ja schließlich auch einmal wieder in Richtung Heimat. *Sehen Sie,* antwortet der Stabsarzt sich selber, *das meine ich eben. Also reißen Sie sich zusammen, noch ist es nicht zu spät.* Dieser nette Arzt schwirrt durch Soltaus Hirn, und er knabbert und kaut weiter. Stress, Nervosität, Posttraumatisches, das hat man ihm alles schon gesagt, in Koblenz zum Beispiel, dann der Hausarzt in Hoyerswerda, die Mutter – ja, die auch.

Der Bordfotograf Simon klappert das Schiff ab und ist auf Motivsuche. Er entdeckt den abgespannten und braun gebrannten Soltau mit seinem starren Blick, Blick auf die sich kräuselnden Wellen. *Darf ich?* Klick. Er darf, außerdem ist es ihm egal. Er schaut den weißen Wellen nach. *Soll er doch fotografieren, wen er will.* Das Foto für 8 Euro kauft Soltau sowieso nicht. Eine Viertelstunde später kommt die Bordpsychologin Annegret Wismar vorbei. Sie kennt ihre Pappenheimer und machte vor dem Einsatz bei Bab al-Mandab einen kurzen Vortrag in Sachen moralische Aufrüstung bei den Security-Männern. Vanderstraaten sprach von einem notwendigem *warming up,* zu dem die Psychologin eigens gerufen wurde. Bei dieser Gelegenheit fiel ihr Soltau auf, seine Zurückgezogenheit, der apathische Blick, die Kontaktscheue. Vom Afghanistan-Abstecher wusste sie über die Personalakte, *daher weht der Wind!* Mit einer Tasse Tee setzt sie sich zu Soltau, dem der Abbruch seiner dunklen Träume recht zu sein scheint. Drei Delphine.

Ich will Ihnen was sagen, Soltau, fängt Annegret ziemlich direkt und ganz ohne Umschweife an. *Als ich studierte, hat man Baghwan gelesen oder lesen dürfen, ohne rot zu werden.* Soltau grinst, *der mit den drei Rolls Royce in Amerika, meinen Sie den?* Sie nippt am Darjeeling, *genau den! Dem Sinne nach hat der indische Goldjunge gesagt: Gebt niemandem das Gefühl, er sei ein Versager, denn nach und nach kann dein Gegenüber mit so einem Gedanken tatsächlich zum Versager werden. Verurteilt also niemanden, sonst verschließt ihr ihm alle Möglichkeiten seines Wachstums.*

Soltau bittet verlegen um Wiederholung des Gedankens. Er hat nicht ganz verstanden, Wismar wiederholt. Ja, da könnte was dran sein, gibt Soltau zu verstehen. *Sie könnten auch Bordpfarrerin werden, Frau Wismar,* hakt der Angesprochene nach. *Gibt es aber hier auf dem Schiff nicht – und da bin ich froh. Mein kleiner Aushilfsjob bei A&C ist weniger spekulativ. Deswegen erwähne ich auch ungefragt den sympathischen Guru mit seinem dicken Auto, das niemand wehgetan hat.* Soltau entschuldigt seine Unkenntnis über den Inder mit dem Hinweis, dass seine Mutter in Hoyerswerda allenfalls über die tolle Margot gesprochen habe, den Fels in der pädagogischen Brandung der DDR. Aber das sei ja nicht mehr aktuell. Und dann sei er nach Afghanistan, freiwillig, ein Land, mit dem auch der Arbeiter- und Bauernstaat ziemlich gute Beziehungen hatte. *Verstehen Sie das nicht falsch, aber so war das.* Nein, sie versteht nicht falsch, hat dann aber doch eine Idee.

Aus ihrer Handtasche zieht Annegret Wismar ein durchsichtiges Plastikrohr mit Schiebedeckel, innen ein veritables Mikado-Spiel. Sie hat es aus dem Spiele-Pool entwendet oder eben geborgt. *Wann haben Sie das zum letzten Mal gespielt?,* fragt Annegret unschuldig. In Afghanistan hatten wird das auf der Stube, dann in Koblenz, in der Klinik. *Hätten Sie Lust?* Er hat überhaupt keine Lust, lässt sich dann aber doch dazu bewegen. Annegret eröffnet mit einem schwungvollen Wurf auf den Rattan-Tisch die Mikado-Runde. Er soll mit dem Aufnehmen der Holzstäbe beginnen. Dabei entdeckt die Psychologin die abgekauten Fingernägel des Ex-Soldaten und ist geschockt, ohne es sich anmerken zu lassen. Soltaus Finger sammeln frei liegende Stäbe mit lässiger Gebärde ein, dann aber beim ersten Wegrollen eines blau-rot-blauen *Mandarin* beginnen seine Hände zu zittern und er vermasselt bei günstiger Ausgangsposition weitere Punkte. Er fühlt sich durch die Psychologin wie durch ein Vergrößerungsglas beobachtet, Angstschweiß bricht aus und Soltau bittet um Abbruch des Spiels. Da tauchen sie wieder auf, die Schattenrisse der Piraten, die Patrouillenfahrt mit dem *Fuchs,* Kohle aus dem Keller holen in Hoyerswerda, Auftrag der Mutter. Annegret sammelt die Holzstäbe wieder ein, *das macht nichts, es ist doch nur ein Spiel.* Peter Soltau fühlt sich verloren und überführt, Therapeuten eben. Die sind immer auf der Lauer und erklären die Welt, auch das Mikado-Spiel. Aber, was hätte nun Bhagwan, ihr Bhagwan, geflüstert? Pech im Spiel, Glück in der Liebe? *Alles Unsinn, völliger Blödsinn,* kontert Wismar entschieden. Vielleicht, ganz vielleicht, hätte er geraten: *Höre auf zu kämpfen, und im gleichen Moment, in dem du es aufgibst, wird der Widerstand verschwinden – denn es gibt keinen Grund, Widerstand zu leisten. Du wirst dich nicht allmählich, sondern plötzlich öffnen. Es gibt Blumen, die sich allmählich, und Blumen, die sich plötzlich mit einem Klang öffnen. Du wirst dich plötzlich öffnen, mach dir also keine Sorgen!* Also doch Fernsehpfarrerin? Das hat ihm noch niemand gesagt und klingt nach *Siddhartha.* In dem Buch hat er im Camp gelesen, nicht viel. Die Auswahl der Bücherei war bescheiden: Etwas Simmel, etwas Hesse, etwas Kohl und Adenauer, Highsmith.

XLVII
Schotten meldet sich
50° 30′ N, 09° 07′ E

Liebes Kind, liebe Semi!

Wir schreiben Dir in großer Sorge aus Deinem geliebten Hessen, aus Schotten, aus Deinem Elternhaus. Was machst Du nur für Sachen? Wir hätten nie gedacht, dass Du Hals über Kopf auf so einem großen Passagierschiff anheuern würdest – ohne uns nur ein Sterbenswörtchen zu sagen! Wir haben es uns im Internet einmal angeschaut. Dein »Odysseus« ist ja wirklich ein fabelhaftes Schiff. Hast Du da auch manchmal Zeit und kannst auch im Pool schwimmen? Die Suite »Helena«, da könnte ich richtig neidisch werden. Aber Bilder täuschen oft und sagen nicht die Wahrheit. Und da kellnerst Du? Wir können es fast nicht glauben! Schicke doch mal eigene Fotos. Du hast doch ein

Smart-Phone oder Du schickst es über Euer Schreibbüro wie Deine letzten Zeilen.

Mit der »Traube« in Baiersbronn, das hätte doch richtig schön werden können, für Dich und für uns und es wäre nicht so weit weg von Schotten gewesen. Du mit Deinem Dickschädel! Aber wir wollen Dir jetzt aus der Ferne keine Vorwürfe machen. Kind, wie mag es Dir nur gehen? Deine kurzen Zeilen aus dem dunklen Oman (auf ARTE gab es über das Land vor einer Woche eine interessante Sendung, wohnen möchten wir da aber nicht) waren ja mehr als dürftig und Zigaretten werden wir ganz bestimmt nicht schicken, das wirst Du Dir ja denken können. Hoffentlich bekommt Dir das Seefahren überhaupt. Ich erinnere mich, dass Dir auf einer Überfahrt nach Helgoland in den Ferien ganz kodderig wurde wegen hoher Wellen. Du warst da 7 Jahre alt. Verträgst Du den hohen Wellengang auf dem Atlantik überhaupt und das Woche für Woche?

Wir haben übrigens vor einigen Tagen bei der »Traube« einfach angerufen. Die würden Dich, wenn Du wieder kommst, auch jetzt nehmen. Die haben diesen Sommer sogar angebaut. Das wäre also gar kein Problem, Du musst nur wollen. Vater hat da vor kurzem auch einmal mit Kollegen gegessen und war sehr begeistert. Allerdings ist das dort nicht ganz billig. Dafür dürfte die Bezahlung für die Angestellten stimmen. Das vermuten wir. Kind, wenn Du so weit weg bist, da tut uns das Herz – ja lach nur! – richtig weh. Es ist so, als hätte man uns unser Liebstes weggenommen, für immer. Semi, überlege es Dir gut und mach hier in der näheren Umgebung einen neuen Anfang. Das war alles sehr schlimm für Vater und mich, besonders abends, wir haben oft und oft geweint. Vor allem, weil wir doch nicht wussten, wo Du steckst.

Vater hat jetzt Aussicht, als Berater für Atomkraftwerke tätig zu werden, die abgeschaltet werden. Er ist dann viel auf Achse. Allerdings frühestens in 3 bis 4 Monaten. Aber das ist ziemlich interessant, sagt Vater, und verspricht berufliche Sicherheit für die Familie, der Rückbau von so was dauert Jahre. Uns kann es nur Recht sein und Vater kennt sich da aus. Also wir stehen unseren Mann und es wäre schön, wenn wir ganz bald von Dir wieder etwas hören würden. Neulich kam ein Anruf von einem Mann. Der wollte wissen, ob Dein Telefon, Dein Smart-Phone, geht. Er kennt Dich aus Schotten, sagt er. Nette Stimme. Ich habe ihm Deine Nummer gegeben. War das in Deinem Sinn? Aber Du gehst ja doch nie dran. Er wohnt in Glücksburg – und das ist wenigstens nicht Oman.

Liebe Semi! Lasse doch sehr bald von Dir einmal hören! Wir beißen nicht! Sei lieb geküsst und umarmt
Mit innigem Gruß von Deiner Mama

PS: (Vater ist für zwei Tage in Philippsburg, dann Kongress in Karlsruhe im Kernforschungszentrum, und grüßt Dich ganz lieb.)

XLVIII
Frauen, Männer und Touristen
26° 35′ N, 36° 07′ E

Dass ein ehemaliger Botschafter der Bundesrepublik Deutschland in Saudi-Arabien, Dr. Harro Hammerstein, ebenfalls an Bord ist, hat sich herumgesprochen. Er wird von den kundigen Passagieren auffallend höflich und zuvorkommend begrüßt. Auch werden ihm wie selbstverständlich die diversen Schwingtüren zu Restaurant, Bar und Casino aufgehalten, lässt sich doch eine kleine Gehschwäche, die der Diplomat außer Diensten mit seinem eleganten Gehstock mit Silberknauf durch Eleganz und Wendigkeit verbergen will, bei aller Diskretion nicht übersehen. Kein Abbild, aber ein entfernter Doppelgänger von Otto Friedrich Wilhelm Freiherr von der Wenge Graf von Lambsdorff selig, ist hier dem äußeren Anschein nach zu erkennen. Weltmännisch gebildeter Geist und scharfzüngiges Wissen werden ihm jedenfalls von den Offizieren attestiert, eine Auffassung, die sich auch Frau Dr. Lüders vom *Passengers' Entertainment* zu eigen gemacht hat. Hammerstein, der zum dritten Mal die Kreuzfahrt um Arabien mitmacht, hat neuerlich angeboten, nach der Tea-Time einen kleinen Vortrag über Saudi-Arabien zu halten, und das übrigens völlig kostenneutral für die Reederei. Das Angebot wurde besonders vom Kapitän begrüßt, schmerzt es ihn und die Verwaltung in Kiel doch schon seit Jahren, dass Kreuzfahrtschiffe nicht mehr in Jeddha oder Yanbu al Bahr festmachen dürfen. Saudi-Arabien, das sich kulturell abschottet, fürchtet ganz offensichtlich den touristischen Überfall der christlichen Seefahrer aus dem Abendland.

Etwa dreißig bildungsbeflissene Teetrinker haben sich zu der Lecture über die nahe liegende *terra incognita* eingefunden. Grund für das beschränkte Interesse mag die Ankündigung des Diplomaten sein, er werde auf PowerPoint vollständig verzichten und nur einige private Fotos herumreichen. Es kann auch sein, dass ganz andere, unbekannte Vorbehalte gegen die Saudis und ihre Kultur eine Rolle spielen. Seinem Streifzug über Saudi Arabien gibt Dr. Hammerstein den Titel *Saudi-Arabien – Oasen zwischen Sand und Tamarisken.* Er bittet um Entschuldigung, dass er sich für den Vortrag setzen werde und man möge dies nicht als Unhöflichkeit missverstehen. Fünf Jahre habe er in Riad die Deutsche Botschaft mit großer Begeisterung geleitet und alles in seinen Kräften Stehende getan, um die traditionell guten Beziehungen zwischen der Bundesrepublik Deutschland und Saudi-Arabien zu pflegen und zu vertiefen. In diesem Zusammenhang müsse er eingangs auch als Pensionär auf das schändliche islamfeindliche Video zu sprechen kommen, das jüngst die religiösen Gefühle rechtschaffener Araber zutiefst verletzt habe. Er missbillige dieses Machwerk als den schlimmen Versuch, eine interkulturelle Spaltung zwischen Orient und Okzident zu zimmern. *Wir dürfen das nicht zulassen, auch nicht die Kreuzfahrer auf der Odysseus II,* und wohlwollender Applaus ist zu hören. Zwischen dem Recht auf Meinungsfreiheit und dem Respekt vor

Glaube und Religion gebe es keinen Widerspruch. Den Extremisten dürfe nicht gestattet werden, die Agenda zu bestimmen. Hammerstein weist auch darauf hin, dass die Bundesregierung die Initiative Seiner Königlichen Hoheit König Abdullah zur Gründung des Internationalen Zentrums für Interreligiösen und Interkulturellen Dialog (ICIID) unterstützt. Auf nationaler Ebene sucht die Bundesregierung seit 2006 den strukturierten Dialog mit den in Deutschland lebenden Muslimen im Rahmen der Deutschen Islamkonferenz. Der Botschafter wolle aber jetzt auf ganz praktische Fragen und Dinge zu sprechen kommen, *falls Sie demnächst ihr Weg auch einmal nach Saudi-Arabien führen sollte.*

Zunächst sei das Regierungssystem in Saudi-Arabien monarchisch ausgerichtet, womit gewiss *manche bayerische Seefahrer hier an Bord* liebäugeln, scheint dieses System doch in mancherlei Hinsicht effizienter zu sein als die umständlichen Entscheidungsprozesse im Rahmen der parlamentarischen Demokratie. Natürlich gibt es da fröhliches Schmunzeln und Lachen, an einem der Tische wird sogar als Zeichen der Zustimmung mit der Faust vernehmlich auf den Tisch geklopft. Kurz und gut, der Referent erläutert, das Königreich Saudi-Arabien sei ein arabisch-islamischer Staat, der in jeder Beziehung souverän ist. Die Religion, genauer die Staatsreligion, ist der Islam, die Verfassung basiert auf dem Buch des Erhabenen Gottes und die Sunna seines Propheten, das heißt die Sentenzen, Sprüche und Urteile des Propheten Mohammed haben Gesetzeskraft. In Artikel 5 der Verfassung ist die Thronfolge bestimmt. Sie besagt, dass die Thronfolge an die Söhne des Staatsgründers König Abdulaziz Bin Abdulrahman Al-Faisal Al-Saud zu gehen haben und danach an die Söhne der Söhne und so weiter. Das alles sei also viel einfacher als bei uns die Wahl des Bundeskanzlers oder einer Kanzlerin. Der Geeignetste wird dann durch den königlichen Familienrat, Bai' aha genannt, bestimmt.

Gleich zu Beginn wolle er seine Zuhörer vor einem Fauxpas warnen: *Verwenden Sie bitte nie das Wort Mohammedaner, da sind Sie bei Ihren Gästen und in Gesellschaft immer unten durch!* Der Gläubige empfinde dies als eine Beleidigung, die zu vermeiden sei. Das komme daher, dass Mohammed ein Prophet war und nicht Sohn Gottes, wie Christus im Christentum. Da seien die Araber durchaus hellhörig und empfindlich. Doch er wolle auf etwas ganz anderes im sprachlichen Bereich hinweisen. Viele Wörter gebe es, die wir längst eingedeutscht hätten und die im Grunde arabischen oder auch persischen Ursprungs seien. Die Tasse sei so ein Wort, *Chiffon* gehöre dazu, der in Saudi-Arabien verpönte *Alkohol* sei als Wort auf die lange Reise gegangen. Wörter wie *Algebra, Kaffee, Razzia, Jacke, Reibach, Scheck* usw. – das alles sei arabischen Ursprungs, auch wenn wir die Wörter längst als *deutsche* empfinden.

Dann gelte es im Umgang mit Arabern auf etwas sehr Interessantes hinzuweisen. Im Gespräch und im ganz normalen Umgang rücke der Saudi uns viel mehr auf die Pelle, als wir es in Europa kennen und schätzen. Der Deutsche halte im persönlichen Gespräch gebührenden Abstand und lasse den Fremden nur ausnahmsweise in seine Aura-Zone von vielleicht einem Meter eindringen. Ganz anders im arabischen Raum: Hier sei körperliche Nähe und Berührung von Männern untereinander durchaus angemessen und werde nicht etwa als eine homoerotische Beziehung missverstanden. Dr. Hammerstein empfiehlt, wach zu sein und keine falschen Schlüsse zu ziehen. Andererseits besteigen Frauen, die zum Beispiel mit dem Taxi vom Flughafen in die Stadt fahren wollen, immer den Fond des Autos. Vorne, neben dem Fahrer Platz zu nehmen, würde als äußerst unschicklich gelten und müsse besonders von Frauen beachtet werden.

Apropos Frauen. Die allzu offenherzige Kleidung bei Frauen, auch bei Touristen, gilt als wenig schicklich und sollte vermieden werden. Es gibt hier eine Eselsbrücke, die der ehemalige Botschafter empfehlen möchte: Frauen sollten sich stets so kleiden, als wollten Sie im nächsten Augenblick den Petersdom in Rom aufsuchen, wo freundliche Wächter – zumindest bis vor kurzem –

ein wachsames Auge bei textilem Geiz hatten und wider fleischliche Anfechtung beherzt und bestimmt einschritten. Dies zum Maßstab genommen, werde es auch im arabischen Raum keine Probleme geben. Kurz: Frauen sollten sich in Saudi-Arabien höchst dezent kleiden. Das heißt, eine Frau, die das Einschreiten der Sittenwächter, der *Mutawa,* vermeiden will, kauft sich am Flughafen am besten eine schwarze *Abaya.* Das Kopftuch darf auch nicht fehlen und sollte immer griffbereit sein, wenn der Mutawa *cover your hair!* ruft.

Liebespaare, die sich Händchen halten oder gar küssen, *werden Sie in Riads Straßen nicht sehen, das gilt als unschicklich und ist ein absolutes No Go.* Andererseits könne man Männer oder Frauen sehen, die ganz locker Händchen halten. *Ich habe es schon angedeutet, kommen Sie da nicht auf falsche Gedanken!* Nicht jedem wird es gefallen, dass es bei den Saudis keine Nachtlokale, Bars und auch kein Kino gibt. Schweinefleisch und Alkohol sind tatsächlich streng verboten, *aber eine solche Diät hat ja ihre Vorzüge, wie Sie sicher wissen.*

Wer einmal krank werden sollte, was er niemandem wünsche, *da sind Sie in Saudi-Arabien bestens aufgehoben und werden exzellent versorgt.* Die meisten saudischen Ärzte haben in den USA oder in Großbritannien studiert, so dass der Europäer auf gewohnten Standard sich verlassen könne. Die medizinische Versorgung sei für saudi-arabische Bürger umsonst, *als Ausländer werden Sie aber eine Krankenversicherung abgeschlossen haben oder Sie sind, falls Sie beruflich in Saudi-Arabien tätig sind, über Ihr Unternehmen versichert.*

Herr Tiede, der sich kaum einen Vortrag entgehen lässt, unterbricht den Diplomaten im Ruhestand ungefragt und ruppig. Ob er, Dr. Hammerstein, auch auf die Scharia zu sprechen komme, denn das interessiere doch sicher viele der Anwesenden. Der Vortragende war auf einen solchen Zwischenruf gefasst und erklärt, dass er ohnehin darauf zu sprechen gekommen wäre. Nicht alles, was hierüber in Deutschland in der Zeitung mit den vier großen

Buchstaben stehe, sei richtig und angemessen. Er wolle einmal den Versuch machen, den Begriff zu erläutern. Also, es sei so, der Begriff Scharia bezeichne zunächst einmal das islamische Recht. Wenn man das Wort übersetzt, dann heißt es im übertragenen Sinne der *Weg zur Wasserquelle* oder auch *der Weg, den Gott den Menschen vorschreibt,* in jeder Hinsicht also sei der Begriff von *mythischer Vieldeutigkeit. Scharia* beinhalte die Gesamtheit der Gesetze, die in einer islamischen Gesellschaft zu beachten und erfüllen sind. Dabei sei die *Scharia* keine fixierte Gesetzessammlung wie etwa deutsche Gesetzestexte im Bürgerlichen Gesetzbuch oder im Strafgesetzbuch, sondern eine Methode und Methodologie der Rechtsfindung. *Sie verstehen?* – (freundliches Nicken einiger). Das islamische Gesetz regele sowohl die kultischen und rituellen Vorschriften der Menschen als auch die Beziehungen zu den Mitmenschen *al-muʿāmalāt.* Das Gesetz, die *Scharia,* achte darauf, dass die religiösen Verpflichtungen des Einzelnen gegenüber Gott erfüllt werden und alle Beziehungen des Einzelnen zu seinen Mitmenschen – Vermögensrecht, Familien und Erbrecht, Strafrecht und anderes – stets diesem Gesetz entsprechen. Um Glaubensfragen im engeren Sinne kümmert sich die Scharia nicht. Der Bürger habe das islamische Recht mit seinen Bestimmungen und Widersprüchen, *ja, diese gibt es zweifellos,* kritiklos zu akzeptieren. Das Forschen nach der Bedeutung und inneren Logik der göttlichen Gesetze ist nur zulässig, soweit Gott selbst den Weg dazu weist.

Herr Tiede will es genauer wissen und bittet um Beispiele und Erläuterungen aus der Praxis, man höre da immer merkwürdige Sachen. Hammerstein gibt zu bedenken, dass er für die Rechtspraxis kein guter Zeuge sei, aber er könne einige Beispiele nennen. Auf Unzucht einer verheirateten Person, die nachweislich Ehebruch begangen hat, stehe weiter die Todesstrafe, die mit Steinigung bis zum Eintritt des Todes vollzogen werde. Personen, die nicht verheiratet sind und Unzucht begehen, werden nach Hammersteins Bericht mit 100 Stockschlägen auf den Rücken bestraft. Auf Verleumdung stehen bis zu 80 Stockhiebe. Vorsätzlicher Diebstahl wird mit dem Abhacken der rechten Hand geahndet und bei Wiederholung des Delikts kann auch einmal der linke Fuß abgehackt werden, heimtückischer Mord ziehe sogar die Todesstrafe nach sich. Aber aufgrund internationaler Einwände seien die Saudis heute mit der Handhabung der Bestrafung wesentlich zurückhaltender als vor 15 oder 20 Jahren. Da habe sich sehr vieles zum Besseren gewendet

Frau Dr. Thekla Köster, die sich einen eher kulturpolitischen Vortrag erhofft hat, lässt nach diesen wenig feinfühligen und eher blutvollen Hinweisen ihren Cappuccino stehen und gibt Guntram auch ein energisches Zeichen, es ihr gleichzutun. Es folgt ein mürrischer Blick und sie verlassen etwas indigniert den Vortragsraum. Hammerstein bemerkt die Unruhe und fügt beschwichtigend hinzu, dass gerade heute auch in Saudi-Arabien nichts mehr so heiß gegessen wie gekocht werde. Da habe sich vieles der westlichen Kulturauffassung angenähert und man dürfe ja nicht vergessen, dass es auch in Amerika in vielen Staaten die Todesstrafe oder die Isolationshaft gebe. Darauf weise Amnesty immer wieder hin.

Aber er, Hammerstein, wolle nun auf die ganz positiven Dinge in Saudi-Arabien zu sprechen kommen. Da sei vor allem die Landwirtschaft zu erwähnen, ein Sektor, den der Europäer so gar nicht mit einem Wüstenstaat in Verbindung bringen kann. Aber seit etwa 30 Jahren habe man eine intensive Landwirtschaft entwickeln können, deren Basis die Bewässerung durch fossiles Grundwasser, aber auch durch entsalztes Meerwasser ist – *da steht Saudi-Arabien der »Odysseus II« in nichts nach, meine Damen und Herren!* Dr. Hammerstein kommt ins Schwärmen und preist das schmackhafte Gemüse aus den saudi-arabischen Gewächshäusern. In den Märkten finde man ein großes Angebot an Zitrusfrüchten, Datteln, Tomaten, Melonen und Weintrauben und das Land exportiere sogar Weizen und Gerste auch nach Europa.
 Saudi-Arabien produziere 700.000 Tonnen Datteln auf 99.000

Hektar, für 1 Kilo frischer Tomaten zahle man in Riad etwa einen Euro, *da staunt der Fachmann und der Laie wundert sich!* Vor allem seien aber die großen Milchfarmen hervorzuheben. Die eine Milchfarm heiße Al-Safi und betreue sage und schreibe 40.000 Rinder. Es sei die größte Einzelfarm der Welt, an der übrigens auch der französische Konzern Danone beteiligt sei. *Wenn Sie also in Deutschland demnächst wieder einmal sich einen Gervais aufs Brot streichen, dann könnte es durchaus sein, dass die Milch hierfür von einer saudi-arabischen Kuh gespendet worden ist.*

Neben Gewächshäusern gigantischen Ausmaßes und Milchfarmen müsse man auch an die *Straußenfarmen* erinnern. Auf großen Wüsteneinheiten werden oft 3.000 und mehr Straußen-Tiere gehalten, deren schmackhaftes Fleisch auch Einzug in die europäische Gastronomie gefunden habe. Aber noch etwas für die Autofahrer: Wer seinen Leihwagen einmal so richtig schön von Hand innen und außen waschen, anschließend wachsen, polieren, schniegeln und bügeln lasse, der müsse höchstens 5 Euro bezahlen. Viel paradiesischer seien freilich die Benzinpreise selbst, da löhne man nur 26 Cents für den Liter, so dass eine Spritztour in die Wüste mit einem Four-Wheel-Drive wirklich zum heißen Vergnügen werde. Natürlich sei es bedauerlich, dass das Königshaus mit der Öffnung des Landes für Touristen sehr restriktiv verfahre. Aber es gebe doch Entwicklungen, die ihn als langjährigen Diplomaten mit Zuversicht erfüllten. So habe man, gewissermaßen zur Probe, inzwischen auch gut geführte Touristen-Gruppen aus Japan und Frankreich ins Land gelassen. Soweit er wisse, habe es da keinerlei Probleme gegeben und das Experiment sei gut, ja sehr gut angekommen. Zu sehen gebe es wirklich Schönes und Gigantisches: die Monumente der Nabatäer in Mada'in Saleh, die eine Kulturachse mit Petra in Jordanien bildeten. Viele historische Monumente aus islamischer Frühzeit seien in Djidda und Riad zu bestaunen, er könne das jetzt aufgrund der vorgerückten Zeit nur erwähnen. Wer Saudi-Arabien einmal besuchen könne, der müsse sich auch einen Ausflug in den Asir National Park gönnen.

In der geheimnisvollen Rotsand-Wüste erwarte den Touristen Einmaliges. Ein Ausflug zu einem Falkner dürfe ebenso wenig fehlen wie ein zünftiges Kamelrennen und eine Abkühlung im Roten Meer mit Schnorchel und Harpune. Auf abschließende Fragen der Anwesenden könne er jetzt leider nicht näher eingehen, da er vom Auswärtigen Amt in Berlin gebeten wurde, seine persönliche Einschätzung zu dem Piratenanschlag dem Krisenreaktionszentrum zu übermitteln. Er sei mit dem AA um diese Zeit, genau jetzt, für ein Telefonat avisiert. Er bitte um Verständnis, und unter Beifall verlässt der Diplomat, den Silberknauf liebevoll schwingend, den Ort des Vortrags.

IL
Heidenheim, Lerchenweg
48° 66′ N, 10° 16′ E

Liebe Anastasia, lieber Werner,

wie gut, dass wir heutzutage unsere Nachrichten und Gedanken problemlos über Kontinente und Meere schicken können und das ganz flugs und sogar kostenlos. Euren ganz kurzen Lebenszeichen entnehme ich, dass es euch beiden auf der Odysseus II sehr gut zu gehen scheint. Auch wenn ich euch auf der schönen Verlobungsreise nicht stören will, ehrlich, für ein paar Stunden (oder auch einen Tag) säße ich gerne an eurem Tisch und teilte gerne mit euch den Blick auf die endlose Weite des Meeres. Beruflich geht es bei Voith gerade drunter und drüber, leider, ein Turbinengeschäft für Chile ist uns gerade durch die Lappen gegangen, die Kanadier waren schneller oder eben auch cleverer, das kann man sehen wie man will. Es gibt dann doch immer Spannungen bei solchen Pannen, da nach der Verantwortung gefragt wird. Das ist wie beim dm-Konzern oder der Weleda AG, geschenkt wird einem nichts, und im Schlaraffenland leben wir nicht. Na, das braucht euch nicht zu interessieren. Dafür hat die Firma hier in Heidenheim wieder 25 Auszubildende in allen möglichen Bereichen eingestellt, und was soll ich euch sagen, davon sind 18 Waldorfschüler aus ganz Deutschland, die bei uns anfangen werden. Das freut mich dann doch immer wieder. Es können ja nicht alle Eurythmisten oder Sprachgestalter werden.

Schön, dass ihr gerade in der Region, in der das Schiff fährt, euch den Steiner-Zyklus mit dem Orient und Okzident vorgenommen habt. Ich muss euch da bewundern! Als ich 30 war, und ich will ehrlich sein, habe ich auch darin gelesen. Verstanden habe ich es damals nicht so ganz. Und ich müsste mich da wieder richtig reinknien. Manche Gedankengänge sind eben doch sehr komplex. Mit Angelika bin ich da nur bis zu zum 3. Vortrag gekommen. Zur Belohnung haben wir dann einfach »Philosophie der Freiheit« studiert, nicht gelesen, sondern studiert – comme il faut! Das schien uns einfacher zu sein. Doch ich bin mir heute gar nicht so sicher, welche Kost schwerer ist. Es ist jedenfalls für mich, den Ingenieur und »homo faber«, erfreulich, von eurem Lese-Fleiß zu hören. Lest also in diesem Sinne für mich mit! zumal ich schon seit Monaten keine Zeit mehr für den örtlichen Zweig aufbringen kann. Das hat aber auch andere Gründe, über die ich gerne mündlich nach eurer Heimkehr einmal ausführlich berichten will. Im Augenblick kämpft der Kreis sich gerade durch die Akasha-Chronik.

Und da die Seereise, so lese ich die kleinen Mails von dir, liebe Anastasia, auf alle Fälle, euch auch karmisch guttut, die Schicksalsfäden auch aus meiner fernen Sicht sich fest und fester fügen, so will ich euch schon heute von einer weiteren Überraschung berichten. Eingedenk eurer – so will ich doch meinen – auf hoher See vollzogenen Versprechung und Verlobung müssen wir dies wichtige Ereignis, wenn ihr wieder festen Boden unter den Füßen habt, auch hier an Land nachholen und feiern, das sind wir auch der lieben Angelika post mortem schuldig. Und weil ich meine Hochzeit, jetzt spreche ich besonders Anastasia an, hoch droben auf Schloss Weitenburg im Oberen Neckartal feiern durfte (ich arbeitete damals bei Bosch in Reutlingen), wäre es doch aus meiner Sicht eine schöne Idee, wenn wir eure Verlobung im September dort gebührend nachfeiern könnten. Für den 17. September habe ich auf alle Fälle schon einmal den kleineren Nebenraum, den Roten Salon, für 45 Personen reservieren lassen. Na, was sagt ihr in der Ferne, schwimmend zwischen Ägypten und Babylon, dazu? Über das Essen und weitere Details können wir später in Ruhe sprechen (allerdings werde ich auf flambiertem Himbeereis bestehen). Der Baron, der auch das Hotel steuert, ist da ganz offen für Vorschläge und Anregungen unsererseits.

Die Gästeliste sollt selbstverständlich ihr bestimmen. Doch wäre es schön, wenn wir Tante Elise aus Hanau und Dr. Schwerter aus Stuttgart dazu bitten könnten. Aber das sind Kleinigkeiten, über die ihr euch heute nicht den Kopf zerbrechen müsst. Selbstverständlich werde ich die anfallenden Unkosten übernehmen (was natürlich, lieber Werner, deine Erbschaft und eine angedachte Schenkung nach Dornach etwas schmälern könnte: Witz, Witz, smily, smily.)

Meine liebe Anastasia, lieber Werner, ich bin mit ganz innigen Gedanken bei euch und hoffe auf weiteren Beistand jener Mächte, die wir so dringlich um uns brauchen. Seid umarmt!

In Liebe grüßt

dein Vater und dein Peter (Schwiegervater)

L
Vor Sharm el Sheikh
27° 49′ N, 34° 57′ E

Keine Kreuzfahrt ohne eine zünftige *Crewshow* zu Ehren der Gäste und zur Befeuerung der Stimmung an Bord ganz allgemein. Das Feuerwerk der guten Laune ist um 21 Uhr angesetzt und man tut gut daran, sich einen unverstellten Platz in der Lounge zu reservieren. Die Combo spielt zum Auftakt zünftige Seemannslieder, die auch ein Hans Albers oder Freddy Quinn gesungen haben: *Brennend heißer Wüstensand, Junge komm' bald wieder, La Paloma, Ein Schiff wird kommen*. Das Publikum ist begeistert und wenn möglich, wird im Rhythmus kräftig mitgeklatscht. Kapitän Vanderstraaten, und das ist Tradition, hat sich, fellbehangen, als der sagenhafte Held *Odysseus* mit Speer und Schild verkleidet, und wenn nicht alles täuscht, mimt Frau Lüders in glitzernder Gewandung die schöne Helena und darf auch für diesen Abend, entgegen aller Mythologie und Überlieferung den singenden *Odysseus*-Kapitän umgarnen. Voller Inbrunst singt Vanderstraaten bei voll aufgedrehten Bässen seinen persönlichen Hit, den er auf allen Weltmeeren schon gesungen hat:

Sie hieß Mary Ann und war sein Schiff.
Er hielt ihr die Treue was keiner begriff.
Es gab so viele Schiffe, so schön und groß.
Die Mary Ann, aber ließ ihn nicht los.

Nach jeder Reise schwur er, jetzt mustre ich ab.
Er schwur's als Kapitän, doch sie wurde sein Grab.
Die Mary-Ann sank am 19. Mai
bei einem Orkan vor der Hudson Bay.

Das Publikum tobt begeistert und feiert den Kapitän. Auch Anastasia und Werner versuchen, dem Programm etwas abzugewinnen, doch so richtig erwärmen können sie sich nicht und verlassen – ganz, ganz leise – die astralische Entrückung.

Es werden Lose à 5 Euro das Stück verkauft. Der Erlös fließt der Crew (Offiziere und Festangestellte ausgenommen) mit ihren vielen unsichtbaren Mitarbeitern auf der *Odysseus II* zu. Da lässt sich kaum jemand lumpen. Wiltrud Schürer ordert zum Beispiel ostentativ 15 Lose. Ihr geht es dabei, wie sie an ihrem Tisch mit ostschweizerischem Einschlag betont, um die soziale Geste für die Mitarbeiter auf der *Odysseus,* man habe doch Verantwortung, *oderr, oderr it?* Dr. Hammerstein hätte, zugegeben, auf den Kauf von Losen gerne verzichtet, doch als Diplomat, auch als Diplomat außer Diensten, fühlt er sich durchaus unter Beobachtung und ersteht aus taktischen Gründen fünf Lose. Das ist nicht üppig, ist aber generös genug, um Rückfragen und Sticheleien bei Passagieren und Mannschaft auszuschließen.

Immerhin gibt es, neben einer Sachertorte und einer Schwarzwälder, drei interessante Preise zu gewinnen. Zweiter und dritter Preis sind zwei Nikon-Digitalkameras aus dem unteren Preissegment, aber geschenktem Gaul schaut man nicht ins Maul. Interessant ist der erste Preis: Dem Gewinner winken zwei Logenplätze im *Teatro Massimo Vincenzo Bellini* in Catania. Dort wird die *Odysseus II* für 48 Stunden festmachen, bis zur Ankunft in der Ätna-Metropole dauert es freilich Tage. Gegeben wird Bellinis *Norma, Tragedia Lirica in due atti,* eine Auslobung, die interessant klingt. Frau Lüders vom *Passengers' Entertainment* kann darauf verweisen, dass sie im Hinblick auf dieses Kultur-Ereignis für die Kreuzfahrer 50 Billets habe reservieren lassen. Wer also außerhalb der Verlosung Lust auf diese Opernaufführung habe, könne morgen Karten bei ihr bestellen. Die Preise bewegten sich moderat zwischen 50 und 80 Euro, im Übrigen gebe es in der dortigen Oper zauberhafte Logenplätze, die sie gerade jungen Pärchen empfehlen wolle.

Professor Schlink, der nur aus Höflichkeit zu dieser, wie er betont, *ziemlich oberflächlichen Crewshow* mit Lisette gekommen ist, bittet seine Begleiterin, morgen früh sich unbedingt um zwei Karten zu kümmern. *Norma* werde gar nicht so oft gegeben, auch in Salzburg nur gelegentlich. Bei seinen Hinweisen kann sich Schlink nur mühsam verständlich machen, denn auf dem Podium rocken und steppen gerade fünf griechische Tempel-Diven, die schon Agamemnon dem Schlachtfeld entzogen haben dürften. Schlink kann also nur unter größter stimmlicher Anstrengung sein Wissen über diesen Bellini an Lisette herantragen. Er verweist auf Strawinsky, der über den Sizilianer gesagt haben soll: *Bellini sind die Melodien zugeflossen, ohne dass er sich die Mühe machte, danach zu verlangen – als hätte der Himmel zu ihm gesagt: Ich gebe dir eben das, was Beethoven mangelte.* Lisette kann aufgrund der akustischen Situation nur die Hälfte verstehen. Trotzdem nickt sie eifrig mit dem Kopf und gibt mimisch zu erkennen, dass sie angeblich verstanden hat. Sie wird sich ganz früh an der Rezeption um die Karten kümmern.

Piet amüsiert sich ungeniert über die Crewshow und wünscht sich jene seefahrende Leichtigkeit und Lässigkeit auch für Gewerkschaftssitzungen, die oftmals im selbstverschuldeten Ernst und Tiefgang zu ersticken drohen. Hier auf hoher See träumt er, einen Martini nippend, sollten Lohnabsprachen getroffen, Tarifverträge angepasst und müsste über die Urlaubsregelung gesprochen werden. Da täten sich alle leichter. Roswitha kann der schmelzend-rauchig vorgetragenen Knef-Bitte *Für mich soll's rote Rosen regnen* nicht viel abgewinnen, außerdem ist die eingeflogene Alt-Stimme der Ilona Pütz – sie ist angeblich in Baden-Baden im Konzerthaus schon aufgetreten – eher Mitleid heischend als erfrischend. Da die Göttinger Opern hassen, dem italienischen Belcanto so gar nicht zugetan sind, haben die beiden auch keinerlei Lose gekauft. Sie, Roswitha, erhält ohnehin keinen Cent aus dem Spendenpool für die Mitarbeiter. Schon deshalb verzichten die Sellbruchs auf den Kauf von irgendwelchen Zertifikaten. Nein, Roswitha hat an diesem Abend nur gedämpfte Laune, Piet sollte sie nicht reizen und keine falschen Bemerkungen machen. In weniger als zwölf Stunden muss Roswitha topfit sein. Sie wird nach der Landung in Sharm el Sheikh die Führung eines Busses zum Katharinen-Kloster übernehmen. Dies ist nach den Disputationen und Erniedrigung durch Frau Dr. Lüders an sich schon problematisch und schlimm. Aber nicht genug, Roswitha ist aus zuverlässiger Quelle zu Ohren gekommen, dass das Luder Lüders an dem Ausflug auch persönlich teilnehmen wird. Roswitha kann das nur als den Versuch einer weiteren infamen

Kontrolle verstehen und ist daher übellaunig gestimmt. Jetzt darf nichts mehr hier in der Lounge passieren. Und als die Combo gegen Schluss der Veranstaltung eine Polonaise durch die öffentlichen Räumlichkeiten des Dritten Decks inszeniert, da ergreift Roswitha die Hand von Piet und zerrt den Gewerkschafter in den Halbschatten der *Odysseus*-Bar. Dort trinken die beiden je einen Gin und fliehen dann in die Innenkabine.

Aber entgegen allen Versprechungen der Conférence, die agile Veronika Talheimer von der Künstler-Betreuung hat diesen Job übernommen, verzögert sich die Ermittlung der Preisträger um weitere 20 Minuten. Fred Simon präsentiert als überraschende Einlage seine Beamer-Show *Schnappschüsse auf hoher See*, ein in der Tat skurriles Bilder-Arrangement über in der Sonne sich räkelnde Körper, Extremitäten, Busen und Bäuche, dergestalt raffiniert komponiert und im Bordstudio beschnitten und nachbearbeitet, dass keine urheberrechtlichen Einsprüche und Ansprüche geltend gemacht werden können. Simon kennt seine Kreuzfahrer und deren grundsätzliche Kampfbereitschaft um das eigene Bild. Die auf Effekte trainierte Kapelle intoniert ein um das andere Mal *Zarathustra* und hat damit im Zusammenspiel von Musik und Bild die Lacher, Schmunzler und Feixer auf ihrer Seite. Dazwischen fotografisches Stillleben mit kunstvoll arrangiertem Hummer, Spanferkel, gegrilltem Thunfisch, Rinderbrüsten und Spareribs, Barbecue vom Feinsten in geronnener Bildlichkeit. Es gibt immer wieder Applaus bei der fotografischen Retrospektive über bereits biologisch gewandelte Genüsse. Die Gäste sind amüsiert über modische Accessoires in Großaufnahme, seien dies gigantisch vergrößerte Perlen am Ohr einer Pool-Schönheit, heimlich geschossene Tattoos an exponierten körperlichen Stellen oder erlesene Nail-Studien am Fuß einer unbekannten Kreuzfahrtdiva.

Endlich lässt sich Veronika Thalheimer den gebührenden Tusch für die Preisverleihung einspielen. Die Sachertorte mit 12 Tranchen geht an einen unauffälligen Kanadier, die Schwarzwälder kommt im Augenblick nicht zur Verteilung, weil der

Gewinner nicht ermittelt werden kann. Das Publikum lästert ziemlich ungeniert über die Bestückung des 2. und 3. Gewinns. Schamloses wird allenthalben geäußert. Guntram Veltig findet zum Beispiel die Auslobung einer *Nikon Coolpix S 3300* bei *so einer großen Verlosung* einfach *grenzwertig,* ein Tadel, den er zu Thekla flüstert. Natürlich habe die Kamera einen eingebauten Blitz, Bildstabilisator, Videoaufzeichnung, Gesichtserkennung, 4-fach digitalen Zoom bei 16.0 Megapixel, aber das technische Niveau dieser Kamera sei nun alles andere als überragend oder überzeugend. Damit könne er im Kreismedienzentrum in TBB niemanden mehr aufscheuchen. Thekla kann sich dem kleinlichen Gemosere des Freundes nicht anschließen, er möge doch einmal sein Fachwissen für sich behalten, sonst werde sie mit Manfred Spitzer oder Christian Pfeiffer kontern. Sie zischt ein *Guntram, Fresse, ja!?* Für den Medienfachmann ist diese Emphase stets die rote Laterne, die er beachtet und mit einem treuherzigen *sorry, Schatz!* zu entschärfen sucht. Sie prosten sich beide mit bitter-böser Mine zu. Guntram muss auf der Hut sein, viel steht auf dem Spiel.

Die Ziehung der Hauptgewinne ist Aishani aus Delhi übertragen. Sie arbeitet im Schichtdienst in der Wäscherei und hat sich für den Abend ansprechend rausgeputzt, eine Augenweide für die Herren mittleren Alters, die Tigerin von Eschnapur, mit Haaren so schwarz wie Ebenholz. Sie zieht für die beiden Nikon-Kameras die Losnummer von Herrn Tiede und Herrn Flechsig. Beifall. Die Glückspilze wirken bei der Preisübergabe etwas linkisch und entschwinden ganz schnell wieder auf ihre Plätze. Der Hauptgewinn *Bellini für zwei Personen in Catania* wird unter Schlagzeugwirbel, ist es wirklich Zufall?, Rebecca Schindler zugesprochen. Besonders glücklich scheint sie über die zwei Karten nicht zu sein. Auf der Show-Bühne macht sie jedenfalls ein eher betretenes Gesicht. Vielleicht, das geht ihr blitzschnell durch den Kopf, wäre ein entspannter Abend in der Stadt zuträglicher als die Oper. Überhaupt Oper? Auch Bernd kann sich über den Preis nicht richtig freuen. Während Rebecca noch nie in der Oper war, wurde Bernd im Zuge eines Konfirmationsgeschenks mütterlicherseits einmal in die Kölner Oper verfrachtet. *Die Zauberflöte* wurde gegeben, aber erinnern kann er sich daran nicht mehr genau. Später, als erfolgreicher Makler, kamen zwei Musicals hinzu, einmal in Hamburg, einmal in Stuttgart. Aber Zugang zur Musik haben beide nicht, nicht der Makler, nicht die Begleiterin auf Zeit. Wie Rebecca das Kuvert mit den Opernkarten überreicht bekommt und sich anschließend mit zwei eleganten Wangenküsschen bei Veronika Thalheimer und der indischen Aishani bedankt, das strahlte wieder jene Souveränität und Parkettsicherheit aus, die Bernd an dieser Frau schätzt und ihn auch fesselt. Fassade ja, ein potemkinsches Lächeln, aber dann wieder der Liebreiz schöngeschminkter Einfalt, die ihm guttut. Rebecca und Bernd werden nach dem glücklichen Losentscheid von vielen Gästen zum Teil neidvoll, zum Teil nur pflichtbewusst beglückwünscht – welche Fügung, Bellini in Catania! Die beiden wissen gar nicht, wie sie sich in dem Jubel um sie herum verhalten sollen. Immerhin sind beide keine Opernfreunde, wenigstens nicht unbedingt, aber *l'appétit vient en mangeant,* sagt das Sprichwort, und keinesfalls werden sie zu erkennen geben, dass ihnen Freikarten zu Musicals wie *Tarzan, Ich war noch niemals in New York, Hinterm Horizont* oder ein Tournee-Abend mit AC/DC lieber gewesen wären.

Veronika Thalheimer kommt an den Tisch der Glücklichen und gratuliert ein weiteres Mal zu den Logenplätzen – *roter Samt, versprochen!* Dem schließt sich Lionel Vanderstraaten – mit formvollendeter Verbeugung vor der serpentinengleich auf ihrem Sessel eingeschlungenen Rebecca – ebenfalls an. Ja, wenn er als Kapitän an diesem Abend auch Zeit hätte, so würde er zu der Vorstellung selbstverständlich auch kommen, doch der Dienstplan, die allgemeinen Verpflichtungen auf der *Odysseus II* erlauben den vielversprechenden Ausflug in die Welt der Oper leider nicht. Frau Schindler und Herr Stenzel (die namentliche Ungleichheit hat Frau Thalheimer dem Kapitän zuvor diskret auf eine Visitenkarte notiert) werden in Begleitung von weiteren Gästen der *Odysseus* die *Norma* genießen. Und mit den besten Wünschen für eine angenehme Nachtruhe entfernen sich die uniformierten Abgesandten des Schiffs vom Tisch der Gewinner. Vanderstraaten ermuntert das Paar im Weggehen, doch bitte ein Tänzchen zu wagen, *nach dieser Glückssträhne,* langsamer Walzer, wie wäre das? *Rebecca, was meinst Du?* Sie steht auf, fasst die Hand des Maklers, Damenwahl.

LI
Villa Reitzenstein
48° 77′ N, 09° 19′ E

Sehr geehrte Frau Dr. Köster,

bitte sehen Sie es mir nach, wenn ich Sie in Ihrem Urlaub mit dieser Mail aufscheuchen muss. Die Stallwache im KM war so nett und hat mir Ihre Notfall-Anschrift auf dem kurzen Dienstweg mitgeteilt. Schön, dass Sie sich, wie ich höre, auf einem Kreuzfahrtschiff erholen können. Ich beneide Sie richtig!

Es geht um Folgendes: In Absprache mit der Ministerin müssen wir nun doch die Cinema-Schul-Woche (CSW) im Oktober völlig umkrempeln. Eine hochaktive Arbeitsgruppe hier im StaMi ist der Auffassung, dass die Beliebigkeit der Filmtitel, die bisher eher zufällig zusammengestellt wurde, unseren bildungspolitischen Ansprüchen nicht mehr genügen kann. Da waren im vergangen Jahr, Sie werden sich erinnern, wie mir scheint ziemlich planlos Filme wie »Knerten traut sich«, »Das doppelte Lottchen«, »Anonymus«, »Mama Africa« oder »Metropolis« ohne konzeptionelle Strategie ausgewählt worden. Das stieß in den Schulen, den Familien und der weiteren Öffentlichkeit durchaus auf Skepsis und Misstrauen. Aufgrund dieser Erfahrung, die auch die Arbeit in Ihrem Haus, dem KM und den Landesmedienzentren in ein ungünstiges Licht zu rücken drohte, wollen wir in Absprache mit allen Beteiligten, also auch der Filmstiftung Baden-Württemberg, das Ruder gewissermaßen fünf Minuten vor zwölf nochmals herumreißen. Hier hoffe ich – auch aus der Ferne – auf Ihr Verständnis. Die ad hoc eingesetzte Planungsinitiative (StaMi, KM, LMZ, KMZ, VHS, Philologenverband, LSBR, Landeselternbeirat BW etc.) kam zu dem einmütigen Entschluss, dass wir zu einer thematisch geordneten, strukturierten und pädagogisch sinnvollen CSW für unsere Schülerinnen und Schüler kommen müssen. Natürlich sind 8 Wochen Spielraum atemberaubend wenig Zeit für die Logistik. Aber gemeinsam werden wir es schaffen, liebe Frau Dr. Köster! Ihre Vorarbeiten sind damit ja nicht umsonst gewesen, wir müssen die Dinge aber jetzt strategisch verlagern.

Das Wichtigste aber zuerst: Es soll in der CSW ein gebündelter Schwerpunkt gesetzt werden, der auch auf aktuelle Fragen der Gegenwart Antwort geben kann. Als Leitthema für die Filme wurde das Thema »Krieg dem Krieg – der Antikriegsfilm in Geschichte und Gegenwart« entwickelt. Sie werden mir zustimmen, liebe Frau Dr. Köster, dass wir damit Zug und Gravitation in unser bildungspolitisches Anliegen bekommen. Ein Pressegespräch unter Einbeziehung der Landespressekonferenz, an dem Sie leider aus den bekannten Urlaubsgründen nicht teilnehmen können, habe ich für kommenden Freitag im Landtag angesetzt. Mit dem Filmverleih Artist-Motion (Berlin) haben wir uns zu folgenden Auswahlfilmen durchgerungen. Ja, ich schreibe »durchgerungen«, weil es doch einen breiten Diskussionsbedarf gegeben hat. Gezeigt werden in Baden-Württemberg landauf, landab folgende filmische Höhepunkte, wobei Sie sicher die eine oder andere Produktion schon selbst in Augenschein haben nehmen können; nur die wichtigsten Produktionen will ich hier aufführen:

- *Die letzte Fahrt der Bismarck*
- *Der Arzt von Stalingrad*
- *Die Brücke*

- *Die Brücke am Kwai*
- *Apocalypse Now*
- *Alarm im Pazifik*
- *Westfront 1918*
- *Die schwarzen Teufel von El Alamein*
- *Der Soldat James Ryan*
- *Steiner – Das Eiserne Kreuz*
- *Im Westen nichts Neues*
- *Rommel*
- *Rommel ruft Kairo*

Ich glaube, wir können mit dieser abgestimmten Auswahl schulisch, cineastisch und pädagogisch bestehen. Es war uns hier im StaMi besonders wichtig, dass die heute leider unterschätzten Schwarz-Weiß-Filme einen gebührenden Rang in der Auswahl einnehmen müssen. Niki Steins Rommel-Film, den wir erst nach langem Hin und Her vom SWR freibekommen haben, stellt natürlich einen besonderen Leckerbissen dar, da das Heldisch-Große immer auch mit einem kleinen Fragezeichen versehen wird und unseren jungen Kinobesucher damit zu einer demokratischen Grundeinstellung verholfen werden kann. Wie gefällt Ihnen das?

Die Auftaktveranstaltung wollen wir auf eine dezentrale Location fixieren, es wird das Filmtheater Badischer Hof in Tauberbischofsheim sein. Da ist auch alles schon abgesprochen und wie ich höre, sind Sie dienstlich öfters in TBB, das trifft sich gut. Wir werden dort als Highlight den neuen Rommelfilm (120 Min.) und eine Rommel-Dokumentation (30 Min.) zeigen. Als Star des Abends wird neben dem MP auch Ulrich Tukur kommen und in einem Impulsreferat (»Im Schatten des Widerstands«) über seine persönliche Interpretation der Rolle sprechen; Aglaia Szyszkowitz ist angefragt, aus ihrem Büro ist noch keine Antwort da. Vielleicht kommt auch SWR-Intendant Peter Boudgoust, aber das ist leider noch nicht in trockenen Tüchern. Die Rommelnachfahren (wer auch immer aus der Familie) sind kontaktiert und eingeladen, aber da weiß ich nicht, ob die wirklich anbeißen wollen. Die fragwürdige Entmystifizierung des Wüstenfuchses durch den »Spiegel« steckt denen weiter in den Knochen. Für Sprudel, Apfelschorle, Bionade und Kanapees sorgt das KMZ TBB mit gewohnter Verlässlichkeit. Aber ich habe da eine »Mozartkugel«. Zur Halbzeit der CSW, also am Mittwoch, werden wir ein Diskussionsforum im Cineplex Blaue Brücke in Tübingen haben. Hierzu konnte ich den Chef des Instituts für Friedenspädagogik (ift), Herrn Breuer, verpflichten, die haben jüngst einen UNESCO-Förderpreis bekommen. Breuer referiert (dann natürlich in deutscher Sprache) über »Peace Education and Cinema«, anschließend wird das Forum für die Diskussion mit den Gymnasiasten geöffnet.

Sodele, meine liebe Frau Dr. Köster, über diesen neuen Sachverhalt und die Umdisponierungen wollte ich Sie, wenngleich im Urlaub, umgehend informieren. Sie werden mir sicher Nachricht geben, dass meine Mail Sie auch auf See erreicht hat. Von einer Unterstützung des neuen Vorhabens durch Sie und Ihre Mitarbeiter gehe ich mit Gewissheit aus. Medienkompetenz ist schließlich unser aller Anliegen!

Ich freue mich auf Ihre Nachricht.
Mit freundlichen Grüßen
Rosalie Manitius
Ministerin im Staatsministerium Baden-Württemberg
(Nach Diktat verreist)

LII
Sharm el Sheikh
27° 51′ N, 34° 17′ E

Die *Odysseus II* hat seit Stunden die Turbinen gedrosselt und fährt gemächlich Richtung *Sharm el Sheikh,* Luftdruck 1010 hPa, Luft und Wasser 22 °C, Wind 5 N/W. Ein früheres Festmachen am Pier, technisch problemlos möglich, wäre mit erhöhten Liegekosten und Nachtzuschlägen verbunden. Vanderstraaten hat aus Kiel Order, solche vermeidbaren Zusatzkosten zu umgehen. Und so fährt die *Odysseus* bereits seit Mitternacht nur mit rund 8 Knoten und kann damit auch einige Tonnen an Diesel einsparen. Den schlafenden Passagieren kann die langsame Reisegeschwindigkeit nur recht sein, die Vibrationen des Schiffskörpers gehen bei verminderter Fahrt merklich zurück. Anastasia fühlt sich heute Morgen angenehm frisch, tatendurstig und in Gänze inkarniert. Die ruhige Fahrt bekommt der Befindlichkeit des Ätherleibs und damit dem physischen Wohlbefinden ganz allgemein. Gemeinsam mit Werner meditiert Anastasia den Sonnengesang in altitalienischer Sprache, so hat es der Großvater aus dem Tessin der Enkelin gelehrt:

Laudato, mi Signore, cun tucte le tue creature,
spetialmente messor lo frate sole,
lo qual'è iorno, et allumini noi per loi.
Et ellu è bellu e radiante cun grande splendore,
de te, Altissimo, porta significatione.

Dann verlässt das Paar die Kabine. Um 6 Uhr in der Früh beginnt dann lautes geschäftiges Treiben, Ankerketten rasseln, die Matrosen verständigen sich durch lautes Zurufen über die notwendigen Aktionen und Handgriffe. Auf der Brücke weisen Kapitän und Erster Offizier die Passagiere immer wieder und gerne darauf hin, dass der Anker nicht *geworfen* wird, er wird *fallen gelassen.* Bei solcher Gelegenheit erklärt der Kapitän ausführlich und umständlich, dass der Anker bei langsamer Rückwärtsfahrt in Richtung der zu erwartenden Hauptkraft – also Wind oder Strömung – ausgebracht wird. Der Anker wird dabei langsam über den Grund gezogen, der Kapitän spricht von *grasen,* und gräbt sich mit der auf dem Boden liegenden Flunke, der Schaufel also, in den Schlamm, Sand oder eben Grund ein. Oft wird bei Ende des Ankermanövers, so der Fachmann, einmal kräftig an der Kette gezogen, um den Anker tief einzugraben und den Halt des Ankers zu überprüfen. Wird der Anker dabei ausgebrochen und über den Grund gezogen, kann dies an ruckartigen Kettenbewegungen bemerkt werden. Dieser mächtige Ruck ist heute auch im Hafen von Sharm el Sheikh zu spüren. Da ist es dann auch für Langschläfer aus und vorbei mit der Nachtruhe.

Die Landgänger, sie sind heute zahlreich, laut, umtriebig, einfach aufgedreht. Sie frühstücken seit 7 Uhr, vereinzelt auch früher. Da es heute ein langer und anstrengender Tag mit großer Hitze und wenig Schatten zu werden verspricht, ist Aufregung, Nervosität und Geschwätzigkeit auf allen Fluren zu bemerken. Außerdem: Endlich wieder Land unter den Füßen nach einer Woche Geisterfahrt entlang der Küste Saudi-Arabiens! Das ist der große Tag der Bewährung vor allem für Dr. Roswitha Sellbruch, die an geheiligte Stätten des Sinai führen wird, und das unter strenger Beobachtung der verhassten Mentorin Lüders. Im Frühstückssaal gibt es eine wichtige Durchsage:

> *Liebe Passagiere, für den Landgang benötigen Sie Ihre Bordkarte, Ihre Buskarte sowie Ihren Reisepass. Bitte beachten Sie, dass die örtlichen ägyptischen Behörden zunächst die Reisepässe kontrollieren und Sie diese später nach einer entsprechenden Durchsage an der Rezeption wieder abholen können. Bitte achten Sie auf die Durchsagen über die Bordlautsprecher. Wir wünschen Ihnen einen interessanten und erholsamen Aufenthalt auf Sinai.*

Im Konvoi zum Katharinen-Kloster, ihm sind drei Busse angeschlossen, werden gekühlte PET-Flaschen mit stillem Wasser verteilt, auf Wunsch gibt es auch Bananen oder eine Kiwi-Frucht. Für die Anfahrt sind drei Stunden durch felsige Wüstenlandschaft und verkarstete Steppe vorgesehen. Die Busse können aufgrund der Straßenverhältnisse kaum schneller als 50 Stundenkilometer fahren. Allenthalben patrouillieren ägyptische Soldaten, es müssen mehrfach komplexe militärisch gesicherte Schikanen passiert werden, Fotografieren ist ausdrücklich unerwünscht. Fred Simon juckt das allerdings nicht – *klack, klack, klack.* Die Busse befinden sich im unmittelbaren Spannungsgebiet zwischen Ägypten und seinem Nachbarn Israel, eine knisternde Atmosphäre, die an den diversen Kontrollpunkten den Atem etwas schneller gehen lässt.

Frau Dr. Sellbruch stellt sich – das Mikro wieder zu dicht an den aufgeregten Lippen – nur der Form halber im Bus als Reiseleiterin fürs Katharinen-Kloster vor, man kenne sich ja bereits vom Schiff und der einen oder anderen Freizeitbetätigung auf der *Odysseus. Schön, dass Sie mitfahren, schön, dass Sie sich die Perle auf der Sinai-Halbinsel nicht entgehen lassen. Das Kloster ist sehr zu Recht, wie Sie sehen werden, in das Verzeichnis »Kulturerbe der UNESCO« aufgenommen, aber davon später mehr.*

Während dieser Ouvertüre macht es sich Frau Dr. Lüders auf einem der hinteren Sitze bequem. Sie kramt heftig gestikulierend nach einem Notizblock. Möglicherweise wird sie Protokoll führen und denkbare Ungeschicklichkeiten der Reiseleiterin notieren. Roswitha Sellbruch ist durch diese Beobachtung zunächst verunsichert, aber sie beginnt dann doch gelassen ihre allgemeinen Einführungen zur Sinai-Halbinsel, die auf der sogenannten Afrikanischen Platte zwischen afrikanischem Kontinent und Arabischer Halbinsel *schwimme* und durch den Jordangraben getrennt sei. Die 61.000 Quadratkilometer große Landmasse rage bis ins Rote Meer hinein und sei damit immerhin eineinhalbmal so groß *wie unsere geliebte Schweiz.* Im Westen sei die Landmasse durch den Golf von Suez, im Osten durch den Golf von Aqaba begrenzt. Die einzigartige Halbinsel stelle so gesehen eine Klammer oder eben auch Spange zwischen Asien und Afrika dar. Die Landschaft – *und Sie können es durch einen Blick aus dem Busfenster sehen* – sei durch schroffe Wüste charakterisiert, durch kahle und oftmals abweisend wirkende Gebirge.

Während der Einführung ist Roswitha der kritisch sich wiegende Kopf vom *Passengers' Entertainment* nicht entgangen. Die eilig hingeworfenen Notizen der Kontrolleurin im Auftrag von *A&C* tragen nicht zur Selbstsicherheit der Reiseleiterin bei. Pia-Sofia wird später, unausweichlich, bei ihr aufkreuzen und meckern. *(Die kann mich mal!)*

At-Tih, so laute der Name der nördlichen Sandwüste des Sinais, in alten Überlieferungen werde allerdings auch von der Wüste Sur gesprochen. Ja, wer dies alles sehe und auf sich wirken lasse, der werde nicht umhin können und von einem Faszinosum sprechen. (Piet findet diesen Einschub rhetorisch sehr schön und pflichtet seiner Frau aus der dritten Busreihe mit akklamierendem Kopfnicken im Sinne von *mach weiter so!* bei.)

Geologen sprächen von einem Schichttafelland zwischen dem Nordsinai *(dort kommen wir heute allerdings nicht hin, das ist dann doch zu weit)* und dem Katharinenberg – Dschabal Katrina – mit einer lichten Höhe von 2637 Metern. Im Norden können die Beduinen nur mit 20 bis 50 Millimeter Niederschlag im Jahr rechnen, hier im Süden ist es etwas besser, da sind es auch schon mal Richtung 200 Millimeter Niederschlag. Die Nomaden können hier im Süden unter extremen Bedingungen neben den Kamelen auch Rinder halten. Etwa die Hälfte der insgesamt etwa 1,3 Millionen Bewohner der Halbinsel seien Beduinen, die sich auf knapp 20 Stämme verteilen und nur teilweise ein nomadisches Leben führen. Mit wechselndem Erfolg versuche die ägyptische Regierung, die Nomaden sesshaft werden zu lassen. Es gebe da aufwändige Wohn- und Sanitärprogramme, von denen aber schon etliche gescheitert seien. Zunehmend lebten die Beduinen auch von den Touristenströmen und böten neben geführten Kameltouren auch kleine Handarbeiten und Souvenirs feil. In wenigen Minuten komme es in einem kleinen Beduinenlager zu einem Stopp. *Sie können dort ein WC benutzen, Tee trinken und sich die Handarbeiten auch zeigen lassen. Beim Kauf von Goldschmuck sollten Sie vorsichtig sein, das ist wie bei uns. Die Verhandlungen über den Preis sind auch hier einem fröhlichen Feilschen unterworfen und ich darf annehmen, dass Frau Dr. Lüders – sie sitzt ganz hinten – uns da auch behilflich sein wird? Sie haben diesen Ausflug schon sehr oft gemacht. Können wir mit Ihrer Hilfe rechnen, Frau Doktor?*

Pia-Sofia Lüders sitzt mit diesem Keulenschlag in der Falle, kann nicht vor und nicht zurück. Das Gesicht hat sie hinter einer trendigen Roxy-Sonnenbrille, phototrop, getarnt. Die Reflexe auf die Sellbruch-Attacke können im Gesicht der *Odysseus*-Managerin nicht abgelesen werden. Locker, ganz kokett: *Ich helfe gerne bei den kleinen Einkäufen, wenn Sie mich später dafür nicht haftbar machen, geht in Ordnung, selbstverständlich!*

Beim Zwischenstopp vor den Beduinen-Zelten setzen sich Roswitha und Piet von der Gruppe ab, Roswitha will durchatmen. Doch es kommt anders. Zufällig schlendern Professor Schlink und Lisette Zwanziger vorbei. Schlink lässt es sich nicht nehmen und gratuliert Sellbruch für ihre Ausführungen über *die Pyramiden.* Sellbruch korrigiert, zunächst sei man auf Sinai! – *Ja, natürlich, Sie sagen es!* Sellbruch habe sich glänzend in die Materie der Halbinsel eingearbeitet, das sei alles nicht selbstverständlich, vor allem finde er es angenehm, dass sie auf Plattitüden und Pyramidenwitze so ganz verzichte. Das sei wohltuend. Er sei gespannt, was sie im Katharinen-Kloster in einer Stunde dann über Moses berichten könne. *Geduld, Herr Professor, Geduld! Vielleicht so viel fürs Erste: »Gast bin ich im fremden Land«. Wo steht's, wer sagt es?* Da kennt die Gute aber den Mediävisten schlecht, wie aus der Pistole: *Exodus II, 22.* Roswitha und Piet sind platt, *und warum machen Sie nicht die Führung? – Viel zu alt, zu nah an der Gruft und den Pyramiden, und jetzt sind Sie an der Reihe, bis gleich im Bus.*

Der Buskonvoi wirbelt mächtige Sandwolken auf. Eine Stunde bis zum Katharinen-Kloster. Kulturelle Rushhour für Roswitha, es gilt weiter Kluges zu berichten. Zum Beispiel, dass in grauer Vorzeit, etwa 5500 Jahre vor unserer Zeitrechnung, die Ägypter hier auf der Sinai-Halbinsel, weit oben im Norden, im Maghara Wadi emsig werkelten. Dort habe man Türkis abgebaut und in die Grabkammern eingebaut. Insgesamt zähle man hier sechs Minen. Gegenwärtig lohne sich freilich der Abbau kommerziell nicht mehr. Vereinzelt machten sich jedoch kleine Beduinenstämme an den alten Minen zu schaffen und schürften mit einfachen technischen Mitteln nach dem beliebten Kupfer-Aluminium-Phosphat. Dabei kommt es oft zu Unfällen, da in den Wintermonaten die Schürfer in den Wadis von wilden Sturzbächen oder von zusammenfallenden Sandminen verletzt oder gar getötet werden.

Frau Lüders will diese Aussage so nicht stehen lassen und ruft von hinten im Bus sehr laut *das passiert aber ganz, ganz selten!* Frau Sellbruch lässt die beckmesserische Ergänzung stehen, ohne zu replizieren. Das Besondere am Türkis sei, dass er je nach Fundort auch lichtdurchlässig sei. Es gebe auch Mischformen des Gesteins in der Verbindung von Türkis, Chrysokoll und Malachit. Da zischt die Lüders wieder laut und vernehmlich, *diese Fundstätten liegen aber nicht hier, wo wir gerade mit dem Bus fahren, sondern mehr im Nordosten bei Eilat!*

Dem mitfahrenden Kreuzfahrer mit weißer Schiebermütze gehen die kleinlichen Ergänzungen auf die Nerven und er bittet, die Referentin ungestört sprechen zu lassen. Dem Akzent nach dürfte sich der Professor aus Salzburg mit dem freundlich gemeinten Entlastungsangriff das Wort verschafft haben. Beim Schaukeln und Rattern des Busses ist das aber nicht definitiv auszumachen. Roswitha lässt sich von Pia-Sofia jedoch nicht weiter irritieren und erzählt vorab über das berühmte Kloster und seine Geschichte. Aufregend sei schon allein die Lage des Klosters in Höhe von rund 1500 Metern über dem Meeresspiegel, und folge man den Mythen und Legenden, so habe dort auf dem Gebel Musa, dem Moses-Berg, mit seinem Gipfel, der 2285 Meter überragt, der Prophet Moses die Gesetzes-Tafeln mit den Zehn Geboten erhalten. Zu dieser heiligen Stätte schlängelten sich heute 3000 Treppenstufen in die Höhe. Viele Besucher starteten schon um 3 Uhr in der Früh beim Kloster, um oben im Angesicht der Gipfelkapelle den Sonnenaufgang zu erleben. *Aufgrund unserer engen Planung haben wir hierfür leider keine Zeit, aber wenn Sie wieder hierher kommen, gönnen Sie sich bitte diesen einzigartigen Ausflug auf den Moses-Berg!*

Bei dieser kleinen Kritik am Stress-Ausflugsprogramm ist die Lüders innerlich wieder am Intervenieren, verkneift sich aber eine weitere verbale Grätsche. Der Brennende Dornbusch, berichtet Dr. Sellbruch weiter, *der im Alten Testament gleich vier Mal erwähnt wird,* sei in der Klosteranlage dann später auch zu besichtigen. Manche Touristen mokierten sich darüber, dass dieser seltsame Busch auch heute in grüner Pracht dastehe und eben nicht verkohlt sei. Und gerade darin liege ja ein Missverständnis und Geheimnis zugleich: denn im Alten Testament stehe doch, dass der sonderbare Busch, aus dem die Stimme Gottes sprach, *brannte ohne zu verbrennen.* Also – wäre bei klarem Denken zu folgern – *könnten die Blätter und Äste bei guter Pflege immer noch lebendig sein. Oder?* Es gehe also in der Bibel nicht um einen verbrannten Dornbusch, sondern um einen Busch der brenne, ohne zu verbrennen. Das ist doch wirklich etwas ganz anderes. *Suchen Sie also bitte nicht nach verkohlten Blättern, sondern freuen Sie sich nachher mit mir an einem grün sprießenden Baum im Garten des Wüstenklosters. Ist das nichts?* Zum Meditieren über Moses, Gott und den Brennenden Busch werde es nur unter erschwerten Bedingungen kommen, denn sie müsse schon im Bus darauf aufmerksam machen, dass hunderte von Touristen in endlosen Dreifachreihen an dem kleinen Wunder vorbeiziehen.

Für dieses alttestamentarische Aperçu bekommt die Reiseleiterin einhelligen Applaus von der Reisegruppe, mit einer Ausnahme, ganz hinten. Dr. Hammerstein, der es kraft seiner beruflichen Tätigkeit in Riad eigentlich wissen könnte, sogar wissen müsste, fragt beiläufig nach dem Gründungsjahr des Klosters. Auch da bleibt Roswitha die Antwort nicht schuldig: Man wisse es nicht exakt. Zumindest berichten alte Schriftrollen von einer Ansiedlung von Mönchen im 4. nachchristlichen Jahrhundert. Die Kaiserin Helena – die Mutter von Konstantin dem Großen – soll um das Jahr 324 die siedelnden Mönche aufgesucht haben. Begeistert von ihrer Frömmigkeit stiftete sie den Glaubensbrüdern dann am heutigen Ort des Katharinen-Klosters eine Kirche. Das Kloster, wie wir es heute in seinen Grundfesten kennen, wurde freilich erst in den Jahren 548 bis 564 erbaut. Doch das Leben der frommen Männer sei ständig durch Überfälle der Beduinen bedroht gewesen, so dass sich die Glaubensbrüder an den oströmischen Kaiser Justinian mit der Bitte um Hilfe wandten. Dem Hilfegesuch wurde stattgegeben und der Architekt und Baumeister Elisa errichtete nun eine bewehrte Klosterburg, die allerdings von den Hügeln ringsum unschwer belagert werden konnte. In dem Kloster ruhten die Gebeine der heiligen Katharina von Alexandrien, die zu den 14 Nothelferinnen zählt, tatkräftige Beschützerin der Mädchen, Jungfrauen und Ehefrauen, die gute helfende Seele bei Leiden der Zunge und Sprechschwierigkeiten, Patronin der Gelehrten und auch zahlreicher Handwerksberufe. Für die Authentizität der Reliquie möchte sich Roswitha allerdings nicht unbedingt verbürgen, da halte sie es als konfessionslose Christin dann lieber mit dem Dornbusch oder dem Heiligen Berg selbst. Der Abt des Klosters, so berichtet Roswitha weiter, sei übrigens der Erzbischof von Sinai, Pharan und Raitho. Juristisch unterstehe der Sinai freilich dem Patriarchat von Sinai, aber das sei jetzt alles etwas kompliziert und führe dann unter Umständen zu weit.

Aber ein weiteres historisches oder legendäres Detail mache diesen christlichen Wallfahrtsort so spektakulär. Es werde überliefert, dass der Religionsstifter Mohammed auf dem Gelände des Klosters mehrfach als Gast eingekehrt sei. Es müsse ihm im Katharinen-Kloster gut gefallen haben, denn in einer Charta habe Mohammed dann den Bestand und die Unversehrtheit des heiligen Ortes zugesichert. Heute würde man so etwas als geglückte Ökumene oder fortschrittlichen interkulturellen Dialog bezeichnen. Kurz und gut: Das Original des Schreibens befinde sich heute in Istanbul in einem Museum und sei ein wunderbares Zeugnis für Toleranz, weit entfernt von jedwedem islamischen Fundamentalismus. Aus Dankbarkeit, *oder soll man sagen aus klugem diplomatischen Geist und weitsichtigem Kalkül?*, errichteten dann die Mönche ihrerseits auf dem Gelände eine nicht allzu große Moschee mit Minarett, steingewordenes Zeugnis gelebten Respekts. Die Wendung gefällt Bernd Stenzel und so klatscht er zweimal in die Hände und sagt laut und vernehmlich: *Das haben Sie sehr schön gesagt, Frau Dr. Sellbruch, druckreif, wie aus einer Enzyklika vom Papst.* Ob der Einwurf nun ehrlich gemeint ist oder nicht, kann nicht festgestellt werden. Auf alle Fälle kritzelt Pia-Sofia sofort etwas in ihr Notizblock und klopft rhythmisch mit dem Schreibstift auf den Block ein. Sie sucht nach einem Begriff, einem Adjektiv, mit dem sie die Reiseleiterin später unter vier Augen diskreditieren kann. Moment, jetzt hat sie es: *Religiöse Nabelschau und peinliche Selbstdarstellung!*

Endlich halten die Busse auf dem Parkplatz des Klosters. Nach der angenehmen AC im Bus schlägt den Touristen draußen jetzt atemberaubende Hitze ins Gesicht. In 30 Minuten ist Treffpunkt am Parkplatz, die Toiletten sind links bei den Souvenirständen. Der Fahrer spricht von 38 °C, Wüste pur, trockene Luft, ein Kloster, Moses, Palmen. Der Tross schleppt sich zum Eingang. Frei zugänglich und zu besichtigen sind die Basilika, der Moses-Brunnen, hier hat der Prophet die Herde seines Schwiegervaters, Jethro, getränkt, der prächtige Dornbusch, die Kirche der Verklärung, ein kleines Museum. Verschlossen bleiben für die *Odysseus*-Pilger die Moschee, das Minarett, der Nordosthof, das

Refektorium, das Dormitorium, die Kapelle, der Gästeflügel, der Latrinenturm, der Kleber-Turm, die Küche, Wohnungen, der Gästeflügel. Das Wenige, das ins neugierige Touristenauge fallen darf, ist für die halbe Stunde ausreichend. Der Dornbusch muss digital erfasst werden, auch der Brunnen. In der Basilika darf nicht fotografiert werden. In einem schmalen, aber langen Tunnel ist die Transpiration der Klosterarmada unerbittlich. Die Männer übertrumpfen in dem olfaktorischen Wettbewerb mit stechenden Wolken der Ausdünstung die beherzt deodorierten Achseln der Frauen. Ein uniformierter christlicher Pfadfinder, blau-grau, aus Berlin, informiert lautstark seine Kameraden *Achtung, Türkendusche!*

Wie gut, dass Frau Dr. Sellbruch wichtige Details der Klosteranlage im Bus zuvor erwähnt und erläutert hat! Im touristischen Schlachtgetümmel geht es akustisch zu wie auf dem Cannstatter Wasen. Russische, französische, deutsche, spanische, amerikanische, kroatische und polnische Führerinnen und Führer mit bunten Erkennungswimpeln schleusen kunst- und religionsbeflissene Touris aus aller Welt durch die zugänglichen Separees des Weltkulturerbes. Nicht ohne Hintersinn kommt Roswitha wieder auf die Zehn Gebote zu sprechen, die Moses auf dem Berg Horeb mitgeteilt bekommen habe. (Roswitha wird von den umstehenden Exkursionsteilnehmern nur unter Mühen verstanden.) Sie wolle hier an diesem Ort stellvertretend an das 8. Gebot erinnern, das auch heute sehr modern wirke. Es heiße dort *Du sollst deinen Nächsten nicht mit Worten schädigen, verraten oder verleumden. Darüber könne man ruhig einmal nachdenken und grübeln, was dies für die Alltagspraxis bedeuten könnte.*

Roswitha, genervt durch Lärm und Menschenmassen, erinnert schließlich auch an die kommerzielle Betriebsamkeit, über die Matthäus im 21. Kapitel berichtet: *Und Jesus ging in den Tempel hinein und trieb heraus alle Verkäufer und Käufer im Tempel und stieß die Tische der Geldwechsler um und die Stände der Taubenhändler.* Vielleicht sei der Vergleich zu gewagt, aber der hier zu beobachtende Krämergeist im und um das Katharinen-Kloster könne diese Assoziation hervorrufen. Die Umstehenden mögen ihr den Vergleich bitte nachsehen. Der Tross schwenkt artig und ermattet in Richtung Parkplatz, die Zeit drängt.

Zur gleichen Zeit inspizieren 13 Hobby-Taucher die Korallenbänke bei Dahab. Mit einem durchschnittlichen Alter von 35 bis 40 Jahren gehören sie zu den ganz jungen Kreuzfahrern auf der *Odysseus II.* Mit zwei Vito-Kleinbussen sind sie aus Sharm el Sheikh eingetroffen, ein Abenteuer-Angebot von *Adventure & Culture,* das sich sehen lassen kann, allerdings mit 300 Euro zu Buche schlägt. Die Ausrüstung wird von einer der Tauchschulen zur Verfügung gestellt. Zunehmende Veralgung der Unterwasserlandschaft ist dem kleinen Taucherteam aufgefallen, im Schnorchelparadies treibt jede Menge Müll und Plastik. Der Tauchgang in das *Blue Hole* gehört bei dem Besuch des maritimen Abenteuerspielplatzes selbstverständlich zum Pflichtprogramm. Nur die Wilhelma-Tierpflegerin Susanne Wesro (Plochingen) und der Krankenpfleger Toni Sülchen aus Hagen in Westfalen wollen bei diesem Tauchgang nicht mitmachen und sich in weniger gefährlichen Riffen schnorchelnd amüsieren. Sie haben zu viel über entsprechende Unfälle gehört. Die Statistik berichtet von 130 Tauchern, die hier im submaritimen Tunnel ums Leben gekommen sind. Am Strand stehen die verwitterte Grabsteine ganz wie auf einem Soldatenfriedhof. Das ist ziemlich schauerlich, auch für starke Nerven und *Tatort*-Fans. Die Einheimischen erzählen sich eine gruselige Geschichte von einer toten Jungfrau, die die Seelen der toten Taucher und Abenteurer einsammle und hole. Die Jungfrau wurde einst von ihrem Vater, einem hochdekorierten Militär, gezwungen, sich im *Blue Hole* zu ertränken, weil sie ein lüsternes Auge auf einen nicht standesgemäßen Freier geworfen hatte. Vom Strand bis zum Einstieg ins *Blue Hole* sind es keine zwanzig Meter und es wirkt zunächst ganz easy, keine Haie, keine Strömung, gute Sicht. Und dann tauchst du runter, immer tiefer bis zum point of no return. Nach 50 Metern kommt dann das Licht durch die Höhle dir entgegen. Es ist wie ein Rausch. Unter Wasser taucht dann die Sonne Saudi-Arabiens auf, eine fantastische Fata Morgana.

Die 13 Frauen und Männer von der Taucher-Crew der *Odysseus II* sind nach dem geglückten Unterwasserspaziergang stolz und glücklich. Ein Erlebnis, das man in Berchtesgaden oder auch auf Sylt jedem an der Bar erzählen kann, aber auch auf dem Kreuzfahrtschiff wird es dankbare Zuhörer geben. Dann wieder zurück im Konvoi nach Sharm el Sheikh, Zollkontrolle, duschen, Drink und Dinner.

LIII
Port Taufiq
29° 56′ N, 32° 33′ E

An der Durchfahrt des Suezkanals nehmen nicht alle Passagiere teil. Rund 150 Gäste werden über Land via Kairo zu dem Weltwunder der Pyramiden von Giza gebracht. Die Liste der Best-of-Miracles hat der griechische Schriftsteller Antipater aus Sidon im 2. Jahrhundert vor der neuen christlichen Zeitrechnung erstellt. Die Busse schaukeln seit dem Morgengrauen in westlicher Richtung. Zunächst wird Memphis, die ehemalige Hauptstadt des vereinigten Ober- und Unterägypten angefahren, und Herodot, der griechische Historiker, notierte über die Mega-Metropole: *Die Priester erzählten mir, dass Menes, der erste König Ägyptens, das Gebiet von Memphis mit Dämmen sicherte und nachdem das Gebiet trocken geworden war, er die Stadt Memphis gründete.*

Auf dem Schiff verspricht es ein angenehmer Tag zu werden, die Passage durch den Kanal hat ihre Reize. 16 Stunden sind bis Port Said angesetzt und die *Odysseus II* nimmt, wie es Vorschrift ist, insgesamt vier Lotsen an Bord und zwar für die Abschnitte Port Taufiq – Ismailia und Ismailia – Port Said. Carlos Wiedmann, der Erste, hat auf Anfrage bei der Durchfahrt einige neugierige Gäste auf die Brücke gelassen, allerdings nur in den Außenbereich. Er steht für Fragen zur Verfügung. Ja, man fährt hier immer im Konvoi. Die *Odysseus II* musste Port Taufiq pünktlich um 6 Uhr verlassen. Wer zu spät kommt, den bestraft die *Suez Canal Authorithy* und das Schiff muss warten, bis die 193 Kilometer lange Strecke nach Norden wieder freigegeben wird – und das dauert. Valentin Schlotterbeck, ehemaliger Mitarbeiter beim THW Stuttgart, er hat Auslandseinsätze in Port-au-Prince, Somalia und beim Hurrikan *Katrina* hinter sich, erkundigt sich als interessierter Schwabe nach den Kosten für eine Durchfahrt. Da darf und will Wiedmann nun nicht so ganz offen aus dem Nähkästchen plaudern. Die Kalkulation für *A&C* ist ein Staatsgeheimnis. Man könne aber eine zahlenmäßige Annäherung wagen: Die Kanaleigner, also die *Suez Canal Authority,* nehmen in einem Jahr etwa 5450 Millionen US-Dollar für den Transitverkehr ein, eine stolze Summe, und rund 21.500 Schiffe nutzen den Kanal, *das macht rein rechnerisch ein gemitteltes Passagenaufkommen von rund 260.000 US-Dollar. Das kann doch nur heißen, dass unsere Reederei keine Mühen und Kosten für Sie scheut.* Da sind die Umstehenden, neben Herrn Schlotterbeck auch Frau Dr. Köster, Herr Veltig und Dr. Hammerstein, nun doch bass erstaunt. Demnach werden, so Dr. Köster etwas kess, *die Passagiere nicht nur geschröpft, sondern die Fixkosten schlagen ganz schön zu Buche.* Da stimmt der Erste gerne zu, zumal die Kreuzfahrer es in naiver Einschätzung oft anders sehen. Aber das sei nicht ungewöhnlich und liege in der Natur des Menschen. Dr. Harro Hammerstein fragt den redseligen Ersten, der zwischendurch durch ein kurzes Telefonat mit dem Maschinenraum absorbiert ist, ob es nun stimme oder nicht, die Sache mit der Einweihung des Kanals durch Verdis *Aida.*

Carlos Wiedmann lacht. *Ich wusste, dass die Frage kommt und ich bin vorbereitet und habe eine Notiz mitgebracht, die wir vorlesen können. Und jetzt ist so ein Notfall, lieber Herr Dr. Hammerstein!* Es sei nämlich so gewesen, dass der Kanal im

November 1869 eröffnet worden sei. Drei Tage wurde gefestet und gefeiert, Punkt eins. Von einem Opernplan berichte aber Verdi erst im Juli 1870, Punkt zwei. Wiedmann lese jetzt einmal aus dem Verdi-Brief vor, den *A&C* ihm zur Verfügung gestellt habe. Also, der Komponist schreibe am 16. Juli 1870, jetzt wörtlich, *ich darf zitieren:*

> *Eine Oper für Kairo komponieren! Puh! Ich gehe nicht hin, sie zu inszenieren, weil ich fürchten müsste, dort mumifiziert zu werden. Ich muss jedoch sagen, dass der Vertrag noch nicht unterschrieben ist. Aber da meine Bedingungen – und die waren hart – telegrafisch akzeptiert worden sind, kann man ihn für abgeschlossen halten. Wenn mir jemand vor zwei Jahren gesagt hätte »du wirst für Kairo schreiben«, hätte ich ihn für einen Verrückten gehalten, aber jetzt sehe ich ein, dass ich der Verrückte bin.*

Lange Rede, kurzer Sinn, obwohl er als Offizier kaum Zeit für Klassik habe, kein Fachmann sei, höchstens einmal die *Kleine Nachtmusik* aus Pflichtbewusstsein höre, scheine es inzwischen erwiesen, dass die äthiopische Königstochter Aida und der Pharao Ramses eben nicht anlässlich der Kanaleröffnung gesungen haben, *das ist ein Märchen, das sich in das kollektive Gedächtnis zu Unrecht eingenistet hat.* Richtig sei allerdings, Punkt drei, dass man Verdi zunächst um eine kleine Hymne für die Feierlichkeiten gebeten habe. Das habe der Komponist unter Protest abgelehnt, Gelegenheitsstücke seien nicht seine Sache. Was aber stimme, Punkt vier, als Ersatz wurde *Rigoletto* aufgeführt. *Soweit zu den Opern am Kanal.*

Gibt es weitere Fragen? Guntram Veltig, nicht nur Medienpädagoge, sondern auch Hobby-Historiker, möchte etwas über die Suezkrise Mitte der Fünfziger Jahre in Erfahrung bringen. Doch da schlägt Carlos Wiedmann nicht ganz ungeschickt vor, der Botschafter außer Diensten, Dr. Hammerstein, möge diesen

Part freundlicherweise übernehmen. Außerdem habe der Käpten wegen kleiner Unstimmigkeiten mit dem Lotsen ein kurzes Briefing mit den Offizieren anberaumt. *Können wir so verfahren, Herr Dr. Hammerstein?* Der Diplomat fühlt sich geschmeichelt, ja das ist seine Stunde und unter dem Applaus der Brückengänger wird der Erste zum Dienstgespräch mit Vanderstraaten freigegeben.

Er, Hammerstein, sei nun doch etwas überrascht, hier auf der Brücke über die Suezkrise referieren zu müssen, zu dürfen. Bevor er aber damit beginne, wolle er darauf aufmerksam machen, dass die *Odysseus II,* nachdem sie den Kleinen und den Großen Bittersee durchfahren hätten, jetzt Kurs auf die El-Ferdan-Brücke nähme, *am Horizont Richtung Bug schon deutlich auszumachen.* Es sei eine Straßen- und Eisenbahnbrücke mit einer Spannweite von 340 Metern, die sich in zwei gleichseitige Schenkel mittig abwinkeln lasse. Die Ägypter seien ziemlich stolz auf diese längste Drehbrücke der Welt, doch wolle er als ehemaliger Diplomat ohne falschen Stolz erwähnen, dass diese wichtige Brücke unter Federführung der Krupp Stahlbau GmbH errichtet wurde.

Was die erste große Kanal-Krise oder Suezkrise anbelange – da habe er noch in Tübingen studiert – müsse man sich in die Mitte der Fünfziger Jahre zurückversetzen. Adenauer bestimmte die Geschicke in der Bundesrepublik, Gamal Abdel Nasser regierte den Nil-Staat. Nasser versuchte, sich von der englischen Dominanz, man könnte heute auch sagen aus den postkolonialen Zuständen, zu befreien. Nasser ließ handstreichartig die wichtige Verkehrsstraße, den Suezkanal, verstaatlichen, das war im Juli 1956, und sperrte die Durchfahrt des Kanals für israelische Schiffe. Basta. Doch das irritierte vor allem Großbritannien, Frankreich und nicht zuletzt Israel selbst und im Oktober bombardierten englische Flugzeuge die ägyptischen Flughäfen. Die israelischen Soldaten standen am Ostufer des Suezkanals – eine brenzlige Situation mit ungewissem Ausgang. In dieser Situation kabelte der sowjetische Ministerpräsident

Bulganin nach Israel eine Note – *ich kann es aber nur sinngemäß zusammentragen – es hieß darin in etwa: Im Auftrag fremder Mächte treibt die Regierung Israels ein verbrecherisches und unverantwortliches Spiel mit dem Schicksal der Welt und der eigenen Zukunft. Ihr Land sät unter den Völkern Hass, der sich aber auch auf die Zukunft Israels auswirken muss und seine staatliche Existenz in Frage stellt. Wir erwarten, dass sich die Regierung Israels eines Besseren besinnt und die Operationen gegen das Nachbarland Ägypten einstellt.*

Herr Veltig ist über die lange Ausführung von Dr. Hammerstein, vor allem aber wegen der wörtlichen Zitate, völlig geplättet und fragt ganz forsch, wie er sich das über Jahre habe merken können. Gönnerhaft lacht da der Diplomat und erklärt – vielleicht etwas zu süffisant –, er habe 1963 beim Politologen Theodor Eschenburg, den hier auf dem Schiff kaum jemand kennen werde, in der Hölderlinmetropole am Neckar promoviert. Das Thema und Titel der Arbeit: *Die Suezkrise 1956/1957 im Fokus des Kalten Krieges. Versuch der Systematisierung eines polyvalenten Ost-Westkonfliktes im Nahen Osten.* Auf den Seiten 40 bis 45 sei er, Hammerstein, auf die Rolle Bulganins zu sprechen gekommen, *so was sitzt, so was merkt man sich.* Damals übrigens alles ohne Google oder paste and copy. Aber das sei nun wirklich ein anderes Thema.

Er, Hammerstein, fasse den Suezkonflikt zusammen: Nahezu 2.000 gefallene Soldaten waren zu beklagen, allein 1.650 auf ägyptischer Seite, und Port Said stand in Flammen. Da die USA aber den Briten, Franzosen und der israelischen Regierung keine Rückendeckung für den Einmarsch gegeben hatten, wurde der Druck im UNO-Sicherheitsrat auf die Besatzer in Ägypten größer und größer. Vor Ablauf des Jahres 1956 sei der Kriegsschauplatz durch die Invasoren wieder geräumt worden. Frankreich und England hätten sich politisch und militärisch blamiert und Israel habe sich den freien Zugang zum Roten Meer mit amerikanischer Unterstützung wieder freigeschaufelt. Nasser, den die Briten auch als den *Mussolini vom Nil* schmähten, *ging gestärkt,* so Hammerstein, aus dem blutigen Scharmützel hervor und sei von der Sowjetunion in der Folgezeit wirtschaftlich und politisch stark unterstützt worden. Über die anderen und folgenden Kriege am Kanal, so der Diplomat, wolle er aber angesichts der herrlichen und spannenden Kanallandschaft sich jetzt nicht weiter auslassen.

Aber da sei eine Sache, die er fast vergessen hätte, und er bittet für den Nachtrag um Entschuldigung: Der Suezkanal sei damals in den kritischen Tagen durch das Bombardement der Briten unpassierbar geworden, eine wirtschaftliche und politische Katastrophe. Die Schiffe lagen kreuz und quer in der Fahrrinne, ein Desaster. Britische und französische Schlepper wollte Nasser damals aus naheliegenden Gründen mit der Bergung nicht betrauen. So kamen in den Wintermonaten 1956/57 zwei deutsche Bugsierer und Schlepper zum Zug. Es waren das die Schiffe *Energie* und *Ausdauer,* die von Hamburg via Mittelmeer in den mit demolierten Handels- und Kriegsschiffen vollgestopften Kanal einfuhren. Sie erledigten die Bergung mit hanseatischer Disziplin und zwar energisch und ausdauernd. Er, Hammerstein, erinnere sich sehr genau, über den Fortschritt der Bergungsarbeiten wurde im örtlichen Radiosender, dem *Südwestdeutschen Rundfunk,* ausführlich berichtet. Mit einem Handelsschiff hätten die Berger allerdings großes Pech gehabt. Ein havarierter Frachter war mit Millionen von Frischeiern aus der Region der Arabischen Halbinsel beladen und gestrandet. Hier kam, und das sei Tatsache, jede Hilfe zu spät, auch die von *Energie* und *Ausdauer.* Die Kühlaggregate hätten im wochenlangen Kampf gegen die Hitze im Bittersee ihren Geist aufgegeben. Er denke noch heute mit Bedauern an die Schiffsbesatzung im Umfeld der schwefeligen Ausdünstungen. Übrigens liege weiterhin der eine oder andere Frachter auf dem Grund des Großen Bittersees. Unüberlegt, weit entfernt von grüner Ideologie, habe man manches vor sich hin dümpelnde Geisterschiff mit Schrott und Steinen beladen, angebohrt oder gesprengt, und dann seinem Schicksal als sinkende Barke überlassen. Aber das sei nun wirklich schon lange her und ihm vor Jahrzehnten als Botschafter in Riad vertraulich übermittelt worden.

Jetzt sei erst einmal Schluss mit Krisen und er wolle zunächst eine Tasse Kaffee trinken. *Kommt jemand mit?* Frau Dr. Köster und Herr Veltig schließen sich an. Anschließend ist für das Paar eine stille Lese- und Arbeitsmatinée im schattigen Heck geplant. Veltig hat einen Roman von Heinrich Steinfest unter dem Arm *Wo die Löwen weinen,* Dr. Köster kann es selbst im Suezkanal nicht lassen und will anschließend an einem Aktenvermerk zum Thema *Inklusion und Medienpädagogik* arbeiten, außerdem muss sie der Staatsministerin Manitius antworten, im Duktus *erstaunt,* aber nicht *unterwürfig.* So die Planung.

Die Busse nähern sich inzwischen den Außenbezirken der Metropole Kairo. Kilometerlange Müllhalden am Straßenrand, der schauerliche Kadaver eines Rinds im Bachbett, Armut und Elend, so weit das Auge sieht. Das gibt heftigen Diskussionsstoff unter den Passagieren. Charakteranalysen über *den Araber, den Ägypter* werden gezimmert. Ein Globetrotter, seit Mumbai auf der *Odysseus,* vergleicht Kairos Vorstadt mit den persönlichen Erfahrungen aus Kalkutta und Hanoi. Kairo schneidet im Ranking viel schlechter ab. Wo sind die Dollars der Amerikaner vergraben? Und Mubarak? Die Salafisten? Die Muslimbrüder?

Aus Sicherheitsgründen begleitet ein bewaffneter Beamter den Bus. Teilnahmslos starrt er nach vorn auf die Straße. Er meidet jeden Anschein der Kontaktaufnahme mit den Touristen und blickt, geschützt durch eine imposante Sonnenbrille, wie eine gedimmte Sphinx aus dem rollenden Gefährt. Etwa zehn Kilometer südlich von Memphis und Saqqara ereignet sich ein Zwischenfall auf offener Landstraße. Der hintere rechte Reifen am Bus hat einen Platten und es kommt zu einem abrupten Stopp. Diagnose Nagel. Das ist die Stunde der Security. In einem kurzen und heftigen Disput zwischen Fahrer, Reiseleitung und Security wird unmissverständlich deutlich gemacht, dass niemand den Bus verlassen darf. Die Reiseleitung versucht zu beruhigen, *das ist nichts Besonderes, kein Grund zur Aufregung!* Die Sicherung übernimmt der Beamte von außen mit gezogener Pistole, immer wieder umkreist er den Bus. Nach 45 Minuten ist der Schaden behoben. Es geht weiter ins alte Memphis.

Anastasia fotografiert Werner vor der liegenden Alabaster-Sphinx, Werner fotografiert Anastasia vor der Alabaster-Sphinx. 80 Tonnen wiegt die Gute, misst 8 Meter in der Länge und reckt den Kopf 4 Meter in die Höhe. Ein französischer Tourist erkennt die Not des knipsenden Verlobungspaars und bietet seine Dienste für ein gemeinsames Foto an. *Merci, très gentil!* Werner legt die Hand um ihre Schulter. Sie lächeln im Angesicht des steinernen Wächters. Dreimal mit nur geringen Positionsverschiebungen drückt der Franzose ab. *Danke! – De rien!* Anastasia positioniert ihre Grübchen effektvoll ins Bild, sie ist deutlich kleiner als Werner und das macht sich gut, der leicht nach oben gewinkelte Kopf zu ihm, dann die dräuende Sphinx oben in der Diagonale, das ist erhaben, das passt.

Ein Souvenir-Verkäufer umschleicht devot das Paar und drängt es, begleitet mit magischen Handzeichen einladender und zudringlicher Gastlichkeit, zu seinem Stand. Dort warten handtellergroße Katzen, Panther, Eulen, ein geheimnisvoller Skarabäus aus Onyx, Lavasteine, Türkis-Preziosen und Kamele in Speckstein geformt. Die Pyramiden von Giza als Salzstreuer oder Pfefferspender aus Messing oder Silber liegen gewaltig schwer und unverwüstlich in der Hand, auch sind Cheops- und Chephrem-Pyramide als robuste Briefbeschwerer zu haben. In Augenhöhe hängen viele Ketten, Amulette und Armreife. In gepolsterten Schatullen grüßen goldene und silberne Ringe, Haar- und Krawattennadeln, Ohrringe en masse. Nofretete, obwohl in der Ägyptischen Abteilung des Neuen Museums in Berlin in Dauer-Gefangenschaft, lässt sich hier aus Memphis in ganz unterschiedlichen Ausmaßen als Kopie nach Hause tragen und thront, auf Wunsch einäugig, neben einigen Horus-Falken. Kleine und größere Obelisken und Sphingen warten darauf, neu beheimatet zu werden.

Anastasia weiß, dass Werner nichts von ägyptischen und sonstigen Mitbringseln hält. Die lässt er sich auch nicht aufschwatzen. Aber so ein kleiner versteinerter *(ja, versteinert!)* Skarabäus, das wäre schon etwas für die Eurythmistin. In Dornach hätte er auf ihrem Schreibtisch Platz. Er misst nicht mehr als sechs Zentimeter Länge und in der ersten Verhandlungsrunde mit dem ägyptischen Verkäufer – er kann immerhin etwas Englisch – spricht der Mann von 15 US-Dollar, die sich sicher herunterschrauben lassen. Aber Werner bleibt bockig, obwohl Anastasia glaubhaft versichern kann, dass der Käfer im alten Ägypten die aufgehende Sonne und die Schöpfung selbst symbolisierte, mehr noch: Letztlich sei der Skarabäus Sinnbild erfüllter Reinkarnation. Daher ihre unbedingte Hinwendung zu diesem kleinen Andenken, das müsse er doch bitte verstehen! Werner schlägt als Kompromiss vor, zunächst den liegenden Ramses II. zu inspizieren. Er schlummert überdacht und geschützt auf dem Gelände. Über Treppen, Balkone und Balustraden lässt sich der Zehn-Meter-Riese gut studieren, treppauf, treppab.

Hosna Fathallah aus Kairo macht die Führung. Sie hat viel zu sagen und sie machte im Sinne von Anastasia und Werner die Sache gut, wenn ihre Stimme sie nicht immer wieder im Stich ließe. Man muss an ihr körperlich dran bleiben, weil sie leise spricht und wegen eines längeren Hustenreizes auch ununterbrochen Halspastillen im Mund hin und her schiebt. Da leidet die Verständlichkeit. Hosna beginnt etwas umständlich: Ramses sei der Sohn von Sethos und seiner königlichen Gemahlin Tuja. (Räuspern und Husten.) Die neusten Forschungen hätten ergeben, dass Ramses ziemlich hellhäutig gewesen sein soll, *DNA, Sie verstehen, und die originale Körpergröße ist mit 172 viel kleiner als das, was hier zu Ihrer Linken hingestreckt liegt.* Seine Haare sollen weiß gewesen sein (Hustenanfall). Aber da streite man sich. Ramses II. hatte drei offizielle königliche Gemahlinnen: Nefertari, Isisnofret und eine gewisse Maathorneferure. Man sei sich nicht sicher, aber Ramses II. soll mindestens 15 Kinder gehabt haben, doch da sei vieles im Dunkeln. (Die Stimme wird kratziger.)

Während dieser Ausführung schleppt sich Professor Schlink, gestützt am Arm von Lisette und gesichert durch das Geländer, die Treppe hoch. 35 Grad im Schatten, die trockene Luft, das ist grenzwertig. Schlink gibt an Lisette die Anweisung – *hier von dieser Stelle, aus diesem Winkel* – mehrere Fotos von Ramses zu machen, das könne er dann zuhause genauer studieren. Am besten seien bei dieser Größe, sagt er, *Panoramabilder,* aber damit wolle er sie jetzt nicht belästigen. Lisette dankt es ihm mit einem Lächeln und verweist auf die Boutique am Eingang, wo es sicher entsprechende Aufnahmen gebe.

Hosna hat über Ramses und seinen Gesundheitszustand Unerfreuliches zu berichten. Im Rahmen seiner letzten 20 Lebensjahre – und er erreichte das biblische Alter von 85 bis 90 Jahren – litt er an einer schmerzvollen Versteifung der Wirbelsäule. Aus diesem Grund konnte er nur gebückt und an einem Stock gehen, was der Tourist aber freilich der hier liegenden Statue nicht ansehen könne. Die Reisenden der *Odysseus II* hätten jetzt etwa fünf bis zehn Minuten zur freien Verfügung. Dann aber werde der Bus zur Stufenpyramide in Saqqara fahren, *auch das ein Muss bei uns in Kairo, bis gleich!* Anastasia nutzt die Auflösung der Gruppe, entflieht Werner ganz überraschend, eilt zu dem Ägypter mit den Souvenirs und schließt die Verhandlungen über den ordentlichen Skarabäus aus poliertem Onyxmarmor in Windeseile ab: 12 US-Dollar, ein gutes Ergebnis, glaubt sie.

LIV
Saqqara
29° 85′ N, 31° 21′ E

Ruinen

Ruinen Ruinen
Vergessen geht durch dies Land
das Leichentuch in der Hand –
für jede Erinnerung ein Grab
dazwischen mein Grab bereit

Ruinen Ruinen
Es jammerten dort die Gebete,
die Träne Erbarmen erflehte –
Und Zuckungen stoßen sich an
In ihrem härenen Kleid

Ruinen Ruinen
Die Rosen drin aufgehäuft,
zerrissen und feucht
von meiner Tränenflut
meines Denkens Dürrezeit

Ruinen Ruinen
Drin schwarze Dämonen gefangen
Sie zischen wie finstere Schlangen
Sie springen auf meine Brust,
springen zur Morgenzeit

Ruinen Ruinen
Das Morgenrot hier ist ein Kind
verstaubt und nutzlos im Wind,
mit zerrissenen Wangen
geht es furchtsam, voll Leid

Ruinen Ruinen
Die klagende Nachtigall dort
Zog federlos schwingenlos fort
Außer Sinnen und Träumen
Ward ich, ich weiß nicht was

Ruinen Ruinen
Nichts außer dem Schrei im Schmerz
Nichts außer der Nächte Herz
Und der Sandstürme Zug
Wandert zum Ozean weit

Ruinen Ruinen
Dies sind die Ruinen, dies sind sie
Der Hoffnungen Grenzpunkte sind sie
Ich laufe hinter der Sonne
Und die Sonne steht hinter mir

LV
Englische Führung
29° 85′ N, 31° 21′ E

In May 1798, General Napoleon Bonaparte set out from France for a major military expedition to Egypt. At that time, Egypt played a major part in the political ambitions of the European powers. Due to its geographical position, it formed a vital connection between England and its Indian colonies. Whoever could wrench this country from the Turkish Empire, would be master of the sea routes to the Indian peninsula and the Far East.

From a military point of view, the Egyptian Campaign was a failure. The army landed at Alexandria in the heat of midsummer and although it was able to win a number of important battles, difficulties were endless and revolts kept surging. At the Pyramids of Giza, the invaders were able to defeat the famed cavalry of the Mamluks (the ruling caste of Egypt). However, a band of Mamluk horsemen managed to escape to Upper Egypt, forcing the French to follow them further and further south. Just when General Bonaparte took the capital, Cairo, the news came that the English fleet commanded by Nelson had completely destroyed the French fleet at Abukir. The French were now effectively prisoners in a hostile country. The Turkish Sultan allied with Russia and England in order to win his province back. After a number of defeats, the French finally had to leave Egypt in the summer of 1801.

Much more important were the lasting scientific effects of this expedition. For many centuries, Egypt had been a mysterious country known mainly from the Bible, from the texts written by Greek and Roman authors, and from very few reports from contemporary merchants and travellers. The French ›Army of the Orient‹ was accompanied by a ›Committee of arts and sciences‹ consisting of ca. 200 savants (scientists) who set about studying all aspects of the country: geography, natural history, contemporary culture, and antiquities. Even though the antiquities collected by the French were confiscated by the British as trophies of war. After the final capitulation of the French army, the scientists were able to return to France with a wealth of documentation. The combined outcome of these thorough explorations was the masterful publication of the Description de l'Egypte. With its twelve large-folio ... Die Stimme des Führers wandert weiter und wird unverständlich.

LVI
Giza
29° 97′ N, 31° 13′ E

Die Reisegruppe der *Odysseus* ist sauer und findet es ärgerlich, dass Hosna Fathallah in Saqqara schlapp gemacht hat und es ihr nicht gelungen ist, sich gegenüber den anderen Führerinnen und Führern stimmlich halbwegs durchzusetzen. Nur das englische Gequassele sei zu hören gewesen. *Unverständlich, nicht hinnehmbar, außerdem dieser undefinierbare Akzent von Hosna!,* mäkeln vor allem die Repeaters. Man werde sich bei Dr. Pia-Sofia Lüders beschweren, aber auch ganz direkt in Kiel bei *A&C.* Wieder andere im Touristenpulk haben die gereizten Stimmbänder der Ägypterin zur Kenntnis genommen. Man beklagt die viralen Attacken auf die Stimme der Fremdenfüherin. Aber für einen Krankentransport habe man nicht gebucht, nicht in Saqqara, nicht in Giza. Natürlich gibt es jede Menge Ratschläge, was zu tun sei, was hätte getan werden können: Honig mit Milch, Eukalyptus-, Salbeipastillen. Doch die geschundene Stimme wäre frühestens in drei Tagen wieder heil und die *Odysseus II* ab und davon. Verständlich, das Mitleiden mit der Patientin überdeckt zusehends den ganz natürlichen Hunger nach Aufklärung über das Tun und Lassen der Priesterinnen und Pharaonen der Vorzeit. *Lesen, was gesund macht,* das fehlt am Nil. Außerdem befasst sich die aktuelle *Apotheken Umschau* in Deutschland, so Frau Dr. Sellbruch, mit Wirbelsäule und Miniskus und komme somit diesmal nicht weiter in Betracht.

Frau Barbara Lisius, eine unauffällige pensionierte Kunsthistorikerin aus Dresden, verwitwet, innen 478, bittet um allgemeine Mäßigung bei der Beurteilung von Hosna. Dies alles sei eine bedauerliche Panne, aber der Ausfall der Stimme, die Irritation der Stimmbänder, sei nun einmal nicht vorhersehbar gewesen. *Oder?* Gerade wir Deutschen sollten hier Toleranz walten lassen, im Übrigen könne man doch an den verweinten Augen der lieben

Hosna ablesen, wie nahe ihr alles gehe, wie sehr sie selbst als Betroffene unter dem Wegbleiben der Stimme leide. Da gibt es dann etwas Zustimmung der Umstehenden. Wenn es der allgemeine Wunsch sei, könne sie in bescheidenem Umfang die Führung übernehmen. Sie bereise Ägypten bereits zum vierten Mal und arbeite an einer Studie über die sogenannte Knickpyramide von Dahsur, die aufgrund baulicher Mängel und unterschiedlicher Böschungswinkel als architektonische Kuriosität zu gelten habe. Diese Pyramide stehe zwar nicht auf dem Besichtigungsprogramm, sie könne freilich hier in Giza gerne aushelfen, wenn dies von der Mehrheit gewünscht werde. Lisette Zwanziger bittet aber darum, die Führung nicht auf Englisch zu machen, was ihr zugesichert wird, auch Anastasia scheint für diesen Hinweis dankbar. Professor Schlink, vom Treppensteigen und der Hitze angegriffen, ist Lisettes Einwurf mehr als peinlich, könnte dies doch auch auf ihn zurückfallen, zumindest auf sein Umfeld. Rebecca Schindler – sie trägt wieder ungeeignete Sandaletten mit künstlichem Glimmerbesatz, schulterfreies weißes T-Shirt mit Aufdruck *I ♥ Pöcking* – und der Makler sind nicht unglücklich über den improvisierten Tausch der Reiseleitung, und Flechsig murmelt etwas von *das macht den Kohl nun auch nicht fett!,* für Hosna wird das Taxi bestellt.

Frau Lisius hat Anlaufschwierigkeiten, bis sie sich vis-à-vis der Cheops-Pyramide warm geredet hat. Man stehe also hier vor dem einzigen erhaltenen Weltwunder der Antike. Die Pyramide zählte immerhin bis 1889 mit ihren 146 Metern als höchstes Gebäude der Welt. Heute sei der höchste Bau der Welt, wie die Kreuzfahrer der *Odysseus II* sicher wissen, an der Sheikh Zayed Road in Dubai zu finden. *Aber das ist ein anderes Thema.* Der Neigungswinkel dieses Steinwunders betrage 52°, und die Ägypter hätten rund 2.600.000 Kubikmeter Kalksteine und Granit verbaut. Teilweise hätten die Quader ein Gewicht von 50 Tonnen und es bleibe bis heute letztlich ein Geheimnis, wie die Steine in die Höhe gehievt wurden. Hier ranke sich Spekulation an Spekulation. Selbst der unerschrockene Napoleon Bonaparte war über die gigantischen Ausmaße des Sakralbaus erstaunt und errechnete 1798, dass mit den Steinen der Pyramide eine 3 Meter hohe Mauer um ganz Frankreich gezogen werden könnte. Weinzierl, heute nahezu gichtfrei, poltert ein *wer's glaubt, wird selig!* in die flimmernde Wüstenluft. Die Kunsthistorikerin geht, pädagogisch gewieft, auf den Beitrag klugerweise gar nicht ein und weiß von 36.000 Steinmetzen, Hilfsarbeitern, Bauleuten und Architekten zu berichten, die das Kolossalgebäude in rund 20 Jahren errichtet haben sollen. Oben, *ganz oben auf der Spitze,* habe es einen funkelnden und reflektierenden Schlussstein gegeben, der im alten Ägypten zusätzlich mit einer Gold-Silber-Legierung überzogen war und das Sonnenlicht bestimmt gigantisch oder eben *kleopatrak* reflektierte. Der Chef des Deutschen Archäologischen Instituts in Kairo habe einmal gesagt: *Der Pyramidenbau war eine Extravaganz von grandioser Verrücktheit.*

Bei dieser Bemerkung schauen sich Anastasia und Werner ungläubig, ja geschockt in die Augen. Denn träfe diese Aussage zu, dann wären die Pyramiden hier und anderswo keine verwaisten Mysterienstätten, wie sie Steiner so nachdrücklich beschrieben hat, wären nicht Ausdruck des ägyptisch-chaldäischen Ringens um neue Bewusstseinsstufen. Die Pyramiden als *Verrücktheit* zu klassifizieren, das möchte vor allem Werner so nicht stehen lassen und so fragt er die Kunsthistorikerin Lisius umgehend, ob sie selbst diese doch *sehr materialistische Auffassung* teile. Die Gefragte antwortet mit wissenschaftlicher Gelassenheit, dass sie nur einen Fachmann, eben Rainer Stadelman, zitiert habe. Wie sie es persönlich mit der Einschätzung von vermeintlichen oder tatsächlichen Mysterienstätten halte, was sie glaube, was sie wisse, das möchte sie aus Gründen der Objektivität hier nicht im Detail ausbreiten. Jeder Besucher könne hier zu eigenen Schlüssen kommen. *Und einige von Ihnen, habe ich gehört,* würden ja nachher sogar die Grabkammer oder auch die große Sphinx im Tal besuchen. *Da kommen Sie sicher zu einer ganz eigenen*

Meinungsbildung, die ich Ihnen nicht abnehmen kann und möchte. Man möge es ihr nachsehen, wenn sie wieder kneife und keine Antwort habe, auch mit den Spekulationen eines Erich von Däniken könne und wolle sie nicht dienen. Aber vielleicht hilft eine weitere Feststellung eines Ägyptologen. Es war weiter dieser Stadelmann, der ernüchternd gesagt habe, und sie möchte das vorlesen: *Ungeachtet der nicht wenigen Untersuchungen und Veröffentlichungen zum Pyramidenbau müssen wir uns ehrlich eingestehen, dass wir über Technik und Methoden des Baus praktisch nichts Sicheres wissen und ausschließlich auf Annahmen und Beobachtungen angewiesen sind, die davon ausgehen, wie wir Heutigen uns die Hilfsmittel vorstellen.* Ja, und wenn es schon so schwierig sei, auch nur die äußeren Rahmenbedingungen des Pyramidenbaus zu bestimmen und sachgerecht zu beschreiben, so sei es doch wohl auch richtiger zunächst über die Pyramide als Mysterienstätte zu schweigen. Sie bitte hier die Interessierten, sie richtig zu verstehen. An Spekulationen könne sie sich nicht beteiligen, auch wenn sie persönlich viel lieber hieb- und stichfeste Antworten auf die drängenden Fragen hätte. Wenn man so wolle, dann wären natürlich auch der Kölner Dom, Stonehenge oder Chartres Stätten der Einweihung und der Mysterien. Aber, wie gesagt, auf eine solche *parapsychologische Diskussion* wolle sie sich nicht einbinden lassen.

Anastasia macht einen Anlauf und berichtet von ihrem Kunstunterricht, den sie auf einer *nicht-staatlichen Schule* vor vielen Jahren erhalten habe, ein *sehr schöner und guter Unterricht,* wie sie sich emphatisch erinnert. Der Lehrer habe damals, *unvergessen wie der Lehrsatz des Pythagoras,* für die Unterrichtshefte diktiert: *Die Gesamtfläche der Cheops-Pyramide ist nach dem goldenen Schnitt proportioniert, derart, dass sich die Grundfläche zur Mantelfläche wie Mantelfläche zur Gesamtoberfläche verhält.* Anastasia möchte – jetzt fast schon angespannt schnippisch – von Frau Lisius wissen, ob sie dieser wissenschaftlichen Sicht ebenfalls zustimmen könne. *Ja doch, selbstverständlich!*

Diese Verhältnisse seien der Kunsthistorikerin natürlich bekannt und sie persönlich habe nie einen Zweifel daran gehabt, dass es in der hiesigen Pyramidenlandschaft von okkulter Zahlen- und Verhältnissymbolik *geradezu wimmelt. Das liegt doch auf der Hand!* Dessen ungeachtet sei dies aber *kein Beleg für eine Mysterienstätte.* In diesem Zusammenhang, aber das sage sie nur ganz am Rande, hätte sie es immer schön gefunden, wenn die Ägypter Mozarts *Zauberflöte* bei einem Open-Air-Festival hier an Ort und Stelle, *am besten unterhalb der Sphynx,* einmal aufgeführt hätten. Aber da fehlt es an Mumm, und vielleicht ist das Ganze dann *zu deutsch und freimaurerisch,* um hier im Wüstensand bestehen zu können. – *Wir müssen jetzt aber vorwärts!*

Die Kunsthistorikerin bittet die Touristen, sich der gigantischen Cheops-Pyramide weiter zu nähern und die Größe der Steine ganz unbefangen auf sich wirken zu lassen. Wenn denn die Berechnungen unserer Wissenschaftler richtig und korrekt seien, dann müsse bei einer Bauzeit von 20 Jahren jede Minute ein Kalk- oder Granitblock mit einem Gewicht von zweieinhalb Tonnen verarbeitet worden sein. Man stelle sich das einmal vor. *Einfach so. Daneben die Taktung unserer Züge, Sie verstehen?* Ja, da komme man auch heute ins Grübeln, und die Architekten unserer Tage nehmen da am liebsten Zuflucht zu fiktiven Baumaßnahmen, die außerhalb unserer Vorstellungswelt liegen, um wenigstens theoretisch zu kommensurablen Lösungen zu kommen. *Und noch etwas: Die emsigen Arbeiter an den Pyramiden erhielten übrigens am Morgen eine Ration Zwiebeln, Brot, Bier und Knoblauch.* Ausgrabungsfunde hätten diese bescheidene Verköstigung bestätigt und im nahe gelegenen Friedhof, die Entfernung zu den Pyramiden beträgt etwa einen Kilometer, habe man erst vor wenigen Jahren etliche hundert Skelette gefunden, die typische Merkmale der Schwerstarbeit aufwiesen. Viele Funde zeigten Knochenauswüchse, medizinisch *Osteophyten, das heißt höckerartige Knochenauswüchse,* die sich am Rande der Gelenkflächen bilden und sehr schmerzhaft sein können. Die Pyramiden-

Arbeiter erreichten bestenfalls ein Alter von 30 bis 35 Jahren.

Herr Weinzierl zückt einen völlig aufgeweichten Schokoriegel, schiebt ihn in den Mund und erkundigt sich bei Frau Lisius, ob es Forschungsergebnisse zum Thema Gicht im alten Ägypten gäbe. *Ja, das kann ich ohne Weiteres bestätigen.* Auch die Pharaonen, die gerne üppig speisten, hätten sich mit dieser Zivilisationskrankheit herumgeschlagen. Das hilfreiche *Colchicum* habe man allerdings im Tal der Könige nicht gekannt, jedenfalls ist das nicht überliefert. Die Ägypter setzten aber Lupinenöl zur Abwehr der Anfälle ein.

Rebecca, die mit Bernd etwas abseits steht, wird von drei jungen Kameltreibern angebettelt, sich endlich für einen Ritt zu entscheiden. Sie hat Lust auf dieses Abenteuer und Bernd könnte sie dann auch fotografieren. Linda würde sich über ein entsprechendes Foto in Stuttgart sicher freuen. Mit Händen und Fingern wird ein kurzer Umritt um die Cheops-Pyramide vereinbart. Aus Sicherheitsgründen, *man weiß nie,* will Bernd zu Fuß folgen. Nach langem Hin und Her einigt sich das Touristenpaar mit den Treibern auf 10 US-Dollar. Als verlockende Dreingabe erhält Rebecca einen Satz mit 10 atemberaubend schlecht kolorierten Ansichtskarten von Kairo und den Schätzen am Nil. Als das Wüstenschiff mit seiner leichten 50-Kilo-Fracht schwungvoll in die Höhe wippt, kommt es zu einem lauten Diskantaufschrei. Die jungen Kameltreiber kennen das und feixen mit lautem Getöse zu der Schönen nach oben und besänftigen die Europäerin in ihrem figurbetonten T-Shirt. Bernd schießt digital aus der Froschperspektive einen vielversprechenden Schnappschuss himmelwärts. Langsam verliert Rebecca ihre Scheu, und Bernd hat beim Zoomen alle Hände voll zu tun, außerdem hat er das Tempo des Kamels ganz schön unterschätzt und hechelt die 230,36 Meter Grundlinie schwitzend und triefend entlang. Eine volle Umrundung der Pyramide streicht Bernd aus der Planung, nachdem er die Südostecke des Pyramidenschenkels mühsam erreicht hat. 25 Fotos hat er in der Kamera. Das muss reichen.

LVII
In der Grabkammer
29° 58′ N, 31° 07′ E

Von der Reisegruppe wollen nur vier Personen den Weg ins Innere der Cheops-Pyramide wagen. Frau Lisius hat vor der stickigen Luft in der Grabkammer gewarnt, auch sollten die Besucher einen stabilen Kreislauf haben und gegen Klaustrophobie immun sein. Es gibt jede Menge glaubhafter Zeugenaussagen über die Konzentration kosmischer Energien in der Grabkammer und den niedrigen Gängen. Aufgrund der örtlichen Besonderheit, heißt es, sollen Frauen gerade dort ihre Tage bekommen, andererseits wird von deutlich erhöhter Fertilität bei Frauen und Männern berichtet, was von Hoffmann-La Roche (Basel) aufgrund eigener Laboruntersuchungen erst jüngst in einer Pressemitteilung energisch zurückgewiesen worden sei.

Anastasia und Werner haben sich auf den Gang in die Grabkammer gut vorbereitet. Sie wissen, dass der historische Eingang zu der Königsgruft tiefer liegt als der heute zugängliche, den Grabräuber und Grabschänder in grauer Vorzeit geschlagen haben. Hier, vor dem Eingang, halten die beiden inne. Anastasia nimmt aus ihrem kleinen Rucksack, wie verabredet, das Bändchen mit den *Wahrspruchworten* des Dornacher Meisters. Werner, mit der Verlobten zwei Meter vor dem Eingang im hellen Schein der Mittagssonne stehend, beginnt sich zu sammeln. Nicht laut, nicht leise. Werner erlauscht sprechend, nach und nach, seine eutonische Mitte und liest:

Ich suche im Innern
Der schaffenden Kräfte Wirken,
Der schaffenden Mächte Leben.
Es sagt mir
Der Erde Schweremacht
Durch meiner Füße Wort

Es sagt mir
Der Lüfte Formgewalt
Durch meiner Hände Singen,
Es sagt mir
Des Himmels Lichteskraft
Durch meines Hauptes Sinnen,
Wie die Welt im Menschen
Spricht, singt, sinnt

Die beiden lassen die Worte schwingen, und Werner wiederholt das Gelesene als mantrische Übung. Dann machen sie sich, vorbei an einem Kontrolleur und Wärter, auf den Weg ins Innere der Weihestatt. Ein Gang, nur wenig höher als ein Meter, führt abwärts in die Tiefe und endet zunächst nach rund 100 Metern. Hier, in einer ersten und verwaisten Grabkammer, halten die beiden inne und lassen etliche Touristen – kommend oder gehend – vorbeiziehen. An Sammlung oder innere Konzentration ist hier nicht zu denken. Ein zweiter Gang führt wieder in die Höhe und nach 40 Metern ist die große Halle erreicht. Anastasia und Werner halten sich an den Händen, 50 Meter misst die Halle in der Länge und ein offener Steinsarkophag ohne schützenden Deckel erzählt von den Raubzügen vergangener Zeiten. Die Aufsicht macht die Besucher mit einem Handzeichen auf die beiden Luftschächte aufmerksam, die in Brustbeinhöhe schmal und eng nach oben ins Freie führen. Hier, in diesen Kanälen, kann die Wanderseele Ba ein- und ausfliegen und mit dem Verstorbenen den Schwellengang wagen. Zu Lebzeiten des Menschen ist Ba im Körper eingeschlossen, beim Tod löst er sich vom Körper. Ba ist aber nicht präexistent, sondern im Körper entstanden. Mit dem Leichnam bleibt Ba auch nach dem Tod dauerhaft verbunden. Nach dem Wunsch der Hinterbliebenen soll Ba das Grab aufsuchen, was nach ägyptischer Vorstellung zu einer Reanimation des Leichnams führt, mit dem Ba sich regelmäßig vereinigen soll. Diese Zusammenhänge über die Totenreligion und die Geheimnisse der verschiedenen Seelenzustände haben sich Anastasia und Werner im Studium Generale an der Universität Basel, Fachbereich Klassische Archäologie, im vergangenen Wintersemester erarbeitet.

Werner hat in der Grabeskammer etwas Besonderes vor. Das Desiderat wurde zuvor mit der Direktion und Verwaltung der Pyramiden abgesprochen. Es gibt einen längeren Schriftverkehr zwischen *Adventure & Culture*, der Deutschen Botschaft in Kairo, Dr. Lüders, Werner Sladek und der Pyramidendirektion Giza mit der nachdrücklichen Bitte um die Genehmigung einer kurzen Lesung in der Grabkammer. Die Zusage liegt seit zwei Monaten vor, und Werner hat den positiven Bescheid, sicher ist sicher, mitgebracht. Er wendet sich in englischer Sprache an die Aufsicht und bittet um die Erlaubnis, die Transkription der Hymne auf Amon-Rē, den König der Götter, vortragen zu dürfen. Die Aufsicht ist längst informiert, macht aber durch Zeichen verständlich, dass doch ein angemessenes Trinkgeld fällig sei. Werner krümelt eine 20 Dollar-Note hervor. Das wird ausreichen.

Der originale Papyrus lagert im Ägyptischen Museum in Kairo, und es lauschen nun doch rund 10 Kulturbeflissene aus Europa, Australien, Asien und den USA im Zentrum der Cheops-Pyramide, im energetischen Brennpunkt der Heliosphäre. Nicht alle verstehen Deutsch. Doch Werner gibt mit Stimme, Modulation und Intonation zu erkennen, dass er Bedeutendes, Sakrales und Wichtiges an diesem geheimnisvollen Ort vorzutragen hat. Bei schwacher Ausleuchtung beginnt der Sprachgestalter:

Preis dir Amon-Re, Stier in Helipolis, du Gott aller Götter, gütiger, geliebter Gott, der Leben schenkt durch die Fülle der Nahrung und durch kraftvolles Vieh. Preis dir, Amon-Rē, Herr der Throne der Welt, wohnend in Theben, Gatte deiner Mutter, der da wohnt in seinen Ländereien, der hinschreitet durch die Länder des Südens, Herr der Libyer, Fürst von Arabien, Fürst des Himmels, Thronfolger auf Erden, Herrscher, welcher gibt Dauer den Dingen und Bestand. Einzig ist er in seinem Wesen inmitten der Götter, der mächtige Stier der Neunheit, der Oberste aller Götter, Herr der Wahrheit, Vater der Götter, Creator der Menschen, Schöpfer des Viehs, Herr des Seienden, Genius der Bäume, Sämann des Grases, du lässt leben das Vieh, deine schöne Gestalt, erschaffen von Ptah, Vater der Götter, von dem alles Leben ausgeht, der schön ist durch Liebe.

Werner hat seinen Vortrag aus dem *Totenbuch,* in der 20. Dynastie auf Papyrus geschrieben, beendet. Niemand rührt sich, doch die Zuhörer, die um den Sarkophag stehen, scheinen beeindruckt und danken dem Künstler mit teilnahmsvollen Blicken. Die wenigen Deutschen, unter ihnen Frau Dr. Lisius, die alles verstehen, sind ergriffen. Ein Amerikaner drückt seine Begeisterung für das Gehörte mit *fantastic!* aus. Der Aufseher hat das Besondere der kleinen Lesung, die Koinzidenz von Nekrolog, Wort und Sprache, den Genius Loci, ebenfalls erfasst, huscht zu Werner und dankt ihm mit einem kräftigen Händedruck zuzüglich einer angedeuteten Umarmung. Aber nicht genug, der Cheops-Wächter am verwaisten Steinsarg will Werner en retour wieder 10 US-Dollar als Dank in die Hand drücken, gewissermaßen als Kompensation für die fremden, feierlichen Klänge zu Ehren von Rē-Amun und sein Wirken. Werner lehnt diese sympathische Geste des Dankes selbstverständlich ab, umrundet mit Anastasia gemessenen Schritts den Sarkophag, blickt in das Dunkel des westlich nach oben führenden Luftschachts und vergewissert sich der ätherischen Achse, die das Innen mit dem Außen verbindet. Mit einem Kopfnicken verabschieden sich Anastasia und Werner von der Aufsichtsperson und tasten sich wieder abwärts, den steinernen Schlauch entlang.

Nach 50 Metern des gebückten Gehens bemerkt Werner, dass Anastasia immer weiter zurückbleibt und von einigen Touristen überholt wird. Da hält er inne. Anastasia bleibt im fahlen Licht des Gangs stehen und wartet auf Werner, der ihre Hände fasst und deren offensichtliche Kälte bemerkt. Anastasia geht es überhaupt nicht gut, sie sagt, ihr sei einfach *kodderig und speiübel,* die Pupillen weit geöffnet. Angst und Schweiß stehen ihr ins Gesicht geschrieben und auch Werner ist verunsichert und besorgt und wischt ihr mit einem Tempo den kalten Schweiß von der Stirn. In seinem kleinen Täschchen hat er freilich ein Fläschchen Korodin, ein persönlich erprobtes Wundermittel für alle kleineren und größeren Gebresten, die den Kreislauf betreffen (das okkulte Gemisch aus Kampfer und Weißdorn hat es in sich). Vor öffentlichen Aufführungen und Rezitationen helfen 10 bis 12 Tropfen auf einem Stückchen Zucker fast immer.

Süßes hat Werner im Schacht zwar nicht zur Hand, aber eine Scheibe Brot, die er bei sich führt, tut es auch. Und so tröpfelt er behutsam die Campher- und Weißdornmixtur auf die Brotecke und reicht es der bleichen Anastasia zum heilenden Verzehr. Sie drückt sich an die Wand, um weitere Touristen vorbeizulassen und schluckt die bittere Darreichung mit unbeweglicher Mine. Werner weiß um die unmittelbare Wirkung des Mittels und bittet Anastasia, sich für einen Moment hinzukauern. Sie tut es, schließt dabei die Augen und atmet die stickige Luft aus der nekrophilen Örtlichkeit ein und aus. Werner massiert ihr einfühlsam Nacken, Stirn und Hände. Nach vier Minuten ist Anastasia zwar nicht wieder hergestellt, aber es zieht sie magisch aus den Umschließungen der Pharaonengruft, der Kreislauf scheint durch das Korodin und die Fürsorge Werners sich wieder zu stabilisieren. Der beengte Weg führt erwartungsgemäß nach unten, dann rettend nach oben. Den Ausstieg aus der Umklammerung empfinden beide als Erlösung – unverdiente Belohnung für ein somnambul durchlittenes Schwellenerlebnis mit glücklichem Ausgang. Das Sonnenlicht brennt, schockt die Augen und das Stehen in der Aufrechten feiern die Dornacher als Geschenk und sie genießen ihre kleine, ganz persönliche Renaissance mit freiem Blick auf die Wüste. Werner umarmt Anastasia, die in tiefen Zügen die trockene Luft Ägyptens in sich einzieht und wieder entlädt.

Sie kraxeln runter in den Kessel der Kameltreiber und Touristen. Werner macht von hier oben zwei Dutzend Busse aus. Frau Lisius ist längst beim Konvoi angelangt und berichtet dort vorsorglich über die kleine Verspätung, mit der zu rechnen sei. Dann teilnehmende Fragen aus der Busbesatzung nach dem Befinden Anastasias, nach der Luft in der Königskammer. Bernd, ansonsten auf Beta-Blocker fixiert, schwört bei eher harmlosen Kreislaufattacken auf Olbas-Tropfen, ein altmodisches Hausmittel aus dem schwäbischen Magstadt (abgefüllt im oktogonalen Glasfläschchen), das auf rein ätherischen Ölen basiere und vor allem aus der Pfefferminze destilliert werde. Rebecca kennt die zudringliche Duft-Wolke, die Bernd gern nach dem Genuss einer Zigarette – in der Regel heimlich und diskret – mit einem Tropfen Olbas zum Anschein einer geläuterten Aura aufbaut. Es überdeckt jeden Verdacht auf Nikotin und das nachhaltig. Aber Olbas kann viel mehr, das weiß auch Bernd. Olbas oder Korodin, das kann in kritischen Situationen durchaus die Frage sein.

Anastasia, weiterhin angegriffen und instabil durch das Tunnel-Erlebnis, wankt gestützt durch Werners Arm und Hand auf einen der vorderen Sitze im Bus. Ein liebevoller Begrüßungsapplaus heißt die Eurythmistin im Kreis der Wartenden willkommen. Der Dieselmotor wird rasch angeworfen, die Zeit drängt auf der Fahrt nach Port Said. Im Schein der abendlichen Sonne werden die Busse von bewaffneten Kradfahrern eskortiert. In Richtung Osten und in Sichtweite des Suezkanals passieren die Giza-Bewunderer Militärcamp um Militärcamp, Kaserne um Kaserne. Ägypten, im Brennglas gegenwärtiger Krisen und Revolutionen, ist bis an die Zähne bewaffnet, gespenstisch und kraftstrotzend. Dem Friedensvertrag von 1979 zwischen Israel und Ägypten scheint die Politik zu misstrauen, und Israel war immer für militärische Überraschungen und Konterschläge gut. In Reihe 10 hält ein pensionierter Bibliothekar aus Heidelberg ein Kurzreferat über den Sechstagekrieg von 1967 und seinen Helden Ariel Scharon. Der Blitzkrieg scheint den Pensionär zu fesseln und er schwört dabei auf die *israelische Kriegskunst,* die Ägypter müssten, so der Beamte altklug, auf der Hut sein, *besonders jetzt nach der Revolution.* Im Heck sind Memphis, Giza, seine Könige und Gräber versunken.

Preis sei Euch, ihr Herren der doppelten Wahrheit, Preis sei dir, großer Gott, Herr der doppelten Wahrheit, Osiris. Ich komme zu dir, du mein Herr, ich nahe mich, um zu sehen deine Schönheit. Ich kenne deine Namen, ich kenne den Namen deiner 42 Götter, die bei dir sind in der Halle der doppelten Wahrheit, die da leben in Bewachung der Bösen, die da essen von deren Blute an jenem Tag des Prüfens der Worte vor dem guten, gerechtfertigten Wesen Osiris. Wohlan! Doppelter Geist, Herr der doppelten Wahrheit ist dein Name. Ich kenne Euch, ihr Herren der doppelten Wahrheit. Ich bringe Euch Wahrheit. Ich vernichte das Übel.

LVIII
Oberndorf am Neckar
48° 29′ N, 8° 57′ E

Die neueste Animation des Grafikers und Videokünstlers Alexander Lehmann beschäftigt sich mit der schwäbischen Waffenfabrik von Heckler & Koch. Deutschlands tödlichste Fabrik müsse mit Sand und Blei zugeschüttet werden, fordert das Zentrum für politische Schönheit. Die dort produzierten Waffen töteten in den letzten 25 Jahren 375 Mal so viele Menschen wie der Super-GAU von Tschernobyl. Alexander Lehmann wurde im Jahr 2009 durch seine politischen Videos »Du bist Terrorist« und »Rette deine Freiheit« bekannt. Sein neuestes Werk wurde erneut im Auftrag des Zentrums für politische Schönheit erstellt. Diesmal geht es darum, für eine Fundraising-Aktion Gelder zu sammeln, um eine Waffenfabrik zu einer »Sehenswürdigkeit« umzugestalten.

Man möchte einen ähnlich effektiven Sarkophag um die Waffenfabrik in Oberndorf errichten wie in Tschernobyl, damit von dort keine »tödlichen Produkte« mehr entweichen können. Heckler & Koch produziert in dem Gebäudekomplex die Schusswaffen G 3 und G 36, durch deren Wirkung bisher etwa 1,5 Millionen Menschen zu Schaden kamen. Zwischen zwei und einundzwanzig Millionen Menschenleben werden insgesamt pro Jahr durch Kleinfeuerwaffen in Kriegen ausgelöscht.

LIX
Stuppach
49° 44′ N, 9° 74′ E

Die »Stuppacher Madonna« ist zurück. Nach der umfangreichen Restaurierung befindet sich das berühmte Altarbild von Matthias Grünewald wieder in der Pfarrkirche St. Mariä Krönung in Bad Mergentheim (Stuppach). Das Meisterwerk der Renaissance ist in Esslingen a. N. unter anderem vom speckigen Glanz befreit worden, der über die Jahre entstanden war. Rund 480.000 Euro kostete die Sanierung des Gemäldes. Die Kosten teilen sich die Diözese Rottenburg-Stuttgart, die Landesdenkmalpflege Baden-Württemberg und die Deutsche Stiftung Denkmalschutz.

LX
Im Mittelmeer
33° 04′ N, 29° 58′ E

Die *Odysseus II* ist auf Fahrt, rolling home, Richtung Europa. Es ist aus mit der trockenen Wüstenluft zwischen Sinai, dem Kanal und den Pyramiden. Niemand spricht mehr über Piraten, niemand über die Security-Männer, die das Schiff vor Tagen verlassen haben. Frau Dr. Sellbruch bereitet sich lustlos auf ihren zweiten

Kultureinsatz vor. Sie soll die Ätna-Führung nach der Landung in Catania übernehmen. Frau Dr. Lüders sucht wegen eines personellen Engpasses eine weitere Persönlichkeit, die in Bellinis *Norma* einführen könnte, ein Kurzvortrag, mehr nicht. Der Musikredakteur vom *Bayerischen Rundfunk*, Frank Rietmüller, der fest gebucht war und in Heraklion sich einschiffen sollte, hat abgesagt. Bandscheibenvorfall. Jetzt hofiert die Lüders François Duval, den Ballettfachmann aus Saarbrücken. Das müsste laufen, denkt sie. Die Lüders bietet 350 Euro Cash, für François sehr verlockend. Den *Reclam-Opernführer* gibt es in der Bibliothek, sagt die Lüders tröstend. 15 Plätze sind für die Aufführung in Catania noch zu haben, aber das dürfte kein Problem werden. Immerhin singt die Cecilia Bartoli die Titelrolle und Giovanni Antonini wird am Pult in Catania stehen. Clotilde ist mit Liliana Nikiteanu besetzt, das kann sich hören lassen. François muss den Inhalt der Oper in seiner Einführung, wenn er zusagt, eben verdeutschen, da selbstverständlich in der Originalsprache gesungen wird. Die Lüders verspricht dem Opernführer aus Fleisch und Blut freie Hand, und er schlägt aufgrund der Ebbe in der Reisekasse gerne ein.

Dietmar Schlink wird mit Lisette Zwanziger sich die Aufführung nicht entgehen lassen, obwohl ihm das stundenlange Sitzen ein Graus ist, proktologische Probleme. Lisette hat aber für zwei sehr schöne Logenplätze gesorgt. Da können sie sich ganz ungeniert auch mal die Beine vertreten, und Lisette hat gehört, dass in jeder Loge ein goldgerahmter Spiegel hängt, und die mit rotem Samt bezogenen Sessel sollen sehr bequem sein. Obwohl durch Schlink mit vielen Opernaufführungen in Salzburg gefüttert, ja überfüttert – und *Wagner, immer wieder Wagner!* – freut sich Lisette auf den abendlichen Landgang in die Oper am Fuße der Ätna-Metropole.

Schlink hat sich heute Nachmittag auf seine Kabine zurückgezogen und will von Lisette nicht gestört werden. In vier Wochen soll er in Obernau am Neckar den Festvortrag halten. Dort begehen das Obere Neckartal und Rottenburg ihr 5. Hartmann-von-Aue-Fest, das als Triennale ausgerichtet wird und traditionell an einem ganzen Wochenende stattfindet. Schlink und Lisette werden im benachbarten Bieringen im *Kaiser* nächtigen. Die Ortsverwaltung von Obernau hat dort selbstredend schon gebucht. In der Hartman-von-Aue-Metropole mit seinen 500 Einwohnern gibt es seit Jahr und Tag keine Gastwirtschaft und keine Pension mehr, nur einen rührigen Tante-Emma-Laden. Schlink will über den gefeierten Minnesänger Hartmann und über seine endlich zu beweisende Teilnahme am Kreuzzug unter Friedrich Barbarossa um 1190 referieren. Der Professor hat neue, unumstößliche Indizien, die den Obernauer zum unmittelbaren Weggefährten des Kaisers machen. (Wahrscheinlich nächtigten beide im selben Zelt!) Dem Vortrag hat der Professor jüngst den Arbeitstitel gegeben: *Der Minnesänger und der Kaiser – Ein Obernauer auf dem Weg ins Heilige Land.* Schlink weiß, dass er mit heftigem Widerspruch von der Mediävistik in Tübingen, Berlin und Bamberg rechnen muss. Da gibt es interessierte Kreise, die Schlinks hermeneutische Hartmann-Analyse mit konstruktivistischen und computer-linguistischen Parametern zu verwässern suchen. Da wird er aber, als der Geladene aus Salzburg, heftig kontern und die Fahne seiner Forschungen wieder, vielleicht zum letzten Mal, hochhalten. *An die Arbeit!*

Wiltrud Schürer macht sich ans erste Sortieren und Packen. Es sind höchstens fünf Tage bis Marseille. Sie ist froh, die Lecture über Emily Ruete einigermaßen passabel überstanden zu haben, und Frau Dr. Lüders hat ihr einen kleinen Wink gegeben: Bei dem nächsten Turn um die Arabische Halbinsel, das wird in 15 Monaten sein, würde *A&C* sie gerne wieder als Referentin an Bord haben. Die Honorare werden bis zu diesem Zeitpunkt sicher moderat aufgestockt. Schürer kann sich das vorstellen, wird aber erst aus Bern eine Zu- oder Absage absetzen. Sie bittet um Verständnis. Jedenfalls sortiert die Privatdozentin die kleinen Souvenirs aus Muscat, Salalah und Giza. Es ist nicht viel, aber beim

Check-in hat das Bodenpersonal ein unbestechliches Auge, was den Unterschied von 20 oder 25 Kilo beim Gepäck anbelangt. Da es aber bei einer Handvoll Seidentücher und einer Messingpyramide hat bewenden lassen, dürfte es keine Schwierigkeiten in Marseille geben. Die Sache mit einem neuerlichen Vortrag auf der *Odysseus II* geht ihr durch den Kopf. Das kitzelt sie. Auf dem Sonnendeck steckt sie sich eine Camel an. Sie hat eine deutsche Packung erwischt: *Rauchen kann tödlich sein.*

Die Chefin in der *Odysseus*-Boutique, Isabelle Raith, kommt ganz schön ins Schwitzen. Sie muss ab heute – auf Teufel komm raus – in dem glitzernd illuminierten Verkaufsraum Sonderangebote platzieren. In Marseille ist Schluss, und sie hat keinen Anschluss-Vertrag für die *South Star* bekommen. Die Oberen wollen mit einem neuen Merchandising-Konzept fahren, ganz in der Hand von *A&C.* Frau Raith müsste 10.000 Euro Eigenkapital für drei Jahre unverzinslich hinterlegen, aber das ist ihr zu risikoreich. *Nicht mit mir!* Bei schmaler Kost und Untermiete will sie es nach Ausmusterung erst einmal in Garmisch mit einer Lodenboutique versuchen. Eine Gössl-Niederlassung mit Miederwaren, Röcken und feschen Wadenwärmern, *das wär's!* Die Stadt, immerhin, will ihr bei der Suche nach räumlichen Alternativen behilflich sein.

Seemannshemden aus dem Sortiment *Claudio Campione* werden bei Isabelle zunächst um 10 Prozent reduziert, Sonnenkappen mit und ohne Schirm können mit 15 Prozent Nachlass erworben werden. In der Parfümerie gibt es zwischen 25 und 30 Prozent, und die merkantilen Abschläge werden frühestens in der Straße von Messina noch sensationeller. Bei einigen Perlenketten und goldenen Ohrringen kann sie sich allerdings zu keinem Nachlass durchringen. Der internationale Markt gibt das nicht her, nicht im Augenblick. Der Goldpreis ist stabil oder tendiert nach oben. Da ist kein Spielraum für eine Baisse in der Boutique. Mit Rasierwasser für den Herrn verhält es sich anders, da kann sie 20 Prozent einräumen. Aber, sie ahnt es, bis Sizilien wird das

Räumungsgeschäft nur schleppend laufen. Die Passagiere lauern auf *mehr Geiz,* mehr Nachlass und umkreisen stündlich die Boutique in der Hoffnung auf neue Sonderangebote. Isabelle schenkt heute jedem Kunden bei einem Einkauf über 20 Euro einen Taschenkalender fürs neue Jahr.

Bordfotograf Fred Simon muss demnächst ebenfalls umdisponieren, ab Marseille ist er freigesetzt. Das ist ihm nicht einmal unlieb. Die ewige Meckerei einiger Passagiere wegen der Kosten für die Fotos – in aller Regel 8 Euro für eine Aufnahme –, das geht ihm ziemlich auf den Geist. Dabei wissen die Passagiere nicht einmal, dass die Reederei mit 20 Prozent an seinem Umsatz beteiligt ist. *So sieht die Sache aus!* Heute und morgen macht Simon den Feinschnitt für die Reise-DVD, Spielzeit 25 Minuten. Es wird GEMA-freie Musik drunter gelegt, wegen der Gestehungskosten und des Urheberrechts. Vor zwei Jahren ist ihm die GEMA-Zentrale durch Zufall auf die Schliche gekommen und er musste 2.200 Euro als Strafe berappen. Simon steht in Verhandlungen mit dem *Brigitte*-Verlag und es ist ein Vorstellungstermin in Hamburg vereinbart. Die Redaktion sucht einen weiteren flexiblen Event-Fotografen. Das Portfolio haben die schon. Einfach wird das nicht. Dr. Lüders soll ihm ein zünftiges Empfehlungsschreiben aufsetzen, das dann Vanderstraaten mit maritimer Unterschrift abzeichnen wird. Lionel spielt sicher mit. Der SWR in Baden-Baden sucht einen Produktionsfotografen, befristet auf ein Jahr. Die wollen keine Rentner groß werden lassen. *Zur Not ja, aber nur wenn alle Stricke reißen und Gruner + Jahr nicht klappt.*

Im schwimmenden Weinkeller des Herrn Schütz ist die Hölle los. Aus Kiel kommt die Order, bis Catania eine vollständige und übersichtliche Inventur aller alkoholischen und nichtalkoholischen Getränke vorzunehmen, einschließlich der Tafelwässer. Der Reederei aus Griechenland, die das Schiff in Marseille übernimmt und vier Wochen auf der Werft renoviert, soll ein Angebot für die Übernahme der verbleibenden Getränke gemacht werden. Die Laune des Personals im Weinkeller ist daher auf dem Nullpunkt. Jede Flasche muss in die Hand genommen werden, jedes 50-Liter-Fass ist auf den Restbestand zu prüfen und das Ergebnis in vorbereitete Listen einzutragen. *Nach mir die Sintflut* wäre zwar eine verständliche Reaktion, doch der Sommelier will den Auftrag einigermaßen anständig abwickeln, immerhin steht die Frage im Raum, ob er sich eine weitere Verwendung auf der *South Star* vorstellen könne. Das Schiff wird in vier Wochen von Kapstadt nach Rio auslaufen, dann Kurs Magellanstraße, und das will sich Herr Schütz natürlich nicht verbauen. Zähneknirschend gibt er die Daten und aktuellen Alkoholstände in die Inventurliste ein.

Claudia hält den letzten Fitnesskurs für Senioren. Das Rollstuhlteam Vandis/Stiller und Kühnle wünscht sich den Rollstuhltanz *Beiß nicht gleich in jeden Apfel* mit Wencke Myhre. Das geht in Ordnung und wird gemacht. Fingerspiele folgen zur Lockerung, Mobilisierung der Arme, Beine, Schulter und Rücken unter rhythmischer Begleitung mit dem Tamburin. Mit dem beliebten Wollknäuel-Spiel verschafft Claudia den Sitzenden eine kleine Verschnaufpause. Wer das Knäuel fängt, erzählt in freier Rede, was er gestern an Bord oder an Land gemacht hat und was die Person sich für heute auf dem Schiff vorgenommen hat: *Liegestuhl? Lesen? Schreiben? Spielen? Einfach faulenzen? Koffer packen?* Dann ist eine kleine Pause mit Rooibos- oder schwarzem Tee angesagt. Es folgt kräftiges Singen mit allen. Auf dem Programm stehen drei Lieder: *Rolling Home, Ein Schiff wird kommen.* Neu ist heute das Lied *Antje,* die nicht weinen soll. Dazu wird auch der Text ausgeteilt, damit alle einstimmen können. Das ist schön, wenn's auch traurig ist!

Der Tag war grau, der Tag war schwer
und stürmisch ging die See,
nun klärt es auf von Westen her.
Die Brandung glänzt wie Schnee.
ums Achterdeck die Möwe fliegt

und leiser kommt der Wind,
der mich in gold'ne Träume wiegt,
Antje, mein blondes Kind!

Antje, Antje,
hörst du nicht von Ferne das Schifferklavier,
Antje, Antje,
das Lied soll dich grüßen von mir!

Wir hielten Wacht, so manche Nacht
und fanden keine Ruh.
Das Schiff hat große Fahrt gemacht,
nun geht's der Heimat zu.
Am Achterdeck die Möwen schrei'n,
ihr Flug ist pfeilgeschwind.
Bald werd' ich wieder bei dir sein,
Antje, mein blondes Kind!

Antje, Antje,
hörst du nicht von Ferne das Schifferklavier,
Antje, Antje,
das Lied soll dich grüßen von mir!

Wenn einmal mich die See behält,
dann nimm es nicht so schwer:
Geht alles so, wie's Gott gefällt
und Seeleut' gibt's noch mehr.
Ob laut an Deck die Möwe klagt,
wein' nicht die Augen blind.
Ein andrer kommt, der um dich fragt,
Antje, mein blondes Kind!

Der Medizinball rollt im Übungsraum wieder kräftig hin und her, alle haben Spaß und Freude dran. Und so vergeht wie der Möwe Flug die Fitnessstunde für Senioren. Claudia strahlt, auch wenn es bald Abschied nehmen heißt. Tränen dürfen rollen.

Carlos Wiedmann schiebt Wache und Lionel Vanderstraaten hat daher auf der Brücke etwas Zeit. Er kaut an seinem Kuli und macht sich Notizen auf dem Block. Der Kapitän muss seine Abschiedsrede, die er in fünf Tagen in der Straße von Messina halten wird, vorbereiten und notiert Stichworte. Es wird eine Gratwanderung. Seinen Ärger über die Ausmusterung der *Odysseus II* kann er zwar ansprechen. Lionel darf allerdings nicht gegen die Reederei in Kiel polemisieren. Das ist tabu. Da hätte er genau genommen allerhand zu Protokoll zu geben. Es darf nicht unsolidarisch klingen, immer die Form wahren *und vor allem den Passagieren für ihre Treue danken, das ist wichtig.* Auf die Billigreedereien darf Lionel verweisen. Wohin der *marine Merkantilismus führt, das hat man bei der Katastrophe mit der Costa Concordia vor der Insel Giglio bemerken können,* so oder so ähnlich. Er könne das allerdings im Detail nicht beurteilen und man müsse das den Gerichten überlassen, in dubio pro reo. *So in der Richtung muss die Rede laufen, kühl und sachlich, aber mit Substanz.*

Der glücklich überstandene Überfall der Piraten in Höhe Bab al-Mandab, das muss thematisiert werden. Für das notwendige harte Anfassen der Passagiere wegen der wilden Knipserei bei gefährlichem Anlass bitte er hier rückblickend nochmals um Entschuldigung. *Aber hier in der rauen Wirklichkeit der See herrschen andere Gesetze des Überlebens als auf dem gemütlichen Land.* In kurzer Zeit werde man am speienden Stromboli vorbeifahren, man könne dies aber nur dank *kühler und beherrschter Gefahrenabwägung ohne Abenteuer-Fieber.* Disziplin und seemännisches Kalkül stünden immer im Vordergrund. Schiller habe formuliert: *Verbunden sind die Schwachen mächtig, doch der Starke ist am mächtigsten allein.* Dies, so plant er zu sagen, sei auch sein Wahlspruch, der ihn vor mancher Kungelei und manchem Leichtsinn auf See bewahrt habe. Dank an die Gäste, Hinweis auf neue Kreuzfahrtangebote auf der *South Star* und noch sei ja nicht aller Tage Abend, *bis wir Marseille ansteuern. Erst dann heißt es Abschied nehmen oder eben: Sag beim Abschied leise servus!* Ein Toast, zum Wohl. Anschließend Matrosenchor, Band und ein Albers-Song. So ungefähr kann es laufen. Lionel verdrückt sich in die Messe und lässt einen Cappuccino kommen.

Bernd, im Liegestuhl mit Sonnenbrille sich fläzend, wirkt relaxed, ist es aber nicht. Nicht die Spur. Er hat eine schwere Krise. Das musste so kommen. Er hat sich am späten Vormittag von Rebecca klammheimlich abgeseilt und treibt ein Versteckspiel. Er will überhaupt nicht gefunden werden. Die Permanenz der beidseitigen Liebesbereitschaft laugt den Makler aus. Dabei hat er sich diese fatale Situation ohne Fluchtmöglichkeit selber geschaffen. In der Kölner Bucht sah das alles anders aus: *Gönner sucht Mäuschen* für Luxusurlaub. Das hat er bekommen, und mit Rebecca hat er Glück gehabt. Sie muckt nicht auf, anspruchsvoll ja, aber nicht übertrieben. Doch der Pascha ist des Liebens müde und bemitleidet sich in seinem Liegestuhl. Was er sich wünschte, hat sie ihm gegeben. Einfach so, ganz ohne Probleme. Doch Bernd nervt die Tag-und-Nacht-Nähe und wünscht, das Schiff hätte in Marseille schon festgemacht. Dann könnte man neu denken, planen und ordnen. Seine Langeweile will er Rebecca nicht spüren lassen. Dafür ist sie zu lieb, ganz unschuldig, ein bisschen naiv. *Na und?* Den Käfig hat er sich selber geleast und seit Dubai auf Hochglanz gehalten. Bernd mag nicht mehr, als hätte er ein paar Schwarzwälder zu viel verdrückt. Jetzt ist guter Rat teuer.

Zur Ablenkung liest Bernd *Der Reaktor* von Elisabeth Filhol, Französin. Das ist vielleicht keine gute Idee und bestimmt die falsche Lektüre für eine Kreuzfahrt à deux. Er hat sich festgelesen, das geht ganz flott. Da wird die Handlangerarbeit in französischen Atomkraftwerken geschildert. Jeden Tag wird überprüft, ob die Jungs kontaminiert sind und nach Hause geschickt werden müssen, weil die Grenzwerte überschritten sind. 20 Millisievert per anno ist das Maximum, ansonsten ist es aus mit dem Job und dem Tingeln von AKW zu AKW. Drei Ausputzer von den AKWs machen Selbstmord, einfach so, weil alles zu viel wird. Kein Bericht in der Zeitung, keine Radiosendung, das bleibt unterm Deckel und ist normal. Die Jungs, nicht aufmüpfig, nicht brutal, machen ihren Job. Bis sie umfallen. Auch die Leichen müssen dann übrigens dekontaminiert werden, sonst strahlen die Friedhöfe in Frankreich oder auch bei uns 20.000 Jahre oder mehr. Die Filhol hat das alles nicht erfunden, sie hat es recherchiert. Bernd gefällt das Buch. In seiner melancholischen Stimmung hat Bernd schon mal tagträumend umgeschult und spielt für Sekunden selbst Mitarbeiter in einer AKW-Putzkolonne, Gummihandschuhe, Einwegschutzoverall, Helm, Geigerzähler. Am Tor wartet Rebecca mit laufendem Motor im gelben Peugeot 308 CC, in weißen Pumps, auf ihn, den Wanderarbeiter, den stillen Helden im Zeitalter des Ausstiegs.

Rebecca entdeckt Bernd im Liegestuhl und ist ganz lieb und zärtlich zu ihrem traurigen, sonnenöligen Makler, der es gerne anders hätte als er es sich eingerichtet hat. Rebecca hat den Fotoapparat mitgebracht und will jetzt vor dem Dinner mit Bernd ein wildes Shooting inszenieren, Großaufnahmen. 15 Bilder für jedes Gesicht und zirka zehn als turtelndes Paar auf den Decks, durch Selbstauslöser oder Passagiere, die einspringen. *Das hat gerade noch gefehlt,* muffelt Bernd. Rebecca lässt sich aber von ihrem Plan nicht abbringen. *Das geht ruckzuck, im Internet kann man ganz easy Fotoalben zusammenstellen, und wer weiß, wann ich wieder einmal zu einer Kreuzfahrt eingeladen werde. Bitte, sei kein Spielverderber!* Bernd gibt auf und lässt den *Reaktor* auf den Tisch fallen. Er nimmt die Nikon, fängt an zu zoomen, rein, raus. Das macht ihn wach. *Bitte nicht zu nah, Lieber! – Sorry Rebecca, jetzt bin ich am Drücker, verstanden? Ich mach dich ganz groß oder klein, ganz wie es mir passt!*

Werner, die andere Leseratte, arbeitet heute bereits über eine Stunde an der *Philosophie der Freiheit (pdf)*. Er hat sich zu Beginn der Reise geschworen: *Durcharbeiten, nicht aufgeben!* Und tatsächlich ist der Sprachgestalter bis zu dem Kapitel *Weltzweck und Lebenszweck* vorgerückt. Damit ist er der Freiheit als solcher schon ein ganzes Stückchen näher gekommen und er hat begriffen, es kommt auf das Denken, *das unvoreingenommene Denken an. Alles andere ist Mumpitz.* Das ist der Schlüssel zur Freiheit und den lässt dieser Leser sich nicht aus der Hand nehmen, von niemandem. Er hätte gerne Anastasia den einen oder anderen Gedanken vorgetragen oder mit ihr erörtert, zum Beispiel die Frage des Autors Steiner: *Darf sich der Mensch als wollendes Wesen die Freiheit zuschreiben, oder ist diese Freiheit eine bloße Illusion, die in ihm entsteht, weil er die Fäden der Notwendigkeit nicht durchschaut, an denen sein Wollen ebenso hängt wie ein Naturgeschehen?* Aber Anastasia winkt mit unvergleichlichem Charme und Leichtigkeit ab. Nein jetzt nicht, aber später könne sie sich eine kleine Vorlesung mit Werner durchaus vorstellen. Sie müsse ja schließlich durch dieses Buch auch einmal durch. Da will sie nicht kneifen. Aber jetzt gehe sie eine Runde auf Deck spazieren. Werner habe doch wohl nichts dagegen? *Nein, geh nur. Nimm dir aber dein Kopftuch mit. Du wirst es brauchen!*

Anastasia eilt aus der Kabine, schließt die Tür und atmet im Gang tief durch, hastet zum Aufzug, abwärts Deck Zwei. Schon seit zehn Minuten hat sie einen diskreten Termin bei Dr. Schirkow, von dem Werner nicht unbedingt etwas wissen muss. Eine Konsultation bei einem allopathischen Schiffsarzt und knallharten Schulmediziner, ohne die geringste Ahnung von Homöopathie und anthroposophisch erweiterter Medizin, das hätte Anastasia gerne vermieden. Aber nun geht es nicht mehr anders, sie muss Gewissheit haben, definitiv. Sie klingelt an der Tür zum Schiffshospital und der Ambulanz. Dr. Schirkow macht persönlich auf.

Was kann ich für Sie tun? Anastasia druckst umständlich rum, bis sie endlich zur Sache kommt. Es sei nämlich so, eigentlich hätte sie schon vor Dubai, *das sind jetzt über 14 Tage,* ihre Tage bekommen müssen. Dr. Schirkow kann Anastasia aber beruhigen. Der Flug, die Umstellung, das Klima, der Seegang – alles das könne zu Unregelmäßigkeiten führen. Da brauche sie sich keine Gedanken machen. Anastasia will widersprechen und erwähnt den Vorfall in der Cheops-Pyramide. Schirkow sieht es gelassen. *Sehen Sie, Frau Schirmer, es kommt immer auf die Perspektive an. Verzeihen Sie, vielleicht wäre eine Schwangerschaft ja ein Glücksfall für Sie, für Sie und Ihren Mann?* Fairerweise wendet Anastasia ein, dass sie *nur verlobt* sei. *Wie dem auch ist, Kinder, Babies und Föten melden sich oft zur Unzeit an. So ist das eben. Aber wir brauchen uns jetzt nicht in Spekulationen ergehen. Die todsichere* – er lacht verlegen über den Ausrutscher – *die todsichere HCG-Blutuntersuchung* könne er an Bord hier nicht machen, *dafür sind wir nicht ausgerüstet. Wir können aber einen Stäbchenschnelltest machen, hier oder auf Ihrer Kabine, ganz wie Sie wollen.*

Dann erzählt Dr. Schirkow aus gegebenem Anlass etwas von den Ägyptern vor 5.000 Jahren. *Die machten den Schwangerschaftstest sehr einfallsreich mit Getreidekörnern. Ganz einfach. Über die Körner goss man den Urin der jungen Ägypterin, und trieben die Körner Keime, dann war klar, die hübsche Nofretete war schwanger. So war das damals.* Die Eurythmistin will lieber oben und außerhalb des *Odysseus*-Hospitals testen und lässt sich den Schnelltest geben. Aufs Bordkonto werden 50 Euro als Liquidation verbucht, und Dr. Schirkow fragt abschließend, welches Ergebnis sie denn gerne hätte, *schwanger oder nicht schwanger?* Die verbale Attacke ist nicht Anastasias Sache. Zu einer vernünftigen Antwort kommt es nicht. Im Gehen haucht sie nur ein unbestimmtes *also-wenn-Sie-mich-fragen* hin. *Kennen Sie Faust?* Schirkow fast gekränkt: *Welch eine Frage!* Sie: *Im Ersten sind wir frei, im Zweiten sind wir Knechte.* Beide lachen, sie vielsagend, er seemännisch polternd.

LXI
Kreta
35° 21′ N, 25° 08′ E

In Heraklion gibt es einen hellen Sonnentag, die Lufttemperatur auf Kreta hat sich vorläufig bei 19°C eingependelt. Der Blick von der Reling in das Hafengelände bestätigt, Deutschland kann nicht sehr weit weg sein. Unten im direkten Kontakt zur Anlegestelle der *Odysseus II* steht ein verwaister Container ohne LKW-Chassis. Mit großen grün farbenen Lettern ist er beschriftet: *Obst und Gemüse aus Thüringen. Original Thüringer Qualität. Qualitätsprodukte tragen dieses Zeichen. Zentralmarkt Erfurt.* Da staunt der Fachmann und der Laie wundert sich über die Irrfahrt dieses Containers, der doch Thüringer Obst und Gemüse in Thüringen auf die Märkte bringen sollte. Was sucht der Container im Hafen von Heraklion? Hat der Erfurter Container Kartoffeln nach Heraklion gebracht und fährt mit Oliven und Trauben zurück? Die Frage lässt sich heute Morgen nicht befriedigend beantworten, ein Truckfahrer, der Auskunft geben könnte, ist selbst mit Unterstützung des Fernglases weit und breit nicht auszumachen.

Thekla und Guntram wollen sich abseits der *Odysseus II* einen gemütlichen Vormittag machen. Sie hätten sich für die Besichtigung von Knossos entscheiden können. Bus hin, Bus zurück mit schiffseigener Führung durch den Palast des Minos, garniert mit Vasen, Fresken und Säulen. Aber die Medienpädagogen möchten es heute etwas ruhiger angehen lassen, ohne allzu lange Vorträge und Referate. Nichts liegt daher näher, als mit einem kleinen Expeditionsunternehmen von nur zwei Reisebussen das nahe gelegene Dorf Arolithos zu besuchen mit seiner pittoresken byzantinischen Kapelle, ein kretischer Flecken, in dem auch El Greco gelebt haben soll. Doch das ist alles andere als sicher, wird aber gerne von den Führern erzählt. Nach und nach stellt sich heraus und wird zur Gewissheit, dass Arolithos ein künstlich am

Leben erhaltenes Dörfchen ist, das den Insassen der Reisebusse antikes Land- und Dorfleben vorgaukelt.

In einer Nische klöppelt und häkelt ein kretisches Burgfräulein an einer Decke, die sie den Touristen feilbietet. Von der emsigen Dorfbevölkerung wird im Akkord gewoben, geschmiedet, gedrechselt, gesungen, getrunken und getanzt und das in ruralen Uniformen, die möglicherweise in Vietnam oder Korea hergestellt worden sind. Großzügig eingeschenkter Ouzo oder Retsina, serviert aus Ziegenschläuchen und silbrigen Amphoren, machen die Touristen empfänglicher für den Einkauf vermeintlich ländlicher Artikel originalen Ursprungs. Abends eilen Klöpplerin und Schmied mit Sicherheit in kleine Bungalows mit Meerblick, weit entfernt von ihrem Arbeitgeber und schauen ein Fußballspiel zwischen Olympiakos Piräus und dem FC Bayern an. Hier in Arolithos lacht die griechische Sonne über das Reißbrett-Dorf, in dem der Tourist ganz und gar als Mensch im Mittelpunkt steht. Thekla meckert. Sie hat sich ganz locker bei Guntram eingehängt, sie lobt die Vorzüge und die Ehrlichkeit des *Stuttgarter Weindorfs am Schlossplatz im Spätsommer*. Den Vergleich hält Guntram für unpassend, zumal *Kenner,* so der Medienpädagoge, *schon lange keinen Württemberger mehr trinken*. Dann entdeckt Guntram eine große Informationstafel, auf der es Hinweise über das ziemende Betragen im Dorf gibt:

We welcome you in the Traditional Cretan Village Arolithos and wish you a very pleasant stay. Arolithos has been constructed and is preserved by the Family of Mr. George Saloustros. It is a private and not a state property. We would very much appreciate if you could pay attention to the information following underneath:

A. *Throwing rubbish inside and outside the village is strictly prohibited.*

B. *Cutting or destroying the flowers and the trees is strictly not permitted.*

C. Professional photo taking and recording is not allowed neither outside nor inside the village without the written permission of the manager.

For any additional information or inquiry please contact the reception.
Thank you very much
Management Department

Thekla begrüßt den Aufruf zur Sauberkeit und Disziplin und kann sich auch für die Landeshauptstadt solche einfachen Hinweise an ausgewiesenen Örtlichkeiten wie Schlossplatz, Wilhelma, Killesberg, Hauptbahnhof gut vorstellen. *Die Täfelchen müssten ja gar nicht groß sein, aber doch an markanten Punkten ins Auge fallen.* Guntram stimmt zu, wendet aber ein, dass die Hinweise mehrsprachig sein sollten. Auf alle Fälle auch in Türkisch, Griechisch, Italienisch und zwei oder drei weiteren Sprachen, die auf dem Balkan gesprochen werden.

Guntram nerven die kunsthandwerkelnden Frauen und Männer, das arbeitsame Getue in diesem Kunst-Flecken. Die Touristenkünstler suggerieren ein heiles Kreta ganz ohne Krise, ohne Merkel und Schäuble, ohne EZB, ESM, EFSF und SIXPACK und wie die Abkürzungen alle heißen. Das griechische Legodorf ist klein, und so begegnen sich die Kreuzfahrer immer wieder: Weinzierl lässt sich am Wurststand verköstigen und stolpert über Lisette und den Professor, dem der Historizismus missfällt. *Unglaublich, unglaublich dieses Italien-Bild! Ich werde bei C&A eine schriftliche Eingabe machen. Erst Muscat, Cheops, Katharinen-Kloster, dann dieser Touristennepp. Alles durchsichtig und neppfixiert.* Rebecca Schindler, sie steht um Ouzo an, findet das alles gar nicht schlimm. Im Gegenteil. Sie ist begeistert von den Sirtaki-Klängen, die aus den Lautsprechern zweier verknortzelter Olivenbäumchen herabtropfen, schneller und schneller. Rebecca beginnt ihren Pöcking-Kreta-Step und versucht beim Schlangestehen Bernd aus der Reserve zu locken. Vergebens. Wie künstliche Vanille von Dr. Oetker schmeckt ihm der Auftritt. Das Getue vor 12 Uhr mittags liegt ihm überhaupt nicht. Er windet sich und gibt der Aufgedrehten vorsorglich, mitten im Anstehen, einen langen narkotisierenden Kuss – deep throat light –, der die entfesselte Pythia vor der Ausgabe von Ouzo und Schafskäse nach und nach sediert. *Geschafft!*

Fred Simon rast außer Rand und Band mit Kamera und Film-Equipment treppauf, treppab und schießt in Windeseile Gruppenfotos und Sequenzen. Motive: romantisch aufgeputzte Erker, Laubengänge und Schenken. (Dort halten die bezahlten griechischen Animateure die Touristen bei Laune.) Besondere Aufmerksamkeit verdient der Bild-Vordergrund: Blütenzweige, Vasen, hängende Lampen in den Gassen. Den Fotos wird man später die Synthetik der kretischen Idylle kaum anmerken. Simon ist ganz und gar Praktiker und er hält nichts von Büchern. Allerdings kam ihm vor zwei Jahren ein Zitat der amerikanischen Journalistin und Filmemacherin Susan Sontag in die Hände. Das hat er sich ausgedruckt und es hängt über dem kleinen Arbeitstisch in der *Odysseus* am Pinboard. Simon wird es demnächst entsorgen:

> *Nonstop-Bilder (TV, Video) prägen unsere Umwelt, aber wo es um Erinnerung geht, hinterlassen Fotografien eine tiefere Wirkung. Das Gedächtnis arbeitet mit Standbildern, und die Grundeinheit bleibt das einzelne Bild. (S. S.)*

Simon hat im Anschluss an diese Touri-Visite an Bord jede Menge zu tun, damit die Passagiere seine Bilder und die DVD in befriedigender Stückzahl ordern können. Einen Handzettel will er vorbereiten, auf dem die Reise-DVD und die Bilder-CD beworben werden.

Übrigens macht sich Dr. Pia-Sofia Lüders beim Rundgang durch Arolithos jede Menge Notizen auf einen Block. Es hat den Anschein, dass sie kritische Randbemerkungen macht, denn bei einem überquellenden, nicht entsorgten Abfalleimer bleibt sie stehen, schießt ihrerseits ein dokumentarisches Foto, und schreibt etwas auf. Den Fleisch- und Wurststand nimmt sie auch in Augenschein – *klick, klack, klick*. Es fehlt an einer Abdeckung, die vor Fliegen und Ungeziefer schützt. Pia-Sofia sieht das sofort. Die unbefriedigenden hygienischen Bedingungen beim Geschirrabwasch hat die Kontrolleurin aus Deutschland fest im Blick. Wenn nicht alles täuscht, wird sie nach Kiel berichten. Das kann das Aus für diesen rustikalen Ausflugsort bedeuten. Bei *Adventure & Culture* zählt ihre Einschätzung. Herr Schütz, der sich heute auch den kleinen Landgang gönnt, zeigt Pia-Sofia im Display Aufnahmen. Beide schütteln den Kopf. Das heißt nichts Gutes. Dann doch lieber eine zünftige Landschaftsralley mit geländegängigen Jeeps nach Gortys, Festos und Matalay. Das finden die Touris sicher spannender als den Budenzauber hier.

Nach 40 Minuten ist der Spuk unter Oliven *(wirklich kalt gepresst?)* vorbei. Die Busse fahren Richtung Meer und Hafen. Wer mag, kann sich in Heraklion umsehen, shoppen und flanieren nach Herzenslust. Rebecca schlendert mit Bernd schwitzend durch die Altstadt. Sie ist abgeschlafft und lässt sich in einer Pinte nieder. Sie bestellen griechischen Salat, da kann nichts schiefgehen, Wasser und Cola mit Zitrone. Dann ab aufs Schiff und relaxen.

Um 19 Uhr legt die *Odysseus II* mit lautem Signalhorn und *Conquest of Paradise* ab, wieder ist ein Reiseabschnitt geschafft. Land in Sicht, wenn man so will, auch wenn es in See geht. Lionel Vanderstraaten hat sich für die *Odysseus II* und seine Gäste etwas Besonderes ausgedacht. Das Schiff wird etwa gegen 22 Uhr die Höhe der kretischen Stadt Chania erreichen. Dort wird es zu Ehren des Schiffes, seiner Gäste und der Besatzung ein großes Feuerwerk geben, genaugenommen ein spektakuläres Abschiedsfeuerwerk, die *Odysseus II* geht in wenigen Tagen bekanntlich in die Hände neuer Eigentümer über. Vor allem deshalb diese Feierlichkeit.

Es hat sich (endlich!) herumgesprochen, dass an Bord des Schiffs ein Rezitator ist. Der Auftritt Werner Sladeks vor und in der Cheops-Pyramide ging wie ein Lauffeuer von Mund zu Mund, von Deck zu Deck und hat bei den Passagieren einen nachhaltigen und respektablen Eindruck hinterlassen. So kommt Lionel Vanderstraaten nicht von ungefähr auf den klugen Einfall, Werner Sladek möge aus dem 19. Gesang der Odyssee von Homer rezitieren, denn dort wird auch Kreta besungen. Ein zerfleddertes Exemplar des Namenspatrons des Schiffs ist in der Bibliothek zu finden. Sladek lässt sich nicht zweimal bitten und um 21 Uhr 45 trägt er in der Lounge die entscheidenden Verse vor. Es ist jene Szene, in der der heimkehrende Odysseus, als Bettler verkleidet, der treuen, aber unwissenden Gemahlin Penelope von seinen Irrfahrten berichtet und über Kreta erzählt:

Nun so will ich's dir sagen, wiewohl du mein bitteres Leiden mir noch bitterer machst; denn Schmerz empfindet doch jeder, welcher so lang' als ich von seiner Heimat entfernt ist, und mit Jammer umringt so viele Städte durchwandert. Aber ich will dir doch, was du mich fragest, verkünden. Kreta ist ein Land im dunkelwogenden Meere, fruchtbar und anmutsvoll und ringsumflossen. Es wohnen dort unzählige Menschen, und ihrer Städte sind neunzig: Völker von mancherlei Stamm und mancherlei Sprachen. Es wohnen dort Achaier, Kydonen und eingeborene Kreter, Dorier, welche sich dreifach verteilet, und edle Pelasger. Ihrer Könige Stadt ist Knossos, wo Minos geherrscht hat, der neunjährig mit Zeus, dem großen Gotte, geredet.

Und weil es Werner so gekonnt und anmutig vorzutragen versteht, liest er weiter und weiter. Die Pflegerin Eurykleia ist es, die Odysseus beim Waschen seiner Füße mit investigativem Instinkt erkennt. Sehr zum Kummer des Rezitators kann dieser den 19. Gesang nicht vollständig vortragen, denn pünktlich um

22 Uhr, in einer Entfernung von zwei Seemeilen, beginnt das spektakuläre Feuerwerk. Die Beleuchtung an Deck ist auf ein Minimum gedimmt, die Turbinen gedrosselt, so dass die Passagiere backbord die spektakuläre Illuminierung des nächtlichen Küstenstreifens in vollen Zügen genießen können. Feuerbälle um Feuerbälle steigen in den Himmel, arretieren einen Augenblick, wie von magischer Hand gehalten, um dann als pyromanisches Spermienspektakel sich zu verschwenden und alsbald zu verlöschen. Gleichzeitig folgen dumpfe Kaskaden von gewitternden Böllern und der Himmel von Chania ist mit blitzenden Blüten und rosenfarbenen Rosetten übersät. Die Passagiere sind begeistert und klatschen euphorisch, als das nächtliche Feuerspiel nach einer viertel Stunde beendet wird. Die Brücke zollt den Feuerwerkern an Land mit einem dreifachen Signalton aus dem Schiffshorn seemännischen Respekt und Anerkennung. Anschließend lässt Herr Schütz seinen besten Sekt auffahren, die Gläser klingen launig. Es ist wieder Semiras Stunde und die ihrer Kolleginnen und Kollegen: Libellengleich huschen die Livrierten um Tische, Stühle und Liegen, ohne die Gäste an der Reling zu vergessen. Bouteilles um Bouteilles werden geöffnet, und das Pfloppen der Naturkorken beim Stelldichein der Witwe Veuve Clicquot La Grande Dame ist ein fröhliches Echo auf das eben beendete kretische Seh- und Hörspiel.

Die Gäste sind guter Dinge, und das Schiff nimmt Kurs Richtung Sicilia. In der Lounge präpariert sich Ilona Pütz für einen stimmungsvollen Zarah-Leander-Abend, die Combo spielt zum Foxtrott auf, halbstündig werden den etwas jüngeren Semestern heiße Rhythmen kalt serviert. Semira hat alle Hände voll zu tun und macht um Mitternacht weiter gute Miene zu einem ausgelassenen Spiel an Bord. An dem einen oder anderen Tisch nistet sich schon Abschied ein. Dabei stehen zum Beispiel Catania oder Taormina mit ihrem Charme noch aus. Heute Abend werden – Zufall oder nicht – von den Damen auffallend oft Perlen und Korallen getragen, Sekt oder Selters ist nicht die Frage und ätherische Parfüm-Wölkchen umwehen die Schönen, die sich taktvoll im Sternengeflimmer der Disco-Kugel wiegen.

Werner hat Anastasia nach langer Überlegung zum langsamen Walzer aufgefordert. Die Combo spielt mit Einbindung eines Akkordeon-Solos *Plaisir d'Amour*. Da wiegen, tänzeln und huschen die beiden in langsamen und weit ausholenden Schritten übers Parkett. Anastasia amalgamiert sich physisch und psychisch völlig mit dem verschwenderischen Liebestraum, und die übrigen Tänzer machen wie von selbst Platz frei für das Dornacher *Plaisir-Paar*. Sie sind an Leichtigkeit und Anmut schwerlich zu übertreffen *(ja, diese Eurythmisten!)*. Plötzlich sind die beiden Gefeierte: Anastasia in einem langen fliederfarbigen Tüllkleid mit Wickeloptik, er im naturfarbenen Russenkittel mit Stehkragen und schwarzer Leinenhose. Alles ist stimmig (abgesehen von Werners vermeidbarem Birkenstock-Ausrutscher mit weißen Socken), und die Lounge summt innig mit. Carlos Wiedmann, heute in Ausgehuniform, ruft *da capo!* Und das lassen sie sich nicht zweimal sagen.

LXII
Ionisches Meer
N 36° 80′ N, 21° 30’

Es ist spät. Werner und Anastasia gehen in Richtung Kabine. Ihre Schritte suchen Halt und haben einen merkwürdigen federnden Gang, als liefe das Paar auf *Zewa-Wisch-und-Weg* oder Watte. Die Senkrechte können beide nur mit Mühe wahren, eine unsichtbare Kraft wirft sie spielend aus ihrer Mitte. Zum Glück sind zur Rechten und zur Linken im Gang stabile Handläufe angebracht, die etwas Sicherheit im wogenden Chaos verschaffen. An vertikales Gehen ist nicht zu denken: Trotz Stabilisatoren rollt das Schiff kräftig. In das schwebende Tasten, dem Fahnden nach Trittsicherheit, kann sich Anastasia verhältnismäßig geschickt einfügen, während Werner tastenden Schritts seine liebe Not hat. Ein Nachtschwärmer kommt ihnen torkelnd entgegen. Es ist nicht auszumachen, ob an dessen Bewegungsabläufen Veuve Clicquot beteiligt ist oder ob es allein maritime Ursachen hat. Es kommt zu leichten körperlichen Touchierungen in Lendenhöhe, die aber nicht weiter bedenklich sind.

Endlich auf der Kabine, umschlingt Anastasia Werner quirlig wie ein Backfisch. Sie hat den Abend voll und ganz in sich eingesogen: Den Sonnenuntergang, die gelungene Rezitation, das Brillantfeuerwerk, das Solo auf dem Parkett mit *Plaisir d'Amour.* Alles stimmig, alles wogend schön. Es wäre jetzt ein guter Augenblick, so denkt sie im Überschwang der schönen Gefühle, Werner von dem Besuch bei Dr. Schirkow zu berichten. Die Teststäbchen hat sie tief unten im Necessaire vergraben und bislang ungetestet gelassen. Werner hat keinen blassen Schimmer. Er weiß nicht, was sie umtreibt. Nein, Anastasia hat beschlossen, die Testerei auf sich beruhen zu lassen. Sie könnte natürlich auch ein Gespräch, von Frau zu Frau, bei der Tischnachbarin, Dr. Sellbruch, suchen. Aber die Sellbruch ist ihr zu spröde und besserwisserisch, das will sich Anastasia gerade jetzt nicht antun. Werner würde sich sicher freuen, wenn sich etwas Kleines anmelden würde, vermutlich, vielleicht. Und Werners Vater sagte schon vor langer Zeit in Heidenheim: *Gibt Gott Häschen, gibt Gott Gräschen!* Doch Anastasia will jetzt keine Gewissheit haben, nicht so schnell, nicht so plötzlich. (Es schaukelt mächtig.) Sie möchte erst einmal alles auf die lange Bank schieben. *Das hat alles keine Eile,* und in der *Ita-Wegmann-Klinik* in Arlesheim, da kennt sie einen Assistenzarzt von der Inneren, den kann sie eventuell einschalten, mit anthroposophisch erweiterten Hinweisen und Ratschlägen, je nachdem, falls überhaupt notwendig. Werner will sie in dieser Frage erst einmal außen vor lassen, *ich darf ihn gerade jetzt nicht überfordern,* zumal er den *Faust-Zyklus* im nächsten Jahr am *Goetheanum* einstudieren darf. Da muss er sich ganz darauf konzentrieren, ohne Ablenkung und unnötige Fragen, die sich so oder so klären.

Mit diesen inneren Traumfragen und Traumgebärden der Zuneigung legt sie ihr luftiges Tüllkleid ab, huscht in die schwankende Dusche und bittet auch Werner unter das munter plätschernde Wasser zu kommen. Sie empfiehlt Werner zurufend die Citrus-Duschlotion von *Weleda, das prickelt immer so schön, kommst Du?* Ja, er kommt, will kommen, und reißt sich in Windeseile den Russenkittel und die Leinenhose vom Leib. Hose, Unterwäsche, Socken auf den Stuhl gepfeffert, es eilt. Dann unterm warmen Wasserstrahl wird es eng, denn auf dem Liner ist jeder Zentimeter streng limitiert. Doch es stört die Enge überhaupt nicht: Das *Weleda* Citrus-Gel bricht sich auf den Körpern von Anastasia und Werner langsam schlängelnd Bahn, und der Sprachgestalter wird durch die sich verströmende Annehmlichkeit und Wohlfühligkeit animiert, handgreiflich zu werden. Auf der Ablage steht ein Fläschchen *Crème Douche à la Grenade* und der Sprachgestalter erhascht mit flinkem Finger die Schönheitsdusche, die er auf der samtenen Haut der künftigen Braut Tropfen für Tropfen einbalsamiert. Und da die *Odysseus* weiter schaukelt und ganz unruhig sich gebärdet, ist die gegenseitige Einreibung mit den Lotionen immer wieder durch ruckartige Zusammenstöße der Körper und Gliedmaße verbunden. Das Spiel in der engen Nasszelle gefällt den Künstlern, und Werner kann es nicht lassen, er spult den Klassiker-Vers ab, schnarrend wie eine mechanische Eieruhr: *Uns hebt die Welle, verschlingt die Welle, und wir versinken.*

Sie werfen sich nach gehörigem Abrieb in die Bademäntel und Anastasia zieht Werner mit nachdrücklichen Gesten zur Liegestatt. Dort, rücklings, eröffnet die Eurythmistin dem Versprochenen, sie wolle heute mit ihm, ganz ausnahmsweise, eine tantrische Übung erproben, *du weißt schon altindisch, Sanskrit-Epoche.* Werner will Widerspruch anmelden, hat doch der Waldorfschulerfinder vor fernöstlichen Riten, auch vor Yoga, nachdrücklich gewarnt. Anastasia legt, als hätte sie den Einwand erwartet, den linken Zeigefinger auf den Mund und haucht ein langes und fast unhörbares: *Psssst! – Wir versuchen es trotzdem, ganz unvoreingenommen, Ja? Wir fangen einfach damit an. Ja?*

Werner weiß, dass sich Anastasia mit dem großen Tantra der Liebe beschäftigt. Er weiß: Im Rütliweg in Dornach hat sie in der Küche zwei Taschenbücher zum Thema stehen. Er hat nie darin geblättert, auch nicht heimlich, obwohl es ihn interessiert hätte, einfach so. *Fernöstliches, sag mal, muss das sein, ist das richtig und gut für uns?* Aber Werner, etwas perplex, etwas überrascht, willigt ein. *Wir sollten drei Kerzen anzünden, ich habe wenigstens Teelichter dabei, das geht auch.* Werner entzündet die kleinen Lichter mit einem Streichholz und setzt sich wissentlich über das Verbot, offenes Feuer zu entzünden, hinweg.

Wir sollen uns gegenüber sitzen, ohne uns zu berühren. Verstehst Du, Werner? Ohne Anspannung und Hochspannung. Können wir das probieren? Er krabbelt ohne Überzeugung ans Fußende, Schneidersitz, und schaut sie an, lange, Abstand eine Wadenlänge, es knistert. Aber es soll jetzt nichts passieren, nichts Unkontrolliertes.

Das Paar – das sind also wir – darf sich nur leicht und vorsichtig küssen. Können wir anfangen, Werner? Das klappt recht gut, wenngleich die strenge Regel die Leidenschaft zügeln muss. Die Laute OMMM – AHDI – OMMM darf Werner nachsprechen und er tut dies mit großer stimmlicher Anteilnahme, wie ein lang nachklingender basso continuo. Mit seinen Fingerspitzen darf er endlich ihre Lippen streichen, ihre leicht bebenden Brustwarzen und auch ihren ebenen Bauch. Anastasia scheint mit diesem Einstieg zufrieden. Sie führt jetzt seine Hände ganz vorsichtig durch ihr Schamhaar und die Fingerspitzen verharren alsdann auf dem Schambein. Sie bittet ihn, das Eingangsmantra zu wiederholen. Er tut es und sie schauen sich tantra-trunken in die Augen. Sie bittet Werner um Geduld, betrachtet den Bald-Bräutigam mit warmer Zuwendung, jedoch ohne peitschende Leidenschaft.

Werner ergreift Anastasias zarte Hände und führt sie nun zu seinen Lippen, anschließend zu den Brustwarzen, zum Bauch und weiter hinab zur obelisken Basis, sie spricht das Mantra.

Werner fühlt sich hochgradig stimuliert, ein Erregungszustand, den er auf ganz natürliche Weise entspannen und transformieren will. Er gibt Zeichen, dass er mit ihr jetzt ganz einfach zusammen schlafen möchte. Anastasia weiß um diese brisante Befindlichkeit und hat es erwartet. Sie gibt ihm zu verstehen, dass es gerade die Kontrolle, die Selbstkontrolle sei, die sie beide nach und nach zu höheren Gefühlen, auch den körperlichen, führen werden. Für heute Morgen müsse es genug der tantrischen Einführung sein. Sechs weiteren tantrischen Stufen, die sie sich in Dornach mit entsprechenden Büchern erarbeitet habe, wolle sie sich mit ihm, wenn er mag, in den nächsten Tagen vertiefend zuwenden. Das alles sei letztlich sehr einfach und erfordere zugleich große Disziplin. Auch das sei eine Form der Einweihung, *gewiss eine kleine Einweihung nur, aber immerhin.* Den etwas Frustrierten fragt sie, ob er diesen Weg mitgehen wolle. *Ja, ich kann es mir vorstellen.* Das Ganze, die Durchführung der tantrischen Übungen, sei vergleichbar mit dem Erarbeiten der *Philosophie der Freiheit* oder der Anleitung *Wie erlangt man Erkenntnisse der höheren Welten?* Anastasia schlägt vor, nichts zu überstürzen. Man könne das fernöstliche *Tantra der Liebe* auch als eine anregende Nebenübung betrachten, als ein animierendes Durchschreiten der Gärten der Lust, die uns durch Selbstkontrolle wachsen lassen. *Machst Du dabei mit, mein Lieber?* Er nickt und erinnert dabei an einen ertappten Schuljungen, den die Lehrerin wieder aufbauen muss. Anastasia legt nach: *Versteh doch! Im Verzicht, der kein Immer bedeutet, liegt ein großes Glück, die Möglichkeit, uns Schritt für Schritt aus dem äußerlichen Sinnestaumel zu befreien. Ich fühle mich gerade jetzt nach unserer ersten Übung schon ganz stark. Schau, Werner, Liebster: Die Tantra-Übungen führen uns Stufe für Stufe zu größerer geistiger und emotionaler Nähe, und da ist das orgastische Ver-*

strömen zunächst ein Hemmschuh bei der geistigen Umsetzung des reinen Wahrnehmens, der reinen Liebe, versteh doch! Es ist ja nicht verboten und ausgeschlossen, wohl aber nach strengen Regeln sozusagen ausgelagert und nicht mehr so wichtig.

Werner schluckt. Mit dieser Begeisterung für Tantra-Übungen hat er bei seiner Verlobten nicht gerechnet. Wieder legt Anastasia die Stufen der Rituale auseinander und streichelt dabei das entblößte linke Schienbein Werners. Sie fasst zusammen: Erstens gehe es darum, Befangenheit untereinander, zwischen ihr und ihm und umgekehrt, abzulegen. In einem zweiten Schritt solle die Hemmung vor dem Körper des anderen überwunden werden. Das sei schwerer als man annehme, jedenfalls ihr gehe es so. Drittens sei es im tantrischen Sinne sehr wichtig, aufkeimenden Orgasmus unter Kontrolle zu halten, ja diesem gegenzusteuern, das falle besonders schwer, *aber wir sollten das üben.* Viertens müssten sie sich liebevoll beobachten und wahrnehmen, *wahrnehmen, was uns beflügelt, erregt und stimuliert.*

Nach diesem Theorie-Berg und einem ersten Einstieg in die tantrische Praxis ist Werner geschafft, aber die Botschaften interessieren ihn. Rudolf Steiner, erinnert sich der Sprachgestalter, warnt in seiner Lehre über die Wesensglieder des Menschen immer wieder nachdrücklich, heftig und wenig konziliant vor dem luziferischen Begierdenkosmos des Astralleibes. Das hat man Werner und Anastasia in den entsprechenden Arbeitskreisen vor Jahren wiederholt und mit ernsten Gebärden mahnend vor Augen und Gemüt geführt. Ein schlechtes, ja lastendes Gewissen war dann stets die Folge. Und jetzt berichtet die liebe Verlobte und Fast-Braut, überraschend, von einer tantrischen Betrachtungsweise der conditio humana, die ihm, dem Sprachgestalter, in letzter Konsequenz sympathischer sein darf als das Dornacher Korsett, weil der rigiden Selbstverleugnung in der Sanskrit-Kultur durchaus erfreuliche Grenzen gesetzt sind, Grenzen, die nach Erfüllung des Lehrpfades transzendiert werden dürfen? Merkwürdig. Anastasia entdeckt ein frappierendes Lächeln, das über Werners Gesicht huscht. Sie hat etwas aufgeknackt und greift nach ihren Aufschrieben, die sie unsystematisch auf einem Block festgehalten hat. Sie liest Worte des tantrischen Meisters, der sagt:

> *Fragt nicht danach, ob andere die Begegnung eurer Körper in der Lust verstehen, oder ob sie die Begegnung eures Geistes verstehen. Diejenigen, die keine Erfahrung haben, können es nicht wissen. Versucht nichts zu erklären, denn die Worte werden euch im Stich lassen. Öffnet stattdessen euren Körper, euer Denken, eure Gefühle und euren Geist nur für jene, die ebenfalls die Erfahrung des Rituals gemacht haben. Diese werden verstehen.*

Das gefällt Werner, und es könnte auch ein annehmbares Versprechen für die Zukunft darin enthalten sein. Der Sprachgestalter und die Eurythmistin rütteln und schütteln hollegleich, endlich, Decken und Kopfkissen. Es ist höchste Zeit zum Schlafen. Werner macht das Licht aus und wünscht Anastasia eine gute Nacht. Sie dankt mit einem dicken Gutenachtkuss und ergänzt: *Vergiss die Rückschau nicht!*

Unbekümmert, sanfter inzwischen, rollt das Schiff in den Morgen. Anastasia hat im Traum zwei Teststäbchen vertauscht und rast in einem fremden Kopfbahnhof eine lange, lange Rolltreppe runter und sucht die Bahnhofsapotheke. Der ICE auf Gleis 5 ist gerade abgefahren, die Bahnhofsmission hat geschlossen. Werner verführt in seiner REM-Sequenz das Gretchen im Dornacher *Faust,* ganz oben, in beengter Stellung auf dem Schnürboden. Die Hüter des *Goetheanums* rümpfen die Nase und sind entsetzt. Sie müssen dem Sprachgestalter stante pede kündigen: *Wir bedauern sehr, verstehen Sie unseren Schritt nicht falsch, dem Vorstand sind bei derartigen Vorfällen die Hände gebunden!*

LXIII
Catania
37° 49′ N, 15° 09′ E

Die Annäherung an die sizilianische Metropole Catania und ihren Hafen gestaltet sich als ein faszinierendes Spektakel, das vor allem der Kulisse des schneebedeckten Ätnas zu danken ist. Seine Größe ist um 7 Uhr nicht vollständig auszumachen, weiße Wölkchen umspielen den Gipfel. Immerhin leckt sich die Sonne fristgerecht bis in halbe Gipfelhöhe und wird den italienischen Zauberberg bald ganz erfassen. Auf Anfrage der Eheleute Feldmaier beim Ersten, Carlos Wiedmann, ob in diesen Tagen mit Ausbrüchen des Vulkans zu rechnen sei, kann dieser an der Rezeption nur Tröstliches melden. Nein, damit sei heute ganz und gar nicht zu rechnen. Es sei nämlich so, wenn weißer Rauch vom Gipfelkrater in rund 3.000 Meter Höhe aufsteige, dann sei dies ein gutes Zeichen. Der Ätna habe dann gute Laune und treibe dann oft tagelang keinen Schabernack und lasse die Insulaner ungestört. Seien Sie ganz unbesorgt. *Der Vulkan und der Westwind versprechen einen gemütlichen Tag, wahrscheinlich mit reichlich Sonne. Dort oben kann es aber auch ganz schön windig werden. Falls Sie die Exkursion mit Frau Dr. Sellbruch machen, werden Sie weitere Details erfahren. Sie ist unsere Ätna-Expertin. Die Exkursion startet um 8 Uhr mit den Bussen.* Die Feldmaiers haben sich den Ausflug auch vorgenommen.

Frau Dr. Sellbruch fühlt sich heute Morgen angespannt. Es könnte sein, dass die Lüders wieder Spaß an einer Supervision hat und die Göttinger Lektorin wieder unter die Lupe nimmt. Es kann aber auch sein – *Gott gebe es!* –, dass die Giftzwergin der *Odysseus II* den Tagesausflug nach Taormina mitmacht. Dort war das Luder Lüders nämlich noch nicht, das konnte sie bislang nicht abhaken. Der Bordlautsprecher gibt kurz vor der Ausschiffung der Touristen für den Landgang bekannt, dass vier Restkarten für den Besuch von *Norma* im *Teatro Massimo Bellini* zu haben seien, zweimal Parkett und zweimal Loge. *Interessenten werden gebeten, sich bei der Rezeption umgehend zu melden.*

Vier Busse stehen für die Ätna-Touristen am Porto Nuovo bereit, zwei weitere sind für eine Tagestour nach Taormina bestimmt, ein Kleinbus ist für das Unternehmen Aci Trezza gechartert, den Besuch der verwunschenen Zyklopen-Inseln. Dr. Pia-Sofia Lüders geht tatsächlich in Richtung der Busse nach Taormina, die Ätna-Lektorin hat es aufatmend registriert und betritt ihrerseits den Bus, der für die halbtägige Vulkan-Exkursion bestimmt ist. Die Busse fahren aus dem Sperrgebiet des Hafens heraus und Frau Dr. Sellbruch begrüßt ihre Gäste im Bus, beglückwünscht alle zu diesem herrlichen Sonnentag. Zur Linken, unterhalb der Piazza Duomo und der Via Cristoforo Colombo, wäre jetzt der große Fischmarkt von Catania zu sehen, der an sechs Tagen in der Woche stattfindet. *Für jeden Touristen ist das ein Muss. Heute Abend können Sie, wenn Sie mögen, dort promenieren. Sie werden dann freilich nur die Reinigungs- und Kehrmaschinen sehen, die den Fischmarkt picobello machen mit Bürsten, Wasser und ordentlich Chemie. Im Augenblick könnten Sie nach Herzenslust zum Beispiel Thunfisch, Gefleckten Wolfsbarsch, Scholle, Seeteufel, Makrelen, Rotbarbe, Sprotten, Zander, Seehecht und eine schöne platte Flunder sich abwiegen lassen. Langusten, Tintenfische und Muscheln gibt es natürlich auch.* Letzteres sei aber nicht ganz so üppig vorhanden wie zum Beispiel in der Bretagne, *falls Sie dort schon einmal Urlaub gemacht haben.* An den Fischmarkt, so die Sellbruch weiter, schließe sich ein üppiger Gemüse- und Kräutermarkt an, gefolgt von eher technischen Angeboten für Keller, Herd und Küche. Sie wisse, dass Hotelmanager Stefan Silber in diesen Stunden auf dem Fischmarkt sei und den gehörigen Fischeinkauf für die *Odysseus* tätige. *Übrigens, wenn Sie Fragen haben, dürfen Sie mich selbstverständlich immer unterbrechen.* Da meldet sich Thekla Köster blitzartig aus der siebten Reihe und möchte wissen, was Zitronen auf dem Markt kosten. Das sei eine interessante Frage, so die

Sellbruch, weil es hier keinen Stückpreis für die Zitrone gibt wie in Deutschland. Jetzt, da die Ernte der Zitrusfrüchte erst beginne, müsse man für das Kilo Zitronen höchstens einen Euro bezahlen, selbstverständlich *ungespritzt, wenn Sie danach verlangen. Und wenn Sie nicht gerade einen kunstvoll geflochtenen Knoblauchzopf kaufen wollen, erhalten Sie ebenfalls ein Kilo der Küchenköstlichkeit für denselben Preis.*

Im Zentrum der Stadt macht die Lektorin auf die grauen und schwarzen Basaltsteine aufmerksam, aus denen der größte Teil der Metropole gebaut zu sein scheint, auch die Straßen glänzen durch die unverwüstlichen Steinquader wie poliert. Viele Gebäude wirken abweisend und düster, aber man kann diesem ehemals feurigen Material durchaus seinen Charme abgewinnen. Erdgeschichtlich sei es noch nicht einmal so lange her, dass Catania durch den Ätna in Schutt und Asche gelegt wurde. Das war 1669, als die Stadt unter den Lavamassen begraben wurde und sich in Richtung Meer um 200 bis 300 Meter vergrößerte. Ilona Pütz wirft hell entsetzt ein, sie könnte in so einer Schreckenszone unmöglich leben, *wenn man nicht weiß, was morgen ist.* Dr. Sellbruch, heute gut in Form, gibt zu verstehen, dass die Catanesen trotz der Naturkatastrophen, zu denen auch das verheerende Erdbeben von 1693 zähle, *das erwähne ich nur ganz am Rande,* immer ihren Feuerberg geliebt haben. In ganz vielen Gebäuden – *schauen Sie hier rechts, ein ganz typisches Lavakonstrukt* – spiegelt sich der geheimnisvolle Ätna. Deswegen wird Catania von Einheimischen als die *Schwarze Tochter des Ätna* bezeichnet.

Für Professor Dietmar Schlink ist der Augenblick gekommen, da er an die Reiseführerin eine Testfrage richten kann, nicht in der Absicht Neues zu erfahren, wohl aber um den Wissensstand der Lektorin zu prüfen. Er fragt die Gynäkologin und Lektorin, aalglatt und scheinheilig, ob diese etwas über die Schutzpatronin der Stadt, *einer gewissen, wie war doch gleich ihr Name ... wisse?*

Auf diese Frage und den Hinweis gehe sie natürlich gerne ein. *Sie meinen sicher die Heilige Agatha von Catania, deren Reli-*

quien im Dom aufbewahrt sind? Er bestätigt, und Dr. Sellbruch macht weitere Ausführungen mit dem Hinweis, *das ist eine spannende und brisante Geschichte.* Die Biografie über die Märtyrerin Agatha könne man aus ganz bestimmten Gründen nur erwachsenen und reifen Menschen erzählen, doch Jugendliche könne sie im Augenblick im Bus nicht ausmachen. Da meldet sich Spaßvogel Schlink erneut und gibt zu verstehen, dass er Jahrgang 1928 sei, ja das gehe in Ordnung – und der Bus lacht und quietscht beim Ausfädeln aus dem Zentrum Catanias über die Via Etnea. Ja, also die Heilige Agatha stamme aus einer wohlhabenden Patrizierfamilie in Catania und sie habe hier in den Jahren 225 bis 250 nach Christus gelebt. Zu dieser Zeit regierte ein zügelloser Herrscher auf Sizilien, er sei verblendeter Atheist gewesen und hieß Quintianus. Der wollte nun unsere schöne Jungfrau Agatha heiraten, doch die wollte partout nicht, schon deswegen, weil der schändliche Freier ungläubig war. Und weil sich Agatha in den Augen des Verschmähten unwillig zeigte, ließ er die junge Frau hier in Catania in ein Freudenhaus – *wir würden heute sagen: Bordell* – einweisen, damit sie die Lüste der Liebe folgsam erlerne. (Bei diesem Hinweis tritt Bernd Stenzel, weit hinten im Bus, seiner Rebecca unartig auf Sandaletten und Zehen; sie erwidert die primitive Attacke Bernds direkt mit einem Knuff in seine Weichteile unterhalb des Nabels. Das sitzt. Er dürfte verstanden haben.)

Es half aber alles nichts, erzählt die Sellbruch weiter, die gedemütigte Agatha blieb standhaft und verweigerte sich dem Wüstling. Zur Strafe – *und jetzt kommt's* – ließ Quintianus Agatha die Brüste mit einer großen Zange blutig abzwicken – *zu diesem schrecklichen Detail gibt es peinigende Bilder der Meister Francisco de Zurbarán oder von Tiepolo!* – und anschließend ausbrennen. Dann warf er Agatha in den Kerker. Der Heilige Petrus, so wird berichtet, soll die Märtyrerin dann mit Salben und Wundpflastern gepflegt haben. Doch der sizilianische Schlächter, als habe er nicht schon genug Elend und Pein verbreitet, ließ die Geschändete und Beleidigte auf glühende Kohlen binden.

Danach starb sie unwiderruflich, berichtet Sellbruch, und im Bus wird es mucksmäuschenstill. Der Bus röhrt im sechsten Gang und zwängt sich – Vorfahrt hin, Vorfahrt her – mit aller Macht in den Kreisverkehr, umtost von einem abstrafenden Hupkonzert.

Aber es geht weiter: Ein Jahr später brach der Ätna mit aller Macht wieder aus und habe die Stadt Catania und den Frevler bedroht. Ein Wunder sei geschehen: Der Lavastrom ließ sich mit dem Schleier der Heiligen Agatha zum Stillstand bringen, so wird erzählt, Agatha, sie ganz allein, habe das Wunder vollbracht, die Gute, die Nachsichtige, die Verzeihende. Professor Schlink ist ganz angetan von dem Detailwissen der Referentin und dankt mit artigem Klopfen auf die Rücksitzlehne des Vordermanns. *Dem ist wohl nichts mehr hinzuzufügen?,* fragt und sagt der Salzburger Mediävist.

Nein und ja: Man müsse ergänzen, dass in Catania und auf Sizilien der 5. Februar ein großer Festtag zu Ehren der Heiligen Agatha ist. Da werden Agatha-Brötchen gebacken und ein süßer Nachtisch in Form der weiblichen Brust aus Ricotta-Creme, Marzipan und einem roten Nippel (kandierte Kirsche) zum Reinbeißen angeboten. Die süßen Leckerbissen haben den Namen Minni di Virgini. Sie finden hier in den Bäckereien zum Feiertag reißenden Absatz. *Sie sollten diese Agatha-Spezialität bei Gelegenheit einfach einmal probieren, köstlich kann ich nur sagen, auch unter diesem qualvollen Vorzeichen!* Vielleicht sei noch zu erwähnen, dass die gute Agatha Patronin vieler Schutzbedürftiger iwst. *Sie ist Patronin der Glockengießer, Feuerwehrleute, Goldschmiede, Weber und auch oberste Beschützerin der Malteser.*

Ab der Höhe des Bergdorfes Nicolosi werden die aufgetürmten Lavamassen rechts und links der Straße immer höher und gewaltiger. Dazwischen blüht nicht nur der gelbe Ginster, der sich vom Schwarz der erkalteten Steinwüste kontrastreich abhebt. In kleinen unscheinbaren Gärten rankt die Passionsblume und zwischen der erstarrten Lava machen sich Korallenstrauch, Wandelröschen und Spornblumen verschwenderisch breit, hier und da Papyruspflanzen, Jasmin und der gigantische Feigenkaktus, dessen filigrane Stacheln beim Auspulen der Frucht durch unwissende Mundräuber oft sträflich unterschätzt werden. Roswitha Sellbruch macht an der Südflanke auf das schöne Schauspiel der Natur immer wieder aufmerksam und erläutert auch die Bedeutung der sizilianischen Esskastanie, die gerade die Blüteperiode abgeschlossen hat. Doch da der Bus oberhalb von Nicolosi die Baumgrenze erreicht, ist es hier bald aus mit aller Herrlichkeit. Im Übrigen durchschnitt 1983 die glühende Lava auf breiter Front die Idylle und erst langsam, peu à peu, ist der Siegeszug der Flora in der Mondlandschaft unumkehrbar – bis zum nächsten Mal, bis zur nächsten Katastrophe. Den Parkplatz erreichen die Busse wenig später auf einer Höhe von 1.900 Metern. Frau Dr. Sellbruch bittet, die mitgebrachten Jacken und Mützen nicht zu vergessen, da ein heftiger Wind weht und die Außentemperatur mit 2 °C angezeigt wird.

LXIV
Parco Etna
37° 72′ N, 14° 99′ E

Rebecca friert wie ein Schneider. Sie hat sich für diesen Ausflug wieder einmal zu nachlässig vorbereitet und die Ratschläge ihres fürsorglichen Maklers völlig in den Wind geschlagen. Köster und Veltig tragen klugerweise zwei farblich abgestimmte Klepper-Windjacken (rot und grün) mit atmungsaktiver Microfaser und Aquastop. Sie sind tadellos gekleidet und schützen sich vor Wind und Sonnenlicht mit Schirmmützen, die den Aufdruck *Landesmedienzentrum Baden-Württemberg* in imposanten Lettern eingewoben haben. (Das Werbeprodukt wurde jüngst auf der *didacta* in Köln mit großem Zuspruch verteilt.) Barbara Lisius wagt sich mit Strickweste und Kopftuch ins Freie und muss bald erfahren, dass hier oben ein Wind bläst, dem ihr Kopfschutz nicht gewachsen ist – eine heftige Böe entreißt ihr das Tuch auf Nimmerwiedersehen, *tschüss, adios!* Professor Schlink kennt solche äolischen Herausforderungen aus dem Salzburger Land und trägt eine Mütze mit Kinnhalterung, ein hervorragender Schutz. Die Sellbruch hat bei der Rücksprache mit einem Parkwächter Windstärke 8 bis 9 in Erfahrung gebracht. Die Sicht ist hier oben überraschend gut und in der Ferne zeigen sich Küste und die Hafenstadt. Wer trittsicher und standfest ist, macht den Versuch, sich gegen den Wind zu stemmen und umrundet die erloschenen Kraterkegel der Crateri Silvestri, ein abenteuerlicher und kräftezehrender Angang in gebückter Haltung. Der Sturm wütet gnadenlos und bläst feinen Lavasand rücksichtslos ins Gesicht. Von der Bergstation mit Seilbahn könnte man sich theoretisch noch bis auf Höhe 2.700 für teures Geld bringen lassen. Doch der Reiseplan lässt die zusätzlichen Abenteuer nicht zu. Den Vulkanschlund dürfen ohnehin nur erfahrene Bergsteiger mit örtlicher Führung besichtigen, zu gefährlich und unberechenbar sind vor allem die giftigen Dämpfe, die der Berg um den Gipfel gleich einem fauchenden Drachen ausstößt.

In diesem Zusammenhang berichtet Dr. Sellbruch von einem jungen 32-jährigen Mann aus Böblingen, der hier vor wenigen Monaten ums Leben gekommen ist. Er sei auf das Shooting am Ätna spezialisiert gewesen. Von dem Rifugio Sapienza – *wir werden dort gleich hingehen und eine kleine Verschnaufpause machen* – ist er aufgebrochen und kam bis 350 Meter unter den Gipfel. Dann passierte es. An einer vereisten Stelle ist der Fotograf ausgerutscht und stürzte 60 Meter in die Tiefe. Er habe noch eine SMS mit dem Notruf *help Siggi!* abgesetzt. Doch die Suchmannschaften konnten wegen schlechten Wetters erst 24 Stunden später aufbrechen. Da war Siggi schon tot. *So gefährlich kann es hier am Ätna sein, auch für Profis. Bleiben Sie daher alle bis zur Abfahrt schön zusammen und lassen Sie sich bitte nicht zu irgendwelchen gefährlichen Spaziergängen hinreißen. Ich hoffe, vor Übermut und Leichtsinn schützt heute der Ätna-Sturm.*

Frau Weinzierl, die gerne Kreuzworträtsel knackt und es wissen muss, erinnert Frau Dr. Sellbruch daran, dass hier am Ätna auch der Philosoph Empedokles gelebt haben soll: *Schlaues Kerlchen aus Agrigent begeht Selbstmord im Ätna* – so habe die Frage jüngst im Wochenrätsel der *ZEIT* gelautet. Ob Frau Sellbruch hierzu etwas sagen könne. *Schön, dass Sie danach fragen!* Die feudale und großzügige Schutzhütte *Rifugio Sapienza* erinnere ganz ausdrücklich an den griechischen Philosophen Empedokles, der rund zweieinhalb Autostunden von hier in Agrigento gelebt habe. Die Geschichtsbücher datieren sein Leben zwischen 490 und 430 vor Christus. Er selbst rühmte sich magischer Fähigkeiten, der Hellsichtigkeit und auch der Kunst, Kranke heilen zu können. Zunächst hätten die Bürger von Agrigento den Philosophen als Shooting Star der Redekunst vergöttert, aber dann habe man ihn vertrieben, er musste fliehen. Der Professor wirft vielsagend ein, *ja so war es. Der Prophet wird im eigenen Land geschmäht und verachtet!* Da nickt die Sellbruch verständnisvoll und ergänzt einen wichtigen Baustein seiner Philosophie. Nach Empedokles sei es nämlich so: *Es gibt kein Entstehen aus Nichts, kein Vergehen in Nichts, und es gibt keine qualitative Veränderung des ursprünglichen Seins, sondern der Stoff bleibt unverändert in seinem Quantum.* Die Lektorin bittet die Umstehenden inständig, sie jetzt nicht nach einer Deutung dieser Prämissen zu befragen, das sei nicht ihr Fachgebiet. Rebecca mischt sich vorwitzig ein und befindet den Hinweis, dass der Stoff *unverändert* bleibe nicht besonders praxistauglich. Dieser Empedokles habe sicher noch keine Waschmaschine, auch kein Bügeleisen gekannt. Ein Witz, Spaß, dritter Bildungsweg? Bernd kommt der unreife Einwurf ungelegen, er ist ihm peinlich. Und so macht er das, was er schon öfters gemacht hat: Er tritt patriarchalisch mit seinem saharagelben Lower-Wanderschuh auf ihre linke Sandalette. Ihr Schuh ist noch nicht einmal eingelaufen. Das schmerzt.

Der Mediävist, er muss sich wegen der Böen mit gekrümmter Gebärde an Lisette festhalten, er hat noch etwas nachzutragen.

Es sei hier oben auf dem *Vesuv* (Weinzierl korrigiert lautstark) auch an Friedrich Hölderlin zu erinnern, *unbedingt*. Den Vorsokratiker habe Hölderlin in dem Fragment *Der Tod des Empedokles* gefeiert. Manchen gelte das Stück als unspielbar, aber an dieser Diskussion wolle er sich hier oben nicht beteiligen. Das umfassende Bildungsniveau des Homme de Lettres aus Salzburg scheint die *Odysseus*-Touristen nicht sonderlich zu interessieren. Rückfragen gibt es keine, auch nicht von den beiden Medienpädagogen, die sich glücklich schätzen, den Geburtsort Hölderlins ganz richtig nach Lauffen am Neckar verortet zu haben und das Grab tadelsfrei in Tübingen vermuten.

Der Tross inspiziert gewissenhaft die Souvenirs, die in kleinen Büdchen am Rande des Parkplatzes ausgebreitet sind. Schwungvolle Aschenbecher aus schwarzer Lava suchen Käufer, Mandellikör verheißt süße Stunden und der Ätna-Honig ist in zahllosen Gläsern à 250 oder 500 Gramm gefangen. Keramikvasen, -schalen, -schüsseln und -krüge, so weit das Auge reicht, dann wieder Drechselarbeiten unbekannter Manufakturen aus Sizilien oder Taiwan und immer wieder Bilder und Reliefs der Heiligen Agatha, die jedes Einfamilienhaus vor Feuersbrünsten retten würde, hinge ihr Konterfei nur fristgerecht zur Gefahrenabwehr in entsprechenden Eingangsbereichen in London, Garmisch, Paris, St. Blasien oder Montreux.

Piet muss enttäuscht zur Kenntnis nehmen, dass Roswithas Vortrag über Land und Leute hier auf Sizilien ganz anders abläuft als noch in Göttingen geplant und durchgespielt. Keine Lounge, keine Diashow, keine PowerPoint-Präsentation. Roswitha muss frei Schnauze sprechen, ohne Netz und Boden. Piet ist zufrieden, wie sie die Passagiere bei Laune hält und den Anspruch Natur und Kultur im Sinne des Veranstalters elegant zu verknüpfen weiß. Ja, sie redet sehr munter und wächst mit ihrer Führung über das übliche Mittelmaß der Kolleginnen und Kollegen hinaus. *Schade, dass die Lüders nichts davon abbekommt,* sinniert Piet. Roswitha erzählt in bunten Farben von Hephaistos, dem Schmied der Unterwelt, der hier in den Tiefen der Ätna-Schlünde sein Pyro-Studio hat und die Esse immer unter Feuer hält. Im Untergrund der Liparischen Inseln, genauer unter der schwefeligen Erdkruste von Vulcano, hat Hephaistos eine weitere Werkstatt, in der er bei Bedarf die Feuerkeile für die Götter schmiedet. Hephaistos (die Römer sprechen von Vulcanus) war oder ist überhaupt ein Tausendsassa, denn er war sehr geschickt. Er bastelte künstliche Frauen aus purem Gold, die reden und sich bewegen konnten, die ersten Roboter der Welt, wenn man so will. Er schmiedete die Ketten des Prometheus, den Schild für Achill, den Sonnenwagen für Helios, den Unglück bringenden Halsschmuck für die Harmonia. Kurz und gut, dieser Hephaistos war und ist ein arbeitsames Genie in Sachen Schmiedekunst. *Nur reizen darf man den Emsigen nicht, dann kann es ungemütlich werden, auch heute noch.*

LXV
Taormina
37° 85′ N, 15° 28′ E

Für die parallel laufende Stadtbesichtigung in Taormina hat Frau Dr. Lüders eine örtliche Reiseführerin ins Boot genommen, die ihre Gäste am Busbahnhof an der Via Luigi Pirandello empfängt. Die Taormina-Besucher sollen sie einfach mit Vornamen rufen. Sie heißt Sandra und lebt schon seit über 25 Jahren in Taormina und kennt jede Treppe, jeden Erker, jede Nische. Sie ist mit einem Hotelier am Ort verheiratet, hat zwei Kinder, Tommasio und Vincenzo, will aber den Namen der gastronomischen Einrichtung nicht nennen, *ich möchte unbestechlich bleiben, Sie verstehen, zumal hier auf Sizilien, wo man uns das Gegenteil nachsagt. Cosa Nostra.* Sie möchte nicht, wie sie scherzhaft erläutert, auf den Index von *Transparency International* kommen.

Leider habe man nur dreieinhalb Stunden für die Visite des zauberhaften sizilianischen Kleinods zur Verfügung und so schlage sie vor, gleich mit der Besichtigung des Teatro Greco zu beginnen. Die Mehrheit stimmt kopfnickend zu, auch Frau Dr. Lüders. François Duval und Victor Helmer aus Saarbrücken möchten allerdings allein den Ort erkunden und bitten um Dispens, was ihnen gerne ermöglicht wird. Treffpunkt dann später, *bitte pünktlich, an der Porta Messina, hier drüben, nicht zu verfehlen!* Auf der *Odysseus II* hat man die beiden jungen Herren bislang kaum wahrgenommen. Kein Wunder, es sind *Last-Minute Gäste,* wie Frau Lüders redselig zu berichten weiß. Sie haben sich erst in Sharm el Sheikh eingeschifft und verhalten sich an Bord *eher unauffällig, fast ungesellig, aber da ist ja bei uns jeder frei, wie Sie wissen. Jeder ist seines Glückes ... aber wem sag ich das!* Mit diesen Interna aus dem Management der *Odysseus* versucht Pia-Sofia Lüders, die Kunsthistorikerin Lisius aus Dresden und den bei ihr stehenden Herrn Flechsig für sich zu gewinnen. Doch denen scheint die Information gleichgültig zu sein. Allerdings erkundigt sich Herr Flechsig dann doch, was so ein Last-Minute-Angebot mit reduzierten Leistungen gekostet hätte. *Das unterliegt der Diskretion und wird gelegentlich direkt mit A&C ausgehandelt. Bedaure, Ihnen nicht mehr mitteilen zu können. Herr Duval wird übrigens eine Einführung zu »Norma« geben, er kommt von der Bühne und ist damit erste Wahl.*

Der Tross schlendert gemütlich die Via Teatro Greco hinauf bespickt mit zahllosen Souvenirs-Läden, die sich vor allem in dem Bereich Keramik untereinander Konkurrenz machen. Wer den Ätna nicht begehen kann, darf sich hier schon für einen Euro mit einem Lava-Krümel eindecken; ansonsten Hüte, Leder- und Textilwaren in Hülle und Fülle, kitschiges Kinderspielzeug. Vor dem Griechischen Theater gibt es einen kleinen Stopp am *Grand Hotel Timeo,* das vielversprechend gegen fremde Einblicke durch ein schmiedeeisernes Tor und schützende Palmen abgesichert ist. Es riecht nach First Class und gesteuerter Wellness, die gewiss einer Versuchung wert wären. Sandra erklärt, es handle sich um ein renommiertes altes Hotel, das seine Ursprünge im Jahr 1873 hat, stattliche Logierkosten, sehr gepflegt, 83 fürstliche Zimmer.

Aber deshalb sind Sie ja nicht nach Taormina gekommen! Am Eingang zum Griechischen Theater – und hier will ich gleich eine Korrektur machen: Es handelt sich um ein griechisch-römisches Theater! – darf ich fragen, ob eine Teilnehmerin oder ein Teilnehmer Geburtstag hat, denn dann gäbe es sogar eine Freikarte, zumindest für die Reederei, denn mit der wird verrechnet. Nein, ein Geburtstagskind meldet sich nicht und so schlurft und trippelt die Gruppe in das gut erhaltene Amphitheater mit seinem unübertrefflichen Ausblick auf den Ätna, der seine weiße Nasenspitze in den Mittagshimmel reckt. Falls eine Deutschlehrerin oder ein Deutschlehrer in der Reisegruppe sei – *aja, das ist auch nicht der Fall* – so hätten diese Herrschaften sicher damit gerechnet, dass sie, Sandra, aus Goethes Reisetagebuch eine Kleinigkeit vortrage, vortragen müsse. Zuvor aber die Information: Die Griechen haben hier schon im 3. Jahrhundert vor unsrer Zeitrechnung architektonisch und künstlerisch gewirkt, die Römer *(man sieht es an den gebrannten Ziegelsteinen zum Beispiel)* trollten sich erst im 1. nachchristlichen Jahrhundert nach Taormina. Also unser lieber Goethe notierte am 7. Mai 1787, und da zückt sie, sicher ist sicher, ihr zerfleddertes dtv-Bändchen, er schrieb – nein sie müsse einführend sagen, der kluge Geist aus Frankfurt spreche von einem *amphitheatralischen Halbzirkel* und treffe damit als blitzgescheiter Analytiker die ambivalente Baustruktur ganz genau. Und es gehe jetzt mit Goethe wörtlich weiter:

> *Setzt man sich nun dahin, wo ehemals die obersten Zuschauer saßen, so muss man gestehen, dass wohl nie ein Publikum im Theater solche Gegenstände vor sich gehabt. Rechts zur Seite auf höheren Felsen erheben sich Kastelle, weiter unten liegt die Stadt, und obschon diese Baulichkeiten aus neueren Zeiten sind, so standen doch vor alters wohl eben dergleichen auf derselben Stelle. Nun sieht man an dem ganzen langen Gebirgsrücken des Ätna hin, links das Meerufer bis nach*

Catania, ja Syrakus; dann schließt der ungeheure, dampfende Feuerberg das weite, breite Bild, aber nicht schrecklich, denn die mildernde Atmosphäre zeigt ihn entfernter und sanfter, als er ist. Wendet man sich von diesem Anblick in die an der Rückseite der Zuschauer angebrachten Gänge, so hat man die sämtlichen Felswände links, zwischen denen und dem Meere sich der Weg nach Messina hinschlingt. Felsgruppen und Felsrücken im Meere selbst, die Küste von Kalabrien in der weitesten Ferne, nur mit Aufmerksamkeit von gelind sich erhebenden Wolken zu unterscheiden.

Für intensive Erkundungen der historischen Theater- und Vergnügungsstätte ist kaum Zeit, denn es gilt weitere Sehenswürdigkeiten zu erforschen. Die Touris huschen also in großer Eile durch das Theater, seine Gänge und Tunnels und sind vor allem mit dem Fotografieren der ausgedehnten Anlage beschäftigt. Sandra kommt bei der hohen Mittagstemperatur mächtig ins Schwitzen und gönnt sich eine zünftige Deo-Dusche im Abseits einer schattigen römischen Arkade. Das geht *pffft – pffft – pffft – pfffffft – pfffffft,* doch die hässlichen Transpirationsspuren unter ihren Achseln lassen sich auf die Schnelle weder trocknen noch tilgen. Es geht weiter Richtung Corso Umberto, Piazza del Duomo, anschließend mit dem Bus hoch nach Castelmola, Weitblick auf die märchenhafte Kulisse über dem Mittelmeer, bittersüße Verkostung im *Panorama di Sicilia* mit Mandelwein, dann wieder abwärts nach Taormina, Hektik pur, Einsammeln der beiden Herren.

François Duval und Victor Helmer haben sich für die Erkundung des Corso Umberto Zeit lassen können. Sie bummeln in großer Ruhe und Gelassenheit und Victor hält seinen Arm zärtlich um die Hüfte von François geschlungen. Und das ist kein Wunder. Die Männer sind erst seit fünf Wochen so richtig – oder so ziemlich – verheiratet, obwohl sie schon seit zwei Jahren in der Bismarckstraße, nahe der Promenade, in Saarbrücken unzertrennlich leben und wohnen. Ihre *kleine wilde Ehe,* so nennt es Victor, hat der Saarbrücker Standesbeamte wenigstens im Sinne einer gleichgeschlechtlichen Partnerschaft eingetragen, so dass jetzt auch für Victor und François zu gelten hat: *Einer trage des andern Last.* Auf die gleichgeschlechtliche Ehe nach deutschem Zivilrecht, darauf müssen die beiden also noch warten, aber immerhin.

Das Last-Minute-Abenteuer gönnen die beiden sich als kleine überschaubare Hochzeitsreise. Das können sie sich finanziell gerade noch erlauben. Victor Helmer spielt hervorragend Tenor-Saxophon und bekommt kleinere Engagements beim Radiosymphonieorchester in Stuttgart oder im Konzerthaus in Baden-Baden, aber knapp ist es immer. François hat die Cranko-Schule in Stuttgart durchlaufen und jetzt kratzt er sich die Engagements zusammen, zum Beispiel beim *Deutschen Fernsehballett (dfb).* Die planen mit ihm einen Auftritt fürs Silvesterprogramm. *dfb,* immer wieder von Schließung bedroht, das ist nicht einmal die schlechteste Adresse; bei der *Hamburger Ballettschule* steht François in einem weiteren Bewerbungsverfahren. Mühsam ernährt sich das Eichhörnchen.

Den quirligen Corso Umberto durchstreifen die beiden aus einem ganz bestimmten Grund. Das köstliche Eis – eine Kelle in die Knuspertüte 2 Euro – in allen Ecken und Nischen der Flaniermeile, das wäre Anlass genug, und die beiden haben sich schon zwei Hochzeitseistüten genehmigt. Nein, sie suchen nach einem Atelier in der Via Domenico di Leo. In der *ZEIT* wurde jüngst für Taormina eine Retrospektive der Aktfotos und -studien von Wilhelm von Gloeden angezeigt. Dieser Pionier der Schwarz-Weiß-Fotografie lebte als lungenkranker Fotograf viele Jahrzehnte in dem Städtchen. Sein unscheinbares Grab haben die beiden vor der Suche nach den Ausstellungsräumen vorab besichtigt. Es liegt hangseits und abschüssig im Gottesacker. Man übersieht es zunächst und nur mit Hilfe der Friedhofsaufsicht können sie es finden. Dieser Herr, Baron von Gloeden, das hat das junge Paar im Netz rausklamüsert, hat sich sehr wahrscheinlich selber einen Adelstitel verpasst und das dürfte sich hier unten recht gut ausgenommen haben. Auf alle Fälle war Wilhelm von Gloeden sehr wohlhabend und er konnte sich ein luxuriöses Leben leisten. 1876 taucht der Kunsthistoriker, Maler und Fotograf in Taormina auf und schließt Freundschaft mit dem Bürgermeister. Der Deutsche notiert in sein Tagebuch: *Die Lektüre von Homer, von Theokrits Gedichten in Sizilien regten meine Phantasie an. Felsen und Meer, Berge und Täler erzählten mir von arkadischen Hirten und vom Polyphem.* In dieser realen Traumwelt beginnt Gloeden, Hunderte von Knabenakten zu fotografieren, Gesichter und Menschen, die er in ihrer Nacktheit am liebsten archaisiert und mit Vasen, Kränzen und Lorbeergestecken ausstaffiert. Seine sizilianischen Knaben wandern auf nahezu allen Bildern mit erigiertem Penis durch die blühenden Landschaften Taorminas, sei es in den nahen Bergen, sei es am Meer oder als *menschliches Vorspiel* zum schneebedeckten Ätna im Hintergrund. Er dürfte der erste Fotograf gewesen sein, der seine Modelle aus diesem Anlass auch schminkte und glanzvoll mit Milch und Olivenöl bestrich.

François und Victor lassen sich in der Ausstellung abseits des Corso Umberto Zeit. Und da die fremden Besucher eine offene Beziehung zu den historischen Aufnahmen entwickeln, sich Muße für die hier liebevoll festgehaltenen Taorminesen lassen, werden ihnen selbstverständlich auch zwei Cappuccini angeboten. Der Galerist Felice Bocconcello, er hat, wie er sagt, 15 Jahre in Wolfsburg gearbeitet, erzählt, dass der deutsche Kaiser Wilhelm II., Oscar Wilde, König Edward VII. – König von Großbritannien und Irland und Kaiser von Indien – und Richard Strauss den homoerotischen Künstler in Taormina aufsuchten und seine Fotografien bestaunten. In der Ausstellung gibt es drei Frauenakte, die von Gloeden auf seine Plattenkamera gebannt hat. Auch diese Figuren sind im Kontrast zu deutscher Prüderie inszeniert, Apotheose femininer Körperlichkeit, mit unrasierten Schamhaaren als lustvoll schmückender Blickfang, zumindest für heterosexuell disponierte Männer. Vermutlich hätte sich der dichtende Zeitgenosse, Stefan George, mit seinen Heidelberger Jüngern hier leidenschaftlich gerne aufgehalten. Von Gloeden hätte seine Kamera behutsam in Position gebracht, George mit weißer Stola gegürtet, ihn sorgfältig gepudert und glanzvoll stilisiert und den selbsternannten deutschen Wort-Olympier fotografiert für Kaiser und Ludendorff, den Liebling im Feld, dahinter, in gebührendem Abstand, die anmutigen Eleven des Worts mit Schärpe und Lorbeer, Georges Import- und Lustknaben. Vielleicht.

Und der jünglinge chor
Der mich feurig gegrüsst
Deren wort ich belobt
Deren scheitel geküsst.

Erst an euch hab ich spät
Hohe freunde gefühlt
Was uns mählich zerfällt
Und was ewig uns glüht.

Felice ist glücklich über das große Interesse der deutschen Gäste und kommt ins Erzählen: Der Baron und Fotograf hatte in Taormina einen sehr gefälligen Helfer und Diener, der dem Künstler bei der Suche nach Modellen und Locations selbstlos zur Hand ging. Pancrazio Bucini ist der Name des guten Geistes, der als dunkelhäutige Schönheit auf vielen Fotos Gloedens festgehalten ist. Als dann der Erste Weltkrieg Europa in die Zange nahm, wurde der hilfreiche Knabe zur Küstenbatterie in Sizilien eingezogen. Er meldete sich bei Gloeden immer wieder mit einem Kärtchen oder einer kleinen schriftlichen Nachricht. 1931 starb Wilhelm von Gloeden auf Sizilien, und Pancrazio verwaltete nach bestem Wissen und Gewissen das Bilder-Erbe des Fotografen.

Unter der faschistischen Diktatur kamen die Kunstwerke Gloedens in Verruf, sie wurden als pornografisch diskreditiert und dem unbeugsamen Diener Pancrazio wurde der Prozess gemacht. Doch der *hielt tapfer zu seinem verstorbenen Herrn,* erklärt Felice umständlich, *und versuchte Erbe und gute Charakter von Baron nix kaputt machen.* Dem Richter habe der Angeklagte die Bedeutung des Deutschen in langen Ausführungen klarzumachen versucht. Dem Richter habe er gesagt: *Wert Herr, Sie nix können, Bedeutung Kunst Baron Wilhelm von Gloeden sagen. Impossibile! Sie können verurteilen prigione, die Kunst, von Gloeden makken, die können du nix zerstören und kaputt makken.* Die mutigen Ausführungen des Dieners hätten den Richter damals sehr beeindruckt und so wurde Pancrazio schließlich von allen Anklagepunkten freigesprochen.

François Duval und Victor Helmer sind von den Ausführungen des Kurators angetan und finden in der Ausstellung tatsächlich auch acht Fotografien des treuen Pancrazio, den der Fotograf bald als Mädchen, bald als Flöte spielenden Hirtenknaben oft und oft drapiert hat. François und Victor rücken in den nur vage ausgeleuchteten Ausstellungsräumen immer näher. Es ist, als ob ein liebevolles körperliches Tandem das Atelier symbiotisch durchstreifte. Die beiden Gäste sind mit Felice allein in der Via Domenico, allein mit verschwenderischen, zauberhaften, erdfarbenen Bildern maskuliner Zärtlichkeit. Felice, der sympathische Wächter mit Vollbart, lässt die Bewunderer schließlich diskret stehen, sie dürfen träumen von einem Taormina, das aus dem Gloeden' schen Eden vertrieben ist.

Anderthalb Stunden haben die Saarbrücker in der Ausstellung zugebracht. Felice erzählt am Ausgang kundig, dass viele Fotografien 1977 auf der *documenta 6* in Kassel gezeigt wurden, *Sex-Revolution in Italia und Germania,* von Beuys gebe es *Postkarten-Fantasy mit 13 Bleistiftzeichnungen zu Baron,* Warhol und Bruce Weber hätten sich vom Fotografen inspirieren lassen. 2008 habe es einen großen Skandal in Memmingen wegen Gloeden-Fotos in der Kunsthalle gegeben. *Gloeden come uomo era impareggiabile immer aktuell und aufregend con la Bild-*

Zeitung. François ersteht für daheim einen Bildband für 35 Euro, Viktor kümmert sich um ausgewählte Postkarten, darunter ein Frauenakt und zwei Arrangements mit Pancrazio, dem Treuen. Verabschiedung von Felice, dann Richtung Porta Messina zum Treffpunkt. Am Busbahnhof trennt sich der *Odysseus*-Tross von Sandra. Sie dankt für den schönen Nachmittag und erwähnt beiläufig, dass, wer mag, bei anderer Gelegenheit auch die *Villa Paradiso* aufsuchen könne, *Meer- und Ätnablick, sizilianische Küche, es ist ganz einfach zu finden: Via Roma 2.*

LXVI
Teatro Massimo Bellini
37° 50′ N, 15° 09′ E

Um 18 Uhr sind die Busse aus Taormina und vom Ätna wieder am Pier in Catania eingetroffen. François Duval bleibt nur eine Viertelstunde für die Einführung in *Norma,* aber es kommen ohnehin nur 10 Gäste, die sich husch, husch einen lexikalischen Wissensvorsprung verschaffen wollen. Duval macht, den Umständen entsprechend, seine Sache kurz und schmerzlos. Für die Belcanto-Fans ist zügiges Umziehen auf der *Odysseus II* angesagt. Im Vorbeigehen ein Häppchen aus der Bordküche und ein Drink. In einer Stunde steht der Bus wieder bereit zur Abfahrt in Richtung Piazza Vincenzo Bellini, das ist ganz nah, doch heißt es pünktlich sein. Professor Schlink hat sich – aus seiner Sicht – in Windeseile geduscht und frisch gemacht und wird heute Abend einen leichten, naturfarbenen Leinenanzug tragen mit roter Fliege. Die Cecilia Bartoli haben sie aus Rom eingeflogen, und Schlink muss sich eingestehen, dass er die gefeierte Primadonna bislang nie gehört hat, obwohl sie mehrfach in Salzburg aufgetreten ist. Sie singt heute Abend die Priesterin Norma, die in ihrer seelischen Zerrissenheit den Feuertod auf sich nehmen wird, die Mexikanerin Rebeca Olvera ist als Adalgisia, die rivalisierende Priesterin, angekündigt, John Osborn singt den römischen Prokonsul Pollione – *eine fantastische Weltbesetzung,* wie Schlink fachmännisch gegenüber Lisette bemerkt. Sie putzt sich raus mit einem festlichen Dirndl aus gecrashtem Leinen mit Münchner Ausschnitt und Henndorfer Rüsche mit Zackenlitze.

Schiffsarzt Dr. Schirkow hat sich einen Platz im Parkett reserviert, die Ausgehuniform hat er sich aufbügeln lassen, Claire schiebt an Bord zerknittert Bereitschaft. Der Zugang des Schiffsarztes zu Bellini ist vor allem ein medizinischer. Während des Studiums in München belegte Schirkow auch zwei Vorlesungen Medizin-Geschichte. Professor Dr. Schwanitz befasste sich damals eingehend mit der Frage, ob der Meister, das junge sizilianische Genie, im blühenden Alter von 33 Jahren tatsächlich, wie zunächst gemutmaßt, dem Giftanschlag einer aus guten Gründen verschmähten Geliebten am 23. September 1835 bei Puteaux zum Opfer gefallen sein konnte, oder ob dies wilde Spekulationen waren. 350 Chorsänger verabschiedeten sich damals von Bellini im Invalidendom und trugen ihn dann auf dem Friedhof Père-Lachaise zu Grabe. Erst Jahre später wurde der Leichnam nach Catania überführt.

Dr. Schirkow hat zu dem Thema Tod des Vincenzo Bellini Voruntersuchungen betrieben, die ihn genau genommen zu einer standesgemäßen Habilitation hätten führen müssen. Doch dann starb der Habilitationsvater überraschend an Herzversagen und es kamen persönliche Dinge bei Schirkow hinzu, die hier nicht weiter verfolgt werden können. Dann war es ganz plötzlich aus mit Bellini, seinem Tod, seinem finalen Leiden. Schirkow hat in all den Jahren nicht nachgelassen und ist nach seiner Approbation zu erstaunlichen Ergebnissen gekommen, zu signifikanten, die er auch in seiner kleinen Bordbibliothek griffbereit hat. Dabei drängt es ihn immer wieder zu einer kleinen Veröffentlichung im Fachblatt *Medizingeschichte – heute (mgh).* Aber es kommt ständig etwas dazwischen. Dr. Schirkow fesseln an *Norma* nicht so sehr die Druiden-Saga und der Flammentod, vielmehr schwärmt er vor allem für die Ouvertüre, die er Claire gegenüber mehrfach als *Ereignis* klassifiziert hat. Der g-moll-Einstieg, 4/4 Takt und dann das *allegro maestoso e deciso,* gefolgt von der Hauptmelodie, in Terzen gesetzt, das begeistert den Arzt, der es als Student mit Klarinette im *Medical Quartett München* zu bemerkenswerten Kritiken gebracht hat, Rezensionen, die damals aufhorchen ließen.

Rebecca präpariert sich mit Bernd für die Oper, obwohl ihr *das Gesinge,* wie sie geringschätzig anmerkt, nicht liegt. Nur ihm zuliebe geht sie mit und macht sich richtig schick: schulterfreies blaues Batist-Kleid mit einer weißen Sommerstola, hohe aufregende lackglitzernde Pumps, die nur von erfahrenen Frauenfüßen getragen werden können, Rebeccas Aura: Vanille-Zimtduft verschwenderisch verstäubt. Bernd ist ebenfalls Opernmuffel, die Eltern trieben ihn höchstens an Weihnachten in *Hänsel und Gretel.* Ansonsten wurde kein musikalischer Zwang in der Familie ausgeübt. Er nimmt für sich allerdings in Anspruch, dass ein Opernbesuch, am historischen Ort, *nicht schaden kann* und ihn von anderen unnützen Aktivitäten fernhält. Er ist da ganz pragmatisch. In der Rezeption hat er sich das *Reclam*-Bändchen Nr. 4019 mit dem Libretto für *Norma* (Deutsch/Italienisch) besorgt. Er versucht seit einer Stunde, Rebecca die Geschichte der Norma, ihrer Kinder, des römischen Liebhabers und der priesterlichen Nebenbuhlerin wenigstens in Ansätzen schmackhaft zu machen. Sie habe doch früher sicherlich auch einmal *Asterix* gelesen, die Kämpfe gegen Rom verschlungen, die Zaubertränke der Druiden und so weiter. Sehr viel anders sei das bei Bellini auch nicht. Außerdem soll das Opernhaus selbst sehr hübsch sein. Die berühmte Maria Callas, die mit dem Milliardär Aristoteles Onassis liiert war, sang 1951 in Catania die Norma; da feierte Italien den 150. Geburtstag von Bellini hier in der Geburtsstadt (das steht im Programmheft, das *A&C* netterweise für die Teilnehmer am Opernabend übersetzen ließ). Zum Rasieren reicht es Bernd nicht, und sein Dreitage-Bart hat etwas *Hocherotisches,* meint Rebecca. *Findest Du wirklich?* Und so lässt er die bitzelnde Pracht einfach stehen und parfümiert sich mit *Old Spice,* klassisch-süßlich, etwas modrig und retro, wie gehabt.

Auf Deck Vier huschen Dr. Thekla Köster und Guntram Veltig gestiefelt und gespornt Richtung Aufzug. Den eleganten sibirischen Fuchs, den sie in einer schmalen, unauffälligen Ausführung um den Hals trägt, würde sie auch gerne einmal in der Stuttgarter Oper oder im Ballett präsentieren. Doch in der schwäbischen Heimat gibt es zu viele missgünstige Blicke und Neider – vor allem unter den gewählten Volksvertretern im Landtag. Hinter vorgehaltener Hand würden diese sie bei einer entsprechenden Soiree womöglich auch als lieblose Tierquälerin denunzieren. Das muss nicht sein. Hier im Süden der EU darf sie allerdings ganz zu recht größere Toleranz gegenüber dem Kürschnerhandwerk und den Trägerinnen der entsprechenden Produkte vermuten. Und in der Tat kann Thekla ganz ungestört und souverän das kleine Accessoire tragen, dabei ganz sanft und unscheinbar die Schultern auf und ab wippend. Keine hämischen Blicke, keine schnippischen Anfragen, die glänzende Rauchware um den Hals wird nicht nur geduldet, sie wird – zumal auf dem Liner – als erlesene Wahl für den Abend gewertet. Die ihr folgenden Blicke sind untrüglich anerkennende der ungeschmälerten Bewunderung.

Claudia, die Geragogin, hat sich mit Dr. Pia-Sofia Lüders zusammengetan und beide haben es bei der Ausstaffierung jeweils beim Jeans-Anzug belassen. Das sieht flott aus, bestimmt nicht overdressed, absolut passabel und machbar für das angesetzte Bellini-Vergnügen. Unten an der Pier werden die Opern-Gäste eingesammelt. Der Bus startet pünktlich um 19 Uhr 15, so dass vor dem *Teatro Massimo Bellini* reichlich Zeit für das Auskundschaften der Örtlichkeit verbleibt. Rebecca drängt ihren Begleiter in das *Caffè Quaranta,* einen Steinwurf von der Oper entfernt. Direkt am Tresen bestellt Bernd zwei Cappuccini, sie nippen, trinken, schlürfen und zahlen.

 Die rund 50 Plätze für die Gäste der *Odysseus II* befinden sich in ganz unterschiedlichen Sektionen, so dass die Paare ganz auf sich gestellt bleiben und neben heimischen Musikliebhabern sich niederlassen. Fasziniert sind die Gäste von der prunkvollen Ausstattung des Foyers und den verschwenderischen Logen – dort sitzen auch Lisette und der Professor in fürstlicher Eintracht –, Logen, die wie goldene Schwalbennester in vierfacher Türmung den Saal nach oben begrenzen und, blattgoldverziert, artig nach unten grüßen. Das warme Purpurrot der Bezüge und Sitze schafft royale Behaglichkeit, die durch die verschwenderische Spiegel-Flucht in den Logen verstärkt wird. Die verspielten Deckengemälde erinnern in ihrer italienischen Opulenz entfernt an Giovanni Battista Tiepolo, doch den Versuch einer ikonografischen Einordnung dieser Gemälde durch die ansonsten kluge Geragogin muss Dr. Lüders freundlich zurückweisen. Der venezianische Maler hat ihres Wissens *mindestens 100 Jahre vor dem Bau der catanesischen Oper gelebt.* Ja, so kann man sich täuschen. *Ich dachte halt,* entschuldigt sich Claudia, *ich hab nur geraten.* Dann betritt Dirigent Giovanni Antonini den Orchestergraben, Applaus, es geht los.

In der Empore wiegt und schmiegt sich Schlink, diskret und zurückhaltend, im wechselnden Takt der Ouvertüre und es geht ihm Verdis Bemerkung über Bellini durch den Kopf: *Er ist reich an Gefühlen und an einer individuellen Melancholie, die sein eigen ist.* Ja, so könnte man sagen, pflichtet der Mediävist im Stillen bei. Es dauert aber fast zwanzig Minuten, bis die große Norma, die Cecilia Bartoli, inmitten ihrer Dienerinnen, mit aufgelösten Haaren, umkränzt von einem Geflecht aus Eisenkraut, bewaffnet mit der goldenen Sichel aus der Tiefe der Bühne tritt, sie hat ihren Auftritt, sie ist der Auftritt:

Sediziose voci,
Voci di guerra avvi chi alzarsi attenta
Presso all'ara del Dio? V'ha chi presume
Dettar responsi alla veggente Norma

E di Roma affrettar il fato arcano?
Ei non dipende da potere umano

Das Es-Dur und der 4/4 Takt stehen weiter im musikalischen Raum und ein forte-Akkord mit kunstvoll gesetzter Pause bildet den Auftakt zu Normas betörender und fordender Kavatine. *Es stimmt also,* denkt Schlink prüfend, vergleichend und sich vergewissernd, was in der *Frankfurter* zu lesen war, die Bartoli beherrsche *die Kunst vokaler Suchterzeugung auf das brillanteste.* Spielerisch perlten ihr die virtuosen Koloraturen aus der Kehle und beweglich schmiege sich ihr Gesang den unterschiedlichen Dynamiken und Tempi an. Betörend gerieten ihre nicht allzu großen, dafür aber einzigartig dunkelsamtig gefärbten Legatobögen in *Bellinis elegischem, chopinesk zwischen Dur und Moll taumelnden Melos.* Ja, das Feuilleton hat gelegentlich auch Gespür für die großen und unvergleichlichen Stimmen am Opernhimmel!

Schlink wagt hier, in der vierten Szene, den hypothetischen Vergleich mit der Callas, von der er eine Mailänder Einspielung der *Norma* von 1960 zuhause in der Mascagnigasse in Vinyl-Pressung sein eigen nennt. Ja, gereifter und gesetzter, scheinen Schlink die weicheren Lyrismen und Adagi der Bartoli. Nur wenig später, beim großen Gebet der Priesterin – *Keusche Göttin, die du diese heiligen alten Bäume in Silber tauchst, uns wende dein schönes Antlitz unumwölkt und unverschleiert zu* – ist es Lisette, die sehr beherzt das kleine Rinnsal an ihrem rechten Auge mit einem Tempo trocknet und zum Versiegen bringt. Lisette, wenn sie nicht so gebannt wäre, müsste weitere Zuschauer entdecken, unten im Parkett, die tief touchiert sind und nach den Fürbitten an die Gottheit am liebsten ein unschickliches *da capo* einfordern würden. So aber kommt es, wie es kommen muss: Mit stürmischem Szenenapplaus wird die römische Sopranistin, die Bartoli, mit Abschluss der Gottesanrufung jubelnd gefeiert.

Im Parkett machen sich Rebecca und Bernd insofern unbeliebt oder fallen doch leider unangenehm auf, als sie mit der Smart-phone-Beleuchtung die deutsche Übersetzung im *Reclam*-Bändchen wiederholt ausleuchten. Das verschafft nicht nur bei den Nachbarn rechts und links Verdruss, auch in der hinteren Reihe gibt es missvergnügliches Raunen über die *tedeschi* und ihr unmögliches Verhalten. Dennoch scheint Rebecca an der leidenden und gefühlvoll schluchzenden Norma nach und nach ihren Gefallen zu finden. Und da die Priesterin im Rahmen einer modernen Inszenierung elegantes Schwarz trägt (Kostüme: Agostino Cavalca) und als Gottesdienerin ihren üppig bemessenen Ausschnitt auf der Bühne nicht zu scheuen hat, kann sich Rebecca mit vielen musikalischen Fragen und Rätseln versöhnen. Ja, diese Priesterin der Druiden, sie gefällt Rebecca, ihr, der Animateurin aus Pöcking, die sich bei strenger Selbstprüfung im Spiegel auch als eine temporäre Priesterin erfüllter Weiblichkeit verstehen darf. *Dieser Bellini muss ein wunderbarer Mann gewesen sein,* geht es ihr durch den Kopf, schöner und aufregender als Bernd. *Aber das werfe ich ihm nicht vor.* Bernd hat aber im Programmheft, während der Fahrt mit dem Bus, aus einer Beschreibung des Komponisten vorgelesen, die sie, Rebecca, hinreißend fand. Der einstige Verleger Bellinis, Monsieur Léon Escudier, hat den catanesischen Komponisten mit leidenschaftlichen Worten beschrieben. Er, der junge Sizilianer, sei *blond wie die Kornfelder, süß wie die Engel, jung wie die Morgendämmerung und melancholisch wie der Sonnenuntergang. Es war etwas von Mozart und Pergolesi in seiner Seele,* schwärmte der Verleger. Rebecca, das musste sie sich schon im Bus eingestehen, hätte das Talent gerne zu Lebzeiten näher kennengelernt, sei es in Stuttgart oder (rein zufällig) am Fischmarkt in Catania.

In der Pause nach dem Ersten Akt treffen sich die Kreuzfahrer im Foyer. Nur begeisterte Stimmen sind zu hören, voll des Lobes sind die Gäste über das Ambiente, diese Stimmung des *Fin de Siècle,* die von den Lüstern, dem Mobiliar und dem Dekor ausstrahle. Es werden Getränke und Arrangements aus Fisch-, Salat- und Käsehäppchen gereicht. Die Stimmung könnte besser kaum sein, allenthalben werden die Namen Cecilia Bartoli, Rebeca Olvera oder John Osborn liebevoll und bewundernd zwischen den Opernfreunden ausgetauscht oder hinauf in das Lichtgefunkel der Lüster geworfen. Es ist ein Tuscheln und Zischeln, ein amüsanter Smalltalk der Klugen und Belesenen, der Kundigen, Besserwissenden, der sezierenden Kritiker und der liebevoll Vergleichenden, das sich im *Teatro Massimo* zwischen Prosecco, Acqua Minerale und reichlich Cappuccino Bahn bricht. Nur Dr. Schirkow lässt sich in dieser überschwänglichen Situation zu keiner voreiligen Einschätzung der Aufführung hinreißen. Er wolle aber gerne mit Interessierten anschließend an Bord über den *tatsächlichen Tod* von Vincenzo Bellini in der Bar einige Ausführungen machen. Das sei unter Umständen interessant und er könne es nur anbieten. Und es scheint Interesse vorhanden zu sein, Professor Schlink mit Lisette signalisieren Neugier, Bernd ebenfalls, selbstverständlich Dr. Pia-Sofia Lüders, diese allerdings vor allem aus kollegialer Wissbegier. Anastasia und Werner wollen sich ihre Entscheidung offen lassen, immerhin dürfte es auf dem Schiff recht spät werden.

Ein angenehmer und weicher Gong mahnt. Gemächlich und ruhig verlässt das Publikum das Foyer, es ist Zeit, sich neuen Herausforderungen des Schicksals und der gestrauchelten Priesterin und ihrer Novizin zu stellen. Erst in diesen sich überstürzenden Sequenzen, im Zweiten Akt, eingeleitet durch die Cello-Kantilene, kulminiert die Zerrissenheit der Mutter, die ihre Kinder zu töten beabsichtigt, in Schmerz, Wut und Schwermut und endet schließlich auf dem lodernden Scheiterhaufen, der im *Teatro Massimo* im donnernden e-moll-Akkord kulminiert, optisch konvergierend (Bühnenbild: Christian Fenouillat) durch minutenlange wabernde Nebelschwaden, die das tödliche Feuer für die Priesterin und ihren final geläuterten Prokonsul und Gatten gespenstisch abdämpfen:

 Il tuo rogo, o Norma, è il mio!

Neuerlich gilt es, mit kathartischen Gefühlen oben in den Logen und unten im Parkett sorgsam umzugehen. Viele Zuschauer schämen sich ihrer Tränen nicht, die Ergriffenheit wandelt sich nach dem Fallen des Vorhangs in einen bewegenden und triumphalen Applaus, ja, er bäumt sich ins Frenetische. Der *Osservatore Romano* jubelte jüngst über die Neuinszenierung, und Dr. Schirkow hat die Kritik für die geplante Bellini-Monographie exzerpiert und in seinen Zettelkasten auf dem Schiff eingeordnet. Demnach bemerkt ein gewisser Mario Bocelli zu Bartolis *Norma*-Auftritt, dass sich nicht nur eine Sternstunde für Bellinis Druiden-Oper offenbart habe, der Sopranistin sei es vielmehr gelungen, den Belcanto aus der Sphäre einer kalten Ornamentik und Arabeske, dorthin zu transformieren, wo er bei dem Catanesen seine tiefen Wurzel hat: In der Sphäre des polyphonen und melodischen Klangdoms mit tiefgründenden Seelenspannungen, die äolsharfengleich und mit dem Gespür für das rechte Maß nur dann angeschlagen werden, wenn das Genie sie unabdingbar einfordert.

Auch nach zehn Minuten stehender Ovationen für die Bartoli, die sich immer wieder mit kunstvoll eingedrehten Arabesken und Figurinen, knöcheltiefen Verbeugungen und leidenschaftlichen Handküssen Richtung Pollion, Adalgisa, Orovist, Orchester, Dirigent und dem 1200-köpfigen Publikum in Parkett und Logen strahlend, glücklich und anmutig zu bedanken weiß, nehmen Euphorie und Begeisterung nur wenig ab.

Doch ausgerechnet die 50 Operngäste von der *Odysseus II* geben sich gegenseitig durch Handzeichen zu verstehen, dass der Ort des berauschenden Bühnengeschehens leider zügig zu verlassen sei. Der Bus muss pünktlich um 22 Uhr 45 Richtung Hafen und Zollkontrolle abfahren – eine unglückliche Verabredung. Den eiligen Aufbruch der meist Deutsch sprechenden Gäste wird hier und da von den Bellini-Fans und Catanesen als ungehörige Kritik an der Aufführung missverstanden und sorgt im Publikum nicht von ungefähr für Verstimmung, da zum Beispiel Ilona Pütz,

Stefan Silber, Veronika Thalheimer, die Sellbruchs und andere vom Luxus-Liner mit fordernder Beweglichkeit zum Ausgang drängen. Kommt erschwerend hinzu, dass zum Beispiel Rebecca und ihr Reisegefährte, aber auch die bei festlichen Opern-Anlässen noch unerfahrene Semira und der Poltergeist Flechsig sich in Rücken- und Gesäßlage an den *Norma*-Freunden unschicklich vorbeidrücken und somit ein entschuldigendes Bedanken von Angesicht zu Angesicht bei den verweilenden und weiter klatschenden Zuschauern ausgeschlossen ist. Das ist eine absolut peinliche Situation, die durch den fluchtartigen Rückerwerb der leichten Sommermäntel an der Garderobe kaum gemildert werden kann. Dr. Hammerstein empfindet den geschlossenen Aufbruch, zumal als hochrangiger Diplomat außer Diensten, geradezu *degoutant* und den traditionell guten Beziehungen zwischen Italien und Deutschland *äußerst abträglich*.

Der überhastete Aufbruch drückt auf die Stimmung im Bus, allerdings besteht einhellig die Meinung, an einem großen und bedeutenden Bellini-Abend teilgenommen zu haben. Während der kurzen Rückfahrt über die Via 6 Aprile ergreift Dr. Schirkow vorne, gewissermaßen im Cockpit, das Mikrofon und lädt Interessierte nochmals zu dem kleinen Gedankenaustausch an der Bar über *Bellinis Ende – Mutmaßungen und Spekulationen,* was allerdings nicht im Gegensatz zu dem fulminanten Opernabend stehen solle. Das erste Getränk und die Salzstangen gehe auf Kosten der deutschen Pharmaindustrie, genauer: es sei *ein bescheidenes Sponsoring der Firma GSE Vertrieb Biologische Nahrungsergänzung & Heilmittel GmbH Saarbrücken,* dem bekannten saarländischen Unternehmen für Nahrungsergänzungsmittel. Schirkow schlägt vor, sich in etwa 20 Minuten am Tresen zu treffen.

Gesagt, getan, die Neugierigen trudeln in der Bar ein, und Schirkow beginnt mit seiner Ausführung. Er wühlt leicht nervös in kleinen Exzerpten, sichtet und ordnet. Nach dem gelungenen Abend sei es ihm, dem Mediziner, fast unmöglich, neue Thesen über den Tod des Vincenzo Bellini, gestorben am 23. September 1835, zu verbreiten. Er wolle nur anregen, über gewisse Unstimmigkeiten anlässlich seines Todes nachzudenken, und er, Schirkow, werde dies in einer kleinen Abhandlung dann auch in dem Fachblatt *Medizingeschichte heute* später sorgfältig erläutern. Zunächst sei aber wichtig, dass alle Teilnehmerinnen und Teilnehmer der Bellini-Nachbesprechung sich ein Getränk ihrer Wahl bestellen auf Kosten und Abrechnung der Firma GSE. Aufgrund der vorgerückten Stunde sind aber nur wenige Gäste zu dem improvisierten Bellini-Vortrag gekommen. Professor Schlink hat sich lediglich eine Viertelstunde des Zuhörens eingeräumt, Rebecca und Bernd langweilen sich eh und sind am Tresen zu finden, Flechsig und Weinzierl haben sich zusammengerauft, Anastasia und Werner sitzen weit im Abseits und wollen nur einen Grünen Tee zu sich nehmen, Barbara Lisius zieht einen kostenneutralen Campari Soda vor.

Etwas verlegen und umständlich – und damit wenig charakteristisch für den Schiffsarzt – beginnt Dr. Schirkow aus dem Bericht über die Autopsie Bellinis am 25. September 1835 vorzutragen. Professor Dalmas, Mitglied der Medizinischen Fakultät zu Paris und Ritter der Ehrenlegion, sei zu einem Befund gekommen, aus dem er nun zitieren wolle: *Die Organe und Brust waren unversehrt und ganz gesund; aber ich fand die im Unterleib stark verändert und in folgendem Zustand. Der gesamte Dickdarm, vom Ende des Afters am Rektum bis zur Krummdarmklappe, war mit unzähligen Geschwüren bedeckt, die ungefähr die Größe einer Linse hatten und aus einer Schicht von vereitertem Detritus bestanden, die man leicht herausdrücken konnte. Die Ränder dieser Geschwüre waren sehr dünn, etwas lose und unter wässriger Lösung. Kein Teil der Schleimhaut war verdickt oder verhärtet. Im Gegenteil, sie war überall weich und lösbar in breiiger Masse, wo sie nicht vereitert war. Wo sie es aber doch war, bedeckte die Vereiterung die ganze Breite der serösen Haut, so dass keine Durchlöcherung existierte.*

Wie auf Handzeichen stehen Anastasia und Werner in diesem

Augenblick an der Bar auf und lassen den Grünen Tee, an dem sie nur ein oder zwei Mal genippt haben, stehen. Zu tief sitzt der Schock über den gefühllosen Vortrag des Mediziners, den Anastasia jüngst in naiver Fehleinschätzung aufsuchte, viel zu entsetzt sind die Dornacher über den gewaltsamen Brückenschlag vom *Teatro Massimo Bellini* zu dem kalten Bericht über die zerstörte Leiblichkeit. Nein, sie verlassen tief betroffen die abendliche Vorlesung und suchen den Schutz der Kabine auf. Werner bittet die Verlobte (unnötigerweise), heute keine weiteren Tantra-Übung anzuberaumen. *Wie kommst Du auf den Gedanken, Lieber!? Es ist viel zu spät.*

Und Dr. Schirkow referiert an der Bar ungeniert weiter: Der rechte Lungenlappen enthielt nach dem Bericht des Doktor Dalmas einen faustgroßen Abszess, der dicken, gelben Eiter enthielt. Das Äußere des Abszesses bestand aus etwas weich gewordenem Leberparenchym, aber ohne die geringste Spur einer Zystenbildung. Die Medizinforschung habe aufgrund dieser Details, wie er meine, bis heute fälschlich angenommen, dass Vincenzo Bellini an einer chronischen Amöbiasis, also Amöbenruhr, gelitten habe. Hier müsse er, Schirkow, aus medizinischer Sicht erhebliche Zweifel und Fragezeichen anmelden, auf die er jetzt näher eingehen wolle.

Bevor Dr. Schirkow aber weiter ausholen kann, verlassen, still und leise, zum Beispiel Frau Barbara Lisius, P. D. Wiltrud Schürer und Professor Schlink den Vortragskreis. Es mag sein, dass der Mediziner, ungeachtet seines Wissensvorsprungs, nicht den richtigen Ton getroffen hat, seine sorgfältig recherchierten Details nicht unbedingt einen gelungenen Bellini-Abend hätten abschließen dürfen. Da aber der Schiffsarzt von seinem Thema selbst ganz ergriffen ist, holt er nun doch aus und entwickelt seine bemerkenswerten Ansätze und Gegenthesen über den mutmaßlichen Tod des Komponisten.

An dieser Stelle wolle er eine wichtige, oft überlesene Notiz von Heinrich Heine, dem Pariser Weggefährten, einflechten, eine

Bellini-Charakteristik, auf deren Bedeutung er zu sprechen kommen müsse. Dann nimmt der Schiffsarzt stehend einen Schluck Bitter Lemon und greift zielsicher das entsprechende Exzerpt und liest: *Er war nicht hässlich. Er war eine hoch aufgeschossene, schlanke Gestalt, die sich zierlich, ich möchte sagen kokett bewegte, immer à quatre épingles, ein regelmäßiges Gesicht, länglich, blassrosig, hellblondes, fast goldiges Haar, in dünnen Löckchen frisiert, hohe, sehr hohe, edle Stirn, gerade Nase, bleiche, blaue Augen, schöngemessener Mund, rundes Kinn. Er hat bei den Frauen viel Beifall gefunden, aber ich zweifle, ob er irgendwo eine starke Leidenschaft geweckt hat.*

Sehen Sie, und diese sehr präzise Beschreibung des vermeintlich Äußeren ließen ihn, Schirkow, begründet vermuten, dass dem tragischen Zusammenbruch am 23. September 1835 ganz andere Ursachen zugrunde liegen, zugrunde liegen müssen. Weinzierl, es ist inzwischen 23 Uhr 40, bittet mit trommelnden Fingern den Arzt aufgrund der vorgerückten Stunde, rasch ein Resümee zu ziehen. *Aber gerne!* Nach seinen Recherchen und Expertisen könne es im Fall Bellini sich nur um eine *maskierte Weizenallergie* handeln. Wenn man ohne Scheuklappen den Fall betrachte, dann liege hier der Hase im Pfeffer. Von Bellini gebe es zahlreiche Belege, die auf rheumatoide Arthritis, chronische Mandelentzündungen, Myome und hypertonisches Herzrasen bei depressiver Grundstimmung schließen lassen. Erfahrungsgemäß seien ökotrophologisch betrachtet eben auch Weizen, Milch, Zucker, Eier, Schokolade, Kaffee und Schweinefleisch beteiligt gewesen. Und Pralinen, das sei unabweisbar, *waren damals in den Pariser Salons leider gang und gäbe.* Auf die Problematik des Abusus von Weißmehlgebäck (Stichwort: Baguette, Stichwort: Croissant) wolle er hier gar nicht näher eingehen. Auf den Punkt gebracht, dürfe oder müsse man bei Bellini zunächst den überraschenden Zusammenbruch des limbischen Systems vermuten, deren äußere Symptomatik, ganz unbewusst, auch Heinrich Heine, im Blick hatte. Als Astheniker habe Bellini aus ernährungswissenschaftlicher Sicht immer eine Gratwanderung betrieben, der er schließlich unaufschiebbar erliegen musste. Mehr wolle und könne er, Schirkow, an diesem musikalisch gelungenen Abend nicht ausführen. *Wenn Sie mir Ihre Heimatadresse hinterlassen, kann ich Ihnen aber zu gegebener Zeit meine Untersuchung in gedruckter Form zuschicken. Daran soll es nicht liegen.* Ansonsten wünsche er allen eine angenehme Ruhe. Für die REM-Phasen sei es sicherlich zuträglicher, *wenn Sie von der imposanten Druiden-Priesterin träumen und den blonden Bellini in Catania in Ruhe liegen lassen. Einverstanden? Sehr zum Wohl, meine Damen und Herren und gute Nacht!*

LXVII
Aci Trezza
37° 54′ N, 15° 19′ E

Die *Odysseus II* hat in Catania die Leinen losgemacht. Es war ihr letzter Stopp auf der Kreuzfahrt. In einer langen Ost-West-Schleife geht es in einigen Stunden durch die Straße von Messina, dann wieder nach Norden, Endstation Marseille, Übergabe des Schiffs. Zum letzten Mal ertönt aus den Bordlautsprechern *Conquest of Paradise,* Repeater und Weltreisende wissen, dass es das letzte Mal sein wird, dass es das letzte Mal ist. Unwiederbringlich. Und so liegen sich bei diesem musikalischen Abschiednehmen einige Passagiere in den Armen, ohne Worte, weil jedes Wort ein Zuviel wäre, rasierklingengleich nur verletzte und schmerzte. Das Schiff mit *seiner Melodie* verabschiedet sich. Die Passagiere beschleicht Wehmut, dieses unbestimmte Gefühl des wohligen Schmerzes, der sich auch gestern Abend in der Oper breitmachte, zum Beispiel beim *Casta Diva* der Norma und viel später auch, im Finale. Eine greise Weltenbummlerin, die seit vier Monaten auf Achse ist und sich in drei Wochen bei Zürich in einer Seniorenresidenz in Wetzikon einrichten wird, sie hat sich auf die Brücke gemogelt, Vanderstraaten drückt ein Auge zu. Dort oben, mit freier Sicht, lässt sie ihren Tränen unter den Klängen der Hymne freien Lauf. Sie darf hier, geschützt durch ihre dicke, goldumränderte Sonnenbrille, in den Mittagshimmel hinein stille Tränen vergießen. Der Käpten versteht sie. Ihm ist auch zum Kotzen, wenn er über alles nachdenkt, und lässt ihr ganz spontan einen Orangensaft bringen, den sie gerne annimmt. *Lassen Sie es sich schmecken und spülen alles ordentlich runter!* Dann muss er wieder rein zum Ersten und zum Leitenden Ingenieur unten im Maschinenraum – Anweisungen geben.

Mittlerweile fährt das Schiff auf der Höhe der Riviera dei Ciclopi Richtung Nord-Ost. Etliche Ortsnamen an der Küste beginnen mit der Vorsilbe *Aci.* Da liegen *Aci Trezza, Aci Castello* oder *Acireale.* Der Name erinnert an den legendären Hirtenjungen Aci, der hier mit seinen Herden an den Hängen des Ätna lebte. Da kann natürlich die Sizilien-Spezialistin, Frau Dr. Sellbruch, mit weiteren Details aushelfen, auch ohne offiziellen Auftrag durch die Lüders. Backbord auf Deck Vier haben sich wenigstens fünf Passagiere um sie versammelt und hören zu. *Hier an der Küste lebten und liebten die schöne Nymphe Galathea und der Hirte.* Leider sei es nun so gewesen, dass der einäugige Zyklop Polyphem auch ein Auge, *sein einziges Auge,* auf die Schöne geworfen habe und seinen Widersacher kurzerhand ausschaltete und tötete. Bei Ovid umschmeichelt der gewalttätige Riese, Süßholz raspelnd, die zarte Nymphe mit den Worten:

O Galateia, so weiß wie das Blatt schneehellen
Ligusters,
blühend und frisch wie die Au, so schlank wie die ragende
Erle,
glänzend wie heller Kristall, schalkhaft wie das hüpfende
Böcklein,
glatt wie von ständigem Meer am Strande gewaschene
Muscheln.

Galathea ließ sich nicht erweichen, jetzt schon gar nicht mehr, und trauerte unsäglich über den Tod des Geliebten und verwandelte den Leichnam des Aci in eine wunderbare singende, klingende Quelle. Etwa eine Seemeile von hier, *schauen Sie dort vorne,* liege der Ort Capo Molini. Dort entspringe eine kleine unscheinbare eisenhaltige Quelle, die die Bewohner sehr plastisch als das Blut des Aci bezeichnen. Aber zunächst solle man von der jetzigen Position des Schiffes aus die klassische Zyklopeninsel mit ihren massigen Lavaformationen wahrnehmen, *wenn Sie so wollen: Mythologie live und ganz konkret!*

Der majestätische Ätna ist im Augenblick außer Sichtweite und sein Gipfel lässt sich nur erahnen, dafür taucht in Richtung Bug nach und nach das verspielte Taormina auf, das wie ein Vogelhorst 220 Meter über dem Meer in den Felsen klebt. Gestern wurde es besucht, heute nähert sich die *Odysseus II* ein letztes Mal der verträumten Kolonie der Griechen, Römer, Sikuler, Araber und eines gewissen Fotografen aus dem mecklenburgischen Volkshagen. François und Victor stehen am Bug und suchen mit dem Fernglas die Küste von Giardini Naxos und der Isola Bella ab, oberhalb, *das könnte Castelmola sein,* doch das bleibt für die Männer ungewiss. Der Weg führte sie gestern nur bis in die Via Domenica, aus guten und schönen Gründen. Und da die Sonne richtig heiß vom Mittagshimmel fällt, gönnen sich beide eine gehörige Portion Sonnenöls auf biologischer Basis von *Yves Rocher.* Es ist kein Geheimnis, François hat die wesentlich zarteren, feineren und geeigneteren Hände für Massage und Einreibung des Partners und lässt bei dieser Aktivität keinerlei Eile aufkommen. So auch jetzt, und Victors verspielt und leise hingehauchte onomatopoetischen Laute des physischen Wohlbehagens – hier an Deck vom Winde mühelos verweht – sie verlängern die sympathische Anstrengung der Einreibung durch den Freund. Da kann Victor umgekehrt an Sensibilität nicht mithalten, und François schiebt diese kleine Insuffizienz taktiler Verfeinerung beim Lebenspartner fälschlicherweise auf die berufliche Verpflichtung als

Saxophonist. Das hat Victor schon oft und oft zurückgewiesen. Er sieht das eingestandene Defizit an überzeugender Massageerfahrung eher in dem frühkindlichen Entzug mütterlicher Wärme im Alter zwischen zwei und acht Jahren, da büxte die Mutter Brigitte mal eben nach Lomé in Togo aus. Jedenfalls hat ihm einen solchen Zusammenhang vor Jahren ein Therapeut für Bioenergetik in einem Wochenendseminar gesteckt.

Es ist wie es ist, sagt auch der Körper. Schon vor Stunden hat das Paar seine Liegestühle mit großen blauen Handtüchern okkupiert, was nach dem Reglement auf der *Odysseus II* nicht gerne gesehen wird. Dann entspannen sich die Gesalbten auf den Liegestühlen. François summt im volumigen Bariton seine Schnulze, die hat ihm Gerda, die Großtante am Klavier, vor Jahren an Weihnachten einmal eingeflößt: *Der Wind hat mir ein Lied erzählt von einem Glück unsagbar schön. Er weiß, was meinem Herzen fehlt, für wen es schlägt und glüht. Er weiß für wen. Komm, komm, ach!* Beide lachen und kneifen sich wie auf Kommando in die Arme. Am Sonnenbuffet werden in zehn Minuten frittierte Scampi und marinierte Hähnchenbrust serviert, überbackener *Blumenkohl Henri IV* wäre auch eine Möglichkeit. Victor und François wollen jetzt nichts überstürzen und gehen die aktuelle Speisekarte nochmals gewissenhaft durch. Es hat keine Eile.

Sonne satt über viele Stunden. Dann, von Westen, ziehen Gewitterwolken auf, die die *Odysseus II* vor der Straße von Messina erreichen werden. Böen und Wind nehmen zu, Reggio di Calabria, obwohl nah, ein Katzensprung, verschwimmt im Dunst. Drei Kilometer breit ist die Wasserstraße zwischen der Insel und dem Festland und tatsächlich wird es ungemütlich auf den Decks der *Odysseus II.* Die Passagiere verdrücken sich in ihre Kabinen und es peitscht Regenwasser gegen die Fenster, es droht ein ansehnliches Abenteuer mit Windstärke 9, knallende Türen. François und Victor haben sich vom Deck verzogen und torkeln in die Kabine. Rebecca ist es speiübel und sie liegt flach auf dem Bett, Bernd versucht vergeblich, einen Satellitenkontakt mit dem *Ring*

Deutscher Makler herzustellen, um über die Jahreshauptversammlung zu sprechen und Direktiven zu erteilen, Anastasia ist nicht einmal unglücklich über den Wellengang, kann sie doch ihr verständliches Unwohlsein und den Brechreiz bedenkenlos den unerwarteten maritimen Vorkommnissen in die Schuhe schieben.

LXVIII
Straße von Messina
38° 25′ N, 15° 67′ E

Die liebreizende Zauberin Kirke warnt *Odysseus* vor der *bellenden Skylla* und der *wasserstrudelnden Charybdis* und führt aus:

> *»Links nun ragen zwei Klippen, es strebt die eine mit scharfem Scheitel zur Höhe des Himmels, und finstere Wolken umhüllen oben ihr Haupt, zerstreuen sich nie, das frühe und späte Jahr hat nie den Gipfel in heiterer Helle gesehen. Sterbliche könnten sie nie erklimmen oder besteigen, wenn sie auch zwanzig Hände und zwanzig Füße besäßen, denn die Klippe ist rings so glatt, als wäre sie behauen. Mitten in dem Fels ist eine dunstige Höhle offen gegen Westen, dem Erebos zu, da lenkt ihr am besten Euer bauchiges Schiff vorüber, strahlender Odysseus. Auch ein rüstiger Mann vermöchte vom Innern des Schiffes nicht in den Bau der Höhle den Pfeil vom Bogen zu schnellen. Und da drinnen haust die schrecklich heulende Skylla. Zwar gleicht ihr Schreien dem Laut eines eben geborenen Hündchens, sie selber aber ist ein Ungetüm, ein schlimmes, und keiner würde des Anblicks froh, selbst wenn ihr Götter begegnen. Denn die Skylla hat zwölf missgestaltete Füße und sechs Hälse, überlange, auf jedem thront ein grausiges Haupt, darin drei Reihen Zähne, dicht und gedrängt, umlauert von schwarzen Schatten des Todes. Bis zur Mitte liegt sie im Bauch der Höhle verborgen, aber die Köpfe streckt sie heraus aus*

dem schrecklichen Schlund. Rings umspäht sie den Felsen und fischt mit zuschnappendem Rachen Delphine und Hundsfische oder ein Untier, wie sie Tausende ernährt im tosenden Meer Amphitrites. Rühmen kann sich kein Schiffer, er habe jemals das Fahrzeug heil vorübergerettet. Mit jedem Rachen erfasst sie einen Mann und reißt ihn heraus aus dem dunklen Schiff. Flacher wirst Du, Odysseus die andere Klippe erblicken, nahe der ersten. Du könntest auch mit dem Pfeil hinüberschießen. Dort erhebt sich ein Feigenbaum, üppig in Blättern stehend. Unter diesem schlürft die göttliche Charybdis das schwarze Wasser, dreimal am Tag speit sie es aus, und dreimal schlürft sie es ein. Und kommst Du zur Zeit des Schlürfens, dann weh Dir! Denn es entrisse Dich dann selbst nicht Poseidon dem Tode. Halte Dich daher ganz nahe an der Klippe der Skylla und treibe dort schnell Dein Schiff vorbei, denn besser ist es, sechs Gefährten im Schiff einzubüßen als alle miteinander«, so sprach Kirke, die Zauberin.

LXIX
Stromboli
38° 76′ N, 15° 19′ E

In der Straße von Messina hat der Sturm nach 20 Uhr 30 die *Odysseus II* voll erwischt. Unter den Passagieren sind Panik und Schrecken ausgebrochen, ein gefährlicher psychischer Aufruhr, den Carlos Wiedmann mit Besonnenheit, Umsicht und entschiedenen Worten und Anweisungen vor allem auf Deck Vier nach und nach eindämmt. Das Dinner in *Bocuse, Rustica* und *Elysée,* das bis nach 20 Uhr den Umständen entsprechend noch im Gange war, muss auf Veranlassung der Brücke abgebrochen werden. Eine ordentliche Verköstigung der Passagiere ist nicht mehr gewährleistet. Semira eilt von Tisch zu Tisch und versucht, die verbliebenen Gäste mit klugen Worten zu beruhigen. Die Wetterfront, so Lionel Vanderstraaten über Lautsprecher, ziehe Richtung Festland ab. Auch Dr. Pia-Sofia Lüders, ihr Gesicht flackert zwischen grün und kreidebleich, versucht mit letzter Contenance auf die Passagiere besänftigend einzuwirken und bittet nachdrücklich, die Kabinen aufzusuchen.

Stefan Silber begibt sich höchst persönlich in die Bord-Küche und ist nachgerade fassungslos über das entstandene Chaos der Töpfe, Pfannen und Frittiergeräte, das ein infernalischer Sturm ohne Ansehen des Mobiliars und des Personals durcheinander gewirbelt hat. Selbstredend gibt es auf der *Odysseus II* viele Möglichkeiten der Arretierung und Sicherung der Geräte, doch ist bei dieser Windstärke und diesen Böen alle Liebesmühe vergebens. Es hat gewaltig gescheppert, geklappert und gerumst. Zu allem Unglück muss sich Herlinde, trotz deutlicher Warnsignale ihres Körpers, in der Nähe eines reichlich gefüllten (kupfernen) Soufflé-Kessels unschicklich übergeben und ein bereitstehendes Reinigungskommando, u.a. mit Sagrotan bewaffnet, greift auf schwankenden Füßen ein. Die Sprachreglung für oben lautet: *Die Küche hat alles im Griff und ist für heute geschlossen.* Sommelier Schütz hat rund acht vagabundierende Flaschen Weins auf die Verlustliste zu setzen, im Übrigen hat sich durch Überdruck und das Geschaukel ein Verschluss-Zapfen an einem 50-Liter-Fässchen Alpirsbacher Klösterbräu gelöst, und die Gerstenlösung hat sich schäumend und klebrig selbständig gemacht.

In der Bibliothek hält sich niemand auf, allerdings hat Aishani die Order, die umherrutschenden Brettspiele einzusammeln und in den entsprechenden Schüben zu verstauen. Mit den Mühle-Steinen aus vier verschiedenen Kästen vermag die Inderin keine Ordnung herzustellen und so schüttet sie die Steine in das Halma-Sortiment. Die Feindifferenzierung soll nicht ihre Sorge sein. Nicht jetzt. Nicht bei diesem Seegang.

Bei Claire und Dr. Schirkow in der Ambulanz herrscht Hochbetrieb. Die angeschlagenen Gäste, aber auch das Personal, suchen Linderung ihrer Malaisen durch Tabletten und Tropfen.

Unter den schwierigen Vorzeichen verabreicht der Arzt gerne ein Scopolamin-Pflaster mit dreitägiger Depotwirkung, beliebt sind auch, vor allem für Frauen, Diphenhydramin-Zäpfchen oder auch Metoclopramid-Präparate. Wer auf Tee schwört, dem verabreicht der Doktor zwei oder drei Teebeutelchen mit Ingwer-Tee.

Davon nimmt auch Anastasia ein entsprechendes Päckchen mit. Zuvor weist Dr. Schirkow allerdings ausdrücklich darauf hin, dass bei einer bestehenden Schwangerschaft Vorsicht anzuraten sei, da dem Tee wehenfördernde Eigenschaften nachgesagt werden. Nein, er könne hier ganz unbesorgt sein, den Schwangerschaftstest habe sie nicht vornehmen können, *es hat sich einfach noch nicht ergeben,* meint die Eurythmistin treuherzig. Wie dem auch sei, bei weiteren Beschwerden könne sie immer ins Hospital kommen. Sie solle sich vor allem in der Mitte des Schiffs aufhalten, dort sei es hinsichtlich des Rollens und Stampfens am ruhigsten. Bei diesem Wellengang seien die hochgelobten Stabilisatoren mit ihrem Latein am Ende. *Leider, Frau Schirmer!* Anastasia wankt aus dem Behandlungszimmer, verabschiedet sich, auch bei Claire, und draußen warten auf Stühlen und Bänken die Angeschlagenen Ilona Pütz, Fred Simon, Kamanda, Guntram Veltig und Lisette. In der Medical Lounge ist wirklich was los, dabei scheint sich der Sturm peu à peu zu legen, und die ersten Raucher tauchen auf Deck wieder auf. Ein gutes Zeichen, weil *Rauchen tödlich* sein kann.

Die Feldmaiers sind hart im Nehmen und haben sich ein stilles Eckchen in der Lounge ausgesucht. Sie lösen Kreuzworträtsel. Mit dem Namen des Pferds von *Kara Ben Nemsi* tun sie sich schwer, obwohl es doch auf der Zunge liegt, und dann fehlt noch *Astrologe Wallensteins* mit vier Buchstaben. Die beiden haben sich während des Sturms in der Tat fabelhaft gehalten, keine Spur von *Kinetose.* Da machen sich die verschiedenen Weltreisen positiv bemerkbar: die Antarktis-Exploration vor drei Jahren, die Reise von Johannesburg über Rio und der Abstecher auf die Falkland-Inseln, die sogenannte Kleine Weltreise von Christchurch über Shanghai nach Hongkong und schließlich die dreimonatige

Südseetour. Das härtet ab. *Wichtig ist,* sagt die Feldmaier, *dass der Magen nie ganz leer ist.* Am besten nimmt man bei hoher See etwas trockenes Brot zu sich. Allerdings wurde ihr doch einmal schlecht, das steckt sie gerade dem Tiede, der auch nicht wie das blühende Leben aussieht. Das war in einem kleinen Küstenschnellboot beim *Whale Watching in Kaikoura, Neuseeland. Aber das ist jetzt auch schon wieder acht Jahre her,* sagt sie mit einem gewissen Globetrotter-Stolz. *Schutzheilige der Feuerwehr, aber nicht Florian, dann hätten wir's ...*

Der nächtliche Himmel, dramatisch aufgerissen durch weißschwarze Wolkenformationen, die der abflauende Sturm vor sich her treibt, wird zusehends heller und backbord türmt sich in einer Entfernung von etwa zwei Seemeilen der kegelige Stromboli, der jetzt in der Nacht – und auf so eine Idee kommt natürlich nur der diabetesgefährdete Herr Weinzierl – *aussieht wie ein mit sehr viel Schokolade überzogener Mohrenkopf.* Weinzierl weiß selbstverständlich um die Unschicklichkeit dieser Namensgebung, aber die entsprechende Fachdiskussion, die vor allem in Tübingen seit Jahren hohe Wellen schlägt, die lässt ihn völlig kalt. Der Stromboli ist sein *tektonischer Mohrenkopf.* Und man muss dem Herrn nüchtern betrachtet auch klammheimlich recht geben. Von Osten hat sich in Gipfelhöhe des Vulkanberges der Mond mit seinem fahlen Licht durchgebissen. Die Kulisse ist gigantisch, und Kapitän Lionel Vanderstraaten hat aus gutem Grund die Turbinen weiter gedrosselt, denn irgendwann in diesen Minuten wird der Stromboli – und auf ihn ist Verlass – wieder sein Magma in den Himmel spucken, ein fantastisches und brillantes Nocturne, das vor allem jene Passagiere wieder an Deck lockt, die sich aus den Fesseln der *Charybdis* nach und nach zu befreien wussten. Ja, er spuckt sein Feuer in die Nacht, ganz nach Plan und wie auf Bestellung.

Neunmalkluge Passagiere zücken ihre Digitalkameras und werden mit Schnappschüssen ihre Enttäuschung haben, denn für auswertbare Stromboli-Aufnahmen braucht man höchst lichtempfindliche Profi-Kameras, die hier an Bord höchstens Fred Simon zur Verfügung hat. Aber ihm sind Gruppenfotos wichtiger als der Dreiviertelmond und der kochende Stromboli.

Werner und Anastasia trauen sich wieder auf das Deck und sie halten sich fest an den Händen. Dabei bläst der Wind weiter ganz ordentlich und heftig, meteorologische Nachwehen, die Anastasia mit dem Verlust eines weiteren Seidentuchs, weiß, bezahlen muss. Sie hat vor wenigen Minuten dann doch den Test gemacht oder es wenigstens versucht. Und wenn sie die Skala auf dem Teststreifen richtig deutet, aber sie ist sich unsicher, dann ist alles möglich: Ein Sowohl und ein Als-auch. Sie könnte gerade jetzt mit Werner darüber sprechen, im Anblick des allmählich entschwindenden Stromboli. Aber das hieße wiederum die Dinge überstürzen, und sicher ist das alles nicht. Wenn sie schwanger wäre, was ja überhaupt nicht sicher ist, dann dürfte sie auch keine Eurythmie mehr machen oder nur sehr reduziert. Steiner gab wichtige Hinweise, die sie nachlesen und erarbeiten will. Die tantrischen Übungen mit Werner, bis zur dritten sind sie gekommen, wird sie zunächst stornieren. Da könnte Werner misstrauisch oder auch hellhörig werden. Einfach so. Den Entzug von tantrischer Nähe wird er deuten. Ich brauche *Auskunft von Arlesheim,* sinniert Anastasia abermals verunsichert.

Bernd nutzt die merkwürdig flatternde Nacht am Stromboli für ein weitreichendes Angebot, dabei streicht er zärtlich über Rebeccas zerzauste Haare, beide trinken Tonic, es wird wieder serviert. *Könntest du dir vorstellen, ich meine nur so als Idee, hast du schon einmal darüber nachgedacht, zu mir zu kommen? Ich meine länger. In die Kölner Bucht, du weißt schon. Wir beide sind nicht nur einfach, ich und du. Ich hätte auch einen Job für dich, ganz oben in der 25. Etage.* Da platzt Rebecca mit einem schallenden Lachen heraus, *Bernd, du willst mich therapieren! Richtig? Ich liebe aber meinen Job, meinen Beruf. Ich habe nicht viel gelernt, aber das kann ich. Da lernt man lauter tolle Typen kennen, solche wie dich zum Beispiel, versteh doch! Also danke der Nachfrage, ich kann mich wirklich beherrschen. Soll ich ein Büromäuschen werden? Meinst du das, ist das dein Angebot?*

Semira kommt vorbei und empfiehlt ihre Dienste für eine letzte Bestellung. Sie danken, und Bernd macht nochmals einen Anlauf: Sie solle das nicht falsch verstehen und sich durch den Kopf gehen lassen. In Köln habe er eine schöne Maisonette-Wohnung, 110 m^2, Südwest-Lage. *Vielleicht schaust du dir es einfach einmal an, wenn wir zurück sind.* Das Angebot, nein, seine Bitte sei ganz freilassend, *ganz ohne Hintertürchen. Du gefällst mir, ich liebe dich, wenn du das nicht kitschig findest, ja? Auch für länger oder ganz lang, wenn du magst.* Sie kann es einfach nicht glauben und fragt, ob ihm der Stromboli zu Kopf gestiegen sei. *Was denkst du dir eigentlich, ich deine Tagesabschlusspartnerin in der Kölner Bucht, wie?* Pause. Zigarette, Feuerzeug, sie auf Lunge, er hüstelt leidend. Pause. Bernd räuspert sich. *Aber noch etwas, Herzchen: Wenn dir dein jetziger Beruf, deine Berufung, wichtig ist, dann mach dein Job weiter.* (Der Makler stottert schwerzungig:) *Ich kann es lernen, damit umzugehen. Aber vielleicht keine Kreuzfahrten, ja?* Da liegen sich beide nach halber Camellänge in den Armen. *Ein absolut verrücktes Angebot,* denkt Rebecca – *sie hat wirklich etwas, etwas Elektrisierendes, Pöcking, Stuttgart, Wahnsinn!,* filmt es Bernd durch den Kopf.

Sie verbietet ihm jedes weitere Wort und küsst ihn ab- und zuschließend auf seinen breiten Maklermund, *Maisonette, Ring Deutscher Makler, Kölner Bucht, Hotel SI, Odysseus II, eine Feuerzangenbowle, süß tropfend und brennend.* Sie nimmt ihn an der Hand und zieht ihn den Gang entlang, ganz einfach, *halb zog sie ihn, halb sank er hin,* immer weiter und weiter bis in die Kabine. Und dort bindet sie Bernd die idiotische Krawatte, blau kariert, ab, wirft die silberne Krawatten-Nadel mit der peinlichen Gravur *RDM* in den Aschenbecher, knöpft ihm das Hemd auf, krault und streichelt ihn ganz wild, holt einen Kamm aus der Dusche und kämmt ihm die lange windzerzauste Mähne und die üppigen Brusthaare. Weiter traut sie sich nicht, noch nicht. Nicht im Moment.

Bernd, also nochmals: Wie stellst du dir das vor? Du mit mir in deiner Maisonette-Wohnung, Kölner Bucht, tschüss Pöcking, du makelst und ich bin deine Gespielin, so wie jetzt? Halte die Wohnung in Schuss und Herr Stenzel kommt abends von der Vorstandssitzung und hat ein Hochhaus an die Stadt verscherbelt. Dann serviere ich dir nach der Tagesschau Ragout fin in der vorgewärmten Blätterteig-Pastete, wir schauen uns die Urlaubs-Bilder von der Kreuzfahrt an, duschen, ab ins Bett oder wie? Dabei spricht Rebecca ihre Philippika nicht im ungebührlichen Tonfall. Sie pokert, will wissen, ob das Angebot von Bernd ernst gemeint ist. Für den Fall der Fälle muss sie sich in Köln einen neuen Kundenstamm aufbauen, zwei- oder dreimal die Woche, das sollte reichen. Linda im Center, die wäre sauer.

Mit Bernd hat sie jetzt jede Menge zu tun, pflastert ihn mit liebevollen Küssen zu und kämmt und kämmt. Auch Bernd ist nicht müßig, bastelt, nestelt, entschnürt und enthakt, dann ein pulsierendes Knäuel, feurig und ungebremst wie der sich verströmende Stromboli. Sie knuspern und knabbern, krabbeln und krallen, *es ist unmöglich, sagt die Erfahrung, es ist, was es ist, sagt die Liebe.* Rebecca denkt an den Starmix-Koffer von Charlotte, Bernd an die unaufgeräumte Küche in Köln. *Es ist lächerlich, sagt der Stolz – es ist, was es ist.*

Guntram hat vor einer halben Stunde eine Flasche Kessler Sekt Hochgewächs Chardonnay brut aus dem Kühlfach genommen und sie fachmännisch geöffnet. Es gibt auf der Kabine, obwohl es spät ist, eine kleine persönliche Feier. Thekla stößt mit Guntram auf ihren Namenstag an. Thekla wäre zu übersetzen mit *Ruhm Gottes,* so in etwa. Sie ist zwar reformierten Glaubens, den Namenstag lässt sie sich aber nicht nehmen. Thekla, die Märtyrerin, an die sich wilde Löwen nicht heran trauten und damit der Versuchung widerstanden, die gläubige Jungfrau im Dienste von Heiden zu zerfetzen. *Prösterchen, Prösterchen, auf deinen Namen, auf dich und deine Standfestigkeit im privaten und politischen Bereich!* Das findet Thekla doch etwas steif und förmlich und sie bittet den Freund um etwas mehr Lockerheit, man sei schließlich heute nicht auf einem Betriebsausflug, sondern auf der *Odysseus II* mit Zielhafen Marseille.

Aber sie möchte Guntram etwas anderes fragen, und sie habe sich länger überlegt, ob es überhaupt klug sei, darüber zu sprechen. *Schieß los, und mach es nicht so spannend!* Doch Thekla macht es spannend und stößt mit dem Kessler nochmals an und beginnt dann ganz langsam, wie im Staccato oder einem kindlichen Stottern. Es sei nämlich so, sie wisse zuverlässig, dass für Oktober oder November der Posten des Ministerialdirektors im KM neu besetzt wird, neu besetzt werden muss. Das Revirement sei nach dem Eklat wegen der missglückten Kommunikation und Öffentlichkeitsarbeit (Stichwort Inklusion und G 8) unumgänglich, Vareser müsse seinen Hut nehmen. *Guntram, es werden Köpfe rollen, nenn es wie du willst, vielleicht auch Bauernopfer, aber da passiert was!* Da die Angelegenheit schon in der Mache sei und intern in Stuttgart auch von ganz oben vorbereitet werde, sollte man jetzt noch auf den Zug aufspringen. *Kannst du vielleicht auch Klartext reden, Thekla? – Ist das so schwer zu verstehen, mein Pressesprecher aus dem schönen Taubertal?*

Wenn er wolle, könne sie ihm die demnächst vakante Stelle des Ministerialdirektors freischaufeln, das sei ein Klacks, auch wenn er erst seit kurzem Pressesprecher ist. Auf dem kurzen Dienstweg zwischen der Ministerin und dem MP arrangiere sie das. Die Stelle werde bekanntlich auch nicht ausgeschrieben, *du wirst ernannt, das ist reine Formsache.* Seine Unterlagen, der Personalbogen usw., das müsste eben stimmen. Das mit der Partei sei heute nicht mehr so wichtig, aber erwähnen sollte er wenigstens seine Mitgliedschaft im Ring Christlicher Pfadfinder, schaden kann es auf keinen Fall. Ehemaliger KMZ-Leiter aus dem ländlichen Raum, zumal der Raumschaft Tauberbischofsheim, das wäre *wie handgeschnitzt von Riemenschneider, dann*

Pressesprecher, dann Ministerialer, ich bitte dich! Sie lachen. *Und warum sollte ich mich auf den Job des Ministerialdirektors drängeln?,* fragt Guntram treuherzig. Er möge sich jetzt bitte nicht so anstellen, das wäre ein kometenhafter Aufstieg, vom Pressesprecher zum MD, *Guntram, überleg doch mal!* Und die Dotierung, *die lass mal meine Sorge sein. Auf B 8 oder B 9 hieven wir den Job ohne Weiteres. Es kommt nur auf die Stellenbeschreibung an, da sind wir intern fit und wir drehen ein bisschen an der Schraube, das fällt gar nicht auf. Außerdem ist es letztlich keine Hausbesetzung und das ist schon einmal sehr gut. Guntram Veltig, der Mann von der Tauber! Im Rösselsprung ins KM. Das passt, sitzt, wackelt und hat Luft. Sehr zum Wohl, mein Lieber!*

Guntram wird das Planspiel unheimlich und er weiß nicht genau, warum sie den Köder so holterdiepolter ausgelegt hat. Thekla, medienpädagogischer Blaustrumpf und seit Jahren fundamentalistischer Single, spannt Fäden, knüpft mir nichts, dir nichts reißfeste Seilschaften im politischen Raum. Wie ein kluger Barkeeper die Peanuts in den Schälchen im Auge behält und nachfüllt, so streut die Treusorgende ihr Futter. Dabei hat er sich doch vor wenigen Tagen ihr Vertrauen, genau genommen, verscherzt – im Casino, die Überziehung, die MasterCard. Und jetzt das? Medienpädagogisch, medienpolitisch liegen beide auf derselben Spur, aber Ministerialdirektor? Er kann die Avancen gar nicht ganz glauben. *Guntram, die Sache liegt doch auf der Hand: Wir sind in diesem Kontext, ich meine jetzt beruflich, ein hervorragendes Gespann. Wir ziehen am gleichen Strang und bildungspolitisch passt zwischen uns beide kein Blatt Papier. Oder? Was liegt also näher als ganz, ganz eng, hauteng, zu kooperieren, du als cleverer MD, ich in der Abteilung? Da können wir dann endlich durchstarten, so wie du es auch immer gewollt hast.*

Guntram weicht aus, *und privat, wie soll das laufen, hast du dir da auch schon Gedanken gemacht, Theky?* Er möge sich in diesem Punkt nicht so anstellen. *Ist das so schwer? Du ziehst zu mir auf den Killesberg, unter uns dann in ein paar Jahrzehnten der neue Hauptbahnhof und der Rest der Weinberge. Kapier doch: Jetzt oder nie!* Ein verlockendes Angebot, *faites votre jeu,* sagt Thekla und Guntram haucht sein ergebendes *rien ne va plus* und beide fliegen sich küssend um den Hals. Dann ein weiteres Glas Kessler zur Feier des Namenstags, als Vorschuss auf Künftiges. *Übrigens,* murmelt Guntram das Glas an den Lippen, *in Tübingen heißt das »attempto«, ich wag's, das Motto von Graf Eberhard im Bart, als er um 1470 die Uni aus dem Boden stampfte.* – Thekla: *Na denn auf gute Zusammenarbeit, Herr MD vom Killesberg!*

Herlinde hat noch eine halbe Stunde bis zum Beginn der Frühschicht. Sie hat schlecht geschlafen und muss die nächtlichen Turbulenzen verdauen. Nach dem Duschen lackiert sie sich die Fußnägel dunkelblau, ganz Gothic oder Halloween. *Unten in der Küche interessiert sich sowieso keine Sau für dich, dort kannst du auch mit Klumpfuß Kartoffeln popeln. Da bist du eine Nummer, der Arsch vom Dienst bis zum Umfallen!* Vor zwei Tagen haben die von *Adventure & Culture* schon mal vorsichtshalber die Kündigung rein gegeben. Und da Herlinde erst zehn Monate dabei ist, ist sie der Mops. Arbeitslosengeld gibt es nicht, weil das Schiff ins Königreich Tonga oder sonst wohin ausgeflaggt hat. *Eine prima Sache, die Ausflaggerei, das senkt die Arbeitslosenquote in der Bundesrepublik ganz automatisch. Bewerben, auf ein anderes Schiff, kannst du von hier unten nicht. Du bist der Hamster im Käfig, zuständig für Frühstück und Abwasch bis zum Abwinken.*

Die Essensreste werden maschinell gehäckselt und verkleinert, zerstampft und zersplittert, dass du nicht mehr erkennst, was ein Brötchen, Spinatsuppe, das Frühstücksei, ein Hähnchen oder der marinierte Lachs war. Ruckzuck. Die schütten das in einen hochmodernen Container, der zermahlt das alles, wie der Müller das Mehl in *Max und Moritz.* Aufbereitung nennt man das. Und wenn alles fein pulverisiert, verflüssigt und verstäubt ist, dann lassen das die Lebensmitteltechniker auf hoher See einfach ab, wegen der Passagiere lieber nachts. Alles ganz legal nach internationalem Seerecht. *Wildes brausendes schäumendes Meer, rollende Wogen von wo kommt ihr her? Pfeilschnelle Möwen, was sagt euer Schrei?*

Tochter Isolde hat Herlinde seit Monaten nicht gesehen. Die lebt bei Oma Herta im Sauerland und geht in die zweite Klasse. Jeden zweiten Tag skypen, Mutter und Tochter erzählen sich was. Isolde mag die Klassenlehrerin nicht und muss sich nur anhören, was die mosert. Oma spricht von Schreib- und Leseschwäche der Enkelin. Am besten wäre ein Internat, sagt sie. *Woher nehmen, wenn nicht stehlen?* Das Jugendamt spielt nicht mit. Der Vater ist verschollen, auf Montage in Pakistan, unauffindbar, kein Unterhalt. Herlinde denkt an Umschulung mit der Agentur, aber die stellen sich wieder blöd. Herlinde geht zum Schirkow, weil der doch früher beim Arbeitsamt war. Der hat aber keinen blassen Schimmer: *Mädchen, so wie du aussiehst, bekommst du immer einen Job, Flughafen, Catering, Messe. Du bist doch fit, Herlinde!*

Eine Seefahrt ist überhaupt nicht lustig, wenn sie dir die Papiere in die Hand drücken: *Für Ihren weiteren beruflichen und privaten Lebensweg wünschen wir Ihnen alles erdenklich Gute.* Gestern ist der Getränke-Schütz, Monsieur Sommelier, bei der Rotwein-Inventur handgreiflich geworden. Sie sollte bei ihm Korken ziehen. Ein abgefucktes geiles Schwein ganz in Weiß mit widerlichen Speckfingern zum Abhacken. *Ich hab geschrien und er wirft, ganz Profi, eine Kiste Selters zu Boden. Peng und klirr. Die Kollegen kommen gerannt: Linde, ist dir was passiert? Ach nur die kleine Schramme, das ging ja nochmal gut! Ein Irrenhaus,* sagt sie. *Und Semira geilt sich, schön livriert und gepudert, oben bei den Gästen auf unsere Kosten einen ab: Frau Dr. Veltig, war's recht so?, Herr Professor, was kann ich für Sie tun?, na, wie hat es gemundet, Herr Botschafter? Ich wünsche Ihnen eine angenehme Nachtruhe, Frau Schirmer!* – Zum Verpissen, ein Schweinestall vom Kiel bis über die Toppen. Zähne, Türkendusche, ab in die Kombüse zu Ham and Eggs und Birchermüsli für die Weicheier von Tisch 15, 19, und 28. *Der Morgen, das ist meine Freude!*

LXX
Mailand
45° 46′ N, 9° 18′ E

Wegen eines Streiks an der Mailänder Scala ist eine für heute geplante Ballettpremiere der Choreographie von Sasha Waltz zu Musik von Hector Berlioz abgesagt worden. Die erste Aufführung von »Roméo et Juliette«, eine Gemeinschaftsproduktion mit der Deutschen Oper Berlin und der Opéra National de Paris, wurde auf den 28. Dezember verschoben. Dabei wurde der angekündigte Streik von Tänzern und Sängern, die mehr Geld und bessere soziale Absicherung fordern, in letzter Minute abgesagt.

LXXI
Tübingen
48° 52′ N, 9° 05′ E

Eine brisante Haremsverschwörung und den Mord an Pharao Ramses III. haben Tübinger Wissenschaftler an entsprechenden Mumien im Ägyptischen Museum in Kairo nachgewiesen. Ein Faktum war an der Mumie von Ramses III. schon immer merkwürdig: Die Mumie trägt eine Halskrause. Im Laufe des Forschungsprojekts wurde dann auch klar, warum der Hals verborgen war. Dem Pharao, der im Alten Ägypten von 1188 bis 1156 vor Chr. regierte, wurde die Kehle durchgeschnitten. Eine entsprechende Halsverletzung zeigten computertomografische Untersuchungen. Das internationale Forscherteam, dem auch der Tübinger Humangenetiker Carsten Pusch angehörte, liefert damit den endgültigen Beweis, dass Ramses III. einem heimtükischen Mordkomplott zum Opfer fiel. Teje, eine Nebenfrau des Pharao, gilt als Drahtzieherin des Anschlags. Sie wollte ihren Sohn Pentawer auf den Pharaonenthron bringen. Carsten Pusch hat vor Jahren bereits das Erbgut der Gletschermumie Ötzi ausgewertet.

LXXII
Damaskus
41° 89′ N, 12° 48′ E

Ein in Syrien verschlepptes US-Fernseh-Team ist nach fünftägiger Gefangenschaft wieder in Freiheit. Die fünf Journalisten seien nach einem Feuergefecht freigelassen worden, berichtete unter anderem der Sender NBC. Die Journalisten waren am Dienstag von einer unbekannten Gruppe verschleppt worden, nachdem sie aus der Türkei nach Syrien gereist waren.

LXXIII
Isola del Giglio
42° 37′ N, 10° 94′ E

Gute Sicht, Windstärke 3. Die *Odysseus II* fährt östlich an der Isola del Giglio in einem Abstand von rund zwei Seemeilen vorbei, jenem Unglücksort, an dem die *Costa Concordia* gesunken ist. 32 Tote waren zu beklagen, darunter 12 deutsche Touristen. Lionel Vanderstraaten hat im Zuge der Vorbeifahrt an dem Wrack über Lautsprecher eine Gedenkminute angeordnet. Die Passagiere werden angehalten, vorübergehend alle Tätigkeiten und Gespräche einzustellen und den Toten die letzte Ehre zu erweisen. Die *Odysseus* fährt allerdings so weit am tragischen Ort des Geschehens vorbei, dass dokumentarische Aufnahmen wegen der zu großen Entfernung zum Torso nicht möglich sind. Das Wrack kann selbst durchs Fernglas nur dürftig vermutet werden. Nach der von den Passagieren respektvoll eingehaltenen Schweigeminute ertönen, völlig überraschend, die erhabenen Klänge aus *Conquest of Paradise,* ein empfindlicher Anschlag auf den labilen Gefühlshaushalt der Kreuzfahrer. Und flossen die Tränen anlässlich der Ausfahrt in Catania eher ausnahmsweise, verschämt und beiläufig, so scheinen diesmal, aufgrund des funebren Anlasses, deutlich mehr Passagiere emotional berührt und angesprochen zu sein. Ja, es fließen wieder Tränen und sie dürfen es.

Plötzlich rennt Victor Helmer in die Kabine, lässt François verträumt zurück, und kommt nach wenigen Augenblicken mit seinem Saxophon, das er an der Reling mit Blickrichtung Küste an den Mund setzt. In dunklen warmen und vibrierenden Tönen erklingt die Silcher-Melodie vom *Guten Kameraden,* eine Melodie, die der bereits ausgeschiffte Peter Soltau nur zu gut kannte. Professor Schlink steht in der Nähe des Solisten, salutiert mit bescheidener und unaufdringlicher Geste nach Westen und beginnt leise zu murmeln: *Will mir die Hand noch reichen, derweil ich eben lad'. Kann dir die Hand nicht geben, bleib du im ew'gen Leben, mein guter Kamerad.* Ilse Wörner, der tapferen Witwe, ist das Lied auch vertraut und sie summt mit, das Lied vom finalen Abschied. Ein bewegender Augenblick.

Die Passagiere, erwacht aus den musikalischen Adieus, sind froh, unter dem Kommando von Vanderstraaten einen besonnenen Fahrensmann zu wissen, und keinen maritimen Gigolo, der in kritischen Situationen fünf gerade sein lässt und seinen Grappa tröstlicher findet als Verantwortung für die Passagiere zu tragen. Auf verständliche Rückfragen zu dem Unglück, seine Ursachen und möglichen Hintergründe lässt sich Vanderstraaten klugerweise nicht ein. Er wehrt alle Anfragen ab: *Ich äußere mich nicht zu einem schwebenden Verfahren in internationalen Gewässern, an Spekulationen beteilige ich mich nicht. Bitte haben Sie dafür Verständnis.*

Erst als das Schiff in nordwestlicher Richtung den Ort des Schreckens und des menschlichen Versagens hinter sich gelassen und sich zwischen Korsika und dem kleinen Elba durchgeschlängelt hat, kehrt in die Gesichter der Passagiere wieder Entspannung ein. Anastasia erbittet sich von Werner bei fallender Nachmittagssonne eine kleine Ayurveda-Session im Liegestuhl, Rebecca lässt sich am Pool die Vorzüge der Domstadt am Rhein, vor allem in beruflicher Hinsicht, bei einem Eiskaffee ausmalen. *Du über-*

treibst wahrscheinlich, sei ehrlich. Auch in Köln wird mit Wasser gekocht, mit Rheinwasser im Zweifelsfall. Bernd gibt sich alle Mühe, die Segnungen der Stadt glanzvoll auszumalen. Köln gegen Pöcking, das ist für ihn zunächst ein Selbstläufer. Wenn da nicht Linda wäre. Die kann noch gefährlich werden. Die ruft jetzt bei Rebecca über Satellit täglich an. Linda will ihre Top-Stute (*Ja, Stutengarten – das ist der ursprüngliche Name der Daimler-Stadt,* das hat Linda Rebecca einmal wiehernd beigebracht) am Neckar halten.

Nach dem Dinner treffen sich die Gäste in der Lounge, der Kapitän hat für 21 Uhr zu einem Abschiedstrunk geladen. Die Damen haben sich für den Anlass wieder schön gemacht und rausgeputzt. Die meisten Herren kommen gedeckt oder auch vereinzelt im weißen Smoking. Die Combo spielt Evergreens und ein Medley bekannter Seemannslieder. Lionel Vanderstraaten tritt an das Mikrofon, und es fällt ihm nicht leicht. Der Abschied von diesem Schiff, von seiner *Odysseus II,* das hat sich in sein Gesicht eingefurcht, eine faltige Signatur der Unabänderlichkeit.

Vanderstraaten klopft ganz sacht mit seinem Montblanc-Füller – 18 Karat Goldfeder mit rhodinierter Intarsie, Korpus und Kappe aus schwarzem Edelharz – an das Sektglas und bittet um Aufmerksamkeit: *Meine Damen und Herren, ich wende mich heute Abend wahrscheinlich zum letzten Mal, sozusagen offiziös, an Sie, um einige wenige Gedanken an Sie zu richten. Vor vielen Jahren veröffentlichte der Nobelpreisträger Heinrich Böll eine Erzählung mit dem Titel »Ende einer Dienstfahrt«. So ähnlich komme ich mir heute Abend, da ich ein letztes Mal vor Ihnen stehe, auch vor. Ende einer Seereise, Ende einer Ära mit der Odysseus II, die ich 15 Jahre durch die Weltmeere steuern durfte. Dabei war der Anlass für diese Dienstreisen immer ein fröhlicher oder doch ausgelassener, denn die Reederei Adventure & Culture schickte ihre Schiffe stets dorthin zur Erkundung in die Weltmeere, wo die angeborene Neugier des Menschen auf Abenteuer und Schönheit der Natur in Ost und West, Nord und Süd überreichlich gesättigt werden konnte. Das durften Fahrten in die Südsee sein, in den hohen Norden oder die Antarktis oder Erkundungen in der geheimnisvollen Magellan-Straße und in Patagonien. Wo dieser Globus Wasser trägt, meine Damen und Herren, da waren auch wir, da war auch die Odysseus II zuhause. Dass diese für mich und viele tausend Passagiere erlebnisreiche Zeit auf den Weltmeeren nun zu Ende gehen muss, dass schmerzt gewiss sehr viele unter uns, aber der Einschnitt ist unumkehrbar, weil die Reederei in kluger Abwägung ihrer Möglichkeiten und in notwendiger Abschätzung des nationalen und internationalen Kreuzfahrtmarktes zu der Entscheidung gekommen ist, die Odysseus II übermorgen in Marseille dem neuen griechischen Eigner zu übergeben. Dieser wird das Schiff dann zwei Monate auf die Werft geben, um es moderat zu modernisieren und er wird es auf den neuen Namen »Penelope III« taufen.*

Kaum ist der neue Name ausgesprochen, geht ein Raunen des Unverständnisses durch das Publikum. Mit allem hat man gerechnet, nur nicht mit diesem Namen. Der Kapitän beschwichtigt und besänftigt die leicht ungehaltenen oder doch nervösen Passagiere. *Sehen Sie, meine Damen und Herren, abgesehen davon, dass wir einem neuen Eigner wohl kaum vorschreiben können, wie der Name seines Schiffes zu lauten hat, kann ich mich mit der Taufe auf Penelope sehr wohl einverstanden erklären. Schließlich war Penelope die treue und beständige Frau von unserem Odysseus. Wenn das kein Zufall ist! Und da der künftige Reeder griechischer Herkunft ist, passt die namentliche Umwidmung ganz vorzüglich, wie ich meine. In Marseille werden sich dann unsere Wege trennen. Die Flugzeuge werden Sie nach Berlin, Zürich, London oder Frankfurt bringen. Sie werden Ihren ganz alltäglichen Tätigkeiten als Pensionäre, Berufstätige oder Künstler nachgehen. Ich selbst werde nach vier Wochen Urlaub mit meiner Familie auf ein neues Schiff der Reederei abkommandiert. Dass mir dieser Wechsel nicht leichtfällt, werden Sie sich denken können und da will ich mit einer gewissen Schwermut auch an Hannes Wader erinnern. Als Student haben wir dann gesungen* – und Lionel Vanderstraaten ergreift seine am Tresen angelehnte Gitarre und beginnt behutsam zu intonieren und zu singen:

Heute hier, morgen dort,
bin kaum da, muss ich fort,
hab' mich niemals deswegen beklagt.
Hab' es selbst so gewählt,
nie die Jahre gezählt,
nie nach gestern und morgen gefragt.

Manchmal träume ich schwer
und dann denk' ich,
es wär' Zeit zu bleiben und nun
was ganz andres zu tun.

So vergeht Jahr um Jahr
und es ist mir längst klar,
dass nichts bleibt, dass nichts bleibt,
wie es war.

Und wie auf Verabredung beginnen auch tatsächlich einige der Passagiere mitzusingen, vor allem beim Refrain klappt das schon ganz prächtig. *Tja, mehr wollte ich Ihnen heute Abend gar nicht mitteilen. Das muss genügen. Bleiben Sie uns und der Reederei treu, und wenn Sie in den nächsten Stunden hier an Bord sich für eine weitere Kreuzfahrt auf einem unserer Schiffe entscheiden können, dann bekommen Sie einen Bonus von 20 Prozent. Das kann sich doch hören und sehen lassen! Wer mag, der darf jetzt ein Glas Sekt auf Kosten des Hauses mit mir trinken, zum Wohl, Salute, Santé, afiet olsun, Nastrowje!*

Semira, Herlinde, Simone, Veit, Andreas und heute auch Sommelier Pütz eilen von Tisch zu Tisch und servieren die Freigetränke in gewohnter Noblesse und Vitesse. Noch eine Fahrt durch die Nacht – vorbei an Bastia, der korsischen Metropole – und eine Tagesfahrt durch das Ligurische Meer und den Golfe du Lion trennen das Schiff von der letzten Anlegestelle in Marseille. Endstation. Professor Schlink wird bald zu Bett gehen und Lisette am fröhlich plaudernden Tisch mit Rebecca, Thekla und den Männern zurücklassen. Anastasia und Werner, das ist nicht ungewöhnlich, haben sich in eine stille Ecke zurückgezogen. Die Eurythmistin plant für die Nacht (wider bessere Einsicht und Vernunft) die dritte tantrische Übung mit Werner. Er zögert. Seine Lust und Leidenschaft halten sich bei dem hingehauchten Vorschlag in Grenzen. Ein *wir können das auch morgen versuchen* signalisiert Anastasia die aktuellen Widerstände, die bei dem Vorhaben noch zu überwinden sind. Aber es kommt anders. Ein gewisses, ihr bekanntes, Unwohlsein könnte ihr neuerlich einen Strich durch die gemeinschaftliche Übung machen und so bittet sie Werner, mit ihr rasch die Kabine aufzusuchen, sie müsse jetzt unbedingt gehen, *bitte!*

Drüben, zwei Tische weiter, mosert Rebecca etwas über einen *zu alten und abgestandenen Sekt.* Sie möchte den üblen Geschmack durch eine Ladung Erdnüsse *ausgleichen und neutralisieren.* Überhaupt habe sie den Eindruck, dass jetzt auf den letzten Seemeilen der Sektkeller entrümpelt werde, *stimmt doch oder hab' ich recht?* Thekla findet einen Kessler Sekt auch besser als dieses *namenslose Perlwasser* und flüchtet mit Guntram auf die Tanzfläche und steppt mit dem Ministerialdirigenten in spe eine zünftige Rumba. Bei der Schrittfolge hapert's bei ihm gewaltig. Dann endlich *Eine-Reise-in-den-Süden-ist-für-andre-schick-und-fein-doch-zwei-kleine-Italiener-wollen-gern-zuhause-sein-oh-Tina-oh-Marina!* Das geht schon viel, viel besser. *Warum nicht gleich?* Guntram dreht voll auf und wirbelt seine Thekla wie wild auf der kleinen Tanzfläche, einige klatschen rhythmisch mit. Die Kreuzfahrer beobachten das gesetzte Paar mit Lust und Vergnügen und es steht plötzlich im Mittelpunkt, ganz solistisch, als wieder das *Parlez-moi d'amour* aus der warm tönenden

Trompete das Medienpaar umschmeichelt. Ja, das ist auch ihre Melodie, ihr persönlicher Hit in dieser Nacht vor Korsika. Der Taftrockt schwingt luftig, Lackschuhe schieben genussvoll die Eroberung im Dreivierteltakt, weit ausholende Armgesten halten den scheinbar hinfallenden und sich hinschenkenden Oberkörper mit sicherer Verschränkung im wiegenden Glück.

Victor und François kümmert der langsame Walzer nicht. Sie sitzen weit abseits von der Tanzfläche und spielen Räuberschach. François ist nicht zu packen, immer clever und vorausschauend. François schlägt gegen den Frust des Partners eine Runde Mühle vor, alternativ. *Von mir aus!* Klar und durchsichtig, das ist nur ein freundlicher Trick zur Besänftigung des deprimierten Victor – *Pech im Spiel, Glück in der Liebe.*

LXXIV
Semira an Snuffi
42° 92′ N, 6° 20′ E

Hi Snuffi,

jetzt schreibe ich dir eben doch und schicke den Brief an den Motorradsportverein in Glücksburg, die werden sicher wissen, wo du steckst. Ich schicke den Brief mit der lahmen gelben Post, weil der Klub im www nicht einmal eine richtige E-Mail-Adresse hat. Mit dem Handy klappt es auch nicht. Du hast sicher wieder einen neuen Anbieter mit gigantischer Flatrate zum Endlossparen. Also: Der Brief ist ein Versuch. Last call. Hoffentlich klappt es. Ich bin jetzt 14 Wochen auf dem Schiff mit dem Namen Odysseus. Ich weiß nicht, ob die mich nach der Probezeit noch verlängern, oder ob in Marseille (dort werfe ich den Brief in den Briefkasten) Schluss ist. Das erfährt man immer erst in letzter Minute, da ist alles offen. Die lassen uns immer an ganz kurzer Leine jobben. Dabei macht die Arbeit auch Spaß, obwohl hier von den Passagieren ganz viele Ü 60/65 sind. Manchmal denke ich, meine Oma aus Gedern fährt mit und schwingt abends das Tanzbein. Also, wie es weiter geht mit mir, steht in den Sternen. Vielleicht probiere ich aber auch die Traube in Baiersbronn aus. Ich habe auf alle Fälle drei Wochen frei nach Marseille und da kann ich mich immer noch entscheiden.

Hast du mit der Mechaniker-Ausbildung angefangen? Das braucht man immer und überall. Auf dem Schiff haben wir davon in der Mannschaft vier und einen, der aus Australien kommt. Wenn man den ganzen Tag bedient und um die Gäste schwirrt, dann siehst du natürlich nicht viel von Land und Leuten, wenn das Schiff mal ankert und im Hafen liegt. Überstunden rund um die Uhr, kann ich dir sagen. Auf meiner Kabine nerven mich zwei Kampflesben, Herlinde und Kamanda, die sind völlig durchgeknallt und benehmen sich wie vertrocknete Wichser im Hauptbahnhof. Ich kann dir sagen, kein Vergnügen. Im Dienst stöckeln die dann wieder als parfümierte und uniformierte Scheinheilige und umzirzen die Banker, Neu- und Altreichen, damit es dann mit dem Trinkgeld stimmt. Schaulaufen pur! Entgegen allen Erwartungen ist unser Kapitän einer von der stocknüchternen Sorte mit flotten Sprüchen, morgens trinkt er Grünen Tee und bekommt ein Setzei. Aber ich weiß nicht, ob ich das alles weitermache. Außerdem wird das Schiff in Marseille an eine andere Reederei aus Fernost oder sonstwo verhökert und auf Flühlingslolle und Sojagemüse habe ich eigentlich keine Lust. Mal sehen.

Ich würde dich gerne wiedersehen. Ich habe Urlaub, wenn der Brief bei dir ankommt. Beweglich bin ich auch. In Deutschland habe ich (Bonus von der Reederei) 14 Tage freie Fahrt auf der Bahn. Das ist nicht schlecht und damit ködern die einen ein bisschen. Schlau sind die! Also, Snuffi, wenn du nichts Besseres vorhast, dann sollten wir uns treffen. Ich habe übrigens jede Menge Delphine gesehen und das ganz offiziell während der Dienstzeit. Die Viecher sind wirklich zum Piepen und haben wahrscheinlich mehr in der Birne wie (als?) all die Makler und Tippsen hier an Bord!

Semira küsst dich als, wie auf dem Vogelsberg bei den Fischteichen – bis bald?
Semira

PS: Mein Gesicht ist jetzt braun wie ein Mohrenkopf, Sonne, Sonne, Sonne. Gefällt dir das? Hast du den Scorpion-EXO-Helm noch? Melde dich! Mein Account und Anbieter ist immer noch derselbe, mit gleicher Nummer.

LXXV
Vor Marseille
43° 16′ N, 5° 28′ E

Ab 4 Uhr dümpelt die *Odysseus II* 10 Seemeilen südwestlich vor Marseille. Die Zollbehörden und das Maritime Gesundheitsamt haben die Einfahrt des Schiffs untersagt, nachdem bekannt wird, dass im Laufe der Nacht mindestens 65 Personen von heftigem Schwindel und Brechdurchfall befallen wurden, Patienten, die teilweise ohne fremde Hilfe nicht mehr gehen können. Dr. Schirkow ist in der Ambulanz und im Hospital rund um die Uhr mit der Notfallversorgung der Patienten beschäftigt. Er verabreicht je nach Schwere des Falls Lacteol-Kapseln oder ein Imodium-Präparat. Bei Frau Anastasia Schirmer, sie wankt förmlich in das Behandlungszimmer, indiziert der Schiffsarzt zurückhaltend und konservativ Heilerde von Luvos, da eine Schwangerschaft nicht auszuschließen sei. Die Eurythmistin hat sich nach eigenen Angaben ganz offensichtlich dem Test immer noch nicht unterzogen. Ihr Begleiter spricht von *erträglicher Übelkeit* und *ungewöhnlich liquidem Stuhlgang.* Der Doktor rät zu absoluter Ruhe und zu reichlicher Flüssigkeitsaufnahme in Form von Tee, damit einer möglichen Dehydrierung vorgebeugt werden kann. Ja, in der Küche arbeite bereits ein Notfalldienst, der sich um die Versorgung der Patienten kümmert. Größere Sorge bereitet Professor

Schlink. Ihn hat es ekelig erwischt und er liegt mit 39,5 Grad Fieber auf seiner Kabine und halluziniert schubweise in unverständlichen Beiträgen über den Anschluss Österreichs, Hartmann von Aue, den Propheten Hiob und Nofretete. Lisette, besorgt um den Patienten, umhegt ihren Schützling mit großer Aufmerksamkeit und Zuwendung. Claire, die rastlose Krankenschwester, hat vor einer halben Stunde bei Lisette nochmals persönlich vorgesprochen und teilt aus ärztlicher Sicht mit, dass sie auf absolute Sauberkeit und Hygiene in den Nasszellen achten muss, denn man kenne die Ursachen der Erkrankungen noch nicht. Ein Virus könne, aber müsse nicht im Spiel sein.

In der kurzfristig anberaumten Dienstbesprechung zwischen Kapitän, den Offizieren und dem Schiffsarzt – es ist kurz vor Sonnenaufgang – bittet Lionel Vanderstraaten um eine ärztliche Einschätzung. Die Stimmung ist angespannt, ja gereizt, zumal völlig unklar ist, wann die *Odysseus II* in Marseille festmachen darf. Zur Klärung der Situation schickt der Kapitän voraus, dass er vor drei Stunden den örtlichen Behörden in Marseille über die Krankheitsfälle an Bord berichtet habe und es von dort binnen einer Stunde zum Verbot der Weiterfahrt gekommen sei. Ihm seien im Augenblick die Hände gebunden, *und wenn wir Pech haben, meine Herren, läuft die Chose unerbittlich auf die Quarantäne des Schiffs hinaus!* Damit müsse gerechnet werden. Er bitte nun Dr. Schirkow um eine fachliche Stellungnahme zur Situation. Dieser räuspert sich zunächst umständlich, dabei wirkt er erschöpft und völlig überarbeitet. Was die Patienten sich gefangen hätten, könne er ohne Laboranalyse unmöglich definitiv sagen. Vieles spreche allerdings für ein virales Ereignis, und er wolle es gar nicht verschweigen oder herunterspielen. Umstände und Fakten legen nahe, *dass wir uns das Norovirus eingeschleppt haben.* Manche Symptome sprächen für diesen *worst case.* Er empfehle allerdings gegenüber den Passagieren eine Sprachregelung, die mehr Spielraum lasse. Er bitte daher, sich zu keiner vorschnellen namentlichen Benennung der Krankheit oder Epidemie hinreißen zu lassen. Vorsicht sei auch hier die Mutter der Porzellankiste. Wenn er aber das Virus näher beschreiben dürfe – da bittet Vanderstraaten um gebotene Kürze –, so handele es sich um unbehüllte Viren mit einer einzelsträngigen RNA mit positiver Polarität aus der Familie Caliciviridae. Und da unterbricht der Kapitän den Aesculap-Jünger neuerlich abrupt und bittet um therapeutische Vorschläge für diese Notsituation, die nicht nur für die Passagiere peinigend sei, sondern eben auch für die Reederei *Adventure & Culture,* die das Schiff ursprünglich in wenigen Stunden an den griechischen Investor übergeben wollte. Daraus werde jetzt nichts, und der Schaden sei schon jetzt beträchtlich und dramatisch. Man müsse abwarten, wie Marseille und die Hafenbehörde jetzt entscheiden.

Von der Brücke stürzt in diesem Augenblick der Wachhabende in die Sitzung und meldet, die Hafenbehörde werde auf einem Zollboot in etwa einer Stunde fünf Ärzte von *Médecins Sans Frontières (MSF)* zu einer ersten Inspektion schicken. Der *Odysseus II* sei es weiterhin strikt untersagt, sich dem Hafen zu nähern, der Schutzraum von 10 Seemeilen dürfe keinesfalls weiter verringert werden. Vanderstraaten haut nach dieser Meldung mit der Faust auf den Tisch, *das hat uns gerade noch gefehlt, dann ist die Presse auch nicht mehr weit!*

In der frühen Morgenstunde wanken viele Passagiere verstört und entgeistert durch die Gänge. Der Ausbruch der merkwürdigen Krankheit hat sich gerüchteweise wie ein Lauffeuer ausgebreitet. Aus Sicherheitsgründen ist die Küche bis auf Weiteres geschlossen. Es werden nur Tees und Zwieback gereicht, die Stimmung ist auf dem Nullpunkt. Dr. Hammerstein wirkt heute ebenfalls trister als sonst und auch ungefragt bedauert er sein Fiasko mit dem Bundespresseball in Berlin. Sollte sich die Ausschiffung in Marseille auch nur um fünf Stunden verzögern, dann sei für ihn der Termin in Berlin geplatzt. Das sei ärgerlich, weil der Pressesprecher des Außenministers ein Hintergrundgespräch mit dem Minister arrangiert hatte, eine Ehre, die er,

Hammerstein, natürlich gerne wahrgenommen hätte. Ärgerlich, *doch mit des Geschickes Mächten ist kein ew'ger Bund zu flechten!* Thekla, die den Trubel am Abend an der Bar mitbekommen hat, fühlt sich am Morgen gleichfalls instabil und merkwürdig indisponiert. In kluger Einschätzung der Lage bittet sie Guntram, diesmal sorgsam auf getrennte Zahnbürstennutzung zu achten. Es gehe auch um ihn und seine Gesundheit, und morgendliches Turteln im Bett, *das musst du doch verstehen!,* müsse jetzt strikt unterbleiben. *Denke an das Vorstellungsgespräch in Stuttgart bei der Ministerin, das kann ganz schnell gehen. Und da musst du fit und belastbar sein, klar?*

In der Mannschaftskabine kotzen sich Herlinde, Simone und Kamanda über Klo und Waschbecken aus. Semira spricht von *synchroner Übergabe* der Essensreste und kann sich eine gewisse Schadenfreude nicht verkneifen. Von der Putzkolonne hat sie sich eine große Flasche Sagrotan ausgeliehen und besprüht in regelmäßigen Abständen Arme und Hände. Mit der chemischen Keule hofft sie sich gegen virale Attacken zunächst auf den Beinen halten zu können. Eine Dienstbesprechung für Küche und Bedienung ist um 7 Uhr angesetzt. Mit erheblichen personellen Ausfällen ist zu rechnen, ein Notprogramm für die allgemeine Versorgung der Passagiere soll entwickelt werden.

Rebecca Schindler und Bernd Stenzel haben sich das Ende ihrer Kreuzfahrt anders vorgestellt. Immerhin sind beide frei von irgendwelchen Indizien, die auf drohendes körperliches Unheil schließen lassen. Allerdings raucht Rebecca seit heute Morgen erheblich mehr. Sie will sich durch das Mehr an prophylaktischen Lungenzügen so gut es geht *immunisieren,* wie sie sagt. Über solche kindischen Albernheiten lacht Bernd freilich nur, doch denkt er über Maßnahmen nach, wie der Inhalt der Mini-Bar ohne allzu große Einschränkungen zu strecken und zu rationieren sei. Das Notfrühstück im Restaurant (auf den Ausfall von Wurst, Butter und anderen Milchprodukten weist ein kleines Faltblatt an jedem Tisch hin) schenken sich die beiden. Bernd, als sei nichts passiert, entwirft auf dem Zeichenblock in der Kabine ein Anforderungsprofil für eine Vier-Zimmer-Wohnung in der Kölner Bucht, groß genug für Rebeccas und seine Ansprüche. Er hat ein Objekt im Auge, das in einem halben Jahr bezugsfertig werden soll. Er könne in das Projekt noch einsteigen, und vom Schlafzimmer (25 m^2), das zeichnet er detailverliebt, gibt es einen ebenerdigen Zugang ins Bad mit Whirl-Pool mit allem Drum und Dran. Jeder von beiden hätte ein Arbeitszimmer – Rebecca gluckst – und das Ganze liegt in Köln Porz, *nobler geht nicht!* Es scheint fast so, als habe Bernd Rebecca fürs Erste weichgeklopft.

Über den Bordlautsprecher macht Dr. Pia-Sofia Lüders Mitteilung: Bis 13 Uhr könne das Satelliten-Telefon gebührenfrei in alle EU-Staaten genutzt werden. Dies sei als kleine Entschädigung für die Unannehmlichkeiten an Bord zu verstehen. Ende der Durchsage. Das Zollboot mit den Ärzten dreht gegen Mittag bei und vier Männer und eine Frau sorgen zunächst für Angst und Entsetzen, da das externe medizinische Team durchgehend mit weißen Schutzanzügen und Gesichtsmasken bestückt ist. Die Ärzte von *Médecins Sans Frontières* werden schnurstracks in die Kapitänsmesse geführt. Dort grüßt Vanderstraaten mit freundlicher Zuwendung. Eine Erklärung für den bedrohlich hohen Krankenstand hat er nicht und eine Verunreinigung von Lebensmitteln wolle er zunächst ausdrücklich ausschließen. Die Verhandlungssprache ist Englisch, teilweise Französisch, die Ärztin, *gottlob,* ist Freiwillige aus Berlin. Die Ärzte werden zunächst Lebensmittelproben aus der Küche ziehen und an Land chemisch und mikrobiologisch untersuchen lassen. Stichproben sollen aus jedem Kabinen-Deck, aus Toiletten, Interieur und Bettwäsche gezogen werden, um ein spezifisches Virus-Raster erstellen zu können.

Georg Vandis, ohnehin Frühaufsteher, rollt sein Gefährt systematisch die Decks entlang. Mit seinem Elektro-Rollstuhl fährt er nahezu geräuschlos die Gänge auf und ab und bedient sich der diversen Aufzüge. Wie in den vergangenen Tagen macht er sich

Notizen über kleine Unregelmäßigkeiten, die die Ordnung des Schiffes anbelangen. So prüft er, ob alle Fluchtwege frei sind und diese nicht doch wieder durch achtlos verrückte Liegestühle blockiert sind. Er meldet Fundsachen wie Sonnenbrillen, Kappen und Hüte, er kontrolliert im Lesezimmer, ob die Bücher ordentlich an ihrem Platz stehen oder ob hier eine ordnende Hand eingreifen muss. Vandis wird für seine kleinen Hilfsdienste an Bord vor allem vom Personal geschätzt und als kleine Belohnung darf er sich an der Bar täglich ein Getränk seiner Wahl bestellen. Mit Claudia hat er heute Morgen bereits einen kleinen Plausch gehabt. Beide sind froh, bei guter Gesundheit zu sein. Vandis bedauert allerdings, dass die Geragogin bereits seit mehreren Tagen keine musiktherapeutischen Matineen mehr anbieten kann. Das Angebot hat die Lüders aus unbekannten Gründen einstellen lassen. Vordergründig heißt es, die Passagiere seien mit Kofferpacken beschäftigt, und jetzt ist es ohnehin nicht mehr möglich: *Ansteckungsgefahr!*

Isabelle Raith weist die Passagiere mit einer freundlichen Ansage auf den neuerlichen Preissturz in der Bord-Boutique hin. Sämtliche Textilien wie T-Shirts, Hemden, Badeartikel, Schals sowie Schmuck und Uhren seien in einer Sonderaktion um weitere 35 % reduziert. Die Schnäppchenjagd bei höchster Qualität kann beginnen. Aus gegebenem Anlass müsse aber auf individuelle Anproben ausnahmsweise verzichtet werden. Sie bitte um Verständnis.

Die Inspektion des Schiffes durch *Médecins Sans Frontières* dauert über zwei Stunden und es kommt zu folgender medizinisch bedingter Anordnung, die dem Kapitän und den Offizieren in unmissverständlichem Ton eröffnet wird: Da inzwischen an Bord der *Odysseus II* von 95 Krankheitsfällen, verbunden mit Erbrechen, Durchfall, Fieber und weiteren bedenklichen Symptomen, auszugehen ist, wird über das Schiff mit sofortiger Wirkung eine *Quarantäne von mindestens vier Tagen* verhängt. Die Einfahrt in den Hafen von Marseille ist untersagt. Das Ärzte-Team geht bis zum Vorliegen einer Laboranalyse von dem Tatbestand einer Norovirus-Infizierung aus. Die vorläufige Auswertung des Logbuchs habe ergeben, dass in Muscat die Wasserentsalzungsanlage wegen eines Defekts repariert bzw. überholt wurde. Das hydrologische Institut in Marseille wird im Verbund mit differenzialdiagnostischen Analysen zu prüfen haben, ob eine virale Verunreinigung des Trink- und Brauchwassers vorliegt oder vorgelegen haben könnte. Hochgradig infizierte Personen wie ein gewisser Professor Schlink und seine Begleitung können auf Antrag ausgeflogen und unter Einhaltung der Quarantänevorschriften in ihren Heimatländern behandelt werden.

Damit ist dicke Luft auf dem Schiff programmiert. Die Passagiere werden zusehends gereizter und es gibt Anzeichen von panischen Reaktionen, die sich vor allem in Schrei- und Wutausbrüchen auf den Kabinen manifestieren. In wenigen Stunden werden Rettungskräfte erwartet, die in Schutzanzügen und Atemmasken die *Odysseus II* dekontaminieren, für schwere Fälle wird es an Bord die Möglichkeit zur Infusion und Sauerstofftherapie geben. Die Lebensmittelversorgung wird landseits aufgebaut. Vanderstraaten ersucht in einem Telefongespräch die französischen Kollegen um eine diskrete Pressesperre. Das Festland bedauert, außerdem seien *BILD* und *Le Canard Enchaîné* bereits vor Ort.

Inzwischen hat Semira Schneider zu der deutschen Ärztin von *Médecins Sans Frontières* Kontakt aufgenommen. Sie übergibt den unfrankierten Brief an Snuffi mit der dringenden Bitte, diesen in Marseille auf der Post freizumachen und nach Glücksburg zu expedieren. Frau Dr. Sailer von MSF ist dazu gerne bereit und lehnt einen Vorschuss auf das Porto freundlich ab: *Das lassen Sie bitte meine Sorge sein!*

Die Personen zu Lande und zu Wasser

Alawi **Abdullah**, Spezialist in Sachen Parfum und Weihrauch; Amal **Adawiyah**, kundige Reiseführerin in Muscat; Amandita **Aishani**, kommt aus Delhi und arbeitet in der Wäscherei; Susanne **Alt**, München, hat eine betörende Sopranstimme und singt an Bord z. B. *Schenkt man sich Rosen in Tirol;* **Ann-Sophy**, Kollegin von Rebecca; Simone **Bergemann**, bedient den Schweizer Tisch; Claire **Berger**, engagierte Krankenschwester im Schiffshospital; ein Bibliothekar unbekannten Namens aus Heidelberg; Traugott **Binder**, zuverlässiger Apotheker in Pöcking; Thomas **Brook**, athletischer Sicherheitstrainer aus Roststock; Felice **Bocconcello**, ein Galerist in Taormina; François **Duval**, Ballett-Tänzer aus Saarbrücken; Hosna **Fathallah**, Reiseleiterin in Memphis und Saqqara; die **Feldmaiers**, sie lösen gerne Kreuzworträtsel; Herr Constantin **Flechsig** hat Ärger mit den Weinen an Bord; Werner **Frizzig**, Dresden, kann in Duetten mit Susanne Alt zu internationalen Spitzenleistungen auflaufen; Jessy **Fütterer**, begnadete Hairstylistin; Dr. Harro **Hammerstein**, Deutscher Botschafter a. D. in Saudi-Arabien; Victor **Helmer**, Saxophonist aus Saarbrücken; Dr. Thekla **Köster**, Medienreferentin im Kultusministerium Baden-Württemberg, will nicht unbedingt Single bleiben; Herlinde **Latzko**, sehr geschwätzig, arbeitet in der Küche und beim Frühstücksservice; Irma **Levkov**, 15 Jahre alt, dreimal is nix passiert; Barbara **Lisius**, pensionierte Kunsthistorikerin aus Dresden, weiß viel, sagt nicht alles; **Ludmilla**, Putzfrau in der Praxis Dr. Sellbruch, muss in Göttingen bleiben; Dr. Pia-Sofia **Lüders**, Abteilung *Passengers' Entertainment,* organisiert das Kulturprogramm; Rosalie **Manitius**, Ministerin im Staatsministerium Baden-Württemberg, Urlaub? Wo denken Sie hin!; **Nasir** ad-Din, Reiseführer; Kamanda **Prakash**, Kollegin von Semira; Ilona **Pütz**, Altstimme, singt gerne Knef-Lieder; Isabelle **Raith**, Chefin der Boutique an Bord; Dr. Aram **Rosenberg**, Wasseraufbereitungsingenieur, Tel Aviv; Frau Dr. **Sailer**, *Médecins*

Sans Frontières; **Sandra**, Stadtführerin in Taormina; Giselher **Sawitzky**, Frankfurt/Oder, unerschrockener Verteidiger der freien Seefahrt; Rebecca **Schindler**, eine Frau mit Vergangenheit und Gegenwart; Dr. Hannes **Schirkow**, Schiffsarzt, kennt seinen Bellini; Anastasia **Schirmer**, Eurythmistin aus Dornach; Prof. Dr. emeritus Dietmar **Schlink**, Fachbereich Mediävistik, Salzburg; Valentin **Schlotterbeck**, Mitarbeiter beim THW Stuttgart; Semira **Schneider**, gelernte Hotelfachfrau aus Hessen, immer guter Dinge; PD Wiltrud **Schürer**, Lektorin, spezialisiert auf Genderforschung (Universität Bern); Tilo **Schütz**, erfahrener Sommelier; Marvin **Schwanitz**, kreuzt seit Jahren auf den Weltmeeren, ein echter Repeater; Dr. med. gyn. Roswitha **Sellbruch**, Gynäkologin aus Göttingen, Lektorin für Sinai und Sizilien; Piet **Sellbruch**, ihr Mann, Gewerkschaftssekretär, sehr pragmatisch; Stefan **Silber**, Hotelmanager; Fred **Simon**, Bordfotograf, liebt Gruppenaufnahmen; Peter **Sladek**, leitender Ingenieur bei der Firma Voith, Heidenheim/Brenz; Werner **Sladek**, Sprachgestalter und Korrepetitor am *Goetheanum,* nahezu verlobt mit Anastasia Schirmer; **Snuffi**, ein Motorradfahrer aus Glücksburg, träumt manchmal von Semira und umgekehrt; Waltraud **Söller**, kommt aus Meran, macht ihre dritte Weltreise auf der *Odysseus II* und ist damit eine Repeaterin; Peter **Soltau**, Ex-Afghanistan-Kämpfer; **Stella**, Arzthelferin in der Praxis Dr. Sellbruch, darf nicht mit aufs Schiff; Bernd **Stenzel**, Makler im Vorstand Ring Deutscher Makler, hat sich Rebecca ausgeborgt; Christoph **Stiller**, Rollstuhlfahrer; Cornelia **Stützig**, Referentin im Kultusministerium, Abteilung Strategie, Medien und Information, hat keine Zeit für Kreuzfahrten; Toni **Sülchen**, Krankenpfleger aus Hagen in Westfalen; Veronika **Thalheimer**, künstlerische Betreuung an Bord; Sebastian **Tiede**, ein Frühstücksgast; Hotelier **Trogler**, Tannheimer Tal, liebt ausgiebige Saunagänge; Linda **Valmes**, Escort-Chefin in Stuttgart; Lionel **Vanderstraaten**, Kapitän, smart, handsome und erfahren; Georg **Vandis**, agiler Rollstuhlfahrer; Gideon **Veit**, Springer, Mädchen für alles, im

Service tätig; Guntram **Veltig**, Leiter des Kreismedienzentrums Tauberbischofsheim, ist in der SingleFrage wie Frau Dr. Köster völlig undogmatisch; Claudia **Vintropp**, unentbehrliche Geragogin an Bord; Conrad **Weinzierl**, wirkt gesünder als er wirklich ist; Regina **Weinzierl**, seine Frau; Susanne **Wesro**, Tierpflegerin in der Wilhelma; Carlos **Wiedmann**, Erster Offizier, hat noch viel vor; Annegret **Wismar**, Bordpsychologin; Ilse **Wörner**, ist Witwe und Claudia kann sie immer wieder aufbauen; Lisette **Zwanziger**, liebenswürdige Zugehfrau, die den Emeritus und Witwer Dietmar Schlink treu und herzig umsorgt;

u. v. a.

Über den Autor:
Christian Hörburger ist freier Journalist und Medienpädagoge. Er arbeitet an der Hochschule für Musik und Darstellende Künste Stuttgart im Fachbereich Sprechkunst.

Grafische Gestaltung und Satz:
Christina Schmid, Stuttgart

Schrift:
Surveyor Text von Hoefler&Co

Windsor Verlag, Hamburg
www.windsor-verlag.com

ISBN: 978-1-627842-62-4

Die eingefügten Gedichtzeilen entstammen der Anthologie *Die Blüte des nackten Körpers. Liebesgedichte aus dem Alten Ägypten* (Carl Hanser Verlag, München 2010), mit freundlicher Genehmigung des Hanser Verlags und des Übersetzers Raoul Schrott.

Der Abdruck des Testergebnisses verschiedener Kreuzfahrtschiffe erfolgt mit freundlicher Genehmigung des ADAC München.

Die Zitate von Emily Ruete entstammen dem Buch *Emily Ruete, geb. Prinzessin von Oman und Sansibar. Leben im Sultanpalast* (Die Hanse, Hamburg / Leipzig 2010, Neudruck der Ausgabe von 1886), mit freundlicher Genehmigung des Verlags Die Hanse.

Das Gedicht *Ruinen* von Salāh Ábdas Sabūr entstammt der Anthologie *Zeitgenössische arabische Lyrik* (Horst Erdmann Verlag Tübingen / Basel 1975).

London
Ärmelkanal
Golf von Biscaya

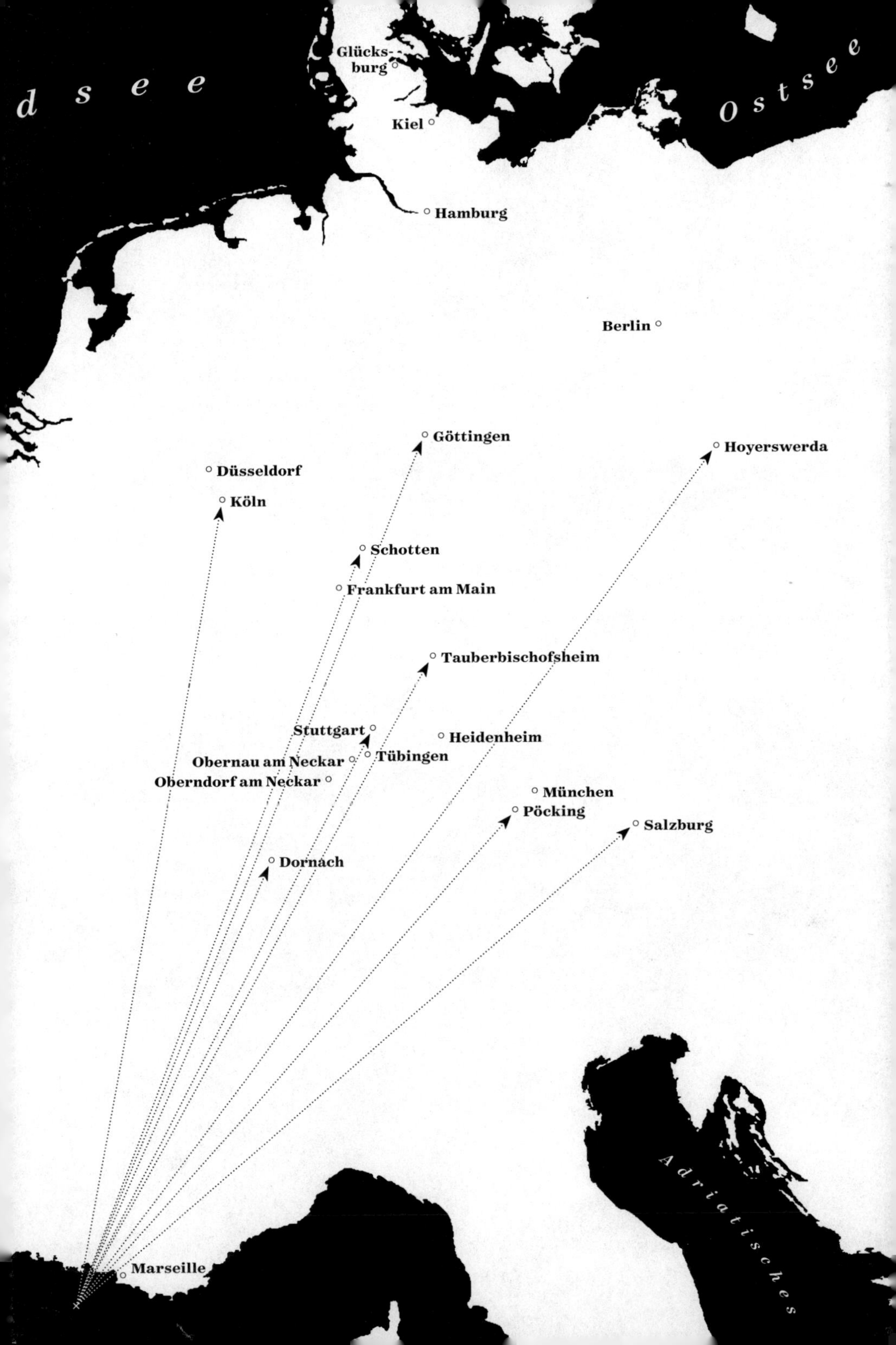
d s e e
Glücks-
burg
Kiel
O s t s e e
Hamburg
Berlin
Göttingen
Hoyerswerda
Düsseldorf
Köln
Schotten
Frankfurt am Main
Tauberbischofsheim
Stuttgart
Heidenheim
Obernau am Neckar
Tübingen
Oberndorf am Neckar
München
Pöcking
Salzburg
Dornach
Marseille
A d r i a t i s c h e s